元曲名篇鉴赏

卷四

王斐 主编

吉林出版集团有限责任公司

目 录

关汉卿
 《窦娥冤》楔子 …………… 745
  花有重开日 …………… 745
 《窦娥冤》第一折 …………… 748
  行医有斟酌 …………… 748
 《窦娥冤》第二折 …………… 753
  小子太医出身 …………… 753
 《窦娥冤》第三折 …………… 759
  下官监斩官是也 …………… 759
 《窦娥冤》第四折 …………… 763
  独立空堂思黯然 …………… 763
 《救风尘》第一折 …………… 770
  酒肉场中三十载 …………… 770
 《救风尘》第二折 …………… 776
  自家周舍是也 …………… 776
 《救风尘》第三折 …………… 780
  万事分已定 …………… 780
 《救风尘》第四折 …………… 784
  这些时周舍敢待来也 …………… 784
 《单刀会》第四折 …………… 788
  欢来不似今朝 …………… 788
 《望江亭》第三折 …………… 792
  小官杨衙内是也 …………… 792
 《鲁斋郎》第二折 …………… 798
  着意栽花花不发 …………… 798

白 朴
 《梧桐雨》第二折 …………… 802
  某安禄山是也 …………… 802
 《墙头马上》第三折 …………… 807
  自从少俊去洛阳买花栽子回来 …………… 807

杨显之
 《潇湘夜雨》第二折 …………… 813
  皆言桃李属春官 …………… 813

马致远
 《汉宫秋》楔子 …………… 818
  毡帐秋风迷宿草 …………… 818
 《汉宫秋》第一折 …………… 821
  大块黄金任意抇 …………… 821
 《汉宫秋》第二折 …………… 825
  某呼韩单于 …………… 825
 《汉宫秋》第三折 …………… 831
  妾身王昭君 …………… 831
 《汉宫秋》第四折 …………… 836
  自家汉元帝 …………… 836

王实甫
 《西厢记》第一本第三折 …………… 839
  和 诗 …………… 839
 《西厢记》第二本第四折 …………… 844
  听 琴 …………… 844
 《西厢记》第四本第二折 …………… 849
  拷 红 …………… 849
 《西厢记》第四本第三折 …………… 854
  长亭送别 …………… 854

李好古
 《张生煮海》第三折 …………… 858
  小僧乃石佛寺行者 …………… 858

石君宝
 《秋胡戏妻》第二折 …………… 861
  段段田苗接远村 …………… 861
 《秋胡戏妻》第三折 …………… 867
  小官秋胡是也 …………… 867

《曲江池》第二折 …………… 872
　老夫郑公弼 ………………… 872
纪君祥
　《赵氏孤儿》楔子 …………… 876
　　人无害虎心 ……………… 876
　《赵氏孤儿》第一折 …………… 879
　　某屠岸贾 ………………… 879
　《赵氏孤儿》第二折 …………… 885
　　事不关心 ………………… 885
　《赵氏孤儿》第三折 …………… 890
　　兀的不走了赵氏孤儿也 …… 890
　《赵氏孤儿》第四折 …………… 895
　　某，屠岸贾 ……………… 895
　《赵氏孤儿》第五折 …………… 902
　　小官乃晋国上卿魏绛是也 … 902
康进之
　《李逵负荆》第一折 …………… 905
　　涧水潺潺绕寨门 ………… 905
尚仲贤
　《柳毅传书》第三折 …………… 911
　　吾神乃洞庭老龙是也 …… 911
郑光祖
　《倩女离魂》第二折 …………… 914
　　欢喜未尽 ………………… 914
孟汉卿
　《魔合罗》第三折 …………… 919
　　（诗云）滥官肥马紫丝缰 …… 919
　《魔合罗》第四折 …………… 925
　　自家张鼎是也 …………… 925
戴善夫
　《风光好》第三折 …………… 932
　　小官宋齐丘 ……………… 932
郑廷玉
　《看钱奴》第二折 …………… 937

　　耕牛无宿料 ……………… 937
李直夫
　《虎头牌》第三折 …………… 948
　　欢来不似今朝 …………… 948
秦简夫
　《东堂老》第三折 …………… 956
　　不成器的看样也 ………… 956
李文蔚
　《燕青博鱼》第一折 …………… 963
　　耕牛无宿料 ……………… 963
罗贯中
　《风云会》第二折 …………… 968
　　某，苗光裔是也 ………… 968
张国宾
　《薛仁贵》第三折 …………… 973
　　双调豆叶黄 ……………… 973
金仁杰
　《追韩信》第二折 …………… 977
　　想自家离了淮阴 ………… 977
朱凯
　《昊天塔》第四折 …………… 979
　　积水养鱼终不钓 ………… 979
高明
　《琵琶记》第二十出　糟糠自厌
　　…………………………… 985
无名氏
　《渔樵记》第二折 …………… 990
　　段段田苗接远村 ………… 990
　《货郎旦》第四折 …………… 997
　　驿宰官衔也自荣 ………… 997
　《陈州粜米》第三折 …………… 1004
　　日间不做亏心事 ………… 1004

《窦娥冤》①

楔　子②

关汉卿

　　（卜儿③蔡婆上，诗云）花有重开日，人无再少年；不须长富贵，安乐是神仙④。老身蔡婆婆是也，楚州⑤人氏，嫡亲三口儿家属。不幸夫主亡逝已过，止有一个孩儿，年长八岁。俺娘儿两个，过其日月。家中颇有些钱财。这里一个窦秀才，从去年间我借了二十两银子，如今本利该银四十两。我数次索取，那窦秀才只说贫难，没有还我。他有一个女儿，今年七岁，生得可喜，长得可爱，我有心看上他，与我家做个媳妇，就准⑥了这四十两银子，岂不两得其便。他说今日好日辰，亲送女儿到我家来。老身且不索钱去，专在家中等候。这早晚窦秀才敢待来也。（冲末⑦扮窦天章引正旦⑧扮端云上，诗云）读尽缥缃⑨万卷书，可怜贫杀马相如⑩；汉庭一日承恩召，不说当垆说子虚。小生姓窦，名天章，祖贯长安京兆⑪人也。幼习儒业，饱有文章；争奈⑫时运不通，功名未遂。不幸浑家⑬亡化已过，撇下这个女孩儿，小字端云，从三岁上亡了他母亲，如今孩儿七岁了也。小生一贫如洗，流落在这楚州居住。此间一个蔡婆婆，他家广有钱物；小生因无盘缠，曾借了他二十两银子，到今本利该对还他四十两。他数次问小生索取，教我把甚么还他？谁想蔡婆婆常常着人来说，要小生女孩儿做他儿媳妇。况如今春榜动，选场开⑭，正待上朝取应⑮，又苦盘缠缺少。小生出于无奈，只得将女孩儿端云送与蔡婆婆做儿媳妇去。（做叹科⑯，云）嗨！这个那里是做媳妇？分明是卖与他一般。就准了他那先借的四十两银子，分外但得些少东西，勾小生应举之费，便也过望了。说话之间，早来到他家门首。婆婆在家么？（卜儿上，云）秀才，请家里坐，老身等候多时也。（做相见科，窦天章云）小生今日一径的将女孩儿送来与婆婆，怎敢说做媳妇，只与婆婆早晚使用。小生目下就要上朝进取功名去，留下女孩儿在此，只望婆婆看觑则个⑰。（卜儿云）这等，你是我亲家了。你本利少我四十两银子，兀的⑱是借钱的文书，还了你；再送你十两银子做盘缠。亲家你休嫌轻少。（窦天章做谢科，云）多谢了婆婆。先少你许多银子，都不要我还了，今又送我盘缠，此恩异日必当重报。婆婆，女孩儿早晚呆痴，看小生薄面，看觑女孩儿咱⑲。（卜儿云）亲家，这不消你嘱咐，令爱到我家，就做亲女儿一般看承他，你只管放心的去。（窦天章云）婆婆，端云孩儿该打呵，看小生面则⑳骂几句；当骂呵，则处分㉑几句。孩儿，你也不比在我跟前，我是你亲爷，将就的你；你如今在这里，早晚若顽劣呵，你只讨那打骂吃。儿！我也是出于无奈。（做悲科，唱）

【仙吕赏花时】我也只为无计营生四壁贫，因此上割舍得亲儿在两处分。从今日远践洛阳尘㉒，又不知归期定准，则落的无语暗消魂㉓。（下）

（卜儿云）窦秀才留下他这女孩儿与我做媳妇儿，他一径上朝应举去了。（正旦做悲科，云）爹爹，你直下的㉔撇了我孩儿去也！（卜儿云）媳妇儿，你在我家，我是亲婆，你是亲媳妇，只当自家骨肉一般。你不要啼哭，跟着老身前后执料去来㉕。（同下）

【注释】

① 《窦娥冤》：是一个震撼人心的古典悲剧。王国维在《宋元戏曲考》中说它"即列之于世界大悲剧中亦无愧色。"著名戏曲史家王季思教授主编《中国十大古典悲剧集》，首列此剧。早在十九世纪初，《窦娥冤》已被巴尊（M. Bazin）译成法文。二十世纪初又有了公原民平的日译本。明代以来，《窦娥冤》不断被改编上演。本世纪五十年代后，此剧仍活在戏剧舞台上，并被搬上银幕。窦娥的故事早已深入人心。 ②楔子：本是木工用来塞紧器具细缝或榫头的小木片。后来戏剧、小说借用来指一个段落。元杂剧一般分为四折，有时会为了交代或联系剧情，加上一个或两个楔子。其位置不固定，或在剧首，或在折与折之间。所唱曲子只用一两支小令，不用长套。 ③卜儿：元杂剧中扮演老妇人的人，是娘儿的简写。 ④"花有重开日"四句：这是定场诗。元杂剧人物上场往往念四句或两句诗，叫做定场诗。 ⑤楚州：地名，旧治在今江苏省靖江市，下文的山阳属楚州。 ⑥准：抵偿。 ⑦冲末：角色名。元杂剧中男角叫末。犹如近代京剧中的生。其中正末是男主角，此外还有冲末、副末、外末、小末等名目。 ⑧正旦：角色名。元杂剧中女角称旦，其中正旦是女主角。此外，还有副旦、贴旦、外旦、小旦、老旦、搽旦等名目。 ⑨缥缃：缥，淡青色的绸子；缃，浅黄色的绸子。古人常用来包书或做书袋，后来

就用来做书卷的代称。 ⑩马相如：即司马相如。汉代文学家，早年贫困，《史记·司马相如》说他"家居徒四壁立"，蜀中富豪卓王孙的孀女卓文君爱上了他，和他私奔。后在成都卖酒，文君当垆卖酒，他洗涤酒器。不久汉武帝读到他的《子虚赋》，大为赞赏，召他到朝中做官。 ⑪京兆：汉代京畿的行政区划名，在今陕西省西安市以东至华县之地。 ⑫争奈：即怎奈。"争"，同"怎"。 ⑬浑家：妻子。 ⑭"春榜动"句：指进士的考试要开始了。唐宋考进士和发榜都在春季，因此叫春榜。选场即试场。 ⑮上朝取应：到京城去应考。 ⑯科：元杂剧演出术语，指剧中人物的表情动作活舞台效果。如"做饮酒科"、"做哭科"、"内做风科"等。 ⑰看觑则个：看觑即照顾；则个是语尾助词，带有希望、祈求的语气。 ⑱兀的：也作兀得、兀底。指示词，犹如"这个"。有时也兼表惊异或郑重的语气。 ⑲咱：语气助词，含希望、请求的意思。 ⑳则：同"只"。后文中"则落的"、"则是"，即只落得、只是。 ㉑处分：这里是数落、责备的意思。 ㉒"远践"句：去京城求取功名。洛阳，东汉都城，后泛指京都。 ㉓暗消魂：言离别时的凄凉、难过的心境。江淹《别赋》："黯然销魂者，唯别而已矣。" ㉔直：简直，竟然。下的：也作下得，舍得。 ㉕执料去来：照料去。"来"：语气助词，无义。

【赏析】

《窦娥冤》（全名《感天动地窦娥冤》）是关汉卿的代表作，也是中国古典戏曲悲剧中的典范。悲剧，是"一个人遭受不应遭受的厄运"（亚里斯多德《诗学》），《窦娥冤》的这个悲剧特征极为明显。作品通过描述童养媳兼寡妇窦娥短暂而不幸的一生，在恶霸官府沆瀣一气的迫害下，蒙冤惨死，血泪斑斑，"遭受不应遭受的厄运"，深刻地揭露了元代社会邪恶势力的横行，封建官吏的酷虐，强烈地表现了受迫害、受压迫人民的反抗精神和对胜利的热切渴望。全剧广泛地概括了黑暗漫长的封建时代千千万万人民特别是妇女所遭受的悲惨命运，它已远远超出了个人的狭隘范围，具有整个社会的普遍性，其触及社会内容之广泛，震荡思想感情之强烈，诚为其他元剧所不及。作品无疑也是以"窦娥冤狱"这一典型事例，展示善与恶、正与邪的斗争，通过对"善"和"正"的充分肯定，对"恶"和"邪"的彻底否定，其中蕴含着深刻的悲剧意义，产生巨大的审美价值。剧作家把全部同情倾注给了女主人公，紧凑而完整地展现出悲剧冲突。

楔子，交代了窦娥生活在一个贫穷儒士的家中，三岁丧母，七岁离父，被送去抵做童养媳。这些都埋下主人公悲剧命运的伏线，为窦娥最后走向反抗的道路作了铺垫，从而揭开悲剧冲突的序幕。

这部分只有一支曲子，是窦天章离开蔡婆婆家时唱的。曲子共五句，前两句说自己是个读书人，除了走科举这条道路外，就无计营生，这才家贫如洗，卖女还债，害得父女两分开。后三句说自己现在赴京赶考，谋取功名，不知道何日归来，所以无语暗消魂了。说明了自己出卖女儿的原因，抒发了自己离别时的悲伤心情。曲子用词本色自然，明白如话，却深刻地概括了窦娥悲剧的社会原因：一是经济上的贫穷，二是封建思想的毒害，三是统治阶级政治上的迫害。因为如果不是贫穷负债，又无计营生，只能走科举这条道路，窦天章就不会卖掉窦娥，窦娥也就不会冤屈而死。因此，【仙吕赏花时】虽是《楔子》中唯一的一支曲子，但却提挈了全剧，不仅使整个剧蒙上悲剧气氛，而且为窦娥今后的命运埋下了伏笔，成为贯穿全剧的中心，使人们不能不认真注意。

《窦娥冤》第一折

关汉卿

（净扮赛卢医①上，诗云）行医有斟酌，下药依本草②；死的医不活，活的医死了。自家姓卢，人道我一手好医，都叫做赛卢医，在这山阳县南门开着生药局③。在城④有个蔡婆婆，我问他借了十两银子，本利该还他二十两；数次来讨这银子，我又无的还他。若不来便罢，若来呵，我自有个主意。我且在这药铺中坐下，看有甚么人来？（卜儿上，云）老身蔡婆婆。我一向搬在山阳县居住，尽也静办⑤。自十三年前窦天章秀才留下端云孩儿与我做儿媳妇，改了他小名，唤做窦娥。自成亲之后，不上二年，不想我这孩儿害弱症⑥死了。媳妇儿守寡，又早三个年头，服孝将除了也。我和媳妇儿说知，我往城外赛卢医家索钱去也。（做行科，云）蓦过隅头⑦，转过屋角，早来到他家门首。赛卢医在家么？（卢医云）婆婆，家里来。（卜儿云）我这两个银子长远了，你还了我罢。（卢医云）婆婆，我家里无银子，你跟我庄上去取银子还你。（卜儿云）我跟你去。（做行科）（卢医云）来到此处，东也无人，西也无人，这里不下手，等甚么？我随身带的有绳子。兀那⑧婆婆，谁唤你哩？（卜儿云）在那里？（做勒卜儿科。孛老⑨同副净张驴儿冲上，赛卢医慌走下。孛老救卜儿科）（张驴儿云）爹，是个婆婆，争些⑩勒杀了。（孛老云）兀那婆婆，你是那里人氏？姓甚名谁？因甚着这个人将你勒死？（卜儿云）老身姓蔡，在城人氏，止有个寡媳妇儿，相守过日。因为赛卢医少我二十两银子，今日与他取讨；谁想他赚我到无人去处，要勒死我，赖这银子，若不是遇着老的和哥哥呵，那得老身性命来。（张驴儿云）爹，你听的他说么？他家还有个媳妇哩。救了他性命，他少不得要谢我；不若你要这婆子，我要他媳妇儿，何等两便？你和他说去。（孛老云）兀那婆婆，你无丈夫，我无浑家，你肯与我做个老婆，意下如何？（卜儿云）是何言语！待我回家，多备些钱钞相谢。（张驴儿云）你敢是⑪不肯，故意将钱钞哄我？赛卢医的绳子还在,我仍旧勒死了你罢。(做拿绳科)(卜儿云)哥哥,待我慢慢地寻思咱。(张驴儿云)你寻思些甚么?你随我老子,我便要你媳妇儿。(卜儿背云⑫)我不依他,他又勒杀我。罢罢罢,你爷儿两个随我到家中去来。(同下)(正旦上,云)妾身姓窦,小字端云,祖居楚州人氏。我三岁上亡了母亲,七岁上离了父亲。俺父亲将我嫁与蔡婆婆为儿媳妇,改名窦娥。至十七岁与夫成亲;不幸丈夫亡化,可早三年光景,我今二十岁也。这南门外有个赛卢医,他少俺婆婆银子,本利该二十两,数次索取不还,今日俺婆婆亲自索取去了。窦娥也,你这命好苦也呵!(唱)

【仙吕点绛唇】满腹闲愁,数年禁受⑬,天知否?天若是知我情由,怕不待和天瘦⑭。

【混江龙】则问那黄昏白昼,两般儿忘餐废寝几时休?大都来⑮昨宵梦里,和着这今日心头。催人泪的是锦烂熳花枝横绣闼⑯,断人肠的是剔团栾⑰月色挂妆楼。长则是急煎煎按不住意中焦,闷沉沉展不彻眉尖皱,越觉的情怀冗冗,心绪悠悠。

(云)似这等忧愁,不知几时是了也呵!(唱)

【油葫芦】莫不是八字儿⑱该载着一世忧,谁似我无尽头!须知道人心不似水长流。我从三岁母亲身亡后,到七岁与父分离久,嫁的个同住人,他可又拔着短筹⑲;撇的俺婆妇每⑳都把空房守,端的㉑个有谁问,有谁瞅?

【天下乐】莫不是前世里烧香不到头㉒,今也波生㉓招祸尤?劝今人早将来世修。我将这婆侍养,我将这服孝守,我言词须应口㉔。

(云)婆婆索钱去了,怎生这早晚不见回来?(卜儿同孛老、张驴儿上)(卜儿云)你爷儿两个且在门首,等我先进去。(张驴儿云)姳姳,你先进去,就说女婿在门首哩。(卜儿见正旦科)(正旦云)姳姳回来了,你吃饭么?(卜儿做哭科,云)孩儿也,你教我怎生说啵㉕!(正旦唱)

【一半儿】为甚么泪漫漫不住点儿流?莫不是为索债与人家惹争斗?我这里连忙迎接慌问候,他那里要说缘由。(卜儿云)羞人答答的,教我怎生说啵!(正旦唱)则见他一半儿徘徊一半儿丑㉖。

(云)婆婆,你为甚么烦恼啼哭那?(卜儿云)我问赛卢医讨银子去,他赚我到无人去处,行起凶来,要勒死我。亏了一个张老并他儿子张驴儿,救得我性命。那张老就要我招他做丈夫,因这等烦恼。(正旦云)婆婆,这个怕不中么㉒?你再寻思咱:俺家里又不是没有饭吃,没有衣穿,又不是少欠钱债,被人催逼不过;况你年纪高大,六十以外的人,怎生又招丈夫那?(卜儿云)孩儿也,你说的岂不是,但是我的性命全亏他这爷儿两个救的。我也曾说道:待我到家,多将些钱物,酬谢你救命之恩。不知他怎生知道我家里有个媳妇儿,道我婆媳妇又没老公,他爷儿两个又没老婆,正是天缘天对。若不随顺,他依旧要勒死我。那时节我就慌张了,莫说自己许了他,连你也许了他儿也,这也是出于无奈。(正旦云)婆婆,你听我说啵。(唱)

【后庭花】遇时辰我替你忧,拜家堂我替你愁;梳着个霜雪般白䰀鬏㉘,怎戴那销金锦盖头?怪不的女大不中留㉙。你如今六旬左右,可不道到中年万事休!旧恩爱一笔勾,新夫妻两意投,枉把人笑破口。

(卜儿云)我的性命都是他爷儿两个救的,事到如今,也顾不得别人笑话了。

(正旦唱)

【青哥儿】你虽然是得他、得他营救,须不是笋条㉚、笋条年幼,划的㉛便巧画蛾眉㉜成配偶!想当初你夫主遗留,替你图谋,置下田畴,早晚羹粥,寒暑衣裘,满望你鳏寡孤独,无捱无靠,母子每到白头。公公也,则落得干生受㉝!

(卜儿云)孩儿也,他如今只待过门,喜事匆匆的,教我怎生回得他去?(正旦唱)

【寄生草】你道他匆匆喜,我替你倒细细愁:愁则愁兴阑珊㉞,咽不下交欢酒㉟,愁则愁眼昏腾,扭不上同心扣,愁则愁意朦胧,睡不稳芙蓉褥。你待要笙歌引至画堂前,我道这姻缘敢落在他人后。

(卜儿云)孩儿也,再不要说我了,他爷儿两个都在门首等候,事已至此,不若连你也招了女婿罢。(正旦云)婆婆,你要招你自招,我并然不要女婿。(卜儿云)那个是要女婿的?争奈他爷儿两个自家挝过门来,教我如何是好?(张驴儿云)我们今日招过门去也。帽儿光光,今日做个新郎;袖儿窄窄,今日做个娇客㊱。好女婿,好女婿,不枉了,不枉了。(同孛老入拜科)(正旦做不礼科,云)兀那厮,靠后!(唱)

【赚煞】我想这妇人每休信那男儿口,婆婆也,怕没的贞心儿自守,到今日招着个村老子㊗,领着个半死囚。(张驴儿做嘴脸㊳科,云)你看我爷儿两个这等身段,尽也选得女婿过,你不要错过了好时辰,我和你早些儿拜堂罢。(正旦不礼科,唱)则被你坑杀人㊴燕侣莺俦。婆婆也,你岂不知羞!俺公公撞府冲州㊵,挣扎㊶的铜斗儿家缘㊷百事有。想着俺公公置就,怎忍教张驴儿情受㊸?(张驴儿做扯正旦拜科,正旦推跌科,唱)兀的不是俺没丈夫的妇女下场头!(下)

(卜儿云)你老人家不要恼躁。难道你有活命之恩,我岂不思量报你?只是我那媳妇儿气性最不好惹的,既是他不肯招你儿子,教我怎好招你老人家?我如今拚的好酒好饭养你爷儿两个在家,待我慢慢的劝化俺媳妇儿;待他有个回心转意,再作区处㊹。(张驴儿云)这歪刺骨㊺便是黄花女儿㊻,刚刚扯的一把,也不消这等使性,平空的推了我一交,我肯干罢!就当面赌个誓与你:我今生今世不要他做老婆,我也不算好男子。(词云)美妇人我见过万千向外㊼,不似这小妮子生得十分愈赖㊽;我救了你老性命死里重生,怎割舍得不肯把肉身陪待?(同下)

【注释】

①净扮赛卢医:净:角色名,元杂剧汇总多演男性;又有副净、二净等名目。卢医是战国时代名医扁鹊。他家在卢(今山东省长清县西南),所以人称卢医。元杂剧往往把庸医取名为"赛卢医",这是一种讽刺的反称。 ②本草:我国古代的一部药书。 ③生药局:药材铺。 ④在城:本城。 ⑤尽也静办:倒也清净。 ⑥弱症:肺痨之类的病。 ⑦蓦过:即转过、拐过。隅头:拐弯的地方。 ⑧兀那:兀,发语词,有加强语气的作用。兀那,就是那。 ⑨孛老:元杂剧中的老年男子。 ⑩争些:险些,差一点。 ⑪敢是:莫非是、大概是。 ⑫背云:戏剧术语,略同于现代话剧中的"旁白",是演员假定别的角色听不见所作的说白。 ⑬禁受:承受、忍受。 ⑭"怕不待"句:岂不要和老天都要瘦了。怕不待:岂不要的意思;和:连。 ⑮大都来:大抵、大多。 ⑯绣闱:绣房。 ⑰剔团栾:意即滴溜儿圆,非常圆。剔:形容极圆的副词。 ⑱八字儿:古人把人出生的时间(年、月、日、时)根据天干地支排列起来,称为八字。迷信的人认为命运和八字有关。 ⑲拔着短筹:喻指短命。古代算命抽签每用竹筹,拔着短筹就是抽到坏签。 ⑳婆妇每:婆媳们。"每"人称代词词尾,其义若"们"。 ㉑端的:真的,确实。 ㉒"前世"句:迷信的人认为,前世烧了断头香,夫妻不能偕老。 ㉓今也波生:今生。"也波",语句中间的助词,无义,是杂剧中为了行腔需要而在正格之外加的衬字。 ㉔应口:心口相应,说话算数。 ㉕波:语尾助词,同"啊"、"吧"。 ㉖丑:羞愧。 ㉗怕不中么:恐怕使不得吧。不中:不行,今河南一带尚习用。 ㉘髽髻:古时妇女将头

发盘成螺形,上加网套,用作装饰。 ㉙女大不中留:当时成语,意说女子年龄大了就要出嫁,不能留在家里。这是窦娥嘲笑蔡婆婆年已六十,还要去做新娘。 ㉚笋条:竹的幼芽,这里引申为年纪轻。 ㉛划的:平白无故的。 ㉜画娥眉:汉张敞曾为其妻画眉,后人以此隐喻夫妻恩爱。窦娥用此语讽刺蔡婆甘心再嫁。 ㉝干生受:犹言白辛苦。生受:辛苦、受罪。 ㉞兴阑珊:懒散,打不起劲儿。 ㉟交欢酒:又称交杯酒。旧俗,夫妻成婚必须交换酒杯喝酒。见《东京梦华录》卷五。 ㊱"帽儿光光"四句:宋元时人们在婚礼时对新郎打去的话。 ㊲村老子:骂人的话,意为粗俗的老头子。 ㊳做嘴脸:做怪样。这是剧本提示的舞台动作。 ㊴坑杀人:害死人。 ㊵撞府冲洲:指跑江湖,经历过许多地方。 ㊶挣扎:此言挣取。 ㊷"铜斗"句:谓家境殷实。铜斗系量器,家缘即家产。 ㊸情受:承受。 ㊹区处:分别处置、处理的意思。 ㊺歪剌骨:对妇女侮辱谩骂之辞,犹言"臭货"、"贱骨头"。 ㊻黄花女儿:未婚闺女,处女。 ㊼向外:以上。 ㊽愆赖:泼辣,调皮。

【赏析】

当人们对主人公的命运涌起悬念之际,第一折开场了。这时,时间已跳跃十余载。窦娥十七岁婚配,不到两年丈夫夭亡。婆媳俩双双守寡,相依为命过活。窦娥倔强的性格,对生活的渴望,承受住了命运的屡次打击。但是厄运一步步又把她推向灾难的深渊。流氓张驴儿父子闯进家门,死皮赖活,妄想霸占他们婆媳,于是平静的日子像一泓清池,投入巨石,顿时掀起大浪。窦娥义正严词回绝恶棍张驴儿的要挟,她的顽强性格和反抗精神初露锋芒。悲剧冲突一经展开,便曲折起伏,层层推进。

下面分析一下第一折中的曲子。〔仙侣点绛唇〕一曲,说的是窦娥年轻守寡,满腹愁苦,咬牙忍受,老天爷知道自己的痛苦,也会和自己一样哀愁消受。〔混江龙〕一曲,承接前一曲,说自己三年守寡,废寝忘食,不知何时到头。看着绣花门帘,想起早死的丈夫,看见圆月桂妆楼,想起了父亲,情绪愁苦,没有尽头。〔油葫芦〕一曲,窦娥想起自己一世愁苦,母亲死了,父亲走了,丈夫也早早亡故了。窦娥怨自己八字不好,注定一世忧愁。〔天下乐〕一曲,窦娥怨恨自己命不好,前世烧了断头香,今世招来无穷的祸尤,所以就劝别人,也是劝自己,今世要把来世修,矢志守寡,侍奉婆婆,心口相应。〔一半儿〕一曲,窦娥不解婆婆为什么流泪,殷勤地问缘由。〔后庭花〕一曲,婆婆讲明原因之后,窦娥斥责婆婆不应该这样做。接下来几曲都是窦娥对婆婆答应张驴儿父子的事展开论述,阐述婆婆不能这样做的原因。无论是从过世的公公的角度来看,还是从现世的婆婆和自己的处境来分析,都说明婆婆此举是非常不正确,不符合仁义道德的,也表明窦娥自己的态度。这些曲子不但表现了一个善良问候,贞节孝道的妇女形象,同时还把窦娥倔强的反抗性格塑造出来了。因为她为了保护自己的美德,就敢于反抗斗争。所以,在接下来的戏曲中,她不但自己拒嫁,还嘲笑婆婆,咒骂张驴儿父子,把张驴儿推到在地。

关汉卿对人物性格的把握是如此准确,通过对窦娥性格的描写,为其奠定了思想起点,这样对后面刻画人物性格的发展,留下了充分的空间。

《窦娥冤》第二折

关汉卿

（赛卢医上，诗云）小子太医①出身，也不知道医死多人，何尝怕人告发，关了一日店门？在城有个蔡家婆子，刚少的他二十两花银，屡屡亲来索取，争些捻断脊筋。也是我一时智短，将他赚到荒村，撞见两个不识姓名男子，一声嚷道："浪荡乾坤，怎敢行凶撒泼，擅自勒死平民！"吓得我丢了绳索，放开脚步飞奔。虽然一夜无事，终觉失精落魂；方知人命关天关地，如何看做壁上灰尘。从今改过行业，要得灭罪修因②，将以前医死的性命，一个个都与他一卷超度③的经文。小子赛卢医的便是。只为要赖蔡婆婆二十两银子，赚他到荒僻去处，正待勒死他，谁想遇见两个汉子，救了他去。若是再来讨债时节，教我怎生见他？常言道的好："三十六计，走为上计。"喜得我是孤身，又无家小连累；不若收拾了细软行李，打个包儿，悄悄的躲到别处，另做营生，岂不干净？（张驴儿上，云）自家张驴儿。可奈④那窦娥百般的不肯随顺我；如今那老婆子害病，我讨服毒药，与他吃了，药死那老婆子，这小妮子好歹做我的老婆。（做行科，云）且住，城里人耳目广，口舌多，倘见我讨毒药，可不嚷出事来？我前日看见南门外有个药铺，此处冷静，正好讨药。（作行科，叫云）太医哥哥，我来讨药的。（赛卢医云）你讨甚么药？（张驴儿云）我讨服毒药。（赛卢医云）谁敢合⑤毒药与你？这厮好大胆也！（张驴儿云）你真个不肯与我药么？（赛卢医云）我不与你，你就怎地我？（张驴儿做拖卢云）好呀，前日谋死蔡婆婆的，不是你来？你说我不认的你哩！我拖你见官去。（赛卢医做慌科，云）大哥，你放我，有药有药。（做与药科，张驴儿云）既然有了药，且饶你罢。正是："得放手时须放手，得饶人处且饶人。"（下）（赛卢医云）可不悔气⑥！刚刚讨药的这人，就是救那婆子的。我今日与了他这服毒药去了，以后事发，越越要连累我；趁早儿关上药铺，到涿州⑦卖老鼠药去也。（下）

（卜儿上，做病伏几科）（孛老同张驴儿上，云）老汉自到蔡婆婆家来，本望做个接脚⑧，却被他媳妇坚执不从。那婆婆一向收留俺爷儿两个在家同住，只说好事不在忙，等慢慢里劝转他媳妇；谁想那婆婆又害起病来。孩儿，你可曾算我两个的八字，红鸾天喜⑨几时到命哩？（张驴儿云）要看什么天喜到命！只赌本事，做得去自去做。（孛老云）孩儿也，蔡婆婆害病好几日了，我与你去问病波。（做见卜儿问科，云）婆婆，你今日病体如何？（卜儿云）我身子十分不快哩。（孛老云）你可想些甚么吃？（卜儿云）我思量些羊肚儿汤吃。（孛老云）孩儿，你对窦娥说，做些羊肚儿汤与婆婆吃。（张驴儿向古门⑩云）窦娥，婆婆想羊肚儿汤吃，快安排将来。（正旦持汤上，云）妾身窦娥是也。有俺婆婆不快，想羊肚汤吃，我亲自安排了与婆婆吃去。婆婆也，我这寡妇人家，凡事也要避些嫌疑，怎好收留那张驴儿父子两个？非亲非眷的，一家儿同住，岂不惹外人谈议？婆婆也，你莫要背地里许了他亲事，连我也累做不清不洁的。我想这妇人心好难保也呵！（唱）

【南吕一枝花】他则待一生鸳帐眠，那里肯半夜空房睡；他本是张郎妇，又做了李郎妻。有一等妇女每相随，并不说家克计⑪，则打听些闲是非；说一会不明白打凤的机关，使了些调虚嚣捞龙的见识⑫。

【梁州第七】这一个似卓氏般当垆涤器⑬，这一个似孟光般举案齐眉⑭，说的来藏头盖脚多伶俐⑮！道着难晓，做出才知。旧恩忘却，新爱偏宜；坟头上土脉犹湿，架儿上又换新衣。那里有奔丧处哭倒长城⑯？那里有浣纱时甘投大水⑰？那里有上山来便化顽石⑱？可悲，可耻！妇人家直恁⑲的无仁义，多淫奔，少志气；亏杀前人在那里，更休说百步相随。

（云）婆婆，羊肚儿汤做成了，你吃些儿波。（张驴儿云）等我拿去。（做接尝科，云）这里面少些盐·醋，你去取来。（正旦下）（张驴儿放药科）（正旦上，云）这不是盐醋？（张驴儿云）你倾下些。（正旦唱）

【隔尾】你说道少盐欠醋无滋味，加料添椒才脆美。但愿娘亲早痊济，饮羹汤一杯，胜甘露灌体，得一个身子平安倒大来⑳喜。

（孛老云）孩儿，羊肚汤有了不曾？（张驴儿云）汤有了，你拿过去。（孛老将汤云）婆婆，你吃些汤儿。（卜儿云）有累你。(做呕科,云)我如今打呕,不要这汤吃了,你老人家吃罢。(李老云)这汤特做来与你吃的,便不要吃,也吃一口儿。(卜儿云)我不吃了,你老人家请吃。(李老吃科)(正旦唱)

【贺新郎】一个道你请吃,一个道婆先吃,这言语听也难听,我可是气也不气!想他家与咱家有甚的亲和戚?怎不记旧日夫妻情意,也曾有百纵千随?婆婆也,你莫不为黄金浮世宝,白发故人稀[21],因此上把旧恩情全不比新知契?则待要百年同墓穴,那里肯千里送寒衣。

(李老云)我吃下这汤去,怎觉昏昏沉沉的起来?(做倒科)(卜儿慌科,云)你老人家放精细着,你扎挣着些儿。(做哭科,云)兀的不是死了也!(正旦唱)

【斗虾蟆】空悲戚,没理会,人生死,是轮回[22]。感着这般病疾,值着这般时势;可是风寒暑湿,或是饥饱劳役;各人症候自知,人命关天关地;别人怎生替得,寿数非干今世。相守三朝五夕,说甚一家一计。又无羊酒段匹[23],又无花红财礼;把手为活过日,撒手如同休弃。不是窦娥忤逆,生怕傍人论议,不如听咱劝你,认个自家悔气,割舍的一具棺材停置,几件布帛收拾。出了咱家门里,送入他家坟地。这不是你那从小儿年轻指脚的夫妻[24]。我其实不关亲无半点恓惶泪。休得要心如醉,意似痴,便这等嗟嗟怨怨,哭哭啼啼。

(张驴儿云)好也啰!你把我老子药死了,更待干罢!(卜儿云)孩儿,这事怎了也?(正旦云)我有什么药在那里,都是他要盐醋时,自家倾在汤儿里的。(唱)

【隔尾】这厮搬调[25]咱老母收留你,自药死亲爷待要唬吓谁?(张驴儿云)我家的老子,倒说是我做儿子的药死了,人也不信。(做叫科,云)四邻八舍听着:窦娥药杀我家老子哩。(卜儿云)罢么,你不要大惊小怪的,吓杀我也。(张驴儿云)你可怕么?(卜儿云)可知[26]怕哩。(张驴儿云)你要饶么?(卜儿云)可知要饶哩。(张驴儿云)你教窦娥随顺了我,叫我三声的的亲亲的丈夫,我便饶了他。(卜儿云)孩儿也,你随顺了他罢。(正旦云)婆婆,你怎说这般言语!(唱)我一马难将两鞍鞴[27]?,想男儿在日,曾两年匹配,却教我改嫁别人,其实做不得。

(张驴儿云)窦娥,你药杀了俺老子,你要官休?要私休?(正旦云)怎生是官休?怎生是私休?(张驴儿云)你要官休呵，拖你到官司，把你三推六问㉘，你这等瘦弱身子，当不过拷打，怕你不招认药死我老子的罪犯！你要私休呵，你早些与我做了老婆，倒也便宜了你。（正旦云）我又不曾药死你老子，情愿和你见官去来。（张驴儿拖正旦、卜儿下）

（净扮孤㉙引祗候㉚上，诗云）我做官人胜别人，告状来的要金银；若是上司当刷卷㉛，在家推病不出门。下官楚州太守桃杌是也。今早升厅坐衙，左右，喝撺厢㉜。（祗候么喝科）（张驴儿拖正旦、卜儿上，云）告状告状。（祗候云）拿过来。（做跪见。孤亦跪科，云）请起。（祗候云）相公，他是告状的，怎生跪着他？（孤云）你不知道，但来告状的，就是我衣食父母㉝。（祗候么喝科。孤云）那个是原告？那个是被告？从实说来。（张驴儿云）小人是原告张驴儿，告这媳妇儿，唤做窦娥，合毒药下在羊肚汤儿里，药死了俺的老子。这个唤做蔡婆婆，就是俺的后母。望大人与小人做主咱。（孤云）是那一个下的毒药？（正旦云）不干小妇人事。（卜儿云）也不干老妇人事。（张驴儿云）也不干我事。（孤云）都不是，敢是我下的毒药来？（正旦云）我婆婆也不是他后母，他自姓张，我家姓蔡。我婆婆因为与赛卢医索钱，被他赚到郊外，勒死我婆婆，却得他爷儿两个救了性命。因此我婆婆收留他爷儿两个在家，养膳终身，报他的恩德。谁知他两个倒起不良之心，冒认婆婆做了接脚，要逼勒小妇人做他媳妇。小妇人元是有丈夫的，服孝未满，坚执不从。适值我婆婆患病，着小妇人安排羊肚汤儿吃。不知张驴儿那里讨得毒药在身，接过汤来，只说少些盐醋，支转小妇人，暗地倾下毒药。也是天幸，我婆婆忽然呕吐，不要汤吃，让与他老子吃，才吃的几口，便死了。与小妇人并无干涉。只望大人高抬明镜，替小妇人做主咱。（唱）

【牧羊关】大人你明如镜，清似水，照妾身肝胆虚实。那羹本五味俱全，除了外百事不知。他推道尝滋味，吃下去便昏迷。不是妾讼庭上胡支对㉞，大人也，却教我平白地说甚的？

（张驴儿云）大人详情：他自姓蔡，我自姓张，他婆婆不招俺父亲接脚，他养我父子两个在家做甚么？这媳妇年纪儿虽小，极是个赖骨顽皮，不怕打的。（孤云）人是贱虫，不打不招。左右，与我选大棍子打着。（祗候打正旦，三次喷水科）（正旦唱）

【骂玉郎】这无情棍棒教我捱不的。婆婆也，须是你自做下,怨他谁?劝普天下前婚后嫁婆娘每,都看取我这般傍州例㉟。

【感皇恩】呀!是谁人唱叫扬疾㊱,不由我不魄散魂飞。恰消停,才苏醒,又昏迷。捱千般打拷,万种凌逼,一杖下,一道血,一层皮。

【采茶歌】打的我肉都飞,血淋漓,腹中冤枉有谁知!则我这小妇人毒药来从何处也?天那,怎么的覆盆不照太阳晖㊲!

(孤云)你招也不招?(正旦云)委的㊳不是小妇人下毒药来。(孤云)既然不是你,与我打那婆子。(正旦忙云)住住住,休打我婆婆,情愿我招了罢,是我药死公公来。(孤云)既然招了,着他画了伏状㊴,将枷来枷上,下在死囚牢里去。到来日判个斩字,押赴市曹㊵典刑。(卜儿哭科,云)窦娥孩儿,这都是我送了你性命,兀的不痛杀我也!(正旦唱)

【黄钟尾】我做了个衔冤负屈没头鬼,怎肯便放了你好色荒淫漏面贼㊶!想人心不可欺,冤枉事天地知,争到头,竞到底,到如今待怎的?情愿认药杀公公,与了招罪。婆婆也,我怕把你来便打的,打的来怎的。我若是不死呵,如何救得你?(随祗候押下)

(张驴儿做叩头科,云)谢青天老爷做主!明日杀了窦娥,才与小人的老子报的冤。(卜儿哭科,云)明日市曹中杀窦娥孩儿也,兀的不痛杀我也!(孤云)张驴儿,蔡婆婆,都取保状,着随衙听候。左右,打散堂鼓,将马来,回私宅去也。(同下)

【注释】

①太医:原系官廷御用医官的称号,这里是赛卢医自吹。 ②灭罪修因:减灭今生罪孽,修造来世福因,是一种迷信的说法。 ③超度:为死人做佛事,使其灵魂超脱苦难。 ④可奈:怎奈。 ⑤合:配制。 ⑥悔气:即晦气,遇事不顺,倒霉。 ⑦涿州:地名,故治在今河北省涿县。 ⑧接脚:接脚婿的省称,寡妇招婿的后夫。 ⑨红鸾天喜:红鸾,旧时迷信的说法,谓命中遇到的红鸾星,主婚姻成就。天喜,指吉日。 ⑩古门:元剧演出术语。舞台通向后台的出入口,又称鬼门。 ⑪家克计:持家的办法。 ⑫"说一会"两句:打凤、捞龙:都是安排圈套使人中计的意思。这两句话是指说的、做的都是暗中骗人的鬼把戏。 ⑬当垆涤器:参见本剧楔子注⑩。 ⑭举案齐眉:东汉时梁鸿、孟光夫妻吃饭时,孟光把盛食器的托盘高举齐眉,以表对丈夫的敬重。后人多以此喻夫妻和睦。 ⑮伶俐:此处作干净解。 ⑯哭倒长城:民间传说,秦时杞梁修筑长城,其妻孟姜女为他千里送寒衣,到了长城,杞梁已劳累而死,孟姜女寻求不得,哭之甚哀,把城墙哭倒了一大片,发现了丈夫的尸骨。 ⑰"浣纱"句:春秋时,伍子胥逃难到江边,一个

浣纱女同情他的遭遇，给他饭吃。临走伍子胥叮嘱她不要向追兵泄密，她为了表白自己的诚意，投江自杀。⑱"上山"句：相传古代一位妇女，在山上盼望丈夫而化成了石头。我国不少地方都有望夫石的传说。⑲恁的：那样的。⑳倒大来：倒大：十分、非常的意思。来，语助词。㉑"黄金"两句：古代谚语，均为难得之意。㉒轮回：迷信说法，认为人死后会转世为人或堕落成畜牲，一世一世轮转下去。这里是说，张驴儿父亲之死是他命中注定。㉓羊酒段匹：宋元时订婚的礼物。㉔指脚的夫妻：结发夫妻。㉕搬调：搬弄、调唆。㉖可知：当然。㉗"一马"句：出自成语"好马不鞴双鞍，烈女不嫁两夫"，这是封建社会要妇女守节的说教。㉘三推六问：反复勘察审问。㉙孤：元杂剧中的官员。㉚祗候：本是宋代武官名，元代用来称较高级的衙役。㉛刷卷：检查、清理民刑案件，由肃政廉访使赴所属地方衙门稽核。㉜喝撺厢：封建时代，官员开庭审案的时候，衙役分列两厢，大声吆喝，叫做"喝撺厢"。㉝衣食父母：旧社会仰靠某人生活，就称那个人是自己的衣食父母。这里是借演员打诨的话，以讽刺官吏们趁老百姓打官司时进行敲诈贪污。㉞胡支对：胡乱支吾答对。㉟傍州例：例子、榜样。㊱唱叫扬疾：大声吆喝。㊲"覆盆"句：盆翻盖着，阳光照不进去。比喻衙门暗无天日。㊳委的：委实、真的。㊴伏状：供词。㊵市曹：闹市。古代处决犯人多在闹市执行，用以警众。㊶漏面贼：意为"贼囚徒"。"漏面"：疑即镂面，是古代往返人脸上刺字的一种刑法。

【赏析】

第二折，张驴儿退婚失败，一计未成，又施一计。妄想药死蔡婆婆以威逼窦娥允婚就范，不料反而毒死自己的老子。这时，心肠歹毒的张驴儿顺势以药死公公的罪名诬陷窦娥，妄图迫其顺从成亲。窦娥心地光明磊落，一身洁白无瑕，宁愿见官也绝不屈服。此时此刻，她对官府的狰狞面目尚无认识，指望官吏"明如镜，照妾身"，能主持公道，明断此案。可是一到公堂，就遭到贪官污吏楚州太守桃杌的严刑拷问，窦娥受尽折磨，绝不招认。当无情杖又落到蔡婆婆身上时，她不忍心看着婆婆遭受皮肉熬煎之苦，只好屈招，问成死罪。官吏贪赃枉法、制造冤狱，主人公跟官府进行了生死的较量，在"一杖下，一道血，一层皮"的酷刑面前，她对官府寄予的幻想彻底泯灭，从而点燃了心底觉醒的火光。至此，悲剧冲突从反对恶霸的横行推移到对封建官府的直接斗争，窦娥的反抗性格也趋于成熟。

此曲中重点分析窦娥在公堂上被拷打时的一段唱词，共五支曲子。首先，〔牧羊关〕一曲，讲的是窦娥刚到公堂，说明了药死张驴儿父亲一事，与自己并无干涉。因为她年轻幼稚，对封建衙门存有幻想，相信桃杌太守能给她主持公道。所以，前三句唱词就说大人明如镜，清似水，能够照妾身肝胆虚实，要昏官相信她的话句句都是实情，没有半点虚假。但是，桃杌受贿，放着那个下毒药的张驴儿不审问，反审窦娥，这一下，窦娥对高抬明镜的桃杌开始怀疑了，幻想太守大人能替她做主的希望落空了。所以，当她被打得昏死三次，冷水泼醒后，接连唱了〔骂玉郎〕、〔感皇恩〕、〔采茶歌〕三支曲子，抒发自己百思不得其解的复杂心情。〔骂玉郎〕这支曲子，是埋怨蔡婆婆的，自己被无情棒拷打，实在捱不过，这些都是你婆婆自己种下的祸根，又能怨谁呢？只好现身说法，教天下前婚后嫁的妇女，都以自己为榜样，吸取有益的教训。〔感皇恩〕这支曲子，窦娥面对衙役们虎狼般的呼喊，魂飞魄散，棍棒暂停，自己刚苏醒，又昏迷。自己平白无故地挨这千般打拷，万种凌逼，一杖下，一道血，一层皮。她又开始的幻想逐渐觉醒，自己亲身遭受的冤枉，无疑就是黑暗衙门的真实情景，因此她开始控诉统治阶级的罪行。〔采茶歌〕这支曲子，窦娥被打得肉横飞，血淋漓，一肚子冤枉竟无人知！你明如镜，清似水的太守大人，怎不想想：我这个小妇人不出门，毒药是从那里来，怎么能药死人？所以，窦娥不仅尤人，骂桃杌是昏官，而且进一步怨天，自己好像被罩在盆子之下，见不到一丝阳光，真是个叫天天不应，叫地地不灵。〔黄钟尾〕一支曲子，是窦娥为了救护蔡婆婆，为了使年老的婆婆不受严刑拷打，她便把杀人之罪屈招在自己身上。但是，她并没有真正屈服，唱词前两句就说：我做了个衔冤负屈没头鬼，也绝不放过好色荒淫的张驴儿，凶相毕露的官吏坏蛋们。她的善良、温厚、孝道等性格特点，都表现在她这种舍己为人的精神中。

这一折表现了窦娥对统治阶级幻想的初步破灭，逐渐认识到黑暗社会的本质，所以，她敢于反抗的性格有了很大的发展。

《窦娥冤》第三折

关汉卿

（外①扮监斩官上，云）下官监斩官是也。今日处决犯人，着做公的把住巷口，休放往来人闲走。（净扮公人，鼓三通、锣三下科）（刽子磨旗②、提刀，押正旦带枷上）（刽子云）行动些③，行动些，监斩官去法场上多时了。（正旦唱）

【正宫端正好】没来由④犯王法，不提防遭刑宪，叫声屈动地惊天！顷刻间游魂先赴森罗殿⑤，怎不将天地也生埋怨。

【滚绣球】有日月朝暮悬，有鬼神掌着生死权。天地也只合把清浊分辨，可怎生错看了盗跖颜渊⑥：为善的受贫穷更命短，造恶的享富贵又寿延。天地也，做得个怕硬欺软，却元来也这般顺水推船。地也，你不分好歹何为地？天也，你错勘贤愚枉做天！哎，只落得两泪涟涟。

（刽子云）快行动些，误了时辰也。（正旦唱）

【倘秀才】则被这枷纽的我左侧右偏，人拥的我前合后偃，我窦娥向哥哥行⑦有句言。（刽子云）你有甚么话说？（正旦唱）前街里去心怀恨，后街里去死无冤，休推辞路远。

（刽子云）你如今到法场上面，有甚么亲眷要见的，可教他过来，见你一面也好。（正旦唱）

【叨叨令】可怜我孤身只影无亲眷，则落得吞声忍气空嗟怨。（刽子云）难道你爷娘家也没的？（正旦云）止有个爹爹，十三年前上朝取应去了,至今杳无音信。(唱)早已是十年多不睹爹爹面。(刽子云)你适才要我往后街里去,是什么主意?(正旦唱)怕则怕前街里被我婆婆见。(刽子云)你的性命也顾不得,怕他见怎的?(正旦云)俺婆婆若见我披枷带锁赴法场餐刀去呵,(唱)枉将他气杀也么哥,枉将他气杀也么哥⑧。告哥哥,临危好与人行方便!

(卜儿哭上科,云)天那,兀的不是我媳妇儿!(刽子云)婆子靠后。(正旦云)既是俺婆婆来了,叫他来,待我嘱付他几句话咱。(刽子云)那婆子,近前来,你媳妇要嘱付你话哩!(卜儿云)孩儿,痛杀我也!(正旦云)婆婆,那张驴儿把毒药放在羊肚儿汤里,实指望药死了你,要霸占我为妻。不想婆婆让与他老子吃,倒把他老子药死了。我怕连累婆婆,屈招了药死公公,今日赴法场典刑。婆婆,此后遇着冬时年节,月一十五,有瀽⑨不了的浆水饭,瀽半碗儿与我吃;烧不了的纸钱,与窦娥烧一陌儿⑩。则是看你死的孩儿面上!(唱)

【快活三】念窦娥葫芦提⑪当罪愆,念窦娥身首不完全,念窦娥从前已往干家缘⑫;婆婆也,你只看窦娥少爷无娘面。

【鲍老儿】念窦娥伏侍婆婆这几年,遇时节将碗凉浆奠;你去那受刑法尸骸上烈些纸钱,只当把你亡化的孩儿荐。(卜儿哭科,云)孩儿放心,这个老身都记得。天那,兀的不痛杀我也!(正旦唱)婆婆也,再也不要啼啼哭哭,烦烦恼恼,怨气冲天。这都是我做窦娥的没时没运,不明不暗,负屈衔冤。

(刽子做喝科,云)兀那婆子靠后,时辰到了也。(正旦跪科)(刽子开枷科)(正旦云)窦娥告监斩大人,有一事肯依窦娥,便死而无怨。(监斩官云)你有甚么事?你说。(正旦云)要一领净席,等我窦娥站立;又要丈二白练,挂在旗枪上:若是我窦娥委实冤枉,刀过处头落,一腔热血休半点儿沾在地下,都飞在白练上者。(监斩官云)这个就依你,打甚么不紧⑬。(刽子做取席站科,又取白练挂旗上科)(正旦唱)

【耍孩儿】不是我窦娥罚下这等无头愿⑭,委实的冤情不浅;若没些儿灵圣与世人传,也不见得湛湛青天。我不要半星热血红尘洒,都只在八尺旗枪素练悬。等他四下里皆瞧见,这就是咱苌弘化碧⑮,望帝啼鹃⑯。

(刽子云)你还有甚的说话,此时不对监斩大人说,几时说那?(正旦再跪科,云)大人,如今是三伏天道,若窦娥委实冤枉,身死之后,天降三尺瑞雪,遮掩了窦娥尸首。(监斩官云) 这等三伏天道,你便有冲天的怨气,也召不得一片雪来,可不胡说!(正旦唱)

【二煞】你道是暑气暄,不是那下雪天;岂不闻飞霜六月因邹衍⑰?若果有一腔怨气喷如火,定要感的六出冰花⑱滚似绵,免着我尸骸现;要甚么素车白马⑲,断送⑳出古陌荒阡!

(正旦再跪科,云) 大人,我窦娥死的委实冤枉,从今以后,着这楚州亢旱㉑三年!(监斩官云) 打嘴!那有这等说话!(正旦唱)

【一煞】你道是天公不可期,人心不可怜,不知皇天也肯从人愿。做甚么三年不见甘霖降?也只为东海曾经孝妇冤㉒。如今轮到你山阳县。这都是官吏每无心正法,使百姓有口难言。

(刽子做磨旗科,云) 怎么这一会儿天色阴了也?(内做风科,刽子云) 好冷风也!(正旦唱)

【煞尾】浮云为我阴,悲风为我旋,三桩儿誓愿明题遍。(做哭科,云) 婆婆也,直等待雪飞六月,亢旱三年呵,(唱) 那其间才把你个屈死的冤魂这窦娥显。

(刽子做开刀,正旦倒科)(监斩官惊云) 呀,真个下雪了,有这等异事!(刽子云) 我也道平日杀人,满地都是鲜血,这个窦娥的血都飞在那丈二白练上,并无半点落地,委实奇怪。(监斩官云) 这死罪必有冤枉。早两桩儿应验了,不知亢旱三年的说话,准也不准?且看后来如何。左右,也不必等待雪晴,便与我抬他尸首,还了那蔡婆婆去罢。(众应科,抬尸下)

【注释】

①外:角色名,"外末"的省称。有时也作"外旦"、"外净"的省称。 ②磨旗:摇旗;挥旗。 ③行动些:走快些。 ④没来由:无缘无故的。 ⑤森罗殿:迷信的说法,谓阴间阎王审案的厅堂。 ⑥盗跖:传说春秋时的"大盗"。颜渊:孔子的学生,所谓"贤者"的典型。 ⑦哥哥行:意即哥哥那边。在宋元语言里,"行"用在人称之后,是指示方位的词。 ⑧也么哥:表示指示的语气词,无义。〔叨叨令〕曲照例要重迭,并在词尾加"也么哥"三字。 ⑨溅:倒,泼。 ⑩一陌儿:即一百张。陌:通"百"。 ⑪葫芦提:糊里糊涂,不明不白。 ⑫干家缘:料理家务。 ⑬打什么不紧:有什么要紧。 ⑭无头愿:没有着落的、离奇的誓愿。 ⑮苌弘化碧:苌弘为周之忠臣,无辜被害,流血成石,或谓化为碧玉,不见其尸。见《庄子·外物》。 ⑯望帝啼鹃:蜀王杜宇,号望帝,相传他逊位后去世,魂化为杜鹃,日夜悲啼。 ⑰"飞霜"句:邹衍:战国时燕之忠臣,相传他被谗下狱,曾仰天大哭,时值夏天,竟然降雪。后人遂以"六月飞霜"喻冤狱。 ⑱六出冰花:指雪花,因为雪花是六瓣的。 ⑲素车白马:东汉时,范式

和张劭友好,张劭死后,范式从很远的地方乘着白车白马去吊丧。后常用这四个字指吊丧送葬。　⑳断送:这里指送葬。　㉑亢旱:大旱、久旱。　㉒"东海"句:据《汉书·于定国传》,东海郡有一个很孝顺的寡妇周青,竟以谋杀婆婆罪被判斩,临刑前她指着身边的竹竿说,若我无罪,血就沿着竹竿倒流上去。后来果然应验,且东海一带三年不雨。后来于公为她雪冤,才又下雨。

【赏析】

　　判决窦娥问斩,虽已预示出最终出现的悲剧结局,但是全本的高潮尚未到来。伟大剧作家以他高超的艺术构思,以如椽之笔,饱蘸感情,创作了惊心动魄的第三折戏,将悲剧冲突推向顶端。第三折,安排了三个场面:途中控诉、刑场哭别和三桩誓愿。三个场面,三种抒情方式。

　　途中控诉,悲剧冲突通过凄厉激越的抒情独唱,怒骂抗议,猝然涌起巨浪,达到异常激烈的程度,从正面集中地刻画了窦娥跟封建势力殊死斗争的反抗精神,表现了她性格中"刚"的一面。剧作家以全部同情,关注着窦娥的命运,揭开了这场惊飙掠空般的途中控诉。窦娥呼天抢地地连续唱了两支曲子:〔端正好〕、〔滚绣球〕,全用怒斥和抗议的语调,通过自述内心经历一番波折而形成的对人世的深刻认识,跟封建官府构成极其尖锐的矛盾,悲剧冲突若峻峰矗立,突兀而起。途中控诉采用的是中国戏曲中传统的抒情独唱形式,声腔凄厉激越,倾悲愤之情,吐抗争之气,其势若惊涛骇浪,一往直前,不可阻遏。

　　至刑场哭别,则笔触突转,冲突似为之一顿,那哀怨的低诉,若流水潺湲,千回万转。这里主要借助于典型的细节和如泣如诉诀别的描写显露出女主人公无比善良的品格,置个人生死于度外的精神,突出了她性格中"柔"的一面,更见形象的丰满和完美。可以说这在窦娥的性格上,又平添了一层异彩,发出晶莹璀璨的光亮。窦娥面对黑暗社会,横眉冷对,声请激厉;而当亲人相见时,则至孝至贤,挚诚善待,所唱的〔快活三〕、〔鲍老儿〕两支曲,音调突转,变为哀婉悲悼,缠绵情深。连用几个"念"字,裂成排句,回环往复,涕泪涟涟,哭诉的语调倍增,极富悲剧的感染力量。曲语言明白如话,质朴生动,不事修饰。

　　到三桩誓愿,若长河奔涌,沉郁悲壮,剧情发展线和抒情转化线契合无隙,相辅相成,曲折起伏,不断演进,一直推向悲剧冲突的高潮,完成悲剧中主人公性格的塑造,显示出鲜明的悲剧特色。关汉卿从"东海孝妇"的传说中得到启示,由之生发开来采用浪漫主义的手法,概括丰富的现实生活内容,大胆而精巧地构思出三桩誓愿。这三桩誓愿由小到大,由弱到强,一步步递升,创造出浓厚的悲剧气氛。三桩誓愿依次实现的过程,就是窦娥反抗情绪步步强烈和升级的过程,随着悲剧人物抒情的演进,整个舞台涌起一种令人窒息的气氛,读者或观众的胸襟为血和泪、怨和恨所拥塞、压抑,心底烙印下不能弥合的千古奇冤。社会生活中,某些幻境是根本不能成为现实的,而在剧本中、在舞台上竟然出现,并且显得那样合情合理,没有谁去怀疑它,这恰是剧作家运用浪漫主义手法来创造悲剧气氛的成功之处。还应该指出的是,主人公唱的一系列曲辞,并未局限于个人一怨一愤的倾诉。它已扩展到具有谴责整个封建时代的深广意义方面去了,因而它足以攫取人们的心灵,产生激励的伟力,冲击旧制度的牢笼。至此,窦娥的精神境界,随着戏剧高潮的到来,更加升华,她负冤含恨而死,但虽死犹生,从当时起;她就已经成为中国古代一个光辉不朽的女性典型形象活在人们心中,历千古而不灭。

《窦娥冤》第四折

关汉卿

（窦天章冠带引丑①张千、祗从上，诗云）独立空堂思黯然，高峰月出满林烟；非关有事人难睡，自是惊魂夜不眠。老夫窦天章是也。自离了我那端云孩儿，可早十六年光景。老夫自到京师，一举及第，官拜参知政事②。只因老夫廉能清正，节操坚刚，谢圣恩可怜，加老夫两淮提刑肃政廉访使③之职，随处审囚刷卷，体察滥官污吏，容老夫先斩后奏。老夫一喜一悲：喜呵，老夫身居台省，职掌刑名，势剑金牌④，威权万里；悲呵，有端云孩儿，七岁上与了蔡婆婆为儿媳妇，老夫自得官之后，使人往楚州问蔡婆婆家，他邻里街坊道，自当年蔡婆婆不知搬在那里去了，至今音信皆无。老夫为端云孩儿，啼哭的眼目昏花，忧愁的须发斑白。今日来到这淮南地面，不知这楚州为何三年不雨？老夫今在这州厅安歇。张千，说与那州中大小属官，今日免参，明日早见。（张千向古门云）一应大小属官，今日免参，明日早见。（窦天章云）张千，说与那六房吏典⑤，但有合刷照文卷，都将来，待老夫灯下看几宗波。（张千送文卷科）（窦天章云）张千，你与我掌上灯。你每都辛苦了，自去歇息罢。我唤你便来，不唤你休来。（张千点灯，同祗从下）（窦天章云）我将这文卷看几宗咱。"一起犯人窦娥，将毒药致死公公。……"我才看头一宗文卷，就与老夫同姓；这药死公公的罪名，犯在十恶不赦⑥，俺同姓之人也有不畏法度的。这是问结了的文书，不看他罢，我将这文卷压在底下，别看一宗咱。（做打呵欠科，云）不觉的一阵昏沉上来，皆因老夫年纪高大，鞍马劳困之故。待我搭伏定书案，歇息些儿咱。（做睡科。魂旦上，唱）

【双调新水令】我每日哭啼啼守住望乡台⑦，急煎煎把仇人等待，慢腾腾昏地里去，足律律⑧旋风中来。则被这雾锁云埋，撺掇⑨的鬼魂快。

（魂旦望科，云）门神户尉⑩不放我进去。我是廉访使窦天

章女孩儿,因我屈死,父亲不知,特来托一梦与他咱。(唱)

【沉醉东风】我是那提刑的女孩,须不比现世的妖怪,怎不容我到灯影前,却拦截在门楹⑪外?(做叫科,云)我那爷爷呵!(唱)枉自有势剑金牌,把俺这屈死三年的腐骨骸,怎脱离无边苦海?

(做入见哭科,窦天章亦哭科,云)端云孩儿,你在那里来?(魂旦虚下⑫)(窦天章做醒科,云)好是奇怪也!老夫才合眼去,梦见端云孩儿,恰便似来我跟前一般;如今在那里?我且再看这文卷咱。(魂旦上做弄灯科)(窦天章云)奇怪,我正要看文卷,怎生这灯忽明忽灭的?张千也睡着了,我自己剔灯咱。(做剔灯,魂旦翻文卷科。窦天章云)我剔的这灯明了也,再看几宗文卷。"一起犯人窦娥,药死公公。……"(做疑怪科,云)这一宗文卷,我为头看过,压在文卷底下,怎生又在这上头?这几时问结了的,还压在底下,我别看一宗文卷波。(魂旦再弄灯科。窦天章云)怎么这灯又是半明半暗的?我再剔这灯咱。(做剔灯。魂旦再翻文卷科)(窦天章云)我剔的这灯明了,我另拿一宗文卷看咱。"一起犯人窦娥,药死公公。……"呸!好是奇怪!我才将这文书分明压在底下,刚剔了这灯,怎生又翻在面上?莫不是楚州后厅里有鬼么?便无鬼呵,这桩事必有冤枉。将这文卷再压在底下,待我另看一宗如何?(魂旦又弄灯科。窦天章云)怎生这灯又不明了?敢有鬼弄这灯?我再剔一剔去。(做剔灯科。魂旦上,做撞见科。窦天章举剑击桌科,云)呸!我说有鬼!兀那鬼魂,老夫是朝廷钦差带牌走马肃政廉访使,你向前来,一剑挥之两段。张千,亏你也睡的着,快起来,有鬼有鬼。兀的不吓杀老夫也!(魂旦唱)

【乔牌儿】则见他疑心儿胡乱猜,听了我这哭声儿转惊骇。哎,你个窦天章直恁的威风大,且受你孩儿窦娥这一拜。

(窦天章云)兀那鬼魂,你道窦天章是你父亲,"受你孩儿窦娥拜",你敢错认了也?我的女儿叫做端云,七岁上与了蔡婆婆为儿媳妇。你是窦娥,名字差了,怎生是我女孩儿?(魂旦云)父亲,你将我与了蔡婆婆家,改名做窦娥了也。(窦天章云)你便是端云孩儿?我不问你别的,这药死公公是你不是?(魂旦云)是你孩儿来。(窦天章云)喥声⑬!你这小妮子,老夫为你啼哭的眼也花了,忧愁的头也白了,你划地犯下十恶大罪,受了典刑!我今日官居台省,职掌刑名,来此两淮审囚刷卷,体察滥官污吏;你是我亲生之女,老夫将你治不的,怎治他人?我当初将你嫁与他家呵,要你三从四德:三从者,在家从父,出嫁从夫,夫死从子;四德者,事公姑,敬夫主,和妯娌,睦街坊。今三从四德全无,划地犯了十恶大罪。我窦家三辈无犯法之男,五世无再婚之女;到今日被你辱没祖宗世德,又连累我的清名。你快与我细吐真情,不要虚言支对。若说的有半厘差错,牒发你城隍祠内,着你永世不得人身,罚在阴山⑭永为饿鬼。(魂旦云)父亲停嗔息怒,暂罢狼虎之威,听你孩儿慢慢的说一遍咱。我三岁上亡了母亲,七岁上离了父亲,你将我送与蔡婆婆做儿媳妇。至十七岁与夫配合,才得两年,不幸儿夫亡化,和俺婆婆守寡。这山阳县南门外有个赛卢医,他少俺婆婆二十两银子。俺婆婆去取讨,被他赚到郊外,要将婆婆勒死;不想撞见张驴儿父子两个,救了俺婆婆性命。那张驴儿知道我家有个守寡的媳妇,便道:"你婆儿媳妇既无丈夫,不若招我父子两个。"俺婆婆初也不肯,那张驴儿道:"你若不肯,我依旧勒死你。"俺婆婆惧怕,不得已含糊许了。只得将他父子两个领到家中,养他过世。有张驴儿数次调戏你女孩儿,我坚执不从。那一日俺婆婆身子不快,想羊肚儿汤吃,你孩儿安排了汤。适值张驴儿父子两个问病,道:"将汤来我尝一尝。"说:"汤便好,只少些盐醋。"赚的我去取盐醋,他就暗地里下了毒药。实指望药杀俺婆婆,要强逼我成亲。"不想俺婆婆偶然发呕,不要汤吃,却让与老张吃,随即七窍流血药死了。张驴儿便道:"窦娥药死了俺老子,你要官休?要私休?"我便道:"怎生是官休?怎生是私休?"他道:"要官休,告到官司,你与俺老子偿命;若私休,你便与我做老婆。"你孩儿便道:"好马不双鞴鞍,烈女不更二夫。我至死不与你做媳妇,我情愿和你见官去。"他将你孩儿拖到官中,受尽三推六问,吊拷绷扒⑮,便打死孩儿,也不肯认。怎当州官见你孩儿不认,便要拷打俺婆婆;我怕婆婆年老,受刑不起,只得屈认了。因此押赴法场,将我典刑。你孩儿对天发下三桩誓愿:第一桩,要丈二白练挂在旗枪上,若系冤枉,刀过头落,一腔热血休滴在地下,都飞在白练上;第二桩,现今三伏天道,下三尺瑞雪,遮掩你孩儿尸首;第三桩,着他楚州大旱三年。果然血飞上白练,六月下雪,三年不雨,都是为你孩儿来。(诗云)不告官司只告天,心中怨气口难言。防他老母遭刑宪,情愿无辞认罪

怨。三尺琼花⑯骸骨掩，一腔鲜血练旗悬；岂独霜飞邹衍屈，今朝方表窦娥冤。（唱）

【雁儿落】你看这文卷曾道来不道来，则我这冤枉要忍耐如何耐？我不肯顺他人，倒着我赴法场；我不肯辱祖上，倒把我残生坏。

【得胜令】呀，今日个搭伏定摄魂台⑰，一灵儿怨哀哀。父亲也，你现掌着刑名事，亲蒙圣主差。端详这文册，那厮乱纲常当合败。便万剐了乔才⑱，还道报冤仇不畅怀。

（窦天章做泣科，云）哎！我那屈死的儿，则被你痛杀我也！我且问你：这楚州三年不雨，可真个是为你来？（魂旦云）是为你孩儿来。（窦天章云）有这等事！到来朝我与你做主。（诗云）白头亲苦痛哀哉，屈杀了你个青春女孩。只恐怕天明了，你且回去，到来日我将文卷改正明白。（魂旦暂下）（窦天章云）呀，天色明了也。张千，我昨日看几宗文卷，中间有一鬼魂来诉冤枉。我唤你好几次，你再也不应，直恁的好睡那。（张千云）我小人两个鼻子孔一夜不曾闭，并不听见女鬼诉什么冤状，也不曾听见相公呼唤。（窦天章做叱科，云）！今早升厅坐衙，张千，喝撺厢者。（张千做幺喝科，云）在衙人马平安⑲！抬书案！（禀云）州官见。（外扮州官入参科）（张千云）该房吏典见。（丑扮吏入参见科）（窦天章问云）你这楚州一郡，三年不雨，是为着何来？（州官云）这个是天道亢旱，楚州百姓之灾，小官等不知其罪。（窦天章做怒云）你等不知罪么！那山阳县有用毒药谋死公公犯妇窦娥，他问斩之时曾发愿道："若是果有冤枉，着你楚州三年不雨，寸草不生。"可有这件事来？（州官云）这罪是前升任桃州守问成的，现有文卷。（窦天章云）这等糊突的官也着他升去！你是继他任的，三年之中可曾祭这冤妇么？（州官云）此犯系十恶大罪，元不曾有祠，所以不曾祭得。（窦天章云）昔日汉朝有一孝妇守寡，其姑自缢身死，其姑女告孝妇杀姑，东海太守将孝妇斩了。只为一妇含冤，致令三年不雨。后于公治狱，仿佛见孝妇抱卷哭于厅前。于公将文卷改正，亲祭孝妇之墓，天乃大雨。今日你楚州大旱，岂不正与此事相类？张千，分付该房签牌下山阳县，着拘张驴儿、赛卢医、蔡婆婆一起人犯，火速解审，毋得违误片刻者。（张千云）理会的。（下）（丑扮解子押张驴儿、蔡婆婆同张千上，禀云）山阳县解到审犯听点。（窦天章云）张驴儿。(张驴儿云)有。(窦天章云)蔡婆婆。(蔡婆婆云)有。(窦天章云)怎么赛卢医是紧要人犯不到?(解子云)赛卢医三年前在逃,一面着广捕批缉拿去了,待获日解审。(窦天章云)张驴儿,那蔡婆婆是你后母么?(张驴儿云)母亲好冒认的?委实是。(窦天章云)这药死你父亲的毒药,卷上不见有合药的人,是那个的毒药?(张驴儿云)是窦娥自合就的毒药。(窦天章云)这毒药必有一个卖药的医铺。想窦娥是个少年寡妇,那里讨这药来。张驴儿,敢是你合的毒药么?(张驴儿云)若是小人合的毒药,不药别人,倒药死自家老子?(窦天章云)我那屈死的儿,这一节是紧要公案,你不自来折辩,怎得一个明白?你如今冤魂却在那里?(魂旦上,云)张驴儿,这药不是你合的,是那个合的?(张驴儿做怕科,云)有鬼有鬼,撮盐入水,太上老君,急急如律令,敕[20]。(魂旦云)张驴儿,你当日下毒药在羊肚儿汤里,本意药死俺婆婆,要逼勒我做浑家。不想俺婆婆不吃,让与你父亲吃,被药死了。你今日还敢赖哩!(唱)

【川拨棹】猛见了你这吃敲材[21],我只问你这毒药从何处来?你本意待暗里栽排,要逼勒我和谐,倒把你亲爷毒害,怎教咱替你耽罪责!

(魂旦做打张驴儿科)(张驴儿做避科,云)太上老君急急如律令,敕。大人说这毒药必有个卖毒药的医铺,若寻得这卖药的人来和小人折对[22],死也无词。(丑扮解子解赛卢医上,云)山阳县续解到犯人一名赛卢医。(张千喝云)当面。(窦天章云)你三年前要勒死蔡婆婆,赖他银子,这事怎么说?(赛卢医叩头科,云)小的要赖蔡婆婆银子的情是有的,当被两个汉子救了,那婆婆并不曾死。(窦天章云)这两个汉子你认的他叫做什么名姓?(赛卢医云)小的认便认得,慌忙之际可不曾问的他名姓。(窦天章云)现有一个在阶下,你去认来。(赛卢医做下认科,云)这个是蔡婆婆。(指张驴儿云)想必这毒药事发了。(上云)是这一个。容小的诉禀:当日要勒死蔡婆婆时,正遇见他爷儿两个救了那婆婆去。过得几日,他到小的铺中讨服毒药。小的是念佛吃斋人,不敢做昧心的事,说道:"铺中只有官料药[23],并什么无毒药。"他就睁着眼道:"你昨日在郊外要勒死蔡婆婆,我拖你见官去。"小的一生最怕的是见官,只得将一服毒药与了他去。小的见他生相是个恶的,一定拿这药去药死了人，久后败露，必然连累。小的一向逃在涿州地方，卖些老鼠药。刚刚是老鼠被药杀了好几个，药死人的药，其实再也不曾合。（魂旦唱）

【七弟兄】你只为赖财，放乖，要当灾。（带云）这毒药呵，（唱）原来是你赛卢医出卖张驴儿买，没来由填做我犯由牌㉔，到今日官去衙门在。

（窦天章云）带那蔡婆婆上来。你看你也六十外人了，家中又是有钱钞的，如何又嫁了老张，做出这等事来？（蔡婆婆云）老妇人因为他爷儿两个救了我的性命，收留他在家养膳过世；那张驴儿常说要将他老子接脚进来，老妇人并不曾许他。（窦天章云）这等说，你那媳妇就不该认做药死公公了。（魂旦云）当日问官要打俺婆婆，我怕他年老受刑不起，因此咱认做药死公公，委实是屈招个！（唱）

【梅花酒】你道是咱不该，这招状供写的明白。本一点孝顺的心怀，倒做了惹祸的胚胎。我只道官吏每还覆勘，怎将咱屈斩首在长街！第一要素旗枪鲜血洒，第二要三尺雪将死尸埋，第三要三年旱示天灾：咱誓愿委实大。

【收江南】呀，这的是衙门从古向南开，就中无个不冤哉！痛杀我娇姿弱体闭泉台㉕，早三年以外，则落的悠悠流恨似长淮。

（窦天章云）端云儿也，你这冤枉我已尽知，你且回去。待我将这一起人犯并原问官吏另行定罪，改日做个水陆道场㉖超度你升天便了。（魂旦拜科，唱）

【鸳鸯煞尾】从今后把金牌势剑从头摆，将滥官污吏都杀坏，与天子分忧，万民除害。（云）我可忘了一件，爹爹，俺婆婆年纪高大，无人侍养，你可收恤家中，替你孩儿尽养生送死之礼，我便九泉之下，可也瞑目。（窦天章云）好孝顺的儿也！（魂旦唱）嘱付你爹爹，收养我奶奶。可怜他无妇无儿，谁管顾年衰迈！再将那文卷舒开，（带云）爹爹也，把我窦娥名下，（唱）屈死的于伏㉗罪名儿改。（下）

（窦天章云）唤那蔡婆婆上来，你可认的我么？（蔡婆婆云）老妇人眼花了，不认的。（窦天章云）我便是窦天章。适才的鬼魂，便是我屈死的女孩儿端云。你这一行人听我下断：张驴儿毒杀亲爷，奸占寡妇，合拟凌迟㉘，押赴市曹中钉上木驴㉙，剐一百二十刀处死。升任州守桃杌并该房吏典，刑名违错,各杖一百,永不叙用。赛卢医不合赖钱,勒死平民;又不合修合毒药,致伤人命,发烟障地面㉚,永远充军。蔡婆婆我家收养。窦娥罪改正明白。(词云)莫道我念亡女与他灭罪消愆,也只可怜见楚州郡大旱三年。昔于公曾表白东海孝妇,果然是感召得灵雨如泉。岂可便推诿道天灾代有,竟不想人之意感应通天。今日个将文卷重行改正,方显得王家法不使民冤。

  题目 秉鉴持衡㉛廉访法
  正名㉜ 感天动地窦娥冤

【注释】

  ①丑:角色名,一般扮演地位低下的小人物或反面人物。 ②参知政事:官名,元代隶属中书省,从二品。 ③提刑肃政廉访使:官名。元代于全国各道设提刑按察使,后改为肃政廉访使,正三品,掌管纠察该道的吏治得失和刑狱等事。 ④势剑:犹如尚方剑。金牌:元代官制规定,武官中万户佩朝廷所发的金虎符,地位很高,权力很大。 ⑤六房吏典:指地方政府中主管吏、户、刑、工、礼各部门的蜀吏。 ⑥十恶不赦:《元史·刑法志》所列举的"十恶"罪名是谋反、谋大逆、谋叛、恶逆、不道、大不敬、不孝、不睦、不义、内乱。犯者得不到赦免。 ⑦望乡台:迷信的说法,人死之后,在阴间望乡台上,可看见阳世家里的情形。 ⑧足律律:拟声词,风声。一说形容疾速的样子。 ⑨撺掇:催促、怂恿。 ⑩门神户尉:迷信习俗,在门上贴着神像,左边是门丞,右边是户尉,用以驱鬼。 ⑪门桯(厅):门槛、门限。 ⑫虚下:元杂剧演出术语,提示演员背身作下场状。 ⑬嗓声:住口。 ⑭阴山:迷信的说法,谓阴间有大石山,极冷,此处拘押有罪的鬼魂。 ⑮吊拷:把人吊起来拷打。绷扒:剥去衣服,用绳子捆绑起来。 ⑯琼花:指雪花。 ⑰摄魂台:迷信说法,勾摄阴魂的场所。 ⑱乔才:坏家伙。 ⑲在衙人马平安:元杂剧中官员升厅理事时,衙役照例吆喝这句话,以示吉祥。 ⑳"有鬼有鬼,撮盐入水"三句:这是模仿道士用咒语驱鬼的动作和口气。道士作法时要在堂室中洒盐水,口念"太上老君,急急如律令,赦"。"如律令"是促请对方按律令行事。 ㉑吃敲材:该死的家伙。元时把杖杀叫做敲。 ㉒折对:对症、对质。 ㉓官料药:准许公开出售的药。 ㉔犯由牌:标志犯人罪状的牌子。 ㉕泉台:坟墓。 ㉖水陆道场:佛教设斋供奉鬼神及水陆众生的法令,谓可超度亡灵,造福生者。 ㉗干伏:古名家本作"招供"。 ㉘凌迟:古代的一种酷刑。《宋史·刑法志》:"凌迟者,先斩断其肢体,乃抉其吭(咽喉),当时之极法也。" ㉙木驴:凌迟之前,将犯人放在有铁刺的木桩上,游街示众,谓之"骑木驴"。 ㉚烟障地面:指瘴气很大的荒僻地方,古代犯人充军的处所。 ㉛秉鉴:拿着镜子,意为"明如镜"。鉴:镜子。持衡:主持公道。 ㉜题目、正名:元杂剧末尾,通常用两句或四句对子总结全剧内容,前半部分叫做"题目",后半部分谓之"正名"。

【赏析】

  这一折的主要情节是:窦娥被处死后三年,她的父亲窦天章一举及第,官拜参知政事,加两淮提刑肃政廉访使,到楚州审囚刷卷。窦天章安歇在楚州官厅,夜晚在灯下看文卷，头一宗就是窦娥毒药致死公公一案。这时，窦娥的鬼魂出现，翻得文卷时上时下，灯光忽明忽暗，几经周折，父女俩终于得以相见，诉明了冤情。于是，窦天章第二天升厅坐衙，逮到张驴儿、赛卢医一起人犯，最终得以审问明白，处死张驴儿，充军赛卢医为窦娥改正了屈死的罪名，并且答应了窦娥鬼魂的要求，收养蔡婆婆。

　　作为全剧的最后一折，窦娥的鬼魂在公堂的一段唱词最为精彩，共有五支曲子。〔川拨棹〕一支曲，是窦娥鬼魂见到张驴儿后边打边唱的。她先仇恨地骂张驴儿是吃敲材，即挨刀货，再问张驴儿毒药是从那里来？因为这是造成和解开全剧冤案的关键情节，桃杌等贪脏枉法的官吏，正是因为没弄清这一点，才错斩了窦娥，造成了冤案。〔七兄弟〕一支曲子，是窦娥鬼魂知道毒药是赛卢医卖给张驴儿后的唱词。她先指责赛卢医只为赖财，就想勒死蔡婆婆，应该认罪。现在你又卖毒药给张驴儿，更该获罪。接着是指责那黑暗的衙门，糊涂的官吏，没有理由的让我背着无头罪。〔梅花酒〕这支曲子，窦娥鬼魂说明自己当初承认药杀公公的原因：张驴儿父亲不是自己的公公，自己屈招为药死公公，全是怕年老的蔡婆婆吃苦受刑，这一点孝顺心怀，做了惹祸的胚胎。窦娥的这一认识，达到了她那个时代的高峰，因为屈杀窦娥，不仅是封建政权的罪恶，而且也是封建思想的毒害。她说自己原来对高层统治者还抱有幻想，以为官吏们还要复查，没想到就把自己屈斩首在长街。所以，她才咒骂天地，发下三桩誓愿，要对世人显圣，说明自己的冤情委实不浅。〔收江南〕一支曲子，窦娥进一步揭露封建政权的黑暗和不合理。所以她开口就说衙门从古向南开，就中无个不冤哉，这就是封建政权的反动本质！这样黑暗的社会，不合理的制度，怎么能不冤杀自己，使自己娇姿弱体的妇女，埋葬在坟墓里！到现在三年多了，冤枉不能昭雪，深仇大恨就像悠悠长流的淮水。窦娥的思想认识，是用生命换来的，正是封建社会里被压迫人民觉醒的表现。〔鸳鸯煞尾〕这支曲子，是窦娥鬼魂彻底否定了封建统治阶级后的唱词。她希望从今后把金牌势剑从头摆，将滥官污吏都杀坏。与天子分忧，为万民除害。

　　第四折，鬼魂诉冤，窦天章断案，虽是为了满足善良人们惩恶扬善的心愿，设计了一个惩罚邪恶，昭雪冤案的圆满结局，但它仍然承接着前三折悲的基调，借助窦娥一系列唱曲，整个舞台充满悲凉的气氛，给人以沉重感，而且直接唱出"这的是衙门从古向南开，就中无个不冤哉！"概括了永远不朽，彪炳千秋的悲剧主题，振聋发聩。

《救风尘》第一折

关汉卿

　　（冲末扮周舍上，诗云）酒肉场中三十载，花星①整照二十年；一生不识柴米价，只少花钱共酒钱。自家郑州人氏，周同知②的孩儿周舍是也。自小上花台做子弟③。这汴梁城中，有一歌者，乃是宋引章。他一心待嫁我，我一心待娶他，争奈他妈儿不肯。我今做买卖回来，今日特到他家去，一来去望妈儿，

二来就提这门亲事,多少是好。(下)

(卜儿同外旦④上,云)老身汴梁人氏,自身姓李,夫主姓宋,早年亡化已过。止有这个女孩儿,叫做宋引章。俺孩儿拆白道字⑤,顶真续麻⑥,无般不晓,无般不会。有郑州周舍,与孩儿作伴多年,一个要娶,一个要嫁,只是老身谎彻梢虚⑦,怎么便肯?引章,那周舍亲事,不是我百般板障,只怕你久后自家受苦。(外旦云)奶奶,不妨事,我一心则待要嫁他。(卜儿云)随你,随你!(周舍上,云)自家周舍,来此正是他门首,只索进去。(做见科)(外旦云)周舍,你来了也!(周舍云)我一径的来问亲事,母亲如何?(外旦云)母亲许了亲事也。(周舍云)我见母亲去。(卜儿做见科)(周舍云)母亲,我一径的来问这亲事哩。(卜儿云)今日好日辰,我许了你,则休欺负俺孩儿。(周舍云)我并不敢欺负大姐。母亲,把你那姊妹弟兄都请下者,我便收拾来也。(卜儿云)大姐,你在家执料⑧,我去请那一辈儿老姊妹去来。(周舍诗云)数载间费尽精神,到今朝才许成亲。(外旦云)这都是天缘注定。(卜儿云)也还有不测风云。(同下)

(外扮安秀实上,诗云)刘蕡下第⑨千年恨,范丹⑩守志一生贫;料得苍天如有意,断然不负读书人。小生姓安,名秀实,洛阳人氏。自幼颇习儒业,学成满腹文章,只是一生不能忘情花酒。到此汴梁,有一歌者宋引章,和小生作伴。当初他要嫁我来,如今却嫁了周舍。他有个八拜交的姐姐,是赵盼儿,我去央他劝一劝,有何不可。赵大姐在家么?(正旦扮赵盼儿上,云)妾身赵盼儿是也。听的有人叫门,我开门看咱。(见科,云)我道是谁,原来是妹夫。你那里来?(安秀实云)我一径的来相烦你。当初姨姨引章要嫁我来,如今却要嫁周舍,我央及你劝他一劝。(正旦云)当初这亲事不许你来?如今又要嫁别人,端的姻缘事非同容易也呵!(唱)

【仙吕点绛唇】妓女追陪,觅钱一世。临收计,怎做的百纵千随,知重咱风流婿。

【混江龙】我想这姻缘匹配,少一时一刻强难为。如何可意?怎的相知?怕不便脚搭着脑杓成事早⑪,怎知他手拍着胸脯悔后迟!寻前程,觅下梢⑫,恰便是黑海也似难寻觅。料的来人心不问,天理难欺。

【油葫芦】姻缘簿全凭我共你⑬?谁不待拣个称意的?他每

都拣来拣去百千回。待嫁一个老实的，又怕尽世儿难成对；待嫁一个聪俊的，又怕半路里轻抛弃⑭。遮莫向狗溺处藏，遮莫⑮向牛屎里堆，忽地便吃了一个合扑地⑯，那时节睁着眼怨他谁！

【天下乐】我想这先嫁的还不曾过几日，早折的⑰容也波仪、瘦似鬼，只教你难分说、难告诉、空泪垂！我看了些觅前程⑱俏女娘，见了些铁心肠男子辈，便一生里孤眠，我也直甚颓⑲！

（云）妹夫，我可也待嫁个客人，有个比喻。（安秀实云）喻将何比？（正旦唱）

【那吒令】待妆个老实，学三从四德；争奈是匪妓，都三心二意。端的是那里是三梢末尾⑳？俺虽居在柳陌中、花街内，可是那件儿便宜？

【鹊踏枝】俺不是卖查梨㉑，他可也逞刀锥。一个个败坏人伦，乔做胡为。（云）但来两三遭，不问那厮要钱，他便道："这弟子敲镘儿㉒哩。"（唱）但见俺有些儿不伶俐，便说是女娘家要哄骗东西㉓。

【寄生草】他每有人爱为娼妓，有人爱作次妻。干家的乾落得淘闲气，买虚的看取些羊羔㉔利，嫁人的早中了拖刀计。他正是："南头做了北头开，东行不见西行例㉕。"

（云）妹夫，你且坐一坐，我去劝他。劝的省时，你休欢喜；劝不省时，休烦恼。（安秀实云）我不坐了，且回家去等信罢。大姐留心者。（下）（正旦做行科，见外旦云）妹子，你那里人情去？（外旦云）我不人情去，我待嫁人哩。（正旦云）我正来与你保亲。（外旦云）你保谁？（正旦云）我保安秀才。（外旦云）我嫁了安秀才呵，一对儿好打莲花落㉖。（正旦云）你待嫁谁？（外旦云）我嫁周舍。（正旦云）你如今嫁人，莫不还早哩？（外旦云）有甚么早不早！今日也大姐，明日也大姐，出了一包儿脓㉗。我嫁了，做一个张郎家妇，李郎家妻，立个妇名，我做鬼也风流的。（正旦唱）

【村里迓鼓】你也合三思而行，再思可矣㉘。你如今年纪小哩，我与你慢慢的别寻个姻配。你可便宜，只守着铜斗儿家缘家计。也是你歹姐姐把衷肠话劝妹妹，我怕你受不过男儿气息。

（云）妹子，那做丈夫的做不的子弟，做子弟的做不的丈夫。（外旦云）你说我听咱。（正旦唱）

【元和令】做丈夫的便做不的子弟，他终不解其意。那做子弟的他影儿里会虚脾㉙，那做丈夫的忒老实。（外旦云）那周舍穿着一架子衣服，可也堪爱嘿。（正旦唱）那厮虽穿着几件蛇㉚皮，人伦事晓得甚的？

（云）妹子，你为甚么就要嫁他？（外旦云）则为他知重您妹子，因此要嫁他。（正旦云）他怎么知重你？（外旦云）一年四季，夏天我好的一觉酣睡，他替你妹子打着扇；冬天替你妹子温的铺盖儿暖了，着你妹子歇息；但你妹子那里人情去，穿的那一套衣服，戴的那一副头面，替你妹子提领系、整钗。只为他这等知重你妹子，因此上一心要嫁他。（正旦云）你原来为这般呵。（唱）

【上马娇】我听的说就里，你原来为这的，倒引的我忍不住笑微微。你道是暑月间扇子扇着你睡，冬月间着炭火煨，烘炙着绵衣。

【游四门】吃饭处，把匙头挑了筋共皮；出门去，提领系、整衣袂，戴插头面整梳篦。衡一味是虚脾，女娘每不省越着迷。

【胜葫芦】你道这子弟情肠甜似蜜，但娶到他家里，多无半载周年相弃掷，早努牙突嘴，拳椎脚踢，打的你哭啼啼。

【幺篇】恁时节船到江心补漏迟，烦恼怨他谁？事要前思免后悔。我也劝你不得，有朝一日，准备着搭救你块望夫石。

（云）妹子，久以后你受苦呵，休来告我。（外旦云）我便有那该死的罪，我也不来央告你。（周舍上，云）小的每，把这礼物摆的好看些。（正旦云）来的敢是周舍？那厮不言语便罢，他若但言，着他吃我几嘴好的。（周舍云）那壁姨姨敢是赵盼儿么？（正旦云）然也。（周舍云）请姨姨吃些茶饭波。（正旦云）你请我？家里饿皮脸也，揭了锅儿底，窨子里秋月——不曾见这等食㉛！（周舍云）央及姨姨，保门亲事。（正旦云）你着我保谁？（周舍云）保宋引章。（正旦云）你着我保宋引章那些儿？保他那针指油面，刺绣铺房，大裁小剪，生儿长女？（周舍云）这歪剌骨好歹嘴也。我已成了事，不索央你。（正旦云）我去罢。（做出门科）（安秀实上，云）姨姨，劝的引章如何？（正旦云）不济事了也。（安秀实云）这等呵，我上朝求官应举去罢。（正旦云）你且休去，我有用你处哩。（安秀实云）依着姨姨说，我且在客店中安下，看你怎么发付我。（下）（正旦唱）

【赚煞】这妮子是狐魅人女妖精，缠郎君天魔祟。则他那裤儿里休猜做有腿,吐下鲜红血、则当做苏木水㉜。耳边休采那等闲食,那的是最容易、剜眼睛嫌的,则除是亲近着他便欢喜。(带云)着他疾省㉝呵,(唱)哎,你个双郎㉞子弟,安排下金冠霞帔。(带云)一个夫人来到手儿里了。(唱)却则为三千张茶引㉟,嫁了冯魁。(下)

(周舍云)辞了母亲,着大姐上轿,回咱郑州去来。(诗云)才出娼家门,便作良家妇。(外旦诗云)只怕吃了良家亏,还想娼家做。(同下)

【注释】

①花星:犹如说"桃花运"。"花星整照二十年",完全是一副老狎客的口吻。　②同知:官名,宋元时州、县的副长官。　③上花台做子弟:花台,指妓院。子弟,指嫖客。当时勾栏里称嫖客为子弟。《谢天香》楔子:"平生以花酒为念,好上花台做子弟。"　④外旦:杂剧角色名,指正旦以外又一女角。　⑤拆白道字:宋元时流行的一种文字游戏,将一个字拆开来说,如"好"字拆为"女边着子","闷"字拆为门里挑心。王实甫《西厢记》第五本第三折:"红唱:'我拆白道字,辨与你个清浑。君端是个肖字这边着个立人,你是个木寸马户尸巾。'净云:'木寸马户尸巾,你道我是个村驴屌。'"按:肖字着立人,拆"俏"字。　⑥顶真续麻:宋元时代流行的一种文字游戏,上句的末一字和下句的头一字重叠。《中原音韵》"作法十法定格"条〔小桃红〕曲:"断肠人寄断肠词,词寄心间事,事到头来不由自;自寻思,思量往日真诚。志诚是有,有情谁似,似俺那人儿。"评曰:"顶真妙。"此即后来之"顶真格"。顶真,本作顶针,它是民针缝麻线、首尾连贯来形容这种诗体的。顶真有时又作顶鍼。《金线池》第三折:"续麻道字鍼鍼顶。"　⑦谎彻梢虚:扯谎支吾。　⑧执料:操持,照料。　⑨刘蕡下第:唐代士子刘蕡在考试时写文章劝皇帝杀权奸,教官怕得罪宦官不敢录取他。后人便用刘蕡下第表示贤才被人扼杀。　⑩范丹:东汉人,曾从马融学经学,后卖卜为生过一辈子清贫生活。　⑪脚搭脑杓成事早:当时俗谚,形容快跑时后脚跟几乎碰着脑壳,指急于成事。　⑫下梢:下场,归宿。《西游记》第十五回:"只因累岁迍遭,遭丧失火,到此没了下梢,故充为庙祝,侍奉香火。"　⑬姻缘薄全凭我共你:这是问句,意说姻缘事哪能凭你我作主。你,指安秀实。　⑭"待嫁一个老实的"四句:意为老实人要受欺侮,不能终身相守;聪俊的又贪新厌旧,半路相弃。　⑮遮莫:尽管、纵使的意思。如《渔樵记》第四折:"折莫你便奔井投河,自推自跌,自埋自怨,便央及煞俺家也不相伶。"　⑯忽地便吃了一个合扑地:突然会跌一交。合扑地,跌交扑倒在地上。　⑰折的:折磨得。　⑱前程:元剧中多指婚姻。如《隔江斗智》第四折:"则俺家这类前程世间无赛。"《金线池》第四折:"你着他别寻一个前程倒好。"　⑲直甚颏:值什么鸟。颏,骂人的话。近人张相《诗词曲语辞汇释》卷五注:"直甚颏者,犹云不值一颏,极言其不算稀奇,不足诧异。"　⑳三梢末尾:收场、结果。　㉑卖查梨:意为将好作坏。查梨是样子像梨而不好吃的酸果。《谢天香》第二折:"恰才陪着笑脸儿应昂,怎觑我这查梨相。"　㉒敲鎝儿:敲竹杠。鎝儿,指钱。旧时铜钱有无字的一面,《燕青博鱼》第二折:"这钱昏,字鎝不好。"　㉓"但见俺有些不伶俐"二句:只见俺家有些私情的勾当,就以为是要哄骗财。伶俐,元剧常用语词,意

为干净。如《五侯宴》第二折："若是我无你个孩儿伶俐些，那其间方得宁贴。"不伶俐，这里指私情的勾当。㉔羊羔利：元代高利贷的一种，放债过了一年，要加倍收回利钱。㉕"南头做了北头开"二句：当时俗谚，指不接受前人教训，重蹈覆辙。㉖一对儿好打莲花落：夫妻俩一同去做乞丐。〔莲花落〕是当时乞儿常唱的小曲。㉗"今日也大姐"三句：当时称未嫁的女子为"大姐"，它和"大疖"谐音，所以说"出了一包脓"。㉘你也合三思而行，再思可矣：语见《论语·公冶长》："季文子三思而后行，子曰：'再思可矣'。"㉙虚脾：虚情假意。㉚虼螂：吃粪便和污秽东西的小虫。㉛"你请我？家里饿皮脸也"几句：意为你请我？嘿，我家里饿死人啦，揭了锅底儿啦！地窖里出月亮——我可没见过这样的"事"（"食"的谐音）。窨子，收藏人物的地窖。㉜"则他那裤儿里休猜做有腿"三句：上文说这妮子是个女妖精，因此说她裤子里不会有人腿，有时装病吐血，你也只能把它当苏木水看。苏木水，一咱红色染料。㉝疾省：猛醒。㉞双郎：指双渐。书生双渐（双同叔）和妓女苏小卿相爱，后来鸨母把苏卖给茶商冯魁。经过许多波折，最后双渐与苏团圆。这是当时勾栏经常演出的一个著名节目。双渐官至县令，见宋代张耒《明道杂志》。曾巩《元丰类稿》有送双渐至汉阳诗，故双渐可能是北宋熙宁、元丰时人。元曲中的双郎、双生、双同叔、双通叔、双县令都有是指他。㉟茶引：茶商纳税后的单据。这种单据可以采购运销茶叶。

【赏析】

《救风尘》是以妓女的生活和斗争为题材的优秀剧作，写的是恶棍周舍骗娶妓女宋引章后又加以虐待，宋引章的结义姐妹赵盼儿见义勇为，巧设计谋将宋救出。全剧以共四折。剧情是：妓女宋引章本与安秀才有约，后来受恶少周舍花言巧语的蛊惑，不听结义姐妹赵盼儿的规劝，嫁给周舍。婚后宋引章饱受虐待，写信向赵盼儿求救。因周舍不肯轻易放过宋引章，赵盼儿巧用计策，浓妆艳抹，假意愿嫁周舍，自带酒、羊和大红罗去找周舍，诱惑周舍。周舍喜不自禁。赵盼儿要周舍先休了宋引章才肯嫁给他，刚好宋引章又来吵闹，周舍一怒之下写了休书，赶走宋引章。赵盼儿与宋引章二人一同离去，途中赵盼儿将宋引章手中的休书另换一份。周舍发觉上当，赶上她们，一把抢过宋引章手中休书并毁掉，还到官府状告赵盼儿诱拐妇女。赵盼儿反告他强占有夫之妇，让安秀才到堂作证，又出示周舍亲手所写休书。赵盼儿证据确凿，周舍自然败诉，受杖刑责罚。宋引章与安秀才最终结为夫妇，大团圆结局。

第一折，作者运用精练的宾白作为叙述手段，以人物的交替上下场表示场景的转换，十分紧凑地安排出整个戏剧情节的开端。开头周舍的四句上场诗，勾勒出一个狎客淫棍的形象。随着周舍的出场，剧情逐次展开，各个角色逐次登台亮相，不仅表现出人物之间的关系，而且展示出人物丰富饱满的性格特征。从赵盼儿唱词中，可以看出她与宋引章两个不同性格的妓女形象。在赵盼儿对宋引章的规劝，对周舍热嘲冷讽以及对安秀实的规劝中，充分展示了她重情重义、见义勇为、深明大义、爱憎分明的性格。在尝尽妓女生活的辛酸后，她已经预见到官宦子弟、市井流氓绝不是风尘妓女的可靠伴侣。与之形成鲜明对比的是，宋引章只知在陪客卖笑中捞取金钱，不知在结束妓女生计时，看重可以信赖追随的安秀实，写出宋引章追求豪富的庸俗思想，必然导致婚姻的不幸，为以后剧情的发展作好了铺垫。

关汉卿以轻松幽默的笔调，描写了底层妓女在对人生伴侣的选择上的不同见解，表现了压在社会最底层的妇女们,对欺骗、蹂躏她们的封建贵族阶级的斗争智慧,同时对于玩弄被压迫女性反而受到被压迫女性玩弄的纨袴子弟,进行了无情的嘲笑和有力的鞭挞。在轻松的气氛中,突出了全剧的喜剧效果。

《救风尘》第二折

关汉卿

(周舍同外旦上,云)自家周舍是也。我骑马一世,驴背上失了一脚①。我为娶这妇人呵,整整磨了半截舌头,才成得事。如今着这妇人上了轿,我骑了马,离了汴京,来到郑州。让他轿子在头里走,怕那一般的舍人②说:"周舍娶了宋引章。"被人笑话。则见那轿子一晃一晃的,我向前打那抬轿的小厮,道:"你这等欺我!"举起鞭子就打。问他道:"你走便走,晃怎么?"那小厮道:"不干我事,奶奶在里边,不知做甚么?"我揭起轿帘一看,则见他精赤条条的,在里面打筋斗。来到家中,我说:"你套一床被我盖。"我到房里,只见被子倒高似床。我便叫:"那妇人在那里?"则听的被子里答应道:"周舍,我在被子里面哩。"我道:"在被子里面做甚么?"他道:"我套绵子,把我翻在里头了"。我拿起棍来,恰待要打,他道:"周舍,打我不打紧,休打了隔壁王婆婆。"我道:"好也,把邻舍都翻在被里面!"(外旦云)我那里有这等事?(周舍云)我也说不得这许多。兀那贱人,我手里有打杀的,无有买休卖休③的。且等我吃酒去回来,慢慢的打你。(下)(外旦云)不信好人言,必有恓惶事。当初赵家姐姐劝我不听,果然进的门来,打了我五十杀威棒,朝打暮骂,怕不死在他手里。我这隔壁有个王货郎,他如今去汴梁做买卖,我写一封书捎将去,着俺母亲和赵家姐姐来救我。若来迟了,我无那活的人也。天那,只被你打杀我也!(下)

(卜儿哭上,云)自家宋引章的母亲便是。有我女孩儿从嫁了周舍,昨日王货郎寄信来,上写着道:"从到他家,进门打了五十杀威棒。如今朝打暮骂,看看至死,可急急央赵家姐姐来救我。"我拿着书去与赵家姐姐说知,怎生救他去。引章孩儿,则被你痛杀我也!(下)

（正旦上，云）自家赵盼儿。我想这门衣饭，几时是了也呵！（唱）

【商调集贤宾】咱这几年来待嫁人心事有，听的道谁揭债、谁买休。他每待强巴劫深宅大院，怎知道摧折了舞榭歌楼？一个个眼张狂似漏了网的游鱼，一个个嘴卢都似跌了弹的斑鸠④。御园中可不道是栽路柳，好人家怎容这等娼优。他每初时间有些实意，临老也没回头。

【逍遥乐】那一个不因循成就，那一个不顷刻前程⑤，那一个不等闲间罢手。他每一做一个水上浮沤⑥。和爷娘结下不厮见的冤仇，恰便似日月参辰和卯酉⑦。正中那男儿机彀⑧。他使那千般贞烈，万种恩情，到如今一笔都勾。

（卜儿上，云）这是他门首，我索过去。（做见科，云）大姐，烦恼杀我也！（正旦云）奶奶，你为甚么这般啼哭？（卜儿云）好教大姐知道：引章不听你劝，嫁了周舍，进门去打了五十杀威棒，如今打的看看至死，不久身亡。姐姐，怎生是好？（正旦云）呀！引章吃打了也。（唱）

【金菊香】想当日他暗成公事，只怕不相投。我当初作念你的言词⑨，今日都应口。则你那去时，恰便似去秋。他本是薄幸⑩的班头，还说道有恩爱结绸缪。

【醋葫芦】你铺排着鸳衾和凤帱，指望效天长共地久；蓦入门知滋味便合休。几番家眼睁睁打干净⑪待离了我这手；（带云）赵盼儿，（唱）你做的个见死不救，可不羞杀这桃园中杀白马、宰乌牛⑫？

（云）既然是这般呵，谁着你嫁他来？（卜儿云）大姐，周舍说誓来。（正旦唱）

【幺篇】那一个不嗦可可⑬道横死亡？那一个不实丕丕⑭拔了短筹？则你这亚仙⑮子母老实头。普天下爱女娘的子弟口，（带云）奶奶，不则⑯周舍说谎也。（唱）那一个不指皇天各般说咒？恰似秋风过耳早休休！

（卜儿云）姐姐，怎生搭救引章孩儿？（正旦云）奶奶，我有两个压被的银子⑰，咱两个拿着买休去来。（卜儿云）他说来：“则有打死的，无有买休卖休的。”（正旦寻思科，做与卜耳语科，云）……则除是这般。（卜儿云）可是中也不中？（正旦云）不妨事，将书来我看。（卜递书科，正旦念云）"引章拜上姐姐并奶奶：当初不信好人之言，果有悽惶之事。进得他门，便打我五十杀威棒。如今朝打暮骂,禁持⑱不过。你来的早,还得见我;来得迟呵,不能勾见我面了。只此拜上。"妹子也,当初谁教你做这事来!(唱)

【幺篇】想当初有忧呵同共忧,有愁呵一处愁。他道是残生早晚丧荒丘,做了个游街野巷村务酒⑲;你道是百年之后,(云)妹子也,你不道来——"……不如嫁个张郎妇,李郎妻,(唱)立一个妇名儿,做鬼也风流。"

(云)奶奶,那寄书的人去了不曾?(卜儿云)还不曾去哩。(正旦云)我写一封书寄与引章去。(做写科)(唱)

【后庭花】我将这知心书亲自修,教他把天机休泄漏。传示与休莩鬓收心的女⑳,拜上你浑身疼的歹事头㉑。(带云)引章,我怎的劝你来?(唱)你好没来由,遭他毒手,无情的棍棒抽,赤津津鲜血流,逐朝家如暴囚,怕不将性命丢!况家乡隔郑州,有谁人相睬瞅,空这般出尽丑。

(卜儿哭科,云)我那女孩儿那里打熬得过:大姐,你可怎生的救他一救?(正旦云)奶奶,放心。(唱)

【柳叶儿】则教你怎生消受,我索合再做个机谋。把这云鬟蝉鬓妆梳就,(带云)还再穿上些锦绣衣服,(唱)珊瑚钩、芙蓉扣,扭捏的身子儿别样娇柔。

【双雁儿】我着这粉脸儿搭救你女骷髅,割舍得一不做二不休,拚了个由他咒也波咒。不是我说大口,怎出得我这烟月手㉒!

(卜儿云)姐姐,到那里仔细着,(哭科,云)孩儿,则被你烦恼杀了我也!(正旦唱)

【浪里来煞】你收拾了心上忧,你展放了眉间皱,我直着花叶不损觅归秋㉓。那厮爱女娘的心,见的便似驴共狗,卖弄他玲珑别透㉔。(云)我到那里,三言两句,肯写休书,万事具休。若是不肯写休书,我将他搯一搯,拈一拈,搂一搂,抱一抱,着那厮通身酥、遍体麻。将他鼻凹儿抹上一块砂糖,着那厮舔又舔不着,吃又吃不着。赚得那厮写了休书,引章将的休书来,淹的㉕撇了。我这里出了门儿,(唱)可不是一场风月㉖,我着那汉一时休。(下)

【注释】

①"骑马一世"二句:当时俗谚,意为内行人上当。 ②舍人:宋元时显贵子弟的

称呼。　③买休卖休：指由男方或女方主动付钱来离弃夫妻关系的做法。后世也指犯罪的人用贿赂买通有关人等。如《醉醒石》第九回："买休，则捱身打合；不买休，便首的首，证的证。"　④"一个个眼张狂似漏了网的游鱼"二句：承上文说妓女"强巴结深宅大院"得到脱籍从良时，一个个似漏网之鱼，怎知从良后又受到种种摧残，一个个似中弹丸的斑鸠，鼓着嘴有苦远处诉。跌了弹，中弹跌落。嘴卢都，鼓着嘴。　⑤"那一个不因循成就"二句：意为哪一个不是随便结为夫妻，哪一个又不是很快就办成婚事。因循，照旧不改，引伸为随意。　⑥水上浮沤：水面上的泡，很快就消失的意思。　⑦日月参辰和卯酉：太阳和月亮不会同时出现，参星和辰星互不相见，卯和酉是对立的时辰。这里都表示"对头"的意思。如《气英布》第三折"咱与你参辰卯酉，谁待喫这闲茶浪酒。"　⑧机彀：牢笼、圈套。　⑨作念你的言词：指前番对宋引章的劝告。作念，叨念。　⑩薄倖：薄情。　⑪打干净："打干净毬儿"的省语，指置身事外。　⑫桃园中杀白马、宰乌牛：用刘备、关羽、张飞桃园三结义的故事，这里指同行姐妹间的义气。　⑬喒可可：或作磣磕磕，磣、喒均是惨字的假借字，是看到恐怖现象所引起的毛骨耸然的感觉。关汉卿《拜月亭》第四折："说的些惨可可落得的冤魂现。"　⑭实丕丕：实实在在。　⑮亚仙：唐人李白行简的传奇小说《李娃传》中的妓女李娃，她和贵公子郑生相爱，后郑生床头金尽被鸨母逐出，沦为乞丐，最后亏了李娃接济才中举做官。元人杂剧将李娃改称李亚仙。石君宝有《李亚仙花酒曲江池》杂剧。这里用李亚仙借指宋引章。　⑯不则：不只。元剧中则一般来说是"只"的意思。　⑰压被的银子：私房钱。　⑱禁持：古代用巫术制人，称作禁。禁持，意为压制、拘禁、折磨。元代胡紫山〔一半儿〕小令："孤眠嫌杀月儿明，风力禁持酒力醒。"　⑲游街野巷村务酒：这句语意难明。元代有种酷刑，叫游街拷掠，是把犯人绑在马背上一路游街拷打至死。《元典章》刑部二："游街拷掠，诚非理体，若不禁治，枉伤人命。"游街野巷，疑即指此，是承上文"残生早晚丧荒丘"说的。村务酒，疑指犯人处决前饮的酒。村务，乡村里的小酒店。　⑳传示与休莽戆收心的女：意即传信给宋引章，叫她收起天真的心性，再也不要鲁莽行事。　㉑歹事头：倒霉鬼。　㉒烟月手：烟月的手段，指用妓女的美色和才智与之周旋。　㉓花叶不损觅归秋：当时俗谚，意为好去好回。　㉔玲珑剔透：聪明绝顶。　㉕淹的：慢慢的。　㉖一场风月：一场风月的故事，指用美色的手段去和周舍斗，以便救出堕落风尘中的宋引章。

【赏析】

关汉卿以擅长写"旦本"戏著称。他所作的杂剧多以下层女子为主角，这些女子虽然受到社会邪恶势力的欺凌和迫害，但是却不会忍气吞声、任人宰割，而是不畏强权、勇敢机智地去抗争。《救风尘》以轻松幽默的笔调，描写了赵盼儿利用风月场上的手段，从纨绔子弟周舍手中救出自己受害的姐妹宋引章，表现了压在社会最底层的妇女们，对欺骗、蹂躏她们的封建贵族阶级的斗争智慧；同时对于玩弄被压迫女性的纨绔子弟，进行了无情的嘲笑和有力的鞭挞。剧中的赵盼儿，不愧为我国戏剧史上第一个光彩照人的风尘侠妓。

剧中，作者着力塑造了赵盼儿这个有血有肉的典型的妓女形象。赵盼儿直爽、泼辣、机智、侠义。她虽然身陷娼妓的地位，但具有美好的灵魂和优良的品质。她不自暴自弃，不自惭形秽，也不认为自己生来就比别人低贱。她对那些显贵豪富子弟及道貌岸然的封建士大夫们有着清醒的认识，所以她主张寻求心灵上的伴侣。同时对与自己处于同一命运的姐妹非常地同情和爱护、直爽和侠义。在得知宋引章处于危难的时候,她挺身而出,见义勇为,亲自去援救宋引章。她的机谋和行动安排得很周密,使狡猾、诡谲的风月老手周舍,最终落得个脊杖六十,"与民一体当差"。这将赵盼儿性格中的泼辣、沉稳、聪慧、机智等方面,表现得淋漓尽致。

在铺设情节和塑造人物等方面,第二折为第三折喜剧高潮的形成开辟了宽广的渠道。而且《救风尘》的第二折充分体现出元杂剧曲词是"本色当行"的特色。生活化、个性化的口语,极其符合人物的性格和身分,自然流畅,通俗易懂。而且形象生动,唱起来朗朗上口。

《救风尘》第三折

关汉卿

(周舍同店小二上,诗云)万事分已定,浮生空自忙;无非花共酒,恼乱我心肠。店小二,我着你开着这个客店,我那里希罕你那房钱养家;不问官妓私科子①,只等有好的来你客店里,你便来叫我。(小二云)我知道,只是你脚头乱,一时间那里寻你去?(周舍云)你来粉房里寻我。(小二云)粉房②里没有呵?(周舍云)赌房里来寻。(小二云)赌房里没有呵?(周舍云)牢房里来寻。(下)(丑扮小闲挑笼上,诗云)钉靴雨伞为活计,偷寒送暖作营生;不是闲人闲不得,及至得了闲时又闲不成。自家张小闲的便是。平生做不的买卖,止是与歌者姐姐每叫些人,两头往来,传消寄信都是我。这里有个大姐赵盼儿,着我收拾两箱子衣服行李,往郑州去。都收拾停当了,请姐姐上马。(正旦上,云)小闲,我这等打扮,可冲动得那厮么?(小闲做倒科)(正旦云)你做甚么哩?(小闲云)休道冲动那厮,这一会儿连小闲也酥倒了。(正旦唱)

【正宫端正好】则为他满怀愁,心间闷,做的个进退无门。那婆娘家一涌性③无思忖,我可也强打入迷魂阵。

【滚绣球】我这里微微的把气喷,输个姓因④,怎不教那厮背槽抛粪⑤!更做道普天下无他这等郎君。想着容易情,忒献勤⑥,几番家待要不问⑦;第一来我则是可怜见无主娘亲,第二来是我惯曾为旅偏怜客⑧,第三来也是我自己贪怀惜醉人。到那里呵,也索费些精神。

(云)说话之间,早来到郑州地方了。小闲,接了马者。

且在柳阴下歇一歇咱。（小闲云）我知道。（正旦云）小闲，咱闲口论闲话：这好人家好举止，恶人家恶家法。（小闲云）姐姐，你说我听。（正旦唱）

【倘秀才】县君⑨的则是县君，妓人的则是妓人。怕不扭捏着身子蓦入他门；怎禁他使数的到支分，背地里暗忍⑩。

【滚绣球】那好人家将粉扑儿浅淡匀，那里像咱乾茨腊⑪手抢着粉；好人家将那篦梳儿慢慢地铺鬓，那里像咱解了那襻胸带⑫，下颏上勒一道深痕。好人家知个远近，觑个向顺，一味良人家风韵；那里像咱们，恰便似空房中锁定个猢狲：有那千般不实乔躯老⑬，有万种虚嚣⑭歹议论，断不了风尘。

（小闲云）这里一个客店，姐姐好住下罢。（正旦云）叫店家来。（店小二见科）（正旦云）小二哥，你打扫一间干净房儿，放下行李。你与我请将周舍来，说我在这里久等多时也。（小二云）我知道。（做行叫科，云）小哥在那里？（周舍上，云）店小二，有什么事？（小二云）店里有个好女子请你哩。（周舍云）咱和你就去来。（做见科，云）是好一个科子⑮也。（正旦云）周舍，你来了也。（唱）

【幺篇】俺那妹子儿有见闻，可有福分，抬举的个丈夫俊上添俊，年纪儿恰正青春。（周舍云）我那里曾见你来？我在客火⑯里，你弹着一架筝，我不与了你个褐色䌷段⑰儿？（正旦云）小的，你可见来？（小闲云）不曾见他有甚么褐色䌷段儿。（周舍云）哦，早起杭州客火散了，赶到陕西客火里吃酒。我不与了大姐一分饭来？（正旦云）小的每，你可见来？（小闲云）我不曾见。（正旦唱）你则是忒现新，忒忘昏⑱，更做道你眼钝。那唱词话⑲的有两句留文："咱也曾武陵溪畔曾相识，今日佯推不认人⑳。"我为你断梦劳魂。

（周舍云）我想起来了，你敢是赵盼儿么？（正旦云）然也。（周舍云）你是赵盼儿，好，好！当初破亲也是你来。小二，关了店门，则打这小闲。（小闲云）你休要打我。俺姐姐将着锦绣衣服，一房一卧㉑来嫁你，你倒打我？（正旦云）周舍，你坐下，你听我说。你在南京㉒时，人说你周舍名字，说的我耳满鼻满的，则是不曾见你。后得见你呵，害的我不茶不饭，只是思想着你。听的你娶了宋引章，教我如何不恼？周舍，我待嫁你，你却着我保亲！（唱）

【倘秀才】我当初倚大呵妆儇㉓主婚，怎知我嫉妒呵特故里破亲?你这厮外相儿通疏就里村㉔!你今日结婚姻,咱就肯罢论。

(云)我好意将着车辆鞍马砦房来寻你,你划地㉕将我打骂?小闲,拦回车儿,咱家去来。(周舍云)早知姐姐来嫁我,我怎肯打舅舅㉖?(正旦云)你真个不知道?你既不知,你休出店门,只守着我坐下。(周舍云)休说一两日,就是一两年,您儿也坐的将去。(外旦上,云)周舍两三日不家去,我寻到这店门首,我试看咱。原来是赵盼儿和周舍坐哩。兀那老弟子不识羞,直赶到这里来。周舍,你再不要来家,等你来时,我拿一把刀子,你拿一把刀子,和你一递一刀子戳哩。(下)(周舍取棍科,云)我和你抢生吃㉗哩!不是奶奶在这里,我打杀你。(正旦唱)

【脱布衫】我更是的不待饶人,我为甚不敢明闻;肋底下插柴自忍㉘,怎见你便打他一顿?

【小梁州】可不道一夜夫妻百夜恩,你可便息怒停嗔。你村时节背地里使些村㉙,对着我合思忖:那一个双同叔㉚打杀俏红裙?

【幺篇】则见他恶哏哏㉛摸按着无情棍,便有火性的不似你个郎君。(云)你拿着偌粗的棍棒,倘或打杀他呵,可怎了?(周舍云)丈夫打杀老婆,不该偿命。(正旦云)这等说,谁敢嫁你?(背唱)我假意儿瞒,虚科儿㉜喷,着这厮有家难奔。妹子也,你试看咱风月救风尘。

(云)周舍,你好道儿㉝。你这里坐着,点的你媳妇来骂我这一场。小闲,拦回车儿,咱回去来。(周舍云)好奶奶,请坐。我不知道他来;我若知道他来,我就该死。(正旦云)你真个不曾使他来?这妮子不贤惠,打一棒快毬子㉞。你舍的宋引章,我一发嫁你。(周舍云)我到家里就休了他。(背云)且慢着,那个妇人是我平日间打怕的,若与了一纸休书,那妇人就一道烟去了。这婆娘他若是不嫁我呵,可不弄的尖担两头脱?休的造次㉟,把这婆娘摇撼的实着。(向旦云)奶奶,你孩儿肚肠是驴马的见识。我今家去把媳妇休了呵,奶奶,你把肉吊窗儿放下来㊱,可不嫁我,做的个尖担两头脱。奶奶,我说下个誓着。(正旦云)周舍,你真个要我赌咒?你若休了媳妇,我不嫁你呵,我着堂子里马踏杀,灯草打折臁儿骨㊲。你逼的我赌这般重咒哩!(周舍云)小二,将酒来。(正旦云)休买酒,我车儿上有十瓶酒哩。（周舍云）还要买羊。（正旦云）休买羊，我车上有个熟羊哩。（周舍云）好、好、好，待我买红去。（正旦云）休买红，我箱子里有一对大红罗。周舍，你争甚么那？你的便是我的，我的就是你的。（唱）

【二煞】则这紧的到头终是紧，亲的原来只是亲。凭着我花朵儿身躯，笋条儿年纪，为这锦片儿前程，倒赔了几锭儿花银。拼着个十米九糠，问甚么两妇三妻！受了些万苦千辛，我着人头上气忍，不枉了一世做郎君。

【黄钟尾】你穷杀呵甘心守分捱贫困，你富呵休笑我饱暖生淫惹议论。您心中觑个意顺，但休了你这眼下人，不要你钱财使半文，早是我走将来自上门。家业家私待你六亲，肥马轻裘待你一身，倒贴了奁房和你为眷姻。（云）我若还嫁了你，我不比那宋引章，针指油面、刺绣铺房、大裁小剪，都不晓得一些儿的。（唱）我将你写了的休书正了本。（同下）

【注释】

①私科子：即私窠子，暗娼。 ②粉房：妓院。 ③一涌性：一时冲动。 ④输个姓因：用自己的姓氏赌咒发誓，即豁出去拼全力的意思。 ⑤背槽抛粪：牛马背向食槽下粪，喻周舍忘恩负义。 ⑥"想着"二句：是说宋引章轻易相信周舍，并对他太殷勤。 ⑦"几番家"句：是说自己几番不想管宋引章的事情。 ⑧"为旅偏怜客"与下句"贪杯惜醉人"都是同病相怜之义。 ⑨县君：唐宋以来对妇女的封号。这里指一般官太太。 ⑩"怕不扭捏着"三句：意为尽管你扭扭捏捏迈进他们（指良家）的家门，可是连他们家里使唤的（仆人）都看出你的底细，在背地里忍笑暗论。 ⑪干茨腊：也作干支剌，很干的意思。支剌，加强语气词。 ⑫攀胸带：古时妇女梳头时包裹头发用的带子。 ⑬乔躯老：坏样子。当时勾栏里称身体为躯老。乔，即矫，本是假装，引申为坏、恶的意思。 ⑭虚嚣：虚伪。 ⑮科子：指不正经的漂亮女子，见前注"私科子"。 ⑯客火：客店。 ⑰绌段：即绸缎。 ⑱忒现新、忒忘昏：形容喜新厌旧的话。 ⑲唱词话：当时的一种曲艺，既说又唱，类似现在的弹词、鼓书。 ⑳"武陵溪畔曾相识"二句：指刘晨、阮肇入山采药遇仙女于武陵溪的故事。后为男女恋爱的典故。 ㉑一房一卧：一房妆奁，一床铺盖。 ㉒南京：指汴梁，即今开封。 ㉓倚大：仗着年龄大。妆儇：装模作样。 ㉔外相儿通疏就里村：外表看得挺聪明，内里却很蠢。村：通"蠢"。 ㉕划地：无故地，平白地。 ㉖舅舅：小舅子。 ㉗抢生吃：不等食物熟就抢着吃，性急的意思。这里是反话，意为我不同你急，等着瞧吧！ ㉘"肋底下插柴自忍"：这是当时的歇后语。意为虽然很痛苦，只好自己忍受。 ㉙"你村时节"句：前一"村"为"不懂事"，后一"村"为"责罚"。 ㉚双同叔：指双渐。 ㉛恶哏哏：恶狠狠。 ㉜虚科儿：虚假的手段。 ㉝道儿：诡计。 ㉞打一棒快毬子：当时打球的行话，这里形容宋引章的嘴快。 ㉟造次：大意。 ㊱肉吊窗儿放下来：闭着眼睛不理睬。肉吊窗儿，指眼皮。 ㊲臁儿骨：肋骨、胯骨。

【赏析】

《救风尘》第三折是全剧中最有戏剧性也是最富喜剧色彩的一折。宋引章嫁给周舍后,随周舍离开汴梁到了郑州。她的悲惨遭遇果然被赵盼儿不幸言中,只得托人捎信,央求赵盼儿搭救自己。本折紧承上述情节,主人公赵盼儿"以其人之道,还治其人之身",以"风月"为诱饵,欲擒故纵,在调笑妄谈中制服了对手,达到了救姐妹宋引章跳出火坑的目的。然而,周舍毕竟是风月场中的老手,虚伪狡猾、残忍毒辣,要同他进行面对面的斗争,必须有一股不顾个人安危的勇气,本折着重表现赵盼儿舍己救人的勇敢精神和临危不惧的聪慧伶俐。

本折中,赵盼儿一出场,就营造出满台的喜剧气氛,她问小闲的那句话:"我这等打扮可冲动的那厮吗?"既显出她出众的外貌,还透出充分的自信和调侃的性格。接着一段唱"则为他满怀愁、心间闷……我可也强打入迷魂阵",道出了她不顾一切远道跋涉去救引章的决心。她的动机不是为了个人私利,而是在得宋引章被周舍残酷折磨的消息和宋母心急如焚的求助下慨然而往的(见第二折)。她打消了因引章不听劝说反而顶撞她而引起的"几番家待要不问"的心情,为了"无主娘亲"的哀苦,为了"为旅偏怜客、贪杯惜醉人"的同病相怜,她毅然下决心解救误入狼穴的苦妹子,这时她又想见妹子在那"良家"中遭受的歧视、凌辱,益发增加了怜悯和同情。树立起了一个出身卑贱而情操高尚的女性形象。

她见到周舍不露神色,将计就计,借夸赞宋引章"俺那妹子儿有见闻,可有福分,抬举的个丈夫俊上添俊,年纪儿恰正青春。"这段唱词可见赵盼儿的巧用心机,它一方面给周舍大灌迷魂汤,一方面表明赵盼儿并不知宋引章近况,巧妙地掩盖了此行的真实目的。唱词末尾的最后一句"我为你断梦劳魂",以虚情假意挑逗周舍入彀,而这正是周舍的惯伎。在赵盼儿的蓄意挑逗下,这个色鬼很快被引入彀中。然而周舍并未轻易上当,他记得赵"当初的破亲",害怕休了宋赵又跑了,落得个"尖担两头脱",要赵"立誓",喝令店小二殴打为赵盼儿挑箱笼的小闲。这时赵盼儿按照预先设计的谋略,编造出一篇谎言。凡此种种既写出周的狡猾与心计,也反衬出赵随机应变、机智灵活。

由于计划的周密,赵盼儿与宋引章互通信息,以赵盼儿为主力斗争,花言巧语,拿出了预先准备好的酒羊红礼,再加上宋引章的配合,快刀斩乱麻,以虚假的许愿换得休书,成功地将宋引章救出了火坑。本折着重表现了妓女反抗权势的一场特殊形式的斗争,充分显示出赵盼儿的勇敢机敏。

《救风尘》第四折

关汉卿

(外旦上,云)这些时周舍敢待①来也。(周舍上,见科)(外旦云)周舍,你要吃甚么茶饭?(周舍做怒科,云)好也,将纸笔来,写与你一纸休书,你快走。(外旦接休书不走科,云）我有甚么不是，你休了我？（周舍云）你还在这里？你快走！（外旦云）你真个休了我？你当初要我时怎么样说来？你这负心汉，害天灾的②！你要去，我偏不去。（周舍推出门科）（外旦云）我出的这门来。周舍，你好痴③也！赵盼儿姐姐，你好强也！我将着这休书，直至店中寻姐姐去来。（下）（周舍云）这贱人去了，我到店中娶那妇人去。（做到店科，叫云）店小二，恰才来的那妇人在那里？（小二云）你刚出门，他也上马去了。（周舍云）倒着他道儿了④。将马来，我赶将他去。（小二云）马揣驹⑤了。（周舍云）骡子。（小二云）骡子漏蹄⑥。（周舍云）这等，我步行赶将他去。（小二云）我也赶他去。（同下）

（旦同外旦上）（外旦云）若不是姐姐，我怎能勾出的这门也！（正旦云）走，走，走！（唱）

【双调新水令】笑吟吟案板⑦似写着休书，则俺这脱空的故人⑧何处？卖弄他能爱女、有权术⑨，怎禁那得胜葫芦⑩说到有九千句。

（云）引章，你将那休书来与我看咱。（外旦付休书）（正旦换科，云）引章，你再要嫁人时，全凭这一张纸是个照证⑪，你收好者！（外旦接科）（周舍赶上，喝云）贱人，那里去？宋引章，你是我的老婆，如何逃走？（外旦云）周舍，你与了我休书，赶出我来了。（周舍云）休书上手模印⑫五个指头，那里四个指头的是休书？（外旦展看，周夺咬碎科）（外旦云）姐姐，周舍咬碎我的休书也。（旦上救科）（周舍云）你也是我的老婆。（正旦云）我怎么是你的老婆？（周舍云）你吃了我的酒来。（正旦云）我车上有十瓶好酒，怎么是你的？（周舍云）你可受我的羊来。（正旦云）我自有一只熟羊，怎么是你的？（周舍云）你受我的红定来。（正旦云）我自有大红罗，怎么是你的？（唱）

【乔牌儿】酒和羊，车上物；大红罗，自将去。你一心淫滥无是处，要将人白赖取。

（周舍云）你曾说过誓嫁我来。（正旦唱）

【庆东原】俺须是卖空虚⑬，凭着那说来的言咒誓为活路⑭。（带云）怕你不信呵。（唱）遍花街请到娼家女，那一个不对着明香宝烛，那一个不指着皇天后土，那一个不赌着鬼戮神诛？若信这咒盟言，早死的绝门户。

（云）引章妹子，你跟将他去。（外旦怕科，云）姐姐，跟了他去就是死。（正旦唱）

【落梅风】则为你无思虑、忒模糊，（周舍云）休书已毁了，你不跟我去待怎么？（外旦怕科）（正旦云）妹子，休慌莫怕！咬碎的是假休书。（唱）我特故抄与你个休书题目⑮，我跟前现放着这亲模。（周舍夺科）（正旦唱）便有九头牛也拽不出去。

（周扯二旦科，云）明有王法，我和你告官去来。（同下）（外扮孤引张千上，诗云）声名德化九重⑯闻，良夜⑰家家不闭门；雨后有人耕绿野，月明无犬吠花村。小官郑州守⑱李公弼是也。今日升起早衙，断理些公事。张千，喝撺箱。（张千云）理会的。（周舍同二旦、卜儿上）（周叫云）冤屈也！（孤云）告甚么事？（周舍云）大人可怜见，混赖我媳妇。（孤云）谁混赖你的媳妇？（周舍云）是赵盼儿设计混赖我媳妇宋引章。（孤云）那妇人怎么说？（正旦云）宋引章是有丈夫的，被周舍强占为妻，昨日又与了休书，怎么是小妇人混赖他的？（唱）

【雁儿落】这厮心狠毒，这厮家豪富。衙一味虚肚肠，不踏着实途路。

【得胜令】宋引章有亲夫，他强占作家属。淫乱心情歹，凶顽胆气粗。无徒⑲！到处里胡为做⑳。现放着休书，望恩官明鉴取。

（安秀实上，云）适才赵盼儿使人来说："宋引章已有休书了，你快告官去，便好娶他。"这里是衙门首，不免高叫道：冤屈也！（孤云）衙门外谁闹？拿过来！（张千拿入科，云）告人当面。（孤云）你告谁来？（安秀实云）我安秀实，聘下宋引章，被郑州周舍强夺为妻，乞大人做主咱。（孤云）谁是保亲？（安秀实云）是赵盼儿。（孤云）赵盼儿，你说宋引章原有丈夫，是谁？（正旦云）正是这安秀才。（唱）

【沽美酒】他幼年间便习儒，腹隐着九经书㉑；他是俺共里同村一处居，接受了钗环财物，明是个良人妇。

（孤云）赵盼儿，我问你，这保亲的委是你么？（正旦云）是小妇人。（唱）

【太平令】现放着保亲的堪为凭据，怎当他抢亲的百计亏图㉒？那里是明婚正娶，公然的伤风败俗！今日个诉与太府做主，可怜见断他夫妻完聚。

（孤云）周舍，那宋引章明明有丈夫的，你怎生还赖是你的妻子？若不看你父亲面上，送你有司问罪。您一行人听我下断：周舍杖六十，与民一体当差㉓；宋引章仍归安秀才为妻；赵盼儿等宁家住坐㉔。（词云）只为老虔婆㉕受贿贪钱，赵盼儿细说根源，呆周舍不安本业㉖，安秀才夫妇团圆。（众叩谢科）（正旦唱）

　　【收尾】对恩官一一说缘故，分剖开贪夫怨女；面糊盆再休说死生交㉗，风月所㉘重谐燕莺侣。

　　　题目　安秀才花柳成花烛㉙
　　　正名　赵盼儿风月救风尘㉚

【注释】

①敢待：大概就要。　②害天灾的：骂人的话，即该天杀的。　③痴：痴迷。　④着他道儿了：中了他的圈套了。　⑤马揣驹：马肚子里怀上了小马驹。揣，怀孕。　⑥漏蹄：骡马蹄上的一种病。　⑦案板：本指厨房里做面食用的木板，由于比较牢稳，引申为稳妥可靠。　⑧脱空的故人：惯于弄虚作假的老朋友，指周舍，含有嘲讽意味。脱空，说谎话，弄虚作假。　⑨能爱女、有权术：指会玩弄女性的本领。　⑩得胜葫芦：指口齿伶俐，能说会道。葫芦，指嘴。　⑪照证：凭证，证据。　⑫手模印：指按的手印，指纹。　⑬卖空虚：以虚假的情意迎合。　⑭凭着那说来的言咒誓为活路：意为靠赌咒发誓过日子。　⑮题目：名目。这里指样子，副本。　⑯德化：以德行感化。这里指用封建道德去感化老百姓。重，指朝廷。　⑰良夜：天色美好的夜晚。　⑱守：太守的简称，是郡里的最高行政长官。　⑲无徒：无赖。　⑳胡为做：胡作非为。　㉑腹隐着九经书：即满腹学问，形容书读得很多。　㉒亏图：图谋暗算，使人亏损。　㉓与民一体当差：和百姓一样承当差役。元代规定，官员及子弟可享有免除差役等特权，因周舍犯罪，使其取消这种特权。　㉔宁家住坐：宋元时官府判词术语，意即回家安分守己过日子。　㉕老虔婆：老贼婆。当时对老年妇女的憎称。元剧中，往往用来指鸨母。　㉖本业：本身的行业。这里含有"本分"的意思。　㉗面糊盆再休说死生交：意为糊涂虫再不要谈什么同生共死的话了。指宋引章轻信周舍的谎话。面糊盆，比喻糊涂人。　㉘风月所：本指妓院，这里泛指情场。　㉙花烛：本指有彩饰的蜡烛，因旧时常用于婚礼中，所以后来借指结婚。　㉚赵盼儿风月救风尘：指赵盼儿用妓院中追欢卖笑的手段，去搭救同在风尘中的姐妹宋引章。风尘，旧指妓女卑贱屈辱的卖笑生涯。

【赏析】

　　《救风尘》第四折的情节大体可以分为前后两个部分。前半部分主要写周舍的"毁书"、赵盼儿的"背誓"，表现奸诈与机警、邪恶和正义的正面较量，把喜剧冲突推向高潮。后半部分写了周舍告官，"见官"的内容，由于清官明断，最终周舍得到了应有的下场，宋引章与安秀实大团圆结局。

　　本折承接上折，周舍自以为已经把赵盼儿"摇撼的实着"了，于是回家给宋引章写了休书。然而很快周舍发现着了赵盼儿的道儿,赶上了逃离虎口的宋引章和赵盼儿。他又施展欺骗的手段,从宋引章手中夺取休书并把它咬碎,还要把宋引章重新置于他的侵凌和欺压之下。这个小人贪得无厌,得意忘形,竟然对赵盼儿说:"你也是我的老婆"。他先以赵盼儿接受了自己的酒羊红定相讹诈,但赵盼儿以酒羊红定都是自己所带,化解了他的招数。他又以赵盼儿曾说过誓要嫁他相威协,赵盼儿则干脆和盘托出自己的谋略,击退了他的威吓。在赵盼儿的唱词中,有哀怨,也有讽刺,让人笑中含泪,在同情赵盼儿不幸的同时也暗暗钦佩赵盼儿的机警。周舍明知自己不是赵盼儿的对手,于是又把魔爪伸向宋引章,以撕毁休书为由,强迫宋引章跟他回去。殊不知,工于心计的赵盼儿已将休书掉包,咬碎的是假休书。在"毁书"、"背誓"这段情节中,三个人物同时登台,在相互对比映衬中,显示人物不同的性格特征,使其更加鲜明生动。周舍的奸猾凶狠,宋引章的怯弱轻信,赵盼儿的机智勇敢,交织在一起,相得益彰,凸显出了赵盼儿。

但是凶顽成性的周舍不肯罢休,幻想官场对自己的庇护,于是要将赵宋二人告官,这就引出了情节最后的结局。还是要靠赵盼儿的巧计安排,在赵盼儿与周舍当堂辩驳时,依照赵盼儿的吩咐,安秀实到衙门喊冤,告周舍强夺自己早已聘下的宋引章为妻。赵盼儿便顺势以保亲的身份加以证实。有理有据,于是郑州太守李公弼依据赵盼儿等人的供词,判"周舍杖六十",并且"与民一体当差";而"宋引章仍归安秀才为妻;赵盼儿等宁家住坐"。最终恶有恶报,贫弱书生与风尘妓女各得其所,各安其身,这是赵盼儿斗争的胜利结果。作者在种种矛盾冲突中,肯定了赵盼儿风月救风尘的行为,完成了作品喜剧性的主题,情节有首有尾,前后联贯。其中对于妓女赵盼儿的称赞和歌颂,表现出作者思想的先进性。

赵盼儿利用其擅长的"风月"手段,将一个惯于玩弄女性的奸诈之徒,牵着鼻子,玩得团团转,不仅弄得他"尖担两头脱",而且还被"杖六十,与民一体当差"。其机智、老练、果敢、泼辣的个性和作风,令人不得不大加称叹!整个剧情波澜起伏,变幻莫测,妙趣横生,引人入胜,具有强烈的喜剧效果。其人物对白、唱词,也不避俚俗,质朴自然,鲜活生动,充分体现了元杂剧"本色"、"当行"的语言特色。

《单刀会》① 第四折

关汉卿

(鲁肃上,云)欢来不似今朝,喜来那逢今日。小官鲁子敬是也。我使黄文②持书去请关公,欣喜许今日赴会,荆襄地合归还俺江东。英雄甲士已暗藏壁衣之后,令人江上相候,见船到便来报我知道。

(正末关公引周仓上,云)周仓,将到那里也?(周云)来到大江中流也。(正末云)看了这大江,是一派好水也呵!(唱)

【双调新水令】大江东去浪千叠，引着这数十人驾着这小舟一叶。又不比九重龙凤阙③，可正是千丈虎狼穴。大丈夫心别④，我觑这单刀会似赛村社⑤。

（云）好一派江景也呵！（唱）

【驻马听】水涌山叠，年少周郎何处也？不觉的灰飞烟灭，可怜黄盖转伤嗟。破曹的樯橹一时绝，鏖兵的江水犹然热，好教我情惨切！（云）这也不是江水，（唱）二十年流不尽的英雄血！

（云）却早来到也，报复去。（卒报科）（做相见科）（鲁云）江下小会，酒非洞里之长春⑥，乐乃尘中之菲艺⑦，猥劳⑧君侯屈高就下，降尊临卑，实乃鲁肃之万幸也！（正末云）量某有何德能，着大夫置酒张筵，既请必至。（鲁云）黄文，将酒来。二公子满饮一杯。（正末云）大夫饮此杯。（把盏科）（正末云）想古今咱这人过日月好疾也呵！（鲁云）过日月是好疾也。光阴似骏马加鞭，浮世似落花流水。（正末唱）

【胡十八】想古今立勋业，那里也舜五人⑨、汉三杰？两朝相隔数年别，不付能⑩见者，却又早老也。开怀的饮数杯，（云）将酒来。（唱）尽心儿待醉一夜。

（把盏科）（正末云）你知道："以德报德，以直报怨⑪"么？（鲁云）既然将军言"以德报德，以直报怨"，借物不还者谓之怨。想君侯文武全材，通练兵书，习《春秋》《左传》，济拔颠危，匡扶社稷，可不谓之仁乎？待玄德如骨肉，觑曹操若仇雠，可不谓之义乎？辞曹归汉，弃印封金，可不谓之礼乎？坐服于禁，水淹七军，可不谓之智乎？且将军仁义礼智俱足，惜乎止少个信字，欠缺未完。再若得全个信字，无出君侯之右也。（正末云）我怎生失信（鲁云）非将军失信，皆因令兄玄德公失信。（正末云）我哥哥怎生失信来？（鲁云）想昔日玄德公败于当阳之上，身无所归，因鲁肃之故，屯军三江夏口。鲁肃又与孔明同见我主公，即日兴师拜将，破曹兵于赤壁之间。江东所费巨万，又折了首将黄盖。因将军贤昆玉⑫无尺寸地，暂借荆州以为养军之资；数年不还。今日鲁肃低情曲意，暂取荆州，以为救民之急；待仓廪丰盈，然后再献与将军掌领。鲁肃不敢自专，君侯台鉴⑬不错。（正末云）你请我吃筵席来那，是索荆州来？（鲁云）没，没，没，我则这般道。孙、刘结亲，以为唇齿，两国正好和谐。（正末唱）

【庆东原】你把我真心儿待,将筵宴设,你这般攀今揽古,分甚枝叶⑭?我根前使不着你"之乎者也"、"诗云子曰",早该豁口截舌⑮!有意说孙刘,你休目下翻成吴越⑯!

(鲁云)将军原来傲物轻信!(正末云)我怎么傲物轻信?(鲁云)当日孔明亲言:破曹之后,荆州即还江东。鲁肃亲为担保。不思旧日之恩,今日恩变为仇,犹自说"以德报德,以直报怨"。圣人道:"信近于义,言可复也⑰"。去食去兵,不可失信。"大车无輗,小车无軏,其何以行之哉⑱?"今将军全无仁义之心,枉作英雄之辈。荆州久借不还,却不道"人无信不立!"(正末云)鲁子敬,你听的这剑戛⑲么?(鲁云)剑戛怎么?(正末云)我这剑戛,头一遭诛了文丑,第二遭斩了蔡阳,鲁肃呵,莫不第三遭到你也?(鲁云)没,没,我则这般道来。(正末云)这荆州是谁的?(鲁云)这荆州是俺的。(正末云)你不知,听我说。(唱)

【沉醉东风】想着俺汉高皇图王霸业,汉光武秉正除邪,汉献帝将董卓诛,汉皇叔把温侯⑳灭,俺哥哥合情受汉家基业。则你这东吴国的孙权,和俺刘家却是甚枝叶?请你个不克己㉑先生自说!

(鲁云)那里甚么响?(正末云)这剑戛二次也。(鲁云)却怎么说?(正末云)这剑按天地之灵,金火之精,阴阳之气,日月之形;藏之则鬼神遁迹,出之则魑魅潜踪;喜则恋鞘沉沉而不动,怒则跃匣铮铮而有声。今朝席上,倘有争锋,恐君不信,拔剑施呈。吾当摄剑㉒,鲁肃休惊。这剑果有神威不可当,庙堂之器岂寻常;今朝索取荆州事,一剑先交鲁肃亡。(唱)

【雁儿落】则为你三寸不烂舌,恼犯我三尺无情铁。这剑饥餐上将头,渴饮仇人血。

【得胜令】则是条龙向鞘中蛰㉓,唬得人向坐间呆㉔,今日故友每才相见,休着俺弟兄每相间别。鲁子敬听者,你心内休乔怯,畅好是㉕随邪,吾当酒醉也。

(鲁云)宫动乐。(藏宫㉖上,云)天有五星,地攒五岳,人有五德,乐按五音。五星者:金、木、水、火、土。五岳者:常、恒、泰、华、嵩㉗。五德者:温、良、恭、俭、让。五音者:宫、商、角、、羽。(甲士拥上科)(鲁云)埋伏了者。(正末击案,怒云)有埋伏也无埋伏?(鲁云)并无埋伏。(正末云)若有埋伏,一剑挥之两段!(做击案科)(鲁云)你击碎菱

花㉘。(正末云)我特来破镜!(唱)

【搅筝琶】却怎生闹炒炒军兵列,休把我当拦者!(云)当着我的,呵呵!(唱)我着他剑下身亡,目前流血。便有那张仪口、蒯通舌,休那里躲闪藏遮。好生的送我到船上者,我和你慢慢的相别。

(鲁云)你去了倒是一场伶俐㉙。(黄文云)将军,有埋伏哩。(鲁云)迟了我的也。(关平领众将上,云)请父亲上船,孩儿每来迎接哩。(正末云)鲁肃,休惜殿后。(唱)

【离亭宴带歇指煞】我则见紫袍银带公人列,晚天凉风冷芦花谢,我心中喜悦。昏惨惨晚霞收,冷飕飕江风起,急颩颩㉚帆招飐。承管待、承管待,多承谢、多承谢。唤梢公慢者,缆解开岸边龙,船分开波中浪,棹搅碎江心月。正欢娱有甚进退,且谈笑不分明夜㉛。说与你两件事先生记者:百忙里趁㉜不了老兄心,急切里㉝倒不了俺汉家节。

题目㉞ 孙仲谋独占江东地请乔公言定三条计
正名 鲁子敬设宴索荆州关大王独赴单刀会

【注释】

①《单刀会》:演的是三国故事:东吴鲁肃为索取荆州,埋伏甲兵,请关羽赴宴。关羽横渡大江,仗胆孤行,单刀震敌,全节而归。剧本结构较特别:前两折分别由乔玄和司马徽对关羽的威风和功绩做渲染,第三折关羽才出场,而真正的冲突是在第四折方展开的。这里选的是第四折,为全剧的高潮,其中《新水令》、《驻马听》二曲历来脍炙人口。 ②黄文:吴国的将领,为作者虚拟的人物。 ③九重龙凤阙:封建帝王居住的地方。 ④别:刚烈。 ⑤赛村社:古代农村于节举行的迎神的赛会。 ⑥长春:一种好酒的名称。 ⑦菲艺:菲薄的技艺。 ⑧猥劳:有辱大驾之意。猥,卑下,谦词。 ⑨舜五人:传说中帝舜的五位贤臣,即禹、弃、契、皋陶和后夔。汉三杰:辅佐汉高祖刘邦平定天下的张良、萧何与韩信。 ⑩不付能:即不甫能,意为刚能够,好不容易。 ⑪以德报德,以直报怨:语出《论语·宪问》,意谓拿恩惠来酬答恩惠,拿公平正直来回答怨恨。 ⑫昆玉:对人兄弟的敬称。 ⑬台鉴:您的审察、裁夺。台,称对方的敬词。鉴,审察。 ⑭分甚枝叶:这里以枝叶比吴蜀的关系,意谓两国不应该因计较利益得失而造成对立。 ⑮豁口截舌:割嘴、断舌,意谓因那些不好的话语该受到惩罚。 ⑯吴、越:春秋时吴国和越国是敌对的国家。 ⑰"信近"二句:语出《论语·学而》,意思是讲信誉的人说过的话,可以由行动来证实。 ⑱"大车"三句:语出《论语·为政》。輗、軏,都是车辕前面与套牲口横木连接的关键,孔子用以比喻人离开了信义将寸步难行。 ⑲剑戛:原本作"剑界",意谓剑器发出了警告的声音。 ⑳温侯:吕布。字奉先,官奋威将军,封温侯。据《三国志·吕布传》记载,吕布为曹操所杀。 ㉑不克己:不能克制和约束自己的不良欲望。 ㉒摄剑:拔剑。 ㉓蛰:潜伏。 ㉔"唬得"句:原本作"虎在坐间蛰",据元刊本改。 ㉕畅好是:真正是。随邪:入了邪道。 ㉖藏官:人名,作者虚拟

的人物。动乐：奏乐。 ㉗常、恒、泰、华、嵩：五岳名。常山，本名恒山，汉代避文帝刘恒讳改，为北岳。恒，应为"衡"，衡山，南岳。泰，泰山，东岳。华，华山，西岳。嵩，嵩山，中岳。 ㉘菱花：古代铜镜背面的图案、花纹，这里用来代指镜子。 ㉙伶俐：这里为利索、干净之意。 ㉚急飐飐：风吹动船帆振颤的样子。 ㉛不分明夜：原本作"分明夜"，据王季烈校刊《孤本元明杂剧》改。 ㉜趁：同"称"。 ㉝急切里：急迫之中，匆忙里。 ㉞题目、正名：元杂剧体制中的一个部分，一般置于结尾处，用两句或四句对文总结全剧的内容，并以末句作为剧名。

【赏析】

关汉卿的历史剧《单刀会》（原名《关大王独赴单刀会》），源于《三国志》，一方面改变了不少历史内容，故事情节人物性格都有不少变化；另一方面，剧中字里行间显露出作者正统的汉族立场，不满当时的元蒙贵族的统治，具有一定的时代性。

全剧共四折，写鲁肃（子敬）为索取荆州引发了和关羽的冲突，是在蜀汉和东吴之间政治和军事矛盾的背景上展开的。贯穿全剧的中心人物是单刀赴会的关羽。前三折用了烘云托月的渲染手法，成功地塑造出关羽这一个有胆有识、雄姿勃发、对蜀汉事业忠心耿耿的光辉形象。前三折反复铺垫，烘托渲染，已把不仅志勇过人，而且文韬武略、成竹在胸的关羽栩栩如生地置于读者面前，至第四折进入"单刀赴会"的主题，完全从正面来描叙。第四折戏是全剧的最后一折，也是全剧的高潮。关羽明知鲁肃宴请有诈，却仍单刀驾舟赴会；宴席上，严辞拒绝鲁肃索还荆州的要求，并先发制人，慑服对手鲁肃，安全返回驻地，表现了关羽雄阔的胸怀、超群的胆略和过人的智慧。剧中多次出现的"汉家基业"、"俺汉家节"等一类唱词，借历史人物之口，对激起汉族人民的民族情感，鼓舞他们积极从事反抗蒙古族残酷压迫的斗争，无疑起到了宣扬和号召的重要作用。

本折戏，作者独具匠心地刻画了关羽形象，采用欲急先缓、欲张先弛的方法，用两支曲子来写景抒情，巧妙地将叙事融于其间，将景、情、事达到有机的统一，充分展示关羽藐视强敌、处惊不慌的豪迈气概。在整个"赴会"过程中，剧作者凭借对壮阔景色的描绘和英雄性格的摹写以及对英雄豪情情怀的抒发，将三者交织在一起，刻画出一个勇武非凡、胆略超群、智慧过人的关羽形象。全折气势充沛，激情如潮，劲健雄浑之气，力透纸背。

《望江亭》第三折

关汉卿

（衙内领张千、李稍上。衙内云）小官杨衙内是也。颇奈①白士中无理，量你到的那里！岂不知我要取谭记儿为妾，他就公然背了我，娶了谭记儿为妻，同临任所②，此恨非浅！如今我亲身到潭州③，标取④白士中首级。你道别的人为甚么我不带他来？这一个是张千，这一个是李稍：这两个小的，聪明乖觉，都是我心腹之人，因此上则带的这两个人来。（张千去衙内鬓边做拿科）（衙内云）！你做什么？（张千云）相公鬓边一个虱子。（衙内云）这厮倒也说的是，我在这船只上个月期程⑤，也不曾梳篦的头。我的儿好乖！（李稍去衙内鬓上做拿科）（衙内云）李稍，你也怎的？（李稍云）相公鬓上一个狗鳖⑥。（衙内云）你看这厮！（亲随⑦、李稍同去衙内鬓上做拿科）（衙内云）弟子孩儿，直恁的般多！（李稍云）亲随，今日是八月十五日中秋节令，我每安排些酒果，与大人玩月，可不好？（张千云）你说的是。（张千同李稍做见科，云）大人，今日是八月十五日中秋节令，对着如此月色，孩儿每与大人把一杯酒赏月，何如？（衙内做怒科，云）！这个弟子孩儿，说什么话！我要来干公事，怎么教我吃酒？（张千云）大人，您孩儿每并无歹意，是孝顺的心肠。大人不用，孩儿每一点不敢吃。（衙内云）亲随，你若吃酒呢？（张千云）我若吃一点酒呵，吃血⑧。（衙内云）正是，休要吃酒。李稍，你若吃酒呢？（李稍云）我若吃酒，害疔疮。（衙内云）既是您两个不吃酒，也罢，也罢，我则饮三杯，安排酒果过来。（张千云）李稍，抬果桌过来。（李稍做抬果桌科，云）果桌在此，我执壶，你递酒。（张千云）我儿，酾满⑨着。（做递酒科，云）大人满饮一杯。（衙内做接酒科）（张千倒退⑩自饮科）（衙内云）亲随，你怎么自吃了？（张千云）大人，这个是摄毒⑪的盏儿。这酒不是家里带来的酒，是买的酒，大人吃下去，若有好歹，药杀了大人，我可怎么了？（衙内云）说的是，你是我心腹人。（李稍做递酒科，云）你要吃酒，弄这等嘴儿⑫；待我送酒，大人满饮一杯。（衙内接科）（李稍自饮科）（衙内云）你也怎的？（李稍云）大人，他吃的，我也吃的。（衙内云）你看这厮！我且慢慢的吃几杯。亲随，与我把别的民船都赶开者！（正旦拿鱼上，云）这里也无人。妾身白士中的夫人谭记儿是也。妆扮做个卖鱼的，见杨衙内去。好鱼也！这鱼在那江边游戏，趁浪寻食，却被我驾一孤舟，撒开网去，打出三尺锦鳞，还活活泼泼的乱跳，好鲜鱼也！（唱）

【越调斗鹌鹑】则这今晚开筵，正是中秋令节，只合低唱浅斟⑬，莫待他花残月缺。见了的珍奇，不消的咱说，则这鱼鳞甲鲜滋味别；这鱼不宜那水煮油煎，则是那薄批细切⑭。

（云）我这一来，非容易也呵！（唱）

【紫花儿序】俺则待稍关打节⑮，怕有那惯施舍的经商不请言赊⑯。则俺这篮中鱼尾，又不比案上罗列⑰；活计全别⑱，俺则是一撒网，一蓑衣，一箬笠。先图些打捏⑲，只问那肯买的哥哥照顾俺也些些。

（云）我揽住这船，上的岸来。（做见李稍，云）哥哥，万福！（李稍云）这个姐姐，我有些面善。（正旦云）你道我是谁？（李稍云）姐姐，你敢是张二嫂么？（正旦云）我便是瞻远瞩张二嫂。你怎么不认的我了？你是谁？（李稍云）则我便是李阿鳖。（正旦云）你是李阿鳖？（正旦做打科，云）儿子，这些时吃得好了，我想你来。（李稍云）二嫂，你见我亲么！（正旦云）儿子，我见你，可不知⑳亲哩。你如今过去，和相公说一声，着我过去切鲙，得些钱钞，养活我来也好。（李稍云）我知道了。亲随，你来。（张千云）弟子孩儿，唤我做什么！（李稍云）有我个张二嫂，要与大人切鲙。（张千云）甚么张二嫂？（正旦见张千科，云）媳妇孝顺的心肠，将着一尾金色鲤鱼特来献新㉑，望与相公说一声咱。（张千云）也得，也得，我与你说去。得的钱钞，与我些买酒吃。你随着我来。（做见衙内科，云）大人，有个张二嫂，要与大人切。（衙内云）甚么张二嫂？（正旦见科，云）相公，万福！（衙内做意㉒科，云）一个好妇人也！小娘子，你来做甚么？（正旦云）媳妇孝顺的心肠，将着这尾金色鲤鱼，一径的来献新。可将砧板、刀子来，我切鲙哩。（衙内云）难的小娘子如此般用意，怎敢着小娘子切鲙，俗了手㉓！李稍，拿了去，与我姜辣煎了来！（李稍云）大人，不要他切就村了㉔。（衙内云）多谢小娘子来意！抬过果桌来，我和小娘子饮三杯。将酒来，小娘子满饮一杯。（张千做吃酒科）（衙内云）你怎的？（张千云）你请他，他又请你，你又不吃，他又不吃，可不这杯酒冷了？不如等亲随乘热吃了，倒也干净。（衙内云）咄！靠后！将酒来！小娘子满饮此杯。（正旦云）相公请！（张千云）你吃便吃，不吃我又来也。（正旦做跪衙内科）（衙内扯正旦科，云）小娘子请起！我受了你的礼，就做不得夫妻了㉕。（正旦云）媳妇来到这里，便受了礼，也做得夫妻。（张千同李稍拍桌科，云）妙，妙，妙！（衙内云）小娘子请坐。（正旦云）相公，你此一来何往？（衙内云）小官有公差事。

（李稍云）二嫂，专为要杀白士中来。（衙内云）咦！你说什么？（正旦云）相公，若拿了白士中呵，也除了潭州一害。只是这州里怎么不见差人来迎接相公？（衙内云）小娘子，你却不知，我恐怕人知道，走了消息，故此不要他们迎接。（正旦唱）

【金蕉叶】相公，你若是报一声着人远接，怕不的船儿上有五十座笙歌摆设。你为公事来到这些，不知你怎生做兀的关节㉖？

（衙内云）小娘子，早是你来的早，若来的迟呵，小官歇息了也。（正旦唱）

【调笑令】若是贱妾晚来些，相公船儿上黑鼽鼽㉗的熟睡歇；则你那金牌势剑身傍列，见官人远离一射㉘，索用甚从人拦当者，俺只待拖狗皮㉙的拷断他腰截。

（衙内云）李稍，我央及你，你替我做个落花媒人㉚。你和张二嫂说，大夫人不许他，许他做第二个夫人，包髻、团衫、绣手巾㉛，都是他受用的。（李稍云）相公放心，都在我身上。（做见正旦科，云）二嫂，你有福也！相公说来，大夫人不许你，许你做第二个夫人，包髻、团衫、袖腿绷……（正旦云）敢是绣手巾？（李稍云）正是绣手巾。（正旦云）我不信，等我自问相公去。（正旦见衙内科，云）相公，恰才李稍说的那话，可真个是相公说来？（衙内云）是小官说来。（正旦云）量媳妇有何才能，着相公如此般错爱也。（衙内云）多谢、多谢！小娘子就靠着小官坐一坐，可也无伤。（正旦云）妾身不敢。（唱）

【鬼三台】不是我夸贞烈，世不曾和个人儿热。我丑则丑，刁决古懒㉜，不由我见官人便心邪，我也立不的志节。官人，你救黎民，为人须为彻；拿滥官，杀人须见血。我呵，只为你这眼去眉来，（正旦与衙内做意儿㉝科，唱）使不着我那冰清玉洁。

（衙内做喜科，云）勿、勿、勿㉞！（张千与李稍做喜科，云）勿、勿、勿！（衙内云）你两个怎的？（李稍云）大家耍一耍。（正旦唱）

【圣药王】珠冠儿怎戴者，霞帔儿怎挂着，这三檐伞怎向顶门遮？唤侍妾簇捧者，我从来打鱼船上扭的那身子儿别，替你稳坐七香车㉟。

（衙内云）小娘子，我出一对与你对：罗袖半翻鹦鹉盏㊱。（正旦云）妾对：玉纤重整凤凰衾㊲。（衙内拍桌科，云）妙、妙、妙！小娘子，你莫非识字么？（正旦云）妾身略识些撇竖点划㊳。（衙内云）小娘子既然识字，小官再出一对：鸡头㊴个个难舒颈。（正旦云）妾对：龙眼㊵团团不转睛。（张千同李稍拍桌科，云）妙、妙、妙！（正旦云）妾身难的遇着相公，乞赐珠玉㊶。（衙内云）哦！你要我赠你什么词赋？有、有、有！李稍，将纸笔砚墨来。（李稍做拿砌末㊷科，云）相公，纸墨笔砚在此。（衙内云）我写就了也，词寄《西江月》㊸。（正旦云）相公，表白㊹一遍咱。（衙内做念科，云）夜月一天秋露，冷风万里江湖。好花须有美人扶，情意不堪会处。仙子初离月浦，嫦娥忽下云衢㊺。小词仓卒㊻对君书，付与你个知心人物。（正旦云）高才，高才！我也回奉相公一首，词寄《夜行船》。（衙内云）小娘子，你表白一遍咱。（正旦做念科，云）花底双双莺燕语，也胜他凤只鸾孤。一霎恩情，片时云雨，关连着宿缘前注㊼。天保今生为眷属，但则愿似水如鱼。冷落江湖，团人月，相连着夜行船去。（衙内云）妙、妙、妙！你的更胜似我的。小娘子，俺和你慢慢的再饮几杯。（正旦云）敢问相公，因甚么要杀白士中？（衙内云）小娘子，你休问他。（李稍云）张二嫂，俺相公有势剑在这里！（衙内云）休与他看。（正旦云）这个是势剑？衙内见爱媳妇，借与我拿去治三日鱼好那？（衙内云）便借与你。（张千云）还有金牌哩！（正旦云）这个是金牌？衙内见爱我，与我打戒指儿吧。再有什么？（李稍云）这个是文书。（正旦云）这个便是买卖的合同？（正旦做袖文书科，云）相公再饮一杯。（衙内云）酒勾了也。小娘子休唱前篇，则唱幺篇㊽。（做醉科）（正旦云）冷落江湖，团人月，相随着夜行船去。（亲随同李稍做睡科）（正旦云）这厮都睡着了也。（唱）

【秃厮儿】那厮也咸懵懂㊾，玉山低趄，着鬼祟醉眼乜斜㊿，我将这金牌虎符都袖褪[51]者，唤相公，早醒些，快迭[52]！

【络丝娘】我且回身将杨衙内深深的拜谢，您娘向急飐飐[53]船儿上去也，到家对儿夫尽分说那一番周折。

（带云）惭愧，惭愧！（唱）

【收尾】从今不受人磨灭[54]，稳情取[55]好夫妻百年喜悦。俺这里，美孜孜在芙蓉帐笑春风；只他那，冷清清杨柳岸伴残月㊺。(下)。

(衙内云)张二嫂,张二嫂,那里去了?(做失惊科,云)李稍,张二嫂怎么去了?看我的势剑金牌,可在那里?(张千云)就不见了金牌,还有势剑共文书哩!(李稍云)连势剑文书都被他拿去了!(衙内云)似此怎了也?(李稍唱)

【马鞍儿】想着想着跌脚儿叫。(张千唱)想着想着我难熬。(衙内唱)酪子里㊼愁肠酪子里焦。(众合唱)又不敢着傍人知道;则把他这好香烧、好香烧,咒的他热肉儿跳!

(衙内云)这厮每扮戏那!(众同下)

【注释】

①颇奈:又作"叵耐",不可耐,怎能忍耐,引申为"可恨"。 ②任所:任职之所。 ③潭州:治所在今湖南长沙市。 ④标取:指定取。 ⑤个月期程:个把月的路程。 ⑥狗鳖:寄生在狗身上的一种寄生虫,又名"狗虱"。 ⑦亲随:贴身的仆从,这里指张千。 ⑧吃血:意为像吃血的蚊子、臭虫,不是人。 ⑨酾满:斟满(酒)。"酾",同"筛"。 ⑩倒退:后退。 ⑪摄毒:代为检毒。摄,代。 ⑫弄这等嘴儿:说这种话。指其假惺惺的。 ⑬低唱浅斟:低声唱曲,慢慢喝酒。 ⑭薄批细切鲙:宋元时人爱吃生鱼片,"薄批细切鲙"指的是片生鱼片的技巧。片鱼片即下文所说的"切鲙"。 ⑮稍关打节:打通关节。 ⑯"怕有那"句:意为我们卖鱼是不赊欠的。暗喻名为献鱼,实有目的——自己是不会空手而返的。 ⑰罗列:摆设。 ⑱活计全别:这种活儿(打鱼)与别的全不一样。 ⑲打捏:生活费用。 ⑳可不知:即可知,当然。 ㉑献新:旧时,新上市的农副产品,劳动者自己舍不得吃,用来送给有钱有势之人,以求较高报酬。 ㉒做意:指杨衙内见美妇垂涎三尺。 ㉓俗了手:意为切鱼片是低贱的俗事,不应该让这样漂亮的人去做。 ㉔村了:不好了。指不用这样漂亮的人,切鱼的味道就不鲜美了。 ㉕"我受了你的礼"二句:此为杨衙内调戏谭记儿之语。按封建礼制,夫妻之间的礼节是平等的。男方单受了女方的拜,由于礼节上的不平等就不是夫妇了。 ㉖关节:此指计谋。此句意为:不知你做的是啥样的计谋。 ㉗鞀:鞀声。 ㉘一射:一箭的射程,即一箭之地。 ㉙拖狗皮:形容死乞白赖的样子。 ㉚落花媒人:现成的媒人。 ㉛包髻、团衫、绣手巾:元代礼俗:娶妻的订婚礼品有羊酒、红定等彩礼;娶妾订婚只用包髻、团衫、绣手巾,为伊的穿戴饰物。 ㉜刁决古懒:"刁决",勇敢;"古懒",执拗。四字连用,表示性格坚强。 ㉝做意儿:指谭记儿假意与杨衙内调情。 ㉞匆、匆、匆:嘻笑之声。 ㉟"珠冠儿"以下数句:珠冠,缀有珠宝的帽子;霞帔:绣有花色的长背心;三檐伞:遮阳并做仪仗用的三道檐的伞;七香车:带有装饰物的用香料熏过的彩车。这些都是当时贵妇人的用物。此皆谭记儿以渔女身份模仿贵妇人举动的滑稽姿态。 ㊱鹦鹉盏:用鹦鹉螺做的酒杯。此螺尖端如鹦鹉嘴。 ㊲玉纤:玉指。凤凰衾:绣有凤凰的锦被。 ㊳撇竖点划:指汉字结构中的四种笔画。即略识几个字之义。 ㊴鸡头:芡实的别名。 ㊵龙眼:即桂圆,以上两句暗喻性事。 ㊶珠玉:对他人文辞的美称。"乞赐珠玉"即请求题赠。 ㊷砌末:元剧术语,舞台上使用的道具。 ㊸词寄《西江月》:《西江月》,词牌名。词寄《西江月》就是按《西江月》词牌规定的格律填词。下文词寄《夜行船》同。

㊹表白：念诵。 ㊺"仙子"二句：仙子即嫦娥。月浦：即月亮，浦即水边。"云衢"指天空，衢为纵横的大道。 ㊻仓卒：仓促。 ㊼宿缘前注：命中注定的前世姻缘。 ㊽幺篇：词曲的后篇。此处谭所咏的《夜行船》下片。 ㊾懵懂：糊里糊涂，这里指醉态。 ㊿玉山低趄：玉山，指身躯；低趄，斜靠；乜斜：眼睛眯成一条缝。此皆形容酒醉的样子。 ㉛袖褪：藏在袖中。 ㉜快迭：快点。 ㉝急飐飐：形容船快速如风。 ㉞磨灭：折磨，欺负。 ㉟稳情取：准定能够，必然做到。 ㊱杨柳岸伴残月：这里化用宋代词人柳永"杨柳岸晓风残月"的词句，嘲笑杨衙内。 ㊲酽子里：暗地里，背地里。

【赏析】

《望江亭》原名《望江亭中秋切》，是一出很出色的喜剧。大概内容写得是：权豪势要杨衙内想霸占年轻貌美的寡妇谭记儿，听说谭嫁给了地方官白士中，便奏请皇上查办白士中，白闻讯惊惶无计，谭却胸有成竹，决定对策。中秋节晚上，杨衙内乘船到洞庭湖，谭扮做渔妇上船献鱼，卖弄风情，灌醉杨衙内，骗取了势剑金牌；第二天杨前来捕人，却找不到文书，只找到他和谭记儿调笑时胡诌的小词，终于在公堂上当众出丑，最后被治以"夺人妻妾"之罪。这里选的是第三折。喜剧气氛特别浓烈。

第三折开场，在杨衙内的丑态表演所烘染出来的讽刺喜剧气氛中，反衬出剧情的紧张状态，为表现谭记儿的聪明、勇敢和沉着的性格，作了精彩的铺垫。之后，谭记儿周旋于杨衙内之前，抓住对手的弱点，使出了江湖手段，主动献殷勤，弄风骚，去勾摄眼前这个对她本来就不怀好心的酒色之徒的神魂。剧情步步深入，层峦叠起。谭记儿大展风情，达到了目的：皇帝的势剑，她拿到手里，要去"治三日鱼"；皇帝的金牌，她也弄到手里，要去"打戒指儿"；皇帝发的文书，她也袖进袖里，说成"买卖的合同"。这些，不仅是对杨衙内的嘲笑，而且也是对皇帝的讽刺。这一折戏的冲突基本上解决，喜剧气氛也达到了最高潮。当杨衙内和他的随从们酒醒的时候，谭记儿已飘然远逝。这位权豪势要兼花花太岁，却落得个"酽子里愁肠酽子里焦"，有苦说不出。这是作者对倚权势、贪酒色的滥官员的嘲讽和报复，表现出作者强烈的憎恶之情。

《望江亭》以辛辣、讽嘲的笔调，揭露了一个目无法纪、作威作福、得到最高统治者的"势剑金牌"而为所欲为的权势人物——杨衙内的丑恶灵魂，活画出这个色魔淫棍的卑劣无耻。在元杂剧中，"衙内"一般指的是蒙古贵族，因此作者的揭露和嘲讽就别具时代意义。作者成功地塑造了谭记儿这样一个爽朗、机敏、美丽、智慧与胆量并重的女性，她在我国乃至世界的戏剧画廊里是独特的"这一个"。在辛辣的嘲讽中，谱出这样一出酣畅淋漓的喜剧，体现了关汉卿丰厚的艺术底蕴。

《鲁斋郎》第二折

关汉卿

（鲁斋郎引张龙上，诗云）着意①栽花花不发，等闲②插柳柳成阴。谁识③张珪坟院里，倒有风流可喜活观音。小官鲁斋郎，因赏玩春景，到于郊野外张珪坟前，看见树上歇着个黄莺儿，我拽④满弹弓，谁想落下弹子来，打着张珪家小的⑤，将我千般毁骂，我要杀坏了他，不想他倒有个好媳妇。我着他今日不犯⑥，明日送来。我一夜不曾睡着，他若来迟了，就把他全家尽行杀坏。张龙，门首觑⑦者，若来时，报复⑧我知道。（正末同贴旦⑨上，云）大嫂⑩，疾⑪行动些！（贴旦云）才五更天气，你敢风魔九伯⑫，引的我那里去？（正末云）东庄里姑娘家有喜庆勾当⑬，用着这个时辰，我和你行动些。大嫂，你先行。（贴旦先行科⑭）（正末云）张珪怎了也？鲁斋郎大人的言语："张珪，明日将你浑家⑮，五更你便送到我府中来。"我不送去，我也是个死；我待⑯送去，两个孩儿久后寻他母亲，我也是个死。怎生是好也呵！（唱）

【南吕一枝花】全失了人伦⑰天地心，倚仗着恶党凶徒势，活支剌⑱娘儿双拆散，生各札⑲夫妇两分离。从来有日月交蚀⑳，几曾见夫主婚、妻招婿？今日个妻嫁人，夫做媒，自取些奁房㉑，断送陪随，那里也羊酒、花红、段匹㉒？

【梁州第七】他凭着恶哏哏威风纠纠，全不怕碧澄澄天网恢恢㉓。一夜间摸不着陈抟㉔睡。不分喜怒，不辨高低，弄的我身亡家破，财散人离。对浑家又不敢说是谈非，行行里只泪眼愁眉。你、你、你，做了个别霸王㉕自刎虞姬；我、我、我，做了个进西施归湖范蠡㉖；来、来、来，浑一似嫁单于㉗出塞明妃。正青春似水㉘，娇儿幼女成家计，无忧虑，少萦系㉙，平地起风波二千尺，一家儿瓦解星飞。

（贴旦云）俺走了这一会，如今姑娘家在那里？（正末云）则那里便是。（贴旦云）这个院宅便是？他做甚么生意；有这等大院宅？（正末唱）

【牧羊关】怕不晓日楼台静，春风帘幕低，没福的怎生消得㉚。这厮㉛强赖人钱财，莽夺人妻室，高筑座营和寨㉜。斜擫面杏黄旗㉝，梁山泊贼相似，与蓼儿洼㉞争甚的！

（云）大嫂，你靠后。（正末见张龙科，云）大哥，报复一声，张珪在于门首。（张龙云）你这厮才来，你该死也！你则在这里，我报复去。（鲁斋郎云）兀那㉟厮做甚么？（张龙云）张珪两口儿在于门首。（鲁斋郎云）张龙，我不换衣服罢，着他过来见。（末、旦叩见科）（鲁斋郎云）张珪，怎这早晚㊱才来？（正末云）投到安伏下㊲两个小的，收拾了家私，四更出门,急急走来,早五更过了也。(鲁斋郎云)这等也罢。你着那浑家近前来我看。(做看科,云)好女人也,比夜来增十分颜色。生受㊳你。将㊴酒来吃三杯。(正末唱。)

【四块玉】将一杯醇糯酒十分㊵的吃。(贴旦云)张孔目少吃,则怕你醉了。(正末唱)更怕我酒后疏狂失了便宜。扭回身刚咽的口长吁气,我乞求得醉似泥,唤不归。(贴旦云)孔目,你怎么要吃的这等醉?(正末云)大嫂,你那里知道!(唱)我则图别离时,不记得。

(贴旦云)孔目,你这般烦恼,可是为何?(正末云)大嫂,实不相瞒:如今大人要你做夫人,我特特送将你来。(贴旦云)孔目,这是甚么说话!(正末云)这也由不的我,事已至此,只得随顺他便了。(唱)

【骂玉郎】也不知你甚些儿看的能当意㊶,要你做夫人,不许我过今日,因此上急忙忙送你到他家内。(贴旦云)孔目,你这般下的㊷也?(正末唱)这都是我缘分薄,恩爱尽,受这等死临逼㊸。

(贴旦云)你在这郑州做个六案都孔目,谁人不让你一分?那厮甚么官职,你这等怕他,连老婆也保不得?你何不拣个大衙门告他去?(正末云)你轻说些。倘或被他听见,不断送㊹了我也?(唱)

【感皇恩】他、他、他,嫌官小不为,嫌马瘦不骑;动不动挑人眼,剔人骨,剥人皮。(云)他便要我张珪的头,不怕我不就送去与他;如今只要你做个夫人,也还算是好的。(唱)他少甚么温香软玉㊺、舞女歌姬。虽然道我灾星现,也是他的花星照,你的福星催。

(贴旦云)孔目,不争㊻我到这里来了,抛下家中一双儿女,着谁人照管他?兀的不㊼痛杀我也!(正末唱)

【采茶歌】撇下了亲夫主不须提,单是这小业种好孤凄,从今后谁照觑㊽他饥时饭、冷时衣?虽然个留得亲爷没了母,只落的一番思想一番悲。

(正末同旦掩泣科)(鲁斋郎云)则管里说甚么,着他到后堂中换衣服去。(贴旦云)孔目,则被你痛杀我也!(正末云)苦痛杀我也,浑家!(鲁斋郎云)张珪,你敢有些烦恼,心中舍不的么?(正末云)张不敢烦恼,则是家中有一双儿女,无人看管。(鲁斋郎云)你早不说!你家中有两个小的,无人照管。——张龙，将那李四的浑家梳妆打扮的赏与张便了。（张龙云）理会的。（鲁斋郎云）张珪，你两个小的无人照管，我有一个妹子，叫做娇娥，与你看觑两个小的。你与了我你的浑家，我也舍的个妹子酬答你。你醉了骂他，便是骂我一般；你醉了打他，便是打我一般。我交付与你，我自后堂去也（下）（正末云）这事可怎了也？罢，罢，罢！（唱）

【黄钟尾】夺了我旧妻儿，却与个新佳配，我正是弃了甜桃绕山寻醋梨㊾，知他是甚亲戚。教喝下庭阶，转过照壁㊿，出的宅门，扭回身体，遥望着后堂内，养家的人，贤惠的妻！非今生，是宿世(51)，我则索(52)寡宿孤眠过年岁，几时能勾再得相逢，则除是南柯梦(53)儿里！（下）

【注释】

①着意：一心一意。　②等闲：随便。　③识：知道。　④拽：拉开。　⑤小的：儿女。　⑥着：叫，使。不犯：不烦，不劳。　⑦觑：探望。　⑧报复：回报。　⑨正末：男主角演员。这里扮的是张珪。贴旦：次要的旦角。这里扮的是张珪的妻子李氏。　⑩大嫂：这里称呼自己的妻子。　⑪疾：快。　⑫敢：也许是。风魔九伯：发疯，痴癫。⑬勾当：事情。　⑭科：戏曲术语，表示演员有动作或表情。　⑮浑家：妻子。　⑯待：要是。　⑰人伦：人和人的正常关系。　⑱活支剌：活活的。　⑲生各札：硬生生的。⑳日月交蚀：日蚀、月蚀。全句说：日蚀、月蚀还是向来有的，可是丈夫做主把自己的妻子嫁人的事，世上何曾见到过？　㉑奁房：嫁妆。断送：打发。　㉒羊酒、花红、段匹：古代结婚用的聘物。　㉓天网恢恢：语出《老子》："天网恢恢，疏而不漏。"意思是说，老天爷的法网虽宽，但处罚恶人，是不会漏掉一个的。恢恢，宽大的样子。　㉔陈抟：宋朝初年的隐士，传说他经常一觉睡一百多天。这里是说，整夜都睡不着。　㉕霸王：楚霸王项羽。他和刘邦交战，兵败被围困，他心爱的虞姬知道大势已去，拔剑自刎。　㉖范蠡：春秋时期越国的大臣。帮助越王勾践灭吴之后，隐居在太湖一带。　㉗浑一似：真好像。单于：匈奴君长的称号。明妃：王昭君。　㉘青春似水：年轻人的生命像水一样不断流着。　㉙索系：牵挂。　㉚怎生消得：如何能享受。　㉛这厮：这家伙。　㉜营和寨：妇女聚居的地方。　㉝捌：插。杏黄旗：农民起义军的军旗。　㉞蓼儿洼：梁山泊中的地名。全句说：跟梁山泊有什么两样。　㉟兀那：那。　㊱这早晚：这时候。　㊲投到：等到。安伏下：安顿好了。　㊳生受：麻烦。　㊴将：拿。　㊵十分：尽量。　㊶甚些儿：哪些地方。当意：中意。　㊷下的：狠心。　㊸死临逼：严厉的迫害。　㊹断送：葬送了。　㊺温香软玉：美女。　㊻不争：姑且不论。　㊼兀的不：怎么不。　㊽照觑：照管。　㊾弃了甜桃绕山寻醋梨：元剧中的成语，指丢了好的不顾，却到处去找坏的。㊿照壁：屋前对门的短墙。　(51)宿世：前世。　(52)则索：只好。　(53)南柯梦：暂时的幻梦。出自《南柯太守传》。

【赏析】

《鲁斋郎》全称《包待制智斩鲁斋郎》，写权贵鲁斋郎强夺银匠李四、孔目张珪之妻，迫使两家妻离子散，最后包拯设计智斩鲁斋郎，使李、张两家终得团圆。全剧共四折一楔子，主要剧情是：权贵鲁斋郎骄横好色，霸占了李银匠之妻。李四悲愤不已，前往郑州告状，病倒在大街之上，适逢六案都孔目张珪救回家中。张珪见他与己妻同姓，便认为妻弟。李四向张珪诉说鲁斋郎劫妻一事，张珪惧其权势，打发李四回家。李四回去后，一双儿女喜童、娇儿因无人照料不知去向。清明节，张珪一家上坟遇到鲁斋郎，鲁斋郎贪淫张妻美色，令张珪献妻。张珪迫于鲁斋郎的淫威，竟然依言将妻子骗到鲁斋郎处，鲁斋郎大喜，把玩腻了的李四之妻赏给张珪。恰巧李四前来探访，得遇己妻。张珪一双儿女金郎和玉姐此时也走散，心灰意冷之下，便成全他们让其破镜重圆，并索性将家产留与他俩，自己出家云游去了。包拯任开封府尹，去五南采访时先后遇到喜童、娇儿兄妹和金郎、玉姐兄妹，收留了他们并教养成人。包拯听说他们的母亲均被鲁斋郎所夺，知其劣行斑斑，欲除掉他，又担心有人庇护，于是以"鱼齐即"这一相似之名奏明圣上，圣上判斩，事后得知实情也无可奈何。后喜童中状元，金郎也中举做官，包拯令他二兄妹去云台观烧香，追荐父母，巧遇李四夫妇和张珪之妻，又恰巧张珪云游路过。两家人终于团圆。包拯将两兄妹各自配成婚姻，两家更为亲密。

《鲁斋郎》第二折是全剧中最为精彩的一节，集中表现了被欺辱、被掠夺的受害者张珪与妻子生离死别时悲痛欲绝的情怀，关汉卿十分深刻地描写出人物内心的痛苦，多层次多侧面地展现了张珪真实的心理状态，在一字一句、一唱三叹的斑斑血泪中，控诉了封建统治阶级伤天害理、灭绝人性的罪恶。张珪的胆小怯懦，唯命是从，反映了当时在蒙古贵族残暴统治下汉族下层官吏和普通百姓逆来顺受、敢怒而不敢言的心态，更加揭露了元代社会的黑暗和腐败以及老百姓水深火热的生活。

《梧桐雨》第二折

白　朴

（安禄山引众将上，云）某安禄山是也。自到渔阳，操练蕃汉人马，精兵见①有四十万，战将千员。如今明皇年已昏眊②，杨国忠李林甫播弄朝政；我今只以讨贼为名，起兵到长安，抢了贵妃，夺了唐朝天下，才是我平生愿足。左右，军马齐备了么？（众将云）都齐备了。（安禄山云）着军政司先发檄③一道，说某奉密旨讨杨国忠等。随后令史思明领兵三万，先取潼关，直抵京师，成大事如反掌④耳。（众将云）得令。（安禄山云）今日天晚，明日起兵。（诗云）统精兵直指潼关，料唐家无计遮拦；单要抢贵妃一个，非专为锦绣江山。（同下）（正末引高力士，郑观音⑤抱琵琶，宁王⑥吹笛，花奴打羯鼓⑦，黄幡绰执板⑧，捧旦上）（正末云）今日新秋天气，寡人朝回无

事，妃子学得霓裳羽衣舞⑨，同往御园中沉香亭下，闲耍一番。早来到也。你看这秋来风物，好是动人也呵。（唱）

【中吕粉蝶儿】天淡云闲，列长空数行征雁。御园中夏景初残，柳添黄，荷减翠，秋莲脱瓣。坐近幽阑，喷清香玉簪花绽。

（带云）早到御园中也。虽是小宴，倒也整齐。（唱）

【叫声】共妃子喜开颜，等闲等闲，御园中列肴馔⑩；酒注嫩鹅黄，茶点鹧鸪斑⑪。

【醉春风】酒光泛紫金钟，茶香浮碧玉盏。沉香亭畔晚凉多，把一搭儿亲自拣、拣。粉黛浓妆，管弦齐列，绮罗相间。

（外扮使臣上，诗云）长安回望绣成堆，山顶千门次第开。一骑红尘妃子笑，无人知是荔枝来⑫。小官四川道差来使臣，因贵妃娘娘好啖⑬鲜荔枝，遵奉诏旨，特来进鲜。早到朝门外了。宫官，通报一声，说四川使臣来进荔枝。（做报科）（正末云）引他进来。（使臣见驾科，云）四川道使臣进贡荔枝。（正末看科，云）妃子，你好食此果，朕特令他及时进来。（旦云）是好荔枝也。（正末唱）

【迎仙客】香喷喷味正甘，娇滴滴色初绽；只疑是九重天谪⑭来人世间。取时难，得后悭⑮；可惜不近长安，因此上教驿使把红尘践。

（旦云）这荔枝颜色娇嫩，端的可爱也。（正末唱）

【红绣鞋】不则向金盘中好看，便宜将玉手擎餐；端的个绛纱笼罩水晶寒。为甚教寡人醒醉眼，妃子晕娇颜，物稀也人见罕。

（高力士云）陛下，酒进三爵，请娘娘登盘演一回霓裳之舞。（正末云）依卿奏者。（正旦做舞）（众乐撺掇科⑯）（正末唱）

【快活三】嘱付你仙音院莫怠慢，道与你教坊司要迭办，把个太真妃扶在翠盘间，快结束⑰，宜妆扮。

【鲍老儿】双撮得泥金衫袖挽，把月殿里霓裳按。郑观音琵琶准备弹，早搭上鲛绡襻⑱；贤王玉笛，花奴羯鼓，韵美声繁；宁王锦瑟⑲，梅妃⑳玉箫，嘹亮循环。

【古鲍老】屹剌剌撒开紫檀㉑，黄幡绰向前手拈板。低低的叫声玉环，太真妃笑时花近眼。红牙箸㉒趁五音击着梧桐案，嫩枝柯犹未干，更带着瑶琴音泛。卿呵，你则索出几点琼珠汗。

（旦舞科）（正末唱）

【红芍药】羯鼓声繁，罗袜弓弯；玉佩丁东响珊珊，即渐里舞鼙云鬟㉓。施呈你蜂腰细，燕体翻，作两袖香风拂散。（带云）卿倦也，饮一杯酒者。（唱）寡人亲捧杯玉露甘寒㉔，你可也莫得留残，拚着个醉醺醺直吃到夜静更阑。

（旦饮酒料）（净扮李林甫上，云）小官李林甫㉕是也，见为左丞相之职。今早飞报将来，说安禄山反叛，军马浩大，不敢抵敌，只得见驾。（做见驾科）（正末云）丞相有何事这等慌促？（李林甫云）边关飞报，安禄山造反，大势军马杀将来了。陛下，承平日久，人不知兵，怎生是好？（正末云）你慌做甚么？（唱）

【剔银灯】止不过奏说边庭上造反，也合看空便，觑迟疾紧慢㉖；等不的俺筵上笙歌散，可不气丕丕冒突天颜㉗？那些个齐管仲郑子产㉘，敢待做假忠孝龙逄比干㉙？

（李林甫云）陛下，如今贼兵已破潼关，哥舒翰㉚失守逃回，目下就到长安了。京城空虚，决不能守，怎生是好？（正末唱）

【蔓菁菜】险些儿慌杀你个周公旦㉛。（李林甫云）陛下，只因女宠盛，谗夫昌㉜，惹起这刀兵来了。（正末唱）你道我因歌舞坏江山，你常好是占奸，早难道羽扇纶巾笑谈间，破强虏三十万。

（云）既贼兵压境，你众官计议，选将统兵，出征便了。（李林甫云）如今京营兵不满万，将官衰老，如哥舒翰名将尚且支持不住，那一个是去得的？（正末唱）

【满庭芳】你文武两班，空列些乌靴象简㉝，金紫罗襕㉞。内中没个英雄汉，扫荡尘寰㉟。惯纵的个无徒禄山，没揣的㊱撞过潼关，先败了哥舒翰。疑怪昨宵向晚，不见烽火报平安。

（云）卿等有何计策，可退贼兵？（李林甫云）安禄山部下蕃汉兵马四十余万，皆是以一当百，怎与他拒敌？莫若陛下幸蜀㊲，以避其锋，待天下兵至，再作计较。（正末云）依卿所奏。便传旨，收拾六宫嫔御，诸王百官，明日早起，幸蜀去来。（旦作悲科，云）妾身怎生是好也！（正末唱）

【普天乐】恨无穷，愁无限，争奈仓卒之际，避不得蓦岭登山㊳。銮驾迁，成都盼，更那堪泸水西飞雁，一声声送上雕鞍。伤心故园，西风渭水，落日长安。

(旦云)陛下怎受的途路之苦?(正末云)寡人也没奈何哩!(唱)

　　【啄木儿尾】端详了你上马娇,怎支吾㉟蜀道难!替你愁那嵯峨峻岭连云栈㊵;自来驱驰可惯,几程儿捱得过剑门关㊶?(同下)

【注释】

①见:同"现"。　②昏眊:昏聩糊涂。　③檄:檄文,古代用于晓谕、征召、声讨等的文书,特指声讨敌人或叛逆的文书。　④成大事:夺江山,指称帝。反掌:比喻事情轻而易举。　⑤郑观音:玄宗宫人,善弹琵琶。　⑥宁王:唐睿宗长子李宪,能识曲辨声。　⑦花奴打羯鼓:宁王子汝南王李琎的小名。琎善击羯鼓,为玄宗所宠爱。羯鼓:是从西域传入的打击乐器,两面蒙皮,形如漆桶,用两手持杖叩击。　⑧黄幡绰:唐玄宗时宫廷艺人,善拍板。　⑨霓裳羽衣舞:唐代著名的乐舞。本为西域乐舞的一种,唐西凉节度使杨敬述进献,经唐玄宗加工而成。　⑩肴馔:宴席上的或比较丰盛的菜和饭。　⑪鹧鸪斑:福建特制的一种茶碗,上有鹧鸪斑点的花纹。　⑫"长安回望绣成堆"四句:唐代诗人杜牧的绝句《过华清宫》。千门,言骊山上宫门之多。次第,一个接一个地。红尘,指马队跑过踏起的灰尘。　⑬啖:吃。　⑭谪:贬降。封建时代把高级官吏降职并调到边远的地方做官,也指神仙受了处罚,降到人间(这是迷信说法)。这里是说荔枝为天降仙果。　⑮悭:吝音。　⑯众乐撺掇科:鼓乐齐奏。撺掇,同"撺断",拨弄。　⑰快结束:擅长装饰、装束。快,擅长。　⑱鲛绡襻:丝织的带子。鲛绡,传说中海中鲛人(人鱼)所织的绢。绡,生丝织成的薄绸。襻,本指系衣裙的带子,后来也指器物上用结条或攀手用的带子。　⑲锦瑟:装饰华美的瑟。瑟,拔弦乐器,形似琴,但无徽位,通常有二十五弦,每弦有一柱。　⑳梅妃:原名江采苹,是唐玄宗的妃子。因酷爱梅花,居所均植梅花,玄宗戏名之为"梅妃"。后宠为杨贵妃所夺。　㉑吃剌剌:或作"各剌剌",象声词。紫檀:又名"青龙木",通称"红木"。优质的乐器都是用它制成的。此处代指檀板,即拍板。　㉒红牙箸:即红牙,歌唱时用以按板眼节拍的牙板,多用檀木制成,色红,故称"红牙",也叫檀板。　㉓即渐里:逐渐,慢慢地。舞軃云鬟:发髻都舞軃了。軃,下垂的样子。　㉔玉露:美酒。甘寒:甜美清凉。　㉕李林甫:唐宗室,玄宗时宰相。厚靖宫官媸妃,迎合玄宗意旨。任职十九年,排除异己,败坏政事。他阴柔狡黠,人们说他"口有蜜而腹有剑"。　㉖"也合看空便"两句:意为,讲话也该看时机。即应见机行事。　㉗气丕丕:气急的样子。冒突天颜:冲撞皇上。　㉘齐管仲:管仲,名夷吾,字仲,春秋时齐国的政治家。他帮助齐桓公以"尊王攘夷"相号召,使其成为春秋时第一个霸主。郑子产:子产,即公孙侨,春秋时郑国的政治家。做郑简公的卿,实行改革,给郑国带来新气象。　㉙龙逢:即关龙逢,相传为夏朝的忠臣,夏桀暴虐荒淫,他直言强谏被囚禁杀死。比干:相传为商朝的忠臣,纣王淫乱无道,他强谏,被剖心而死。　㉚哥舒翰:唐突厥族酋长哥舒翰部后裔,为唐名将。安禄山叛乱时,起为兵马副元帅,防守潼关,因杨国忠猜忌,被逼出战,兵败被俘投降,不久被杀。　㉛周公旦:即姬旦,文王之子,武王之弟,辅助武王灭纣。武王死,成王年幼,由他摄政,为周朝蛉宰辅。这里借指李林甫。　㉜女宠盛,谗夫昌:美人争宠的事和专说他人坏话的人都多起来。　㉝乌

靴象简：脚穿黑朝靴，手捧白象笏。象简，即象笏。象牙做的狭长板子。古时大臣上朝时，上面记着要启奏的事情，以备遗忘。 ㉞金紫罗襕：古代官员穿的公服。按品级的高下，有紫襕，绯襕，绿襕等区别。品级最高的穿紫襕，上绣金线图案。襕，古时上下衣相连的服装。 ㉟扫荡尘寰：清除国家的叛乱。寰，广大的地域。 ㊱没揣的：突然地。宋元俗语。 ㊲幸蜀：到蜀地巡幸，实为逃往蜀地。幸，巡幸，指帝王出行。 ㊳蓦岭登山：爬山越岭。蓦，超越。 ㊴支吾：对付、抵挡的意思。 ㊵连云栈：从陕西通往蜀中的栈道。栈，栈道，在悬崖绝壁上凿孔支架木桩，铺上木板而成的窄道。 ㊶剑门关：在四川省剑阁县北面，形势险峻，峭壁中断，形似剑门，故名。

【赏析】

白朴的《梧桐雨》，原名《唐明皇秋夜梧桐雨》，是描写杨玉环、李隆基爱情生活和政治遭遇的历史剧。《梧桐雨》是根据白居易的《长恨歌》、陈鸿的《长恨歌传》以及有关唐玄宗李隆基和杨玉环的故事写成的，全剧一共四折。前有"楔子"，写唐明皇李隆基在"太平无事的日子里"，不问是非，使因战败解往京师问罪的安禄山因祸得福，被杨贵妃认为义子，又封为渔阳节度使，让他镇守边疆。第二折写七夕果瓜之会，李隆基与杨玉环在长生殿乞巧排宴，两人恩恩爱爱，情意绵绵，海誓山盟"愿世世姻缘注定"。在第二折中，故事发生转折，安禄山兵起倡乱，"渔阳鼙鼓动地来"，惊破唐玄宗的沉歌醉舞、寻欢作乐，他携杨贵妃仓皇逃走。第三折写在西行途中，到马嵬坡，六军不发，李隆基在"不能自保"的情况下，杨妃被缢死。经过一场激变，一切权力、荣华，烟消云散。第四折是全剧最精彩的部分，写李隆基重返长安，退位后在西宫养老，他满怀愁绪，对死去的杨玉环无限思念，怀念着过去的月夕花朝。凄凉的景象淋漓尽致地烘托出李隆基凄楚悲凉的心境，全剧在"窗儿外梧桐上雨潇潇"的深沉悲悼气氛中结束。

在本折的开篇即叙述安禄山起兵渔阳。紧接着，作者以优美的文笔描绘了金秋降临大地的景象，衬托了唐明皇与杨贵妃的歌舞宴乐的热闹气氛。在李杨二人的美酒艳曲中，远从四川进贡鲜荔枝的使臣到了。作者用〔迎仙客〕、〔红绣鞋〕两曲，将荔枝的香、味、色以及珍贵难得描摹地淋漓尽致，表现出统治者奢侈无度和醉生梦死的生活。〔快活三〕以下诸曲，写尽歌舞欢乐，极尽妍态。突然，风云突变，丞相李林甫慌忙飞报"安禄山造反，大势军马杀将来了！"然而唐玄宗却沉浸在歌舞升平中，丝毫没有意识到危急。最后万般无奈，玄宗只好"收拾六宫嫔御，诸王百官"，连同他的贵妃，"千乘万骑西南行"逃往四川。面对国土沦丧，京城失守，百姓生灵涂炭，这位皇帝却无半点儿内疚，担心的只是娇姿艳容的杨贵妃抵挡不了蜀道上的奔波。

在这一折中，虽然在一定程度上揭露了唐玄宗的荒淫无度，贪图享乐，但却集中表现出他对杨贵妃的宠爱，感人至深。

《墙头马上》第三折

白　朴

（裴尚书上，云）自从少俊去洛阳买花栽子回来，今经七年。老夫常是公差，多在外，少在里。且喜少俊颇有大志，每日只在后花园中看书，直等功名成就，方才取妻。今日是清明节令，老夫待亲自上坟去，奈畏风寒，教夫人和少俊替祭祖去咱。（下）（裴舍引院公上，云）自离洛阳，同小姐到长安七年也。得了一双儿女。小厮儿①叫做端端，女儿唤做重阳；端端六岁，重阳四岁，只在后花园中隐藏，不曾参见父母。皆是院公伏侍，宅下人共知道。今日清明节令，父亲畏风寒，我与母亲郊外坟茔中祭奠去。院公在意照顾，怕老相公撞见。（院公云）哥哥②，一岁使长百岁奴。这宅中谁敢提起个李字。若有一些差失，如同那赵盾便有灾难，老汉就是灵辄扶轮③；王伯当与李密叠尸④。为人须为彻⑤。休道老相公不来，便来呵，老汉凭四方口⑥，调三寸舌，也说将回去。我这是蒯文通李左车⑦。哥哥，你放心，倚着我呵，万丈水不教泄漏了一点儿。（裴舍云）若无疏失，回家多多赏你。（下）（正旦引端端重阳上，云）自从跟了舍人来此呵，早又⑧七年光景，得了一双儿女。过日月好疾也呵！（唱）

【双调新水令】数年一枕梦庄蝶⑨，过了些不明白好天良夜。想父母关山途路远，鱼雁⑩信音绝。为甚感叹咨嗟，甚日得离书舍？

【驻马听】凭男子豪杰，平步上万里龙庭双凤阙⑪；妻儿真烈⑫，合该得五花官诰⑬七香车。也强如带满头花⑭，向午门左右把状元接。也强如挂拖地红⑮，两头来往⑯交媒谢。今日个改换别，成就了一天锦绣佳风月⑰。

（云）我掩上这门，看有甚人来此。（院公持扫帚上，云）哥哥祭奠去了，嫂嫂跟前回复去咱。（见科，云）嫂嫂，舍人祭奠去了。院公特地说与嫂嫂得知。（正旦云）院公可要在意者，则怕老相公撞将来。（院公云）老汉有句话敢说么。今日清明节，有甚节令酒果；把些与老汉吃饱了，只在门首坐着，看有甚的人来。（旦与酒肉吃科，院公云）夜来两个小使长把墙头上花都折坏了，今日休教出来，只教书房中耍，则怕老相公撞见。（正旦唱）

【乔牌儿】当拦的便去拦，我把你个院公谢。想昨日被棘针⑱都把衣袂扯，将孩儿指尖儿都挃⑲破也。

（端端云）妳妳，我接爹爹去来。（正旦云）还未来哩！（唱）

【幺篇】便将毬棒儿撇⑳，不把胆瓶藉㉑。你哥哥㉒，这其间未是他来时节，怎抵死的要去接？

（院公云）我门口去吃了一瓶酒，一分节食，觉一阵昏沉。倚着湖山㉓睡些儿咱！（端端打科）（院公云）嗅杀人也小爷爷！你要到房里耍去。（又睡科，重阳打科）（院公云）小奶奶，女孩家这般劣㉔！（又睡科，二人齐打介）（院公云）我告你去也，快书房里去！（裴尚书引张千上，云）夫人共少俊祭奠去了，老夫心中闷倦，后花园内走一遭去，看孩儿做下的功课咱。（见院公云）这老子睡着了。（做打科，院公做醒，着扫帚打科，云）打你娘。那小厮……（做见慌科，尚书云）这两个小的是谁家？（端端云）是裴家。（尚书云）是那个裴家？（重阳云）是裴尚书家。（院公云）谁道不是裴尚书家花园。小弟子㉕还不去？（重阳云）告我爹爹妳妳说去。（院公云）你两个采了花木，还道告你爹爹妳妳去？跳起你公公来也，打你娘！（两人走科，院公云）你两个不投前面走，便往后头去？（二人见旦科，云）我两人接爹爹去，见一老爹，问是谁家的。（正旦云）孩儿也，我教你休出去，兀的怎了！（尚书做意科，云）这两个小的不是寻常之家。这老子其中有诈，我且到堂上看来。（正旦唱）

【豆叶儿】接不着你哥哥，正撞见你爷爷。魄散魂消，肠慌腹热，手脚獐狂㉖去不迭㉗。相公把拄杖掂详㉘，院公把扫帚支吾，孩儿把衣袂掀者。

（尚书云）咱房里去来。（到书房。正旦掩门科）（尚书云）更有谁家个妇人？（院公云）这妇人折了俺花，在这房内藏来。（正旦唱）

【挂玉钩】小业种㉙把拢门掩上些，道不的跳天撅地㉚十分劣。被老相公亲向园中撞见者，嗅的我死临侵地㉛难分说。（尚书云）拿的芙蓉亭上来。（正旦唱）盘盘的脸上羞，扑扑的心头怯；喘似雷轰，烈似风车㉜。

（院公云）这妇人折了两朵儿花，怕相公见，躲在这里。合当饶过教家去。（正旦云）相公可怜见，妾身是少俊的妻室。（尚书云）谁是媒人，下了多少钱财？谁主婚来？（旦做低头科）（尚书云）这两个小的是谁家？（院公云）相公不合烦恼合欢喜。这的是不曾使一分财礼，得这等花枝般媳妇儿，一双好儿女。合做一个大筵席，老汉买羊去，大嫂请回书房里去者。（尚书怒科，云）这妇人决是娼优酒肆之家㉝！（正旦云）妾是官宦人家，不是下贱之人。（尚书云）喋声㉞！妇人家共人淫奔，私情来往，这罪过逢赦不赦㉟。送与官司问去，打下你下半截来。（正旦唱）

【沽美酒】本是好人家女艳冶，便待要兴词讼㊱，发文牒㊲，送到官司遭痛决。人心非铁，逢赦不该赦？

【太平令】随汉走怎说三贞九烈，勘奸情八棒十挟。谁识他歌台舞榭，甚的是茶房酒舍。相公便把贱妾、拷折、下截，并不是风尘烟月。

（尚书云）则打这老汉，他知情。（张千云）这个老子，从来会勾大引小。（院公云）相公，七年前舍人哥哥买花栽子时，都是这厮搬大引小，着舍人刁将来的。（张千云）老子攀下我来也。（尚书云）是了，敢这厮也知情？（正旦唱）

【川拨棹】赛灵辄，蒯文通，李左车；都不似季布喉舌，王伯当尸叠。更做道向人处无过背说，是和非须辩别。

（尚书云）唤的夫人和少俊来者。（夫人裴舍上，见科）（尚书云）你与孩儿通同作弊，乱我家法。（夫人云）老相公，我可怎生知道？（尚书云）这的是你后园中七年做下功课。我送到官司，依律施行者。（裴舍云）少俊是卿相之子，怎好为一妇人，受官司凌辱，情愿写与休书便了。告父亲宽恕。（正旦唱）

【七弟兄】是那些、劣懒、痛伤嗟，也时乖运蹇遭磨灭，冰清玉洁肯随邪。怎生的拆开我连理同心结！

（尚书云）我便似八烈周公，俺夫人似三移孟母㊳。都因为你个淫妇，枉坏了我少俊前程，辱没了我裴家上祖。兀那妇人你听者！你既为官宦人家，如何与人私奔。昔日无盐㊴采桑于村野，齐王车过见了，欲纳为后。同车。而无盐曰：不可，禀知父母，方可成婚；不见父母，即是私奔。呸！你比无盐败坏

八〇九

风俗。做的个男游九郡，女嫁三夫⑩。（正旦云）我则是裴少俊一个。（尚书怒云）可不道女慕贞洁，男效才良㊶；聘则为妻，奔则为妾㊷。你还不归家去！（正旦云）这姻缘也是天赐的。（尚书云）夫人，将你头上玉簪来。你若天赐的姻缘，问天买卦㊸，将玉簪向石上磨做了针儿一般细。不折了，便是天赐姻缘；若折了，便归家去也。（正旦唱）

【梅花酒】他毒肠狠切，丈夫又软揣些些㊹，相公又恶噷噷乖劣㊺，夫人又叫丫丫似蝎蜇㊻。你不去望夫石上变化身㊼，筑坟台㊽上立个碑碣。待教我慢懒懒㊾，愁万缕，闷千叠；心似醉，意如呆；眼似瞎，手如瘸；轻拈掇㊿，慢拿捻㈤。

【收江南】呀！珏玎当掂做了两三截。有鸾胶㈥难续玉簪折，则他这夫妻儿女两离别。总是我业彻㈦，也强如参辰日月不交接㈧。

（尚书云）可知道玉簪折了也，你还不肯归家去？再取一个银壶瓶来，将着游丝㈨儿系住，到金井内汲水。不断了，便是夫妻；瓶坠簪折，便归家去。（正旦云）可怎了也。（唱）

【雁儿落】似陷人坑千丈穴，胜滚浪千堆雪。恰才石头上损玉簪，又教我水底捞明月。

【得胜令】冰弦断，便情绝；银瓶坠，永离别。把几口儿分两处。（尚书云）随你再嫁别人去。（正旦唱）谁更待双轮碾四辙㈩。恋酒色淫邪，那犯七出㊲的应拼舍；享富贵豪奢，这守三从㊳的谁似妾。

（尚书云）既然簪折瓶坠，是天着你夫妻分离。着这贼丑生㊴与你一纸休书，便着你归家去。少俊，你只今日便与我收拾琴剑书箱，上朝求官应举去。将这一儿一女收留在我家。张千，便与我赶离了门者！（下。）（裴舍与旦休书科）（正旦云）少俊！端端！重阳！则被你痛杀我也！（唱）

【沉醉东风】梦惊破情缘万结，路迢遥烟水千叠。常言道有亲娘有后爷，无亲娘无疼热㊵。他要送我到官司，逞尽豪杰。多谢你把一双幼女痴儿好觑者，我待信拖拖㊶去也。

（云）端端、重阳儿也！你晓事些儿个，我也不能够见你了也！（唱）

【甜水令】端端共重阳，他须是你裴家枝叶。孩儿也！啼哭的似痴呆，这须是我子母情肠厮牵厮惹，兀的不痛杀人也。

【折桂令】果然道人生最苦是离别。方信道花发风筛，月满云遮。谁更敢倒凤颠鸾,撩蜂剔蝎,打草惊蛇⁶²。坏了咱墙头上传情简帖,拆开咱柳阴中莺燕蜂蝶。儿也咨嗟,女又拦截。既瓶坠簪折,咱义断恩绝。

（张千云）娘子,你去了罢! 老相公便着我回话哩。（正旦云）少俊,你也须送我归家去来。（唱）

【鸳鸯煞】休把似残花败柳⁶³冤仇结,我与你生男长女填还彻⁶⁴。指望生则同衾,死则共穴。唱道题柱胸襟,当垆的志节⁶⁵。也是前世前缘,今生今业。少俊呵,与你干驾了会香车⁶⁶,把这个没气性的文君送了也!（下）

（裴舍云）父亲,你好下的也。一时间将俺夫妻子父分离,怎生是好? 张千,与我收拾琴剑书箱,我就上朝取应去。一面瞒着父亲,悄悄送小姐回到家中,料也不妨。（诗云）正是石上磨玉簪,欲成中央折;井底引银瓶,欲上丝绳绝⁶⁷。两者可奈何,似我今朝别;果若有天缘,终当做瓜葛⁶⁸。（下）

【注释】

①小厮儿:即小男孩。宋元俗语。 ②哥哥:旧时仆人对主人或小主人的称呼。下面"嫂嫂"是对女主人的称呼。 ③"如同那"两句:事见《左传·宣公二年》,晋灵公要谋杀赵盾,赵盾逃出,灵公手下一个叫灵辄的武士,因赵盾曾经施食救过他的命,便倒戈捍卫赵盾脱险。后来民间传说演义为灵辄助赵盾推车逃走,因此说成是"灵辄扶轮"。 ④王伯当与李密叠尸:李密是隋末河南农民起义军(瓦岗军)的领袖,降唐后又叛离,被李世民所杀。王伯当是李密手下的大将,始终忠于李密。《孤本元明杂剧》有无名氏《四马投唐》杂剧,写李密死于山涧之中,王伯当誓不投唐,也跳涧自杀,两尸并叠在一起,故有"叠尸"之说。 ⑤为人须为彻:当时成语,指帮助人就要帮到底。 ⑥四方口:相当于"江湖口",能说会道的口才。 ⑦蒯文通:即蒯通。秦汉之际善于舌辩的谋士。开始赵王武臣用其计,降燕、赵三十余城。后来韩信用其计,平定齐地。李左车:秦汉之际辩士。由于陈余不能用其计,终使赵军大败,陈余为韩信所杀,后韩信用其计,取得燕地。 ⑧早又:已经有。 ⑨"数年"句:意思是婚后数年的生活像梦一般过去。梦庄蝶,用《庄子·齐物论》中所说庄周梦为蝴蝶的故事。 ⑩鱼雁:古代传说鱼雁能传书,后来便用"鱼雁"代指书信。 ⑪平步:平常的步行,比喻轻易。龙庭、凤阙:指朝廷。 ⑫真烈:即贞烈。 ⑬五花官诰:皇帝给命妇封赠的文书。官诰,封赠职官时颁发的诏令。五品以上的官诰用五色金花绫书写,故称"五花官诰"。 ⑭满头花:金元时命妇外出时的盛装。 ⑮拖地红:古代女子结婚时所穿的红帔。 ⑯两头往:指媒人来往说合于男女两家之间。 ⑰"今日个"两句承上文,意思说自己采用另一种结婚方式,既不是在状元及第后成婚,也不是踢媒正娶,而是由互相爱慕成就了美好姻缘。风月,这里指风流韵事。 ⑱棘针:有刺草木上的刺。一般是指酸枣树上的刺。 ⑲挝:同"抓"。 ⑳"便将"句:责备孩子们把球棒儿随手撇开。球棒儿,打球的棒子。宋元时盛行的球类运动,除用脚踢外,还有用棒打的。 ㉑胆瓶:长颈大腹,呈胆形的花瓶。

藉：顾惜。 ㉒你哥哥：即你父亲。宋元风俗，母亲有对儿子称他们的父亲作哥哥的。 ㉓湖山：湖山石，花园里用太湖石堆砌的假山。 ㉔劣：顽皮、淘气。 ㉕小弟子：即小弟子孩儿，元代骂人的话。 ㉖手脚獐狂：即手忙脚乱，慌张忙乱。獐狂，同"张皇"，慌张。 ㉗去不迭：逃避不及。 ㉘掂详：估量，思索，审查。 ㉙小业种：即小孽种，骂人的话。 ㉚道不的：说不尽，说不得。跳天撅地：形容儿童顽皮淘气的样子。 ㉛死临侵地：死果呆地，死气沉沉地。临侵，语助词。 ㉜烈似风车：紧张得像急转的风车。指惊慌失措。烈，剧烈，指非常惶恐。 ㉝娼优酒肆之家：指妓女、艺人、出入酒店的女人。 ㉞喋声：住口。呵斥语。 ㉟逢赦不赦：逢到皇帝大赦天下也不能赦免。形容罪恶深重，不可饶恕。 ㊱兴词讼：起诉书，藉被控告。讼，诉讼。 ㊲发文牒：发出捉拿犯人的公文，指被通缉。 ㊳三移孟母：引用孟母三迁的故事，见刘向《列女传》。这里将裴母比作孟母，表明她是按封建礼法的要求，培养裴少俊的。 ㊴无盐：战国时齐宣王的王后钟离春。 ㊵男游九郡，女嫁三夫：这是元人杂剧中的习语，与现代的"男盗女娼"意思相近。 ㊶女慕贞洁，男效才良：语出《千字文》。 ㊷聘则为妻，奔则为妾：语出《礼记·内则势》。按封建礼俗的规定，男方向女方行过问名、纳采等"聘礼"之后，然后结婚，才算是正式夫妻。否则，私相结合，女的只能称"妾"，即小老婆。奔，私奔，含私下结合的意思。 ㊸问天买卦：向天祷祝，以卜吉凶。元剧中常用语。 ㊹软揣：又作"囊揣"，懦弱无能。些些：一些儿。 ㊺恶噷噷乖劣：恶狠狠。 ㊻叫丫丫似蝎蜇：像被蝎子毒刺刺伤似地喊。 ㊼望夫石上变化身：我国不少地方都有望夫石的传说。传说古代有一位妻子登山盼望远出的丈夫，日久天长变化为石。 ㊽筑坟台：传说赵贞女贞洁贤惠，辛勤地侍奉公婆，公婆死后，无钱埋葬，自己便用罗裙包土，修筑坟台。这句与上句是李千金模仿裴尚书夫妇责备她不贞不贤的声口。 ㊾慢憕憕：即慢吞吞。 ㊿拈掇：用手估量东西的轻重。 51拿捻：用手指轻轻地捏着。 52鸾胶：用鸾鸟的喙煎熬成的胶，据说甩这种胶粘续弓弦，永不折断。人们往往用以比喻续婚。 53业彻：作孽到了尽头。 54参辰日月不交接：指永不相见。参星和辰星，太阳和月。 55游丝：蜘蛛等所吐的飘荡在空中的丝。 56双轮碾四辙：比喻一女嫁两夫。辙，车轮的轨迹。 57七出：即封建社会丈夫休弃妻子的七种理由。凡女子出嫁后无子，被视为淫逸，不好好奉侍公婆，爱口角，盗窃，妒忌，有残疾，七项中有一项者，就会被丈夫休弃。 58三从：即"未嫁从父，既嫁从夫，夫死从子"，是束缚妇女的封建道德教条。 59贼丑生：贼畜生。 60"有亲娘"两句：意为只要有亲娘就会疼爱儿女，即使是后爹也没问题。后爷，后父。 61信拖拖：慢吞吞的意思。 62撩蜂剔蝎，打草惊蛇：比喻撩拨坏人，自取祸殃。 63残花败柳：喻指妇女年老，不为人所爱。 64填还彻：彻底清还欠下的债务。 65"唱道"二句：意为裴少俊有司马相如的远大抱负和胸怀，李千金自己有卓文君与丈夫共患难的志气。题柱，传说司马相如曾在成都升恤桥桥柱上题字："不乘高车驷马，不过此桥"。当垆，卓文君本为富豪卓王孙的孀女，她与司马相如私下结合。司马相如很穷，就在成都当垆卖酒。垆，放酒坛的土墩。 66"干驾了"句：自驾了半天香车。传说卓文君与司马相如一同坐香车私奔。 67"石上磨玉簪"四句：这是自居易《井底引银瓶》诗。 68瓜葛：比喻结为夫妻。瓜与葛是两种蔓生植物，辗转牵连，故喻为夫妻关系。

【赏析】

《墙头马上》原名《裴少俊墙头马上》，为元曲四大家之一——白朴的代表作，是一部具有浓厚喜剧色彩的爱情戏。此剧的素材，源于白居易的《井底引银瓶》一诗。白诗记述一个婚姻悲剧故事：一个女子爱上了一位男子，同居了五六年，但被家长认为"聘则为妻奔则妾"，逐出家门。白朴的《墙头马上》，在《井底引银瓶》一诗内容的基础上，融入了先进的思想倾向，洋溢着火热的激情，描绘了女子大胆地追求爱情，勇敢地向封建家长挑战，成为一曲歌颂婚姻自由的赞歌。全剧一共四折。第一折写尚书裴行俭的儿子裴少俊与李总管的女儿李千金"墙头马上"相遇，一见钟情；第二折写少俊与千金在李家后花园中约会，被嬷嬷发现后，千金随少俊私逃；第三折写裴少俊怕被父亲知道，便把李千金及子女藏在自家花园之中，共度七载光阴。后来被裴行俭发现，怒斥她为下流娼妓，并赶她出门；第四折写裴少俊及第得官，求千金重返裴家，她坚决不肯。这时裴行俭夫妻也去恳求，千金将尚书奚落一番，她也不允。最后由于儿女的痛哭哀求，才夫妻团圆，与少俊重归于好。

　　这篇作品具有强烈的反封建意义，全剧贯穿着一种婚恋自由意识与封建礼教之间的矛盾。裴、李的自由结合反抗了父母之命、媒妁之言的封建礼教。在第三折，这个矛盾发展到了高潮。在第一折中，作者让李千金站出来与裴尚书进行正面交锋。李千金在裴家后院躲藏七年，生了一男一女，但终于被裴尚书发现。她极力为自己的行为辩护，反驳裴尚书对她的辱骂。恋爱婚姻自由是李千金追求的一个方面，她更加看重的是人格的尊严。所以，在强大的封建势力面前，被视为"淫奔"的李千金不得不饮恨回家，但她绝没有屈服。当裴少俊考中状元，裴尚书知道了她是官宦之女，前去向她赔礼道歉，要求她认亲重聚时，她坚决不肯，并且对裴氏父子毫不留情地谴责。即使裴尚书捧酒谢罪，她还是斩钉截铁："你休了我，我断然不肯。"只是后来看到啼哭的一双儿女，才不禁心软下来，与裴家重归于好。

　　在这一折中，李千金的形象是十分突出的，她不顾家长的压迫，坚持不屈，表现了青年要求婚姻自由的坚强意志和对爱情的忠贞。而由于作者的巧妙安排，充分展示了青年男女的要求婚姻自由的思想，将封建门第观念的狠毒无情暴露无遗。裴少俊进士及第后，他的父亲就改变了对他们的态度，这就揭露了作为封建礼教的代表者的虚伪和势力。

《潇湘夜雨》第二折

杨显之

　　（净扮试官领张千上，诗云）皆言桃李属春官①，偏我门墙②另一般；何必文章出人上，单要金银满秤盘。小官姓赵名钱。有一班好事的就与我起个表德③，唤做孙李。今年轮着我家④掌管主司考卷，我清耿耿不受民钱，干剥剥只要生钞⑤。目下有一举子，姓崔名通字甸士，撺过卷子⑥，拟他第一，只是我还未曾复试。左右，与我唤将崔秀才来者。（崔甸士上云）小生崔通，撺过卷子。今场贡主⑦呼唤，须索走一遭去。（张千报科,云)报大人得知,崔甸士到了也。(试官云)着他过来。(张千云)着过去。(做见科)(崔甸士云)大人呼唤小生,不知为何?(试官云)你虽然揎过卷子,未曾复试你。你识字么?(崔甸士云)我做秀才,怎么不识字?大人,那个鱼儿不会识水?(试官云)那个秀才祭丁处不会抢馒头吃?我如今写个字你识。东头下笔西头落,是个甚么字?(崔甸士云)是个一字。(试官云)好!不枉了中头名状元,识这等难字。我再问你,会联诗么?(崔甸士云)联得。(试官云)"河里一只船,岸上八个拽……"你联将来。(崔甸士云)"若还断了弹⑧,八个都吃跌。"(试官云)好,好!等我再试一首:"一个大青碗,盛的饭又满……"(崔甸士云)"相公吃一顿,清晨饱到晚。"(试官云)好秀才!好秀才!看了他这等文章,还做我的师父哩。张千,你问这秀才有婚无婚?(张千云)相公问你,有婚无婚?(崔甸士云)有婚是怎生?无婚是怎生?(张千云)相公,他问有婚是怎生?无婚是怎生?(试官云)若有婚,着他秦川做知县去;若无婚,我家中有一百八岁小姐与他为妻。(张千云)敢是一十八岁?(试官云)是一十八岁。(张千云)秀才,俺相公说,你若有婚,着你秦川做知县去;若无婚,有一小姐招你为婿。(崔甸士云)住者,待我寻思波。(背云)我伯父家那个女子,又不是亲养的,知他那里讨来的?我要他做甚么!能可⑨瞒昧神,不可坐失机会。(回云)小生实未娶妻。(试官云)既然无妻,我招你做女婿。张千,着梅香⑩在那灶窝里拖出小姐来。(张千云)理会的。(搽旦上,诗云)今朝喜鹊噪,定是姻缘到;随他走个乞儿来,我也只是呵呵笑。妾身是今场贡官的女孩儿。父亲呼唤,须索见去。(做见科,云)父亲,唤你孩儿为着何事?(试官云)唤你来别无他事,我与你招一个女婿。(搽旦云)招了几个?(试官云)只招了一个。你看一看,好女婿么?(崔甸士云)好媳妇。(试官云)好丈人么?(崔甸士云)好丈人。(试官觑张千科,云)好丈母么?(张千云)不敢。(试官云)崔甸士,我今日除你秦川县令,和我女儿一同赶任去。我有一个小曲儿唤做"醉太平",我唱来与你送行者。(唱)

【醉太平】只为你人材是整齐,将经史温习,联诗猜字尽都知,因此上将女孩儿配你。这幞头呵除下来与你戴只,(做除幞头⑪科)这罗襕⑫呵脱下来与你穿只。(做脱罗襕科)弄的

来身儿上精赤条条的,(云)张千,跟着我来。(唱)我去那堂子里把个澡洗。(下)

(崔甸士云)小姐,我与你则今日收拾了行程⑬,便索赴任走一遭去。(诗云)拜辞他桃李门墙,趱行程水远山长。(搽旦诗云)不须办幞头袍笏,便好去么喝撺箱⑭。(同下)(正旦上云)妾身翠鸾的便是。自从崔老的认我做义女儿,他有个侄儿是崔甸士,就将我与他侄儿为妻,他侄儿上朝取应去了,可早三年光景,说他得了秦川县令,他也不来取我。如今奉崔老的言语,着我收拾盘缠,直至秦川寻崔甸士走一遭去。他也少不的要看侄儿,就随后来看我。(叹科)嗨,我想这秀才们好是负心也呵!(唱)

【南吕一枝花】不甫能⑮蟾宫折桂枝,金阙蒙宣赐。则道是洞房花烛夜,金榜可兀的挂名时⑯。我为你撇吊⑰了家私,远远的寻途次⑱,恨不能五六里安个堠子⑲,我看了些洒红尘秋雨的这丝丝,更和我透罗衣金风瑟瑟。

【梁州】我则见舞旋旋飘空的这败叶,恰便似红溜溜血染胭脂,冷飕飕西风了却黄花事。看了些林梢掩映,山势参差;走的我口干舌苦,眼晕头疾。我可也把不住抹泪揉眵,行不上软弱腰肢。我我我,款款的兜定这鞋儿,是是是,慢慢的按下这笠儿,呀呀呀,我可便轻轻的拽起这裙儿。我想起亏心的那厮,你为官消不得人伏侍,你忙杀呵写不得那半张纸⑳?我也须有个日头儿见你时,好着我仔细寻思。

(云)可早来到秦川县了也。我问人咱。(做向古门㉑问科,云)敢问哥哥,那里是崔甸士的私宅?(内云)则前面那个八字墙门便是。(正旦云)哥哥,我寄着这包袱儿在这里,我认了亲眷呵,便来取也。(内云)放在这里不妨事,你自去。(正旦云)门上有人么?你报复去,道有夫人在于门首。(祗从云)兀那娘子,你敢差走了。俺相公自有夫人哩。(正旦云)你道什么?(祗从云)俺相公自有夫人哩。(正旦唱)

【牧羊关】兀的是闲言语,甚意思,他怎肯道节外生枝?我和他离别了三年,我怎肯半星儿失志?我则道他不肯弃糟糠妇,他原来别寻了个女娇姿。只待要打灭㉒了这穷妻子,呀呀呀!你畅好是负心的崔甸士!

(云)哥哥,你只与我通报一声。(祗从报科,云)告的相公知道,门首有夫人道了也。(搽旦云)兀那厮,你说什么哩?

（祗从云）有相公的夫人在于门首。（搽旦云）他是夫人，我是使女？（崔甸士云）这厮敢听左了。夫人，你休出去，只在这里伺候，待我看他去来。（正旦做见认科，云）崔甸士，你好负心也！怎生你得了官，不着人来取我？（搽旦云）好也啰！你道你无媳妇，可怎生又有这一个来？我则骂你精驴禽兽，兀的不气杀我也！（做呕气科）（崔甸士云）夫人息怒。这个是我家买到的奴婢，为他偷了我家的银壶台盏，他走了，我一向寻他不着。他今日自来投到，岂不是飞蛾扑火，自讨死吃的！左右，拿将下去，洗剥了与我打着者。（祗从做拿，旦不伏科）（正旦唱）

【隔尾】我则待妇随夫唱和你调琴瑟㉓，谁知你再娶停婚先有个泼贱儿。（搽旦怒云）你这天杀的，他倒骂我哩。（崔甸士云）左右，还不扯下去打呀？（正旦唱）倒将我横拖竖拽离阶址，（带云）崔甸士！（唱）你须记的，那时亲设下誓词。（崔甸士云）胡说！我有什么誓词？（正旦唱）你说道不亏心、不亏心把天地来指。

（崔甸士云）左右，你道他真个是夫人那？不与我拿翻，不与我洗剥，不与我着实打，你须看我老爷的手段，着你一个个充军！（连做拍案、祗从拿倒打科）（正旦唱）

【哭皇天】则我这脊梁上如刀刺，打得来青间紫；飕飕的雨点下，烘烘的疼半时。怎当他无情、无情的棍子，打得来连皮彻骨，夹脑通心，肉飞筋断，血溅魂消，直着我一疼来、一痛来一个死。我只问你个亏心甸士，怎揣与㉔我这无名的罪儿？

（崔甸士云）你要乞个罪名么？这个有。左右，将他脸上刺着"逃奴"二字，解往沙门岛㉕去者。（祗从云）理会的。（正旦唱）

【乌夜啼】你这短命贼怎将我来胡雕刺㉖，迭配㉗去别处官司？世不曾见这等跷蹊事。哭的我气噎声丝，诉不出一肚嗟咨㉘，想天公难道不悲慈？只愿得你嫡亲伯父登时至，两下里质对个如何是，看你那能牙利齿，说我甚过犯公私㉙。

（崔甸士云）左右，便差个能行快走的解子㉚，将这逃奴解到沙门岛，一路上则要死的，不要活的。便与我解将去。（正旦云）崔甸士，你好狠也！（唱）

【黄钟煞】休休休，劝君莫把机谋使，现现现，东岳新添一个速报司。你你你，负心人，信有之；咱咱咱，薄命妾，自不是。快快快，就今日，逐离此；行行行，可怜见，只独自；细细细，心儿里，暗忖思；苦苦苦，业身躯㉛，怎动止；管管管，少不的在路上停尸。（做悲科，唱）哎哟，天那！但不知那塌儿里把我来磨勒死。（同解子下）

（搽旦云）相公，莫非是你的前妻，敢不中么？不如留他在家，做个使用丫头，也省的人谈论。（崔甸士云）夫人，不要多心，我那里有前妻来？（搽旦云）他适才说，等你嫡亲伯父来，要和你面对，这怎么说？（崔甸士云）是我有个亲伯父，叫做崔文远。这原是我伯父家丫头，卖与我的。你看他模样倒也看的过，只是手脚不好，要做贼。我前日到处寻不着他，今日自来寻我，怎么饶的他过。如今这一去，遇秋天阴雨，棒疮发呵，他也无那活的人也。咱和你后堂中饮酒去来。（诗云）幸今朝捉住逃奴，迭配去必死中途。（搽旦诗云）他若果然是前时妻小，倒不如你也去一搭里当夫㉜。（同下）

【注释】

①桃李：本指桃花和李花，后比喻所栽培的人才。春官：古代常用春夏秋冬四季设官，这里指试官。　②门墙：此指师门。　③表德：人的字或号。　④我家：即我。家，在这里作语气助词，附于自称、他称或普通人称之后，无义。　⑤干剥剥：没有水分，引申为赤裸裸。生钞：现钱。　⑥撺过卷子：交了卷子。撺：投，交，递。　⑦贡主：即主考官。　⑧断了弹：断了纤绳。弹，船的纤索。　⑨能可：宁可。　⑩梅香：元剧中对婢女的通称。　⑪幞头：古代男子所戴的一种头巾。　⑫罗襕：绫罗襕衫，古代儒生常穿的一种服装。　⑬行程：行，古代指路程。这里指旅行的行装。　⑭喝撺箱：古代衙门中官吏升厅治事前的一种仪式。撺，移动或开启。箱，宋元时官府在衙门前放置的投诉状子的箱子。　⑮不甫能：即甫能。刚刚，好不容易。"不"，以反语见义，起加强语气的作用。　⑯"则道是"两句：只说新婚之夜、榜上提名的时刻是人生最高兴的时候。则道，只说。可兀的，句中衬字，无义。　⑰撇吊：抛开，丢掉。　⑱途次：行途中停歇的地方。　⑲堠子：堠，古代在路旁堆土以为界碑或记里程，五里只堠，十里双堠。如今指界碑或里程碑。　⑳半张纸：这里指书信。　㉑古门：古门道，即鬼门道。戏剧演员的上场门和下场门。　㉒打灭：消除，抛弃。　㉓调琴瑟：调，协调，调和。琴瑟，中国古代两种乐器名，后来比喻夫妻之间的感情和谐。　㉔揣与：强加，捏造。　㉕沙门岛：古岛名，古时是流放、囚禁犯人的地方。　㉖雕刻：古代向罪犯面部、臂部或他处刺刻标记的刑罚。㉗迭配：递配，即把罪犯押送往指定的地点充军。　㉘嗟冤：冤屈，怨恨。　㉙过犯公私：犯下公罪私罪。过犯，过失，罪过。　㉚解子：押送犯人的公差。　㉛业身躯：意为受过拷打的身躯怎能经得住长途跋涉的折磨。业，即孽，此指受罪。　㉜当夫：服苦役、劳役。

【赏析】

《潇湘夜雨》，又名《潇湘雨》，简名一作《临江驿》，全名为《临江驿潇湘秋夜雨》，写谏议大夫张天觉因触犯权贵被贬官,携女儿翠鸾乘船去江州,路上遇风翻船,父女二人失散。翠鸾被渔夫崔文远救起,收她为义女。崔文远之侄崔通(崔甸士)正要进京赴考,前来辞别伯父,崔文远便将翠鸾许配给他。崔甸士临行之际约好成名后就来迎接翠鸾。然而崔通中举做官后,情愿被试官赵钱招为女婿,携赵女赴任秦川县令。翠鸾听说崔甸士得了官,却总不见他回来迎接自己,便只身到秦川寻夫。翠鸾寻至,这时崔甸士已经变心,赵女又很凶悍善妒,崔通诬陷,便诬陷翠鸾为逃婢,把她发配沙门岛,受尽苦楚。当年翠鸾之父张天觉水中也得救,此时已升任刑廉访使,携御赐上方剑。翠鸾发配途中受尽千辛万苦,风雨之中艰难带枷赶路,与父亲在赴任途中相遇,翠鸾得到解救。张天觉听女儿诉说冤情,怒不可遏,将崔甸士和赵女绑缚治罪。崔文远及时赶到,向他求情,张翠鸾也认为自己没有再嫁之理,张天觉于是放了他们,将官还给崔甸士,让他与张翠鸾同赴任所,赵女则沦为婢妾。这里选的是第二折。

  整出戏以风雨贯穿始终,衬托了翠鸾的悲惨命运。丈夫走后杳无音信,听说丈夫做了官也不来接妻子,不禁使妻子对丈夫产生怀疑。翠鸾的这种凄凉心情,和她在寻夫路上的丝丝秋雨、瑟瑟秋风,交织在一片迷迷茫茫的网里,渲染了翠鸾的凄惨命运。杨显之以简洁的笔墨,描写了一个遭遇不幸、命运悲惨、具有一定反抗精神的妇女形象。路上翻船,父女失散,生死不知;婚后三年"寡居",后被丈夫遗弃,并被丈夫打成死犯,流放海岛,受尽了拷打和折磨。翠鸾在丈夫加给的一系列打击之下,并没有逆来顺受,而是表现出一定的反抗精神。她骂崔甸士负心,揭发了他以前的山盟海誓,并且控诉崔甸士加罪无名,勇敢地要待崔甸士的亲伯父来时对质,当被立即押解时,她说崔甸士必然得到恶报,表现出了一位封建社会的妇女对自身悲惨命运的抗争。与之形成鲜明对比的是崔甸士的贪图富贵,喜新厌旧,负心毁约,在对主试官赵钱及其女儿的刻画中,淋漓尽致地烘托出崔甸士的丑恶灵魂、卑劣行径和狠毒手段。

《汉宫秋》楔子

马致远

  (冲末扮番王引部落上,诗云)毡帐秋风迷宿草,穹庐夜月听悲笳①。控弦百万为君长,款塞称藩属汉家②。某乃呼韩耶单于③是也。若论俺家世:久居朔漠④,独霸北方。以射猎为生,攻伐为事⑤。文王曾避俺东徙⑥,魏绛曾怕俺讲和⑦。獯鬻猃狁,逐代易名⑧;单于可汗,随时称号⑨。当秦汉交兵之时,中原有事;俺国强盛,有控弦甲士百万。俺祖公公冒顿单于,围汉高帝于白登七日⑩。用娄敬⑪之谋,两国讲和,以公主嫁俺国中。至惠帝、吕后以来,每代必循故事⑫,以宗女⑬归俺番家。宣帝之世,我众兄弟争立不定,国势稍弱。今众部落立我为呼韩耶单于,实是汉朝外甥。我有甲士十万,南移近塞,称藩汉室。昨曾遣使进贡，欲请公主，未知汉帝肯寻盟约否？今日天高气爽，众头目每向沙堤射猎一番，多少是好⑭。正是：番家无产业，弓矢是生涯。（下）（净扮毛延寿⑮上，诗云）为人雕心雁爪⑯，做事欺大压小；全凭谄佞奸贪，一生受用不了。某非别人，毛延寿的便是。见在汉朝驾下，为中大夫⑰之职，因我百般巧诈，一味谄谀⑱，哄的皇帝老头儿十分欢喜，言听计从。朝里朝外，那一个不敬我，那一个不怕我。我又学的一个法儿，只是教皇帝少见儒臣⑲，多昵女色，我这宠幸，才得牢固。道犹未了，圣驾早上。（正末扮汉元帝引内官宫女上，诗云）嗣传十叶继炎刘⑳，独掌乾坤四百州。边塞久盟和议策，从今高枕已无忧。某，汉元帝是也。俺祖高皇帝，奋布衣，起丰沛，灭秦屠项㉑，挣下这等基业，传到朕躬，已是十代。自朕嗣位以来，四海晏然㉒，八方宁静。非朕躬有德，皆赖众文武扶持，自先帝晏驾㉓之后，宫女尽放出宫去了。今后宫寂寞，如何是好？（毛延寿云）陛下，田舍翁多收十斛麦，尚欲易妇㉔；况陛下贵为天子，富有四海，合无㉕遣官遍行天下，选择室女，不分王侯宰相军民人家，但要十五以上，二十以下者，容貌端正，尽选将来，以充后宫，有何不可？（驾㉖云）卿说的是，就加卿为选择使，赍领诏书一通㉗，遍行天下刷选，将选中者各图形一轴㉘送来，朕按图临幸㉙。待卿成功回时，别有区处㉚。（唱）

【仙吕赏花时】四海平安绝士马，五谷丰登没战伐，寡人待刷室女㉛选宫娃。你避不的㉜驱驰困乏，看那一个合㉝属俺帝王家。（下）

【注释】

①"毡帐秋风"两句：描写胡地风光。毡帐，古代游牧民族居住的用毡制成的帐篷。宿草，隔年陈根新发的草。穹庐，即毡帐，游牧民族部落官长居住的帐幕。　②"控弦百万"二句：写匈奴力量的强大。控弦，引弦、拉弓的意思，这里引申为弓箭手。款塞，直抵边塞。款，敲叩。藩，藩国。古代称臣服及分封的各国。　③呼韩耶单于：名稽侯珊。汉宣帝神爵四年（公元前58年）立为单于。于宣帝甘露二年（公元前52年）归附西汉，次年率所部南七十年的和好关系。见《汉书·匈奴传》。单于，匈奴最高首领的称号。④朔漠。北方沙漠地带。　⑤攻伐为事：常把战争掳掠作为生活手段。　⑥文王曾避俺东徙：文王疑是"太王"之误，太王是周文王的祖父，为戎狄所侵，东迁歧山之下。徙，迁移。　⑦魏绛曾怕俺讲和：魏绛为春秋对晋国的大夫，曾劝晋悼公和戎人讲和，以消除晋国边患。　⑧獯鬻狎狁：古代北方民族名称，就是汉代匈奴的前称。逐代易名：一代代

改换名称。 ⑨"单于"二句：意为部落首领有时称单于，有时称可汗，随时改换称号。可汗，汉代以后北方民族柔然、突厥、回纥等族最高首领的称号。这里杂用秦、汉、唐各代称呼，是对当时（元代）观众说的。 ⑩"俺祖公公"二句：公元前200年，汉高帝亲率大军抗击匈奴南侵，被匈奴冒顿单于在白登山（今山西省大同市东北）围困七天。 ⑪娄敬：汉高祖赐姓刘，号为奉春君，主张与匈奴和亲。 ⑫必循故事：按照先例。循，遵守，依照，沿袭。故事，以前的行事制度，例行的事。 ⑬宗女：皇帝同宗的女儿。 ⑭多少是好：岂不是好？ ⑮毛延寿：晋葛洪《西京杂记》载，毛延寿是汉代杜陵（今陕西西安市东南）人，善于画像写真。汉元帝后宫宫女很多，不得常见，便使画工画像，按图召幸。后宫宫女为了使元帝召幸，都贿赂画工，独昭君不肯，不得召见。后匈奴求美人为阏氏，元帝按图把昭君赐匈奴，召见才发现昭君美貌为后宫第一。元帝反悔不得，诛杀毛延寿等画工。后世由此衍成的故事多归咎毛延寿一人。 ⑯雕心雁爪：比喻心狠手辣。 ⑰中大夫：汉代官名，掌管礼仪，后改为光禄大夫。毛延寿的官职，纯属虚构。 ⑱一味谄谀：尽是奉迎拍马。一味，尽是。 ⑲"只是教皇帝少见儒臣"二句：唐代宦官仇士良对他的同党说过这样的话。见《新唐书·宦者列传》。昵，亲热。 ⑳嗣传十叶继炎刘：炎刘，指汉朝。汉朝皇帝姓刘。十叶，第十代，从汉高帝刘邦到汉元帝刘奭，实际是第七代，十叶，是据约数而言。 ㉑"俺高祖皇帝"四句：是概括介绍开国皇帝刘邦的事迹。刘邦出身低微，在沛县的丰邑（今江苏省铜山县西北）起兵，最后消灭秦国，击败项羽，统一中国，建立了刘汉王朝。 ㉒晏然：安然，天下太平。 ㉓晏驾：皇帝死亡的代语。不说皇帝死，而说富车晚出，是一种讳辞。 ㉔"田舍翁多收十斛麦"两句：这里借用的是唐代许敬宗对唐高宗说的话。高宗想立武昭仪（武则天）为皇后，但又有所顾虑，许敬宗梗说："田舍翁多收十斛麦，尚欲易妇，况天子富有四海，欲立后，何豫诸人事，而妄生异议乎？" ㉕合无：何不。 ㉖驾：杂剧扮演帝王角色名称。 ㉗赍领：带领。诏书一通：一道圣旨。 ㉘图形一轴：画像一幅。 ㉙临幸：皇帝亲临。古称皇帝车驾所至为"幸"。 ㉚区处：安排。这里意谓会得到奖赏。 ㉛室女：没有出嫁的女子。宫娃：宫女。 ㉜避不的：免不了。 ㉝合：应该，应当。

【赏析】

　　《汉宫秋》全名《破幽梦孤雁汉宫秋》，为元朝四大悲剧之一，主角是汉元帝。作品借"昭君出塞"这一历史题材，环绕着汉元帝、王昭君的形象，在汉元帝对文武大臣的谴责和自我叹息来剖析这次事件。汉元帝作为一国之主，连自己的妃子也保护不了，以致演成一幕生离死别的悲剧。剧中揭示了作者对历史、对人生的体悟，在戏剧冲突中，抒发人们无法主宰命运，只是能任由拨弄的悲哀。全剧一共四折加一个"楔子"。主要剧情是：汉元帝因后宫寂寞，听从毛延寿建议，让他到民间选美。王昭君美貌异常，但因不肯贿赂毛延寿，被他在美人图上点上破绽，因此入宫后独处冷宫。汉元帝深夜偶然听到昭君弹琵琶，爱其美色，将她封为明妃，要将毛延寿斩首。毛延寿逃至匈奴，将昭君画像献给呼韩邪单于，让他向汉王索要昭君为妻。元帝舍不得昭君和番，但满朝文武怯懦自私，无力抵挡匈奴大军入侵，昭君为免刀兵之灾自愿前往，元帝忍痛送行。单于得到昭君后大喜，率兵北去，昭君不舍故国，在汉番交界的黑龙江里投水而死。单于为避免汉朝寻事，将毛延寿送还汉朝处治。汉元帝夜间梦见昭君而惊醒，又听到孤雁哀鸣，伤痛不已，后将毛延寿斩首以祭奠昭君。

"楔子"是《汉宫秋》的开场戏，剧中的三个重要人物：番王呼韩耶单于、毛延寿和汉元帝，在这出短短的序幕戏中出场亮相。作者别出心裁地把汉元帝作为全剧的主人公，并把发生这场爱情悲剧的根源，也归结到他的身上。汉元帝一出场，就自夸"联继位以来，四海宴然，八方宁静"，心中只为"后宫寂寞"而发愁。在汉元帝的出场诗和独白中表现了他安于尊荣、追求淫佚的腐朽思想。于是"百般巧诈，一味阿谀"的中大夫毛延寿才能投其所好，以奸邀宠，提出大选美女宫娃的奸计，正中他下怀。也正是由于此，才直接导致了后来昭君出塞、国家受辱的悲剧。而毛延寿的出场，作者则运用了具有漫画色彩的个性化语言。他一上场，即表白自己"为人雕心雁爪，做事欺大压小，全凭谄谀奸贪，一生受用不了。"这样就将一个巧诈谄谀，善于投机取巧的佞臣形象表现得活灵活现。

　　在短短的一幕开场"楔子"中，剧中几个重要人物的性格特征，已经被刻画得栩栩如生。

《汉宫秋》第一折

马致远

　　（毛延寿上，诗云）大块黄金任意挝①，血海王条②全不怕；生前只要有钱财，死后那管人唾骂。某，毛延寿，领着大汉皇帝圣旨，遍行天下，刷选室女，已选勾九十九名；各家尽肯馈送③，所得金银，却也不少。昨日来到成都秭归县④，选得一人，乃是王长者之女，名唤王嫱⑤，字昭君。生得光彩射人，十分艳丽，真乃天下绝色。争奈他本是庄农人家，无大钱财。我问他要百两黄金，选为第一。他一则说家道贫穷，二则倚着他容貌出众，全然不肯。我本待退了他，（做忖科，云）不要，倒好了他。眉头一纵，计上心来。只把美人图点上些破绽⑥，到京师必定发入冷宫，教他受苦一世。正是：恨小非君子，无毒不丈夫。（下）（正旦扮王嫱引二宫女上，诗云）一日承宣入上阳⑦，十年未得见君王；良宵寂寂谁来伴，惟有琵琶引兴长⑧。妾身王嫱，小字昭君，成都秭归人也。父亲王长者，平生务农为业。母亲生妾时，梦月光入怀，复坠于地，后来生下妾身。年长一十八岁，蒙恩选充后宫。不想使臣毛延寿，问妾身索要金银，不曾与他，将妾影图点破，不曾得见君王，现今退居永巷⑨。妾身在家颇通丝竹⑩，弹得几曲琵琶。当此夜深孤闷之时，我试理一曲消遣咱。（做弹科）（驾引内官⑪提灯上，云）某汉元帝，自从刷选室女入宫，多有不曾宠幸，煞是怨望

咱。今日万机稍暇⑫，不免巡宫走一遭，看那个有缘的，得遇朕躬也呵。（唱）

【仙吕点绛唇】车辗残花，玉人月下吹箫罢。未遇宫娃，是几度添白发。

【混江龙】料必他珠帘不挂，望昭阳⑬一步一天涯。疑了些无风竹影，恨了些有月窗纱。他每见弦管声中巡玉辇⑭，恰便似斗牛星畔盼浮槎⑮。（旦做弹科）（驾云）是那里弹的琵琶响？（内官云）是。（正末唱）是谁人偷弹一曲，写出嗟呀⑯？（内官云）快报去接驾。（驾云）不要。（唱）莫便要忙传圣旨，报与他家⑰。我则怕乍蒙恩把不定心儿怕⑱，惊起宫槐宿鸟，庭树栖鸦。

（云）小黄门⑲，你看是那一宫的宫女弹琵琶，传旨去教他来接驾，不要惊唬着他。（内官报科，云）兀那弹琵琶的，是那位娘娘？圣驾到来，急忙迎接者！（旦趋接科）（驾唱）

【油葫芦】恕无罪，吾当⑳亲问咱。这里属那位下㉑？休怪我不曾来往乍行踏。我特来填还你这泪揾湿鲛绡帕㉒，温和你露冷透凌波袜㉓。天生下这艳姿，合是我宠幸他。今宵画烛银台㉔下，剥地管喜信爆灯花㉕。

（云）小黄门，你看那纱笼内烛光越亮了，你与我挑起来看咱。（唱）

【天下乐】和他㉖也弄着精神射绛纱，卿家，你觑咱，则他那瘦岩岩影儿可喜杀。（旦云）妾身早知陛下驾临，只合远接；接驾不早，妾该万死。（驾唱）迎头儿称妾身，满口儿呼陛下，必不是寻常百姓家。

（云）看了他容貌端正，是好女子也呵！（唱）

【醉中天】将两叶赛宫样眉儿画，把一个宜梳裹脸儿搭，额角香钿贴翠花，一笑有倾城价。若是越勾践姑苏台上见他㉗，那西施半筹也不纳，更敢早十年败国亡家。

（云）你这等模样出众，谁家女子？（旦云）妾姓王，名嫱，字昭君，成都秭归县人。父亲王长者，祖父以来，务农为业。间阎百姓㉘，不知帝王家礼度。（驾唱）

【金盏儿】我看你眉扫黛，鬓堆鸦㉙，腰弄柳，脸舒霞，那昭阳到处难安插，谁问你一犁两坝㉚做生涯。也是你君恩留枕簟㉛，天教雨露润桑麻㉜。既不沙㉝，俺江山千万里，直寻到茅舍两三家。

（云）看卿这等体态，如何不得近幸㉞？（旦云）当初选时，使臣毛延寿索要金银，妾家贫寒无凑，故将妾眼下点成破绽，因此发入冷宫。（驾云）小黄门，你取那影图来看。（黄门取图看科）（驾唱）

【醉扶归】我则问那待诏㉟别无话，却怎么这颜色不加搽？点得这一寸秋波玉有瑕。端的是卿眇目㊱，他双瞎？便宣的八百姻娇比并㊲他，也未必强如俺娘娘带破赚㊳丹青画。

（云）小黄门，传旨说与金吾卫㊴，便拿毛延寿斩首报来。（旦云）陛下，妾父母在成都，见隶民籍㊵，望陛下恩典宽免，量与些恩荣咱。（驾云）这个煞容易。（唱）

【金盏儿】你便晨挑菜，夜看瓜，春种谷，夏浇麻，情取棘针门粉壁上除了差法㊶。你向正阳门㊷改嫁的倒荣华。俺官职颇高如村社长，这宅院刚大似县官衙。谢天地可怜穷女婿，再谁敢欺负俺丈人家！

（云）近前来听寡人旨，封你做明妃㊸者。（旦云）量妾身怎生消受的陛下的恩宠！（做谢恩科）（驾唱）

【赚煞】且尽此宵情，休问明朝话。（旦云）陛下明朝早早驾临，妾这里候驾。（驾唱）到明日，多管是醉卧在昭阳㊹御榻。（旦云）妾身贱微，虽蒙恩宠，怎敢望与陛下同榻？（驾唱）休烦恼，吾当且是耍㊺，卿来便当真假㊻。恰才家㊼辇路儿熟滑，怎下的真个长门㊽再不踏？明夜里西宫阁下，你是必悄声儿接驾；我则怕六宫人攀例㊾拨琵琶。（下）

（旦云）驾回了也，左右且掩上宫门，我睡些去。（下）

【注释】

①挝：同"抓"。 ②血海：形容关系重大，关系着生死问题的意思。王条：指王法，刑法。 ③馈送：赠送，贿赂。 ④成都秭归县：在今湖北省西部，靠近四川省。相传王昭君为蜀巾秭归人，这里成都代指蜀中。 ⑤王嫱：字昭君。本为汉元帝宫人，后因和亲，被赐嫁匈奴呼韩邪单于，称宁胡阏氏。阏氏，匈奴君主嫡妻的称号，相当于皇后。 ⑥破绽：相当于"破相"。 ⑦上阳：宫名。在洛阳皇城西南，为唐离宗上元时所建，这里借指皇宫。 ⑧引兴长：引动深长的情意。 ⑨永巷：宫中的长巷，汉代是囚禁有罪嫔妃宫女的地方。 ⑩丝竹：是对琵琶、二胡等弦乐器和箫、笛等竹制管乐器的总称。这里泛指音乐。 ⑪内官：宦官，太监。 ⑫万机稍闲：繁重的政务稍得空闲。万机，即万机，过去说皇帝"日理万机"，即日常要处理纷繁的政务。 ⑬昭阳：宫名，在后宫中央，一般是皇后居住、皇帝经常来临的地方。 ⑭玉辇：帝王的车子。 ⑮斗牛星畔盼浮槎：斗牛，北斗星和牛郎星，引申为天河上的星星。浮槎，古代神话传说中来往于海上和天河之间的木筏。这句说天河上的人盼望着人间木筏来到，比喻可望而不可及，机会难逢

的意思。　⑯写出嗟呀：抒发感慨。写，流露、抒发。　⑰他家：即他。家，语助词，无义。　⑱"我则怕"句：意为我怕她突然蒙受皇帝临幸的恩典，把持不住，害怕惊恐起来。　⑲小黄门：汉代给事内廷有黄门令、中黄门诸官，皆以宦官充任。黄门，即指宦官。　⑳吾当：帝王对臣下自称为吾当。　㉑那位下：意思是，哪位嫔妃？臣僚称呼皇后皇妃为"位下"。汉元帝以"位下"称呼昭君，含有开玩笑的意味。　㉒填还：偿还。泪韫湿鲛绡帕：流泪以示怨恨。　㉓"温和你"句：意思是酬答你的幽怨和企望。唐李白《玉阶怨》诗"玉阶生白露，夜久侵罗袜。"描写宫女站在洒满月色的殿阶上寂寞无聊的幽怨情绪。此处用其诗意。凌波袜，水中仙子穿的袜子。　㉔银台：烛台。　㉕剥地：必必剥剥的，指灯花的爆声。管。多管。灯花，指吉兆。迷信的说法，蜡烛结成灯花意味着好兆头。　㉖和他：连它，它，指纱笼内的烛光。　㉗"若是越勾践姑苏台上见他"两句：越勾践，即春秋时代的越王勾践。他被吴王夫差打败，为了报仇雪恨，把美女西施献与好色的夫差，使吴王不理朝政。后勾践终于灭了吴国。姑苏台，在姑苏山上，为吴王夫差所建。半筹也不纳，即一筹莫展，无计可施。　㉘闾阎百姓：平民百姓。　㉙眉扫黛，鬓堆鸦：意思是青青的眉毛，乌黑的头发。古代妇女以黛青描画眉毛，头发挽成圆圆的发髻，犹如云朵，由于活动，高高的发髻就会蓬松斜坠，犹如挤在一起的乌鸦。一说是像乌鸦羽毛一样黑的发髻。　㉚一犁两坝：坝，同"耙"，犁、耙为农具，这里引申为务农的意思。　㉛枕簟：枕席。　㉜天教雨露润桑麻：意思是说苍天注定彼此能够结合。封建时代把妃嫔得到皇帝临幸比喻为花草承受雨露。桑麻，含有指农家的意思。王昭君说她家"务农为业"，所以这里语带双关。　㉝既不沙：既然不是这样。沙，语助词，无义。　㉞近幸：亲近皇帝，受到宠爱。　㉟待诏：本是等待皇帝诏命、预备顾问的文人、画家等一流人。这里指画待诏毛延寿。　㊱端的是卿眇目，他双瞎：究竟是你一只眼睛有毛病，还是他两只眼睛都瞎了。意思说毛延寿才真是个黑白不分的瞎子。眇，一只眼睛。　㊲便宜的：即便是。八百姻娇：古代西南少数民族有八百媳妇国。世传其酋长有妻八百而得名。这里用以泛指众多美女。姻娇，娇娃，美女。比并：比较。　㊳破赚：破绽。　㊴金吾卫：汉官有执金吾，卫戍京师的武官，掌管皇帝禁卫、扈从等事。即相当于现代的侍卫官。金吾，为两端涂金的铜棒，执之以示权威。　㊵见隶民籍：现在隶属民户。见，同"现"。　㊶"情取"句：意思是一定叫衙门免除你家的差役、赋税。棘针门，古代帝王出行，止宿的地方，以荆棘为门，称为"棘门"。这里用作朝廷或官署的代称。粉壁，这里指衙门里张贴告示的墙壁。差法，同"差发"，指征收的税赋，应支的差役。　㊷正阳门：宋代汴京宫城门名，即宣德门，宋仁宗明道元年改称正阳门。这里借指汉宫门。　㊸明妃：王嫱字昭君，晋人避文帝（司马昭）讳，改称明君，后人又称明妃。这里作汉元帝封赐处理。　㊹昭阳：这里指王昭君的住处。　㊺斗：同"逗"。　㊻真假：即真，偏义复词。　㊼恰才家：刚才。家，语助词，无义。　㊽怎下的：怎么忍心。长门：汉宫名。汉武帝时，陈皇后失宠，被遗弃在长门宫。　㊾攀例：追随先例。

【赏析】

　　《汉宫秋》第一折是全剧开头部分的曲子，正式展开了王昭君受到汉元帝宠遇的剧情。作者借汉元帝之口，以〔仙吕点绛唇〕和〔混江龙〕两支曲子，描写了宫女们孤独寂寞的后宫生活。"后宫佳丽三千人"，多少不幸的女子，在后宫的孤独寂寞虚度和埋葬自己的青春和生命。王昭君被毛延寿点破图形，打入冷宫，在寂寞中弹琵琶遣愁。汉元帝在暮春之夜，乘坐玉辇，闻声而寻。接下来，〔醉中天〕、〔金盏儿〕、〔醉扶归〕几支曲子，通过汉元帝的眼睛，写出一代佳人王昭君的绝美容颜。作者用工笔画般的写意手法，加上环境氛围的渲染，细致入微地生动描绘了王昭君的美丽容颜和绝美风姿，为后面进一步揭示这位历史上美丽传奇女性的更为生动感人的爱国感情气节，作了很好的铺垫。

在这一折戏中，情节矛盾尚未充分展开，作者从容不迫，按照自己所构想的场景，使汉元帝一登场就陷入了情感的漩涡中。全剧一开头，汉元帝与王昭君就沉浸在喜悦和幸福之中，在〔金盏儿〕一曲中，汉元帝用风趣诙谐的语言，把自己那种按捺不住的洋洋得意的情绪表现出来，既展现出汉元帝的温柔善感、缱绻多情，又使这一折戏充满着欢畅明快的气氛。这样的气氛铺垫，就和后面第四折悲愁低沉的气氛形成鲜明的对照，把汉元帝得到王昭君时的欢乐幸福、欣喜不禁与失去王昭君时的悲伤痛苦、愁闷难堪进行强烈的对比，以大喜衬托大悲，起伏跌宕，是全剧读起来酣畅淋漓。

剧中善用对仗，文笔工丽却毫无矫揉造作之感，词意贴切，具有鲜明的形象感，韵律感十足。

《汉宫秋》第二折

马致远

〔番王引部落上，云〕某呼韩单于，昨遣使臣款汉①，请嫁公主与俺；汉皇帝以公主尚幼为辞，我心中好不自在。想汉家宫中，无边②宫女，就与俺一个，打甚不紧③？直将④使臣赶回。我欲待起兵南侵，又恐怕失了数年和好。且看事势如何，别做道理。（毛延寿上，云）某毛延寿，只因刷选宫女，索要金银，将王昭君美人图点破，送入冷宫。不想皇帝亲幸，问出端的⑤，要将我加刑。我得空逃走了，无处投奔。左右是左右⑥，将着这一轴美人图，献与单于王，着他按图索要，不怕汉朝不与他。走了数日，来到这里，远远的望见人马浩大，敢是穹庐也。（做问科，云）头目，你启报单于王知道，说汉朝大臣来投见哩。（卒报科）（番王云）着他过来。（见科，云）你是甚么人？（毛延寿云）某是汉朝中大夫毛延寿。有我汉朝西宫下美人王昭君，生得绝色。前者大王遣使求公主时，那昭君情愿请行；汉主舍不的，不肯放来。某再三苦谏，说："岂可重女色，失两国之好？"汉主倒要杀我。某因此带了这美人图献与大王。可遣使按图索要，必然得了也。这就是图样。（进上看科）（番王云）世间那有如此女人！若得他做阏氏⑦，我愿足矣。如今就差一番官,率领部从,写书与汉天子,求索王昭君,与俺和亲。若不肯与,不日南侵,江山难保。就一壁厢引控甲士⑧,随地打猎,延入塞内,侦候动静,多少是好⑨。(下)(旦引宫女上,云)妾身王嫱,自前日蒙恩临幸,不觉又旬月。主上昵爱过甚,久不设朝。闻的今日升殿去了,我且向妆台边梳妆一会,收拾齐整,只怕驾来好伏侍。(做对镜科)(驾上,云)自从西宫下,得见了王昭君,使朕如痴似醉,久不临朝。今日方才升殿,等不的散了,只索再到西宫看一看去。(唱)

【南吕一枝花】四时雨露匀,万里江山秀。忠臣皆有用,高枕已无忧。守着那皓齿星眸⑩,争忍的虚白昼。近新来染得些症候⑪,一半儿为国忧民,一半儿愁花病酒⑫。

【梁州第七】我虽是见宰相,似文王施礼;一头地离明妃,早宋玉悲秋⑬。怎禁他带天香着莫定龙衣袖⑭!他诸余⑮可爱,所事儿相投⑯;消磨人幽闷,陪伴我闲游;偏宜向梨花月底登楼,芙蓉烛下藏阄⑰。体态是二十年挑剔就的温柔,姻缘是五百载该拨⑱下的配偶,脸儿有一千般说不尽的风流。寡人乞求,他左右⑲,他比那落伽山观自在无杨柳⑳,见一面得长寿。情系人心早晚休㉑,则除是雨歇云收。

(做望见科,云)且不要惊着他,待朕悄地看咱。(唱)

【隔尾】怎的般长门前抱怨的宫娥旧,怎知我西宫下偏心儿梦境熟㉒。爱他晚妆罢,描不成,画不就,尚对菱花自羞㉓。(做到旦背后看科)(唱)我来到这妆台背后,元来广寒殿嫦娥,在这月明㉔里有。

(旦做见接驾科)(外扮尚书,丑扮常侍㉕上,诗云)调和鼎鼐理阴阳,秉轴持钧政事堂㉖;只会中书陪伴食㉗,何曾一日为君王。某尚书令五鹿充宗㉘是也。这个是内常侍石显㉙。今日朝罢,有番国遣使来索王嫱和番,不免奏驾。来到西宫下,只索进去。(做见科,云)奏的我主得知:如今北番呼韩单于差一使臣前来,说毛延寿将美人图献与他,索要昭君娘娘和番,以息刀兵;不然,他大势南侵,江山不可保矣。(驾云)我养军千日,用军一时。空有满朝文武,那一个与我退的番兵!都是些畏刀避箭的,怎不去出力,怎生教娘娘和番?(唱)

【牧羊关】兴废从来有,干戈不肯休。可不食君禄,命悬君口。太平时、卖你宰相功劳;有事处、把俺佳人递流㉚。你们干请了皇家俸,着甚的分破帝王忧?那壁厢锁树的怕弯着手,这壁厢攀栏的怕衙破了头㉛。

（尚书云）他外国说陛下宠昵王嫱，朝纲尽废，坏了国家。若不与他，兴兵吊伐㉜。臣想纣王只为宠妲己，国破身亡，是其鉴也。（驾唱）

【贺新郎】俺又不曾彻青霄高盖起摘星楼㉝；不说他伊尹扶汤㉞，则说那武王㉟伐纣。有一朝身到黄泉后，若和他留侯留侯厮遘㊱，你可也羞那不羞？您卧重裀㊲，食列鼎㊳，乘肥马，衣轻裘㊴。您须见舞春风嫩柳宫腰瘦，怎下的教他环珮影摇青冢月，琵琶声断黑江秋㊵！

（尚书云）陛下，咱这里兵甲不利，又无猛将与他相持，倘或疏失，如之奈何？望陛下割恩与他，以救一国生灵之命。（驾唱）

【斗虾蟆】当日个谁展英雄手，能枭项羽头，把江山属俺炎刘？——全亏韩元帅九里山前战斗㊶，十大功劳㊷成就。恁也丹墀㊸里头，枉被金章紫绶㊹；恁也朱门㊺里头，都宠着歌衫舞袖。恐怕边关透漏，殃及家人奔骤㊻。似箭穿着雁口，没个人敢咳嗽。吾当僝僽㊼，他也、他也红妆年幼，无人搭救。昭君共你每有甚么杀父母冤仇？休、休，少不的满朝中都做了毛延寿！我呵，空掌着文武三千队，中原四百州；只待要割鸿沟㊽。陡恁的㊾千军易得，一将难求！

（常侍云）见今番使朝外等宣。（驾云）罢罢罢！教番使临朝来。（番使入见科，云）呼韩耶单于差臣南来奏大汉皇帝：北国与南朝自来结亲和好；曾两次差人求公主不与。今有毛延寿，将一美人图，献与俺单于。特差臣来，单索昭君为阏氏，以息两国刀兵。陛下若不从，俺有百万雄兵，刻日㊿南侵，以决胜负，伏望圣鉴不错㊿。（驾云）且教使臣馆驿中安歇去。（番使下）（驾云）您众文武商量，有策献来，可退番兵，免教昭君和番。大抵是欺娘娘软善，若当时吕后在日，一言之出，谁敢违拗！若如此，久已后也不用文武，只凭佳人平定天下便了！（唱）

【哭皇天】你有甚事疾忙奏，俺无那鼎镬边滚热油㊿。我道您文臣安社稷，武将定戈矛。您只会文武班头，山呼万岁，舞蹈扬尘，道那声诚惶顿首㊿。如今阳关㊿路上，昭君出塞；当日未央宫里，女主垂旒㊿。文武每，我不信你敢差排㊿吕太后。枉以后，龙争虎斗，都是俺鸾交凤友㊿。

（旦云）妾既蒙陛下厚恩，当效一死，以报陛下。妾情愿和番，得息刀兵，亦可留名青史⑤⑧。但妾与陛下闺房之情⑤⑨，怎生抛舍也！（驾云）我可知舍不的卿哩！

（尚书云）陛下割恩断爱，以社稷为念，早早发送娘娘去罢。（驾唱）

【乌夜啼】今日嫁单于，宰相休生受⑥⑩。早则俺汉明妃有国难投。它那里黄云不出青山岫⑥①。投至⑥②两处凝眸，盼得一雁横秋⑥③。单注着寡人今岁揽闲愁。王嫱这运添憔瘦，翠羽冠，香罗绶，都做了锦蒙头暖帽，珠络缝貂裘⑥④。

（云）卿等今日先送明妃到驿中，交付番使，待明日朕亲出灞陵桥，送饯一杯去。（尚书云）只怕使不的，惹外夷耻笑。（驾云）卿等所言，我都依着。我的意思，如何不依？好歹去送一送，我一会家⑥⑤只恨毛延寿那厮！（唱）

【三煞】我则恨那忘恩咬主贼禽兽，怎生不画在凌烟阁⑥⑥上头？紫台行⑥⑦都是俺手里的众公侯，有那桩儿不共卿谋，那件儿不依卿奏？争忍教第一夜梦迤逗⑥⑧，从今后不见长安望北斗⑥⑨，生扭做⑦⑩织女牵牛！

（尚书云）不是臣等强逼娘娘和番，奈番使定名索取；况自古以来，多有因女色败国者。（驾唱）

【二煞】虽然似昭君般成败都皆有，谁似这做天子的官差不自由⑦①！情知他怎收那膘满的紫骅骝⑦②。往常时翠轿香兜⑦③，兀自倦朱帘揭绣⑦④，上下处要成就⑦⑤。谁承望月自空明水自流，恨思悠悠。

（旦云）妾身这一去，虽为国家大计，争奈舍不的陛下！（驾唱）

【黄钟尾】怕娘娘觉饥时吃一块淡淡盐烧肉，害渴时喝一杓儿酪和粥⑦⑥。我索折一枝断肠柳⑦⑦，饯一杯送路酒。眼见得赶程途，趁宿头⑦⑧；痛伤心，重回首，则怕他望不见凤阁龙楼，今夜且则向灞陵桥畔宿。（下）

【注释】

①款汉：诚心要求汉朝。款，真诚，诚心。 ②无边：无数。 ③打甚不紧：有什么要紧，有什么关系。 ④直将：竟将。 ⑤端的：实情。 ⑥左右是左右：横竖是这样，反正是这样的意思。 ⑦阏氏：匈奴单于的嫡妻，相当于皇后。 ⑧引控甲士：率领骑兵。 ⑨多少是好：意即多么好。这里多少偏取"多"义。 ⑩皓齿星眸：代指美人，这里指王昭君。 ⑪症侯：疾病。 ⑫愁花病酒：沉溺于花酒之中。花酒，代指女色。

⑬"我虽是见宰相"四句：意思是我虽然像周文王那样尊重宰相，注意朝政，但是一离开明妃，就会产生宋玉对秋景而伤感的那样的情绪。一头地，及到。宋玉悲秋，宋玉是战国时的辞赋家，他的《九辩》有"悲哉秋之为气也"的句子，言对秋景而伤感。 ⑭着莫定：沾惹，沾染。也作着摸、着末、着抹。龙衣袖：皇帝的衣袖。龙，指皇帝。这里是元帝说自己。 ⑮诸余：诸般，各个方面。 ⑯所事儿：所有的事儿。相投：合人心意。 ⑰藏阁：或作藏钩，古代的一种游戏，参加者分为两方，一方把钩藏在手中让对方猜。 ⑱五百载：元剧中说姻缘每称五百年前注定。该拨：注定。 ⑲"寡人乞求"二句：意思是我讨她欢心，她却扭捏推搪。左右，相反、相背、不相从。 ⑳"他比那"句：意思是说她就像观世音菩萨一样美，只少一根柳枝罢了。观自在，即观世音，略称观音，为佛教大乘菩萨之一，传说她手持插杨柳枝的净瓶，广化众生。落伽山，在今浙江省定海县东普陀岛上，相传为观音显迹处。 ㉑情系人心早晚休：宋元时成语。"尘随车马何年尽，情系人心早晚休？"早晚，什么时候。 ㉒"恁的般"二句：意思是这曾在长门宫前抱怨我的旧宫娥王嫱，怎知我现在偏心宠爱着她呢！长门，汉代宫名，汉武帝时陈皇后失宠后住在长门宫，后来又泛指冷宫。 ㉓尚对菱花自羞：对镜自怜的意思。菱花，指铜镜。 ㉔月明：本指月亮，这里比喻镜子。 ㉕常侍：皇帝的侍从官。 ㉖"调和鼎鼐理阴阳"二句：调和鼎鼐，燮理阴阳，秉钧持轴，都比喻宰相的治理国家大事。鼎鼐，古代烹饪的器具。燮，调合。钧，制陶器用的转轮轴。轮轴。钧、轴，喻指国政中枢。政事堂，宰相大臣议事的厅堂。 ㉗中书陪伴食：指不称职、无所作为的人。这里是自嘲。中书，指中书省，政府内阁。 ㉘五鹿充宗：西汉时人，复姓五鹿，字君孟，任职少府，为权臣石显的党羽。 ㉙石显：西汉时人，字君房，济南人，汉元帝宠信的宦官，曾作中书令（掌管奏事的官员），权势很大。他为人险诈，结党营私。《汉书》有传。 ㉚递流：递解流放，古代的一种刑法，即把罪犯押解到荒远的地方去。 ㉛"那壁厢"二句：意思是说满朝文武大臣没有一个肯为国家效忠出力的。锁树，西晋末廷尉陈元达谏阻刘聪为皇后欲兴建的一座楼阁，刘聪要将他斩首，他把自己锁在堂下的树上，旁人拖也拖不走。攀栏，汉成帝时，朱云上书皇帝，请求斩奸臣张禹，皇帝大怒，反要杀他，他攀住殿栏，继续苦谏。此处用这两个典故是讥讽那些胆小怕事，不敢出头的臣子。 ㉜吊伐：即吊民伐罪，意思是抚慰人民，讨伐有罪的君王。 ㉝摘星楼：传说商纣王，宠爱妲己，为她筑了一座高楼，叫摘星楼。 ㉞伊尹：商代名臣。汤，商朝的开国君主。 ㉟武王：周武王。 ㊱留侯：指汉代开国功臣张良，刘邦的谋士，封留侯。楚汉战争其间提出不少策略，皆为刘邦采纳。厮遭，相遇。 ㊲重裀：多层床垫。 ㊳食列鼎：陈列盛馔而食。鼎，古代贵族食器。 ㊴衣轻裘：穿着毛皮衣服。 ㊵"环佩影摇青冢月"二句：这是金代王元朗《明妃》诗中的两句。"黑江"，原诗作黑河，黑河在今内蒙自治区境内，流经青冢。剧中改为黑江，指黑龙江。为第三折王昭君跳江作伏线。青冢，据说昭君的坟墓长满青草，故称为"青冢"。墓在内蒙古自治区呼和浩特市南。 ㊶韩元帅：即韩信汉代开国功臣。九里山前战斗：传说韩信在九里山设下十面埋伏，消灭了项羽军队。九里山，在今山东省历城县东北。 ㊷十大功劳：传说韩信一生为汉高祖立下明修栈道，暗度陈仓；击杀章邯等三秦王，取了关中之地；夜堰淮河，斩周兰、龙且二大将；广武山小会垓；九里山十面埋伏；追逼项羽乌江自刎等十大功劳。 ㊸恁：即"您"。丹墀：宫殿前的石阶漆成红色，称做丹墀。代指朝廷。墀，台阶上面的空地，台阶。 ㊹被：通"披"。盆章紫绶：秦汉时丞相佩带的印信。章，官印。绶，印带。 ㊺"恁也朱门里头"二句：意为您也在府

第中享受着歌舞声色的生活。恁，同“您”。朱门，王侯贵族的住宅大门，漆成红色以示尊异。 ㊻“恐怕边关透漏”二句：唯恐边关失守，连累自家人奔逃。透漏，疏忽失漏。殃及，连累。 ㊹僝僽：忧愁，烦恼。 ㊽只待要割鸿沟：意思是只得订约求和。楚汉相争时，项羽与刘邦曾以鸿沟为界，讲和停战。鸿沟，在河南省中牟县，古：汴水之分流，即今贾鲁河。 ㊾陡恁的：为什么竟这样。 ㊿刻日：即刻。 (51)“伏望”句：意为乞求皇上审察决定。这是当时套语，向对方表示敬意。 (52)“俺无那”句：意思是我不会把你放到鼎镬里用油烹了的。鼎镬：古代一种酷刑，用鼎镬把罪人水煮或油炸。镬，古代的大锅。 (53)“您只会”四句：意思说那班文武大臣只会在朝廷上装模做样，实际没一点用处。山呼万岁，对皇帝颂祝，叩头高呼万岁。舞蹈，臣子朝见皇帝的一种仪式。诚惶顿首，奏章上的套语，常用“臣某诚惶诚恐，顿首顿首”的话。 (54)阳关：古代关名，在今甘肃省敦煌县西南，是到西域必经的地方。昭君出塞，并不经过阳关，此处系借用。 (55)女主垂旒：这里指吕后执政。旒，古代帝王皇冠上前后的玉串。 (56)差排：支使。 (57)“枉以后”三句：意思是以后都不必对敌作战，只凭妃子和亲就是了。这是反语。龙争虎斗，指战争。鸾交凤友，指夫妻。 (58)青史：古人用竹简记载史事，竹简青色，后人因称史书为青史。 (59)闱房之情：男女之情。闱，后妃居处称宫闱。 (60)休生受：不要为难。 (61)黄云不出青山岫：那些山连云都不出，意思说那里极为荒凉。岫，山峰。 (62)投至：又作“投至的”、“投至得”等，等到的意思。投，是“等候”二字的合音。 (63)一雁横秋：一行大雁横飞秋空。等待雁足传书的意思。 (64)“翠羽冠”四句：意思说将汉朝的服装都换成了北方民族的装束了。 (65)一会家：一会儿。家，语助词，无义。 (66)凌烟阁：唐代纪念功臣的地方。据《旧唐书·太宗纪》载，唐太宗贞元十七年绘画二十四功臣像于凌烟阁，以表彰他们的功绩。汉代没有，此是作者借用。 (67)紫台：即紫宫，汉宫名。行：这边，那边。 (68)梦迤逗：梦魂牵惹。指送别昭君后梦中思念。 (69)不见长安望北斗：唐杜甫《秋兴八首》之二：“每依北斗望京华”，此反用其意。是说昭君北去。不能看见长安只有望北斗。 (70)生扭做：硬弄成，活活地弄成的意思。 (71)官差不自由：当时成语。 (72)情知，明知。骅骝：骏马。 (73)翠轿香兜：均指轿子。兜，竹轿子，便轿。 (74)兀自：尚，还。倦：懒的。揭绣：揭开绣帘。绣帘，即轿帘。 (75)上下处要成就：上下（轿）都要有人照顾。成就，成全，帮忙的意思。 (76)盐烧肉、酪和粥：北方游牧民族的食品。酪，用牛，马、羊等乳制成的食物。 (77)折一枝断肠柳：折柳送别是当时的风俗。 (78)趁宿头：赶到寄住的地方。

【赏析】

《汉宫秋》第二折，写汉元帝巡宫发现王昭君后，倍加宠爱，毛延寿在奸谋败露后，畏罪叛投匈奴，又将画昭君的“美人图”献给番王呼韩耶单于，讨好新主。这时，呼韩耶单于为向汉朝索取公主，正待拥兵南下。一见到昭君画像，呼韩耶单于十分惊喜，于是以武力相威胁，并派番使前来汉廷，要汉朝交出王昭君“和亲”。汉元帝从温柔乡中惊醒，原指望文臣武将为他打退番兵，排忧解难；然而没想到在外邦的胁迫面前，汉朝的文武大臣五鹿充宗、石显等一个个龟头缩脑，贪生怕死。汉元帝迫于无奈，只好屈辱地割恩断爱，把王昭君交付番邦。

这出戏一开始，作者就借王昭君之口和汉元帝的自述，对汉元帝沉湎酒色、荒淫误国，重用奸邪、朝政腐败的行径，作了含蓄而深刻的描写和谴责。〔牧羊关〕、〔贺新郎〕、

〔斗虾蟆〕、〔哭皇天〕几支曲，为第二折的中心唱段，作者借汉元帝之口，对这帮卑躬屈膝、奴颜媚外的昏庸奸佞之臣，进行了无情的鞭挞和强烈的谴责。作者单刀直入，说他们"卧重裀，食列鼎，乘肥马，衣轻裘"，只会阿谀奉承，富贵享乐。在倾吐完愤激之情之后，作者紧接着指责这些本应承担起"安社稷、定戈矛"重任的文臣武将，却"只会文武班头，山呼万岁，舞蹈扬尘，道那声诚惶顿首"，在番邦的威胁面前，一个个"似箭穿着雁口，没个人敢咳嗽"！形象传神地勾勒出这些平时鱼肉人民、骄横恣肆、作威作福，到国难当头时却贪生怕死、胆小如鼠的封建官僚的丑恶嘴脸。面对这些酒囊饭袋，汉元帝只能发出"我呵，空掌着文武三千队，中原四百州；只待要割鸿沟。陡恁的千军易得，一将难求"的感叹！这是作者对降臣叛将最强烈的鞭挞，使全剧的情绪达到高潮。

昭君看到情势不可挽回，因而以国家和民族为重，毅然请命，提出"情愿和番，得息兵刀"。剧情急转直下，大臣又乘势逼元帝忍痛割爱，立即发送昭君。于是〔乌夜啼〕一曲抒发了元帝与昭君别离的痛苦。最后，元帝提出一个可怜的要求，希望明日能为昭君送行，执酒饯别。而尚书却以"恐外夷耻笑"拒绝了，于是元帝的情绪在悲痛哀伤中转为愤恨，唱出了对这些佞臣的谴责。

这一折曲词构思宏伟，感情充沛，愤激之情跌宕回环。作者在剧中通过汉元帝之口，重点地对他手下的庸臣、佞臣进行了谴责和暴露，语言俊丽典雅又明白畅通，口语的使用使曲词更富表现力。

《汉宫秋》第三折

马致远

（番使拥旦上，奏胡乐科，旦云）妾身王昭君，自从选入宫中，被毛延寿将美人图点破，送入冷宫①；甫能得蒙恩幸②，又被他献与番王形象③。今拥兵来索，待不去，又怕江山有失；没奈何将妾身出塞和番。这一去，胡地风霜，怎生消受也！自古道："红颜胜人多薄命，莫怨春风当自嗟④。"（驾引文武内官上，云）今日灞桥饯送明妃，却早来到也。（唱）

【双调新水令】锦貂裘生⑤改尽汉宫妆，我则索⑥看昭君画图模样。旧恩金勒短，新恨玉鞭长⑦。本是对金殿鸳鸯⑧，分飞翼，怎承望⑨！

（云）您文武百官计议，怎生退了番兵，免明妃和番者。（唱）

【驻马听】宰相每商量，大国使⑩还朝多赐赏。早是俺夫妻悒怏⑪，小家儿出外也摇装⑫。尚兀自渭城衰柳助凄凉⑬，共那灞桥流水添惆怅。偏您不断肠，想娘娘那一天愁都撮⑭在琵琶上。

（做下马科）（与旦打悲科⑮）（驾云）左右慢慢唱者，我与明妃饯一杯酒。（唱）

【步步娇】您将那一曲阳关⑯休轻放，俺咫尺如天样⑰，慢慢的捧玉觞⑱。朕本意待尊前⑲捱些时光，且休问劣了宫商⑳，您则与我半句儿俄延㉑着唱。

（番使云）请娘娘早行，天色晚了也。（驾唱）

【落梅风】可怜俺别离重，你好是㉒归去的忙。寡人心先到他李陵台㉓上，回头儿却才魂梦里想，便休题贵人多忘㉔。

（旦云）妾这一去，再何时得见陛下？把我汉家衣服都留下者。（诗云）正是：今日汉宫人，明朝胡地妾；忍着主衣裳，为人作春色㉕！（留衣服科）（驾唱）

【殿前欢】则甚么留下舞衣裳，被西风吹散旧时香。我委实怕宫车再过青苔巷㉖，猛到椒房㉗，那一会想菱花镜里妆，风流相㉘，兜的㉙又横心上。看今日昭君出塞，几时似苏武还乡㉚？

（番使云）请娘娘行罢，臣等来多时了也。（驾云）罢罢罢！明妃，你这一去，休怨朕躬㉛也。（做别科，驾云）我那里是大汉皇帝！（唱）

【雁儿落】我做了别虞姬楚霸王㉜，全不见守玉关征西将㉝。那里取保亲的李左车㉞，送女客的萧丞相？

（尚书云）陛下不必挂念。（驾唱）

【得胜令】他去也不沙架海紫金梁㉟，枉养着那边庭上铁衣郎㊱。您也要左右人扶侍，俺可甚糟糠妻下堂㊲！您但提起刀枪，却早小鹿儿心头撞㊳。今日央及煞㊴娘娘，怎做的男儿当自强！

（尚书云）陛下，咱回朝去罢。（驾唱）

【川拨棹】怕不待放丝缰㊵，咱可甚鞭敲金镫响㊶。你管燮理阴阳㊷，掌握朝纲，治国安邦，展土开疆㊸；假若俺高皇，差你个梅香㊹，背井离乡，卧雪眠霜，若是他不恋恁春风画堂，我便官封你一字王㊺。

（尚书云）陛下，不必苦死留他，着他去了罢。（驾唱）

【七弟兄】说甚么大王、不当、恋王嫱，兀良㊻，怎禁他临去也回头望。那堪这散风雪旌节㊼影悠扬，动关山鼓角声悲壮。

【梅花酒】呀！俺向着这迥野㊽悲凉。草已添黄，兔早迎霜㊾。犬褪得毛苍，人搠㊿起缨枪，马负着行装，车运着餱粮(51)，打猎起围场。他、他、他，伤心辞汉主；我、我、我，携手上河梁㊾。他部从入穷荒㊿，我銮舆返咸阳㊿。返咸阳，过宫墙；过宫墙，绕回廊；绕回廊，近椒房；近椒房，月昏黄；月昏黄，夜生凉；夜生凉，泣寒螿；泣寒螿，绿纱窗；绿纱窗，不思量！

【收江南】呀！不思量，除是铁心肠；铁心肠也愁泪滴千行。美人图今夜挂昭阳，我那里供养，便是我高烧银烛照红妆㊿。

（尚书云）陛下，回銮㊿罢，娘娘去远了也。（驾唱）

【鸳鸯煞】我只索大臣行说一个推辞谎，又则怕笔尖儿那火编修讲㊿。不见他花朵儿精神，怎趁㊿那草地里风光？唱道㊿伫立多时，徘徊半晌，猛听的塞雁南翔，呀呀的声嘹亮，却原来满目牛羊，是兀那载离恨的毡车㊿半坡里响。（下）

（番王引部落拥昭君上，云）今日汉朝不弃旧盟，将王昭君与俺番家和亲。我将昭君封为宁胡阏氏，坐我正宫。两国息兵，多少是好。众将士，传下号令，大众起行，望北而去。（做行科）（旦问云）这里甚地面了？（番使云）这是黑龙江，番汉交界去处。南边属汉家，北边属我番国。（旦云）大王，借一杯酒，望南浇奠，辞了汉家，长行去罢。（做奠酒科，云）汉朝皇帝，妾身今生已矣，尚待来生也。（做跳江科）（番王惊救不及，叹科，云）嗨！可惜，可惜！昭君不肯入番，投江而死。罢罢罢！就葬在此江边，号为青冢者。我想来，人也死了，枉与汉朝结下这般仇隙㊿，都是毛延寿那厮搬弄出来的。把都儿㊿，将毛延寿拿下，解送汉朝处治，我依旧与汉朝结和，永为甥舅，却不是好？（诗云）则为他丹青画误了昭君，背汉主暗地私奔；将美人图又来哄我，要索取出塞和亲。岂知道投江而死，空落的一见消魂㊿。似这等奸邪逆贼，留着他终是祸根；不如送他去汉朝哈喇㊿，依还的甥舅礼，两国长存。（下）

【注释】

①冷宫：偏僻冷落的宫室，拘禁宫女或犯罪后妃的地方。　②甫能：刚刚，方才。蒙恩幸：受到皇帝的宠爱和垂顾。　③番王：番，古时对外族的通称。番王，外族或外国的君王。这里指呼韩邪单于。形像：指画像。　④"红颜"两句：宋欧阳修《再和明妃曲》诗的两句。意思是女子容色过人则命运多不佳，不必怨尤而只应自叹。自嗟，自叹自怨。　⑤生：硬，勉强。　⑥则索：只得，只能。　⑦"旧恩"二句：用马具比喻恩爱之日短，别离之恨长。金勒，饰金的马络头嚼口。　⑧金殿鸳鸯：皇宫里的情侣，特指皇帝和后妃恩爱夫妻。　⑨承望：料到，预想。　⑩大国使：指匈奴使臣。　⑪早是：本来已是。怎

快：忧郁愁闷。 ⑫小家儿：小户人家，普通百姓。摇装：是我国从南北朝至明代一直流传的风俗。远行者在离家前，选吉日出门，亲友在江边饯行，被送者登船移动一会儿旋即返回，另日再正式启程。也作"遥装"。昭君出塞时未必有此风俗，此系借用。 ⑬尚兀自：即尚、尚且的意思。"兀自"在此加重"尚"的语气和意义。渭城衰柳：用唐王维《送元二使安西》："渭城朝雨浥轻尘，客舍青青柳色新"诗意，改以"衰柳"写秋景，表达临别的凄凉心境。渭城，在今陕西省咸阳县东。这里非实指。 ⑭撮：聚集。 ⑮打悲科：做悲伤哀痛的表情。打，表演的意思。 ⑯一曲《阳关》：指《阳关曲》，又称《渭城曲》或《阳关三叠》，以王维《送元二使安西》诗为主要歌词谱成的琴曲。诗中有"劝君更尽一杯酒，西出阳关无故人"句。 ⑰咫尺：古代周尺八寸谓之"咫"。咫尺，比喻距离很近。如天样：好像天空一样遥远。 ⑱玉觞：玉制的酒杯。 ⑲尊前：在酒尊之前，指宴饮时。尊，酒具，又写作樽、罇。 ⑳劣了宫商：音调不协。劣，误。宫商，是我国古代五声音阶宫、商、角、徵、羽的简称。 ㉑俄延：拖延，迟缓，慢慢地。 ㉒好是：甚是，真是。 ㉓李陵台：在今内蒙古自治区波罗城，当时属匈奴地界。李陵，汉武帝时名将，孤军出击匈奴，战败无援而降。 ㉔贵人多忘：古代成语，即贵人多忘事。 ㉕"今日"四句：前二句出自李白《王昭君》诗，后二句出自宋陈师道《妾薄命》诗。忍着，怎忍心穿上。春色，意思是妆饰娇艳，供人赏玩。 ㉖青苔巷：指永巷。 ㉗椒房：汉代后妃的居室。用椒和泥涂抹墙壁，取其温暖有香气，兼有多子之意，故名。这里指昭君曾居住的宫室。 ㉘风流相：娇美妩媚的容貌。 ㉙兜的：即陡的，突然、猛然的意思。 ㉚苏武还乡：汉代苏武出使匈奴，被扣十九年，他始终不屈。后因匈奴与汉和好，才被遣还朝。 ㉛朕躬：皇帝自称。朕，本古人自称之词，秦始皇始定为皇帝专用的自称。躬，身体，引申为自身。 ㉜别虞姬楚霸王：指秦汉之际的西楚霸王项羽。他兵败垓下时，忍痛与宠姬虞姬诀别，突围至乌江自刎。这里用其典，言无可奈何的离别之苦。 ㉝守玉关征西将：指东汉名将班超。他曾在西域活动达三十一年，平定匈奴等贵族叛乱，官至西域都护，封定远侯。昭君和番是西汉时事，将后朝事用于前朝为戏曲小说所习见。玉关，即玉门关，在今甘肃敦煌县西，阳关在其东南，西关为汉时通往西域的要道。 ㉞"那里取"二句：意思是李左车从不保亲，萧丞相从不送女客，即没有主张和亲政策，讥责朝中素以贤臣良将自居的文武百官，只能干保媒避亲之类的勾当，而别无良策以平边患。李左车，秦汉间谋士，初依赵王武臣，后归附韩信。萧丞相，汉初丞相萧何。史载二人均无送亲事。过去婚礼，女子出嫁时，由亲戚一人陪送到夫家，叫做送女客。 ㉟架海紫金梁：指国家栋梁。元剧中常以"擎天白玉柱，架海紫金梁"喻重臣名将。梁，桥。 ㊱铁衣郎：身着铁甲战袍的将士。 ㊲可甚：意思是算不得、说不上。糟糠妻下堂：《后汉书·宋弘传》载，汉光武帝想把湖阳公主嫁给宋弘，让他先休掉妻子。宋弘拒绝说："臣闻贫贱之知不可忘，糟糠之妻不下堂。"糟糠妻，贫贱时共过患难的妻子。下堂，旧时妻妾被丈夫休弃叫"下堂"。 ㊳小鹿儿心头撞：形容心里紧张发慌，怦怦乱跳，像小鹿在撞一样。 ㊴央及煞：大大地累及。央，这里借作"殃"，连累的意思。 ㊵怕不待：岂不想，难道不。丝缰：丝制的马缰绳。 ㊶鞭敲金镫响：元剧中常以"鞭敲金镫响，人唱凯歌回"形容得胜归来的气概。金镫，铜制马镫，马鞍两边的脚踏。 ㊷燮理阴阳：比喻宰相治理国事。燮理，协调治理。阴阳，泛指各种矛盾变化。 ㊸展土开疆：扩张领土疆域。 ㊹梅香：旧时多以"梅香"为婢女的名字，因而戏曲小说中常以"梅香"作为婢女丫环的通称。 ㊺一字王：指用一个字作封号的王，是辽、元时地位最高的王爵，如赵王，魏王等。用两个字作封号的王爵则次一等，如咸安郡王、兰陵郡王等。汉代无此建制，这里是借用。 ㊻兀良：语气词，有时表示惊讶的意思，略同"啊呀"。 ㊼旌节：古代使者所持的符节。 ㊽迥野：辽阔的原野。 ㊾兔早迎霜：兔毛早已变成了白色。迎霜，指白色，迎霜兔是元人习用的一个词。 ㊿掤：戳，这里是两手朝前端起的意思。 ○51馈粮：干粮，熟食。 ○52携手上河梁：表示惜别之意。语出《文选·李少卿与苏武》诗："携手上河梁，游子暮何之？"河梁，河上的桥梁。 ○53部从：部属随从。穷荒：遥远的荒野。 ○54銮舆：皇帝的车驾。銮，指车上的銮铃。咸阳，秦故都，在今陕西省咸阳市东北二十里，渭水以北。汉元年曾改为新城、渭城。这里为押韵，用以代指长安。 ○55高烧银烛照红妆：宋代苏轼《海棠》诗，"只恐夜深花睡去，高烧银烛照红妆。" ○56回銮：回驾，即皇帝回官。 ○57"我只索"两句：意思是我只要在大臣们面前说句推托的话，又怕那伙耍笔杆子的编修讲闲话。那火，那伙。编修，宋以后掌修国史、实录、会要的官职名。这里借用泛指史官。 ○58趁：追逐，追寻。 ○59唱道：亦作畅道。〔鸳鸯煞〕曲定格，第五句开头的衬字。 ○60兀那：即那。兀，是加重语气。毡车：古代游牧民族用毛毡作车篷的车子。 ○61仇隙：冤仇。 ○62把都儿：蒙古语"勇士"的音译。元剧中多作武士，将士解。 ○63消魂：失魂落魄的样子。 ○64哈喇：蒙古语"杀"的音译。

【赏析】

这一折戏，写汉元帝在灞桥为王昭君饯行。这几支曲子，描绘了一派辽阔、深远、幽邃、苍凉而又粗犷的塞北风光，在这独特的意境中，渗透着深深的怀念和忧伤之情，历来为人们赞赏传颂。

汉元帝虽然愁肠百结，与昭君难分难舍，但昭君终于还是落入番邦之手。汉元帝从欢乐的顶峰一步步地堕入痛苦的深渊。作者准确、细腻地揭示了汉元帝灞桥送别时的心理，集中用了〔步步娇〕、〔落梅风〕、〔殿前欢〕、〔雁儿落〕、〔得胜令〕、〔川拨棹〕几支曲子，让汉元帝直抒胸臆，尽情倾吐相思的痛苦，离别的哀伤，并且追忆往日的欢娱，嗟叹自己的无能。在给昭君饯酒送行时，元帝故意叫左右将《阳关曲》"与我半句儿俄延着唱"，"慢慢的捧玉觞"，以便"尊前捱些时光"，极其细腻地表现出元帝对昭君的恋恋不舍。昭君一句"妾这一去，再何时得见陛下。把我汉家衣服都留下者"，一方面表现了昭君不愿以汉人衣冠服侍胡人的民族意识，一方面又激起汉元帝对往昔欢娱的无限眷恋，产生了无尽的幽怨之情。汉元帝感慨自己做了"别虞姬的楚霸王"，对昔日扶助汉室的贤相能臣表现出无限怀念之情，更对眼下这帮尸位素餐的文武大臣表示了无限的失望与怨怼。就在这黯然神伤之际，王昭君上路了，汉元帝仿佛心都被撕裂了，在送别昭君回来的路上，汉元帝更一步步陷入深刻的凄凉痛苦之中。

〔梅花酒〕、〔收江南〕几支曲，展现了汉元帝返宫的情景，传神地刻画出元帝精神恍惚，悲凉凄楚的心境，给人以一唱三叹、回肠荡气之感。一片深邃苍凉的深秋景象，营造了一派凄清阴冷的朦胧氛围，深层揭示了元帝与昭君诀别的相思之痛。〔收江南〕一曲，运用反衬夸张的手法，把汉元帝肝肠寸断的痛苦心情描摹得淋漓尽致。昭君走远了，元帝在极度悲痛中竟然出现了幻觉，进一步展现了元帝的悲剧心理和情感波澜。〔鸳鸯煞〕一曲写出了形神凄怆的元帝对昭君的思念之切，在凝神痴想中，错把北去的车声当作了大雁南归，传来昭君的音讯。通过这一错觉造成的心理意象，更深一层揭示了元帝对昭君的依依不舍的惜别之情，带给人们心灵上的震颤。

《汉宫秋》第四折

马致远

（驾引内官上，云）自家汉元帝，自从明妃和番，寡人一百日不曾设朝。今当此夜景萧索①，好生烦恼。且将这美人图挂起，少解闷怀也呵。（唱）

【中吕粉蝶儿】宝殿凉生，夜迢迢②六宫人静。对银台一点寒灯，枕席间，临寝处③，越显的吾身薄倖④。万里龙廷⑤，知他宿谁家一灵真性⑥。

（云）小黄门，你看炉香尽了，再添上些香。（唱）

【醉春风】烧尽御炉香，再添黄串饼⑦。想娘娘似竹林寺，不见半分形⑧；则留下这个影，影。未死之时，在生之日，我可也一般恭敬。

（云）一时困倦，我且睡些儿。（唱）

【叫声】高唐梦，苦难成。那里也爱卿、爱卿，却怎生无些灵圣⑨？偏不许楚襄王枕上雨云情⑩。

（做睡科）（旦上，云）妾身王嫱，和番到北地，私自逃回。兀的不是我主人！陛下，妾身来了也。（番兵上，云）恰才我打了个盹，王昭君就偷走回去了。我急急赶来，进的汉宫，兀的不是昭君！（做拿旦下）（驾醒科，云）恰才见明妃回来，这些儿如何就不见了。（唱）

【剔银灯】恰才这搭儿单于王使命，呼唤俺那昭君名姓；偏寡人唤娘娘不肯灯前应，却原来是画上的丹青。猛听得仙音院，凤管鸣⑪，便奏着箫韶九成⑫。

【蔓青菜】白日里无承应⑬，教寡人不曾一觉到天明，做的个团圆梦境。（雁叫科，唱）却原来雁叫长门两三声，怎知道更有个人孤另！

（雁叫科）（唱）

【白鹤子】多管是春秋高，筋力短⑭；莫不是食水少，骨毛轻？待去后，愁江南网罗宽；待向前，怕塞北雕弓硬。

【幺篇】伤感似替昭君思汉主，哀怨似作薤露哭田横⑮，凄怆似和半夜楚歌声⑯，悲切似唱三叠阳关令⑰。

（雁叫科）（云）则被那泼毛团⑱叫的凄楚人也。（唱）

【上小楼】早是我神思不宁，又添个冤家缠定。他叫得慢一会儿，紧一声儿，和尽寒更。不争你打盘旋，这搭里同声相应，可不差讹了四时节令⑲？

【幺篇】你却待寻子卿、觅李陵⑳。对着银台，叫醒咱家，对影生情。则俺那远乡的汉明妃，虽然薄命，不见你个泼毛团，也耳根清净。

（雁叫科）（云）这雁儿呵。（唱）

【满庭芳】又不是心中爱听，大古似林风瑟瑟，岩溜泠泠㉑。我只见山长水远天如镜，又生怕误了你途程。见被你冷落了潇湘暮景㉒，更打动我边塞离情。还说甚雁过留声㉓，那堪更瑶阶夜永，嫌杀月儿明！

（黄门云）陛下省烦恼㉔，龙体为重。（驾云）不由我不烦恼也。（唱）

【十二月】休道是咱家动情，你宰相每也生憎㉕。不比那雕梁燕语，不比那锦树莺鸣。汉昭君离乡背井，知他在何处愁听？

（雁叫科）（唱）

【尧民歌】呀呀的飞过蓼花汀㉖，孤雁儿不离了凤凰城㉗。画檐间铁马响丁丁㉘，宝殿中御榻冷清清，寒也波更，萧萧落叶声，烛暗长门静。

【随煞】一声儿绕汉宫，一声儿寄渭城，暗添人白发成衰病，直恁的吾当可也劝不省㉙。

（尚书上云）今日早朝散后，有番国差使命绑送毛延寿来，说因毛延寿叛国败盟，致此祸衅。今昭君已死。情愿两国讲和。伏候圣旨。（驾云）既如此，便将毛延寿斩首，祭献明妃。着光禄寺㉚大排筵席，犒赏㉛来使回去。（诗云）叶落深宫雁叫时，梦回孤枕夜相思；虽然青冢人何在，还为蛾眉斩画师。

题名沉黑江明妃青冢恨

正名破幽梦孤雁汉宫秋

【注释】

①夜景萧索：秋夜景色萧条、冷落。 ②夜迢迢：深夜长久。 ③临寝处：将要睡觉休息的时候。 ④薄倖：负心，薄情。 ⑤龙廷：即龙庭。古代匈奴祭祀天神的地方。 ⑥一灵真性：对所爱者的呢称。此指王昭君。 ⑦黄串饼：即黄篆饼，放在香炉里薰烧的香饼，因其是将香料搓成条，再盘做饼形，故称"串"或"篆"。 ⑧"想娘娘"两句：意思是昭君就像竹林寺一样，不见其形，只见其影。竹林寺，庐山幻影，有名无寺，有影

无形。用来比喻事情无形迹无消息。明桑乔《庐山纪事》："佛手岩东北有磐山突出，下临绝壑，潭色沉沉正黑，僧云故竹林寺也。有影无形，神圣所居，风雨中行者往往闻钟梵声。" ⑨灵圣：灵验。 ⑩"偏不许"句：宋玉《神女赋》说，楚襄王与宋玉曾游云梦，襄王在梦中与神女相遇。 ⑪仙音院：皇宫里掌管音乐的机构。元世祖中统元年，立仙音院。至元八年，改仪凤司，掌管乐工、供奉、祭飨之事。凤管：即凤箫，排箫，用小竹管编成，一管一音，根据音的高低排列在一起，形状像凤的翅膀。 ⑫箫韶：传说是虞舜时代制作的乐曲。九成：九次变调的意思。 ⑬承应：侍奉，伺候。 ⑭春秋高，筋力短：年老体弱。春秋，指年龄。短，短缺。 ⑮薤露：古代挽歌名，为出殡时挽柩人所唱。是说人生命短促，有如薤叶上的露水一样，一瞬即干。田横：秦末齐国人，楚汉战争中曾自立为齐王。他被汉高祖打败后，率领从属五百人逃亡海岛。汉高祖派人召降，他应召前往，可是在途中自杀身亡，留居岛上的部属得知这个消息后，也全部自杀。 ⑯半夜楚歌声：刘邦包围项羽于垓下，令士卒在夜里唱起楚地的歌曲，让项羽以为楚人都归顺了汉，无心恋战。 ⑰三叠《阳关令》：即阳关三叠曲，一种送别的歌曲，三叠曲的唱法，除第一句外，其他三句各重复一次。参见本剧第三折注⑯。 ⑱泼毛团：对飞禽走兽的贬称。这里是骂雁。 ⑲"不争你"三句：意思是如果你在这里盘旋不前，雁群同声相应，简直让人把四时节令都弄糊涂了。大雁每年春分后飞往北方，秋分后飞往南方。不争，假如。 ⑳寻子卿，觅李陵：子卿即苏武。苏武和李陵都是汉代官员，苏武出使匈奴，被拘留在后贝加尔湖牧羊，不能返国；李陵领兵和匈奴作战，兵败投降。这两个人都在匈奴境内生活了一段时间。 ㉑"大古似"两句：意思是雁声凄苦，不那么动听。大古，大概。岩溜，岩石上的泉流。泠泠，山泉流动韵声音。 ㉒"见被你"句：意思是现在雁儿盘旋不赶路程，使潇湘风景受到冷落。过去传说雁落平沙是潇湘八景之一。见，同"现"。 ㉓雁过留声："雁过留声，人过留名"，当时成语。 ㉔省烦恼：不要烦恼。省，减免。 ㉕生憎：讨厌，指厌听雁声。 ㉖蓼花汀：长满蓼花的汀洲。蓼花，一种生在水边的植物，开淡红花或白花，种类很多。汀渊，水中的小块陆地。 ㉗凤凰城：京城。相传秦穆公女儿弄玉吹箫引凤，凤降其城，因此号称丹凤城。后来便将京都之城称作凤凰城。 ㉘铁马：悬挂下房檐下的马形铁片儿。丁丁：象声词，形容伐木、下棋、弹琴等声音。这里指风吹铁马发出的声音。 ㉙"暗添人"两句：意思是明知忧思过度会损伤身体，可就是这样，也劝不转我对昭君的思念之情。直，就使，纵使。劝不省，劝不回转。 ㉚光禄寺：掌管皇帝祭品、膳食及招待酒宴胸富署。元世祖至元十五年，置光禄寺。 ㉛犒赏：犒劳赏赐。

【赏析】

从《汉宫秋》整部剧的剧情来看，矛盾冲突在第二折就已完成，这一折只是矛盾冲突的余波。但是第四折是整个《汉宫秋》悲剧故事的高潮。作者为了渲染汉元帝对王昭君的思念，加重悲剧气氛，以十分强烈的抒情笔调，描绘了一幅"破幽梦孤雁汉宫秋"的画面。

这一折集中表现了杂剧的特定环境。这场戏一开始，就写深秋之夜，汉元帝独居汉宫，夜深人静，面对着冷衾孤灯，形影相吊，涌起了对昭君的无限思念之情。在恍惚入梦之际，忽见昭君飘忽而至。在汉元帝的梦境里，昭君从北地私自逃回，又被从后面赶来闯入汉宫的番兵抓走。孤雁的哀鸣打破了这一寂寥的画面，把汉元帝从梦中惊醒。元帝本为这意外的幽会惊喜,希望做一个"团圆梦境",但忽被天上嘎嘎的雁声所惊醒,于是他怒不可遏的愤懑情绪不可抑制地迸发出来。"孤雁"的意象具有很深的含意,在第二折中就已出现,伴随着矛盾冲突的加剧,预示了汉元帝的悲剧命运。剧中以孤雁之哀鸣惊醒汉元帝之梦,饱含隐喻之意。汉元帝痛失昭君,此时正像那失偶的孤雁,听到空中大雁的哀鸣,心中顿时产生同病相怜之感。

接着,两支〔白鹤子〕以拟人的手法刻画了大雁失群的孤零心情,抒发了汉元帝的满腹幽怨、缠绵之情。在〔满庭芳〕、〔十二月〕两支曲中,表现了汉元帝对这只孤雁的矛盾心情:既嫌它聒噪麻烦,又不忍赶它离去,因为它毕竟给汉元帝寂聊的心情带来了一丝慰藉,为他与昭君之间搭起了一座幽思恋念的桥梁。在这种强烈的哀怨声中,鲜明生动地突出了汉元帝对王昭君的深切思恋,刻画出一个痴情国君的形象。〔尧民歌〕一曲以声写静,从孤雁呀呀到铁马丁丁、落叶萧萧、寒声更紧,突出了汉宫秋夜的空寂冷落,映衬了汉元帝悲凉凄冷的心境。

《汉宫秋》不仅文辞卓秀,文采熠熠,而且能把感情和环境描写融为一体,以别具一格的意境给人带来压抑和伤感,在丰富的思想内容中包含无尽的艺术魅力。

《西厢记》第一本第三折

和 诗

王实甫

(正旦上云)老夫人着红娘问长老去了,这小贱人不来我行回话。(红上云)回夫人话了,去回小姐话去。(旦云)使你问长老:几时做好事?(红云)恰①回夫人话也,正待回姐姐话:二月十五日,请夫人、姐姐拈香。(红笑云)姐姐,你不知,我对你说一件好笑的勾当。咱前日寺里见的那秀才,今日也在方丈里。他先出门儿外等着红娘,深深唱个喏②道:"小生姓张,名珙,字君瑞,本贯西洛人也,年二十三岁,正月十七日子时建生,并不曾娶妻。"姐姐,却是谁问他来?他又问:"那壁小娘子莫非莺莺小姐的侍妾乎?小姐常出来么?"被红娘抢白③了一顿呵回来了。姐姐,我不知他想甚么哩,世上有这等傻角④!(旦笑云)红娘,休对夫人说。天色晚也,安排香案,咱花园内烧香去来。(下)(末上云)搬至寺中,正近西厢居址。我问和尚每⑤来,小姐每夜花园内烧香。这个花园,和俺寺中合着⑥。比及⑦小姐出来,我先在太湖石⑧畔墙角儿边等

待，饱看一会。两廊僧众都睡着了。夜深人静，月朗风清，是好天气也呵！正是"闲寻方丈高僧语，闷对西厢皓月吟。"（唱）

【越调斗鹌鹑】玉宇⑨无尘，银河泻影；月色横空，花阴⑩满庭；罗袂⑪生寒，芳心自警。侧着耳朵儿听，蹑着脚步儿行：悄悄冥冥⑫，潜潜等等⑬。

【紫花儿序】等待那齐齐整整⑭，袅袅婷婷⑮，姐姐莺莺。一更之后，万籁无声，直至莺庭⑯。若是回廊下没揣的见俺可憎⑰，将他来紧紧的搂定；则问你那会少离多，有影无形。

（旦引红娘上云）开了角门⑱儿，将⑲香桌出来者。（末唱）

【金蕉叶】猛听得角门儿呀的一声，风过处花香细⑳生。蹑着脚尖儿仔细定睛，比我那初见时庞儿越整㉑。

（旦云）红娘，移香桌儿近太湖石畔放者！（末做看科云）料想春娇㉒厌拘束，等闲飞出广寒宫㉓。看他容分一捻㉔，体露半襟，弹香袖以无言，垂罗裙而不语。似湘陵㉕妃子，斜倚舜庙朱扉㉖；如玉殿嫦娥㉗，微现蟾宫㉘素影。是好女子也呵！（唱）

【调笑令】我这里甫能㉙、见娉婷㉚，比着那月殿嫦娥也不恁般撑㉛。遮遮掩掩穿芳径，料应来㉜小脚儿难行。可喜娘的脸儿百媚生㉝，兀的不引了人魂灵！

（旦云）取香来！（末云）听小姐祝告甚么？（旦云）此一炷香，愿化㉞去先人，早生天界！此一炷香，愿堂中老母，身安无事！此一炷香……（做不语科）（红云）姐姐不祝这一炷香，我替姐姐祝告：愿俺姐姐早寻一个姐夫，拖带㉟红娘咱！（旦再拜云）心中无限伤心事，尽在深深两拜中。（长吁科）（末云）小姐倚栏长叹，似有动情之意。（唱）

【小桃红】夜深香霭㊱散空庭，帘幕东风静。拜罢也斜将曲栏凭，长吁了两三声。别团圞㊲明月如悬镜。又不是轻云薄雾，都则是香烟人气㊳，两般儿氤氲㊴得不分明。

我虽不及司马相如㊵，我则看小姐颇有文君之意。我且高吟一绝㊶，看他则甚："月色溶溶㊷夜，花阴寂寂春；如何临皓魄㊸，不见月中人㊹？"（旦云）有人墙角吟诗。（红云）这声音，便是那二十三岁不曾娶妻的那傻角。（旦云）好清新之诗，我依韵做一首。（红云）你两个是好做一首。（旦念诗云）"兰闺㊺久寂寞，无事度芳春；料得行吟者，应怜㊻长叹人。"（末

云）好应酬得快也呵！（唱）

【秃厮儿】早是那脸儿上扑堆[47]着可憎，那堪那心儿里埋没[48]着聪明。他把那新诗[49]和得忒应声，一字字，诉衷情，堪听。

【圣药王】那语句清，音律轻，小名儿不枉了唤做莺莺。他若是共小生，厮觑定，隔墙儿酬和到天明。方信道[50]"惺惺的自古惜惺惺[51]"。

我撞出去，看他说甚么。

【麻郎儿】我拽起罗衫欲行，（旦做见科）他陪着笑脸儿相迎。不做美的红娘忒浅情，便做道谨依来命[52]，……

（红云）姐姐，有人！咱家去来，怕夫人嗔着。（莺回顾下）（末唱）

【幺篇】我忽听，一声、猛惊。元来是扑剌剌宿鸟[53]飞腾，颤巍巍花梢弄影[54]，乱纷纷落红满径。

小姐，你去了呵，那里发付[55]小生！

【络丝娘】空撒下碧澄澄苍苔露冷，明皎皎花筛月影。白日凄凉枉耽病[56]，今夜把相思再整[57]。

【东原乐】帘垂下，户已扃[58]，却才个[59]悄悄相问，他那里低低应。月朗风清恰二更，厮侥幸[60]：他无缘，小生薄命。

【绵搭絮】恰寻归路，伫立[61]空庭，竹梢风摆，斗柄[62]云横。呀！今夜凄凉有四星[63]，他不瞅人待怎生！虽然是眼角儿传情，咱两个口不言心自省。

今夜甚睡到得我眼里呵！

【拙鲁速】对着盏碧荧荧短檠[64]灯，倚着扇冷清清旧帏屏[65]。灯儿又不明，梦儿又不成；窗儿外渐零零的风儿透疏棂[66]，忒楞楞[67]的纸条儿鸣；枕头儿上孤另[68]，被窝里寂静。你便是铁石人，铁石人也动情。

【幺篇】怨不能，恨不成，坐不安，睡不宁。有一日柳遮花映，雾帐云屏，夜阑人静，海誓山盟，恁时节风流嘉庆[69]，锦片也似前程[70]，美满恩情，咱两个画堂[71]春自生。

【尾】一天好事从今定，一首诗分明照证[72]；再不向青琐闼[73]梦儿中寻，则去那碧桃花树儿下[74]等。（下）

【注释】

① 恰：刚才。 ② 唱喏：古代男子作揖行礼时，嘴里说"喏"。这里就是作揖的意

思。 ③抢白：当面讽刺，责备，数说的意思。 ④傻角：笨蛋、傻瓜、呆子，含有爱、喜欢的意思。 ⑤每：同“们”。 ⑥合着：相通。 ⑦比及：等到。 ⑧太湖石：江苏太湖产的石头，上有很多绉折、孔洞，常被用来堆假山，点缀庭院花园。这里是假山的意思。 ⑨玉宇：天空。 ⑩花阴：花的影子。 ⑪袂：衣袖，这里指衣服。这句的意思是穿着薄衫，觉得有些凉。 ⑫冥：昏暗。 ⑬潜：偷偷地，秘密地。等：停、停顿。
⑭齐齐整整：意思是容貌体态十分端正，符合标准。 ⑮袅袅婷婷：形容女子走路时体态轻盈。 ⑯莺庭：莺莺所在的庭院。 ⑰没揣的：没料到，意外地。可憎：可爱的反话，意思是可亲、可爱。 ⑱角门：也写成脚门，靠近建筑物角上的小门。这里是边门、旁门。 ⑲将：取、拿、搬、抬。 ⑳细：这里有隐约，缓慢的意思。 ㉑整：漂亮。
㉒春娇：指美女。元稹《连昌宫词》：“春娇满眼睡红绡，掠削云鬟旋妆束。”这里说的是嫦娥。 ㉓等闲：随意。广寒宫：神话传说中的月宫的另一种称呼。 ㉔容分：面孔，面容。一捻：一丝，一缕。 ㉕湘陵：也叫零陵，在湘江岸边，有舜的陵墓。妃子：古代帝王的妾，太子、王侯的妻子，这里指尧的女儿，舜的妃子娥皇、女英。 ㉖舜：传说中上古时代的贤明君王，号有虞氏，所以也叫虞舜。死后葬在湖南宁远县九嶷山（又叫苍梧山）。朱：红色。扉：门扇，门板。 ㉗玉殿：月宫。嫦娥：原来叫姮娥。传说中后羿的妻子，因为偷吃了丈夫的不死药，奔月成仙。 ㉘蟾宫：月宫，传说中月上有蟾蜍，所以有这个称呼。 ㉙甫能：刚刚，开始，刚才，才能够。 ㉚娉婷：形容女子的姿态美。这里指美女。 ㉛恁般：方言俗语，这般，这么。撑：撑达，元杂剧中的习惯用语，这里是美丽的意思。 ㉜料应来：大概，料想，应该是。来：语气助词。 ㉝百媚生：各种美好可爱的样子。 ㉞化：古代文人对死的委婉说法。 ㉟拖带：蒲州方言，顺便带上，捎带。 ㊱霭：云雾。香霭：烧香产生的烟雾。 ㊲剔：副词，非常，很的意思。团圞：方言俗语，形容圆圆的样子。这里是说月亮非常圆。 ㊳人气：相对前面“长吁”而言。
㊴氤氲：烟或雾弥漫的意思。 ㊵司马相如：汉代的才子。《史记·司马相如列传》记载，他曾弹琴向懂音乐的卓文君表达爱慕之心，后来二人结为夫妻。 ㊶绝：绝句，格律诗的一种，每首诗有四句，一句五字是五言绝句，一句七字是七言绝句。 ㊷溶溶：形容水宽广的样子，常用来形容月色。 ㊸临：面对。皓魄：月亮。 ㊹月中人：嫦娥。
㊺兰闺：闺房的美称，女子居住的内室。又称“兰室”。 ㊻怜：同情，爱惜。 ㊼早是那：早就已经。扑堆：也作“固堆”。是说脸长得丰满、美丽，俏皮。 ㊽那堪：加上、兼之的意思。埋没：这是蕴含的意思。 ㊾新诗：格律诗，唐代出现的诗体，是和唐代以前的古体诗相对而言的，也叫近体诗。相：按照别人的诗词的题材或格律做诗词。 ㊿方信道：才知道。 (51)惺惺：聪明，聪明人。惜：爱惜。 (52)便做道：用作假设的词，何不、即使是的意思。谨依来命：古代成语，只有“依”有意义，依顺的意思。这句的意思是：何不就遂了我们的心愿呢。 (53)扑剌剌：呼啦啦，象声词。宿鸟：夜间栖息的鸟儿。 (54)花梢弄影：意思是花梢晃动，影子也跟着晃动。 (55)发付：打发，发落。
(56)枉：白白地，枉自。耽病：生病的意思。 (57)整：整顿，这里是准备的意思。 (58)扃：关门，上闩。 (59)却才个：才，刚才。个：语气助词。 (60)僝幸：苦恼，焦燥，忧愁。
(61)伫立：长时间地站着。 (62)斗柄：北斗七星中，位于斗柄的三颗星。云横：指向东方。
(63)四星：有三种说法，1. 相对于上一句“斗柄云横”，天空只能看见北斗七星位于斗身的四颗星。2. 古人认为二分半是一星，因此四星就是十分，意思是程度很深。3. 古代制作秤杆时，中间整数用五星，末端整数用四星，这里指的是末端。在这句中是第 2 种说法。　㉞荧荧：光亮微弱的样子。常用来形容星光或灯烛光。檠：烛台，灯台。　㉟帏屏：屏风。　㊱浙零零：象声词。疏棂：稀疏的窗户格。　㊲忒楞楞：象声词。　㊳孤另：孤零，孤独。　㊴嘉庆：美好幸福的意思。　㊵前程：前途，未来。在元剧中大部分情况是指婚姻。　㊶画堂：这里是新房的意思。　㊷照证：证明，作证，证据。　㊸青琐闼：汉代的官门，后来用来指朝廷。　㊹碧桃花树下：元剧中用来指男女约期幽会的地方。

【赏析】

　　王实甫的《西厢记》，全名《崔莺莺待月西厢记》，故事本源于元稹的《会真记》，情节改编和结构处理借鉴了董解元的《西厢记诸宫调》。该剧主要写书生张珙在蒲东普救寺遇相国之女崔莺莺，两人一见钟情，通过侍女红娘的帮助，终于冲破封建礼教约束而结合的故事，歌颂了自主的爱情，表现了对封建礼教的冲击。全剧一共五本，第一本是《张君瑞闹道场》；第二本是《崔莺莺夜听琴》；第三本是《张君瑞害相思》；第四本是《草桥店梦莺莺》；第五本是《张君瑞庆团》。这里选了第一本第三折——"和诗"赏析。

　　张生善于利用和创造一切机会，主动和莺莺接近，以便酝酿感情，争取婚姻自主的实行。〔斗鹌鹑〕是本折戏的第一支曲子，写月夜的良辰美景，张生知道莺莺每晚都要到花园烧香祝祷，便马上采取行动，躲在花阴里悄悄地去看莺莺的行动、神态、心情，表现他追求莺莺的迫切和热烈的爱情。这一曲显得飘逸而略带几分神秘，十分切合张生当时既兴奋又紧张的心情；张生那种小心翼翼、诚惶诚恐的行为，容易产生悬念，引人入胜。接下来几曲描写张生在花阴里等待莺莺时的想象，想象见到莺莺时的情景。作者形神兼备地刻画出了张生初恋时那种憨态可掬的神态。在一片寂静中，张生终于见到了莺莺，作者以张生的口吻，十分传神地描摹出莺莺的美丽庄重，这更加激起张生对莺莺的爱慕。他效仿司马相如弹奏《凤求凰》向卓文君求爱的方式，躲在墙角，高声吟诗一首，看莺莺有没有反应。在香烟缭绕弥漫的浪漫气氛中，张生听见莺莺和诗的声音，这使他欣喜若狂。作者继续从张生的角度，描摹莺莺的可爱风韵，刻画莺莺的智慧聪明。莺莺的和诗，实际上已答应了张生对她的爱情追求，因此，张生原来的"芳心自警"就被爱情的火焰烧尽。他按捺不住，就从隐蔽的地方走出来，大胆地和莺莺会面。不料莺莺被红娘拉走了。张生重新陷入了相思的痛苦之中，他对这转瞬即逝的美妙时刻不胜惋惜，等待他的又是一个不眠之夜。〔络丝娘〕、〔东原乐〕、〔绵搭絮〕三支曲子，紧继上曲，描写莺莺走后张生失魂落魄的样子，进一步刻画他的相思怅惘之情，表现他的爱情之真、之切。

　　〔拙鲁速〕一曲，以凝重、哀切的基调，描写张生回到住室后孤单凄凉的情景，契合张生既愁苦又失望的心理，尤其是"铁石人也动情"这一结句，把人物的感情推向高潮，令人冬日。紧接着，〔幺篇〕写张生在坐卧不宁的怅惘之中，想象得到莺莺的爱情并成婚之后的美满生活，从侧面反映出张生的爱之深切。最后，在对莺莺情深似海的反复思量下，〔尾〕曲写张生作出了留下来、不去应考的决定，为后面故事的展开作好铺垫。

《西厢记》第二本第四折

听　琴

王实甫

　　（末上云）红娘之言，深有意趣。天色晚也，月儿，你早些出来么！（焚香了）呀，却早发擂①也；呀，却早撞钟也。（做理琴科）琴呵，小生与足下湖海相随数年，今夜这一场大功，都在你这神品：金徽、玉轸、蛇腹、断纹、峄阳、焦尾、冰弦②之上。天哪！却怎生借得一阵顺风，将小生这琴声吹入俺那小姐玉琢成、粉捏就、知音③的耳朵里去者！（旦引红上，红云）小姐，烧香去来。好明月也呵！（旦云）事已无成，烧香何济！月儿，你团圆呵，咱却怎生？（唱）

　　【越调斗鹌鹑】云敛晴空，冰轮④乍涌；风扫残红，香阶乱拥；离恨千端，闲愁万种。夫人那，"靡不有初，鲜克有终。⑤"他做了个影儿里的情郎，我做了个画儿里的爱宠⑥。

　　【紫花儿序】则落得心儿里念想，口儿里闲题，则索向梦儿里相逢。他娘昨日个大开东阁，我则道怎生般炮凤烹龙⑦，朦胧⑧！可教我"翠袖殷勤捧玉钟⑨"，却不道"主人情重⑩"。则为那兄妹排连，因此上鱼水难同。

　　（红云）姐姐，你看月阑⑪，明日敢有风也？（旦云）风月天边有，人间好事无。（唱）

　　【小桃红】人间看波！玉容深锁绣帏中，怕有人搬弄。想嫦娥西没东生有谁共？怨天宫，裴航不作游仙梦⑫。这云似我罗帏数重，只恐怕嫦娥心动，因此上围住广寒宫。

　　（红做咳嗽科）（末云）来了。（做理琴科）（旦云）这甚么响？（红发科）（旦唱）

　　【天净沙】莫不是步摇得宝髻玲珑⑬？莫不是裙拖得环佩叮咚⑭？莫不是铁马⑮儿檐前骤风？莫不是金钩双控，吉丁当敲响帘栊⑯？

　　【调笑令】莫不是梵王宫，夜撞钟？莫不是疏竹潇潇曲槛⑰

中?莫不是牙尺剪刀声相送⑱?莫不是漏声长滴响壶铜潜身再听在墙角东⑲,原来是近西厢理结丝桐⑳。

【秃厮儿】其声壮,似铁骑刀枪冗冗㉑;其声幽,似落花流水溶溶㉒;其声高,似风清月朗鹤唳空㉓;其声低,似听儿女语,小窗中,喁喁㉔。

【圣药王】他那里思不穷,我这里意已通,娇鸾雏凤失雌雄㉕;他曲未终,我意转浓,争奈伯劳飞燕各西东㉖:尽在不言中。

我近书窗听咱。(红云)姐姐,你这里听,我瞧夫人一会便来。(末云)窗外有人,已定是小姐,我将弦改过,弹一曲,就歌一篇,名曰"凤求凰"㉗。昔日司马相如得此曲成事,我虽不及相如,愿小姐有文君之意。(歌曰)"有美人兮,见之不忘;一日不见兮,思之如狂。凤飞翱翔兮,四海求凰;无奈佳人兮,不在东墙。张弦代语兮,欲诉衷肠,何时见许兮,慰我彷徨。愿言配德㉘兮,携手相将㉙,不得于飞兮,使我沦亡。"(旦云)是弹得好也呵!其词哀,其意切,凄凄然如鹤唳天;故使妾闻之,不觉泪下。(唱)

【麻郎儿】这的是令他人耳聪,诉自己情衷。知音者芳心自懂,感怀者断肠悲痛。

【幺篇】这一篇与本宫、始终、不同㉚。又不是清夜闻钟,又不是黄鹤醉翁,又不是泣麟悲凤㉛。

【络丝娘】一字字更长漏永,一声声衣宽带松。别恨离愁,变做一弄㉜。张生呵,越叫人知重㉝。

(末云)夫人且做忘恩,小姐你也说谎也呵!(旦云)你差怨了我。(唱)

【东原乐】这的是俺娘的机变㉞,非干是妾身脱空㉟;若由得我呵,乞求得㊱效鸾凤。俺娘无夜无明并女工㊲,我若得些儿闲空,张生呵,怎教你无人处把妾身作诵㊳。

【绵搭絮】疏帘风细,幽室灯清,都则是一层儿红纸,几儿疏棂㊴,兀的不是隔着云山几万重!怎得个人来信息通?便做道十二巫峰㊵,他也曾赋高唐来梦中。

(红云)夫人寻小姐哩,咱家去来。(旦唱)

【拙鲁速】则见他走将来气冲冲,怎不叫人恨匆匆,唬得人来怕恐。早是不曾转动,女孩儿家直恁响喉咙!紧摩弄㊶;索将他拦纵㊷,则恐怕夫人行把我来厮葬送。

（红云）姐姐，只管听琴怎么，张生着我对姐姐说，他回去也。（旦云）好姐姐呵，是必再着住一程儿㊸！（红云）再说甚么？（旦云）你去呵。

【尾】则说道夫人时下有人唧哝，好共歹不着你落空㊹。不问俺口不应的狠毒娘，怎肯着别离了志诚种？（并下）

【络丝娘煞尾】不争惹恨牵情斗引㊺，少不得废寝忘餐病症。

题目　张君瑞破贼计莽和尚生杀心
正名　小红娘昼请客崔莺莺夜听琴

【注释】

①发擂：敲鼓。此指报夜间时辰的鼓声。　②神品：犹精妙无比的琴，指琴质之高妙。金徽：徽为琴面上标志音阶的识点，弹奏时所按之处。玉轸：轸为系琴弦的柱，转动轸便可调节音调。蛇腹：古代名琴，它的断纹很像蛇腹下的花纹。断纹：古代名琴。琴以古旧为佳，琴身崩裂成纹则证明年代久远，故名断纹。峄阳：古代名琴，以峄山（在今山东邹县东南）南坡（山之南面为阳）所产桐木制成，故名。后以"峄阳"为琴之别称。焦尾：古代名琴。《后汉书·蔡邕传》："吴人有烧桐以爨者，邕闻火烈之声，知其良木，因请而裁为琴，果有美音。而其尾犹焦，故时人名曰'焦尾琴'焉。"冰弦：古代名琴，以冰蚕丝为琴弦。王嘉《拾遗记·卷十·员峤山》云："员峤山，一名环邱山……有木，名猗桑，煎椹以为蜜。有冰蚕，长七寸，黑色，有角有鳞，以霜雪覆之，然后作茧，长一尺，其色五彩，织为文锦，入水不濡，以之投火，经宿不燎。"一说，冰弦为一种素质丝弦，明代项元汴《蕉窗九录·琴弦》："今只用白色柘丝为上，秋蚕次之。弦取冰者，以素质有天然之妙，若朱弦则微色新滞稍浊，而失其本真也。"　③知音：《列子·汤问》篇云："伯牙善鼓琴，钟子期善听琴。伯牙鼓琴，志在登高山，钟子期曰：'善哉，峨峨兮若泰山。'志在流水，钟子期曰：'善哉，洋洋兮若江河。'伯牙所念，钟子期必得之。伯牙游于泰山之阴，卒逢暴雨，止于岩下，心悲，乃援琴而鼓之。初为霖雨之操，更造朋山之音。曲每奏，钟子期辄穷其趣。伯牙乃舍琴而叹曰：'善哉，善哉，子之听夫志，想象犹吾心也。'"知音本指懂音乐者，后世称知己为知音。　④冰轮：指月亮。　⑤"靡不"二句：语出《诗经·大雅·荡》："天生烝民，其命匪谌。靡不有初，鲜克有终。"郑玄笺："鲜，寡；克，能也。"《广韵》："靡，无也。"是说人生之初无不具有善性，但很少能把这种善性保持到底。用作不能善始善终的典故。　⑥画中爱宠：《闻奇录·画工》："唐进士赵颜，于画工处得一软障，图一妇人甚丽。……遂呼之百日，昼夜不止，乃应曰：'诺。'急以百家彩灰酒灌之，遂活，下步言笑，饮食如常。曰：'谢君召妾，妾愿侍箕帚。'终岁，生一儿。儿年两岁，友人曰：'此妖也，必与君为患。余有神剑，可斩之。'其夕，乃遗颜剑。剑才及颜室，真真乃泣曰：'妾南岳地仙也。无何为人画妾之形，君又呼妾名，既不夺君愿。君今疑妾，妾不可住。'言讫，携其子，却上软障，呕出先所饮百家彩灰酒。睹其障，唯添一孩子，皆是画焉。"（《太平广记》卷二八六）　⑦炮凤烹龙：比喻丰盛的筵席，极言肴馔之珍异。炮、烹，都是烹调的手法。　⑧朦胧：犹言糊涂。　⑨翠袖殷勤捧玉钟：句出晏几道《鹧鸪天》词："彩袖殷勤捧玉钟，当年拚却醉颜红。"　⑩主人情

重:苏轼《满庭芳》:"主人情重,开宴出红妆。……坐中有狂客,恼乱愁肠。"此言老夫人使莺莺劝酒给二人造成愁怨。 ⑪月阑:月亮周围的光圈,亦称月晕,是有风的征兆。 ⑫裴航:事见《唐传奇·裴航》,写唐代秀才裴航落第出游,路经蓝桥驿,渴而求浆,遇见云英,艳丽惊人。裴航求婚,老妪提出须得玉杵臼捣药乃可。约以百日为期。裴航至京,以重金购得玉杵臼,携至蓝桥,云英又命裴捣药百日,然后结为夫妇。后来夫妻俱入玉峰洞,双双成仙。游仙梦:王仁裕《开元天宝遗事》卷上:"龟兹国进奉枕一枚,其色如玛硇,温温如玉,其制作甚朴素。若枕之,则十洲三岛、四海五湖,尽在梦中所见。帝因立名为游仙枕,后赐与杨国忠。" ⑬"步摇得"句:谓走路摇动发髻上的珠宝首饰发出碰击的声音。古代妇女在簪钗之上附有金玉首饰,行路时摇动撞击,发出声响。 ⑭叮咚:玉器撞击的声音。 ⑮铁马:即风铃,又称檐马,房檐下悬挂的小铁片或铃铛。 ⑯"金钩"二句:谓挂卷竹帘的两个铜钩,与帘相碰,发出的声响。 ⑰曲槛:此指围竹之栏杆。 ⑱牙尺:镶饰着象牙的尺子,这里是尺之美称。声相送:犹言一声接一声。 ⑲"漏声"句:即铜壶滴漏的声响。古以铜斗盛水,底穿小孔,斗中有刻着度数的漏箭,随着水的下漏,箭上刻度渐次显露,为计时之器。 ⑳理结:抚弄之意。丝桐:桓谭《新论》:"神农氏始削桐为琴,练丝为弦。"故以丝桐代指琴。 ㉑"似铁骑"句:形容琴声雄壮,如无数骑兵奔驰,刀枪交错有声。铁骑,身披铠甲的骑兵;冗冗,刀枪碰击声。 ㉒溶溶:此指流水声。 ㉓鹤唳空:鹤在空中鸣叫。《说文新附》:"唳,鹤鸣也。" ㉔"似听"三句:言琴声低切,如少男少女在小窗下窃窃私语。喁喁,语言应和,状亲密小声说话的声音。 ㉕"娇鸾"句:葛洪《西京杂记》:"庆安世年十五,为成都侍郎。善鼓琴,能为《双凤》、《离鸾》之曲。"后以鸾离凤分、离鸾别凤喻夫妻离散、情人不能相聚。 ㉖伯劳飞燕各西东:犹劳燕分飞,不能比翼齐飞,喻夫妻分离。古乐府《东飞伯劳歌》:"东飞伯劳西飞燕,黄姑织女时相见。"王伯良曰:"伯劳,恶鸟,性好单栖。"《卑雅》引《禽经》,谓燕常向宿背飞,故取以为离别之喻。" ㉗凤求凰:司马相如向卓文君求爱时所弹之曲。其诗曰:"凤兮凤兮归故乡,游遨四海求其皇,有一艳女在此堂,室迩人遐毒我肠,何由交接为鸳鸯。"又曰:"凤兮凤兮从皇栖,得托子尾永为妃。交情通体必和谐,中夜相从别有谁。"(《史记·司马相如列传》) ㉘愿言配德:希望匹配成婚。愿言,《诗经·邶风·终风》:"寤言不寐,愿言则嚏。"郑玄笺:"愿,思也。"言,语助词,无义。配德,德相匹配。 ㉙相将:相随。 ㉚"这一篇"句:王伯良曰:"凡琴曲,各宫调自为始终,初弹之宫调,为本宫本调。张生先弄一曲,后改作《凤求凰》,故言此曲与初弹'本宫','始终'改换不同也。" ㉛"又不是"三句:《清夜闻钟》、《黄鹤》、《醉翁》、《泣麟》、《悲凤》,都是古代的琴曲名。 ㉜一弄:即一曲。乐一曲曰一弄。 ㉝知重:相知敬重。 ㉞机变:奸巧欺诈。机,机巧;变,变诈。 ㉟脱空:说谎,无着落。 ㊱乞求得:巴不得、盼望着之意。 ㊲并:《正字通》:"并,竟也。"并女工,犹言赶着做活计。 ㊳作诵:作念,说道。 ㊴疏棂:窗棂。疏,窗也。 ㊵十二巫峰:传说巫山有十二峰。宋人祝穆《方舆胜览》:"十二峰曰:望霞、翠屏、朝云、松峦、集仙、聚鹤、净坛、上升、起云、飞凤、登龙、圣泉。"(《茶香室丛钞》所载与此不同) ㊶摩弄:王伯良、闵遇五释为"抟弄、制缚"之意,毛西河释为"摩娑抚弄"。摩弄即摸弄,抚摸。有调哄、曲意顺从之意。 ㊷拦纵:复词偏义,犹阻拦、阻挡。 ㊸一程儿:一些日子,一段时间。 ㊹"则说道"二句:时下,目下,眼前。意即时下有人说好话劝夫人,再住一程定有佳音。 ㊺斗引:亦作"逗引",勾引。引诱,引逗。

【赏析】

　　在张生和崔莺莺的爱情故事发展过程当中，当孙飞虎兵围普救寺，要抢莺莺作压寨夫人之际，老夫人曾许下诺言：谁退脱敌兵，即将莺莺许配。然而，张生修书请来白马将军平乱之后，老夫人却食言悔婚。张生在极度苦闷之际，请红娘代转相思之情。于是红娘献计，让张生月夜操琴，以情动人。故事发展到这里又是一个转折点。接下来的曲子全是莺莺在花园中月夜烧香时所唱，表现了她的一些思想活动。

　　〔斗鹌鹑〕、〔紫花儿序〕、〔小桃红〕三支曲子，唱出了莺莺对不守信义、赖掉婚事的老夫人的埋怨，表现了青年女子对封建礼教和封建道德压制、摧残自由爱情的不满。尤其是〔小桃红〕一曲，描写莺莺的爱情苦闷，极其深切感人。莺莺一再对嫦娥表示同情、惋惜，替嫦娥报不平，其实是莺莺以嫦娥自况，而借以吐露不平之气，寂寞之感。而莺莺又以云彩比罗帐，以月宫比深闺，以天公比老夫人，设喻巧妙，自然天成，极尽哀婉之致，宣泄了莺莺心中无可奈何的悲鸣。

　　接下来，〔天净沙〕、〔调笑令〕、〔秃厮儿〕三支曲子，写莺莺听琴。描写琴声，全用比喻，一气呵成。莺莺从不同方位听到了各种不同的音符、节奏和旋律，然后去猜测、去寻找，最终听清楚，原来是张生在靠近西厢处弹琴。作者描绘的琴声，声中有景，声中有情，明快、清新，别有一番韵致。

　　在听完张生的琴声之后，〔圣药王〕、〔麻郎儿〕、〔幺篇〕、〔络丝娘〕四支曲子，描写莺莺听琴之后的感受，更加深了她对张生的爱情。莺莺自我表白与张生情意相通、互为知音，也在为张生的悲痛而神伤，不仅表明自己对张生的深情厚意，也表现了在封建礼教束缚下的青年女子大胆直露地追求纯洁爱情的可贵品质。在听到张生对自己的误解之后，莺莺暗地表白自己对张生的真挚爱情。〔东原乐〕和〔绵搭絮〕表明了莺莺的心迹，对婚事的推托和失信都是老夫人的心计巧变，并不是她的本意。她看到张生的屋内冷清寂寞，也恨不得找个人来从中联系，和张生幸福地约会。这也表现出莺莺对张生的思念之情。〔拙鲁速〕一曲十分传神地描写出红娘莽撞到来的神态，莺莺突然吃惊的惶恐神态，表露出莺莺对红娘的猜忌，担心红娘的大嗓门对老夫人泄密。最后莺莺听红娘来报，说张生要回去的时候，一下子慌了，立即叫红娘去挽留张生。这些细节，细致入微地表现出莺莺的热恋深情，以及她对压制这种爱恋的老夫人的怨恨。

　　在这一折中，莺莺深切地表露了对张生的情意，对红娘的猜忌，以及对老夫人的怨恨和担忧，表达了她对二人的爱情前程的焦虑。作者在莺莺的唱词中成功刻画了莺莺的性格特征，为接下来故事的发展作好了铺垫。

《西厢记》第四本第二折

拷　红

王实甫

　　（夫人引侠上云）这几日窃见莺莺语言恍惚，神思加倍，腰肢体态，比向日不同，莫不做下来了么？（侠云）前日晚夕，奶奶睡了，我见姐姐和红娘烧香，半晌不回来，我家去睡了。（夫人云）这桩事都在红娘身上，唤红娘来！（侠唤红娘科）（红云）哥哥唤我怎么？（侠云）奶奶知道你和姐姐去花园里去，如今要打你哩。（红云）呀！小姐，你带累我也！小哥哥你先去，我便来也。（红唤旦科）（红云）姐姐，事发了也，老夫人唤我哩，却怎了？（旦云）好姐姐，遮盖咱！（红云）娘呀，你做的稳秀①者，我道你做下来也。（旦念）月圆便有阴云蔽，花发须教急雨催②。（红唱）

　　【越调斗鹌鹑】则着你夜去明来，倒有个天长地久，不争③你握雨携云，常使我提心在口④。则合带月披星，谁着你停眠整宿？老夫人心数多，情性㑒⑤；使不着我巧语花言，将没做有。

　　【紫花儿序】老夫人猜那穷酸做了新婿，小姐做了娇妻，这小贱人做了牵头⑥。俺小姐这些时春山低翠，秋水凝眸。别样的都休⑦，试把你裙带儿拴，纽门儿扣，比着你旧时肥瘦，出落得精神，别样的风流⑧。

　　（旦云）红娘，你到那里小心回话者！（红云）我到夫人处，必问："这小贱人！"

　　【金蕉叶】我着你但去处行监坐守⑨，谁着你迤逗的胡行乱走？若问着此一节呵如何诉休⑩？你便索与他个知情的犯由⑪。姐姐，你受责理当，我图甚么来？（唱）

　　【调笑令】你绣帏里效绸缪⑫，倒凤颠鸾百事有。我在窗儿外几曾轻咳嗽，立苍苔将绣鞋儿冰透。今日个嫩皮肤倒将粗棍抽，姐姐呵，俺这通殷勤的着甚来由？

（红云）姐姐在这里等着，我过去。说过呵，休欢喜；说不过，休烦恼。（红见夫人科）（夫人云）小贱人，为甚么不跪下？你知罪么？（红跪云）红娘不知罪。（夫人云）你故自口强哩。若实说呵，饶你；若不实说呵，我直⑬打死你这个贱人！谁着你和小姐花园里去来？（红云）不曾去，谁见来？（夫人云）欢郎见你去来，尚故自推哩。（打科）（红云）夫人休闪了手⑭，且息怒停嗔，听红娘说。（唱）

【鬼三台】夜坐时停了针绣，共姐姐闲穷究⑮，说张生哥哥病久，咱两个背着夫人，向书房问候。（夫人云）问候呵，他说甚么？（红云）他说来，道"老夫人事已休，将恩变为仇，着小生半途喜变做忧。"他道："红娘你且先行，教小姐权时落后⑯。"

（夫人云）他是个女孩儿家，着他落后怎么？（红唱）

【秃厮儿】我则道神针法灸，谁承望燕侣莺俦。他两个经今月余则是一处宿，何须一一问缘由？

【圣药王】他每不识忧，不识愁，一双心意两相投。夫人得好休，便好休，这其间何必苦追求？常言道："女大不中留"。

（夫人云）这端事都是你个贱人！（红云）非是张生、小姐、红娘之罪，乃夫人之过也。（夫人云）这贱人倒指下我来，怎么是我之过？（红云）信者，人之根本，"人而无信，不知其可也。大车无輗，小车无軏，其何以行之哉？"⑰当日军围普救，夫人所许退军者，以女妻之。张生非慕小姐颜色，岂肯区区建退军之策？兵退身安，夫人悔却前言，岂得不为失信乎？既然不肯成其事，只合酬之以金帛，令张生舍此而去。却不当留请张生于书院，使怨女旷夫⑱，各相早晚窥视，所以夫人有此一端。目下老夫人若不息其事，一来辱没相国家谱，二来张生日后名重天下，施恩于人，忍令反受其辱哉？使至官司⑲，夫人亦得治家不严之罪。官司若推其详⑳，亦知老夫人背义而忘恩，岂得为贤哉？红娘不敢自专㉑，乞望夫人台鉴：莫若恕其小过，成就大事，捐㉒之以去其污，岂不为长便乎？（唱）

【麻郎儿】秀才是文章魁首㉓，姐姐是仕女班头㉔；一个通彻三教九流，一个晓尽描鸾㉕刺绣。

【幺篇】世有、便休、罢手㉖，大恩人怎做敌头？起㉗白马将军故友，斩飞虎叛贼草寇㉘。

【络丝娘】不争和张解元参辰卯酉[29]，便是与崔相国出乖弄丑。到底干连着自己骨肉，夫人索穷究[30]。

（夫人云）这小贱人也道得是。我不合养了这个不肖[31]之女。待经官呵，玷辱家门。罢罢！俺家无犯法之男，再婚之女，与了这厮罢。红娘，唤那贱人来！（红见旦云）且喜姐姐，那棍子则是滴溜溜在我身上，吃[32]我直说过了。我也怕不得许多。夫人如今唤你来，待成合亲事。（旦云）羞人答答的，怎么见夫人？（红云）娘根前有甚么羞？（唱）

【小桃红】当日个月明才上柳梢头，却早人约黄昏后[33]。羞得我脑背后将牙儿衬着衫儿袖。猛凝眸，看时节则见鞋底尖儿瘦。一个恣情的不休，一个哑声儿厮耨[34]。呸！那其间可怎生不害半星儿羞？

（旦见夫人科）（夫人云）莺莺，我怎生抬举你来？今日做这等的勾当！则是我的孽障[35]，待怨谁的是！我待经官来，辱没了你父亲，这等事不是俺相国人家的勾当。罢罢罢！谁似俺养女的不长进[36]！红娘，书房里唤将那禽兽来！（红唤末科）（末云）小娘子，唤小生做甚么？（红云）你的事发了也，如今夫人唤你来，将小姐配与你哩。小姐先招了也，你过去。（末云）小生惶恐，如何见老夫人？当初谁在老夫人行说来？（红云）休佯小心，过去便了。（唱）

【小桃红】既然泄漏怎干休？是我相投首[37]。俺家里陪酒陪茶倒撋就[38]。你休愁，何须约定通媒媾[39]？我弃了部署[40]不收，你原来“苗而不秀[41]”。呸！你是个银样镴枪头[42]。

（末见夫人科）（夫人云）好秀才呵，岂不闻“非先王之德行不敢行”[43]。我待送你去官司里去来，恐辱没了俺家谱。我如今将莺莺与你为妻，则是俺三辈儿不招白衣[44]女婿，你明日便上朝取应去。我与你养着媳妇，得官呵，来见我；驳落[45]呵，休来见我。（红云）张生早则喜也。（唱）

【东原乐】相思事，一笔勾，早则展放从前眉儿皱，美爱幽欢恰动头[46]。既能够，张生，你觑兀的般可喜娘庞儿也要人消受。

（夫人云）明日收拾行装，安排果酒，请长老一同送张生到十里长亭[47]去。（旦念）寄语西河堤畔柳，安排青眼送行人。（同夫人下）（红唱）

【收尾】来时节画堂箫鼓鸣春昼，列着一对儿鸾交凤友。

那其间才受你说媒红⁴⁸,方吃你谢亲酒。(并下)

【注释】

①稳秀:即隐秀,藏而不露之意。稳,通隐。 ②"月圆"二句:此为喻美好事物遭受摧残之常用语。 ③不争:此作"因为"解。 ④提心在口:提心吊胆,状紧张之心情,犹云心都到了嗓子眼。 ⑤佝:固执,刚愎。 ⑥牵头:男女私通的拉线人。 ⑦别样的都休:谓其他变化且不用说。 ⑧"试把"五句:意谓试着旧时衣装,与从前之体态相比,如今变得特别精神、特别风流。出落,长成,指身体相貌变得更加光艳动人。 ⑨但去处:只是去呀。处,语气词。行监坐守:一举一动都要监视看守。 ⑩如何诉休:如何诉说呵。 ⑪犯由:犯罪之原由,即罪状。 ⑫绸缪:本为紧紧捆缚之意,引申作缠绵解,后用以指男女欢会。 ⑬直:竟。 ⑭闪了手:扭伤了手。犹今称扭腰为闪了腰。 ⑮穷究:本指追根问底,此指聊天,说话。 ⑯权时落后:犹暂时晚走一会儿。 ⑰"人而无信"五句:语出《论语·为政》篇。作为一个人却没有信用,不晓得那怎么可以,就像大车上没有輗、小车上没有軏一样,那还靠什么行走呢?大车,牛车;輗,辕端横木,以缚轭驾牛领者也。小车,驷马车;軏者,辕端上曲钩衡以驾两服马领者也。大车无輗则不能驾牛,小车无軏则不能驾马,其车何以得行之哉?言必不能行也。以喻人而无信,亦不可行也。"輗和軏都是车辕前面安放套牲口横木的销子,大车上的叫輗,小车上的叫軏,没有輗軏就不能套牲口,车就不能行走。 ⑱怨女旷夫:成年未嫁之女为怨女,成年未娶之男为旷夫。 ⑲官司:本指百官,后用以指称官府。 ⑳推其详:追究详细情况。推,追究审问。 ㉑自专:自以为是,自作主张。 ㉒捆:捆就,本指摩弄、揉搓义,此用为迁就、撮合成就义。 ㉓文章魁首:犹言文坛领袖。魁首,首领。 ㉔仕女班头:女中领袖。仕女,贵族妇女,大家闺秀;班头,领袖,首领。 ㉕描鸾:描绘鸾鸟图案,这里泛指描绘刺绣的图案。 ㉖世有、便休、罢手:既然张生与莺莺做出了这种事,就只能了结,放开手不必追究。 ㉗起:举荐。 ㉘草寇:聚于丛林草泽中的贼寇,比喻不善战斗、容易对付的乌合之众。 ㉙参辰:参星和辰星,亦称参商。参与辰此出彼落,不同时出现,故以参辰喻不睦或不能相见。卯酉:十二时辰,卯时为五至七时,酉时为十七时至十九时。喻互不相见、对立不和。 ㉚穷究:犹言慎重考虑,与作"聊天"解者不同。 ㉛不肖:肖,似也。《说文》:"肖,骨肉相似也。……不似其先,故曰不肖也。"故称子弟不贤,不似父母为不肖。 ㉜吃:此作"被"解。 ㉝"当日个"二句:语本欧阳修《生查子》:"去年元夜时,花市灯如昼,月上柳梢头,人约黄昏后。" ㉞厮耨:纠缠戏弄之意。 ㉟孽障:即业障。佛教称所做恶业(坏事)障碍正道,故称业障。《俱舍论》卷十七曰:"一者害母,二者害父,三者害阿罗汉,四者破和合僧,五者出佛身血。如是五种,名为业障。"孽,罪恶,灾殃。孽障乃业障之讹。 ㊱长进:向上、进步、有出息。 ㊲投首:自首。 ㊳"俺家里"句:婚姻一般是由男家备茶酒向女家求婚,现在反其事而行,由崔家倒陪茶酒撮合成婚。茶,聘礼之代称。 ㊴媒媾:因媒而结姻,犹媒人。媾,结婚。 ㊵署:宋元时的枪棒师傅。 ㊶苗而不秀:庄稼苗长得好,却不开花吐穗,比喻无用之人。 ㊷银样镴枪头:枪头的样子看上去像是银的,实际是镴做的。比喻好看而不实用的样子货。镴,即今之焊锡,为锡与铅之合金。 ㊸非先王之德行不敢行:语出《孝经·卿大夫章》:"非先王之法服不敢服,非先王之法言不敢道,非先王之德行不敢行。"意谓不敢做不符合先王道德标准的事。前一"行"为名词,品德,品

质；后一"行"为动词，贯彻，实行。 ㊹白衣：古代没有做官的人穿白衣，故以"白衣"代指没有功名官职的人，即平民。 ㊺驳落：落第。亦作"剥落"。 ㊻恰动头：刚才开始。 ㊼十里长亭：古代设在路旁供行人停宿、休息用的公用房舍，常用作送别饯行的地方。 ㊽说媒红：赏给媒人的谢礼。

【赏析】

红娘在"西厢故事"中起的作用，一是在崔莺莺和张生之间传书寄简，推动这两个有情人的自愿结合；二是挺身而出，回击老夫人和郑恒对崔张美满婚姻的破坏。前者从第二本二折《赖婚》到第四本一折《佳期》一共七场戏；后者集中表现在第四本《拷红》、《争婚》两场戏。这一折即是"拷红"的一场戏，写得尤其成功。

"拷红"这场戏分三大部分演进。第一大部分演崔张私自结合被老夫人识破，要找红娘来拷问的，红娘与莺莺商量对付的办法，二人的那一段对白和曲子充分表现了莺莺、红娘对这件事的不同态度：一个要遮盖，一个要直说。这场戏一开场表现出了她们不同的性格特征：一个顾虑重重，一个快人快口，这就突出了人物鲜明的形象，步步引人入胜。〔斗鹌鹑〕一曲，既包含了红娘对莺莺善意的嘲弄，也表现出她对于事态严重性的估计，显示出红娘的心思缜密。下面〔金蕉叶〕一曲，红娘模仿老夫人怎样拷问，自己怎样回答，为后面她对老夫人的大段辩白作引子，红娘模仿老夫人的嘴脸和声口惟妙惟肖，让人忍俊不禁，收到很好的舞台效果。〔调笑令〕一曲及下面的白文，充分表现了红娘在这场斗争前的思想准备。红娘唱的这段唱词，深刻表现了红娘和莺莺在同一事件中两种截然不同的处境，反映了封建社会带有普遍意义的主奴关系。红娘实际成了莺莺的替罪羊。这真是带泪的喜剧。

第二大部分写红娘跟老夫人的正面冲突，包括〔鬼三台〕、〔秃厮儿〕〔圣药王〕〔麻郎儿〕〔幺篇〕〔络丝娘〕六支曲子和其中的道白。红娘先是对老夫人摆事实、说道理，先让一步，然后后发制人。在老夫人气势汹汹，大兴问罪之师时，她以认罪的口气唱了〔鬼三台〕，然后模仿张生的声口，指责老夫人恩将仇报，这是她对老人摆的第一个事实。摆明崔张的私自会合，都由老夫人赖婚引起，与自己无关。老夫人跟着又问"她（指莺莺）是个女孩儿家，着她落后怎么！"红娘又用两支曲子辩白，自己陪小姐去看张生的病，是想叫他针灸服药，想不到他们私自成亲已一个多月。这是摆的第二个事实。根据这个事实，崔张的结合，完全是出于双方自愿，并不是由于自己的拉拢。以上三曲，红娘巧妙地把老夫人责问她的话头一步步引到莺莺、张生方面来，摆脱了自己的被动处境，又进一步奚落了老夫人。莺莺张生私自结合已一个多月，她还被蒙在鼓里，使这个一向自以为治家严谨、大权在握的人物，反而处于十分尴尬的境地，斗争形势就要向有利于红娘的方向转化。红娘先让一步，后发制人，语调痛快淋漓，又带三分幽默，是《西厢记》中写得十分精彩的片段。红娘在历数事实之后，重叙张生退孙飞虎、老夫人应允婚事等往事，一面指出夫人的失信失策，一面又向她指明利害，尤其是指出事情张扬之后将败坏相国家谱，红娘晓之以理、动之以情，击中老夫人的要害，使她没有回旋的余地，不得不同意崔张二人的结合。

后面第三大部分曲白是高潮过后的两个余波：先是老夫人叫红娘去叫莺莺来，准备把她许配张生，莺莺羞愧得抬不起头来，说"羞人答答的怎么见母亲"，红娘嘲笑她"娘根前有什么羞"，催她去见夫人。后来老夫人叫红娘去叫张生来，张生也说"小生惶恐，如何去见老夫人"，红娘嘲笑他是"银样镴枪头"。通过红娘对莺张的善意嘲弄，会引起观众的会心一笑，也把红娘俏皮可爱的舞台形象塑造地更加生动丰满。老夫人同意崔张二人的婚事，但是要张生赴京赶考。最后，〔庆东原〕、〔收尾〕两曲，以红娘的高唱凯歌结束，表达了红娘对一对即将分离的情侣的劝慰和祝福。从红娘的唱词中表露出来的真挚情感，让人们看到了红娘见义勇为、助人为乐的高贵品质，红娘的形象也被塑造得更加光辉高大。

《西厢记》第四本第三折

长亭送别

王实甫

（夫人长老上，云）今日送张生赴京，就十里长亭，安排下筵席。我和长老先行，不见张生小姐来到。（旦末红同上）（旦云）今日送张生上朝取应。早是离人伤感，况值那暮秋天气，好烦恼人也呵！悲欢聚散一杯酒，南北东西万里程。（唱）

【正宫端正好】碧云天，黄花①地，西风紧，北雁南飞。晓来谁染霜林醉？总是离人泪。

【滚绣球】恨相见得迟，怨归去得疾。柳丝长玉骢②难系，恨不得倩疏林挂住斜晖。马儿迍迍的③行，车儿快快的随。却告了相思回避，破题儿④又早别离。听得道一声"去也"，松了金钏；遥望见十里长亭，减了玉肌。此恨谁知！

（红云）姐姐今日怎么不打扮？（旦云）你那知我的心里呵！（唱）

【叨叨令】见安排着车儿、马儿，不由人熬熬煎煎的气。有甚么心情将花儿、靥儿⑤，打扮的娇娇滴滴的媚。准备着被儿、枕儿，则索昏昏沉沉的睡。从今后衫儿、袖儿，都揾做重重叠叠的泪。兀的不闷杀人也么哥，兀的不闷杀人也么哥！久已后书儿、信儿，索与我恓恓惶惶⑥的寄。

（做到了科，见夫人了）（夫人云）张生和长老坐，小姐这壁坐，红娘将酒来。张生，你向前来，是自家亲眷，不要回避。俺今日将莺莺与你，到京师休辱末了俺孩儿，挣揣⑦一个状元回来者。（末云）小生托夫人余荫⑧，凭着胸中之才，视得官如

搭芥耳。(洁⑨云)夫人主张不差,张生不是落后的人。(把酒了,坐)(旦长吁科)(唱)

【脱布衫】下西风黄叶纷飞,染寒烟衰草萋迷。酒席上斜签着坐的⑩,蹙愁眉死临侵地。

【小梁州】我见他阁泪⑫汪汪不敢垂,恐怕人知。猛然见了把头低,长吁气,推整素罗衣。

【幺篇】虽然久后成佳配,奈时间⑬怎不悲啼。意似痴,心如醉,昨宵今日,清减了小腰围。

(夫人云)小姐把盏者!(红递酒了,旦把盏长吁科,云)请吃酒!(唱)

【上小楼】合欢未已,离愁相继。想着俺前暮私情,昨夜成亲,今日别离。我谂知⑭这几日相思滋味,却原来此别离情更增十倍。

【幺篇】年少呵轻远别,情薄呵易弃掷。全不想腿儿相压,脸儿相偎,手儿相携。你与俺崔相国做女婿,妻荣夫贵⑮,但得个并头莲,煞强如状元及第。

(红云)姐姐不曾吃早饭,饮一口儿汤水。(旦云)红娘,什么汤水咽得下!(唱)

【满庭芳】供食太急,须臾对面,顷刻别离。若不是酒席间子母每当回避,有心待与他举案齐眉。虽然是厮守得一时半刻,也合着俺夫妻每共桌而食。眼底空留意,寻思起就里,险化做望夫石。

(夫人云)红娘把盏者!(红把酒科)(旦唱)

【快活三】将来的酒共食,尝着似土和泥;假若便是土和泥,也有些土气息,泥滋味。

【朝天子】暖溶溶玉醅⑯,白泠泠似水,多半是相思泪。眼面前茶饭怕不待⑰要吃,恨塞满愁肠胃。"蜗角虚名⑱,蝇头微利",拆鸳鸯在两下里。一个这壁,一个那壁,一递一声⑲长吁气。

(夫人云)辆⑳起车儿,俺先回去,小姐随后和红娘来。(下)(末辞洁科)(洁云)此一行别无话说,贫僧准备买登科录㉑看,做亲的茶饭少不得贫僧的。先生在意,鞍马上保重者!"从今经忏㉒无心礼,专听春雷第一声。"(下)(旦唱)

【四边静】霎时间杯盘狼藉,车儿投东,马儿向西。两意徘徊,落日山横翠。知他今宵宿在那里?有梦也难寻觅。

（旦云）张生，此一行得官不得官，疾早便回来。（末云）小生这一去，白夺一个状元。正是："青霄有路终须到，金榜无名誓不归。"（旦云）君行别无所赠，口占一绝，为君送行："弃掷今何道，当时且自亲。还将旧来意，怜取眼前人[23]。"（末云）小姐之意差矣，张珙更敢怜谁？谨赓[24]一绝，以剖寸心："人生长远别，孰与最关亲？不遇知音者，谁怜长叹人？"（旦唱）

【耍孩儿】淋漓襟袖啼红泪，比司马青衫更湿。伯劳[25]东去燕西飞，未登程先问归期。虽然眼底人千里，且尽樽前酒一杯。未饮心先醉，眼中流血，心内成灰。

【五煞】到京师服水土，趁程途节饮食，顺时自保揣[26]身体。荒村雨露宜眠早，野店风霜要起迟！鞍马秋风里，最难调护，最要扶持。

【四煞】这忧愁诉与谁？相思只自知，老天不管人憔悴。泪添九曲黄河溢，恨压三峰[27]华岳低。到晚来闷把西楼倚，见了些夕阳古道，衰柳长堤。

【三煞】笑吟吟一处来，哭啼啼独自归。归家若到罗帏里，昨宵个绣衾香暖留春住，今夜个翠被生寒有梦知。留恋你应无计[28]，见据鞍上马，阁不住泪眼愁眉。

（末云）有甚么言语嘱付小生咱？（旦唱）

【二煞】你休忧"文齐福不齐[29]"，我则怕你"停妻再娶妻"。你休要"一春鱼雁无消息"！我这里青鸾[30]有信频须寄，你却休"金榜无名誓不归"。此一节君须记：若见了那异乡花草，再休似此处栖迟。

（末云）再谁似小姐？小生又生此念。小姐放心，小生就此拜辞。（旦唱）

【一煞】青山隔送行，疏林不做美，淡烟暮霭相遮蔽。夕阳古道无人语，禾黍秋风听马嘶。我为甚至懒上车儿内，来时甚急，去后何迟？

（红云）夫人去好一会，姐姐，咱家去！（旦唱）

【收尾】四围山色中，一鞭残照里。遍人间烦恼填胸臆，量这些大小车儿如何载得起？

（旦红下）（末云）仆童赶早行一程儿，早寻个宿处。泪随流水急，愁逐野云飞。（下）

【注释】

①黄花：即菊花。 ②玉骢：毛色青白相杂的马。 ③迤迤的：行动迟缓的样子。 ④破题儿：唐宋人诗赋的起首称破题，引申为事情的开头。此二句谓相思才了，别离又起。 ⑤靥儿：古代妇女面部的一种装饰。 ⑥恓恓惶惶：悲伤不安的样子。 ⑦挣揣：又作挣闯，努力谋取的意思。 ⑧余荫：前辈惠及后代的恩泽。 ⑨洁：元代民间呼和尚为洁郎，简称洁。这里指普救寺长老法本。 ⑩斜签着坐的：斜插着坐，为古代晚辈侍坐的一种姿态。 ⑪死临侵地：没精打采的样子。 ⑫阁泪：含泪。阁通"搁"，停住的意思。 ⑬时间：这里作时下、目前解。 ⑭谂知：深深了解。 ⑮妻荣夫贵：社会上以夫荣妻贵为常理，这里反其意而用之，意谓妻出相门本已贵，张生不必再入京求取功名。 ⑯玉醅：美酒。 ⑰怕不待：反问词，意谓岂不、怎么不。 ⑱蜗角虚名：指细微的名誉。《庄子·则阳篇》说蜗牛的两条触角上有两个国家，为争夺地盘而互相厮杀，"争地而战，伏尸百万"。 ⑲一递一声：两人互相轮替着发声。 ⑳辆：这里作动词用，驾、套的意思。 ㉑登科录：科举考试后录取的姓名簿。 ㉒经忏：泛指佛经。 ㉓"弃置"四句：原出元稹《会真记》，这里借以表达莺莺离别时复杂的心情。道，原本作"在"，据王季思注本改。 ㉔赓：继续，这里是续作的意思。 ㉕伯劳：鸟名，又名鵙或鹖，略大于雀，善鸣。乐府诗《东飞伯劳歌》有"东飞伯劳西飞燕"之句，后人因以"劳燕分飞"喻人的离散。 ㉖保揣：保重。揣，估量，意谓根据自己身体的情况，适时地保重自己。 ㉗三峰：指华山的三座高峰：莲花峰、毛女峰、松桧峰。 ㉘应无计：原本作"别无意"，据王季思注本改。 ㉙文齐福不齐：当时成语，意谓文才完美而命运不佳。此句是针对前面张生"金榜无名誓不归"之语而发的。 ㉚青鸾：古代传说中的神鸟，曾为西王母传信。

【赏析】

《西厢记》的第四本第三折，通常被称作"长亭送别"，讲的是，张生在崔老夫人的逼迫下，即将离别莺莺赴京赶考；莺莺、红娘、老夫人等在十里长亭为张生饯行送别，张生与莺莺挥泪相别。这一折戏情节比较简单，沿袭《西厢记诸宫调》关于这段情节的描写，主要是写莺莺和张生的离别之情。作者将场景安排在深秋的长亭古道边，以整套优美感伤的曲辞表现这对恋人离别时的痛苦和悲伤，抒情气氛浓厚，充满诗情画意。此折主唱者为莺莺，通过莺莺所唱的曲词，刻画莺莺和张生别离时的痛苦心情和怨恨情绪。

开头〔端正好〕、〔滚绣球〕、〔叨叨令〕三支曲子，为莺莺赴长亭途中所唱。首曲〔正宫端正好〕，渲染出了暮秋的凄凉气氛，通过莺莺对暮秋郊野景色的感受，衬托出莺莺为离愁别恨所烦恼的痛苦压抑的心情。作者选取了几种典型的意象，"碧云天，黄花地"，借景抒情，情景交融，营造了寥廓萧瑟、黯然销魂的境界。"晓来谁染霜林醉"这种反问语气的运用，使得大自然的景色，带上了离人的主观色彩。一个动词"染"字，把这种主观色彩渲染得更加形象突出，更加赋予了在离愁的重压下不能自持的人的情态。紧接着两支曲子，是莺莺的内心独白，从不同的侧面展示主人公复杂的内心世界，真实可感，细腻动人。

当莺莺、张生、红娘与老夫人会见后，别宴开始了。当着严厉无情的老夫人，莺莺不能与张生互诉衷肠，只能感叹、悲伤。酒宴完毕以后，老夫人先走，这时别离的时刻已经迫近，人物的感情与剧情也一起推向了高潮。作者借用一连串的典故极力渲染莺莺内心的悲戚。莺莺在痛不欲生的情绪中对张生反复叮咛、无限体贴。尽管莺莺和张生难舍难分，张生还是带着莺莺的千叮咛、万嘱咐上马走了。这时，莺莺目远着张生渐行渐远的身影，思绪万端。最后〔一煞〕和〔收尾〕两支曲子，进而描绘了莺莺这种怅惘的情态和依依不舍的情景。曲词景为情设，情由景生，意境深远，余味无穷。

《西厢记》"长亭送别"一折以优美精湛的语言，对人物心灵的深层刻画和真实描摹，多侧面、多色彩地再现了人物的情感节奏，是我国古典戏曲中的杰作，具有无穷的艺术魅力。

《张生煮海》第三折

李好古

（行者上，云）小僧乃石佛寺行者。前日有一秀才，在我这房头借住，因夜间弹琴，被一个精怪迷惑将去了。那家童连忙赶去寻他，俺师父葫芦提也着我去寻。林深山险，那里寻他去？不想撞见一个大虫，张牙舞爪来咬我，小僧连忙将一块鹅卵石头打将去，不知怎般手正，直一下打入他喉咙里去了，我见那大虫楞楞挣挣倒了。小僧一气走到二百里，拾了一个性命，直走到这里。那里着迷一命休，小僧却是没来由。不如寻秀才一处同迷死，也落的牡丹花下鬼风流。（下）（张生引家童上，诗云）前生结下好姻缘，觅得鸾胶续断弦。法宝煎敖铛滚沸，争知火里好栽莲①。小生张伯腾，早到海岸也。家童，将火镰火石引起火来，用三角石头把锅儿放上。（做放锅科，云）你可将这杓儿舀那海水起来。（做取水科，云）锅里水满了也。再放这枚金钱在内，用火烧着，只要火气十分旺相②，一时间将此水煎滚起来。（家童云）这等，你不早说，那小娘子跟随的丫头送我一把蒲扇，不曾拿的来，把什么扇火？（做衣袖扇火科，云）且喜锅儿里水滚了也。（张生云）水滚了，待我试看海水动静。（做看科，惊云）怪哉！果然海水翻腾沸滚，真有神应也！（家童云）怎么这里水滚，那海水也滚起来？难道这锅儿是应着海的？（长老慌上，云）老僧石佛寺长老是也。正在禅床打坐，则见东海龙王，遣人来说道：有一秀才，不知他将甚般物件，煮的海水滚沸。急得那龙王没处逃躲，央我老僧去劝化他早早去了火罢。原来这秀才不是别人，就是前日借

俺寺里读书的潮州张生。想我石佛寺贴近东海，现今龙宫有难，岂可不救？只得亲到沙门岛上，劝化秀才，走一遭去也呵！（唱）

【正宫端正好】一地里受煎熬，满海内空劳攘，兀的不慌杀了海上龙王。我则见水晶宫血气从空撞，闻不得鼻口内干烟炝。

【滚绣球】那秀才谁承望，急煎煎做这场，不知他挟着的甚般伎俩，只侍要卖弄杀手段高强。莫不是放火光，逼太阳，烧的来焰腾腾滚波翻浪。纵有那雷和雨，也救不得惊惶。则见锦鳞鱼活泼剌波心跳，银脚蟹乱扒沙③在岸上藏。但着一点儿，就是一个燎浆④。

（做到科，云）来到此间，正是沙门岛海岸了。兀那秀才，你在此煮着些甚么哩？（张生云）我煮海也。（正末云）你煮他那海做甚么？（张生云）老师父不知，小生前夜在于寺中操琴，有一女子前来窃听，他说是龙氏三娘，小字琼莲，亲许我中秋会约。不见他来，因此在这里煮海，定要煎他出来。（正末唱）

【倘秀才】这秀才不能勾花烛洞房，（带云）好也罗！（唱）却生扭做香水混堂⑤，大海将来升斗量。秀才家能软款，会安详，怎做这般热忽喇⑥的勾当？

（张生云）老师父你不要管我，你且到别处化缘去。（正末唱）

【滚绣球】俺也不是化道粮，也不是要供养，我则是特来相访。（张生云）我是个穷秀才，相访我有甚么化与你。（正末唱）俺本是出家人，便乞化何妨。（张生云）若得见那小娘子，肯招我做女婿，便有布施。（正末唱）则为那窈窕娘，不招你个俊俏郎，弄出这一番祸从天降。你穷则穷，道与他门户辉光。你那里得熬煎铅汞⑦山头火？你那里觅医治相思海上方？此物非常。

（张生云）老师父，我老实对你说，若那夜女子不出来呵，我则管煮哩。（正末云）秀才，你听者：东海龙神着老僧来做媒，招你为东床娇客，你意下如何？（张生云）老师父你不要要我，这海中一望⑧是白茫茫的水，小生是个凡人，怎生去得？（家童云）相公，这个不妨事，你只跟着长老去，若是他不淹死，难道独独淹死了你？（正末唱）

【脱布衫】俺实丕丕要问行藏，你慢腾腾好去商量，将这水指一指翻为土壤，分一分步行坦荡。

【小梁州】直着你如履平原草径荒。（张生云）到那海底去，莫不昏暗么？（正末唱）却正是日出扶桑⑨。（张生云）小生终是个凡人，怎敢就到海中去？（正末唱）虽然大海号东洋，休谦让。（带云）去来波！（唱）他则待招选你做东床。

（张生云）小生曾闻这仙境有弱水⑩三千丈，可怎生去的？（正末唱）

【幺篇】便休提弥漫弱水三千丈，端的是锦模糊水国鱼邦。（张生做望科，云）我看这海有偌般宽阔，无边无岸，想是连着天的，好怕人也！（正末唱）你道是白茫茫如天样，越显得他宽洪海量。我劝你早准备帽儿光。

（张生云）既如此，待我收起法宝，则要老师父作成⑪我这桩亲事。（家童云）那小姐身边有一个侍女，须配与我，不然，我依旧烧起火来。（正末唱）

【笑和尚】去去去，向兰阁，到画堂。俺俺俺，这言语，无虚诳。（张生云）是真个么？（正末唱）你你你，终有个酸寒相⑫。他他他，女艳妆。早早早，得成双。来来来，似鸳鸯并宿在销金帐。

（张生云）这等，我就随着老师父去。则要得早早人月团圆，休孤旧约也。（正末唱）

【尾声】则为你佳人才子多情况，唬得他椿室萱堂⑬着意忙。你貌又轩昂才又良，他玉有温柔花有香；意相投，姻缘可配当；心厮爱，夫妻谁比方。似他这百媚韦娘⑭，共你个风流张敞。（带云）去来波！（唱）须将俺撮合山的媒人重重赏。（同张生下）

（家童云）你看我家东人，兴匆匆的跟着长老入海去了，留我独自一个在这海岸上，看守什么法宝。若是他当真做了新郎，料必要满了月方才出来。我看那小行者尽也有些风韵，老和尚又不在；不如我收拾了这几件东西，一径回到寺里，寻那小行者打闹闹去也。（下）

【注释】

①火里好栽莲：比喻在苦中修炼，得成正果之意。 ②旺相：旺盛。 ③扒沙：爬行。 ④燎浆：被水烫过或火烧，皮肤上所起的亮泡。 ⑤香水混堂：浴池，澡堂。 ⑥热忽喇：就是热。忽喇，语助词，无义。 ⑦铅汞：道家炼丹用的两种原料。 ⑧一

望：视力所能及的地方。 ⑨扶桑：神木名，神话传说，日出其下。 ⑩弱水：在古代神话中，凤麟洲在西海中央，四面有弱水环绕，一根羽毛丢上去也会沉底，人无法渡过。 ⑪作成：成全，助其成功。 ⑫酸寒相：旧时对贫穷读书人的形容词。 ⑬椿室萱堂："父、母"的代指。 ⑭百媚韦娘：即杜韦娘，唐代有名的一个歌妓。

【赏析】

　　《张生煮海》，全名《沙门岛张生煮海》，李好古著。全剧四折无楔子。主要剧情写的是：瑶池会上的金童玉女有思凡之心，罚往下界，金童脱生为潮州张家之男，名张羽；玉女脱生为东海龙王第三个女子，名琼莲。张羽虽深通儒术，但功名不遂。一日，张羽寓居石佛寺，清夜抚琴，招来东海龙王三女琼莲，两人生爱慕之情，约定中秋之夜相会。结果到了约定的，因龙王阻挠，琼莲无法赴约。东华仙姑送他银锅一只，金钱一文，铁杓一把，用杓舀海水于锅中，放金钱在水内，用火煎煮。龙王存坐不住，不得已将张羽召至龙宫，与琼莲婚配。最后经东华仙姑点化，"返本朝元"，"还归正路"。这部剧作虽然神仙道化气息较浓，但主要还是反映青年男女勇于反对封建势力、对幸福爱情的大胆追求。

　　李好古的《张生煮海》和尚仲贤的《柳毅传书》，都是描写龙女和人相爱的故事，可以称得上元代神话剧中的双璧。《张生煮海》第一折是"听琴约会"，第二折是"遇仙得宝"，第三折是"煮海允婚"，第四折是"入海团圆"，虽然每一折都给下一折留下悬念，引人入胜，但线条比较单纯，张生与琼莲结合道路上的两重障碍——人神相阻、龙王凶狠，经过煮海这一举动便迎刃而解；张生每遇困难，不是东华仙姑指迷帮助，就是石佛寺和尚作媒导引，戏剧冲突显得一般化，不如《柳毅传书》那样大起大落，因而显得比较松散和平淡。

　　这里选的"煮海"一折，集中表现张生这个温文尔雅的秀才，为了实现与琼莲的自由姻缘，煮海不止，不达目的决不罢休的坚毅精神。这折戏还带有喜剧色彩：石沸寺行者开场时一段饱含讽刺的有趣独白；海水滚沸，龙王派人劝化；石佛寺长老对张生始而恐吓，继而乞求，最后领路作媒的"三部曲"；还有张生家童的插科打诨，都起到渲染喜剧气氛的作用，更衬托出张生的敢作敢为，最终实现了幸福姻缘的美好结局。

《秋胡戏妻》第二折

石君宝

　　（净扮李大户上，诗云：）段段田苗接远村，太公庄上弄猢狲。农家只得锄刨力，凉酸酒儿喝一盆。自家李大户的便是。家中有钱财，有粮食，有田土，有金银，有宝钞，则少一个标标致致的老婆。单是这件，好生没兴。我在这本村里做着个大户，四村上下人家，都是少欠我钱钞粮食的，倒被他笑我空有钱，无个好媳妇，怎么吃的他过？我这村里有一个老的，唤做罗大户，他原是个财主有钱来，如今他穷了，问我借了些粮食，至今不曾还我。他有一个女儿，唤做梅英，尽生的十分好，嫁与秋胡为妻。如今秋胡当军去了，十年不回来。我如今叫将那罗大户来，则说秋胡死了，把他女儿与我做媳妇：那旧时少我四十石粮食，我也饶了他，还再与他些财礼钱；那老子是个穷汉，必然肯许。我早间着人唤他去了，这早晚敢待来也。（罗上，诗云）人道财主叫，便是福星照；我也做过财主来，如何今日听人叫。老汉罗大户的便是。自从秋胡当军去了，可早十年光景也。老汉少李大户四十石粮食，不曾还他；今日李大户唤我，毕竟是这桩事要紧。且去看他有甚说话？无人在此，我自过去。（见科，云）大户唤老汉有甚事？（李云）兀那老的，我唤将你来，有桩事和你说。你的那女婿秋胡当军去，吃豆腐泻死了。（罗云）谁这般说来？（李云）我听的人说。（罗云）呀！似这般怎了也！（李云）老的，你休烦恼。我问你，你这女婿死了，如今你那女儿年纪幼小，他怎么守的那寡？你把你那女儿改嫁了我吧。（罗云）大户，你说的是何言语？（李云）你若不肯，你少我四十石粮食，我官府中告下来，我就追杀你！你若把女儿与了我呵，我的四十石粮食，都也饶了，我再下些花红羊酒财礼钱。你意下如何？（罗云）大户，容咱慢慢的商议。我便肯了，则怕俺妈妈不肯。（李云）这容易，你如今先将花红财礼去，则要你两个做个计较，等他接了红定，我便牵羊担酒，随后来也。（罗云）我知道。大户，你慢慢的来，我将这红定先去也。（做出门科，云）我肯了，我妈妈有甚么不肯；我如今就将红定先交与亲家母去来。（下）（李云）那老子许了我也，愁他女儿不改嫁与我！如今将着羊酒表里，取梅英去。待他到我家中，㧟搭帮①放番他，就做营生，何等有趣！正是：洞房花烛夜，金榜挂擂槌。（下）（卜儿上，云）老身刘氏，乃是秋胡的母亲。自从孩儿当军去了，可早十年光景，音信皆无。多亏了我那媳妇儿与人家缝联补绽，洗衣刮裳，养蚕择茧，养活着老身。我这几日身子不快，怎么连不连②的眼跳，不知有甚事来？且只静坐，听他便了。（罗上，云）老汉罗大户。如今到这鲁家庄上，若见了那亲家母时，我自有个主意也。不要人报复，我自过去。（见科，云）亲家母，你这几时好么？（卜儿云）亲家请坐，今日甚风吹的到此？（罗云）亲家母，我为令郎久不回家，我一径的来望你，与你散闷。这里有酒,我递三杯。(卜儿云)多谢亲家!我那里吃的这酒。(罗递酒三杯科,云)亲家母吃了酒也。还有这一块儿红绢,与我女儿做件衣服儿。(卜儿云)亲家,这般定害你。等秋胡来家呵,着他拜谢亲家的厚意也。(接红科,罗做捆手笑云)了,了,了!(卜儿云)亲家,甚么了了了?(罗云)亲家,这酒和红都不是我的,都是本村李大户的。恰才这三钟酒,是肯酒;这块红,是红定。秋胡已死了也,如今李大户要娶梅英,他自家牵羊担酒来也。我先回去。(诗云)这是李家大户使机谋,谁着你可将他聘礼收,不如早把梅英来改嫁,免的经官告府出场羞。(下)(卜儿云)这老子好无礼也!他走的去了,你着我见媳妇儿呵,我怎么开言!媳妇儿那里?(正旦上,云)妾身梅英是也。自从秋胡去了,不觉十年光景;我与人家担好水换恶水③,养活着俺奶奶。这几日我奶奶身子有些不快,我恰才在蚕房中来,我可看奶奶去咱。秋胡也,知你几时还家也呵!(唱)

【正宫端正好】想着俺只一夜短恩情,空叹了千万声长吁气,枉教人道村里夫妻。撇下个寿高娘,又被着疾病缠身体,他每日家则是卧枕着床睡。

(云)有人道:"梅英也,请一个太医看治你那奶奶。"你可怕不说的是也。(唱)

【滚绣球】怕不待要请太医看脉息,着甚么做药钱调治?赤紧的当村里都是些打当的牙槌④。我这几日告天地:愿他的子母每早些儿欢会。常言道,媳妇是壁上泥皮⑤。则愿的白头娘,早晚迟疾可⑥;(带云)天呵!(唱)则俺那青春子,何年可便甚日回?信断音稀。

(见卜儿科,云)奶奶,吃些粥儿波。(卜儿云)媳妇儿,可则一件,虽然秋胡不在家,你是个年小的女娘家,你可梳一梳头,等那货郎儿过来,你买些胭脂粉搭搭脸,你也打扮打扮;似这般蓬头垢面,着人家笑你也。(正旦唱)

【呆骨朵】奶奶道,你妇人家穿一套儿新衣袂,我可也直恁般不识一个好弱也那高低。(带云)秋胡呵!(唱)他去了那五载十年,阻隔着那千山万水。早则俺那婆娘家无依倚,更合着这子母每无笆壁⑦。(卜儿云)媳妇儿,你只待敦葫芦摔马杓哩。(正旦唱)媳妇儿怎敢是敦葫芦摔马杓。(云)奶奶道,等货郎儿过来,买些胭脂粉搭搭。我梅英道,秋胡去了十年,穿的无,吃的无。(唱)妳妳也,谁有那闲钱来补笊篱⑧!

(李大户同罗、搽旦领鼓乐上,李云)我如今娶媳妇儿去来!洞房花烛夜;金榜挂擂槌。(正旦云)妳妳门首吹打响,敢是赛牛王社⑨的?待你媳妇看一看咱。(卜儿云)媳妇儿,你看去波。(正旦做出门见科,云)我道是谁,原来是爹爹和妈妈。你那里去来?(罗云)与你招女婿来。(正旦云)爹爹,与谁招女婿?(罗云)与你招女婿。(正旦云)是甚么言语,与我招女婿!(唱)

【倘秀才】你将着羊酒呵,领着一伙鼓笛。我今日有丈夫呵,你怎么又招与我个女婿?更则道⑩你庄家每葫芦提没见识。(罗云)孩儿,秋胡死了也。如今李大户要娶你哩。(正旦唱)我既为了张郎妇,又着我做李郎妻,那里取这般道理!

(搽旦云)孩儿也,可不道顺父母言呼为大孝。你嫁了他也罢。(正旦唱)

【滚绣球】我如今嫁的鸡,一处飞⑪,也是你爷娘家匹配,贫和富是您孩儿裙带头衣食。从早起,到晚夕,上下唇并不曾粘着水米,甚的是足食丰衣?则我那脊梁上寒喋,是捱过这三冬冷;肚皮里凄凉,是我旧忍过的饥。休想道半点儿差迟。

(罗云)你休只管闹,你家婆婆接了红定也。(正旦云)有这笔事?我问俺妳妳去。(见卜儿科,云)妳妳,想秋胡去了十年光景,我与人家担好水换恶水,养活着妳妳。你怎么把梅英又嫁与别人?要我这性命做什么?我不如寻个死去罢!(卜儿云)媳妇儿,这也不干我事,是你父亲强揣与我红定,是他卖了你也。(卜儿做哭科。正旦唱)

【脱布衫】他那里哭哭啼啼,我这里切切悲悲。(做出门科,唱)爹爹也,全不怕九故十亲⑫笑耻。(罗云)我待和你婆婆平分财礼钱哩。(正旦唱)则待要停分⑬了两下的财礼。

(罗云)孩儿也,你嫁了他,等我也落得他些酒肉吃。(正旦唱)

【醉太平】爹爹也,大古里不曾吃那些酒食。(搽旦云)孩儿,俺也要做个筵席哩。(正旦唱)妳妳也,只恁般好做那筵席。(李云)小娘子不要多言,你看我这个模样,可也不丑。(做嘴脸,被正旦打科,唱)把这厮劈头劈脸泼拳捶,向前来,我可便挝挠了你这面皮。(带云)这等清平世界,浪荡乾坤,(唱)你怎敢把良人家妇女公调戏!(做见卜儿科,唱)哎呀!

这是明明的欺负俺高堂老母无存济⑭。(罗云)嚷这许多做甚么？你这生忿⑮忤逆的小贱人！(正旦唱)倒骂我做生忿忤逆，在爷娘面上不依随。爹爹也，你可便只恁般下的？

(李云)兀那小娘子，你休闹，我也不辱没着你。岂不闻鸾凰只许鸾凰配，鸳鸯只许鸳鸯对。(正旦唱)

【叨叨令】你道是鸾凰则许鸾凰配，鸳鸯则许鸳鸯对，庄家做尽庄家势。(鼓乐响，正旦做怒科，云)你等还不去呵，(唱)留着你那村里鼓儿则向村里擂。(李云)小娘子，你靠前来，似我这般有铜钱的，村里再没两个。(正旦唱)其实我便觑不上也波哥，其实我便觑不上也波哥。我道你有铜钱，则不如抱着铜钱睡！

(罗云)兀那小贱人，比及你受穷，不如嫁了李大户，也得个好日子。(正旦唱)

【煞尾】爹爹也，怎使这洞房花烛拖刀计？(李云)我这模样，可也不丑。(正旦唱)我则骂你闹市云阳⑯吃剑贼，牛表牛筋是你亲戚，大户乡头是你相识。哎！不晓事庄家甚官位？这时分俺男儿在那里：他或是皂盖雕轮⑰绣幕围，玉辔金鞍骏马骑，两行公人排列齐，水罐银盆⑱摆的直，斗来大黄金⑲肘后随，箔⑳来大元戎帅字旗；回想他亲娘今年七十岁，早来到土长根生旧乡地，恁时节母子夫妻得完备，我说你个驴马村夫为仇气，那一个日头儿知他是近的谁，狼虎般公人每拿下伊㉑。(带云)他道：谁迤逗俺浑家来？谁欺俺母亲来？(做推李倒科，唱)我可也不道轻轻的便素放了你。(同卜儿下)

(李云)甚么意思，娶也不曾娶的，我倒吃他抢白㉒了这一场，又吃这一跌，我更待干罢！(诗云)只为洞房花烛惹心焦，险被金榜擂槌打断腰。(罗、搽旦诗云)这也是你李家大户无缘法，非关是我女儿忒煞会妆么㉓。(同下)

【注释】

①抗搭帮：本是形容声音，借喻动作干脆、迅速。 ②连不连：即连连，不断。 ③与人家担好水换恶水：为人家挑水，并把人家的脏水挑走；这是旧时出卖劳力的一种方式。 ④牙槌：宋元时对医卜星相等术士的称呼，这里指医生。 ⑤壁上泥皮：封建社会轻视妇女的话。泥皮，比喻剥落后可重涂，犹如妻子去后可以再娶一样。 ⑥可：疾可，病好了。 ⑦笆壁：把柄，把握，办法。 ⑧筊篱：用篾织成的漏勺；漉米，或在水里捞东西用的竹具。 ⑨赛牛王社：在春社的时候，农村中祭祀牛王，迎神赛会。赛，酬谢神灵，还愿，古时的一种迷信风俗。牛王，神名。 ⑩更则道：纵使。 ⑪嫁的鸡，一

处飞：古谚语："嫁鸡随鸡，嫁狗随狗。"古时妇女的一种婚姻观。 ⑫九故十亲：众多的亲戚朋友。 ⑬停分：平分。 ⑭存济：或作不存不济。没有办法，难安置。 ⑮生忿：或作生分。对父母不孝顺，对兄弟不和睦；也有感情疏远的意思。 ⑯云阳：秦首都北的重镇，重大的罪犯多处决于此。后来戏剧小说里就把云阳作为刑场的代词。 ⑰"皂盖雕轮"六句：推想秋胡已经做了大官，坐车骑马，随从护卫手执仪仗，打着帅字旗，出行时的威风景象。 ⑱水罐银盆：大官员出行时，卫士所拿的执从物品。 ⑲黄金："黄金印"的省语，指大官员的金印。 ⑳箔：帘子。 ㉑伊：这里作第二人称代词，即"你"，李大户。 ㉒抢白：责备，讥讽。 ㉓妆么：故意摆架子，装腔作势。

【赏析】

"秋胡戏妻"是古代民间传说，最早见于汉代刘向《列女传》，言鲁国秋胡新婚五日而宦于陈，五年方归。路遇一美妇采桑，悦而戏之，为妇所拒。归家复见，始知采桑妇即其妻。妇污其行，自投于河而死。元杂剧《秋胡戏妻》全名《鲁大夫秋胡戏妻》，是石君宝根据民间传说，结合元代社会现实加以补充创造而编成的喜剧。剧情大意是：鲁国秋胡与罗大户之女梅英新婚才三日，就被征去当兵，夫妻依依惜别（第一折离别）。从此，梅英在家辛勤劳动，靠替人缝补衣服和养蚕择茧，奉养婆婆刘氏。秋胡一去十年，杳无音信。村中有个土财主李大户，因看梅英"生的十分好"，就在梅英的父亲罗大户面前造谣，说秋胡已经死在外面，并且以逼债的手段，强迫罗大户将女儿改嫁给自己，以免去他所欠的四十石粮食。罗贪图财礼而应允，并诳骗梅英的婆婆接了定礼后，就与李领着人来迎娶，但梅英坚决拒绝、宁死不从，大闹一场，指斥父母。痛骂李大户，把他推倒在地，脱身而去（第二折拒婚）。就在这个时候，秋胡因在军中"累立奇功"，加官中大夫，正带着鲁昭公赐给的一饼黄金回家探亲。他路过桑园，正遇梅英采桑，因为多年没有见面，夫妻已不相识，秋胡竟无耻地上前调戏梅英，梅英机智勇敢地摆脱了他的纠缠，并将他痛骂一场（第三折戏妻）。秋胡到家问过母亲，才知采桑女子就是自己妻子。梅英回到家里，发现调戏自己的那男人竟是她等待了十年的丈夫，感到十分气愤和伤心，便无情地揭露了秋胡的卑鄙行为，当即一再追问他调戏人家妇女的丑行，秋胡死不认账，梅英坚决要和他断绝夫妻关系。此时李大户和梅英父母又带人上门来抢亲。李大户被秋胡拿住送官府治罪，梅英父母无脸相见而借故溜走。最后婆婆刘氏以死相劝，梅英无奈，才与秋胡和解（第四折团圆）。

第二折写梅英坚决拒绝李大户罗大户的逼婚，勇敢地与之斗争的经过，表现了她忠于爱情、坚持操守的高尚品格和勇于反抗的斗争精神。本折可分为三场戏：第一场演李大户罗大户合谋，不择手段，企图逼迫梅英改嫁；第二场通过梅英独自伤叹，婆媳对话家常，揭示梅英内心的苦闷，表现她勤劳、忠贞、孝顺的可贵品质；第三场拒婚是本折重头戏，写梅英与李大户罗大户的激烈冲突，集中表现了梅英忠于爱情，坚持操守的品格和不甘受传统礼教束缚，勇于反抗恶势力欺凌压迫的斗争精神。在本折戏中，李大户与罗大户之间，梅英与父母之间，梅英与婆婆之间，先后都发生了不同的矛盾冲突，各种矛盾交织在一起，大大增强了故事的戏剧性，并且鲜明地突出了其他人物的性格，例如：李大户倚财仗势、横行无忌、庸俗下流、厚颜无耻的嘴脸；罗大户见利忘义、泯灭天良、为虎作伥、绝情绝义的行径，这些入木三分的刻画，都对主角起到很好的对比映衬作用。

全剧在梅英与李大户、罗大户、秋胡等人的矛盾冲突中，鲜明塑造了一个勤劳、善良而富有反抗性的劳动妇女罗梅英的形象,热情歌颂了下层劳动妇女的美好品格和勇于反抗的斗争精神,辛辣讽刺了统治阶级的无耻行径和丑恶灵魂,有力地揭露了当时社会的黑暗现象。

《秋胡戏妻》第三折

石君宝

（秋胡冠带①上,云）小官秋胡是也。自当军去,见了元帅,道我通文达武,甚是见喜,在他麾下②,累立奇功,官加中大夫之职③。小官诉说,离家十年,有老母在堂,久缺侍养,乞赐给假还家。谢得鲁昭公④可怜,赐小官黄金一饼⑤,以充膳母之资⑥。如今衣锦荣归,见母亲走一遭去。（诗云）想当日哭啼啼远去从军,今日个笑吟吟荣转家门。捧着这赤资资黄金奉母,安慰了我那娇滴滴年少夫人。（下）（卜儿上,云）老身秋胡的母亲。自从孩儿去了,音信皆无。前日又吃我亲家气了一场⑦,多亏我媳妇儿有那贞烈的心,不肯嫁人。若是他肯呵,老身可着谁人侍养?媳妇儿今日早桑园里采桑去了。想他这等勤劳,也则为我老人家来。只愿的我死后,依旧做他媳妇,也似这般侍养他,方才报的他也。天气困人,我且去歇息咱。（下）（正旦提桑篮上,云）采桑去波。（唱）

【中吕粉蝶儿】自从我嫁的秋胡,入门来不成一个活路⑧。莫不我五行中合见这鳏寡孤独⑨?受饥寒揩冻馁,又被我爹娘家欺负。早则是生计萧疏⑩,更值着⑪没收成,歉年时序⑫。

【醉春风】俺只见野树一天云,错认做江村三月雨。也不知是谁人激恼那天公,着俺庄家每受的来苦,苦。说甚么万种恩情,刚只是一宵缱绻⑬,早分开了百年夫妇。

（云）可来到桑园里也。（唱）

【普天乐】放下我这采桑篮,我拣着这鲜桑树。只见那浓阴冉冉⑭,翠锦哎模糊。冲开他这叶底烟,荡散了些梢头露。（做采桑科,唱）我本是摘茧缲丝庄家妇,倒做了个拈花弄柳的人物。我只怕淹⑮的蚕饥,那里管采的叶败,攀的枝枯。

（云）我这一会儿热了也,脱下我这衣服来,我试晾一晾咱。（做晒衣服科）（秋胡换便衣上,云）小官秋胡,来到这里,离着我家不远,我更改了这衣服,兀的不是我家桑园!这桑树都长成了也。我近前去，这桑园门怎么开着？我试看咱。（做见正旦科，云）一个好女人也！背身儿立着，不见他那面皮，则见他那后影儿，白的是那脖颈，黑的是那头发。可怎生得他回头，我看他一看，可也好那，哦！待我着四句诗嘲拨⑯他，他必然回头也。（做吟科，诗云）二八谁家女，提篮去采桑。罗衣挂枝上，风动满园香。可怎么不听的？待我再吟。（又吟科）（正旦回身取衣服做见，云）我在这里采桑，他是何人，却走到园子里面来，着我穿衣服不迭。（秋胡做揖科，云）小娘子，支揖⑰。（正旦惊还礼科，唱）

【满庭芳】我慌还一个庄家万福⑱。（秋胡云）不敢！小娘子。（正旦唱）他不是闲游的浪子，多敢是一个取应的名儒⑲。我见他便躬着身，插着手⑳，陪言语。你既读那孔圣之书，（秋胡云）小娘子，有凉浆儿㉑，觅些与小生吃波。（正旦唱）我是个采桑养蚕妇女，休猜做锄田送饭村姑。（秋胡云）这里也无人，小娘子，你近前来，我与你做个女婿，怕做甚么？（正旦怒科，唱）他酩子里丢抹娘一句㉒，怎人模人样，做出这等不君子㉓，待何如？

（秋胡云）小娘子，左右㉔这里无人，我央及㉕你咱。力田㉖不如见少年，采桑不如嫁贵郎。你随顺了我罢。（正旦云）这厮好无礼也！（唱）

【上小楼】你待要谐比翼㉗，你也曾听杜宇，他那里口口声声，撺掇㉘先生不如归去！（秋胡云）你须是养蚕的女人，怎么比那杜宇？（正旦唱）你道是不比俺那养蚕处，好将伊留住，则俺那蚕老了，到那里怎生发付？

（秋胡背云）不动一动手也不中㉙。（做扯正旦科，云）小娘子，你随顺了我罢。（正旦做推科，云）靠后！（唱）

【十二月】兀的是谁家一个匹夫？畅好是㉚胆大心粗！眼脑儿涎涎邓邓㉛，手脚儿扯扯也那摔摔㉜。（秋胡云）你飞也飞不出这桑园门去。（正旦唱）是他便拦住我还家去路，我则索㉝大叫波高呼。

（做叫科，云）沙三，王留，伴哥儿㉞，都来也波！（秋胡云）小娘子休要叫！（正旦唱）

【尧民歌】桑园里只待强逼做欢娱，唬的我手儿脚儿滴羞蹀躞战笃速㉟。他便相偎相抱扯衣服，一来一往当拦住。当也波初㊱，则道是峨冠㊲士大夫，原来是个不晓事的乔男女㊳。

（秋胡背云）且慢者，这女子不肯，怎生是了？我随身有一饼黄金，是鲁君赐与我侍养老母的，母亲可也不知。常言道：财动人心。我把这一饼黄金与了这女子，他好歹㊴随顺了我（做取砌末㊵，见正旦科，云）兀那小娘子，你肯随顺了我，我与你这一饼黄金。（正旦背云）这弟子孩儿㊶无礼也！他如今将出一饼黄金来，我则除是恁般㊷。兀那厮，你早说有黄金不的㊸？你过这壁儿来，我过那壁儿看人去。（秋胡云）他肯了也。你看人去。（正旦做出门科，云）兀那禽兽，你听者！可不道男子见其金易其过㊹，女子见其金不敢坏其志。那禽兽见人不肯，将出黄金来，你道黄金这般好用的！（唱）

【耍孩儿】可不道书中有女颜如玉。（秋胡云）呀！倒吃了他一个酱瓜儿㊺。（正旦唱）你将着金要买人殢云殢雨㊻。却不道黄金散尽为收书㊼。哎！你个富家郎，惯使珍珠，倚仗着囊中有钞多声势，岂不闻财上分明大丈夫？不由咱生嗔怒，我骂你个沐猴冠冕，牛马襟裾㊽！

（秋胡云）小娘子，你不肯，我跟你家里去，成就这门亲事，可不好也？（正旦唱）

【二煞】俺那牛屋里，怎成得美眷姻，鸦窠里怎生着鸾凤雏，蚕茧纸难写姻缘簿，短桑科长不出连枝树㊾，沤麻坑养不活比目鱼㊿，辘轴(51)上也打不出那连环玉。似你这伤风败俗，怕不的地灭天诛。

（秋胡云）小娘子休这等说，你若还不肯呵，我如今一不做二不休，拼的(52)打死你也。（正旦云）你要打谁？（秋胡云）我打你。（正旦唱）

【三煞】你瞅我一瞅，黥(53)了你那额颅；扯我一扯，削了你那手足；你汤(54)我一汤，拷了你那腰截骨；掐(55)我一掐，我着你三千里外该流递(56)；搂我一搂，我着你十字阶头便上木驴(57)。哎！吃万剐的遭刑律！我又不曾掀了你家坟墓，我又不曾杀了你家眷属。

（秋胡云）这婆娘好无礼也！你不肯便罢了，怎么这般骂我？（正旦提桑篮科，唱）

【尾煞】这厮睁着眼，觑我骂那死尸；腆着脸(58)，看我咒他上祖。谁着你桑园里，戏弄人家良人妇！便跳出你那七代先灵，也做不的主。（下）

（秋胡云）我吃他骂了这一顿，我将着这饼黄金，回家侍

养老母去也。(诗云)一见了美貌娉婷,不由的我便动情。用言语将他调戏,倒被他骂我七代先灵。(下)

【注释】

①冠带:头戴帽子,腰束宽带,这是古代官员的打扮。 ②麾下:即部下。麾是古代指挥军队的旗。 ③官加中大夫之职:加,提拔、晋升。中大夫,官的名称。 ④鲁昭公:春秋时鲁国的国君姜稠。 ⑤一饼:一锭。 ⑥以充膳母之资:用来作为供养母亲的费用。 ⑦前日又吃我亲家气了一场:吃,受。这一句和后面〔粉蝶儿〕中梅英唱的"又被我爷娘欺负"一句,都指上折所写梅英的父亲因欠李大户四十石米,并受了李大户的欺骗想把梅英改嫁给李大户的事。 ⑧入门来不成一个活路:入门来,指嫁到秋胡家里以后。不成一个活路,意思是无法维持生活。 ⑨莫不我五行中合见这鳏寡孤独:不会是命中注定我要一个人孤孤独独的吧?五行,即金、木、水、火、土。迷信者认为人的命运分属五行,五行相生相克,注定一个人命运的好坏。鳏寡孤独原是古代成语,鳏,指无妻;寡,指无夫;孤,指无父;独,指无子。这里是孤孤独独的意思。 ⑩早则是生计萧疏:早则是,本来就。生计,生活,日子。萧疏,萧条,引申为困难。 ⑪更值着:又遇到。 ⑫歉年时序:收成不好的年头。歉,歉收。 ⑬缱绻:形容感情深厚,难舍难分。 ⑭冉冉:形容桑叶长得茂密,遮住了阳光。 ⑮淹:耽搁;延误的意思。 ⑯嘲拨:挑逗、戏弄。 ⑰支揖:向人行礼时说的话,即请受一揖的意思。 ⑱万福:古代妇女的礼节,一面对人作揖,一面道"万福"。 ⑲多敢是一个取应的名儒:多敢是,可能是。取应,参加考试。名儒,出名的读书人。 ⑳插着手:指拱着手,表示有礼貌的意思。 ㉑凉浆:山茶水,饮料。 ㉒"他酩子里丢抹娘"一句:酩子里,这里是平白无故的意思。丢抹,羞辱。全句是说,他平白无故地调戏了我一句。 ㉓不君子:行为不规矩。 ㉔左右:这里是反正的意思。 ㉕央及:请求。 ㉖力田:努力种田。 ㉗谐比翼:比喻成为夫妻。谐,和睦地结合。比翼,指比翼鸟,传说中只一目一翼、雌雄双飞的一种鸟,常用来比喻夫妻。 ㉘撺掇:催促。 ㉙不中:不行、行不通。 ㉚畅好是:实在是。 ㉛眼脑儿涎涎邓邓:眼脑儿,眼睛。涎涎邓邓,贪婪的样子。 ㉜抨:揪。 ㉝则索:只好、只能。 ㉞沙三、王留,伴哥:杂剧中常用沙三、王留、伴哥作为乡村青年的名字。 ㉟滴羞跌屑战笃速:滴羞跌屑,形容手脚发抖的样子。战笃速,即战栗哆嗦,颤动的样子。 ㊱当也波初:即当初。也波,作语气助词,无实际意义。 ㊲峨冠:古代官员所戴的高帽子。 ㊳乔男女:骂人的话,歹徒、坏蛋的意思。乔,恶劣,虚伪。 ㊴好歹:总、到底。 ㊵砌末:杂剧术语,即演出时所用道具,这里指黄金。 ㊶弟子孩儿:骂人的话,弟子是当时对妓女的称呼。 ㊷则除是怎般:只有这样,指用计摆脱。 ㊸你早说有黄金不的:你为何不早说有黄金。 ㊹见其金易其过:见了黄金就轻易于坏事。过,过失,罪过。 ㊺吃了他一个酱瓜儿:讨了一个没趣、碰了一个钉子。 ㊻残云媵雨:指男女之间的欢会。 ㊼黄金散尽为收书:形容不重视钱财而一心读书。 ㊽沐猴冠冕:牛马襟裾:猕猴戴帽子,牛马穿衣服。两句在一起即衣冠禽兽的意思。 ㊾连枝树:两株树合抱生长在一起,好像成为一株一样,常用来比喻恩爱夫妻。 ㊿比目鱼:一种身体扁薄的鱼,因长期卧在海底生活,两眼长在头部的一则。这里也用来比喻恩爱夫妻。 51辘轴:即辘轳,一种制造陶瓷生坯的机械。 52拼的:舍得。 53黥:在脸上刺写文字,是古代的一种刑罚。 54汤:碰、撞。 55掐:用指甲按。 56流递:流放。 57木驴:古代行

刑时，固定受刑者手脚的一种带铁刺的木桩。 ⑤8腆着脸：厚着脸皮。

【赏析】

　　《秋胡戏妻》的第三折是整个剧情的中心，写秋胡戏妻的经过。作品通过秋胡戏妻、梅英骂夫的冲突，在生动的喜剧场面中刻画了梅英和秋胡两个人物的性格，赞美了梅英忠于爱情、坚持操守的高贵品质，敢于反抗的斗争精神和勇敢机智、刚强泼辣的性格，有力鞭挞和讽刺了秋胡愚滥荒唐的行径和伪善丑恶的灵魂。

　　本折可以分为四场戏：第一场，写秋胡自叙立功得官，请假还家探望母亲和妻子。其中特别言明：鲁昭公"赐小官黄金一饼，以充膳母之资"。下文又再三提及的目的是强调秋胡后来以此金为诱饵去渔色猎艳，突出了其伪君子的面目。第二场，写鲁母称赞梅英贞烈、孝顺和勤劳。梅英一个勤劳善良的劳动妇女，她和秋胡结婚以后，一直过着贫困的生活："自从我嫁的秋胡，入门来不成一个活路。"丈夫被征兵离家十年，她"受饥寒，捱冻馁"，默默无言地辛勤地劳动，侍养秋胡的老母亲。她的行动感动了秋胡的母亲，老人甚至说："想他这等勤劳，也则为我老人家来。只愿的我死后，依旧做他媳妇，也似这般侍养他，方才报的他也。"感念之情，发自肺腑，溢于言表。这里除了通过鲁母之口赞美梅英的美德之外，还表现出十年来，婆媳同甘共苦，相依为命，感情深厚非同一般。从而为第四折矛盾的解决做了准备——孝敬的梅英看在婆婆的面子上，才让步认了秋胡。

　　第三场写梅英采桑。〔粉蝶儿〕和〔解春风〕二曲，倾诉了梅英生活中遭遇的重重艰难困苦。一方面反映了抓兵、逼婚、饥荒等天灾人祸给人民造成深重苦难的社会现实，一方面表现了梅英内心的痛苦忧伤。〔普天乐〕一曲以优美的抒情笔调，描绘了梅英在桑园劳动的情景，充满了浓厚的生活气息和诗情画意，字里行间流溢着作者对劳动环境和劳动妇女的赞美。然而，这美好的一切，转瞬就遭到了蜕化堕落的秋胡的破坏。搅乱和侮辱，在前后美好和丑陋的强烈对比中，容易触发读者强烈的爱憎之情。

　　第四场写戏妻骂夫，以鲜明的爱憎塑造了两个鲜明对立的形象，揭露、鞭挞和嘲讽了秋胡的伪善面目和丑恶灵魂。秋胡见梅英是"一个好女人也"，却不知道是自己的妻子，便无耻地调戏了她，彼此便展开了一场激烈的冲突。在这场冲突中，秋胡丑态百出，凶相毕露，他用尽一切卑鄙手段企图迫使梅英就范，但梅英却坚贞不屈，始终没有妥协。秋胡先是用甜言蜜语"央及"梅英"随顺"他，受到梅英正言厉色的指责；秋胡见口说不行，便要起流氓手段来，动手拉扯梅英，梅英坚决地回击了秋胡，一把将他推开，并且怒不可遏地骂他；秋胡无可奈何，又拿出鲁君赐给他的一锭黄金来引诱梅英，他以为"财动人心"，只要梅英见了金子，就一定会随顺他。可是他看错了人，梅英先是乘机用计谋摆脱了秋胡的纠缠，逃出桑园，愤怒痛斥对方是"沐猴冠冕，牛马襟裾"，一语中的，入骨三分；秋胡见金钱又动不了梅英的心，最后竟用行凶杀人来威胁梅英，扬言"你若还不肯呵，我如今一不做二不休，拼的打死你也。"可是梅英并没有被他吓倒，她坚决给秋胡严厉的警告和愤怒的诅咒，凛然的正气，大无畏的豪情，如火山喷发、劈头盖脑，令无耻的秋胡也颇感意外，心虚三分，不敢妄为，只好说："你不肯便罢了，怎么这般骂我?"这段骂夫痛快淋漓，充分表现了人物的斗争反抗精神和大胆泼辣性格。

　　作者采用对比的手法描写"桑园会"的冲突，随着梅英与秋胡的矛盾激化，人物性格显得更为丰满，秋胡的嘴脸越来越丑恶不堪，而梅英的形象则越来越光彩照人。语言本色朴素、通俗流畅，感情色彩鲜明，表现出作者娴熟的语言功力。

《曲江池》第二折

石君宝

（郑府尹上，云）老夫郑公弼。自从遣我元和孩儿上朝取应①，不觉又是两年光景。功名成否，自有个大数，这也不望他了。只是一去许久，怎么书信也不捎一封儿来，使老夫好生牵挂。正是虽无千尺线，两地系人心。（张千上云）可早来到也。老爷，张千叩头。（郑府尹云）我正在此想念。张千，我元和孩儿好么？（张千云）好教老爷得知。大相公来到京师，不曾进取功名。共一个行首李亚仙作伴，使的钱钞一些没了，被老鸨赶将出来，与人家送殡唱挽歌，十分狼狈。连小的也没处讨饭吃。一径的来报知老爷，可支些俸钱，去取了大相公回来。（郑府尹做怒科，云）嗨，谁想元和孩儿在都下没了钱，与人家送殡唱挽歌。兀的②不辱没杀老夫也！张千，将马来，老夫亲自到那里看那厮去。（下）（正旦引梅香上，云）想这虔婆，好是不中，见元和无了钱物，就赶将出去。我想的有人家虔婆利害，也不似俺娘这般忒狠毒也呵。（唱）

【南吕一枝花】俺娘眼上带一对乖，心内隐着十分狠，脸上生那歹斗毛，手内有那握刀纹。狠的来世上绝伦，下死手，无分寸。眼又尖，手又紧。他拳起处又早着昏，那郎君呵不带伤必然内损。

【梁州第七】俺娘呵，则是个吃人脑的风流太岁，剥人皮的娘子丧门。油头粉面敲人棍，笑里刀剐皮割肉，绵里针剔髓挑筋。娘使尽虚心冷气，女着些带耍连真，总饶你便通天彻地的郎君，也不够三朝五日遭瘟。则俺那爱钱娘扮出个凶神，卖笑女伴了些死人，有情郎便是那冤魂。俺娘钱亲钞紧，女心里憎恶娘亲近，娘爱的女不顺。娘爱的郎君个个村③，女爱的却无银。

（卜儿上，云）自从我将郑元和捻④了出去，我这女儿为他呵，在家茶不茶，饭不饭，又不肯觅钱。如今郑元和无了钱，与人家送殡唱挽歌讨饭吃。今日有一家出殡，料得他必然在那里唱歌。我如今叫女儿出来，在看街楼上看出殡去。他若是见了元和这等穷身泼命，俺那女儿也死心塌地与我觅钱。孩儿那里？（正旦见科）（卜儿云）孩儿，我和你到看街楼上散闷去。今日有个大人家出殡，摆设明器⑤，好生齐整。我和你看一看波。（正旦云）我本懒的去，争奈我这虔婆絮聒杀人，无计奈何，须索跟他走一遭。好波，我跟奶奶去看看。（做走科）（末净唱挽歌上）（唱）

【商调尚京马】也则俺一时间错被鬼昏迷，是赡表子⑥平生落得的。那有见识的哥哥每知了就里，似这等切切悲悲，从今后有金银，多攒下些买粮食。

（正旦云）这虔婆则道我见元和穷身泼命，必然不睬他。他不说呵便罢，他若说呵，着他吃我几嘴好的。（卜儿云）孩儿，你看那无钱的子弟，在那里迎丧送殡哩。（正旦唱）

【隔尾】你道是无钱的子弟那里迎丧殡，（云）你兀自戏说哩，（唱）这须是你爱钱的虔婆送了人。（卜儿云）这亡化的，不知是婆娘是汉子。（正旦唱）那亡化的婆娘不须你问。（卜儿云）不知他偌大年纪了。（正旦唱）多管是未及到五旬。（卜儿云）为甚的无个亲眷那？（正旦唱）你道为甚的无个六亲。（卜儿云）不知害甚么病死了那。（正旦唱）想则为那苦尅瞒心钞儿上紧。

（卜儿云）兀的不就是那郑元和？是谁家死了人，要郑元和在那里啼哭？（正旦唱）

【牧羊关】常言道街死巷不乐。（卜儿云）你只看他穿着那一套衣服。（正旦唱）可显他身贫志不贫。（卜儿云）他紧靠定那棺函儿哩。（正旦云）谁不道他是郑府尹的孩儿。（唱）他正是倚官挟势的郎君。（卜儿云）他与人摇铃儿哩。（正旦唱）他摇铃子当世当权⑦。（卜儿云）他与人家唱挽歌儿哩。（正旦唱）唱挽歌也是他一遭一运。（卜儿云）他举着影神楼儿哩。（正旦唱）他面前称大汉，只待背后立高门⑧。送殡呵须是件做风流种⑨，唱挽呵也则歌吟诗赋人。（虚下）

（郑府尹引张千上，云）张千，那厮在那里？（张千云）则这杏花园里便是。（做见净科）（郑府尹云）兀那厮甚么人？（张千云）则这个便是帮着相公使钱的赵年筋。（郑府尹云）张千，与我打这厮去。（做见末科）（郑府尹云）张千，打这小畜生。（张千云）他是大相公，小的则是个泥鞋窄袜的公人，怎么敢打？（郑府尹做怒科，云）你不敢打，取板子过来，待我自家打。（做打科，云）辱子！（张千云）休说褥子，破席头也没一块。（做打死科）（郑府尹云）元和！（张千做摸鼻子科，云）哎呀！死了，死了，怎么元和？（郑府尹云）张千，我既打死这辱子，你将他尸骸丢在千人坑里。我先回去也。（诗云）本为求名谴入都，岂知做出恁卑污。这等辱门败户羞人甚，倒也不若无儿一世孤。（下）（净上，报科，云）李家姨姨，郑老相公在杏花园打死郑舍了也。（旦慌去看科，云）呀，元和！你真个打死了那。（唱）

【骂玉郎】打的你浑身鲜血糊涂尽。我这里观了容貌，他那里减了精神。就是这车辙里雨水天生近，用手去满满的掬，口儿中款款噙，面皮上轻轻噀。

【感皇恩】你死的来不着家坟，撇的我那里终身。（做叫科，云）元和，请起波，请起波。（唱）谁着你恋莺花，轻性命，丧风尘。（末做醒科，云）哎呀！醒便醒了，怎么捱的这等疼那。（正旦唱）他道是元和醒也，这的便子弟还魂。（正末做惊复倒科）（正旦云）元和，是我在此。（正末做起科，云）姐姐，你不怕旁人耻笑，妈儿嗔怒，俺家爷爷怪恨那。（正旦唱）我也怎怕的旁人笑，劣母嗔，你爹恨。

【采茶歌】我怕你死在逡巡⑩，抛在荆榛⑪，又则怕旁人夺了你个俊郎君。（末云）你妈儿利害哩。（正旦云）俺娘便利害呵，（唱）我也则是一度愁来一度忍。（末云）俺家爹爹打的我苦也。（正旦唱）你爹打你呵，谁教你唱一年春尽一年春。

（卜儿上，云）要我直赶到这里，你这贱人还不快家去，快家去！（正旦云）俺娘拄着这条瘦亭亭拄杖，也不是条拄杖那。（唱）

【黄钟煞】则是个闷番子弟粗桑棍。（云）系着这条舞旋旋的裙儿，也不是裙儿。（唱）则是个缠杀郎君湿布裩。接郎君分外勤，赶郎君何太狠。常言道娘慈悲，女孝顺；你不仁，我生忿。到家里决撒喷。你看我寻个自尽，觅个自刎，官司知，决然问。问一番，拷一顿。官人行，怎亲近。令史每，无投奔。我着你哭啼啼带着锁，披着枷，恁时分。（云）走到衙门前，古堆邦坐的。有人问，妈妈你为甚么来，送了这孤寒的老身。妈妈道，这都是那生忿的小贱人送了我也。（唱）我直着你梦撒了撩丁⑫，倒折了本。（卜儿拖正旦下）。

（末云）那虔婆好狠也，李亚仙好忍也，我郑元和好苦也。

适才亚仙在此，尽有顾盼小生之意。争奈被他虔婆逼勒去了。单留小生一个，又是打伤的人，那里讨碗饭吃。（叹科，诗云）可堪老鸨太无恩，撇下孤贫半死身。仔细思量无活计，不如仍还去唱一年春尽一年春。（下）

【注释】

①取应：即应举。参加科举考试。 ②兀的：怎么，加强语气。 ③村：骂人的话，蠢，傻。 ④撚：驱逐。 ⑤明器：指古代人们下葬时带入地下的随葬器物，即冥器。同时还是指古代诸侯受封时帝王所赐的礼器宝物。 ⑥赡表子：养婊子，谓嫖妓。 ⑦当世当权："当"是摇铃声，这里用铃声谐音夸郑元和以后能当官掌权。 ⑧背后立高门：借影神楼指郑元和出身高贵。 ⑨仵做：旧时官署中负责检尸验伤的吏役。风流种：英俊风流的人物。 ⑩逡巡：一刹那。 ⑪荆榛：泛指丛生灌木，多用以形容荒芜情景。 ⑫撩丁：分文，指钱。

【赏析】

石君宝的《曲江池》全名《李亚仙花酒曲江池》。此剧取材于唐代白行简的传奇《李娃传》，主要写妓女李亚仙和洛阳府尹郑公弼之子郑元和的爱情故事。该剧的主要剧情是：府尹郑公弼之子郑元和上京赴考，在曲江池遇见妓女李亚仙，二人一见倾心，遂寄住李家。两年后钱财用尽，被鸨母赶出，与人送殡唱挽歌谋生。其父闻此事即赶往京城，打郑元和至死。亚仙找到元和，又被鸨母逼走。后来经过争斗，李亚仙倾其所有赎身，与元和另住，助其读书。最后元和高中，夫妻及全家终于团圆。

这里选的是第二折，写的是郑元和与李亚仙同居后，钱很快就花完了，被鸨儿虔婆赶出，给出殡人家唱歌。为让李亚仙看到郑元和的落魄之相，虔婆便叫李亚仙在酒楼观看。恰巧郑公弼寻子来到，用板子把郑元和打倒在地，家人张千认为死了，与郑公弼离去。在李亚仙救助下，郑元和活了过来。这时，虔婆拉走李亚仙，郑元和又只能唱殡歌去。这一折戏写得很集中。作者把郑元和在妓馆的两年生活，虚写略笔带过，而饱蘸笔墨，着重渲染郑元和"与人送殡唱挽歌"这件事，通过描写各方面的反应，展开尖锐的戏剧冲突，从而热情歌颂了李亚仙善良美好的内心世界，也揭露了郑父的虚伪凶残，鸨母的势力狠毒，暴露了封建社会的种种黑暗现象。

这折戏重在写李亚仙和鸨母。鸨母把郑元和当作嫖客中的"雏儿"，在榨干他的钱财后就一脚踢出门外，使他沦为乞丐。李亚仙本是一个妓女，却重情重义，有着单纯美好的心灵。当郑元和被鸨母逐出妓馆，李亚仙骂她娘"忒狠毒"，"是个吃人脑的风流太岁，剥人皮的娘子丧门"，"见元和无了钱物，就赶将出去"。李亚仙内心对虔婆的谴责揭穿了妓院老板爱钱、心辣、手狠的本质。一个要与中意的郎君作伴，那怕他没有钱财；一个却要她与有钱的卖笑，那怕他鄙俗不堪；一个有机会便要弃贱从良，一个却视其为摇钱树，永远赚钱。这就是李亚仙对虔婆不满的焦点。

郑元和被虔婆赶出后，给人送葬唱挽歌，十分狼狈。虔婆故意要和亚仙同去看街楼上观看出殡，想让她看到郑元和"穷身泼命"的样子，然后便不再爱他，好死心塌地地给她接客觅钱。亚仙本不愿去，但虔婆絮聒杀人，无可奈何，只好随往。当她看见元和后立即明白了虔婆的用意。没想到结果适得其反。街上鸨母与李亚仙的对话充分表现了各自微妙的心理。鸨母说："看那些无钱的子弟，在那里迎丧送殡哩。"李亚仙对："是爱财的虔婆害了人。"鸨母问："死者是婆娘，还是汉子？多大年纪？为什么而死？"李亚仙影射鸨母，"说是婆娘，不到五十岁，使人昧心钱太多而死。"鸨母说："郑元和也在那里啼哭。"李亚仙答："街道上死了人谁都悲伤。"鸨母说："他衣衫破烂。"李亚仙答："身贫志不贫。"鸨母说："郑元和紧靠着棺材，摇着铃铛，举着迎神楼儿。"李亚仙说："他正是依官挟势、当世当权的郎君，是面前称大汉、背后立高门的歌吟诗赋人。"虔婆故意含含糊糊，说东道西，并不直接表露其真正用心，目的则在于激起亚仙对迎丧送殡的无钱子弟的厌恶之情。而亚仙明知其意，却不戳破。这里，作者称颂李亚仙，贬斥鸨母，态度十分鲜明。

当亚仙得知郑元和在杏花园被父亲打死，她毫不犹豫，前去相救。她一看元和浑身鲜血，已经昏死过去，便在身边车辙里用手掬水，用口噙水，一心想救活元和。他为元和"死的来不着家坟"而难过，又为元和撇下自己而伤心，哭得死去活来。郑元和苏醒后，问她"怎不怕旁人耻笑、妈儿嗔怒、爹爹怪恨？"李亚仙回答说：只怕元和"死在逡巡，抛在荆榛"，更怕别人夺了元和这个她心目中的"俊郎君"；对于爱钱的虔婆，亚仙是"一度愁来一度忍"；对于元和父亲打死儿子，她又能说些什么呢？只好责怪元和自己："谁教你唱一年春尽一年春"（谁叫你敢做这送殡唱挽的营生）。当鸨母赶到逼她离开时，她为了维护自己的爱情幸福，和自己的母亲展开了斗争。她提醒虔婆："常言道，娘慈悲，女孝顺。你不仁，我生忿。到家里，快撒喷。你看我寻个自尽，觅个自刎。官司知，决然问。问一番，拷一顿。官人行，怎亲近。令史每，无投奔。我着你哭哭啼啼带着锁，凭时分，我直着你梦撒了撩丁（丢了钱）倒折了本"。李亚仙是个思想感情深沉的妓女，她对元和很爱，对他的遭遇很同情，但又不便随元和而去；她对虔婆的爱钱心狠极为不满，但却不愿直接和她撕破面皮，一刀两断，终于被虔婆拖拽而去。

短短一折戏中，李亚仙的形象完美高大，栩栩如生。她敢于追求、自由的爱情，反抗鸨母，对抗封建家长，其坚强的反抗精神令人赞叹不已。

《赵氏孤儿》楔子

纪君祥

（净扮屠岸贾领卒子上，诗云）人无害虎心，虎有伤人意；当时不尽情，过后空淘气。某乃晋国大将屠岸贾是也。俺主灵公在位，文武千员，其信任的只有一文一武：文者是赵盾，武者即某矣。俺二人文武不和，常有伤害赵盾之心，争奈不能入手。那赵盾儿子唤做赵朔，现为灵公驸马。某也曾遣一勇士钮麑，仗着短刀越墙而过，要刺杀赵盾，谁想钮麑触树而死。那赵盾为劝农出到郊外，见一饿夫在桑树下垂死，将酒饭赐他饱餐了一顿，其人不辞而去。后来西戎国进贡一犬，呼曰神獒，灵公赐与某家。自从得了那个神獒，便有了害赵盾之计，将神獒①锁在净房中，三五日不与饮食，于后花园中扎下一个草人，紫袍玉带②，象简③乌靴，与赵盾一般打扮；草人腹中悬一付羊心肺，某牵出神獒来，将赵盾紫袍剖开，着神獒饱餐一顿，依旧锁入净房中。又饿了三五日，复行牵出那神獒，扑着便咬，剖开紫袍，将羊心肺又饱餐一顿。如此试验百日，度其可用。某因入见灵公，只说今时不忠不孝之人，甚有欺君之意。灵公一闻其言，不胜大恼，便向某索问其人。某言西戎国进来的神獒，性最灵异，他便认的。灵公大喜，说当初尧舜之时，有獬豸④能触邪人，谁想我晋国有此神獒，今在何处？某牵上那神獒去。其时赵盾紫袍玉带，正立在灵公坐榻之边。神獒见了，扑着他便咬。灵公言：屠岸贾你放了神獒，兀的不是谗臣也！某放了神獒，赶着赵盾绕殿而走。争奈傍边恼了一人，乃是殿前太尉提弥明，一瓜槌打倒神獒；一手揪住脑勺皮⑤，一手扳住下嗑子⑥，只一劈将那神獒分为两半。赵盾出的殿门，便寻他原乘的驷马车。某已使人将驷马⑦摘了二马，双轮去了一轮。上的车来，不能前去。傍边转过一个壮士，一臂扶轮，一手策马，逢山开路，救出赵盾去了。你道其人是谁？就是那桑树下饿夫灵辄。某在灵公跟前说过，将赵盾三百口满门良贱，诛尽杀绝。只有赵朔与公主在府中，为他是个驸马，不好擅杀。某想剪草除根，萌芽不发，乃诈传灵公的命，差一使臣将着三般朝典⑧，是弓弦、药酒、短刀，着赵朔服那一般朝典身亡。某已分付他疾去早来，回我的话。（诗云）三百家属已灭门，只有赵朔一亲人；不论那般朝典死，便教剪草尽除根。（下）（冲末扮赵朔，同旦公主上）（赵朔云）小官赵朔，官拜都尉之职。谁想屠岸贾与我父文武不和，搬弄灵公，将俺三百口满门良贱，诛尽杀绝了也。公主，你听我遗言，你如今腹怀有孕，若是你添个女儿，更无话说；若是个小厮儿呵，我就腹中与他个小名，唤做赵氏孤儿。待他长立成人，与俺父母雪冤报仇也。（旦儿哭科，云）兀的不痛杀我也！（外扮使命，领从人上，云）小官奉主公的命，将三般朝典是弓弦、药酒、短刀，赐与驸马赵朔，随他服那一般朝典，取速而亡，然后将公主囚禁府中。小官不敢久停久住，即刻传命走一遭去。可来到他府门首也。（见科，云）赵朔跪者，听主公的命。为你一家不忠不孝。欺公坏法，将您满门良贱，尽行诛戮，尚有余辜。姑念赵朔有一脉之亲,不忍加诛,特赐三般朝典,随意取一而死。其公主因禁在府,断绝亲疏,不许往来。兀那赵朔,圣命不可违慢,你早早自尽者!(赵朔云)公主,似此可怎了也!(唱)

【仙吕赏花时】枉了我报主的忠良一旦休,只他那蠹国的奸臣权在手;他平白地使机谋,将俺云阳市⑨斩首,兀的⑩是出气力的下场头。

(旦儿云)天那,可怜害的俺一家死无葬身之地也!(赵朔唱)

【幺篇】落不的身埋在故丘。(云)公主,我嘱咐你的说话,你牢记者!(旦儿云)妾身知道了也!(赵朔唱)分付了腮边两泪流,俺一句一回愁;待孩儿他年长后,着与俺这三百口,可兀的报冤仇。(死科,下)

(旦儿云)驸马!则被你痛杀我也!(下)(使命云)赵朔用短刀身亡了也。公主已囚在府中,小官须回主公的话去来。(诗云)西戎当日进神獒,赵家百口命难逃;可怜公主犹囚禁,赵朔能无决短刀!(下)

【注释】

①獒:大犬,猛犬。 ②玉带:带玉的腰带。 ③象简:即象笏,象牙制的手板。古代品位较高的官员朝见君主时所执,供指画和记事。 ④獬豸:传说中的一种异兽,能辨是非曲直,能识善恶忠奸,发现奸邪的官员,就用角把他触倒,然后吃下肚子。 ⑤脑勺皮:即头皮。 ⑥下嗑子:下巴。 ⑦驷马:古时显贵者的车乘,一车套四匹马。 ⑧三般朝典:古时愚忠思想,将皇帝赐死看作朝廷的恩典,这里指晋灵公赐驸马赵朔自杀时赐与的弓弦、药酒和短刀。 ⑨云阳市:戏曲小说中称行刑的地方。 ⑩兀的:这里是加重语气。

【赏析】

《赵氏孤儿》,全名《赵氏孤儿大报仇》,是纪君祥根据历史故事编成的一部悲壮的历史剧,故事内容是:春秋时,晋灵公手下有一文臣叫赵盾,武臣叫屠岸贾,二人不和。屠岸贾蓄意杀害赵盾,向灵公进谗言,致使赵盾全家三百口满门遭杀。赵盾的儿子赵朔因是驸马,被赐自杀,时赵盾的儿子赵朔之妻正怀身孕,因她是晋室公主,屠贼不好擅杀,故将她囚在府中。赵氏孤儿生出后,公主托草泽医生程婴将孩子设法带出府门,以望长大后为父、祖报仇。屠贼闻赵孤出生,便派手下将领韩厥守住公主府门,准备等赵孤满月后再杀之。在程婴的说服和启发下,韩厥舍身取义,放程婴带赵孤逃出府门,然后自刎而死。屠岸贾为了斩草除根,竟假灵公之命,马上张挂榜文限三日之内交出赵氏孤儿,否则要在三天之内将全国半岁之下,一月之上的婴儿抓到帅府,尽行杀戮。程婴带着赵氏孤儿到太平庄找赵盾的故交,退休中大夫公孙杵臼,商量拯救赵氏孤儿和全国婴孩的办法。两人经过议计,决定:将程婴未满月的亲子藏在公孙家中,冒充赵孤,并由程婴向屠岸贾告发公孙掩藏赵氏孤儿。屠贼果然根据告发，逮捕了公孙，并从他家中搜出由程婴之子冒充的假赵孤。后公孙杵臼在遭刑中，痛斥屠贼，撞阶而死，程婴之子被误当赵孤杀害。程婴因告发公孙而获得屠岸贾信任，被收为门客，赵氏孤儿（名义是程婴之子）被屠贼收为义子。二十年后，赵氏孤儿长大成人，并学得高强的武艺，程婴告知他赵氏一门被杀的真相，后屠岸贾被杀，赵氏孤儿终于报了血海深仇。

作者具有"立主脑"、"密针线"、惨淡经营的艺术匠心，巧设情节。剧中，屠岸贾一上场，就主动叙说他谋害赵盾全家的经过，既声情并茂地暴露了自己心狠手辣、穷凶极恶的本性，又背面敷粉地反衬出赵盾忠贞仁德、受人爱戴的风姿，从而暗示了全剧矛盾冲突的历史意蕴和本质特征。接着，作者因势顺转，让故事情节随着矛盾展开。在杀害了赵盾"满门""三百口"老幼之后，屠岸贾为"剪草除根"，派使臣去胁迫赵盾之子、现为驸马的赵朔自杀。赵朔临死前恳切叮嘱妻子："公主，……你如今腹怀有孕"，"若是个小厮儿"就"唤做赵氏孤儿。待他长立成人，与俺父母雪冤报仇也！"这"赵氏孤儿"既呼应了题目，又预示、埋伏着戏剧的未来冲突。

《赵氏孤儿》是一部优秀的历史悲剧，它通过历史题材，表现了正义与邪恶的斗争，表达了广大人民伸张正义的强烈愿望。剧本揭露了屠岸贾专横跋扈、凶残奸诈、卑鄙狠毒的罪恶本质，塑造了韩厥、公孙杵臼、程婴等富于正义感的正面形象，颂扬了他们自我牺牲精神的崇高品质。剧本是非鲜明，爱憎强烈，矛盾尖锐激烈，情节曲折生动，人物形象鲜明突出。

《赵氏孤儿》第一折

纪君祥

（屠岸贾上，云）某屠岸贾，只为公主怕他添了个小厮儿，久以后成人长大，他不是我的仇人？我已将公主囚在府中，这些时该分娩了。怎么差去的人去了许久，还不见来回报？（卒子上，报科，云）报的元帅得知：公主囚在府中，添了个小厮儿，唤做赵氏孤儿哩。（屠岸贾云）是真个唤做赵氏孤儿？等一月满足，杀这小厮也不为迟。令人传我的号令去，着下将军韩厥，把住府门，不搜进去的；只搜出来的。若有盗出赵氏孤儿者，全家处斩，九族不留。一壁与我张挂榜文，遍告诸将，休得违误，自取其罪。（词云）不争晋公主怀孕在身，产孤儿是我仇人；待满月钢刀锄死，才称我剪草除根。（下）（旦儿抱徕儿上，诗云）天下人烦恼，都在我心头；犹如秋夜雨，一点一声愁。妾身晋室公主，被奸臣屠岸贾将俺赵家满门良贱，诛尽杀绝。今日所生一子，记的驸马临亡之时，曾有遗言：若是添个小厮儿,唤做赵氏孤儿,待他久后成人长大,与父母雪冤报仇。天那!怎能够将这孩儿送出的这府门去,可也好也?我想起来,目下再无亲人,只有俺家门下程婴,在家属上无他的名字,我如今只等程婴来时,我自有个主意。(外扮程婴,背药箱上,云)自家程婴是也,原是个草泽医人,向在驸马府门下,蒙他十分优待,与常人不同。可奈屠岸贾贼臣将赵家满门良贱,诛尽杀绝,幸得家属上无有我的名字。如今公主因在府中,是我每日传茶送饭。那公主眼下虽然生的一个小厮,取名赵氏孤儿;等他长立成人,与父母报仇雪冤;只怕出不得屠贼之手,也是枉然。闻得公主呼唤,想是产后要什么汤药,须索走一遭去。可早来到府门首也。不必报复,径自过去。(程婴见科,云)公主呼唤程婴,有何事?(旦儿云)俺赵家一门,好死的苦楚也!程婴,唤你来别无甚事,我如今添了个孩儿,他父临亡之时,取下他一个小名,唤做赵氏孤儿。程婴,你一向在俺赵家门下走动,也不曾歹看承你①,你怎生将这个孩儿掩藏出去?久后成人长大,与他赵氏报仇。(程婴云)公主,你还不知道,屠岸贾贼臣闻知你产下赵氏孤儿,四城门张挂榜文,但有掩藏孤儿的,全家处斩,九族不留。我怎么掩藏的他出去?(旦儿云)程婴!(诗云)可不道遇急思亲戚,临危托故人;你若是救出亲生子,便是俺赵家留得这条根。(做跪科,云)程婴,你则可怜见俺赵家三百口,都在这孩儿身上哩!(程婴云)公主请起,假若是我掩藏出小舍人去,屠岸贾得知,问你要赵氏孤儿,你说道:我与了程婴也。俺一家儿便死了也罢,这小舍人休想是活的。(旦儿云)罢!罢!罢!程婴,我教你去的放心。(诗云)程婴心下且休慌,听吾说罢泪千行;他父亲身在刀头死,(做拿裙带缢死科,云)罢!罢!罢!为母的也相随一命亡。(下)(程婴云)谁想公主自缢死了也。我不敢久停久住,打开这药箱,将小舍人放在里面,再将些生药遮住身子。天也!可怜见赵家三百余口,诛尽杀绝,只有一点点孩儿。我如今救的他出去,你便有福,我便成功;若是搜将出来呵,你便身亡,俺一家儿都也性命不保。(诗云)程婴心下自裁划②,赵家门户实堪哀;只要你出的九重帅府连环寨,便是脱却天罗地网灾。(下)(正末扮韩厥,领卒子上,云)某下将军韩厥是也。佐于屠岸贾麾下,着某把守公主的府门。可是为何,只因公主生下一子,唤做赵氏孤儿,恐怕有人递盗将去,着某在府门上,搜出来时,将他全家处斩,九族不留。小校,将公主府门把的严整者。嗨!屠岸贾,都似你这般损坏忠良,几时是了也呵!(唱)

【仙吕点绛唇】列国纷纷,莫强于晋。才安稳,怎有这屠岸贾贼臣?他则把忠孝的公卿损。

【混江龙】不甫能③风调雨顺太平年,宠用着这般人。忠孝的在市曹④中斩首,奸佞的在帅府内安身。现如今全作威来全作福,还说甚半由君也半由臣。他他他,把爪和牙布满在朝门,但违拗的早一个个诛夷⑤尽。多咱是人间恶煞,可什么阃外将军⑥!

(云)我想屠岸贾与赵盾两家儿结下这等深仇,几时可解也!(唱)

【油葫芦】他待要剪草防芽绝祸根,使着俺把府门。俺也是于家为国旧时臣。那一个藏孤儿的便不合将他隐,这一个杀孤儿的你可也心何忍。(带云)屠岸贾,你好狠也。(唱)有一日怒了上苍,恼了下民,怎不怕沸腾腾万口争谈论,天也显着个青脸儿不饶人。

【天下乐】却不道远在儿孙近在身,哎,你个贼也波⑦臣,和赵盾,岂可二十载同僚没些儿义分。便兴心使歹心,指贤人作歹人。他两个细评论,还是那个狠。

(云)令人,门首觑者,看有甚么人出府门来,报复某家知道。(卒子云)理会的。(程婴做慌走上,云)我抱着这药箱,里面有赵氏孤儿。天也可怜,喜的韩厥将军把住府门,他须是我老相公抬举来的。若是撞的出去,我与小舍人性命都得活也。(做出门科)(正末云)小校,拿回那抱药箱儿的人来。你是甚么人?(程婴云)我是个草泽医人,姓程,是程婴。(正末云)你在那里去来?(程婴云)我在公主府内煎汤下药来。(正末云)你下甚么药?(程婴云)下了个益母汤。(正末云)你这箱儿里面甚么物件?(程婴云)都是生药。(正末云)是甚么生药?(程婴云)都是桔梗、甘草、薄荷。(正末云)可有甚么夹带?(程婴云)并无夹带。(正末云)这等你去。(程婴做走,正末叫科,云)程婴回来,这箱儿里面是甚么物件?(程婴云)都是生药。(正末云)可有什么夹带?(程婴云)并无夹带。(正末云)你去!(程婴做走,正末叫科,云)程婴回来。你这其中必有暗昧。我着你去呵,似弩箭离弦⑧;叫你回来呵,

便似毡上拖毛⑨。程婴，你则道我不认的你哩！（唱）

【河西后庭花】你本是赵盾家堂上宾，我须是屠岸贾门下人。你便藏着那未满月麒麟种，（带云）程婴你见么？（唱）怎出的这不通风虎豹屯。我不是下将军，也不将你来盘问。（云）程婴，我想你多曾受赵家恩来！（程婴云）是。知恩报恩，何必要说。（正末唱）你道是既知恩合报恩，只怕你要脱身难脱身。前和后把住门，地和天那处奔？若拿回审个真，将孤儿往报闻，生不能，死有准。

（云）小校靠后，唤您便来；不唤您休来。（卒子云）理会的。（正末做揭箱子见科，云）程婴，你道是桔梗、甘草、薄荷，我可搜出人参来也！（程婴做慌，跪伏科）（正末唱）

【金盏儿】见孤儿额颅上汗津津，口角头乳食喷，骨碌碌⑩睁一双小眼儿将咱认，悄促促⑪箱儿里似把声吞，紧绑绑⑫难展足，窄狭狭⑬怎翻身。他正是成人不自在，自在不成人。

（程婴词云）告大人停嗔息怒，听小人从头分诉：想赵盾晋室贤臣，屠岸贾心生嫉妒。遣神獒扑害忠良，出朝门脱身逃去；驾单轮灵辄报恩，入深山不知何处。奈灵公听信谗言，任屠贼横行独步；赐驸马伏剑身亡，灭九族都无活路。将公主囚禁冷宫，那里讨亲人照顾。遵遗嘱唤做孤儿，子共母不能完聚；才分娩一命归阴，着程婴将他掩护。久以后长立成人，与赵家看守坟墓。肯分⑭的遇着将军，满望你拔刀相助；若再剪除了这点萌芽，可不断送他灭门绝户？（正末云）程婴，我若把这孤儿献将出去，可不是一身富贵？但我韩厥是一个顶天立地的男儿，怎肯做这般勾当！（唱）

【醉中天】我若是献出去图荣进，却不道利自己损别人。可怜他三百口亲丁尽不存，着谁来雪这终天恨？（带云）那屠岸贾若见这孤儿呵，（唱）怕不就连皮带筋，捻成齑粉⑮。我可也没来由立这样没眼的功勋。

（云）程婴，你抱的这孤儿出去。若屠岸贾问呵，我自与你回话。（程婴云）索谢了将军。（做抱箱儿走出，又回，跪科）（正末云）程婴，我说放你去，难道要你？可快出去！（程婴云）索谢了将军。（做走，又回，跪科）（正末云）程婴，你怎生又回来？（唱）

【金盏儿】敢猜着我调假⑯不为真，那知道蕙叹惜芝焚⑰；去不去我几回家将伊尽⑱，可怎生到门前兜的⑲又回身？（带云）

程婴,(唱)你既没包身胆,谁着你强做保孤人?可不道忠臣不怕死,怕死不忠臣。

(程婴云)将军,我若出的这府门去,你报与屠岸贾知道,别差将军赶来拿住我程婴,这个孤儿万无活理。罢!罢!罢!将军,你拿将程婴去,请功受赏;我与赵氏孤儿,情愿一处身亡便了!(正末云)程婴,你好去的不放心也!(唱)

【醉扶归】你为赵氏存遗胤[20],我于屠贼有何亲?却待要乔做人情谩众军,打一个回风阵。你又忠我可也又信,你若肯舍残生,我也愿把这头来刎。

【青歌儿】端的是一言一言难尽。(带云)程婴,(唱)你也忒眼内眼内无珍[21]。将孤儿好去深山深处隐,那其间教训成人,演武修文;重掌三军,拿住贼臣;碎首分身,报答亡魂,也不负了我和你硬踩着是非门,担危困。

(云)程婴,你去的放心者。(唱)

【赚煞尾】能可[22]在我身儿上讨明白,怎肯向贼子行[23]揑推问!猛拚着撞阶基图个自尽,便留不得香名万古闻,也好伴俎豆共做忠魂。你你你要殷勤,照觑晨昏[24],他须是赵氏门中一命根。直等待他年长进,才说与从前话本,是必教报仇人,休忘了我这大恩人。(自刎下)

(程婴云)呀!韩将军自刎了也!则怕军校得知,报与屠岸贾知道,怎生是好?我抱着孤儿须索逃命去来。(诗云)韩将军果是忠良,为孤儿自刎身亡;我如今放心前去,太平庄再做商量。(下)

【注释】

①看承你:对不住。 ②裁划:思量,斟酌。 ③不甫能:刚刚,容易。 ④市曹:市内商业集中之处。古代常于此处决人犯。 ⑤诛夷:杀戮。 ⑥闑外将军:统兵在国门以外的将军。闑,国门。 ⑦也波:唱腔中衬词,无实义。 ⑧弩箭离弦:形容疾速。 ⑨毡上拖毛:比喻行动迟缓。 ⑩骨碌碌:状声词,这里指孤儿转动眼珠。 ⑪悄促促:悄悄地、静静地。 ⑫紧绑绑:十分紧。 ⑬窄狭狭:不宽裕。 ⑭肯分:恰巧。 ⑮齑粉:细粉,碎屑,这里指粉身碎骨的意思。 ⑯调假:扯谎,假冒。 ⑰蕙叹惜芝焚:蕙和芝都是香草,常比喻高尚的品德。这里是惺惺相惜的意思。 ⑱几回家将伊尽:好几次让你选择。 ⑲兜的:突然。 ⑳遗胤:遗留下的后代。 [21]忒:太。眼内无珍:指没有眼光。 [22]能可:宁可。 [23]贼子行:贼人那里。推问:讯问。 [24]照觑晨昏:早晚照顾。

【赏析】

在《赵氏孤儿》的"楔子"中提到,奸臣屠岸贾谋害了赵盾全家,"满门"抄斩

"三百口"老幼之后,又胁迫赵盾之子——身为驸马的赵朔自杀,赵朔临死前恳切叮嘱怀孕的妻子,若产下小儿,便唤做赵氏孤儿,为父母洗刷冤屈、报仇雪恨。这便为剧情的发展和戏剧未来的冲突埋下伏笔。于是,在第一折开头便提到:屠岸贾得知公主产下小儿,立即派将军韩厥"把住府门",决心要斩杀赵氏遗孤,斩草除根。同时,公主正在为如何保全赵孤绞尽脑汁,无奈之下托付"草泽"医生程婴。于是,作者就把屠岸贾与赵盾的矛盾,不露痕迹地聚焦到"搜孤"与"救孤"的冲突上来,使剧情趋向集中与明朗,矛盾日渐尖锐和突出。同时,"搜孤"的韩厥与"救孤"的程婴,也就正面走上了戏剧的"舞台"中心。

关于程婴"救孤"一事,《史记》上记载,程婴作为赵的家门客,是为报恩才救孤;而作者这里是通过赵朔妻之口,强调程婴在赵氏"家属上无他的名字",只是一介"草泽医人",和赵家没有主仆之分。这一细节处就为程婴"救孤"做了铺垫,医生具有救死扶伤的职业道德,自然就带有扶危济困、急公好义的美好秉性,这就暗寓着程婴的救孤活动是源于社会道义感,从而就使救孤事业的正义性和崇高感得到了升华。然而,让一个与赵家无恩无情的人,牺牲自己孩儿的性命去换一个与自己无亲无故的婴儿,似乎有失现实。于是,作者巧设情节,层层推进,一步步将程婴推向英雄的境地,使他的形象逐渐大放光彩。作者没有简单地写程婴一开始就见义勇为,在公主求他时,他首先很感为难,害怕受到牵连。接着公主从人情世理上感化他,又以跪拜哀求来打动他,他这才答应。到了还向公主追问一句:假如你被逼暴露了我的救孤之事,岂不两姓都完?这不仅表现出程婴的谨慎、精细,而且使剧情自然地推衍出公主以自缢灭口来安定程婴的新波澜。作品一波三折,人物形象也更加生活化和人情化。

在这一折中,出现了一个对"救孤"行动至关重要的人物,那就是奉命"把守公主的府门"的将军韩厥。他被迫听从屠贼的命令,却正气凛然,指责"屠岸贾,你好狠也!"正当读者对这位充满正义感的韩将军投以敬意,并报以赵孤能顺利地从他手中逃生的希望时,剧情却出人意料。韩厥见程婴慌忙抱药箱出门,竟下令拿住程婴,两度盘问,两度放行,又两度叫回,并故意反复查问:"可有什么夹带?"而后竟然径直当面点破,他早知程婴藏着那未满的赵氏孤儿!然后他把其他人支开,终于揭开药箱看出了孤儿。到这里剧情为之一宕,使得读者不禁心弦一紧。然而,韩厥却开玩笑说道:"程婴,你道是桔梗、甘草、薄荷,我可搜出人参(代指孤儿)来也!"他这风趣、诙谐的戏谑语言,与程婴慌张跪求的紧迫情态,一庄一谐,相映成趣,使剧情更富情致和韵味。这时,韩厥唱道:"见孤儿额颅上汗津津,口角头乳食喷,骨碌碌睁一双小眼儿将咱认,悄促促箱儿里似把声吞。"作者笔蘸激情,维妙维肖刻画出赵氏孤儿活泼动人的美态,从中透露出韩厥慈善温良的心性。最后,韩厥自愿"硬踩着是非门,担危困",果断地放程婴抱孤外逃,并高唱要留"香名万古闻"而自刎殉义。韩厥的从容就义,不仅为《赵氏孤儿》的悲剧气氛增添了浓重的一笔,而且形成了全剧的第一个大波澜。

《赵氏孤儿》第二折

纪君祥

（屠岸贾领卒子上，云）事不关心，关心者乱。某屠岸贾，只为公主生下一个小的，唤做赵氏孤儿。我差下将军韩厥把住府门，搜检奸细；一面张挂榜文，若有掩藏赵氏孤儿者，全家处斩，九族不留。怕那赵氏孤儿会飞上天去？怎么这早晚还不见送到孤儿？故我放心不下。令人，与我门外觑者。（卒子报科，云）报元帅，祸事到了也！（屠岸贾云）祸从何来？（卒子云）公主在府中将裙带自缢而死。把府门的韩厥将军也自刎身亡了也。（屠岸贾云）韩厥为何自刎了？必然走了赵氏孤儿。怎生是好？眉头一皱，计上心来。我如今不免诈传灵公的命，把晋国内但是半岁之下，一月之上，新添的小厮，都与我拘刷①将来，见一个剁三剑，其中必然有赵氏孤儿。可不除了我这腹心之害？令人，与我张挂榜文，着晋国内但是半岁之下，一月之上，新添的小厮，都拘刷到我帅府中来听令。违者全家处斩，九族不留。（诗云）我拘刷尽晋国婴孩，料孤儿没处藏埋；一任他金枝玉叶，难逃我剑下之灾。（下）（正末扮公孙杵臼，领家童上，云）老夫公孙杵臼是也，在晋灵公位下为中大夫之职。只因年纪高大，见屠岸贾专权，老夫掌不得王事，罢职归农，苦庄②三顷地，扶手一张锄，住在这吕吕太平庄上。往常我夜眠斗帐③听寒角，如今斜倚柴门数雁行。倒大来④悠哉也呵！（唱）

【南吕一枝花】兀的不屈沉杀大丈夫，损坏了真梁栋。被那些腌臜⑤屠狗辈，欺负俺慷慨钓鳌翁⑥。正遇着不道⑦的灵公，偏贼子加恩宠，着贤人受困穷。若不是急流中将脚步抽回，险些儿闹市里把头皮断送。

【梁州第七】他他他，在元帅府扬威也那耀勇；我我我，在太平庄罢职归农。再休想鹓班豹尾⑧相随从。他如今高官一品，位极三公⑨；户封八县，禄享千钟。见不平处有眼如蒙，听咒骂处有耳如聋。他他他，只将那会谄谀的着列鼎重裀⑩，害忠良的便加官请俸，耗国家的都叙爵论功。他他他，只贪着目前受用，全不省爬的高来可也跌的来肿，怎如俺守田园学耕种？早跳出伤人饿虎丛，倒大来从容。

（程婴上，云）程婴，你好慌也！小舍人⑪，你好险也！屠岸贾，你好狠也！我程婴虽然担着个死，撞出城来，闻的那屠岸贾见说走了赵氏孤儿，要将晋国内半岁之下一月之上小孩儿每，都拘摄到元帅府里。不问是孤儿不是孤儿，他一个个亲手剁作三段。我将的这小舍人送到那厢去好？有了，我想吕吕太平庄上公孙杵臼，他与赵盾是一殿之臣，最相交厚。他如今罢职归农。那老宰辅⑫是个忠直的人，那里堪可掩藏。我如今来到庄上，就在这芭棚下放下这药箱。小舍人，你且权时歇息咱，我见了公孙杵臼便来看你。家童报复去，道有程婴求见。（家童报科，云）有程婴在于门首。（正末云）道有请。（家童云）请进。（正末见科，云）程婴，你来有何事？（程婴云）在下见老宰辅在这太平庄上，特来相访。（正末云）自从我罢官之后，众宰辅每好么？（程婴云）嗨！这不比老宰辅为官时节，如今屠岸贾专权，较往常都不同了也。（正末云）也该着众宰辅每劝谏劝谏。（程婴云）老宰辅，这等贼臣自古有之，便是那唐虞之世，也还有四凶⑬哩！（正末唱）

【隔尾】你道是古来多被奸臣弄，便是圣世何尝没四凶，谁似这万人恨千人嫌一人重。他不廉不公，不孝不忠，单只会把赵盾全家杀的个绝了种。

（程婴云）老宰辅，幸得皇天有眼，赵氏还未绝种哩！（正末云）他家满门良贱三百余口，诛尽杀绝，便是驸马也被三般朝典⑭短刀自刎了，公主也将裙带缢死了，还有什么种在那里？（程婴云）那前项的事，老宰辅都已知道，不必说了。近日公主囚禁府中，生下一子，唤做孤儿。这不是赵家是那家的种？但恐屠岸贾得知，又要杀坏，若杀了这一个小的，可不将赵家真绝了种也！（正末云）如今这孤儿却在那里？不知可有人救的出来么？（程婴云）老宰辅既有这点见怜之意，在下敢不实说。公主临亡时，将这孤儿交付与了程婴，着好生照觑他，待到成人长大，与父母报仇雪恨。我程婴抱的这孤儿出门，被韩厥将军要拿的去报与屠岸贾。是程婴数说了一场，那韩厥将军放我出了府门，自刎而亡。如今将的这孤儿无处掩藏，我特来投奔老宰辅。我想宰辅与赵盾原是一殿之臣，必然交厚，怎生可怜见救这个孤儿咱！（正末云）那孤儿今在何处？（程婴云）

现在芭棚下哩!(正末云)休惊唬着孤儿,你快抱的来。(程婴做取箱开看科,云)谢天地,小舍人还睡着哩。(正末接科)(唱)

【牧羊关】这孩儿未生时绝了亲戚,怀着时灭了祖宗,便长成人也则是少吉多凶。他父亲斩首在云阳,他娘呵因在禁中。那里是有血腥的白衣相,则是个无恩念的黑头虫⑮。(程婴云)赵氏一家,全靠着这小舍人,要他报仇哩。(正末唱)你道他是个报父母的真男子,我道来,则是个妨爷娘的小业种。

(程婴云)老宰辅不知,那屠岸贾为走了赵氏孤儿,晋国内小的都拘刷将来,要伤害性命。老宰辅,我如今将赵氏孤儿偷藏在老宰辅跟前,一者报赵驸马平日优待之恩,二者要救晋国小儿之命。念程婴年近四旬有五,所生一子,未经满月。假妆做赵氏孤儿,等老宰辅告首与屠岸贾去,只说程婴藏着孤儿,把俺父子二人,一处身死;老宰辅慢慢的抬举⑯的孤儿成人长大,与他父母报仇,可不好也?(正末云)程婴,你如今多大年纪了?(程婴云)在下四十五岁了。(正末云)这小的算着二十年呵,方报的父母仇恨。你再着二十年,也只是六十五岁;我再着二十年呵,可不九十岁了?其时存亡未知,怎么还与赵家报的仇?程婴,你肯舍的你孩儿,倒将来交付与我,你自首告屠岸贾处,说道太平庄上公孙杵臼藏着赵氏孤儿。那屠岸贾领兵校来拿住,我和你亲儿一处而死。你将的赵氏孤儿抬举成人,与他父母报仇,方才是个长策。(程婴云)老宰辅,是则是,怎么难为的你老宰辅?你则将我的孩儿假妆做赵氏孤儿,报与屠岸贾去,等俺父子二人一处而死吧。(正末云)程婴,我一言已定,再不必多疑了。(唱)

【红芍药】须二十年报仇的主人公,恁时节才称心胸,只怕我迟疾死后一场空。(程婴云)老宰辅,你精神还强健哩。(正末唱)我精神比往日难同,闪下这小孩童怎见功?你急切里老的不形容⑰,正好替赵家出力做先锋。(带云)程婴,你只依着我便了。(唱)我委实的捱不彻暮鼓晨钟⑱。

(程婴云)老宰辅,你好好的在家,我程婴不识进退,平白地将着这愁布袋连累你老宰辅,以此放心不下。(正末云)程婴,你说那里话?我是七十岁的人,死是常事,我不争这早晚。(唱)

【菩萨梁州】向这傀儡棚⑲中,鼓笛搬弄。只当做场短梦。

猛回头早老尽英雄。有恩不报怎相逢，见义不为非为勇。（程婴云）老宰辅既应承了，休要失信。（正末唱）言而无信言何用。（程婴云）老宰辅，你若存的赵氏孤儿，当名标青史，万古留芳。（正末唱）也不索⑳把咱来厮陪奉，大丈夫何愁一命终；况兼我白发鬅松。

（程婴云）老宰辅，还有一件。若是屠岸贾拿住老宰辅，你怎熬的这三推六问，少不得指攀我程婴下来。俺父子两个死是分内，只可惜赵氏孤儿，终归一死，可不把你老宰辅干连累了也。（正末云）程婴，你也说的是。我想那屠岸贾与赵驸马呵，（唱）

【三煞】这两家做下敌头重㉑。但要访的孤儿有影踪，必然把太平庄上兵围拥，铁桶般密不通风。（云）那屠岸贾拿住了我，高声喝道：老匹夫岂不见三日前出下榜文，偏是你藏下赵氏孤儿，与俺作对，请波请波！（唱）则说老匹夫请先入瓮㉒，也须知榜揭处天都动；偏你这罢职归田一老农，公然敢别蝎撩蜂㉓。

【二煞】他把绷扒吊拷般般用，情节根由细细穷；那其间枯皮朽骨难禁痛，少不得从实攀供，可知道你个程婴怕恐（带云）程婴，你放心者。（唱）我从来一诺似千金重，便将我送上刀山与剑峰，断不做有始无终。

（云）程婴，你则放心前去，抬举的这孤儿成人长大，与他父母报仇雪恨。老夫一死，何足道哉。（唱）

【煞尾】凭着赵家枝叶千年永，晋国山河百二雄㉔。显耀英材统军众，威压诸邦尽伏拱；遍拜公卿诉苦衷。祸难当初起下宫㉕，可怜三百口亲丁饮剑锋；刚留得孤苦伶仃一小童，巴到今朝袭父封。提起冤仇泪如涌，要请甚旗牌下九重㉖，早拿出奸臣帅府中，断首分骸祭祖宗，九族全诛不宽纵。恁时节才不负你冒死存孤报主公，便是我也甘心儿葬近要离㉗路旁冢。（下）

（程婴云）事势急了，我依旧将这孤儿抱的我家去，将我的孩儿送到太平庄上来。（诗云）甘将自己亲生子，偷换他家赵氏孤；这本程婴义分应该得，只可惜遗累公孙老大夫。（下）

【注释】

① 拘刷：拘查。　② 苫庄：用茅草盖成的房子。　③ 斗帐：小帐。寒角：凄凉的号角

声。 ④倒大来：十分，非常。 ⑤腌臢：肮脏，不干净，引申为卑劣。 ⑥钓鳌翁：鳌是传说中的海中大龟，能钓鳌的人即有气魄有本领的人。 ⑦不道：昏庸无道。 ⑧鹓班豹尾：指做官上朝。鹓是一种鸟，飞行时一只只紧跟着，很有秩序，这里用来比喻官员一个跟一个排列上朝。豹尾，即豹尾班。古时皇帝出行时随从的最后一辆车子上以豹尾作为饰物，称为豹尾车，豹尾班指随从皇帝的朝官行列。 ⑨三公：古以太师、太傅、太保为三公，这里泛指大臣的最高品位。 ⑩列鼎重裀：鼎为食器，裀为褥子，吃饭时排列出许多食品，坐卧时铺着重重锦褥，可见生活十分奢侈豪华。 ⑪小舍人：舍人是旧时对贵族子弟的称呼，这是指赵氏孤儿。 ⑫宰辅：辅佐皇帝治理国家的大臣，一般指宰相，也泛指朝中重臣。 ⑬四凶：传说中唐虞时代的四位恶人，即：浑沌、穷奇、梼杌、饕餮。 ⑭三般朝典：古时愚忠思想，将皇帝赐死看作朝廷的恩典，这里指晋灵公赐给驸马赵朔自杀时的弓弦、药酒和短刀。 ⑮黑头虫：民间传说，黑头虫是吃父母的虫，因而用来比喻忘恩负义的人。 ⑯抬举：照料，抚养。 ⑰急切里：一时间，短时间。老的不形容：即"老不的形容"，容颜不会变老。 ⑱捱不彻暮鼓晨钟：捱不完那日日夜夜，意思是年纪老了，再不会活多少日子。 ⑲傀儡棚：演木偶戏的戏棚，比喻人世间。 ⑳不索：不用，无须。 ㉑敌头重：怨仇很深。 ㉒入瓮：就范，受刑。唐朝武则天要来俊臣拿周兴，先让周教他怎样才能让犯人招供，周告知他：把一个大瓮烧红，要犯人钻进去，他就不能不招供了。来俊臣便用这种办法，将瓮烧红，让周兴钻入，周惧而伏罪。 ㉓剔蝎撩蜂：比喻胆量极大。 ㉔晋国山河百二雄：山河百二，原是指秦国地势险要，以百万兵力即可抵抗关东诸侯的二百万人，这里借指晋国的强固不败。 ㉕祸难当初起下官：追溯赵盾和屠岸贾结仇的原因：晋灵公在宫中建绛绡楼，在楼上用弹弓射人取乐，赵盾切谏，与屠岸贾发生争论，因而结仇。 ㉖旗牌：传达皇帝命令的官员。九重：指皇帝所居之地。
㉗要离：春秋末年吴国的勇士，他效忠于吴王，为了替吴王谋刺在卫国的公子庆忌，让吴王断其右手，杀其妻子，使庆忌相信他与吴王有仇，后寻机杀死庆忌，自己亦伏剑而死。

【赏析】

　　《赵氏孤儿》的第二折戏写屠岸贾为了斩绝赵家根苗，竟然诈传灵公之命，在全国搜查赵氏孤儿，下令把全晋国"新添的小厮"都要捉来"见一个剁三剑，其中必然有赵氏孤儿，可不除了我这腹心之害！"屠岸贾这一丧心病狂的行为，深刻揭示了以屠岸贾为代表的反动统治者"宁枉无纵"、嗜杀成性的恶毒本性，并自然地推动了戏剧的进展。因为屠贼这骇人听闻的毒招，使赵氏孤儿乃至全国婴儿的命运，又尖锐地提到了风口浪尖之上。

　　于是，在此紧急情况之下，程婴和公孙杵臼商议藏孤救孤，公孙杵臼决定牺牲自己的性命，程婴牺牲自己的儿子，表现了他们舍己救人和见义勇为的高贵品质。热心救孤的公孙杵臼，史料中记载本是赵朔门客，作者在此将他塑造成与赵盾同为"一殿之臣"的"中大夫"，并且善良刚正，亦遭屠贼排挤而罢职归农，是剧中直接与屠岸贾正面冲突的同僚对手，所以程婴特来相求共谋救孤大事。这就壮大了正义势力的阵线，丰富了戏剧冲突的形象系列，使舞台上矛盾着的双方角色，既增添了强度，更增强了质感。公孙杵臼出场的一段唱词，表现了他对朝政的清醒认识和鲜明的是非观念，这是他和程婴做此义举的共同思想基础。

　　在对程婴形象的塑造上，显示出了作者高超的历史胆识和睿智的艺术匠心。程婴中年得子，却毅然以自身骨肉取代赵孤而去送死，以维护正义并挽救全国婴儿。"念程婴年近四旬有五，所生一子，未经满月，待假妆做赵氏孤儿，等老宰辅告首与屠岸贾去，只说程婴藏着赵氏孤儿，把俺父子二人一处身死；老宰辅慢慢的抬举的孤儿成人长大，与他父母报仇"。这一段程婴的对白，掷地有声，不仅立即感动了"忠直"热忱的老杵臼，而且有如旭日东升穿云破雾，以至善至美的人性光芒，荡涤了旧史原型中为感恩报义而牺牲他人、为忠奸斗争而摧残生灵的阴霾尘屑，极大地完善了程婴、杵臼二人的壮美性格，使他们成为舞台上光耀万丈、彪炳艺苑的千秋典型，使整个杂剧都辉映着更激励人心的美感效应。作者让程婴贯穿于悲剧始终，成为解决戏剧冲突的中坚人物，使这救孤悲剧焕发出拯民济世的伟大光辉。

第二折，屠岸贾在全国搜孤，作为这折戏情节发展的背景，不仅加强了戏剧冲突，烘染了紧张气氛，而且将程婴救孤的行为从为报赵朔之恩，扩大到拯救全晋国小儿之命，赋予了更高的思想意义。

《赵氏孤儿》第三折

纪君祥

（屠岸贾领卒子上，云）兀的不走了赵氏孤儿也！某已曾张挂榜文，限三日之内，不将孤儿出首，即将晋国内小儿但是半岁以下，一月以上，都拘刷①到我帅府中，尽行诛戮。令人②，门首觑者，若有首告③之人，报复④某家知道。（程婴上，云）自家程婴是也，昨日将我的孩儿送与公孙杵臼去了；我今日到屠岸贾跟前首告去来。令人，报复去，道有了赵氏孤儿也。（卒子云）你则在这里，等我报复去。（报科，云）报的元帅得知，有人来报赵氏孤儿有了也。（屠岸贾云）在那里？（卒子云）现在门首哩。（屠岸贾云）着他过来。（卒子云）着过来。（做见科，屠岸贾云）兀那厮，你是何人？（程婴云）小人是个草泽医士程婴。（屠岸贾云）赵氏孤儿今在何处？（程婴云）在吕吕太平庄上，公孙杵臼家藏着哩。（屠贾云）你怎生知道来？（程婴云）小人与公孙杵臼曾有一面之交，我去探望他，谁想卧房中锦绷绣褥上，躺着一个小孩儿。我想公孙杵臼年纪七十，从来没儿没女，这个是那里来的？我说道：这小的莫非是赵氏孤儿么？只见他登时变色，不能答应。以此知孤儿在公孙杵臼家里。（屠岸贾云）咄！你这匹夫，你怎瞒的过我。你和公孙杵臼往日无仇，近日无冤，你因何告他藏着赵氏孤儿？你敢是知情么!说的是,万事全休;说的不是,令人,磨的剑快,先杀了这个匹夫者。(程婴云)告凶帅暂息雷霆之怒,略罢虎狼之威,听小人诉说一遍咱。我小人与公孙杵臼原无仇隙,只因元帅传下榜文,要将晋国内小儿拘刷到帅府,尽行杀坏。我一来为救晋国内小儿之命;二来小小四旬有五,近生一子,尚未满月。元帅军令,不敢不献出来,可不小人也绝后了?我想有了赵氏孤儿,便不损坏一国生灵,连小人的孩儿也得无事,所以出首。(诗云)告大人暂停嗔怒,这便是首告缘故;虽然救晋国生灵,其实怕程家绝户。(屠岸贾笑科,云)哦!是了。公孙杵臼原与赵盾一殿之臣,可知有这事来。令人,则今日点就本部下人马,同程婴到太平庄上,拿公孙杵臼走一遭去。(同下)(正末公孙杵臼上,云)老夫公孙杵臼是也。想昨日与程婴商议救赵氏孤儿一事,今日他到屠岸贾府中首告去了。这早晚屠岸贾这厮必然来也呵!(唱)

【双调新水令】我则见荡征尘飞过小溪桥,多管是损忠良贼徒来到。齐臻臻摆着士卒,明晃晃列着枪刀。眼见的我死在今朝,更避甚痛笞掠。

(屠岸贾同程婴领卒子上,云)来到这吕吕太平庄上也。令人,与我围了太平庄者。程婴,那里是公孙杵臼宅院?(程婴云)则这个便是。(屠岸贾云)拿过那老匹夫来。公孙杵臼,你知罪么?(正末云)我不知罪。(屠岸贾云)我知你个老匹夫和赵盾是一殿之臣。你怎敢掩藏着赵氏孤儿!(正末云)老元帅,我有熊心豹胆?怎敢掩藏着赵氏孤儿!(屠岸贾云)不打不招。令人,与我拣大棒子着实打者。(卒子做打科)(正末唱)

【驻马听】想着我罢职辞朝,曾与赵盾名为刎颈交⑤。(云)这事是谁见来?(屠岸贾云)现有程婴首告着你哩。(正末唱)是那个埋情出告,原来这程婴舌是斩身刀。(云)你杀了赵家满门良贱三百余口,则剩下这孩儿,你又要伤他性命。(唱)你正是狂风偏纵扑天雕,严霜故打枯根草。不争⑥把孤儿又杀坏了。可着他三百口冤仇甚人来报。

(屠岸贾云)老匹夫,你把孤儿藏在那里?快招出来,免受刑法。(正末云)我有甚么孤儿藏在那里?谁见来?(屠岸贾云)你不招?令人,与我采下去⑦,着实打者。(做打科)(屠岸贾云)这老匹夫赖肉顽皮不肯招承,可恼,可恼。程婴,这原是你出首的,就着你替我行杖者。(程婴云)元帅,小人是个草泽医士,撮药尚然腕弱,怎生行的杖?(屠岸贾云)程婴,你不行杖[8],敢怕指攀[9]出你么?(程婴云)元帅,小人行杖便了。(做拿杖子科)(屠岸贾云)程婴,我见你把棍子拣了又拣,只拣着那细棍子,敢怕打的他疼了,要指攀下你来。(程婴云)我就拿大棍子打者。(屠岸贾云)住者。你头里只拣着那细棍子打,如今你却拿起大棍子来,三两下打死了呵,你就做的个死无招对[10]。(程婴云)着我拿细棍子又不是,拿大棍子又不是,好着我两下做人难也。(屠岸贾云)程婴,你只拿着那中等棍子打。公孙杵臼老匹夫,你可知道行杖的就是程婴么?(程婴行杖科,云)快招了者!(三科了[11])(正末云)哎哟!打了这一日,不似这几棍子打的我疼,是谁打我来?(屠岸贾云)是程婴打你来。(正末云)程婴,你划的打我那?(程婴云)元帅,打的这老头儿兀的不胡说哩。(正末云唱)

【雁儿落】是那一个实丕丕[12]将着粗棍敲?打的来痛杀杀精皮掉。我和你狠程婴有甚的仇?却教我老公孙受这般虐。

(程婴云)快招了者。(正末云)我招,我招。(唱)

【得胜令】打的我无缝可能逃,有口屈成招。莫不是那孤儿他知道,故意的把咱家指定了。(程婴做慌科)(正末唱)我委实的难熬,尚兀自强着牙根儿闹;暗地里偷瞧,只见他早唬的腿脡儿[13]摇。

(程婴云)你快招罢,省得打杀你。(正末云)有,有,有。(唱)

【水仙子】俺二人商议要救这小儿曹。(屠岸贾云)可知道指攀下来也。你说二人,一个是你了,那一个是谁?你实说将出来,我饶你的性命。(正末云)你要我说那一个,我说,我说。(唱)哎!一句话来到我舌尖上却咽了。(屠岸贾云)程婴,这桩事敢有你么?(程婴云)兀那老头儿,你休妄指平人[14]。(正末云)程婴,你慌怎么?(唱)我怎生把你程婴道,似这般有上梢无下梢[15]。(屠岸贾云)你头里说两个,你怎生这一会儿可说无了?(正末唱)只被你打的来不知一个颠倒。(屠岸贾云)你还不说,我就打死你个老匹夫。(正末唱)遮莫[16]便打的我皮都绽,肉尽销,休想我有半字儿攀着。

(卒子抱俫儿上科,云)元帅爷贺喜,土洞中搜出个赵氏孤儿来了也。(屠岸贾笑科,云)将那小的拿近前来,我亲自

下手，剁做三段。兀那老匹夫，你道无有赵氏孤儿，这个是谁？（正末唱）

【川拨棹】你当日演神獒⑰，把忠臣来扑咬。逼的他走死荒郊，刎死钢刀，缢死裙腰，将三百口全家老小尽行诛剿。并没那半个儿剩落，还不厌⑱你心苗。

（屠岸贾云）我见了这孤儿，就不由我不恼也。（正末唱）

【七弟兄】我只见他左睢、右瞧、怒咆哮，火不腾⑲改变了狰狞貌，按狮蛮⑳拽扎起锦征袍，把龙泉㉑扯离出沙鱼鞘。

（屠岸贾怒云）我拔出这剑来。一剑，两剑，三剑。（程婴做惊疼科，屠岸贾云）把这一个小业种㉒剁了三剑，兀的不称了我平生所愿也。（正末唱）

【梅花酒】呀！见孩儿卧血泊。那一个哭哭号号，这一个怨怨焦焦，连我也战战摇摇。直恁般歹做作，只除是没天道。呀！想孩儿离褥草㉓，到今日恰十朝，刀下处怎耽饶，空生长枉劬劳㉔，还说甚要防老。

【收江南】呀！兀的不是家富小儿骄。（程婴掩泪科）（正末唱）见程婴心似热油浇，泪珠儿不敢对人抛，背地里揾了。没来由割舍的亲生骨肉吃三刀。

（云）屠岸贾那贼，你试觑者。上有天哩，怎肯饶过的你，我死打甚么不紧㉕！（唱）

【鸳鸯煞】我七旬死后偏何老，这孩儿一岁死后偏知小。俺两个一处身亡，落的个万代名标。我嘱付你个后死的程婴，休别㉖了横亡的赵朔。畅道是光阴过去的疾，冤仇报复的早。将那厮万剐千刀，切莫要轻轻的素放㉗了。

（正末撞科，云）我撞阶基，觅个死处。（下）（卒子报科，云）公孙杵臼撞阶基身死了也。（屠岸贾笑科，云）那老匹夫既然撞死，可也罢了。（做笑科，云）程婴，这一桩里多亏了你；若不是你呵，如何杀的赵氏孤儿？（程婴云）元帅，小人原与赵氏无仇，一来救晋国内众生；二来小人跟前也有个孩儿，未曾满月。若不搜的那赵氏孤儿出来，我这孩儿也无活的人也。（屠岸贾云）程婴，你是我心腹之人，不如只在我家中做个门客，抬举㉘你那孩儿成人长大。在你跟前习文，送在我跟前演武。我也年近五旬，尚无子嗣，就将你的孩儿与我做个义儿。我偌大年纪了，后来我的官位，也等你的孩儿讨个应袭，你意下如何？（程婴云）多谢元帅抬举。（屠岸贾诗云）则为朝纲中

独显赵盾,不由我心中生忿;如今削除了这点萌芽,方才是永无后衅。(同下)

【注释】

①拘刷:拘查。 ②令人:传令官。 ③首告:出首、告发。 ④报复:回复。 ⑤刎颈交:生死与共的知心朋友。 ⑥不争:如果、要是。 ⑦采下去:抓下去。 ⑧行杖:用棍子打受刑的人。 ⑨指攀:牵连。 ⑩招对:对证。 ⑪三科了:演员连续三次重复同一表演动作。 ⑫实丕丕:实实在在。这里形容打得沉重。 ⑬腿脡儿:腿肚子。 ⑭平人:没有罪的人。 ⑮有上梢无下梢:比喻做事有始无终。 ⑯遮莫:即使,无论。 ⑰神獒:巨犬。 ⑱厌:这里是满足的意思。 ⑲火不腾:也作火不登,形容发怒时脸涨红的样子。 ⑳狮蛮:指带子,古代武将袍上的带子饰有狮子蛮王圈案,称为"狮蛮带"。 ㉑龙泉:原为宝剑名称,这里泛指剑。 ㉒小业种:骂小孩的话。 ㉓褥草:指产妇分娩时用的垫褥或垫席。 ㉔劬劳:劳累。 ㉕打甚么不紧:有什么要紧。 ㉖别:撇下。 ㉗素放:轻轻放过。 ㉘抬举:这里是抚育、照顾的意思。

【赏析】

第三折是全剧的高潮,剧本围绕着搜孤与救孤,展开了一场场富有戏剧性的冲突,描绘了一个个惊心动魄的场面。整折戏矛盾尖锐,情节紧张,气氛悲壮,处处激动人心。

这一折开头,屠岸贾叫嚷道:若三天之内搜不到赵氏孤儿,就把全晋国的婴儿都杀死!这一开头就营造的紧张气氛,推动了戏剧的新动势。在搜孤与救孤的整个冲突过程中,屠岸贾施出了种种毒计,程婴闯过了道道险关。程婴首先根据他同公孙杵臼商定的计划,向屠岸贾告发公孙老人隐藏赵氏孤儿。奸诈的屠贼开始时认为程婴与公孙杵臼"往日无仇,近日无冤",故不以相信,并且威胁程婴:"说的是,万事全休,说的不是,令人,磨的剑快,先杀了这个匹夫者。"屠岸贾意外的盘查恫吓,使戏剧之弦陡然一紧,形成本折的第一回冲突。然而程婴在凶恶的敌人面前,沉着应对,镇定地说明了告发的原因,说得合情合理,屠贼从他话中找不出破绽,只好相信了,但还是有些不放心。

屠岸贾抓来公孙杵臼,在拷打之中,又生出诡计,突然命程婴对公孙施刑,程婴不忍下手,以"草泽医生,撮药尚然腕弱"为理由推辞之。屠贼即指责他是怕受"指攀"而不敢打公孙。程婴无奈,只得顺从,起初,他怕打痛老人,只拣用细的棍子行刑,屠贼仍说他用细棍子打,是怕打痛了公孙杵臼,"指攀"到自己。程婴只好忍心拿起粗棍子,不料屠贼又说他用粗棍子打,是想三两下把公孙杵臼打死,死无对证。捉弄得程婴"两下做人难也","只拿着那中等棍子打"。这一幕别出心裁、啼笑皆非的闹剧形成了第二回冲突,既隐现出屠岸贾怪诞、诡谲的心性,又深化了程婴淳朴敦厚而又机警灵活的品貌,缓冲了前后的紧张气氛,调节了全剧的悲概情调。

在程婴被迫打公孙老人的时候,狡猾的屠贼不仅细心观察,想从中找出破绽,而且反复对杵臼一再嚷道:"是程婴打你来!"企图挑拨他供出程婴来。果然公孙老人在昏迷之中,发觉打他的竟是自己的合作者程婴,于是十分气愤,一时露出了"俺二人商议要救这小儿曹"的话来,这便引起屠贼的火急穷追:"你说二人,一个是你了,那一个是谁?"这时程婴以为他们的计划要落空了,心里非常紧张,"唬的腿脡儿摇"。幸亏公孙老人一下子又醒悟过来,立刻把已经到"舌尖上"的话咽了回去。这剧情横生波澜,急转直下,激起戏剧的新波澜、新悬念，形成第三回冲突。

就在这情况异常紧张的时候，卫兵抱来了从公孙老人的地洞里搜到的、由程婴的儿子假充的"赵氏孤儿"，刚才还满脸杀气、几近疯狂的屠贼，马上袭嘴"笑"了。屠岸贾以为搜出的婴孩真的是赵氏孤儿，立即恢复他"恼"、"怒"、"咆哮"的"狰狞貌"，"一剑、两剑、三剑"，把无辜的婴儿剁死，这就形成了惊心动魄的第四回冲突。程婴就这样目睹自己亲生的儿子在屠刀下悲惨地丧生。此时，他"心似热油浇，泪珠儿不敢对人抛"，虽然悲痛不已，但终于经受住这场考验，闯过了最后一关，保全了赵氏孤儿。全剧由嘱孤、托孤、搜孤、藏孤和殉孤，剧情步步深化，矛盾阵阵加剧，终于发展到这里的杀孤，形成全剧高潮。

杵臼在痛斥屠贼杀婴、高唱绝命之词以后，撞阶而死，以身殉孤，结束了第五回冲突。本来剧已至此，替死、存孤的总体矛盾得到完满解决，然而作者又奇思突起，开创了一派曲水横流的新天地。屠贼认为程婴的告发，使自己解除了心头之患，于是视程婴为心腹，欣喜之下，心血来潮，竟要留程婴做门客，并收养程的假儿为"义子"。迫使程婴在这个本就狐疑诡谲而又心狠手辣的屠岸贾面前，不得不暂且顺水行舟。这就使戏剧矛盾在无风起浪中又推向了新的高潮，这个未脱襁褓的赵氏孤儿，未出虎口又陷狼窝，落于随时暴露、随时被杀的险境。这第六回冲突，又给人们带来了无限惊讶、无穷忧虑的悬念。

整出戏，随着剧情的发展，矛盾越来越尖锐，斗争愈来愈剧烈，人物的性格也越来越鲜明突出。

《赵氏孤儿》第四折

纪君祥

（屠岸贾领卒子上，云）某，屠岸贾。自从杀了赵氏孤儿，可早二十年光景也。有程婴的孩儿，因为过继与我，唤做屠成。教的他十八般武艺，无有不拈，无有不会。这孩儿弓马倒强似我，就着我这孩儿的威力，早晚定计，弑了灵公，夺了晋国，可将我的官位都与孩儿做了，方是平生愿足。适才孩儿往教场中演习弓马去了，等他来时，再做商议。（下）（程婴拿手卷①上，诗云）日月催人老，光阴趱②少年；心中无限事，未敢尽明言。过日月好疾也！自到屠府中，今经二十年光景，抬举的我那孩儿二十岁，官名唤作程勃。我跟前习文，屠岸贾跟前习武，甚有机谋，熟娴弓马。那屠岸贾将我的孩儿十分见喜，他岂知就里的事。只是一件，连我这孩儿心下也还是懵懵懂懂的。老夫今年六十五岁，倘或有些好歹呵，着谁人说与孩儿知道，替他赵氏报仇。以此踌躇展转，昼夜无眠。我如今将从家屈死的忠臣良将，画成一个手卷，倘若孩儿问老夫呵，我一桩桩剖说前事，这孩儿必然与父母报仇也。我且在书房中闷坐着，只等孩儿到来，自有个理会。（正末扮程勃上，云）某，程勃是也。这壁厢爹爹是程婴；那壁厢爹爹可是屠岸贾。我白日演武，到晚习文。如今在教场中回来，见我这壁厢爹爹走一遭去也呵。（唱）

【中吕粉蝶儿】引着些本部下军卒，提起来杀人心半星不惧。每日家习演兵书。凭着我，快相持③，能对垒，直使的诸邦降伏。俺父亲英勇谁如，我拚着个尽心儿扶助。

【醉春风】我则待扶明主晋灵公，助贤臣屠岸贾。凭着我能文善武万人敌，俺父亲将我来许、许。可不道马壮人强，父慈子孝，怕甚么主忧臣辱。

（程婴云）我展开这手卷。好可怜也！单为这赵氏孤儿，送了多少贤臣烈士，连我的孩儿也在这里面身死了也。（正末云）令人，接了马者。这壁厢爹爹在那里？（卒子云）在书房中看书哩。（正末云）令人报复去。（卒子报科，云）有程勃来了也。（程婴云）着他过来。（卒子云）着过去。（正末做见科，云）这壁厢爹爹，您孩儿教场中回来了也。（程婴云）你吃饭去。（正末云）我出的这门来。想俺这壁厢爹爹，每日见我心中喜欢，今日见我来心中可甚烦恼，垂泪不止。不知主着何意？我过去问他。谁欺负着你来？对您孩儿说，我不道的④饶了他哩。（程婴云）我便与你说呵，也与你父亲母亲做不的主，你只吃饭去。（程婴做掩泪科）（正末云）兀的不僥幸⑤杀我也！（唱）

【迎仙客】因甚的掩泪珠？（程婴做吁气科）（正末唱）气长吁？我恰才叉定手向前来紧趋伏。（带云）则俺见这壁厢爹爹呵，（唱）懒支支⑥恶心烦，勃腾腾⑦生忿怒。（带云）是甚么人敢欺负你来？（唱）我这里低首踌躇。（带云）既然没的人欺负你呵，（唱）那里是话不投机处。

（程婴云）程勃，你在书房中看书，我往后堂中去去再来。（做遗手卷虚下）（正末云）哦，原来遗下一个手卷在此。可是甚的文书？待我展开看咱。（做看科，云）好是奇怪，那个穿红的拽着恶犬，扑着个穿紫的；又有个拿瓜锤的打死了那恶犬。这一个手扶着一辆车，又是没半边车轮的。这一个自家撞死槐树之下。可是甚么故事？又不写出个姓名，教我那里知道！

（唱）

【红绣鞋】画着的是青鸦鸦几株桑树，闹炒炒一簇田夫。这一个可磕擦⑧紧扶定一轮车。有一个将瓜锤亲手举，有一个触槐树早身殂⑨，又一个恶犬儿只向着这穿紫的频去扑。

（云）待我再看来。这一个将军前面摆着弓弦、药酒、短刀三件，却将短刀自刎死了。怎么这一个将军也引剑自刎而死？又有个医人手扶着药箱儿跪着，这一个妇人抱着个小孩儿，却象要交付医人的意思。呀！原来这妇人也将裙带自缢死了，好可怜人也！（唱）

【石榴花】我只见这一个身着锦襜褕⑩，手引着弓弦药酒短刀诛。怎又有个将军自刎血模糊？这一个扶着药箱儿跪伏，这一个抱着小孩儿交付。可怜穿珠带玉良家妇，他将着裙带儿缢死何辜。好着我沉吟半晌无分诉，这画的是徯幸杀我也闷葫芦⑪。

（云）我仔细看来。那穿红的也好狠哩，又将一个白须老儿打的好苦也。（唱）

【斗鹌鹑】我则见这穿红的匹夫，将着这白须的来欧辱；兀的不恼乱我的心肠，气填我这肺腑。（带云）这一家儿若与我关亲呵，（唱）我可也不杀了贼臣不是丈夫，我可便敢与他做主。这血泊中躺的不知是那个亲丁？这市曹中杀的也不知是谁家上祖？

（云）到底只是不明白，须待俺这壁厢爹爹出来，问明这桩事，可也免的疑惑。（程婴上，云）程勃，我久听多时了也。（正末云）这壁厢爹爹可说与您孩儿知道。（程婴云）程勃，你要我说这桩故事，倒也和你关亲哩。（正末云）你则明明白白的说与您孩儿咱。（程婴云）程勃，你听者，这桩故事好长哩。当初那穿红的和这穿紫的，原是一殿之臣，争奈两个文武不和，因此做下对头，已非一日。那穿红的想道：先下手为强，后下手遭殃。暗地遣一刺客，唤做鉏麑，藏着短刀，越墙而过，要刺杀这穿紫的。谁想这穿紫的老宰辅，每夜烧香，祷告天地，专一片报国之心，无半点于家之意⑫。那人道：我若刺了这个老宰辅，我便是逆天行事，断然不可；若回去见那穿红的，少不得是死。罢，罢，罢。（诗云）他手携利刃暗藏埋，因见忠良却悔来；方知公道明如日，此夜做鉏麑自触槐。（正末云）这个触槐而死的是鉏麑么？（程婴云）可知是哩。这个穿紫的为春间劝农出到郊外,可在桑树下见一壮士,仰面张口而卧。穿紫的问其缘故,那壮士言:某乃是灵辄,因每顿吃一斗米的饭,大主人家养活不过。将我赶逐出来;欲待摘他桑椹子吃,又道我偷他的。因此仰面而卧,等那桑椹子掉在口中便吃;掉不在口中,宁可饿死,不受人耻辱。穿紫的说:此烈士也。遂将酒食赐与饿夫。饱餐了一顿,不辞而去;这穿紫的并无嗔怒之心。程勃,这见得老宰辅的德量处。(诗云)为乘春令劝耕初,巡遍郊原日未晡⑬;壶浆箪食因谁下,刚济桑间一饿夫。(正末云)哦,这桑树下饿夫唤做灵辄。(程婴云)程勃,你紧记者。又一日,西戎国贡进神獒。是一只狗,身高四尺者,其名为獒。晋灵公将神獒赐与那穿红的。正要谋害这穿紫的,即于后园中扎一草人,与穿紫的一般打扮,将草人腹中悬一付羊心肺,将神獒饿了五七日;然后剖开草人腹中,饱餐一顿。如此演成百日,去向灵公说道:如今朝中岂无不忠不孝的人,怀着欺君之意。灵公问道:其人安在?那穿红的说:前者赐与臣的神獒,便能认的。那穿红的牵上神獒去,这穿紫的正立于殿上;那种獒认着是草人,向前便扑。赶的这穿紫的绕殿而走。旁边恼了一人,乃是殿前太尉提弥明,举起金瓜,打倒神獒,用手揪住脑勺皮,则一劈劈为两半。(诗云)贼臣奸计有千条,逼的忠良没处逃;殿前自有英雄汉,早将毒手劈神獒。(正末云)这只恶犬,唤做神獒;打死这恶犬的,是提弥明。(程婴云)是那老宰辅出的殿门,正待上车,岂知被那穿红的把他那驷马车四马摘了二马,双轮摘了一轮,不能前去。旁边转过壮士,一臂扶轮,一手策马;磨衣见皮,磨皮见肉,磨肉见筋,磨筋见骨,磨骨见髓。捧毂推轮⑭,逃往野外。你道这个是何人?可就是桑间饿夫灵辄者是也。(诗云)紫衣逃难出宫门,驷马双轮摘一轮;却是灵辄强扶归野外,报取桑间一饭恩。(正末云)您孩儿记的,原来就是仰卧于桑树下的那个灵辄。(程婴云)是。(正末云)这壁厢爹爹,这个穿红的那厮好狠也!他叫什么名氏?(程婴云)程勃,我忘了他姓名也。(正末云)这个穿紫的,可是姓甚么?(程婴云)这个穿紫的,姓赵,是赵盾丞相。他和你也关亲哩。(正末云)您孩儿听的说有个赵盾丞相,倒也不曾挂意。(程婴云)程勃,我今番说与你呵,你则紧紧记者。(正末云)那手卷上还有哩。你可再说与您孩儿听咱。(程婴云)那个穿红的,把这赵盾家三百口满门良贱诛尽杀绝了。只有一子赵朔，是个驸马。那穿红的诈传灵公的命，将三般朝典赐他，却是弓弦、药酒、短刀，要他凭着取一件自尽。其时公主腹怀有孕，赵朔遗言：我若死后，你添的个小厮儿呵，可名赵氏孤儿，与俺三百口报仇。谁想赵朔短刀刎死，那穿红的将公主囚禁府中，生下赵氏孤儿。那穿红的得知，早差下将军韩厥，把住府门，专防有人藏了孤儿出去。这公主有个门下心腹的人，唤做草泽医士程婴。（正末云）这壁厢爹爹，你敢就是他么？（程婴云）天下有多少同名同姓的人，他另是一个程婴。这公主将孤儿交付了那个程婴，就将裙带自缢而死。那程婴抱着这孤儿，来到府门上，撞见韩厥将军，搜出孤儿来；被程婴说了两句，谁想韩厥将军也拔剑自刎了。（诗云）那医人全无怕惧，将孤儿私藏出去；正撞见忠义将军，甘身死不教拿住。（正末云）这将军为赵氏孤儿，自刎身亡了，是个好男子。我记着他唤做韩厥。（程婴云）是，是，是。正是韩厥。谁想那穿红的得知，将普国内半岁之下一月之上小孩儿每，都拘刷到他府来，每人剁做三剑。必然杀了赵氏孤儿。（正末做怒科，云）那穿红的好狠也！（程婴云）可知他狠哩。谁想这程婴也生的个孩儿，尚未满月，假妆做赵氏孤儿，送到吕吕太平庄上公孙杵臼跟前。（正末云）那么孙杵臼却是何人？（程婴云）这个老宰辅，和赵盾是一殿之臣。程婴对他说道：老宰辅，你收着这赵氏孤儿，去报与穿红的，道程婴藏着孤儿，将俺父子一处身死。你抬举的孤儿成人长大，与他父母报仇，有何不可？公孙杵臼说道：我如今年迈了也。程婴，你舍的你这孩儿，假妆做赵氏孤儿，藏在老夫跟前；你报与穿红的去，我与你孩儿一处身亡。你藏着孤儿，日后与他父母报仇才是。（正末云）他那个程婴肯舍他那孩儿么？（程婴云）他的性命也要舍哩，量他那孩儿打甚么不紧。他将自己的孩儿假妆做了孤儿，送与公孙杵臼处。报与那穿红的得悉，将公孙杵臼三推六问，吊拷绷扒。追出那假的赵氏孤儿来，剁做三剑；公孙杵臼自家撞阶而死。这桩事经今二十年光景了也！这赵氏孤儿现今长成二十岁，不能与父母报仇，说兀的做甚？（诗云）他一貌堂堂七尺躯，学成文武待何如；乘车祖父归何处，满门良贱尽遭诛。冷宫老母悬梁缢，法场亲父引刀殂；冤恨至今犹未报，枉做人间大丈夫。（正末云）你说了这一日，您孩儿如睡里梦里，只不省的。（程婴云）原来你还不知哩！如今那穿红的正是奸臣屠岸贾,赵盾是你公公⑮,赵朔是你父亲,公主是你母亲。(诗云)我如今一一说到底,你划地不知头共尾;我是存孤弃子老程婴,兀的赵氏孤儿便是你。(正末云)原来赵氏孤儿正是我,兀的不气杀我也!(正末做倒,程婴扶科,云)小主人醒者。(正末云)兀的不痛杀我也!(唱)

【普天乐】听的你说从初,才使我知缘故;空长了我这二十年的岁月,生了我这七尺的身躯。原来自刎的是父亲,自缢的咱老母。说到凄凉伤心处,便是那铁石人也放声啼哭。我拚着生擒那个老匹夫,只要他偿还俺一朝的臣宰,更和那合宅的家属。

(云)你不说呵,您孩儿怎生知道。爹爹请坐,受您孩儿几拜。(正末拜科,程婴云)今日成就了你赵家枝叶,送的俺一家儿剪草除根了也。(做哭科)(正末唱)

【上小楼】若不是爹爹照觑,把您孩儿抬举,可不的二十年前早撄锋刃⑯,久丧沟渠。恨只恨屠岸贾那匹夫,寻根拔树。险送的俺一家儿灭门绝户。

【幺篇】他他他,把俺一姓戮;我我我,也还他九族屠。(程婴云)小主人,你休大惊小怪的,恐怕屠贼知道。(正末云)我和他一不做二不休。(唱)那怕他牵着神獒,拥着家兵,使着权术。你只看这一个那一个都是为谁而卒,岂可我做儿的倒安然如故。

(云)爹爹放心,到明日我先见过了主公,和那满朝的卿相,亲自杀那贼去。(唱)

【耍孩儿】到明朝若与仇人遇,我迎头儿把他当住;也不须别用军和卒,只将咱猿臂轻舒,早提翻玉勒雕鞍辔,扯下金花皂盖车,死狗似拖将去。我只问他人心安在,天理何如?

【二煞】谁着你使英雄忒使过,做冤仇能做毒⑰,少不的一还一报无虚误。你当初屈勘公孙老,今日犹存赵氏孤。再休想咱容恕,我将他轻轻掷下,慢慢开除。

【一煞】摘了他斗来大⑱印一颗,剥了他花来簇几套服;把麻绳背绑在将军柱,把铁钳拔出他斓斑舌;把锥子生跳他贼眼珠,把尖刀细剐他浑身肉,把钢锤敲残他骨髓,把铜铡切掉他头颅。

【煞尾】尚兀自勃腾腾怒怎消,黑沈沈怨未复。也只为二十年的逆子妄认他人父,到今日三百口的冤魂,方才家⑲自有

主。(下)

(程婴云)到明日小主人必然擒拿这老贼,我须随后接应去来。(下)

【注释】

①手卷:可卷起来的书画长卷。 ②趱:逼迫使走。 ③快相持:相持,指与敌人对阵或交战。元剧中多以快、能互文,意义相近。 ④不道的:怎肯,难道。 ⑤傒幸:迷惑不解。 ⑥懑支支:气不顺的样子。 ⑦勃腾腾:比喻怒火上升的样子。 ⑧可磕擦:这里指推出车时发出的摩擦声。 ⑨身殂:身亡。 ⑩襜褕:短衣,便服。 ⑪闷葫芦:比喻不可解的哑谜。 ⑫于家之意:为自己谋私之心意。 ⑬晡:申时,黄昏。 ⑭捧毂推轮:捧着车轮中心的圆木。 ⑮公公:爷爷。 ⑯撄锋刃:被杀。 ⑰能做毒:做得这样毒。能,也作恁,意为如此,这样。 ⑱斗来大:即斗大。来,是衬字,无意义。 ⑲家:这里也作衬字用。

【赏析】

上一折中,在公孙杵臼以身殉孤后,替死、存孤的总体矛盾得到完满解决,冲突暂时结束。然而接下来,屠岸贾突然要收程婴做门客,认赵氏孤儿为"义子",又引发了新一轮冲突,给人留下了无限的悬念。第四折,作者在时空上作了大跨度的处理,直接写赵氏孤儿成长为二十岁的精壮青年,生活情况概略不提,只借屠岸贾之口简明交代:"过继与我"后,"教的他十八般武艺"样样精熟;我要凭着"这孩儿的威力","弑了灵公,夺了晋国","方是平生愿足"!随后,作者又从程婴的角度揭开新的矛盾:赵氏孤儿现名程勃,虽在程婴跟前"习文","甚有机谋",但他却不知道自己的身世和自己身上背负的血海深仇,于是已是风烛残年的程婴多次"昼夜无眠",冥思苦想,于是把赵家曾经遭受的冤案和屈死的忠臣良将,"画成一个手卷",想日后留给程勃观看,寻找时机"剖说前事"。

面对程勃与屠岸贾感情的日益深厚,作者并没有草率地写程婴将过去迳直相告,而是首先描绘他展开历史图卷、思念贤臣烈士、痛惜自家亡儿的悲愤心情,描摹了他"掩泪"、"吁气"、欲言吞声的矛盾情态;同时渲染出程勃见到父亲如此情状而生疑,问又得不到回答的浓郁的氤氲氛围,特别是程勃看到手卷不懂、越看越生疑、越看越生恨的场景,不仅生动地展示出典型环境中的典型人物,而且又借人物曲折起伏的心理历程,丰富了作品的戏剧性。在程婴解说时,从程勃的唱词中生动描绘了他的反应,衔接自然紧凑;其间直抒胸臆,慷慨激荡,惟妙惟肖地表现了青年英雄心灵上的悔与恨,气质上的刚和柔,他唱出的矫健磅礴的豪雄之词:"要他偿还俺一朝的臣宰",荡出了青年要为国除奸的内心世界,不仅让程勃的精神境界为之升华,而且也为全剧的悲壮美、崇高美,增添了明丽的光彩和豪迈的神韵,刻画出了赵氏孤儿的典型形象,给人以艺术美的享受。

《赵氏孤儿》第五折

纪君祥

（外扮魏绛，领张千上，云）小官乃晋国上卿魏绛是也。方今悼公在位，有屠岸贾专权，将赵盾满门良贱尽皆杀绝。谁想赵朔门下有个程婴，掩藏了赵氏孤儿，今经二十年光景。改名程勃。今早奏知主公，要擒拿屠岸贾，雪父之仇。奉主公的命，道屠岸贾兵权太重，诚恐一时激变，着程勃暗暗的自行捉获。仍将他阖门良贱，龆龀①不留；成功之后，另加封赏。小官不敢轻泄，须亲对程勃传命去来。（诗云）忠臣受屠戮，沉冤二十年；今朝取奸贼，方知冤报冤。（下）（正末踊马②仗剑上，云）某，程勃，今早奏知主公，擒拿屠岸贾，报父祖之仇。这老贼是好无礼也呵。（唱）

【正宫端正好】也不索列兵卒，排军将，动着些阔剑长枪；我今日报仇舍命诛奸党，总是他命尽也合身丧。

【滚绣球】只在这闹街坊，弄一场。我和他决无轻放，恰便似虎扑绵羊。我可也不索慌，不索忙，早把手脚儿十分打当③，看那厮怎做提防。我将这二十年积下冤仇报，三百口亡来性命偿，我便死也何妨。

（云）我只在这闹市中等候着，那老贼敢待④来也。（屠岸贾领卒子上，云）今日在元帅府回还私宅中去。令人，摆开头踏⑤，慢慢的行者。（正末云）兀的不是那老贼来了也。（唱）

【倘秀才】你看那雄赳赳头踏数行，闹攘攘跟随的在两厢。你看他腆着胸脯，装些儿势况。我这里骤马如流水，掣剑似秋霜，向前来赌当⑥。

（屠岸贾云）屠成，你来做甚么？（正末云）兀那老贼，我不是屠成，则我是赵氏孤儿。二十年前你将俺三百口满门良贱，诛尽杀绝。我今日擒拿你个老匹夫，报俺家的冤仇也。（屠岸贾云）谁这般道来？（正末云）是程婴道来。（屠岸贾云）这孩子手脚来的，不中，我只是走的干净⑦。（正末云）你这贼，走那里去？（唱）

【笑和尚】我我我尽威风八面扬，你你你怎挣闼⑧怎拦挡？

早早早唬的他魂魄荡,休休休再口强。是是是不商量,来来来可足塔⑨的提离了鞍鞴上。

(正末做拿住科,程婴慌上,云)则怕小主人有失,我随后接应去。谢天地,小主人拿住屠岸贾了也。(正末云)令人,将这匹夫执缚定了,见主公去来。(同下)(魏绛同张千上,云)小官魏绛的便是。今有程勃擒拿屠岸贾去了。令人,门首觑者,若来时,报复某知道。(正末同程婴拿屠岸贾上,正末云)父亲,俺和你同见主公去来。(见科,云)老宰辅,可怜俺家三百口沉冤,今日拿住了屠岸贾也。(魏绛云)拿将过来。兀那屠岸贾,你这损害忠良的奸贼,今被程勃拿来,有何理说。(屠岸贾云)我成则为王,败则为虏。事已至此,惟求早死而已。(正末云)老宰辅与程勃做主咱!(魏绛云)屠岸贾,你今日要早死,我偏要你慢死。令人,与我将这贼钉上木驴⑩,细细的剐上三千刀,皮肉都尽,方才断首开膛,休着他死的早了。(正末唱)

【脱布衫】将那厮钉上木驴推上云阳,休便要断首开膛;直剐的他做一埚儿肉酱,也消不得俺满怀惆怅。

(程婴云)小主人,你今日报了冤仇,复了本姓,则可怜老汉一家儿皆无所靠也!(正末唱)

【小梁州】谁肯舍了亲儿把别姓藏?似你这恩德难忘。我待请个丹青妙手不寻常,传着你真容相,侍奉在俺家堂。

(程婴云)我有什么恩德在那里,劳小主人这等费心?(正末唱)

【幺篇】你则那三年乳哺曾无旷⑪,可不胜怀担十月时光;幸今朝出万死身无恙,便日夕里焚香供养,也报不的你养爷娘。

(魏绛云)程婴、程勃,你两个望阙跪者,听主公的命。(词云)则为屠岸贾损害忠良,百般地挠乱朝纲;将赵盾满门良贱,都一朝无罪遭殃。那其间颇多仗义,岂真谓天道微茫;幸孤儿能偿积怨,把奸臣身首分张。可复姓赐名赵武,袭父祖列爵卿行。韩厥后仍为上将,给程婴十顷田庄。老公孙立碑造墓,弥明辈概与褒扬。普国内从今更始,同瞻仰主德无疆。(程婴、正末谢恩科,正末唱)

【黄钟尾】谢君恩普国多沾降,把奸贼全家尽灭亡。赐孤儿改名望,袭父祖拜卿相;忠义士各褒奖,是军官还职掌,是穷民与收养;已死丧给封葬,现生存受爵赏。这恩临似天广,端为谁敢虚让。誓捐生在战场，着邻邦并归向。落的个史册上标名，留与后人讲。

题目　公孙杵臼耻勘问

正名　赵氏孤儿大报仇

【注释】

①龆龀：龆龀均指儿童换牙，引申为童年，儿童。　②蹄马：拉着马。　③打当：准备。　④敢待：大概，可能。　⑤头踏：古代官员出行时，走在前面的仪仗。　⑥赌当：阻拦。　⑦干净：利索。　⑧挣闯：挣扎。　⑨可丕塔：形容动作快，突然。　⑩木驴：为装有轮轴的木架，封建时代行剐刑前，载犯人游街示众。　⑪无旷：没有间歇。

【赏析】

　　在《赵氏孤儿》最后一折中，程勃（赵氏孤儿）将屠岸贾所犯下的罪孽禀奏国君，上卿魏绛奉晋悼公之命，帮助程勃暗中捉拿屠贼。程勃精神抖擞，特地选择在闹市，准备当众捉弄屠岸贾。这时，屠氏老贼过来，程勃见而唱道："你看那雄赳赳头踏数行，闹攘攘跟随的在两厢；你看他腆着胸脯，装些儿势况。我这里骤马如流水，掣剑似秋霜，向前来堵挡！"（〔倘秀才〕）你看那屠贼正气宇轩昂地摆开仪仗，一路上挺胸突肚傲慢嚣张。前四句，作者饱蘸笔墨、大事勾勒，使人物"雄赳赳"、"闹攘攘"的情状跃然纸上；同时，又浓墨重彩、工笔细描，使屠贼挺胸、装腔作势的意态生动鲜活。作者惟妙惟肖地再现了屠岸贾奸雄得意，恣肆狂妄的本性和丑态，而这又是程勃在特定情境中的主观反映，字里行间流露出程勃带有指责、鄙薄、愤恨的情绪。而后面三句，作者通过夸张式的比喻和流水式的对偶，声威煊赫地表现了程勃奋勇拼杀的英姿和稳操胜券的豪情，节奏急剧、旋律明快，烘托出了敌对双方火力迸发、激战一触即发的紧张场景，使观众不期而然地置身于戏剧矛盾之中，好似切身感到浓郁激烈的紧张气氛。

　　当屠岸贾知道：自己费尽心机搜捕杀害的赵氏孤儿，到头来正是他收养教导并引以自豪的身边骄子；自己寄予重望、倚以谋反的身边骄子，却原来正是他断首亡身、万业俱灰的铁面"钟馗"，于是他在〔笑和尚〕中的唱到："我我我尽威风八面扬，你你你怎挣怎拦挡？早早早唬的他魂魄荡，休休休再口强。是是是不商量，来来来可丕塔的提离了鞍鞯上。"开头一连串的重复，尽显出屠贼讶异、惊慌又手足无措的神态。

　　程勃成功捕获了元凶奸佞屠岸贾，然后通过魏绛宣布"将这贼钉上木驴，细细的剐上三千刀，皮肉都尽，方才断首开膛"的晋悼公的判决，明正公允，大快人心，至此，戏剧矛盾完全解决，剧作戛然而止，显得干净利落，精悍有力。然而整部戏剧艺术的魅力，却使人们唏嘘感喟、回味不已。

《李逵负荆》第一折

康进之

（冲末扮宋江，同外扮吴学究①，净扮鲁智深，领卒子上。宋江诗云）涧水潺潺②绕寨门，野花斜插渗青巾。杏黄旗上七个字：替天行道救生民。某③，姓宋名江，字公明，绰号顺天呼保义者是也。曾为郓州郓城县把笔司吏④，因带酒杀了阎婆惜，迭配⑤江州牢城。路经这梁山过，遇见晁盖⑥哥哥，救某上山。后来哥哥三打祝家庄身亡，众兄弟推某为头领。某聚三十六大伙，七十二小伙，半垓来的小偻儸⑦，威镇山东，令行河北。某喜的是两个节令：清明三月三，重阳⑧九月九。如今遇这清明三月三，放众弟兄下山，上坟祭扫。三日已了，都要上山，若违令者，必当斩首。（诗云）俺威令谁人不怕，只放你三日严假；若违了半个时辰，上山来决无干罢⑨。（下）（老王林上，云）曲律竿头悬草荐⑩，绿杨影里拨琵琶。高阳公子⑪休空过，不比寻常卖酒家。老汉姓王名林，在这杏花庄居住，开着一个小酒务儿⑫，做些生意。嫡亲的三口儿家属：婆婆⑬早年亡化过了，止有一个女孩儿，年长十八岁，唤做满堂娇，未曾许聘他人。俺这里靠着这梁山较近，但是⑭山上头领，都在俺家买酒吃。今日烧的旋锅儿⑮热着，看有甚么人来。（净扮宋刚，丑扮鲁智恩上）（宋刚云）柴又不贵，米又不贵。两个油嘴，正是一对。某乃宋刚，这个兄弟叫做鲁智恩。俺与这梁山泊较近，俺两个则是假名托姓，我便认做宋江，兄弟便认做鲁智深。来到这杏花庄老王林家，买一钟酒吃。（见王林科，云）老王林，有酒么？（王林云）哥哥，有酒有酒，家里请坐。（宋刚云）打五百长钱⑯酒来。老王林，你认得我两人么？（王林云）我老汉眼花，不认得哥哥们。（宋刚云）俺便是宋江，这个兄弟便是鲁智深。俺那山上头领，多有来你这里打搅，若有欺负你的，你上梁山来告我，我与你做主。（王林云）你山上头领，都是替天行道的好汉，并没有这事。只是老汉不认的太仆⑰，休怪休怪。早知太仆来到，只合远接；接待不及，勿令见罪。老汉在这里,多亏了头领哥哥,照顾老汉。(做递酒科,云)太仆,请满饮此杯。(宋刚饮科)(王林云)再将酒来。(鲁智恩饮酒科,云)哥哥,好酒。(宋刚云)老王,你家里还有甚么人?(王林云)老汉家中并无甚么人,有个女孩儿,唤做满堂娇,年长一十八岁,未曾许聘他人。老汉别无甚么孝顺,着孩儿出来,与太仆递钟酒儿,也表老汉一点心。(宋刚云)既是闺女,不要他出来罢。(鲁智恩云)哥哥怕甚么?着他出来。(王林云)满堂娇孩儿,你出来。(旦儿扮满堂娇,云)父亲唤我做甚么?(王林云)孩儿,你不知道,如今有梁山上宋公明,亲身在此,你出来递他一钟儿酒。(旦儿云)父亲,则怕不中么?(王林云)不妨事。(旦儿做见科)(宋刚云)我一生怕闻脂粉气,靠后些!(王林云)孩儿,与二位太仆递一钟儿酒。(旦做递酒科)(宋刚云)我也递老王一钟酒。(做与王林酒科)(宋刚云)你这老人家,这衣服怎么破了?把我这红绢褡膊⑱与你补这破处。(老王林接衣科)(鲁智恩云)你还不知道,才此这杯酒是肯酒⑲,这褡膊是红定⑳,把你这女孩儿与俺宋公明哥哥做压寨夫人。只借你女孩儿去三日,第四日便送来还你。俺回山去也。(领旦下)(王林云)老汉眼睛一对,臂膊一双,只看着这个女孩儿,似这般可怎么了也!(做哭科)(正末扮李逵做带醉上,云)吃酒不醉,不如醒也。俺,梁山泊上山儿李逵的便是。人见我生得黑,起个绰号,叫俺做黑旋风,奉宋公明哥哥将令,放俺三日假限,踏青赏玩,不免下山,去老王林家,再买几壶酒,吃个烂醉也呵!(唱)

【仙吕点绛唇】饮兴难酬,醉魂依旧。寻村酒,恰问罢王留㉑。(云)俺问王留道,那里有酒?那厮不说便走,俺喝道,走那里去?被俺赶上,一把揪住,张口毛㉒恰待要打,那王留道,休打休打,爹爹,有。(唱)王留道,兀那里人家有。

【混江龙】可正是清明时候,却言风雨替花愁。和风渐起,暮雨初收,俺则见杨柳半藏沽酒市,桃花深映钓鱼舟。更和这碧粼粼春水波纹绉,有往来社燕㉓,远近沙鸥。

(云)人道我梁山泊无有景致,俺打那厮的嘴!(唱)

【醉中天】俺这里雾锁着青山秀,烟罩定绿杨州。(云)那桃树上一个黄莺儿,将那桃花瓣儿唔阿唔阿,唔的下来,落在水中,是好看也。我曾听的谁说来,我试想咱:"哦!想起来了也,俺学究哥哥道来。(唱)他道是"轻薄桃花逐水流"㉔。

（云）俺绰起㉕这桃花瓣儿来，我试看咱。好红红的桃花瓣儿！（做笑科，云）你看我好黑指头也！（唱）恰便是粉衬的这胭脂透。（云）可惜了你这瓣儿，俺放你趁那一般的瓣儿去。我与你赶，与你赶，贪赶桃花瓣儿。（唱）早来到这草桥店垂杨的渡口。（云）不中，则怕误了俺哥哥的将令，我索回去也。（唱）待不吃呵，又被这酒旗儿将我来相迤逗㉖。他他他，舞东风在曲律杆头。

　　（云）兀那王林，有酒么？不则这般白吃你的，与你一抄㉗碎金子，与你做酒钱。（王林做揣科，云）要他那碎金子做甚么？（正末笑科，云）他口里说不要，可揣在怀里。老王，将酒来。（王林云）有酒，有酒。（做筛酒科）（正末云）我吃这酒在肚里，则是翻也翻的；不吃，更待干罢。（唱）

【油葫芦】往常时酒债寻常行处有，十欠着九。（带云）老王也，（唱）则你这杏花庄压尽他谢家楼㉘。你与我便熬油般造下春醅酒，你与我花羔般煮下肥羊肉。一壁厢肉又熟，一壁厢酒正笃㉙，抵多少锦封未拆香先透㉚，我则待乘兴饮两三瓯㉛。

【天下乐】可正是一盏能消万种愁。（云）老王也，咱吃了这酒呵，（唱）把烦恼都也波丢㉜，都丢在脑背后，这些时吃一个没了休。（带云）我醉了呵，（唱）遮莫㉝我倒在路边，遮莫我卧在瓮头。（做吐科，云），老王俫，（唱）直醉的来在这搭里㉞呕。

　　（云）老王，这酒寒，快旋热酒来。（王林云）老汉知道。（做换酒科，哭云）我那满堂娇儿也！（正末云）快酾㉟热酒来。（王林又哭云）我那满堂娇儿也！（正末云）老王，我不曾与你酒钱来？你怎么这般烦恼？（王林云）哥哥，不干你事，我自有撇不下的烦恼哩，你则吃酒。（正末唱）

【赏花时】咱两个每日尊前语话投，今日呵，为甚将咱伴不瞅㊱？（王林云）你不知道，我自嫁我的女孩儿，为此着恼。（正末唱）哎！你个呆老子，畅好是忒扢搜㊲。（云）比似㊳你这般烦恼，休嫁他不的。（王林哭科，云）哎约！我那满堂娇儿也！（正末唱）你何不养着他，到苍颜皓首㊴？（云）你晓的世上有三不留么？（王林云）哥，是那三不留？（正末云）蚕老不中留，人老不中留，（唱）呆老子，常言道：女大不中留。

　　（云）我问你，那女孩儿嫁了个甚么人？（王林云）哥，我那女孩儿嫁人，我怎么烦恼？则是悔气，被一个贼汉夺将去了。

（正末做打科，云）你道是贼汉，是我夺了你女孩儿来？（唱）

【金盏儿】我这里猛睁眵⁴⁰，他那里巧舌头，是非只为多开口。但半星儿虚谬⁴¹，恼翻我，怎干休！一把火将你那草团瓢⁴²烧成为腐炭，盛酒瓮摔做碎瓷瓯。（带云）绰起俺两把板斧来，（唱）吹折你那蟠根桑枣树，活杀你那阔角水黄牛。

（云）兀那老王，你说的是，万事皆休；说的不是，我不道的饶你哩。（王林云）太仆停嗔息怒，听老汉漫漫的说与你听。有两个人来吃酒，他说：我一个是宋江，一个是鲁智深。老汉便道：正是梁山泊上太仆，我无甚孝顺，我只一个十八岁女孩儿，叫做满堂娇，着他出来拜见，与太仆递一杯儿酒，也表老汉的一点心。我叫出我那女孩儿来，与那宋江、鲁智深递了三杯酒，那宋江也回递了我三钟酒，他又把红褡膊揣在我怀里。那鲁智深说：这三钟酒是肯酒，这红褡膊是红定；俺宋江哥哥有一百八个头领，单只少一个人哩。你将这十八岁的满堂娇，与俺哥哥做个压寨夫人，则今日好日辰，俺两个便上梁山泊去也。许我三日之后，便送女孩儿来家。他两个说罢，就将女孩儿领去了。老汉偌大年纪，眼睛一对，臂膊一双，则觑着我那女孩儿。他平白地把我女孩儿强抢将去，哥，教我怎么不烦恼？（正末云）有甚么见证？（王林云）有红绢褡膊，便是见证。（正末云）我待不信来，那个士大夫有这东西？老王，你做下一瓮好酒，宰下一个好牛犊儿，只等三日之后，我轻轻的把着手儿，送将你那满堂娇孩儿来家，你意下如何？（王林云）哥，你若送将我那女孩儿来家，老汉莫要说一瓮酒，一个牛犊儿，便杀身也报答大恩不尽。（正末唱）

【赚煞】管着你目下见仇人，则不要口似无梁斗⁴³，一句句言如劈竹。（带云）宋江俫，（唱）不争⁴⁴你这一度风流，倒出了一度丑。誓今番泼不难收，到那里问缘由，怎敢便信口胡诌⁴⁵？则要你肚囊里揣着状本⁴⁶熟，不要你将无来作有，则要你依前来依后⁴⁷。（云）我如今回去，见俺宋公明，数说他这罪过，就着他辞了三十六大伙，七十二小伙，半垓来小偻儸，同着鲁智深，一径离了山寨，到你庄上。那时节，我若叫你出来，你可休似乌龟一般缩了头，再也不肯出来。（王林云）老汉若不见他，万事休论；我若见了他，我认的他两个，恨不的咬掉他一块肉来，我怎么肯不出见他？（正末云）老王，兀的不是俺宋江哥哥？他道没也。老儿，俺斗你要哩！（唱）你可也休

翻做了镴枪头㊽。(下)

（王林云）李逵哥哥去了,我也收拾过铺面,专等三日之后,送满堂娇孩儿来家。满堂娇孩儿,则被你痛杀我也!(下)

【注释】

①吴学究：梁山泊的军师,即后来《水浒传》中的吴用。　②潺潺：形容溪水,泉水流动发出的声音。　③某：我、本人。戏曲,小说中人物的自我称呼。　④郓州：即现在的山东郓城县。把笔司吏：从事公文,书信工作的小官,相当于现在的文书。把笔,执笔,动笔头。　⑤送配：同"发配",即押送到边远地区服役。　⑥晁盖：梁山泊早期领袖,后来《水浒传》描写他在攻打曾头市时中毒箭而死。　⑦半垓来的小偻儸：垓,古代的数目单位,指一亿。半垓来,形容数量很多。偻儸,也作喽罗,旧时对强盗部下的称呼。　⑧重阳：也叫"重九",夏历九月初九日,是我国的传统节日,古代在这一天有登高的风俗。　⑨决无干罢：不肯罢休。　⑩曲律竿头悬草稕：曲律,弯曲。草稕,用稻草之类扎成的圆圈。全句指竹竿上挂着草图儿,插在门前,作为酒店的标志。　⑪高阳公子：也叫高阳酒徒。传说汉高祖刘邦刚起兵时,有个高阳（古乡名,在今河南杞县西南）人叫郦食其要求见他,刘邦听说他是个儒生,不愿见他。郦食其便生气地大叫："我是高阳酒徒,不是儒生。"刘邦才接见他,以后采纳了他的许多意见。后来常用"高阳公子"指代喜欢喝酒的人。　⑫酒务儿：即酒店。宋代把酒作为专卖品,由酒务官管理,故把酒店叫酒务儿。　⑬婆婆：这里指妻子。　⑭但是：凡是。　⑮旋锅儿：温酒用的锅子。　⑯长钱：古代常把八十或九十个钱当作一百,故有"长钱"、"短钱"的说法,凡足够一百的叫长钱,不足一百的就叫短钱。　⑰太仆：原来是掌管车马和牧畜的官职名称,后来用它作为对绿林好汉的尊称。　⑱搭膊：一种束在衣服外面的阔腰带,里面可以装放钱物。　⑲肯酒：订婚酒。喝肯酒,表示女方同意订婚。　⑳红定：宋元时期的风俗,定婚时,男方送给女方一些红色的布匹绸缎之类的礼品,叫红定。　㉑王留：元杂剧中对乡下男子的泛称。　㉒口毛：指胡须。　㉓社燕：社,指社日。是古代祭土神的日子,每年两次,在春季举行的叫春社,在秋季举行的叫秋社。社燕,因燕子在春社时飞来,秋社时飞去,故称社燕。　㉔轻薄桃花逐水流：是杜甫《漫兴》中的诗句,这里是借用。　㉕绰起：抓起,绰,同"抄"。　㉖迤逗：勾引、诱惑的意思。　㉗抄：古代的量词,《孙子算经》说："十撮为一抄",为一升的千分之一。　㉘谢家楼：因唐代张九龄有诗句："谢公楼上好醇酒,二百青蚨买一斗。"后人便用谢家楼指代有名的酒楼。　㉙笇：一种竹制的漉酒用具,这里作动词,指滤。　㉚锦封未拆香先透：形容酒的香气浓烈,酒坛的封盖还未揭开,香味已经先透出来了。　㉛瓯：杯子。　㉜都也波丢：都也丢。"也波"是唱腔需要加进的衬字,没有意义。　㉝遮莫：也作"折末"、"折莫""者么"等,这里是无论、或者的意思。　㉞这搭里：这里、这儿。　㉟酾：斟酒。　㊱伴不揪：假装不理睬。伴,假装。揪,同"瞅"。　㊲畅好是忒抅搜：畅好是,实在是、真正是。忒,太。抅搜,固执、古怪。　㊳比似：像这样、既然这样。　㊴皓首：形容头发全白。皓,白。　㊵猛睁眭：猛然睁大眼睛,表示生气。睁,眼珠。　㊶半星儿虚谬：半点儿虚假。　㊷草团瓢：团瓢,也作"团标"、"团苞",即圆形的草房子。　㊸口似无梁斗：斗是容器,上面装有梁,供捉拿。口似无梁斗,比喻凭空说话。　㊹不争：这里是"只为"的意思。　㊺胡诌：胡说。　㊻状本：告状的人填写上诉文字的本子。　㊼依前

来依后：意思是说话前后要一致。　㊽镴枪头：镴是锡和铅的合金，用镴做的枪头，看起来很光亮，但不牢固。比喻外表好看，实际上不中用。

【赏析】

　　《李逵负荆》全名《梁山泊李逵负荆》，是一部歌颂梁山农民起义英雄的著名喜剧。主要剧情是写歹徒宋刚、鲁智恩冒充梁山英雄宋江和鲁智深，抢走小酒店主人王林的女儿满堂娇。适逢李逵下山踏青到王家酒店喝酒，听了王林诉说此事，以为是真的宋江和鲁智深干的坏事，一时怒火中烧，立刻赶回山寨，大闹聚义厅，痛骂宋江和鲁智深，并且要砍倒"杏黄旗"。为了弄清事实、教育李逵，宋江同李逵赌下头颅，一起下山对质。真相大白之后，李逵勇敢地承认了错误，负荆向宋江请罪。宋江让李逵下山捉拿两个歹徒，立功赎罪。最后戏剧在一片欢乐和团结的气氛中结束。作者成功地塑造了一个热爱百姓、忠于梁山聚义事业、嫉恶如仇、襟怀坦荡的农民起义英雄李逵的典型性格，既写出了李逵性格的主导方面，又从多个侧面，表现出了李逵性格的鲜明性和丰富性。

　　第一折写歹徒冒充宋江和鲁智深抢走了王林的女儿，因而造成李逵对宋江的误会，引起他们的一场冲突，主要表现了李逵的鲁莽。在误会发生之前，作者首先通过宋江的定场诗："杏黄旗上七个字，替天行道救生民"，明确地指出梁山农民武装的行动纲领，正面点明剧本的主题。这两句诗为全剧定下了基调，后面的情节都是围绕这一主题展开的。作者塑造李逵，首先把他的出场安排在了一个美好的时刻，并且用大量笔墨描写他观赏风景的情致，使这个人物更显得亲切可爱。踏青赏玩的李逵，一路上沉醉在周围的秀丽景色之中，童心勃发，追逐着那随波漂流的花瓣儿来到了王林的酒店，这一大段生动地刻画了李逵无忧无虑的心情和天真烂漫的性格，同下折李逵大闹聚义厅，大骂"梁山泊有天无日"的粗暴举动，形成鲜明的对照，表现出了李逵嫉恶如仇的刚烈性格。这同他的事业有着密切的联系，他对梁山泊有着深厚的感情，对他们的正义事业有着深切的热爱，当然也就不能容忍有人做出破坏梁山的纪律，玷污梁山的名誉的行为。所以，当李逵正在酒店里乘兴痛饮时，听到酒店主人王林哭诉自己的女儿"被一个贼汉夺将去了"，李逵上去就打，说"你道是贼汉，是我夺了你女孩儿来？"李逵憎恨"贼汉"，但也还没问清楚，就断定王林骂的是他，因为他也在山林。这里表现李逵莽撞、暴躁，但也表现了他嫉恶如仇，表现了他对梁山名誉的维护。后来王林在李逵的追问下道出，抢走他女儿的正是宋江和鲁智深，并且说出了事情的详细经过，还拿出了红绢褡膊作为"见证"。这下子，李逵气愤极了。这位关心百姓，除暴安良的梁山英雄，首先毅然地答应王林："只等三日之后，我轻轻的把着手儿，送将你那满堂娇孩儿来家。"当王林对李逵要搭救满堂娇的义举感恩戴德的时候，李逵却气愤至极，原来的游兴、酒兴抛得无影无踪，立意马上回梁山见宋江。李逵在前后感情的变化中，鲜明地表现出了其性格的主导方面。

　　《李逵负荆》成功地塑造的黑旋风李逵这个艺术典型，具有很高的美学意义。李逵和宋江的冲突，是由歹徒的冒名作恶所引起的，是一场内部的误会，但李逵对宋江的误会，却是出于他对人民的同情和爱护，对梁山聚义事业的坚决捍卫，因而这场冲突又具有极其深刻的社会意义。《李逵负荆》这一出戏也长演不衰，一直活跃在我国戏剧舞台上。

《柳毅传书》第三折

尚仲贤

（洞庭君领水卒上，云）吾神乃洞庭老龙是也。有兄弟钱塘火龙与泾河小龙斗胜去了，未知胜败如何？这早晚敢待来也。（夜叉上，报云）喏①，报的上圣得知，有火龙得胜回来也。（洞庭君云）快摆队伍迎接去。（钱塘君上，见科，云）哥哥，您兄弟得胜回来也。（洞庭君云）不害生灵么？（钱塘君云）六十万。（洞庭君云）不伤禾稼么？（钱塘君云）八百里。（洞庭君云）薄情郎安在？（钱塘君云）你问他怎么？被吾吞在腹中了也。（洞庭君云）这个也罢，他虽不仁，你也太急性子，若上帝不见谅时，怎么是好？（钱塘君云）哥哥也，与你出了这口气，您兄弟没有使性处，忍不的了也。（洞庭君云）兄弟，有句话与你商量。想当初若不是柳秀才寄书来，岂有咱女孩儿的性命，道不的个知恩报恩。左右，与我请将柳秀才来者。（夜叉云）柳秀才有请。（柳毅上，云）小生柳毅，自从来到洞庭湖，在这海藏里住了好几日。龙王呼唤，不知有甚事？须索见去。（做见科）（洞庭君云）兀那秀才，多亏你捎书来救了我的龙女三娘；如今就招你为婿，你意下如何？（柳毅背云）想着那龙女三娘，在泾河岸上牧羊那等模样，憔悴不堪，我要他做甚么？（回云）尊神说的是什么话，我柳毅只为一点义气，涉险寄书，若杀其夫而夺其妻，岂足为义士。且家母年纪高大，无人侍奉，情愿告回。（钱塘君做怒科，云）秀才，料想我侄女儿，尽也配得你过。你今日允了便罢；不允，我与你俱夷粪壤②，休想复还。（柳毅笑云）钱塘君差了也。你在洪波中扬鼓鬣③，掀风作浪，尽由得你；今日身披衣冠，酒筵之上，却使不得你那虫蚁性儿。（钱塘君作揖谢云）俺一时醉中失言，甚是得罪，只望秀才休怪。（洞庭君云）兄弟如此才是。既然秀才坚执不肯，我岂可强他。左右，与我请出龙女三娘，拜谢他寄书之恩；再将些金珠财宝，相送回去者。（夜叉云）理会的。龙女三娘有请。（正旦上，云）自从俺那叔父钱塘火龙，救的我重到这洞庭湖里来，我这一场多亏了寄书的柳毅秀才。今日

父亲在水殿上安排筵席,管待那秀才,唤我出来,必然是着我谢他;我想这恩德如同再生一般,岂是一拜可能酬答也呵。(唱)

【商调集贤宾】则俺那寄书来的秀才错立了身,怎能勾平步上青云。则为他长安市不登虎榜,救的我泾河岸脱离羊群。他本望至公楼独占鳌头,今日向洞庭湖跳过了龙门。则我这重叠叠的眷姻,可也堪自哂④,若不成就燕尔新婚,我则待收拾些珍宝物,报答您大恩人。

(做行科,唱)

【金菊香】则我这凌波袜⑤小上阶痕,手提着沥水湘裙⑥,与你入殿门,在这浑金椅前,(做见二亲科,唱)参了二亲。那一场电走雷奔,(做见钱塘君科)(唱)驾风云的叔父,你可也索是劳神。

(钱塘君云)侄女儿不苦了,我只怕苦了你也。(洞庭君云)你苦非柳先生,怎有今日。你过来拜谢了他者。(正旦唱)

【梧叶儿】我这里掩着袂忙趋进,改愁颜做喜欣。(做拜谢科)(唱)施礼罢叙寒温:你水路上风波恶,旱路上程限紧,似这等受辛勤,你索⑦是远路风尘的故人。

(柳毅云)这一位女娘是谁?(洞庭君云)则这个便是我的女孩儿龙女三娘。(柳毅云)这个是龙女三娘,比那牧羊时全别了也!早知这等,我就许了那亲事也罢。(正旦做斜看,叹云)嗨!可不道悔之晚矣!(唱)

【后庭花】俺满口儿要结姻,他舒心儿不勘婚,信口儿无回话,划的偷晴儿横觑人。我这里两眉颦,他则待暗传芳信,对面的辞了亲,就儿里相逗引。俺叔父敢则嗔,那其间怎的忍,吼一声风力紧,吐半天烟雾昏,轻喝处摄了你魂,但抹着可更分了你身。你见他狠不狠,他从来恩不恩。

(柳毅云)小生凡人,得遇天仙,岂无眷恋之意;只为母亲年老,无人侍养,因此辞了这亲事。也是出于不得已耳。(正旦唱)

【柳叶儿】秀才也敢教你有家难奔,是是是熬不出寡宿孤辰,谁着你自揽下四海三江闷。你端的心儿顺,意儿真,秀才也便休愁暮雨朝云。

(洞庭君云)秀才既要回去,寡人设有小筵,以表谢意。一壁厢奏动鼓乐,我儿,你送秀才一杯酒者。(正旦做送酒科,

唱)

【醋葫芦】既不得共欢娱，伴绣衾；还待要献殷勤，倒玉樽⑧。只怕他阁着酒杯儿未饮早醉醺醺。(洞庭君歌云)上天配合兮生死有途，彼不当妇兮此不当夫。腹心烦苦兮泾之隅⑨，风霜满鬓兮雨雪沾襦⑩。赖明公兮引素书，令骨肉兮家如初，永言珍重兮无时无。(内奏乐科)(夜叉云)这是贵主还宫之乐。(正旦唱)你道是贵主还宫安乐稳，单闪的他不瞅不问。哎！这其间可不埋怨杀你个洞庭君。

(钱塘君云)侄女儿再奉一杯，一壁厢将鼓乐响动者。(歌云)大天苍苍兮大地茫茫，人各有志兮何可思量。狐神鼠圣兮薄社依墙，雷霆一发兮其孰敢当。荷真人兮信义长，令骨肉兮还故乡。愿言配德兮何时忘。(内奏乐科)(夜叉报云)这是钱塘破阵之乐。(正旦唱)

【金菊香】这的是钱塘破阵乐纷纷，半入湖风半入云，能得筵前几度闻。(钱塘君云)秀才，你便就了这桩亲事，也不辱没了你。(正旦唱)还卖弄剑舌枪唇，兀的不羞杀你大媒人。

(云)水卒，那里将过宝物来。(夜叉捧砌末上，正旦云)秀才，我别无所赠，有这些珠宝，送与你回家去，侍奉老母，莫嫌轻微也。(柳毅云)多谢小娘子。(正旦唱)

【浪里来煞】这薄礼呵请先生休见阻，送行者宁无贶⑪。则为你假乖张⑫，不就我这门亲，害的来两下里憔悴损。我则索向龙宫纳闷，怎禁他水村山馆自黄昏。(下)

(柳毅云)则今日辞别了尊神，小生回家去也。(钱塘君云)你若是再来时，便当相看，休忘了此会者。(柳毅诗云)感龙王许配良姻，奈因咱衰老萱亲⑬；若非是前生缘薄，怎舍得年少佳人。(下)(洞庭君云)柳毅去了也。既然这般呵，今日虽不成这桩亲事，后日还要将机就机，报答他的大恩。(钱塘君云)哥哥说的有理，我恰才硬做媒人的不是，如今还要软软地去曲成⑭他。正是姻缘姻缘，事非偶然；一时不就，且待三年。(同下)

【注释】

①喏：古代表示敬意的呼喊。 ②粪壤：指已死之人，这里指同归于尽。 ③扬鬐鬣：即兴风作浪的意思。鬣，动物颈上的长毛。 ④自哂：自嘲。哂，嘲笑。 ⑤凌波袜：指女子轻盈的脚步。 ⑥沥水：积在地面上的雨水降雨之后，留在地面上的积水。湘

裙：湘地丝织品制成的女裙。　⑦索：是，则。　⑧樽：酒杯。　⑨隅：靠边的地方。
⑩襦：短衣，短袄，这里指衣服。　⑪赆：同尽，全部。　⑫乖张：性情执拗怪僻。
⑬萱亲：指母亲。　⑭曲成：多方设法使有成就。

【赏析】

　　尚仲贤的《柳毅传书》和李好古的《张生煮海》，是元杂剧中两部充满奇异瑰丽浪漫主义色彩的神话爱情剧，在元代杂剧艺苑里宛如并蒂莲花，被誉为元代神话戏中的"双璧"。这两出戏写的都是龙女与书生的爱情，表现对爱情幸福的追求和对封建压迫的反抗，具有进步思想意义和积极浪漫主义的创作特色，相比之下，《柳毅传书》的思想和艺术成就似乎更高一些。《柳毅传书》，全名《洞庭湖柳毅传书》，是根据唐代李朝威的传奇小说《柳毅传》改编而成的。写洞庭龙王之女三娘，嫁与泾河小龙为妻之后饱受虐待，被罚至泾河岸上牧羊，形容憔悴，衣衫褴褛，十分凄凉。龙女修书一封，希望有人替她捎回洞庭求救。恰遇落第书生柳毅路经此地，对龙女的遭遇深表同情，替她将书信及时送往洞庭，她的叔叔钱塘火龙闻讯大怒，率领水卒，打败了泾河小龙，龙女因而得救。为答谢柳毅传书之恩，洞庭龙王欲将三娘许配柳毅为妻，却遭柳毅婉言谢绝。几经波折，最后终于结为夫妻。剧中人物不多，但性格，形象都还鲜明。柳毅的富于正义感和乐于助人、见义勇为，以及细微的心理活动，变化等都描绘得细腻、真实；龙女三娘的善良多情；钱塘火龙的粗鲁暴躁、嫉恶如仇；泾河小龙的蛮横骄纵，暴躁无理等，虽着墨不多，但都各自鲜明、突出。

　　这里选取的第三折写的是龙王父女答谢柳毅传书之恩的一场戏。它围绕龙女三娘和柳毅的爱情纠葛展开了戏剧冲突，引人入胜。作者惟妙惟肖地刻画出了剧中人物尤其是女主角的情态和心理活动，楚楚动人。其中龙女所唱的八段曲词，语言本色生动，极具口语化和个性化、委婉含蓄、有清丽典雅之美，颇具风韵。曲词活灵活现地再现了龙宫的环境气氛和神话人物的形象特征，充满了浓厚的浪漫主义色彩。虽然此剧被蒙上了一层浓厚的神话色彩，但折射出的仍然是现实人间社会图景。在封建社会，夫权是捆缚妇女的一条粗大的绳索，造成了无数妇女的悲惨命运。这一剧本反映的就是这一现实问题。全剧通过龙女坎坷的生活经历，展示出丰富的生活画面，戏剧情节曲折动人，场面瑰丽奇幻，人物形象和内心世界的刻画鲜明细致，富有极强的艺术感染力。

《倩女离魂》第二折

郑光祖

　　（夫人慌上，云）欢喜未尽，烦恼又来。自从倩女孩儿在折柳亭与王秀才送路，辞别回家，得其疾病，一卧不起。请的医人看治，不得痊可①，十分治重，如之奈何？则怕孩儿思想汤水吃，老身亲自去绣房中探望一遭去来②。（下）（正末上，

（云）小生王文举，自与小姐在折柳亭相别，使小生切切于怀③，放心不下。今舣舟④江岸，小生横琴于膝，操一曲以适闷⑤咱。（做抚琴科）（正旦别扮离魂上，云）妾身倩女，自与王生相别，思想⑥的无奈，不如跟他同去，背着母亲，一径的赶来。王生也，你只管去了，争知我如何过遣⑦也呵！（唱）

【越调斗鹌鹑】人去阳台，云归楚峡⑧。不争他江渚停舟，几时得门庭过马⑨。悄悄冥冥，潇潇洒洒，我这里踏岸沙，步月华⑩；我觑这万水千山，都只在一时半霎⑪。

【紫花儿序】想倩女心间离恨，赶王生柳外兰舟⑫，似盼张骞天上浮槎。汗溶溶琼珠莹脸⑬，乱松松云髻堆鸦⑭，走的我筋力疲乏。你莫不夜泊秦淮卖酒家⑮？向断桥西下，疏剌剌秋水菰蒲⑯，冷清清明月芦花。

（云）走了半日，来到江边，听的人语喧闹，我试觑咱。（唱）

【小桃红】蓦⑰听得马嘶人语闹喧哗，掩映在垂杨下。唬的我心头丕丕⑱那惊怕，原来是响珰珰鸣榔板⑲捕鱼虾。我这里顺西风悄悄听沉罢，趁着这厌厌露华⑳，对着这澄澄㉑月下，惊的那呀呀呀寒雁起平沙。

【调笑令】向沙堤款踏㉒，莎草带霜滑。掠湿湘裙翡翠纱㉓，抵多少苍苔露冷凌波袜。看江上晚来堪画，玩冰壶潋滟天上下㉔，似一片碧玉无瑕。

【秃厮儿】你觑远浦孤鹜㉕落霞，枯藤老树昏鸦。听长笛一声何处发，歌乃，橹咿哑㉖。

（云）兀那船头上琴声响，敢是王生？我试听咱。（唱）

【圣药王】近蓼洼，望蘋花，有折蒲衰柳老兼葭。近水凹，傍短槎，见烟笼寒水月笼沙㉗，茅舍两三家。

（正末云）这等夜深，只听得岸上女人音声，好似我倩女小姐，我试问一声波。（做问科，云）那壁不是倩女小姐么？这早晚来此怎的？（魂旦相见科，云）王生也，我背着母亲，一径的赶将你来，咱同上京去罢。（正末云）小姐，你怎生直赶到这里来？（魂旦唱）

【麻郎儿】你好是舒心的伯牙㉘，我做了没路的浑家㉙。你道我为甚么私离绣榻，——待和伊同走天涯。

（正末云）小姐，是车儿来？是马儿来？（魂旦唱）

【幺】险把咱家走乏。比及㉚你远赴京华，薄命妾为伊牵挂:思量心,几时撒下。

【络丝娘】你抛闪㉛咱;比及见咱,我不瘦杀,多应害杀㉜。(正末云)若老夫人知道,怎了也!(魂旦唱)他若是赶上咱,待怎么?常言道:做着不怕!

(正末做怒科,云)古人云:聘则为妻,奔则为妾㉝。老夫人许了亲事,待小生得官,回来谐两姓之好㉞,却不㉟名正言顺?你今私自赶来,有玷风化㊱,是何道理?(魂旦云)王生!(唱)

【雪里梅】你振色㊲怒增加,我凝睇㊳不归家。我本真情,非为相唬,已主定心猿意马㊴。

(正末云)小姐,你快回去罢!(魂旦唱)

【紫花儿序】只道你急前前趱登程路㊵,元来是闷沉沉困倚琴书㊶,怎不教我痛煞煞泪湿琵琶。有甚心着雾鬟轻笼蝉翅㊷,双眉淡扫宫鸦㊸。似落絮飞花,谁待问出外争如㊹只在家。更无多话,愿秋风驾百尺高帆,尽春光付一树铅华㊺。

(云)王秀才,赶你不为别,我只防你一件。(正末云)小姐,防我那一件来?(魂旦唱)

【东原乐】你若是赴御宴琼林㊻罢;媒人每拦住马,高挑起染渲佳人丹青画,卖弄他生长在王侯宰相家:你恋着那奢华,你敢新婚燕尔在他门下㊼?

(正末云)小生此行,一举及第,怎敢忘了小姐!(魂旦云)你若得登第呵,(唱)

【绵搭絮】你做了贵门娇客㊽,一样矜夸。那相府荣华,锦绣堆压,你还想飞入寻常百姓家㊾?那时节似鱼跃龙门播海涯㊿,饮御酒,插宫花,那其间占鳌头、占鳌头登上甲㉛。

(正末云)小生倘不中呵,却是怎生?(魂旦云)你若不中呵,妾身荆钗裙布㉒,愿同甘苦。(唱)

【拙鲁速】你若是似贾谊困在长沙㉓,我敢似孟光般显贤达㉔。休想我半星儿意差,一分儿抹搭㉕。我情愿举案齐眉傍书榻,任粗粝㉖淡薄生涯,遮莫㉗戴荆钗,穿布麻。

(正末云)小姐既如此真诚志意,就与小生同上京去,如何?(魂旦云)秀才肯带妾身去呵,(唱)

【幺篇】把梢公快唤咱,恐家中厮捉拿。只见远树寒鸦,岸草汀沙,满目黄花,几缕残霞。快先把云帆高挂,月明直下,便东风刮,莫消停㉘,疾进发。

（正末云）小姐，则今日同我上京应举去来。我若得了官，你便是夫人县君[59]也。（魂旦唱）

【收尾】各剌剌[60]向长安道上把车儿驾，但愿得文苑客当时奋发[61]。则我这临邛市沽酒卓文君，甘伏侍你濯锦江题桥汉司马[62]。（同下）

【注释】

①痊可：痊愈。②去来：即去，“来”作语尾助词。③切切于怀：形容心里非常思念。切切，念念不忘的意思。④舣舟：泊船，即把船停靠在岸边。⑤操一曲以适闷：操，弹奏。适闷，解闷。⑥思想：这里是想念的意思。⑦争知我如何过遣：争知，怎么知道。过遣，消磨、度过。⑧人去阳台，云归楚峡：两句比喻两人离散。战国的辞赋家宋玉，在《高唐赋》中，说楚襄王曾游高唐，在梦中与巫山神女相会，临别时神女自称“在巫山之阳，高丘之下，旦为朝云，暮为行雨，朝朝暮暮，阳台之下”。后来便用阳台指代男女欢会的地方。⑨“不争他江渚停舟”两句：意思是说，要是不趁他停船岸边时赶上他，谁知道他什么时候才能回来。江渚。指江边。门庭过马，指得官归来时，车马过门。⑩步月华：在月光下行走。⑪一时半霎：形容时间极短，即片刻之间。⑫“赶王生柳外兰舟”两句：意思是说，王生乘坐的船就像天河中的浮槎那样难以接近。兰舟，用木兰树制成的船，是对船的美称。张骞，汉朝人，汉武帝时出使西域，传说他曾乘着槎到达天河，遇见了牛郎织女。槎，木瓶。⑬琼珠莹脸：琼珠，指汗珠。莹脸，像美玉一样泽润的脸。⑭云髻堆鸦：形容头发乌黑而蓬松。髻，盘结起来成螺形的头发。堆鸦，指头发的颜色像乌鸦的羽毛那样黑。⑮你莫不夜泊秦淮卖酒家：这句化用唐代诗人杜牧《泊秦淮》中“夜泊秦淮近酒家”诗句。秦淮，指秦淮河，在今南京市。⑯疏剌剌秋水菰蒲：疏剌剌，萧疏、零落。菰蒲，茭白和蒲草，都是生长在水边的草本植物。⑰蓦：突然地。⑱丕丕：即扑扑，形容心里紧张而激烈跳动。⑲鸣榔板：渔人夜间捕鱼时，用木头敲打船板发出声音，使鱼惊慌入网。⑳厌厌露华：厌厌，形容露水浓重。露华，露水。㉑澄澄：形容月光皎洁，像水那样清澈。㉒款踏：慢慢地走。㉓“掠湿湘裙翡翠纱”两句：意思是说，在野外行走，沾在腿脚上的露水，比平时在庭院里行走时更多。凌波，形容行动轻盈。凌波袜是水中仙子穿的袜子。㉔玩冰壶潋滟天上下：意思是说，明月挂在空中，照在水里，上下交映，一片清亮。冰壶比喻月亮。潋滟，潮水涨满的样子。㉕远浦孤鹜：浦，水边。鹜，野鸭。㉖橹咿哑：原来形容摇橹的声音，后来成为船夫摇船时唱的歌曲名称。㉗烟笼寒水月笼沙：杜牧《泊秦淮》中的诗句，这里是借用。㉘舒心的伯牙：舒心，宽心。伯牙，春秋时的著名琴师。㉙浑家：妻子。㉚比及：等到。㉛抛闪：抛弃。㉜害杀：指害相思病死去。㉝聘则为妻，奔则为妾：聘，指女子通过正式迎娶嫁到夫嫁。奔，即私奔，封建时代指女子私自与男子结合。㉞谐两姓之好：谐，极好地结合。两姓之好，指两家结成婚姻。㉟却不：岂不。㊱有玷风化：有玷，败坏。风化，指封建的道德观念。㊲振色：变了脸。㊳凝睇：斜着眼看。㊴已主定心猿意马：意思是说，已经下定了决心，打定了主意。心猿意马，佛教用语，比喻人的内心活动变化不定，就像好动的猿猴和马一样难以把握。㊵趱登程路：趱，赶。程路，即路程。㊶困倚琴书：困倦而靠在琴上和书上。倚，靠

着。 ㊷着雾粪轻笼蝉翅：意思是，将鬓角梳笼得像蝉的翅膀一样又薄又轻匀。云鬓，形容鬓发像云雾般蓬松。 ㊸双眉淡扫宫鸦：淡扫，淡淡地画（眉）。宫鸦，比喻眉黛的颜色。 ㊹争如：怎么比得上。 ㊺“愿秋风驾百尺高帆”两句：意思是说，但愿你一路顺风吧，我自己只好让青春白白地消逝了。尽，听任。铅华，女子化装用的粉。 ㊻御宴琼林：皇帝举行的琼林宴。琼林，指琼林苑，因宋代皇帝曾在这里设宴招待新考中的进士，后来便把科举考试发榜后招待新进士的宴会称为琼林宴。 ㊼你敢新婚燕尔在他门下：敢，可能，也许。燕尔，指新婚夫妻浓厚的感情。 ㊽娇客：新女婿。 ㊾你还想飞入寻常百姓家：唐代刘禹锡《乌衣巷》诗有“旧时王谢堂前燕，飞入寻常百姓家”。句，这里借用原句，用以比喻王生高中之后可能不愿再回来。 ㊿鱼跃龙门播海涯：鱼跃龙门，比喻科举考试考中。旧时有鲤鱼跳过龙门便可成龙的传说。播海涯，远走高飞的意思。播，迁移。 (51)占鳌头登上甲：占鳌头，指考中状元。据说皇宫的石阶前面刻有鳌（大鳖）的头，考上状元的人才可以踏上去。后来使用独占鳌头一语指代考中状元。上甲，指一甲，是科举考试的名次，宋代以后进士分为三甲，一甲三名，为状元、榜眼，探花。 (52)荆钗裙布：用荆条作簪发的钗，用粗布作裙，表示生活贫苦。 (53)贾谊困在长沙：贾谊是汉代的政治家和文学家，有抱负，但一直不受重用，后来被派任长沙王的太傅，抑郁死去。 (54)孟光般显贤达：孟光，东汉时人，她对丈夫梁鸿十分敬重，传说在吃饭时，她总是将摆饭食的盘子举过眉头送到梁鸿面前，后来便把她当作贤惠妻子的代表，把“举案齐眉”作为夫妻相敬的成语。贤达，贤惠，通达。 (55)抹搭：怠慢，懒散的意思。 (56)粗粝：粝，糙米。粗粝，指粗糙的食物。 (57)遮莫：任由。 (58)消停：停留。 (59)夫人县君：封建时代赠给官员妻子的封号。 (60)各剌剌：形容车子滚动的声音。 (61)文苑客当时奋发：文苑客，读书人。当时，逢时，即走运的意思。 (62)濯锦江题桥汉司马：濯锦江，在四川省成都市。传说汉代著名的文学家司马相如，在由成都去长安时，曾在这条江上的桥柱上题词：“不乘高车驷马，不过此桥。”汉司马，指司马相如。

【赏析】

《倩女离魂》全名《迷青锁倩女离魂》，写的是：张倩女和王文举由父母指腹为婚，可是后来当王生前往长安应试顺路拜望张家时，张母却命倩女同王生以兄妹相称，并借口“俺家三辈儿不招白衣秀士”，告诉王生，要在他“得一官半职”之后才能和倩女成亲，文举被迫进京赴考。而母亲的决定使倩女十分伤心，她在送别王生上京赴考之后便病倒了，后来竟因过度思念王生而灵魂离开躯体，赶上了在泊船江边、以弹琴解闷的王生，于是一起上京。王生到京后，中了状元，即写信给张母，说他将同“小姐”一起回家。倩女在家的躯体得此消息，以为王生已经另外娶妻了，一气之下，病情更加沉重。后来，倩女的灵魂随王生回到家里，同自己的躯体合而为一。最后，张倩女和王文举终于结为美满夫妻。

这里选的第二折——离魂，描写倩女的灵魂在月夜追赶王生的经过，展现了倩女对爱情的热切追求。〔斗鹌鹑〕和〔紫花儿序〕两曲，描写倩女的离魂一路上追赶王生的情景，飘飘忽忽，悠悠荡荡，惟妙惟肖地描绘出了倩女离魂的心情、动作、神态。〔小桃红〕、〔调笑令〕、〔秃厮儿〕、〔圣药王〕四曲，描写倩女的离魂追赶到江边，作者既绘声绘影地描摹了倩女追赶王生沿途所见的秀丽景色，又细致入微地刻画了倩女复杂的心理状态。江边寂静的深秋晚景中传出了人语和琴声，使画面增添了无限的风韵，意境悠远。

〔麻郎儿〕、〔幺〕、〔络丝娘〕、〔雪里梅〕、〔紫花儿序〕五支曲子，是写倩女离魂和王生"同走天涯"的决心，表现她"做着不怕"的大胆和坚强的性格。经过一路跋涉，倩女终于追上了王生。而迂腐而软弱的王生，见倩女半夜私自赶来，先是十分害怕，说"着老夫人知道怎了"，倩女却十分轻松地告诉他："他若是赶上咱，待怎么？常言道：做着不怕。""做着不怕"，这是她对封建礼教的大胆蔑视。后来，王生怒冲冲地指责倩女"私自赶来，有玷风化"时，倩女更是坚定不移地说："你振色怒增加，我凝睇不归家；我本真情主为相吓，已主定心猿意马。"为了获得幸福的爱情，倩女义无反顾，勇往直前，这种敢作敢为的精神着实令人佩服。

倩女对待爱情，不但态度坚决，而且心地纯洁，她追求的是真诚的爱情，而不是荣华富贵。〔东原东〕、〔绵搭絮〕和〔拙鲁速〕，从两个方面写倩女对王生的"真诚志意"：其一，她不怕王生考不中科举而使自己过贫寒的生活，却担心他一旦考中科举之后另娶贵门。其二，当王生试探地问她"小生倘不中呵，却是怎生"时，倩女十分坚定地回答他；"你若不中呵，妾身荆钗裙布，愿同甘苦。"她向王生表示："你若是似贾谊困在长沙，我敢似孟光般显贤达。休想我半星儿意差，一分儿抹搭"，表明与王生同甘共苦、矢志不移的愿望。最后，〔幺篇〕、〔收尾〕写离魂的忠诚感动了王生，二人同舟赴京。倩女离魂唯恐老夫人派人追来，要求王生带她迅速起程，当王生同意了她的要求，她还是催促开船。作者这样描写，栩栩如生地活画出一个深闺中的少女渴望得到自由的迫切心情。

这一折是《倩女离魂》的重点抒情戏，作者以积极浪漫主义的表现手法，成功塑造了一个热切追求自由幸福，富有反抗精神的少女张倩女的形象，表现了她对炽热的爱恋和自由的强烈追求，文情并茂，情景交融，清词丽句，脍炙人口。《倩女离魂》是郑光祖的代表作，也是元代后期杂剧中最优秀的作品，歌颂了坚贞的爱情，揭露了封建礼教对青年男女自由恋爱的残酷压制，又表达了青年男女冲破封建罗网，争取自由幸福的强烈愿望，具有反封建礼教的积极意义。

《魔合罗》第三折

孟汉卿

（外扮府君引张千上）（诗云）滥官肥马紫丝缰，猾吏春衫簌地长。稼墙不知谁坏却，可教风雨损农桑。老夫完颜女直①人氏。完颜者姓王，普察姓李。老夫自幼读书，后来习武。为俺祖父多有功勋，因此上子孙累辈承袭，为官为将。这河南府官浊吏弊，往往陷害良民；圣人亲笔点差老夫为府君，因老夫除邪秉正，敕赐势剑金牌，先斩后奏。老夫上任三个日头，今日升厅，坐起早衙，怎生不见掌案当该司吏②？（张千云）当该司吏，大人呼唤。（令史上，云）来了！来了！（见科）（府尹云）你是司吏？（令史云）小的是。（府尹云）兀那厮，你听者：圣人为你这河南府官浊吏弊，敕赐老夫势剑金牌，先斩后奏。若你那文卷有半点差错，着势剑金牌，先斩你那驴头！有合佥押③的文书，拿来我佥押。（令史云）有有有，就把这一宗文卷大人看。（府尹看科，云）这是那一起？（令史云）这是刘玉娘药死亲夫，招状是实，则要大人判个斩字。（府尹云）刘玉娘因奸药死丈夫，这是犯十恶的罪，为何前官手里不就结绝了？（令史云）则等大人到来。（府尹云）待报的囚人在那里？（令史云）见在死囚牢中。（府尹云）取来，我再审问。（令史云）张千，去牢中提出刘玉娘来。（张千云）理会的。（旦上，云）哥哥唤我做甚么？（张千云）你见大人去。（令史云）兀那妇人，如今新官到任，问你，休说甚么；你若胡说了，我就打死你！张千，押上厅去。（张千云）犯妇当面。（旦跪科）（府尹云）则这个是那待报的女囚？（令史云）则他便是。（府尹云）兀那女囚，你是刘玉娘？你怎生因奸药死丈夫？恐怕前官枉错了，你有不尽的言词，从实说来，我与你做主咱。（旦云）小妇人无有词因。（府尹云）既他囚人口里无有词因，则管问他怎么？将笔来，我判个斩字，押出市曹，杀坏了者。（张千押旦出科）（旦云）天也！谁人与我做主也呵！（正末扮张鼎④上，云）自家姓张，名鼎，字平叔，在这河南府做着个六案都孔目，掌管六房事务。奉相公台旨，教我劝农已回。今日升厅坐衙，有几宗合佥押的文书，相公行佥押去。我想这为吏的扭曲作直，舞文弄法，只这一管笔上，送了多少人也呵！（唱）

【商调集贤宾】这些时，曹司里有些勾当，我这里因佥押离了司房。我如今身耽受公私利害，笔尖注生死存亡。详察这生分女，作歹为非；更和这忤逆男，随波逐浪。我可又奉官人委付将六案掌，有公事怎敢仓皇⑤；则听的冬冬传击鼓，偌偌报撺箱。

【逍遥乐】我则抬头观望，官长升厅，静悄悄有如听讲。我索整顿了衣裳，正行中举目参详：见雄纠纠公人⑥如虎狼，推拥着个得罪的婆娘。则见他愁眉泪眼，带锁披枷：莫不是竞土争桑？

（云）则见禀墙⑦外，一个待报的犯妇，不知为甚么，好是凄惨也呵！（唱）

【金菊香】我则见湿浸浸血污了旧衣裳，多应是磣可可的身耽着新棒疮。更那堪死囚枷压伏的驼了脊梁。他把这粉颈舒长,伤心处,泪汪汪。

（云）你看那受刑的妇人,必然冤枉,带着枷锁,眼泪不住点儿流下。古人云:存乎人者莫良于眸子,眸子不能掩其恶。又云:观其言而察其行,审其罪而定其政。（唱）

【醋葫芦】我孜孜的觑了一会,明明的观了半晌。我见他不平中把心事暗包藏。婆娘家怎生遭这般冤屈网,偏惹得带枷吃棒。休休休,道不的自己枉着忙。

【幺篇】我这里慢慢的转过两廊,迟迟的行至禀堂;他那里哭啼啼口内诉衷肠,我待两三番推阻不问当⑧。（张千云）刘玉娘,你告这个孔目哥哥,他与你做主。（旦扯住正末衣科,云）哥哥,救我咱!（正末唱）他紧拽定衣服不放,不由咱不与你做商量。

（云）张千,把那妇人唤至跟前,我问他。（张千云）刘玉娘,近前来。（旦跪科）（正末云）兀那妇人,说你那词因我听咱。（旦诉词云）哥哥停嗔息怒,听妾身从头分诉。李德昌本为躲灾,贩南昌多有钱物。他来到庙中因歇,不承望感的病促。到家中七窍内迸流鲜血,知他是怎生服毒。进入门当下身亡,慌的我去叫小叔叔。他道我暗地里养着奸夫,将毒药药的亲夫身故。不明白拖到官司,吃棍棒打拷无数。我是个妇人家,怎熬这六问三推,葫芦提屈画了招伏。我须是李德昌绾角儿夫妻⑨,怎下的胡行乱做。小叔叔李文道暗使计谋,我委实的衔冤负屈!（正末云）兀那妇人,我替你相公行说去。说准呵,你休欢喜;说不准呵,休烦恼。张千,且留人者。（张千云）理会的。（末见科,云）大人,小人是张鼎,替大人下乡劝农已回,听的大人升厅坐衙,有几宗合禀押文书,请相公金押。（府尹云）这个便是六案都孔目张鼎,这人是个能吏。有甚么合禀的事,你说。（正末递文书科）（府尹云）这是甚么文书?（正末唱）

【金菊香】这的是打家劫盗勘完的脏,这个是犯界茶盐⑩取定的详⑪,这公事正该咱一地方。这个是新下到的符⑫样,这个是官差纳送远仓粮。

（府尹云）这宗是甚么文卷?（正末唱）

【醋葫芦】这的是沿河道便盖桥,这的是随州城新置仓,这的是王首和那陈立赖人田庄,这的是张千殴打李万伤。（带云）怕官人不信呵,（唱）勾将来对词供状。这的是王阿张⑬数次骂街坊。

（府尹云）再无了文卷也？（正末云）相公，再无了。（府尹云）都着有司发落去。张鼎，与你十个免贴⑭，放你十日休假；假满之后，再来办事。（正末云）谢了相公！（做出门科）（张千云）孔目哥哥，这件事曾说来么？（正末云）我可忘了也。（唱）

【幺篇】又不是公事忙，不由咱心绪穰⑮。若有那大公事，失误了惹下灾殃。这些儿事务，你早不记想，早难道贵人多忘。张千啊，且教他暂时停待莫慌张。

（云）我只禀事，忘了，我再向大人行说去。（张千云）哥哥可怜见，与他说一声。（正末再见科）（府尹云）张鼎，你又来说甚么？（正末云）大人，恰才出的衙门，只见禀墙外有个受刑妇人，在那里声冤叫屈。知道的是他贪生怕死，不知道的，则道俺衙门中错断了公事。相公，试寻思波。（府尹云）这桩事是前官断定，萧令史该房。（正末云）萧令史，我须是六案都孔目；这是人命重事，怎生不教我知道？（令史云）你下乡劝农去了，难道你一年不回，我则管等着你？（正末云）将状子来我看。（令史云）你看状子。（正末看科，云）"供状人刘玉娘，见年三十五岁，系河南府在城录事司当差民户。有夫李德昌，将带资本课银一十锭，贩南昌买卖。前去一年，并无音信。至七月内，有不知姓名男子一个来寄信，说夫李德昌在五道将军庙中染病，不能动止。玉娘听言，慌速雇了头口，直至城南庙中，扶策到家，入门气绝，七窍迸流鲜血。玉娘即时报与小叔叔李文道，有小叔叔说玉娘与奸夫同谋，合毒药药杀丈夫。所供是实，并无虚捏。"相公，这状子不中使。（令史云）买不的东西，可知不中使。（正末云）四下里无墙壁⑯。（令史云）相公在露天坐衙哩。（正末云）上面都是窟笼⑰。（令史云）都是老鼠咬破的。（正末云）相公不信呵，听张鼎慢慢说一遍。（府尹云）你说我听。（正末云）"供状人刘玉娘，年三十五岁，系河南府在城录事司当差民户。有夫李德昌，将带资本课银一十锭，贩南昌买卖。"这十锭银，可是官收了？苦主收了？（令史云）不曾收。（正末云）这个也罢。"前去一年，并无音信。于七月内有不知姓名男子，前来寄信。"相公，这寄信人多大年纪？曾勾到官不曾？（令史云）不曾勾他。（正末云）这个不曾勾到官，怎么问得？又道："夫主李德昌，在五道将军庙中染病，不能动止。玉娘听说，慌速雇了头口，到于城南庙中，扶策到家，入门气绝，七窍逆流鲜血。玉娘即时报与小叔叔李文道，小叔叔说玉娘与奸夫同谋。"相公，这奸夫姓张？姓李？姓赵？姓王？曾勾到官不曾？（令史云）若无奸夫，就是我。（正末云）"合毒药药杀丈夫。"相公，这毒药在谁家合来？这服药好歹有个着落。（令史云）若无人合这药，也就是我。（正末云）相公，你想波：银子又无，寄信人又无，奸夫又无，合毒药人又无，谋合人又无：这一行人都无，可怎生便杀了这妇人？（府尹云）萧令史，张鼎说这文案不中使。（令史云）张孔目，你也多管，干你甚么事？（正末云）萧令史，我与你说，人命事关天关地，非同小可。古人云：系狱之囚，日胜三秋。外则身苦，内则心忧。或苔或杖，或徒或流。掌刑君子，当以审求。赏罚国之大柄，喜怒人之常情；勿因喜而增赏，勿以怒而加刑。喜而增赏，犹恐追悔；怒而加刑，人命何辜？这的是霜降始知节妇苦，雪飞方表窦娥冤。（唱）

【幺篇】早是这为官的性忒刚，则你这为吏的见不长，则这一桩公事总荒唐。那寄信人怎好不细访，更少这奸夫招状；（带云）相公，你想波。（唱）可怎生葫芦提推拥他上云阳？

（令史云）大人，张鼎骂你葫芦提也！（府尹云）张鼎，是谁葫芦提？（令史云）张鼎说大大葫芦提！（府尹云）张鼎，是谁葫芦提？（正末跪科）小人怎敢？（府尹云）张鼎，这刘玉娘因奸杀夫，是前官断定的文案，差错是萧令史该管，你怎生说老夫葫芦提？我理任三日，就说我葫芦提，这以前，须不是我在这里为官。兀那厮，近前来，这桩事就分付与你，三日便要问成：问不成呵，我不道的饶了你哩！哎！（词云）你个无端的贼吏奸猾，将老夫一谜里欺压。刘玉娘因奸杀夫，须则是前官问罢。你道是文卷差迟，你道是其中有诈：合毒药是李四张三？养奸夫是赵二王大？寄信人何姓何名？谋合人或多或寡？不由俺官长施行，则随你曹司掌把。你对谁行大叫高呼，公然的没些惧怕。我分付你这宗文卷，更限着三日严假；则要你审问推详，使不着舞文弄法。你问的成呵，我与你写表章，骑驿马，呈都省，奏圣人，重重的赐赏封官；问不成呵，将你个赛隋何，欺陆贾⑱，挺⑲曹司，翻旧案，赤瓦不剌海⑳猢狲头，尝我那明晃晃势剑铜铡！（下）（令史云）左右你的头硬，便试一试铜铡，也不妨事。（诗云）得好休时不肯休，偏要立限当官

决死囚。正是是非只为多开口，烦恼皆因强出头。（下）（正末云）张鼎，这是你的不是了也！（唱）

【后庭花】揽这场不分明的腌勾当㉑，今日将平人㉒来无事讲。你早则得福也萧司吏，则被你送了人也刘玉娘。我这里自斟量：则俺那官人要个明降㉓，这杀人的要见伤，做贼的要见脏，犯奸的要见双。一行人，怎问当？

【双雁儿】多则是没来由，葫芦提打关防㉔。待推辞，早承向㉕。眼见得三日时光如反掌，教我待不慌来怎不慌，待不忙来怎不忙？

（云）张千，将刘玉娘下在死囚牢中去。（张千云）理会的。（正末唱）

【浪里来煞】那刘玉娘罪责虚，萧令史口诤强，我把那衔冤负屈是非场。离家枉死李德昌，知他来怎生身丧，我直教平人无事罪人偿。（下）

【注释】

①完颜女直：指女直族完颜部。女直，古代东北地区少数民族名；唐代属黑水靺鞨部，本名女真，后因避契丹主宗真之讳改为女直。北宋末期，建立金政权，后为元所灭。女真族以完颜部为核心。　②掌案当该司吏：指审问案件的值班吏员。　③金押：在公文上签名画押。　④张鼎：元代人，由鄂州总管府吏，升任行省参知政事，不久罢去。（见《元史·世祖本纪》）　⑤仓皇：随便，急慢，不经意或行为不谨之意。　⑥公人：旧时称衙门里的差役。　⑦禀墙：衙门外（对着大门）的一道屏墙，也叫做照墙。　⑧问当：即问。当，语尾助词。　⑨绾角儿夫妻：指结发夫妻，原配夫妻。　⑩犯界茶盐：元代茶盐官卖，划分一定地界销售，对侵犯地界贩卖茶盐的人，判以刑罚。　⑪详：这里指旧时公文的一种程式，用于向上级陈报、请示。　⑫符：古代朝廷下达命令或征调兵将用的凭证，用金、玉、铜、竹、木制成，分情况使用，双方各执一半，合之以验真伪。　⑬王阿张：犹言"王张氏"。　⑭免贴：放假的帖子。　⑮穰：忙乱。　⑯四下里无墙壁：比喻这个状子毫无可靠的依据。　⑰上面都是窟笼：比喻全是破绽、漏洞。　⑱隋何、陆贾：都是汉初的辩士，这里比喻张鼎。　⑲挺：挺撞不屈，据理力争。　⑳赤瓦不剌海：女真语。赤，你。瓦不剌海，敲杀。这句话是说，你这个该打死的！　㉑腌勾当：即臭勾当，倒霉的事。　㉒平人：平民或无罪的人。　㉓明降：明白的裁决、决定、音旨。　㉔关防：驻兵防守关隘，引申为防止作弊、把关的意思。　㉕承向：承担。

【赏析】

《魔合罗》，原名《张孔目智勘魔合罗》，是孟汉卿流传下来的唯一作品，也是一出优秀的、具有现实意义的公案戏。剧作写的是河南府六案都孔目张鼎勘破冤案的故事，深刻地揭露了当时社会风气的败坏，吏治的黑暗。剧情大意是：小商人李德昌因算卦的说他命中有难，遂到南昌经商躲灾，本为利增百倍，多有钱物，归家时不幸遇雨，病倒在城外古庙中，就托一卖魔合罗（泥塑娃娃）的老汉高山给其妻刘玉娘寄家书，希望家人前来探望。不料，老汉高山进城来问到李德昌家门前，碰见了李德昌的堂弟赛卢医李文道，骗去书信。李文道早就对刘玉娘心生歹念，趁此机会赶到城外五道庙，毒死了李德昌。后来李文道威逼刘玉娘不遂，就反诬她私通奸夫，毒死了亲夫。李文道买通了司吏萧令史，把刘玉娘屈打成招，判了斩刑。在押刘玉娘赴市曹之时，恰遇孔目张鼎下乡劝农回衙，有文书要府尹相公佥押。张鼎见刘玉娘带锁披枷，愁眉泪眼，血污衣裳，知道她是屈打成招。问明情由后，张鼎答应刘玉娘查明真相，替刘玉娘及其丈夫讨回公道。尽管他指出了案情的许多破绽，驳得萧令史哑口无言，但是府尹相公却叫他推详，更限三日严假。张鼎接过这宗文卷，经过一番调查推断，终于将冤狱审理清楚，替刘玉娘洗脱了罪名，将李文道正法严刑。据《元史·世祖本纪》记载，张鼎是元代比较正直能干的官吏，曾任鄂州总管署吏，后升任行省参知政事，不久罢去。

第三折写的就是张鼎下乡劝农回衙，恰遇刘玉娘被押赴市曹，他通过对罪犯的仔细观察，认定刘玉娘"必然冤枉"。虽然此案与他无关，但正义感却驱使他毫不犹豫，挺身而出。他询问刘玉娘"词因"，反复查阅原来定案的证据以及供状，在府尹衙门，抓住刘玉娘供状中的种种漏洞，指出"银子又无，寄信人又无，奸夫又无，合毒药人又无，谋合人又无：这一行人都无，可怎生便杀了这妇人"。张鼎抓住案件的矛盾所在，提出案件人证物证皆不落实的问题，直驳得萧令史哑口无言，说明了这是一桩荒唐公事，力主重审此案。为此，张鼎得罪了同僚，触犯了上意，被府尹严词切责，限他三日假重新推详，了结此案，否则将以"势剑铜铡"处死。张鼎清廉刚直，仗义执言，有力地抨击了当时的腐败吏治和黑暗现实。

《魔合罗》第四折

孟汉卿

（正末上，云）自家张鼎是也。奉相公台旨，与我三日假限，若问成呵，有赏；问不成呵，教我替刘玉娘偿命。张鼎，这是你的不是了也！（唱）

【中吕粉蝶儿】投至我勘向出强贼，早忧愁的寸肠粉碎。闷恹恹废寝忘食，你教我怎研穷①，难决断，这其间详细。索用心机，要搜寻百谋千计。

【醉春风】我好意儿劝他家，将一个恶头儿揣与自己。原来口是祸之门，张鼎也，你今日个悔，悔！则要你那万法皆明，出脱②的众人无事，全在你寸心不昧。

（云）张千，押过那刘玉娘来。（张千云）理会的。犯妇当面。（旦跪科）（正末唱）

【叫声】虎狼似恶公人，可扑鲁③拥推、拥推阶前跪。我则见暗着气，吞着声，把头低。

（云）张千，且疏了他那枷者。（张千云）理会的。（做卸枷科，旦起身拜云）谢了孔目！我改日送烧饼盒儿来。（做走科）（正末云）那里去？你去了呵，我替你男儿偿命那！（旦云）我则道饶了我来。（正末云）兀那妇人，你说你那词因来。若说的是呵，万事罢论；若说的不是呵，张千，准备下大棒子者。（唱）

【喜春来】你道是衔冤负屈吃尽亏，则你这致命图财本是谁。直打的皮开肉绽悔时迟，不是我强罗织④，早说了是便宜。

（旦云）孔目哥哥，打死孩儿，也则是屈招了。（正末唱）

【红绣鞋】我领了严假限⑤一朝两日；你恰才支吾到数次十回，又惹场六问共三推。听了你一篇话，全无有半星实，我跟前怎过得？

【迎仙客】比及下梌指⑥，先浸了麻槌，行仗的腕头加气力。直打得紫连青，青间赤，枉惹得棍棒临逼，待悔如何悔！

（旦云）便打杀我，则是屈招了也。（正末唱）

【白鹤子】你道是便死呵则是屈，硬抵对不招实。（带云）我不问你别的（唱）则问你出城时，主何心；则他那入门死，因何意？

（云）兀那妇人，我问你：（唱）

【幺篇】莫不他同买卖是新伴当⑦？（旦云）我不知道。（正末唱）莫不是原茶酒旧相知？他可也怎生来寄家书，因甚上通消息？

（旦云）孔目哥哥，我忘了那个人也。（正末云）你近前来，我打⑧与你个模样儿。

（旦云）日子久了，我忘了也。（正末唱）

【幺篇】那厮身材是长共短？肌肉儿瘦和肥？他可是面皮黑，面皮黄？他可是有髭髯、无髭髯？

（旦云）我想起些儿也。（正末云）惭愧！圣人道："视其所以，观其所由，察其所安，人焉瘦哉？⑨"（唱）

【幺篇】投至得推详出贼下落，搜寻的案完备；兀的不熬煎的我鬓斑白，烦恼的我心肠碎！

（云）兀那妇人！（唱）

【幺篇】莫不是身居在小巷东，家住在大街西？他可是甚坊曲，甚庄村？何姓字，何名讳？

（云）我再问你咱。（唱）

【幺篇】莫不是买油面为节食？莫不是裁段匹作秋衣？我问你为何事离宅院？有甚干来城内？

（云）张千，明日是甚日？（张千云）明日是七月七。（旦云）孔目哥哥，我想起来也！当年正是七月七，有一个卖魔合罗的寄信来；又与了我一个魔合罗儿。（正末云）兀那妇人，你那魔合罗有也无？如今在那里？（旦云）如今在俺家堂阁板儿上放着哩。（正末云）张千，与我取将来。（张千云）理会得。（做行科，云）我出的这门来，到这醋务巷问人来，这是刘玉娘家里，我开开这门，家堂阁板上有个魔合罗，我拿着去。出的这门，来到衙门也。孔目哥哥，兀的不是个魔合罗儿！（正末云）是好一个魔合罗儿也！张千，装香来。魔合罗，是谁图财致命？李德昌怎生入门就死了？你对我说咱。（唱）

【叫声】你曾把愚痴的小孩提教诲，教诲的心聪慧，若把这冤屈事，说与勘官知。

【醉春风】不强似你教幼女演裁缝，劝佳人学绣刺。要分别那不明白的重刑名，魔合罗，全在你。你若出脱了这妇衔冤，我教人将你享祭，煞强如小儿博戏。

（云）魔合罗，你说波，可怎不言语？想当日狗有展草之恩，马有垂缰之报：禽兽尚然如此，何况你乎？你既教人拨火烧香，你何不通灵显圣？可怜负屈衔冤鬼，你指出图财致命人。（唱）

【滚绣球】我与你曲湾湾画翠眉，宽绰绰穿绛衣，明晃晃凤冠霞帔，妆严的你这样何为？你若是到七月七，那其间乞巧的，将你做一家儿燕喜⑩；你可便显神通，百事依随。比及你露十指玉笋⑪穿针线，你怎不启⑫一点朱唇说是非，教万代人知。

（云）魔合罗，是谁杀了李德昌来？你对我说咱！（唱）

【倘秀才】枉塑你似观音像仪，怎无那半点儿慈悲面皮？空着我盘问你，你将我不应对，我彻上下、细观窥，到底。

（正末做见字科，云）有了也！（唱）

【蛮姑儿】我则道在那壁，原来在这里。谁想这底座儿下包藏着杀人贼。呼左右，上阶基，谁把高山认的？

（云）张千，你认的高山么？（张千云）我认的。（正末云）你与我一步一棍打将来。（张千云）理会的。我出的衙门来，试看咱。（高山上，云）我去城里讨魔合罗钱去咱。（张千做拿科，云）快走，衙门里等你哩。（高山云）哎呀！打杀我也！（做见跪科）（正末云）你便是那高山？（高山云）是便是，不知犯甚罪，被这厮流水似打将来？（正末云）兀那老子，你曾与人寄信来么？（高山云）老汉自小有三戒：一不做媒，二不做保，三不寄信。我不曾与人寄信。（正末云）着这老子画了字者。（高山云）我不曾寄信，教我画什么字？（正末云）兀那老子，这魔合罗是谁塑的？（高山云）是我塑的。（正末云）着那妇人出来。（旦见高云）老的，你认的我么？（高山云）姐姐，你敢是刘玉娘？你那李德昌好么？（旦云）李德昌死了也！（高山云）死了也？到是一个好人来。（正末云）可不道你不曾寄信？（高山云）我则寄了这一遭儿。（正末云）兀那老子，你怎生图财致命了李德昌？你从实招来！（高山诉词云）听我老汉一一说真实，孔目哥哥自思忆。去年时遇七月七，来到城里觅衣食。行到城南五道庙，慌忙合掌去参谒。忽然有个李德昌，正在庙中染病疾。哭哭啼啼相烦我，因此替他传信息。一生破戒只这遭，谁想回家救不得。老汉担里无过魔合罗，并没一点砒霜一寸铁；怎把走村串疃货郎儿，屈勘做了图财致命杀人贼！（正末云）兀那老子，你与我实诉者。（高山云）正面儿的头戴凤翅盔，身穿锁子甲，手里仗着剑。左壁厢一个戴黑楼兜子，身穿着绿襕，手拿着一管笔，挟着个纸簿子。右壁厢一个青脸獠牙，朱红头发，手拿着狼牙棒。（正末云）那个不是泥的？（高山云）你叫我实塑。（正末云）张千，与我打这老子。（张千做打科）（正末唱）

【快活三】魔合罗是你塑的，这高山是你名讳；今日个并赃拿贼更推谁？你地硬抵着头皮儿对。

【鲍老儿】须是你药杀他男儿，又带累他妻。呀！你畅好会使拖刀计。漾⑬一个瓦块儿在虚空里，怎生住的？呀！到了呵须按实田地⑭。不要你狂言诈语，花唇巧舌，信口支持；则要你依头缕当⑮，分星劈两⑯，责状招实。

（高山云）孔目哥哥，休道招状；我等身图⑰也敢画与你。（做画字科）（正末云）兀那老子，你近前来，我问你波。（唱）

【鬼三台】你和他从头里传消息，沿路上曾撞着谁？（高山云）我不曾撞着人。（正末云）兀那老子，比及你见刘玉娘呵，城中先见谁来？（高山云）我想起来也！我入的城来，撒了一胞尿。（正末云）谁问你这个来？（高山云）我入城时，曾问人来，那人家门首吊着个龟盖。（正末云）敢是鳖壳？（高山云）直这等鳖杀我也！他那门前，又有个石船。（正末云）敢是石碾子？（高山云）若是碾着，骨头都粉碎了。我见里面坐着个人，那厮是个兽医。（正末云）敢是个太医？（高山云）是个兽医。（正末云）怎生认的他是兽医？（高山云）既不是兽医，怎生做出这驴马的勾当？他叫做甚么赛卢医。（正末云）刘玉娘，你认的赛卢医么？（旦云）他就是我小叔叔。（正末云）你叔嫂可和睦么？（旦云）俺不和睦。（正末唱）听言罢，闷渐消，添欢喜。这官司才是实。呼左右，问端的，这医人与谁相识？

（云）张千，将这老子打上八十，为他不应塑魔合罗，打着者！（张千打科，云）六十，七十，八十，抢出去！（高山云）哥哥为甚么打我这八十？（张千云）为你不应塑魔合罗。（高山云）塑魔合罗打了八十，若塑个金刚，就割下头来？（下）（正末云）张千，将刘玉娘提在一壁，你与我唤将赛卢医来。（张千云）我出的这衙门来，这个门儿就是。赛卢医在家么！（李文道上，云）谁唤哩？我开门看咱。哥哥，叫我怎的？（张千云）我是衙门张千，孔目哥哥相请。（李文道云）咱和你去来。（张千云）到也，我先过去。（报科）赛卢医来了也。（正末云）着他进来。（见科）（李文道云）孔目哥哥，叫我有何事？（正末云）老相公夫人染病，这是五两银子，权当药资，休嫌少。（李文道云）要什么药？（正末唱）

【剔银灯】他又不是多年旧积，则是些冷物重伤了脾胃。则你那建中汤⑱，我想也堪医治。你则是加些附子当归。（李文道云）我随身带着药，拿与老夫人吃去。（张千云）将来，我送去。（做送药回科）（正末与张千做耳喑科，云）张千，你看老夫人吃药如何？（张千云）理会的。（下）（随上，云）孔目哥哥，老夫人吃了药，七窍迸流鲜血死了也！（正末云）赛卢医，你听得吗？老夫人吃下药，七窍迸流鲜血死了也。（李文道慌科，云）孔目哥哥，救我咱！（正末云）我如今出脱你，你家里有甚么人？（李文道云）我有个老子。（正末云）多大年纪了？（李文道云）俺老子八十岁了。（正末云）老不加刑，则是罚赎。赛卢医，你若舍的你老子，我便出脱的你；你若舍不的呵，出脱不的你（李文道云）谢了哥哥！（正末云）我如今说与你：我便道："赛卢医。"你说："小的。"我便道："谁合毒药来？"你便道："是俺老子来。"我便道："谁生情造意来？"你便道："是俺老子来。"我便道："谁拿银子来？"你便道："是俺老子来。"我便道："不是你么？"你便道："并不干小的事。"你这般说，才出脱的你。（李文道云）谢了哥哥！（正末云）张千，你着他司房里去。你与我一步一棍，打将那老子来者。（唱）那老子我亲身的问他是实。（带云）张千，（唱）你只道：见有人当官来告执。

【蔓青菜】你说道是新刷卷的张司吏，一径的将你紧勾追⑲，教我火速来唤你。但若有分毫不遵依，你将他拖向囚牢内。

（张千云）我出的这门来，老李在家么？（李彦实上，云）是谁唤我哩？（张千云）衙门里唤你哩。（李彦实云）我和你去来。（李老做见正末科，云）唤老汉有甚么事？（正末云）兀那老子，有人告着你哩。（李彦实云）是谁告我？老汉有甚罪过？（正末云）是你孩儿李文道告你，你不信，须认的他声音也。（唱）

【穷河西】谁向官中指攀着伊，是你那孝子曾参赛卢医。又不是恰才新认义⑳，须是你亲侄。哎！老丑生，无端忔下的！

（李彦实云）我不信，李文道在那里。（正末云）你不信，听我叫。赛卢医！（李文道云）小的有。（正末云）谁合毒药来？（李文道云）是俺父亲来。（正末云）谁主情造意来？（李文道云）是俺父亲来。（正末云）谁拿银子来？（李文道云）是俺父亲来。（正末云）都是谁来？（李文道云）并不干我事，都是俺父亲来。（正末云）兀那老子，快快从实招来。（李彦实云）哥哥，这都是他做的事，怎么推在我老子身上？（正末云）既是他，你画了字者。（李老画字科）（张千云）他画了字也，我开开这门。（李老打文道科，云）药杀哥哥也是你，谋取财物也是你，强逼嫂嫂私休也是你。都是你来！都是你来！（李文道云）不是；我招的是药杀夫人的事。（李彦实云）呀！我可将药杀哥哥的事都招了也！（李文道云）招了，咱死也！老弟子孩儿！（正末唱）

【柳青娘】只着这些儿见识，瞒过这老无知。却不你千悔万悔，泼水在地怎收拾。唬的个黄甘甘脸儿如地皮。可不道一言既出，便有驷马难追。已招伏，怎改易，要承抵。

【道和】方知端的，知端的，虚事不能实。忒跷蹊。教俺教俺难根缉，教俺教俺耽干系，使心机，啜赚㉑出是和非。难支吾，难支对，难分说，难分细。那些那些咱欢喜，咱伶俐，一行人个个服情罪。若非若非有天理，这当堂假限刚三日，可不的㉒势剑倒是咱先吃！

（云）一行人休少了一个，跟我见相公去来。（府尹上，云）张鼎，问的事如何？（正末云）问成了也。请相公下断。（府尹云）这桩事老夫已明知了也，一行人听我下断：本处官吏不才，杖一百永不叙用。李彦实主家不正，杖八十，年老罚钞赎罪。刘玉娘屈受拷讯，请敕旌表门庭。李文道谋杀兄长，押赴市曹处斩。老夫分三个月俸钱，重赏张鼎。（词云）奉圣旨赐赏迁升，张孔目执掌刑名。刘玉娘供明无事，守家私旌表门庭。泼无徒败伦伤化，押市曹正法严刑。（旦拜谢科，云）感谢相公！（正末唱）

【煞尾】想兄弟情亲如手足，怎下的生心将兄命亏？我将杀人贼斩首在云阳内，还报的这衔冤负屈鬼。

题目　李文道毒药摆哥哥萧令史暗里得钱多
正名　高老儿屈下河南府张平叔智勘魔合罗

【注释】

①研穷：或作"穷研"。元代刑律名词，详细追究审问的意思。详细问个明白。②出脱：开脱罪名。③可扑鲁：形容堆拥的样子。④罗织：牵连陷害。⑤严假限：严格规定的假期、期限。⑥拶指：古时的一种酷刑刑具，用绳子贯穿几根小木棒，套在犯人的手指上，用力束紧，使人疼痛难禁，逼令招供。⑦伴当：伙伴。⑧打：比拟，模仿。⑨"视其所以"四句：见《论语·为政》。意思是说，从各方面去考察一个人，他就无法隐藏他的心事了。⑩燕喜：喜乐，欢喜。⑪玉笋：比喻美人手指纤细。⑫启：原本作"起"，据元刊本改。⑬漾：向上抛掷。⑭到了呵须按实田地：比喻案情最终必定查明，有个水落石出的结果。⑮依头缕当：从头到尾一件件说清楚。缕当，了当的声转。⑯分星劈两：一分一两都分辨清楚。星，秤上的星点。⑰等身图：和自己身长相等的图相。⑱建中汤：中药汤名，有补虚散寒，温健脾胃的作用。⑲勾追：召捕、拘拿。⑳义：义子，干儿子。㉑啜赚：哄骗，诱诓。㉒可不的：岂不是。

【赏析】

《魔合罗》第四折，写张鼎的破案经过：张鼎接了这宗文卷，承担审问推详的任务时，府尹只给他三日破案的严限，不成就要"势剑铜铡"处死。张鼎所承受的沉重压力是可想而知的。所以，张鼎废寝忘食，索用心机，搜寻百谋千计，要做到万法皆明，出脱的众人无事，全在寸心不昧。可是，他三推六问刘玉娘，女犯人却只是喊屈，支吾到数次十回，全无半点星实。但他没有畏缩不前，经过多方启示诱导，终于使刘玉娘说出了寄信人是个卖魔合罗的人，还给她留下一个魔合罗在家中。但她不知那人姓甚名谁，家住那里。魔合罗，或作磨喝乐、魔喉罗，一般是用土、木或玉石雕塑成为小孩的形状，每年七月七，妇女和小孩多用来"乞巧"。剧中的魔合罗是一种玩具，也是平反刘玉娘冤案的唯一证据和寻找寄信人的关键线索。

　　面对这一物证，张鼎的心情是复杂的。他竭尽虔诚焚香祷告，祈求许愿，希望魔合罗能显灵，盼望奇迹出现，为无辜平怨得雪。然而，无论张鼎如何虔诚，魔合罗依然无动于衷，张鼎便假戏真做，由虔诚的祈求和许愿变成责怪和嘲讽了。作者用五段歌词，剖析了张鼎的心理活动。表面看来，张鼎装神弄鬼，做张做智，看似"严肃"的审问魔合罗，事显荒唐，然而实际上却表现了张鼎的智慧和才干。经过仔细研究，张鼎终于在底座儿下发现那塑魔合罗的人名叫高山。这样，张鼎沿着这条线索，顺藤摸瓜，审问高山，知道了李文道，然后在李文道父子之间巧设机关，诱使其父说出真相，知道是李文道用毒药害死了堂兄李德昌，为刘玉娘的冤案平了反、昭了雪。〔柳青娘〕和〔道和〕两曲，真切地表现出了张鼎大功告成后既得意又感慨的微妙心情。但他没有得意忘形，回想办案的经过，仍然心有余悸。"忒跷蹊"三个字，既是对错综复杂、扑朔迷离的案情的惊异，也有对自己险遭不测的处境的感慨。"难支吾，难支对，难分说，难分细"，这一言难尽的心理状态，活脱脱披露了张鼎当时酸甜苦辣、五味杂陈的内心世界。

　　这出戏最出彩的地方便是张鼎审问魔合罗的部分。面对人尽皆知不会开口的魔合罗，张鼎焚香祈祷，装神弄鬼，一副"心诚则灵"之态。张鼎能在心情气恼烦燥的情况下，始终保持着冷静思考，精细察看的头脑，最终绝处逢生，侦破了冤案。这样的情节使《魔合罗》摆脱一般公案戏的窠臼，引人入胜，感染读者，在人民心中塑造了一个正直能干的官吏形象，戏剧效果十分强烈。

《风光好》第三折

戴善夫

　　（宋齐丘引张千上，云）小官宋齐丘，与韩熙载定计，处置那陶谷学士，如何不见回话？这早晚敢待来也。（韩熙载上）（诗云）安排打凤牢龙①计，引起残云剩雨心。小官韩熙载，不想陶学士被某识破十二字隐语，用些机关，果中其计。我今来回丞相的话。左右报复去，道韩熙载来见。（报科）（宋齐丘云）有请。（见科）（宋齐丘云）干事如何？（韩熙载云）此人果中其计。秦弱兰赚了他一篇乐章，亲笔落款，他自将着。今日来回丞相话哩。（宋齐丘云）我料他怎出的咱二人之手。则今日便卧翻羊②，摆下果桌，小官就对他说："我唐主病可，今日着俺将着茶饭,来与学士释闷,明日早朝相见。"他听的必然欢喜,饮酒之间,唤秦弱兰来歌此乐章,看他怎生说话。太守,一壁厢执料茶饭,小官回了主人的话,便到馆驿中来也。(韩熙载云)谨领钧旨。(同下)(陶谷上,云)小官陶学士,昨夜晚间,不意驿吏之妻,与我苟合。我看此女有沉鱼落雁之容,闭月羞花之貌,我许他娶为正室。今日筹韩太守来时,我嘱他放此妇人回去,等我日后好来取他。(韩熙载上,云)来到这驿亭中。学士恭喜。(陶谷云)敢问何喜?(韩熙载云)学士归有日矣。我主病体颇安,明日早朝,便请相见。(陶谷云)这也则完的一场使事,何足为喜。(宋齐丘引张千上,云)来到这馆驿门首。左右,报复去,道某家来了也。(报见科)(宋齐丘云)学士归有日矣。我主病体颇安,请学士明日相见。(韩见宋科)(宋齐丘云)学士,韩太守是当今文学之士,见任太守,即古之京兆尹,陪坐何如?(陶谷云)这也不妨。(宋齐丘云)将酒来,我奉学士一杯。太守,一面准备歌儿舞女,教他侑酒③,与学士作欢如何?(韩熙载云)丞相说的是,早已备下了。即当唤来供奉学士。(陶谷云)丞相差矣。我辈孔门高弟,何用此辈侑酒。休唤来。(宋齐丘云)学士宽洪大度,何所不容,便唤一个来唱与俺听,学士休听便了。(正旦上,云)今日筵间,那学士还做古懒么?(唱)

【正宫端正好】总然你富才华,高名分,谁不爱翠袖红裙?你看这般东风桃李香成阵,犹兀自难遣东君恨。

【滚绣球】人都道秀才每村④,不会将女色亲。他每则是识廉耻,正心不肯,但出语也做的个郎君。假若是夸谈俺好妇人,则着些俗言语便不真。他每用文章也道的来淹润⑤,则着两句诗说尽精神。裙拖六幅湘江水,髻挽巫山一段云,休道不消魂。

(做见科)(正旦云)你看他比前日又冷脸也。(唱)

【倘秀才】昨夜个横着片风月胆,房中那亲;今日个绝着柄冰霜脸,人前又狠。空这般苦眼铺眉,那教门?我须索心恭谨,意殷勤,侑尊。

(张千云)上厅行首,秦弱兰谨参。(旦拜科)(宋齐丘云)学士,此乃金陵数一数二的歌者,与学士递一杯。(陶谷云)丞相,小官此一来,非为歌妓酒食而来。奉命索取图书,李主托疾不见,不以我为朝使相待,弃礼多矣。我非比其他学士,奉命南来,使事未完,故令歌者狐媚小官,是何体⑥也。

（宋齐丘云）学士息怒。酒乃天之美禄，学士不饮，小官吃几杯。（韩熙载云）弱兰，你与学士把盏者。（正旦云）理会的。（唱）

【滚绣球】这酒则是斟八分，学士索是饮一巡。则不要滴留喷喫⑦。（陶谷云）靠后些。（正旦唱）学士，这玳筵⑧间息怒停嗔，你则待点上灯，关上门，那时节举杯丰韵。（陶谷云）小官不吃酒；但吃一口，昏睡三日，将过去。（正旦唱）这里酒盏儿不肯沾唇，却不道相逢不饮空归去，则这明月清风也笑人，常索教酒满金樽。

（陶谷接杯科）（韩熙载云）弱兰，你歌一曲侑觞咱。（正旦唱词科，云）好姻缘，恶姻缘，奈何天，只得邮亭一夜眠，别神仙。琵琶拨尽相思调，知音少。待得鸾胶续断弦，是何年。（陶谷云）这妇人在我跟前唱这等淫词艳曲，好生不敬。（宋齐丘云）这也则是风月之词，非为不敬，学士休罪。（韩熙载云）谁着你唱这等词，教学士怪我？酒散之后，我不道的饶了你哩。（正旦唱）

【叨叨令】学士写时节有些腔儿韵，妾身讴时节有些词儿顺。（陶谷云）不知是何等无知之人，做下此等语句。（正旦唱）做时节难诉千般恨，写时节则是三更尽。（旦拜陶科，唱）学士，你记得也么哥，你记得也么哥？（出词科，唱）兀的是亲笔写下牢收顿⑨。

（陶谷怒云）这个泼烟花赃诬人，我那里与你会面来？（正旦云）妾身不敢。昨夜蒙大人错爱。（唱）

【滚绣球】那素衣服是妾身，诈做驿吏妻把香火焚。我诵情诗暗传芳信，向月明中独立黄昏，见学士下砌跟，瞻北辰，转身躯猛然惊问，便和咱燕尔新婚。咱正是武陵溪畔曾相识，今日佯推不认人。道的他满面似烧云。

（陶谷云）这妇人好无礼也。你故写淫词，展污⑩小官清名。（宋齐丘云）学士，各人笔迹，自家认得。（正旦云）学士，你要推托，听妾身说昨夜之事。（唱）

【倘秀才】妾身本不肯舒心就亲，学士便做不的先奸后婚？（陶谷云）上官昨夜门也不曾出，那里会你来？（正旦唱）学士早回过灯光掩上门。（陶谷云）小官并无此事，你赃诬我哩。（正旦唱）妾身谋成不谋败，学士宜假不宜真，不信不自隐。

（陶谷怒云）这妇人虚诈情由。我若是与你相会呵，我便

认了有何妨？难道小官直如此忘魂？（正旦悲科，云）学士，你好无仁义也。（唱）

【滚绣球】好也罗学士，你营勾⑪了人，却便妆忘魂。知他是甚娘情份，你则是憎嫌俺烟月风尘。昨夜个我虽改换的衣袂新，须是模样真。咱只得眼前厮趁，实丕丕⑫与你情亲。你把万般做作千般怒，兀的甚一夜夫妻百夜恩，则是眼里无珍。

（宋齐丘云）学士，这小的最老实，不会说谎。（韩熙载云）老丞相主婚，小官为媒，招学士为金陵秦弱兰女婿。（陶谷云）小娘子，是谁教你这等短道儿⑬来？（正旦云）都是太守相公，教妾身这般见识来。（韩熙载云）学士便娶了秦弱兰何妨？论此女聪明，不玷辱了你。（正旦云）若得与学士成其夫妇，妾之愿也。多谢二位老爷。（做叩谢科）（宋齐丘云）你与学士把一杯酒者。（正旦递酒科）（唱）

【三煞】贱妾煞是展污了个经天纬地真英俊，为国于民大宰臣。（陶谷云）酒后疏狂，惹此一场是非。（正旦唱）贱妾煞⑭不识高低，不知远近，不辨贤愚，不辨清浑。这的是天注定的是非，天指引的前程，天匹配的婚姻。咱兀的⑮教太守主婚。（陶谷云）可着谁做谋人？（正旦唱）则这《风光好》是媒人。

（陶谷做伏案眐睡科）（宋齐丘云）太守，陶学士见咱识破，他就里羞见咱，推醉睡了。秦弱兰，俺上马去也，你等他醒了，看他说甚么，便来回俺的话。（韩同下）（陶醒科，问正旦云）他每都去了？（正旦云）都去了。（陶谷云）则着你害了我也。（正旦云）怎生我害了你？（陶谷云）我本意来说他，反被他算了我。我如今也回不的大宋去，也见不的唐主，我且至杭州寻个前程，却便来取你。古人云：十年不识君王面，始信婵娟解误人。信斯言也。（正旦唱）

【二煞】此别后，我专想着你玉堂金马怀离恨，谁再与野花闲草作近邻⑯。（陶谷云）我今别处寻个前程，便来取你。（正旦唱）我等你那取我的轩车⑰，赠咱的官品。我也待显耀乡间，改换我这家门。学士怎肯似那等穷酸饿醋，得一个及第成名，却又早负德辜恩，则要你言而有信，休担阁了少年人。

（陶谷云）姐姐，你既与我成其夫妇，焉肯负你。久以后夫人县君⑱，必然你做也。（正旦唱）

【黄钟煞】你可休一春鱼雁无音信，却教我千里关山劳梦魂。我和你两情调两意肯，这谐合有气分，我觑了暗地哂[19]，全不见没事狠[20]。绸缪处直恁亲，临相别也怀恨。若还家独自身，被儿底少温存，怕不想旧日人，要圆成要寻问。则这续断鸾胶语句儿真，便是我锦片前程，敢可也盼的准。（下）

（陶谷云）谁想被宋齐丘、韩熙载反算了我。小官羞归大宋，耻向汴梁。我有故人钱俶，在杭州为天下兵马大元帅，镇守吴越两浙之地，便宜行事[21]。自放两浙官选，我则索[22]那处寻个前程，再做道理。（诗云）当年玉殿逞高强，为爱娇容悔这场。自料不能还故国，须当带月走南唐。（下）

【注释】

①打凤牢龙：圈套、陷阱。 ②卧翻羊：杀倒羊。 ③侑酒：劝酒，为饮酒者助兴。 ④村：傻、蠢。 ⑤淹润：温润，客气。 ⑥体：礼节、道理、程序。 ⑦滴溜喷噴：意即滴溜溜胡扯、瞎说。 ⑧玳筵：玳瑁宴。 ⑨牢收顿：牢牢收下保存好。 ⑩展污：玷污。 ⑪营勾：诓骗、勾引。 ⑫实丕丕：实实在在。 ⑬短道儿：缺德的诡计。 ⑭煞：实在、确实。 ⑮兀的：这就。 ⑯野花闲草：比喻妓女或水性杨花的女子。 ⑰轩车：宽敞、名贵的车子。 ⑱夫人县君：指旧时朝廷对诰命妇女的封号，夫人与县君级别不同。 ⑲哂：微微地讥笑。 ⑳没事狠：平白无故地发怒。 ㉑便宜行事：奉上级授权后自行处理事情。 ㉒则索：这就赶快去。

【赏析】

《风光好》原名《陶学士醉写风光好》，是元人杂剧中一出韵致独特的讽刺喜剧。剧本写的是：宋朝初年，南唐未平，赵匡胤便派翰林院学士陶谷前往南唐，名以索取图籍文书，实则游说劝说南唐君臣归降。南唐丞相宋齐丘将陶谷羁留馆驿之中，并与金陵太守韩熙载用计，欲赚陶谷。起初以金陵名妓秦弱兰陪侍陶谷宴饮，陶谷摆出一副正人君子、不近女色的面孔。接着韩熙载在馆驿粉壁之上发现陶谷写的一首藏头诗，知其不堪旅邸寂寞，便又使妓女秦弱兰假扮驿吏妻张氏，与陶谷苟会，骗取了陶谷写在汗巾上的情词《风光好》。然后，在第三折中，让秦弱兰在宴席间歌唱这首词，当众揭露陶谷的伪善面孔，使他无法游说劝降，也不能回归宋朝，只好由宋齐丘为媒，韩熙载主婚，娶了秦弱兰，只身奔投杭州故人钱俶。后来，宋灭南唐，秦弱兰也避难杭州。钱俶出面斡旋，秦弱兰与陶谷终于结为夫妻。

《风光好》第三折是剧本的高潮所在。在此之前，秦弱兰已经扮作驿吏之妻"智赚"了陶谷，一方面完成了被"唤官身"的使命，另一方面也为自己脱籍从良找到了理想的途径。作者巧妙地安排了重开宴以对质的场面。有趣的是秦、陶二人的戏剧冲突，秦弱兰的唱词虽然表面上咄咄逼人，骨子里却是情真意切。身为妓女的秦弱兰要想获得自由，不得不依靠自己的色相，她自知风尘女子的卑下地位，所以所唱曲词中又透露出一丝悲怆和凄凉。

酒宴开始时，陶谷装模作样，说什么"我辈孔门高弟，何用此辈侑酒"，于是秦弱兰使用前后对比手法，揭露陶谷道貌岸然的伪君子面貌。〔正宫端正好〕一曲，就说陶学士纵然才高八斗，终究也难过美人关，在这般东风桃李香成阵的环境里，春心荡浪，中了人家的美人计。〔滚绣球〕一曲，进一步描画陶学士的伪善面孔，他表面上不近女色，好像是识廉耻，正心不肯，但实际上却是出语要做秦弱兰的郎君，而且说话斯文，不着俗语，写出一首《风光好》淫词艳曲，淹润溢美秦弱兰，说尽精神，休道不消魂，原来也是个有灵肉的郎君。〔倘秀才〕一曲，说陶学士昨晚调戏秦弱兰，也是个有风月胆的色鬼，今日却装模作样假正经，绝着柄冰霜脸，道貌岸然狠。以下几曲，作者用诙谐的笔调，揭露得陶谷无处遁形，想游说劝降别人，反被别人用计暗算，落得个狼狈不堪的下场。陶谷只好与秦弱兰结成夫妇，投奔杭州的故人。结局似乎是秦弱兰如愿以偿，但并不能看作大团圆。

剧作对陶谷的文人无行作了辛辣的讽刺。他那正人君子、道貌岸然的面目，恰与其调风弄月、窃玉偷香的行径形成了对照。作者以同情的笔调描写了秦弱兰的思想感情和心理活动。她的行动并非出于自己的意愿，充满了作为乐妓的悲哀，希望从"烟花簿"上勾抹了自己的名字，获得正常的家庭生活。这个艺术形象的塑造给作品带来了抒情的色彩，也是元代艺人遭际的真实写照。

《看钱奴》第二折

郑廷玉

（外①扮陈德甫上，诗云）耕牛无宿料，仓鼠有余粮；万事分已定，浮生空自忙。小可②姓陈，双名德甫，乃本处曹州③曹南人氏。幼年间攻习诗书，颇亲文墨。不幸父母双亡，家道艰难，因此将儒业废弃，与人家做个门馆先生④，度其日月。此处有一人是贾老员外，有万贯家财，鸦飞不过的田产物业，油磨房，解典库⑤，金银珠翠，绫罗段匹，不知其数。他是个巨富的财主。这里可也无人，一了⑥他一贫如洗，专与人家挑土筑墙，和泥托坯⑦，担水运浆，做坌工⑧生活。常是吃了早起的，无那晚夕的。人都叫他做穷贾儿。也不知他福分生在那里，这几年间暴富起来，做下泼天也似家私⑨。只是那员外虽然做个财主，争奈一文也不使，半文也不用；别人的东西恨不得擘⑩手夺将来，自己东西舍不的与人。若与人呵就心疼杀了也。小可今日正在他家坐馆，这馆也不是教学的馆，无过在他解典库里上些账目。那员外空有家私，寸男尺女皆无。数次家⑪常与小可说："街市上但遇着卖的，或男或女，寻一个来与我两口儿喂眼⑫。"小可已曾分付了店小二，着他打听着，但有呵便报我知道。今日无甚事，到解典库中看看去。(下)(净扮店小二上，诗云)酒店门前三尺布⑬，人来人往图主顾。做下好酒一百缸，倒有九十九缸似头醋⑭。自家店小二的便是。俺这酒店是贾员外的。他家有个门馆先生，叫做陈德甫，三五日来算一遭账。今日下着这般大雪，我做了一缸新酒，不供养过不敢卖，待我供养上三杯酒。(做供酒科，云)招财利市土地，俺这酒一缸胜是一缸。俺将这酒帘儿挂上，看有甚么人来。(正末周荣祖领旦儿⑮俫儿⑯上，云)小生周荣祖，嫡亲的三口儿家属，浑家⑰张氏，孩儿长寿。自应举去后，命运未通，功名不遂。这也罢了，岂知到的家来，事事不如意，连我祖遗家财，埋在墙下的，都被人盗去。从此衣食艰难，只得领了三口儿去洛阳探亲，图他救济。偏生这等时运，不遇而回。正值暮冬天道，下着连日大雪，这途路上好苦楚也呵！(旦儿云)秀才，似这等大风大雪，俺每行动些儿。(俫儿云)爹爹，冻饿杀我也。(正末唱)。

【正宫端正好】赤紧的⑱路难通，俺可也家何在？休道是乾坤，老山也头白。似这等冻云万里无边届，肯分⑲的俺三口儿离乡外。

(云)大嫂⑳，你看好大雪也。(唱)

【滚绣球】是谁人碾琼瑶㉑往下筛，是谁人剪冰花迷眼界，恰便似玉琢成六街三陌，恰便似粉妆就殿阁楼台。(带云)似这雪呵！(唱)便有那韩退之蓝关前冷怎当㉒，便有那孟浩然驴背上也跌下来㉓。(带云)似这雪呵！(唱)便有那剡溪中禁回他子猷访戴㉔，则俺这三口儿兀的不冻倒尘埃。(做寒战科，带云)勿勿勿！(唱)眼见的一家受尽千般苦，可甚么十谒朱门㉕九不开。委实难捱。

(旦儿云)秀才，似这般风又大，雪又紧，俺且去那里避一避，可也好也。(正末云)大嫂，俺到那酒务儿㉖里避雪去来。(做见科，云)哥哥支揖㉗。(店小二云)请家里坐吃酒去。秀才，你那里人氏？(正末云)哥哥，我那得那钱来买酒吃。小生是个穷秀才，三口儿探亲去来，不想遇着一天大雪，身上无衣，肚里无食，一径的来这里避一避儿。哥哥，怎生㉘可怜见咱。(店小二云)那一个顶着房子走哩，你们且进来避一避儿。(正末做同进科，云)大嫂，你看这雪越下的紧了也。(唱)

【倘秀才】饿的我肚里饥失魂丧魄，冻的我身上冷无颜落色。这雪呵偏向俺穷汉身边乱洒来，（带云）大嫂，（唱）你看雪深埋脚面，风紧透人怀，我忙将这孩儿的手揣。

（店小二做叹科，云）你看这三口儿身上无衣，肚里无食，偌大的风雪，到俺店肆中避避。那里不是积福处，我早晨间供养的利市酒三钟儿，我与那秀才钟吃。兀那秀才，俺与你钟酒吃。（正末云）哥哥，我那里得那钱钞来买酒吃。（店小二云）俺不要你钱钞，我见你身上单寒，与你钟酒吃。（正末云）哥哥说不要小生钱，则这等与我钟酒吃，多谢了哥哥。（做吃酒科，云）好酒也。（唱）

【滚绣球】见哥哥酒斟着磁盏台，香浓也胜琥珀。哥哥也你莫不道小人现钱多卖，问甚么新酿茅柴㉙。（带云）这酒啊！（唱）赛中山宿酝㉚开，笑兰陵㉛高价抬，不枉了唤做那凤城春色㉜。（带云）我饮一杯呵！（唱）恰便似重添上一件绵帛。（带云）这雪呵，（唱）似千团柳絮随风舞。（带云）我恰才咽下这杯酒去呵，（唱）可又早两朵桃花上脸来，便觉的和气开怀。

（旦儿云）秀才，恰才谁与你酒吃来？（正末云）是那卖酒的哥哥，见我身上单寒，可怜见与了我钟酒吃。（旦儿云）我这一会儿身上寒冷不过，你怎生问那卖酒的讨一钟酒儿与我吃，可也好也。（正末云）大嫂，羞人答答的，教我怎生问他讨酒吃？（做对店小二揖科，云）哥哥，我那浑家问我那里吃酒来，我便道："卖酒的哥哥见我身上单寒，与了我一钟酒儿吃。""他便道："我身上冷不过，怎生再讨得半钟酒儿吃，可也好也。"（店小二云）你娘子也要钟酒吃？来来来，俺舍这钟酒儿与你娘子吃罢。（正末云）多谢了哥哥。大嫂，我讨了一钟酒来，你吃你吃。（俫儿云）爹爹，我也要吃一钟。（正末云）儿也，你着我怎生问他讨那？（又做揖科，云）哥哥，我那孩儿道："爹爹，你那里得这酒与妳妳㉝吃来？"我便道："那卖酒的哥哥又与了我一钟儿吃。"我那孩儿便道："怎生再讨的一钟儿我吃，可也好也。"（店小二云）这等，你一发㉞搬在俺家中住罢。（正末云）哥哥，那里不是积福处。（店小二云）来来来，俺再与你这一钟儿酒。（正末云）多谢了哥哥。孩儿，你吃你吃。（店小二云）比及㉟你这等贫呵，把这小的儿与了人家可不好？（正末云）我怕不肯？但未知我那浑家心里何如。（店小二云）

你和你那娘子商量去。(正末云)大嫂,恰才那卖酒的哥哥道:"似你这等饥寒,将你那孩儿与了人可不好?"(旦儿云)若与了人,倒也强似冻饿死了。只要那一分人家养的活,便与他去罢。(正末做见店小二云)哥哥,俺浑家肯把这个小的与了人家也。(店小二云)秀才,你真个要与人?(正末云)是,与了人罢。(店小二云)我这里有个财主要,我如今领你去。(正末云)他家里有儿子么?(店小二云)他家儿女并没一个儿哩。(正末唱)

　　【倘秀才】卖与个有儿女的是孩儿命衰,卖与个无子嗣的是孩儿大采㊱。撞着个有道理的爹娘呵,是孩儿修福㊲来。(带云)哥哥(唱)你救孩儿一身苦,强似把万僧斋。越显的你个哥哥敬客。

　　(店小二云)既是这等,你两口儿则在这里,我叫那买孩儿的人来。(做向古门㊳叫科,云)陈先生在家么?(陈德甫上,云)店小二,你唤我做甚么?(店小二云)你前日分付我的事,如今有个秀才要卖他小的,你看去。(陈德甫云)在那里?(店小二云)则这个便是。(陈德甫做看科,云)是一个有福的孩儿也。(正末云)先生支揖。(陈德甫云)君子恕罪。敢问秀才那里人氏,姓甚名谁?因何就肯卖了这孩儿?(正末云)小生曹州人氏,姓周名荣祖,字伯成。因家业凋零,无钱使用,将自己亲儿情愿过房㊴与人为儿,先生,你可作成㊵小生咱。(陈德甫云)兀那君子,我不要这孩儿。这里有个贾老员外,他寸男尺女皆无,若是要了你这孩儿,他有泼天也似家缘家计㊶,久后都是你这孩儿的。你跟将我来。(正末云)不知在那里住,我跟将哥哥去。(旦儿同俫儿下)(店小二云)他三口儿跟的陈先生去了也。待我收拾了铺面,也到员外家看看去。(下)(贾仁同卜儿上,云)兀的不富贵杀我也。常言道人有七贫八富㊷,信有之也。自家贾老员外的便是。这里也无人,自从与那一分人家打墙,刨出一石槽金银来,那主人家也不知道,都被我悄悄的搬运家来,盖起这房廊、屋舍、解典库、粉房、磨房、油房、酒房,做的生意就如水也似长将起来。我如今旱路上有田,水路上有船,人头上有钱㊸,那一个敢叫我做穷贾儿;皆以员外呼之。但是一件,自从有这家私,娶的个浑家也有好几年了,争奈寸男尺女皆无。空有那鸦飞不过的田产,教把那一个承领。(做叹科,云)我平昔间一文也不使,半文也不用,我可不知怎生来这么悭吝苦尅㊹。若有人问我要一贯钞呵，哎呀！就如挑我一条筋相似。如今又有一等人叫我做悭贾儿，这也不必题起。我这解典库里有一个门馆先生，叫做陈德甫，他替我家收钱取债。我数番家分付他，或儿或女寻一个来与我两口儿喂眼。（卜儿云）员外，你既分付了他，必然访得来也。（贾仁云）今日下着偌大的雪，天气有些寒冷。下次小的每，少少的酾㊺些热酒儿来，则撕只水鸡腿儿来，我与婆婆吃一钟波。（陈德甫同正末、旦儿、俫儿上，云）秀才，你且在门首等着，我先过去与员外说知。（做见科，贾仁云）陈德甫，我数番家分付你，教你寻一个小的，怎这般不会干事？（陈德甫云）员外，且喜有一个小的哩。（贾仁云）有在那里？（陈德甫云）现在门首。（贾仁云）他是个甚么人？（陈德甫云）他是个穷秀才。（贾仁云）秀才便罢了，甚么穷秀才！（陈德甫云）这个员外，有那个富的来卖儿女那！（贾仁云）你教他过来我看。（陈德甫出，云）兀那秀才，你过去把体面㊻见员外者。（正末做揖科，云）先生，你须是多与我些钱钞。（陈德甫云）你要的他多少，这事都在我身上。（正末云）大嫂，你看着孩儿，我见员外去也。（做入见科，云）员外支揖。（贾仁云）兀那秀才，你那里人氏，姓甚名谁？（正末云）小生曹州人氏，姓周名荣祖，字伯成。（贾仁云）住了。我两个眼里偏生见不的这穷厮。陈德甫，你且着他靠后些，饿虱子满屋飞哩。（陈德甫云）秀才，你依着员外靠后些，他那有钱的是这等性儿。（正末做出科，云）大嫂，俺这穷的好不气长㊼也！（贾仁云）陈德甫，咱要买他这小的，也索要立一纸文书。（陈德甫云）你打个稿儿。（贾仁云）我说与你写：立文书人周秀才，因为无钱使用，口食不敷，难以度日。情愿将自己亲儿某人，年几岁，卖与财主贾老员外为儿。（陈德甫云）谁不知你有钱，只叫员外勾了，又要那财主两字做甚么？（贾仁云）陈德甫，是你抬举我哩。我不是财主，难道叫我穷汉？（陈德甫云）是是是，财主财主！（贾仁云）那文书后头写道：当日三面言定付价多少。立约之后，两家不许反悔；若有反悔之人，罚宝钞一千贯与不悔之人使用。恐后无凭，立此文书，永远为照。（陈德甫云）是了，反悔之人罚宝钞一千贯。他这正钱㊽可是多少？（贾仁云）这个你莫要管我。我是个财主，他要的多少，我指甲里弹出来的，他可也吃不了。（陈德甫云）是是是，我与那秀才说去。（做出科，云）秀才，员外着你立一纸文书哩。（正末云）哥哥，可怎生写那？（陈德甫云）他与你个稿儿：今有过路周秀才，因为无钱使用，将自己亲儿，年方几岁，情愿卖与财主贾老员外为儿。（正末云）先生。这财主两字也不消㊾的上文书。（陈德甫云）他要这等写，你就写了罢。（正末云）便依着写。（陈德甫云）这文书不打紧，有一件要紧，他说后面写着：如有反悔之人，罚宝钞一千贯与不反悔之人。（正末云）先生，那反悔的罚宝钞一千贯，我这正钱可是多少？（陈德甫云）知他是多少。秀才，你则放心，恰才他也曾说来，他说：我是个巨富的财主，要的多少，他指甲里弹出来的，着你吃不了哩。（正末云）先生说的是，将纸笔来。（旦儿云）秀才，咱这恩养钱㊿可曾议定多少？你且慢写着。（正末云）大嫂，恰才先生不说来，他是个巨富的财主，他那指甲里弹出来的，俺每也吃不了。则管里问他多少怎的。（唱）

【滚绣球】我这里急急的研了墨浓，便待要轻轻的下了笔划。（俫儿云）爹爹，你写甚么哩？（正末云）我儿也，我写的是借钱的文书。（俫儿云）你说借那一个的。（正末云）儿也，我写了可与你说。（俫儿云）我知道了也。你在那酒店里商量，你敢要卖了我也。（正末唱）呀！儿也，这是我不得已无如之奈。（俫儿做哭科，云）可知道无奈。则是活便一处活，死便一处死，怎下的卖了我也。（正末哭云）呀！儿也，想着俺子父的情呵，（唱）可着我斑管(51)难抬。这孩儿情性乖，是他娘肠肚摘下来。今日将俺这子父情可都撇在九霄云外，则俺这三口儿生扢扎(52)两处分开。（旦儿云）怎下的撇了我这亲儿，兀的不痛杀我也，（正末哭唱）做娘的伤心惨惨刀剜腹，做爹的滴血簌簌泪满腮，恰便似郭巨般活把儿埋(53)。

（做写科，云）这文书写就了也。（陈德甫云）周秀才，你休烦恼。我将这文书与员外看去。（做入科，云）员外，他写了文书也。你看。（贾仁云）将来我看：“今有立文书人周秀才，因为无钱使用，口食不敷，难以度日，情愿将自己亲儿长寿，年七岁，卖与财主贾老员外为儿。”写的好，写的好！陈德甫！你则叫那小的过来，我看看咱。（陈德甫云）我领过那孩儿来与员外看。（见正末云）秀才，员外要看你那孩儿哩。（正末云）儿也，你如今过去，他问你姓甚么，你说我姓贾。（俫儿云）我姓周。（正末云）姓贾。（俫儿云）便打杀我也则姓周。(正末哭科，云）儿也。（陈德甫云）我领这孩儿过去。员外，你看好个孩儿也。（贾仁云）这小的是好一个孩儿也。我的儿也，你今日到我家里，那街上人问你姓甚么，你便道我姓贾。（俫儿云）我姓周。（贾仁云）姓贾。（俫儿云）我姓周。（做打科，云）这弟子孩儿养杀也不坚㊼。婆婆，你问他。（卜儿云）好儿也，明日与你做花花袄子穿。有人问你姓甚么，你道我姓贾。（俫儿云）便做大红袍与我穿，我也则是姓周。（卜儿打科，云）这弟子孩儿养杀也不坚的。（陈德甫云）他父母不曾去哩，可怎么便下的打他。（俫儿叫科，云）爹爹，他每打杀我也。（正末做听科，云）我那儿怎生这等叫，他可敢打俺孩儿也。（唱）

【倘秀才】俺儿也差着一个字㊽千般的见责。（云）那员外好狠也。（唱）那员外伸着五个指十分的便揖㊾，打的他连耳通红半壁腮。说又不敢高声语，哭又不敢放声来，他则是偷将那泪揩㊿。

（做叫科，云）陈先生，陈先生，早打发俺每㊿去波。（陈德甫出见云）是，我着员外打发你去。（正末云）先生，天色渐晚，误了俺途程也。（陈德甫入见科，云）员外，且喜且喜，有了儿了。（贾仁云）陈德甫，那秀才去了吗？改日请你吃茶。（陈德甫云）哎呀，他怎么肯去，员外还不曾与㊿他恩养钱哩。（贾仁云）甚么恩养钱，随他与我些便罢。（陈德甫云）这个员外，他为无钱才卖这个小的，怎么倒要他恩养钱那。（贾仁云）陈德甫，你好没分晓㊿，他因为无饭的养活儿子，才卖与我。如今要在我家吃饭，我不问他要恩养钱，他倒问我要恩养钱？（陈德甫云）好说㊿，他也辛辛苦苦养这小的，与了员外为儿，专等员外与他些恩养钱，做盘缠回家去也。（贾仁云）陈德甫，他若不肯，便是反悔之人，你将这小的还他去，教他罚一千贯宝钞来与我。（陈德甫云）怎么倒与你一千贯钞？员外，你则与他些恩养钱去。（贾仁云）陈德甫，那秀才敢不要，都是你捣鬼。（陈德甫云）怎么是我捣鬼。（贾仁云）陈德甫，看你的面皮，待我与他些。下次小的每㊿开库。（陈德甫云）好了，员外开库哩。周秀才，你这一场富贵不小也。（贾仁云）拿来，你兜着，你兜着。（陈德甫云）我兜着与他多少？（贾仁云）与他一贯钞。（陈德甫云）他这等一个孩儿，怎么与他一贯钞？忒少。（贾仁云）一贯钞上面有许多的宝字，你休看的轻了。

你便不打紧，我便似挑我一条筋哩。倒是挑我一条筋也熬了，要打发出这一贯钞，更觉艰难。你则与他去，他是个读书的人，他有个要不要也不见的。（陈德甫云）我便依着你，且拿与他去。（做出见科，云）秀才你休慌，安排茶饭哩。这个是员外打发你的一贯钞。（旦儿云）我几盆儿水洗的孩儿偌大，可怎生与我一贯钞？便买个泥娃娃儿，也买不得。（正末云）想我这孩儿呵。（唱）

【滚绣球】也曾有三年乳十月胎，似珍珠掌上抬。甚工夫养得他偌大，须不是半路里拾的婴孩。（做叹科，唱）我虽是穷秀才，他觑人忒小哉。那些个公平买卖，量这一贯钞值甚钱财。（带云）员外，你的意思我也猜着你了。（陈德甫云）你猜着甚的？（正末唱）他道我贪他香饵终吞钓，我则道留下青山怕没柴。拼的个搠笔巡街⑬。

（旦儿云）还了我孩儿，我们去罢。（陈德甫云）你且慢些，我见员外去。（正末云）天色晚也，休斗小生耍。（陈德甫入科，云）员外，还你这钞。（贾仁云）陈德甫，我说他不要么。（陈德甫云）他嫌少，他说买个泥娃娃儿也买不的。（贾仁云）那泥娃娃儿会吃饭么？（陈德甫云）员外，不是这等说。那个养儿女的算饭钱来。（贾仁云）陈德甫，也着你做人哩。常言道："有钱不买张口货。"因他养活不过，方才卖与人，我不要他还饭钱也勾了，倒要我的宝钞？我想来都是你背地里调唆他，我则问你怎么与他钞来？（陈德甫云）我说员外与你钞，（贾仁云）可知他不要哩。你轻看我这钞了。我教与你，你把这钞高高的抬着道：兀那穷秀才，贾老员外与你宝钞一贯！（陈德甫云）抬的高杀，也则是一贯钞。员外，你则快些打发他去罢。（贾仁云）罢罢罢！小的每开库，再拿一贯钞来与他。（做与钞科）（陈德甫云）员外，你问他买甚么东西哩，一贯一贯添？（贾仁云）我则是两贯，再也没的添了。（陈德甫云）我且拿与他去。秀才，你放心，员外安排茶饭哩。秀才，那头里是一贯钞，如今又添你一贯钞。（正末云）先生，可怎生只与我两贯？我几盆儿水洗的孩儿偌大，先生休斗小生耍。（陈德甫云）嗨！这都是领来的不是了。我再见员外去。（做入科，云）员外，他不肯，（贾仁云）不要闲说，白纸上写着黑字儿哩。若有反悔之人，罚宝钞一千贯与不悔之人使用。这便是他反悔，你着他拿一千贯钞来。（陈德甫云）他有一千贯时，可便不卖这小的了。（贾仁云）哦，陈德甫，你是有钱的，你买么，快领了去，着他罚一千贯钞来与我。（陈德甫云）员外，你添也不添？（贾仁云）不添！（陈德甫云）你真个不添？（贾仁云）真个不添！（陈德甫云）员外，你又不肯添，那秀才又不肯去，教人中间做人也难。便好道[64]："君子成人之美，不成人之恶。"罢罢罢！员外，我在你家两个月，该与我两贯饭钱，我如今问员外支过，凑着你这两贯，共成四贯，打发那秀才回去。（贾仁云）哦！要支你的饭钱，凑上四贯钱，打发那穷秀才去，这小的还是我的。陈德甫，你元来是个好人。可则一件，你那文簿上写的明白，道：陈德甫先借过两个月饭钱，计两贯。（陈德甫云）我写的明白了。（做出见科，云）来来来！秀才，你可休怪，员外是个悭吝苦的人，他说一贯也不添。我问他支过两月的馆钱，凑成四贯钞，送与秀才。这的是我替他出了两贯哩，秀才休怪。（正末云）这等，可不难为了你。（陈德甫云）秀才，你久后则休忘了我陈德甫。（正末云）贾员外则与我两贯钱，这两贯是先生替他出的。这等呵，倒是先生赍发[65]了小生也，（唱）

【倘秀才】如今这有钱的度量呵，做不的三江也那四海，便受用[66]呵多不到十年五载。我骂你个勒掯[67]穷民狠员外，或是有人家典段匹，或是有人家当镮钗，你则待加一倍放解[68]。

（贾仁做出瞧科，云）这穷厮还不去哩。（正末唱）

【赛鸿秋】快离了他这公孙弘东阁门外[69]。（旦儿云）秀才，俺今日撇下了孩儿，不知何日再得相见也。（正末云）大嫂，去罢。（唱）再休想汉孔融北海开尊待[70]。（陈德甫云）秀才，这两贯钞是我与你的。（正末云）先生此恩，异日必当重报。（唱）多谢你范尧夫肯付舟中麦[71]。（带云）那员外呵，（唱）怎不学庞居士预放来生债[72]。（贾仁做揪住怒科，云）这厮骂我，好无礼也。（正末唱）他他他，则待搯破我三思台[73]。（贾仁做推正末科，云）你这穷弟子孩儿还不走哩。（正末唱）他他他，可便撕破我天灵盖[74]。（贾仁云）下次小的每，呼狗来咬这穷弟子孩儿。（正末做怕料，云）大嫂，我与你去罢。（唱）走走走！早跳出了齐孙膑这一座连环寨[75]。

（陈德甫云）秀才休怪，你慢慢的去，休和他一般见识。（旦儿云）秀才，俺行动些儿波。（正末唱）

【随煞】别人家便当的一周年，下架[76]容赎解[77]。（带云）

这员外呵!(唱)他巴㊆到那五个月,还钱本利该㊆,纳了利从头儿再取索,还了钱文书上厮混赖。似这等无仁义愚浊的却有财,偏着俺有德行聪明的嚼斋菜㊇。这八个字㊈穷通怎的排,则除非天打算日头㊉儿轮到来。发背疗疮㊋是你这富汉的灾,禁口伤寒㊌着你这有钱的害。有一日贼打劫火烧了您院宅,有一日人连累抄没了旧钱债,怎时节合着锅无钱买米柴,忍饥饿街头做乞丐。这才是你家破人亡见天败㊍。(贾仁云)你这穷弟子孩儿,还不走哩。(正末云)员外,(唱)你还这等苦瞒心㊎骂我来,直待要犯了法遭了刑,你可便怎时节改。(同旦儿下)

(贾仁云)陈德甫,那厮去了也。他去则去,敢有些怪我。(陈德甫云)可知㊏哩。(贾仁云)陈德甫,生受㊐你。本待要安排一杯酒致谢,我可也忙,不得工夫,后堂中盒子里有一个烧饼,送与你吃茶罢。(同下)

【注释】

①外:指外末,扮演次要的男角色。 ②小可:自称的谦词。 ③曹州:今山东省荷泽县。 ④门馆先生:本为家塾教师,这里指管家。 ⑤解典库:当铺。 ⑥一了:一向。 ⑦坯:未烧过的砖瓦。 ⑧垒工:粗工。垒,粗劣意。 ⑨泼天也似家私:形容极大的财产。 ⑩擘:掰开,分裂。 ⑪数次家:"家"同"价",语助词。后文几处"家",亦同此。 ⑫喂眼:本有饱眼福意,引申为眼下得到慰藉。 ⑬三尺布:酒帘子,即酒家的招牌,用布写字挂于竹杆上,悬于门口。 ⑭头醋:第一次淋出的醋。 ⑮旦儿:元杂剧角色名,扮演青年女性。此处指周荣祖妻张氏。 ⑯俫儿:元杂剧脚色名,扮演小孩。此处指周荣祖之子长寿。 ⑰浑家:妻子。 ⑱赤紧的:实在的。 ⑲肯分:恰恰地,偏偏地。 ⑳大嫂:戏曲中丈夫对妻之称呼。 ㉑琼瑶:美玉,用以比喻白雪。 ㉒韩退之蓝关前冷怎当:韩退之,唐代文学家韩愈,字退之。蓝关,在今陕西蓝田县。韩愈因谏宪宗迎佛骨,被贬潮州,路过蓝关时,写了《左迁至蓝关示侄孙湘》一诗,其中有"雪拥蓝关马不前"句,此借喻天气之寒冷难当。 ㉓"便有"句:孟浩然,唐代诗人,传说他常在风雪中骑驴觅诗,意即风雪之大连骑在驴上的孟浩然也经受不住要从驴背上跌下来。 ㉔剡溪中禁回他子猷访戴:剡溪,在浙江省嵊县南。禁回,止步而回。子猷,晋人王徽之,字子猷,住在山阴,风流不羁,曾雪夜泛舟剡溪访友人戴逵,到了门口,却又止步回返。有人问他何故,他说:"吾本乘兴而来,兴尽而返,何必见戴!"(见《世说新语·任诞》) ㉕朱门:古代王侯贵族住室的大门漆红色,以示尊贵,故称豪门为"朱门"。 ㉖酒务儿:酒店。 ㉗支揖:作揖。 ㉘怎生:无论如何。 ㉙茅柴:恶酒,劣酒。 ㉚中山宿酝:中山老酒,传说中山酒浓烈,饮后可醉千日。 ㉛兰陵:本为地名,今山东峄县,此代指美酒。 ㉜凤城春色:美酒名。 ㉝姊姊:此处作母亲讲。 ㉞一发:索性。 ㉟比及:与其。 ㊱大采:大幸运。 ㊲修福:佛教谓修成功德可邀来福禄。 ㊳古门:亦作古门道,鼓门道。戏台上下场门,实为鬼门道之讹。 ㊴过房:谓无子而以兄弟之子或他人之子为后。 ㊵作成:成全。 ㊶家缘家计:财产。 ㊷七贫八

富：忽贫忽富，指富贵无常。　㊸人头上有钱：指放债。　㊹苦尅：即苛刻。　㊺酾：斟酒。　㊻体面：礼貌。　㊼不气长：不气壮，即低三下四。　㊽正钱：正式的付款，指付给卖儿人的钱。　㊾不消：不须。　㊿恩养钱：为了回避买卖人口之嫌，故买儿者把付给卖儿者的钱叫做恩养钱。　㉛斑管：毛笔。　㉜生抗扎：生生地，活活地。　㉝"郭巨"句：郭巨，晋人。传说他与妻子瞻养母亲，妻生一男儿，因母亲喜爱孙子，膳食必分给他，郭巨怕儿子争食使老人减馔，便掘地埋儿。此事被封建统治者鼓吹为二十四孝之一。（见千宝《搜神记》）　㉞坚：牢靠。　㉟差着一个字：对周长寿坚持姓周不改姓贾而说。　㊱㨃：用手打耳刮子。　㊲揩：擦拭。　㊳每：同"们"。　㊴与：给。　㊵好没分晓：好糊涂。　㉛好说：表示客气之词，谓对方所说并非事实。　㉜下次小的每：下面的仆役们。　㉝挪笔巡街：指贫穷文人在街上卖诗文为生。　㉞便好道：常言说得好。　㉟赍发：资助。　㊱受用：享受。　㊲勒掯：剥削，勒索。　㊳加一倍放解：所当东西赎取时加一倍利息。　㊴"公孙弘"句：公孙弘，汉代人，官至丞相，封平津侯。曾开东阁以延士，把自己的奉禄全用来供养宾客。　㊵"孔融"句：孔融，东汉人，曾为北海相，性好交友，常邀宾客共饮，自称"座上客常满，樽中酒不空，吾无忧矣。"　㉛"范尧夫"句：范纯仁，字尧夫，宋代人，范仲淹子。一次他运一船麦子回家，路遇友人石曼卿，知其有丧事未办，遂将整船麦子赠之。　㉜"庞居士"句：庞居士，指唐朝人庞蕴，家极富，传说他常放债而不索还，一日忽闻家中驴马说话，知它们均为前世欠庞债而未还者，转世作驴马以报答。庞因此不再放债，并把钱财沉之海底。后功成行满而化。　㉝三恩台：心窝，胸口。　㉞天灵盖：头顶。　㉟"齐孙膑"句：孙膑，战国齐人，与庞涓同学兵法，涓后为魏将，嫉膑之才，召膑到魏，施以刖刑。后膑为齐谋击魏，传说曾设颠倒八门阵，后变为一字长蛇阵，使涓智穷兵败。连环寨即喻上述连续变化的阵势。　㊱下架：当期已满。因典当衣物，都放在架上备赎，期满则从架上取下，故云下架。　㊲赎解：赎取典当的东西。　㊳巴：期望。　㊴该：通咳、赅，兼备意。　㊵齑菜：腌菜。　㉛八个字：即八字，星象家以人生年月日时所值干支，推算祸福寿命，谓"八字"。　㉜日头：日子。　㉝发背疔疮：即背发疔疮。疔疮是一种恶疮，患者有生命危险。　㉞禁口伤寒：禁口，口不能进食。伤寒，中医所指寒邪外袭之症。　㉟见天败：被天所毁坏，意即天意使你家衰败。　㊱瞒心：昧着良心。　㊲可知：当然。　㊳生受：辛苦，麻烦。

【赏析】

《看钱奴》原名《看钱奴买冤家债主》，是一部思想性比较复杂的讽刺喜剧。主要剧情是：秀才周荣祖上京赶考，将家财埋在地下。邻近的穷汉贾仁，怨恨上天对他不公平，向东岳大帝祈求富贵。神因周荣祖之父毁坏佛寺，要罚周荣祖过二十年的贫困生活，于是答应将周家财产借给贾仁二十年。不久，贾仁果然掘到周家的宝藏，立刻变成了大财主。周荣祖落第后，家财又荡然无存，饥寒交迫，无奈忍痛将儿子卖给贾仁。贾仁十分悭吝，不舍得花一文钱，作了二十年的"看钱奴"。贾仁死后，周荣祖认回自己的儿子，看见贾家的金银刻有其祖父的题记，才知道这原本就是他家的财产。剧本借周荣祖和贾仁的兴衰转换，说明贫富无常，皆由天定；善恶到头终有报。虽然作品所宣扬的宿命论思想有其局限性，但其中对守财奴贾仁形象的刻画十分成功，入木三分；对周荣祖卖儿凄惨情景的描写得极其生动，渲染了浓重的环境气氛，取得了很高的艺术成就。从作者逼真细腻的描画中，我们可以瞥见元代社会具有典型意义的一角，窥见封建地主阶级悭吝、狡猾、残忍的嘴脸，以及他们残酷盘剥贫困百姓的心机。这里选取的第二折便集中反映了以上内容。

《看钱奴》第二折，作者以辛辣的讽刺，揭露了财主贾仁的悭吝、苛刻，无赖的本性。贾仁刚一上场，作者先以极精练而生动的笔触，以声传神，"兀的不富贵杀我也！"一句话，既表现出其骄盈的富贵态，又活现出其志得意满的满足态。接着，作者又以刻骨传神之法，让其自我表白，充分暴露其一毛不拔的悭吝本性。作者又通过几个层次，层层剥落其假面具，露出原形。当陈德甫领着周荣祖一家三口来见贾仁，贾仁何等傲慢，一副高高在上的架势。但当他看上了周荣祖的儿子后，决定收买他，亲自拟了一个文书草稿，要周荣祖照写。在文稿中，故意回避该付的恩养钱不提，却强调了"立约之后，两家不许反悔。若有反悔之人，罚宝钞一千贯与不反悔之人使用。"贾仁在这里耍了一个手腕，暗设一个圈套，准备要了人家的孩子而不给钱；而如果周荣祖因得不到钱而收回孩子时，即会被诬为反悔而罚款。充分暴露了贾仁的奸诈。而贾仁此举，周荣祖自然不会答应。于是，经过陈德甫"三出三入"的交涉，最后贾仁才添出一贯钱，而且声明不能再加了。当周荣祖仍嫌少不受时，贾仁反诬他违约反悔，要"着他拿一千贯钞来。"陈德甫无可奈何，只得自己掏钱加上二贯，共四贯钞，才勉强打发周荣祖走。这样一副小丑面孔，充分揭露了其刻薄无赖的本性。

作者旨在揭露"看钱奴"的丑恶嘴脸，但这折戏给人印象最深的是周荣祖卖儿的凄惨场面。作家首先以浓重的笔触渲染铺写了当时的环境气氛和自然情景：其时"正值暮冬天道，下着连日大雪"，周祖荣一家三口正饥寒交迫地流落于远离家乡的路途之中。作者以细腻的笔触，活画出这一家三口在冰天雪地中相依为命的凄凉情景。环境氛围的渲染，既刻画出了人物在规定情境中的具体形象，又为情节的发展作了铺垫。如果不是这般风雪交加饥寒交迫走投无路，周荣祖夫妇是断不会卖自己的亲骨肉的。而作者对周荣祖夫妇卖儿时复杂心情的描写也是力透纸背的。当周荣祖听说这要买孩儿的财主家"儿女并没有一个"时，心中似乎还有一分松快，"卖与个无子嗣的是孩儿大采"；然而当孩儿猜见父母是要将自己卖与他人而哭着央求爷娘"活便一处活，死便一处死"时，周荣祖又痛不欲生。周荣祖夫妻与儿子生生分离的撕裂场景，与尔后描写贾仁的冷酷无情、狡猾耍赖，形成鲜明的对比，更加反衬出其为富不仁、冷血奸诈的本性。

这一折戏结构严谨，高潮迭起，波澜起伏，扣人心弦。生动细腻的细节描写，将一个个典型的人物形象活现于读者眼前。作家极尽幽默、讽刺才能，对看钱奴贾仁的鞭挞与斥责，表达了当时人民对封建剥削阶级的痛恨、愤懑与诅咒，喊出了反抗不平社会的时代最强音。

《虎头牌①》第三折

李直夫

（老千户②同老旦上，云）欢来不似今朝，喜来那逢今日。自从到的这夹山口子呵，无甚事，正好吃酒。我着人去请金住马哥哥到来，谁想他已亡化过了也。今日八月十五日，是中秋节令。夫人，着下次孩儿每安排酒来，我和夫人玩月，畅饮几杯。（动乐科）（杂当③报云）老相公，祸事也！失了夹山口子也！（老千户慌科）（老旦云）老相公，我说道你少吃几钟酒，如今怎么好？（老千户云）既然这般，如今怎了？左右，将④披挂来，我赶贼兵去。（下）（外扮经历⑤上，云）小官完颜女直人氏，自祖父以来，世握军权，镇守边境。争奈辽兵不时侵扰，俺祖父累累与他厮杀，结成大怨。他倒骂俺女直人野奴无姓，祖父因此遂改其名，分为七姓：乾、坤、宫、商、角、徵、羽。乾道那驴姓刘，坤道稳的罕姓张，宫音傲国氏姓周，商音完颜氏姓王，角音扑父氏姓李，徵音夹谷氏姓佟，羽音失米氏姓肖。除此七姓之外，有扒包、包五、骨伦等，各以小名为姓。自前祖父本名竹里真，是女真回回禄真。后来收其小界，总成大功，迁此中都，改为七处。想俺祖父舍死忘生，赤心报国，今日子孙承袭，也非是容易得来的！（诗云）祖父艰辛立业成，子孙世世袭簪缨。一心只愿烽尘息，保佐皇朝享太平。某乃元帅府经历是也。如今有这把守夹山口子老完颜，每日恋酒贪杯，透漏贼兵⑥，失误军期，非是小目罪犯⑦；三遍将文书勾去，倒将去的人累次殴打，他倚仗是元帅的叔父。相公甚是烦恼，今番又着人勾去，不来时，直着几个关西曳刺将元帅府印信文书勾去也，不怕他不来。左右，你可说与勾事的人，小心在意，疾去早回。待老完颜到时，报复某家⑧知道。（下）（老千户领左右上，云）只因八月十五夜，失了夹山口子，第二日我马上亲率许多头目，复杀了一阵，将掳去的人口牛羊马匹，都夺回来了。那头目每与我贺喜，再吃酒。（又吃科）（老旦云）小的每，安排酒来，与老相公把个劳困盏儿。（净扮勾事人上）（见科，云）元帅有勾（老千户喝云）兀那厮！你是什么人？（勾事人云）元帅将令，差我勾你来。（老千户云）我是元帅的叔父，你怎么敢来勾我？左右，拿下去打着者！（左右打科）（勾事人诗云）老完颜见事不深，元帅令敢不遵钦。我来勾你你倒打我，我入你老婆的心。（下）（净扮勾事人上，云）老千户有勾。（老千户喝云）兀那厮！是什么人？（勾事人云）元帅将令，差我勾你来。（老千户云）只我是元帅的叔父，你怎么敢来勾我？左右，与我抢出去！（左右打科）（勾事人诗云）老完颜做事忒不才，倒着我湿肉伴干柴⑨，我今来勾你你不去，看后头自有狠的来。（下）（外扮曳刺上，云）洒家是个关西曳刺,奉元帅的将令,有老完颜失误了夹山口子,差人勾去勾不来,差我勾去,可早来到也。(做见科,云)老千户,元帅将令,差人来勾你,你怎么不去?(做拿铁索套上科,诗云)老完颜心粗胆大,元帅令公然不怕。我这里不和你折证⑩,到元帅府慢慢的说话。(老千户云)老夫人,这事不中了也!如今元帅府里勾将我去,我偌大年纪,那里受的这般苦楚!老夫人,与我烫一壶热酒,赶的来。(下)(老旦云)似这般怎生是好?我直到元帅府里,望老相公走一遭去。(下)(正末引经历祗候排衙上,正末唱)

【双调新水令】贺平安报偌可便似春雷。你把那明丢丢剑锋与我准备。他误了限次,失了军期,差几个曳剌勾追。(云)经历,你去问镇守夹山口子的,(唱)兀那老提控到来也未?

(曳剌锁老千户上,云)行动些⑪。(老千户云)有甚么事,我是元帅的叔父,怕怎么?(曳剌见经历云)把夹山口子的老完颜勾将来了也。(正末云)勾到了么?拿过来。(经历云)拿过来者。(正末云)开了他的铁锁,摘了他那牌子。(老千户做不跪科)(正末云)好无礼也呵!(唱)

【沉醉东风】只见他气丕丕⑫的庭阶下立地,不由我不恶噷噷⑬心下猜疑。(带云)我歹杀者波⑭。(唱)我是奉着帝主宣,掌着元戎职,可怎生全没些大小尊卑!(带云)你是我所属的官呵,(唱)还待要诈耳佯聋做不知,到跟前不下个跪膝。

(云)你今日犯下正条划⑮的罪来,兀自这般倔强哩。经历,你问他为甚么不跪?他若是不跪呵,安排下大棒子,先摧折他两臁骨⑯者。(经历云)理会的。(老千户云)经历,我是他的叔父,那里取这个道理来,要我跪着他?(经历云)相公的言语,道你不跪着呵,大棒子先敲折你两臁骨哩。(老千户云)我跪着便了,则着你折杀他也!(正末云)经历,着他点纸画字⑰者。(经历云)老完颜,着你点纸画字哩?(老千户云)经历,我那里省得⑱点纸画字?(经历云)这纸上点一点,着你吃一钟酒。(老千户云)我点一点儿呵,吃一钟酒,将来,将来,我直点到晚。(经历云)你画一个字者。(老千户云)画字了。(经历云)老完颜点了纸,画了字也。(正末云)经历,你高高的读那状子着他听。(经历读云)责状人完颜阿可,见年六十岁,无病疾,系京都路忽里打海世袭民安下女直人氏。承应劳校,见统领征南行枢密院先锋都统领勾当。近蒙行院相公差遣，统领本官军马，把守夹山口子，防御贼兵。自合常常整搠戈甲，提备战敌，却不合八月十五晚，以带酒致彼有失，透漏贼兵过界，打破夹山口子，掳掠人民妇女、牛羊马匹。今蒙行院相公勾追，自合依准前来，却不合抗拒，不行赴院，故违将令，又将差去公人，数次拷打。今具阿可合得罪犯，随供招状，如蒙依军令施行，执结是实，伏取钧旨。一主把边将闻将令而不赴者，处死；一主把边将带酒，不时操练三军者，处死；一主把边将透漏贼兵，不迎敌者，处死。秋八月某日，完颜阿可状。（老千户云）这等，我该死了！（做哭科）（正末唱）

【搅筝笆】咱须是关亲意，也索⑲要顾兵机。官里着你户列簪缨，着你门排画戟；可怎生不交战，不迎敌，吃的个醉如泥？情知你便是快行兵的姜太公、齐管仲、越范蠡、汉张良，可也管着些甚的⑳？枉了你哭哭啼啼。

（云）经历，将他那状子来。（经历云）有。（正末云）判个"斩"字，推出去斩讫报来。（经历云）理会的。左右，那里？推出老完颜斩了者。（做绑出科）（老千户云）天那！如今要杀坏了我哩！怎的老夫人来与我告一告儿。（老旦慌上，云）哥哥每，且住一住！我是元帅的亲婶子，待我过去告一告儿。（做见正末跪叫科）（正末云）婶子请起。（老旦云）元帅，国家正厅上，不是老身来处。想你叔叔带了素金牌子，因贪酒失了夹山口子，透漏贼兵，掳掠人民；元帅见罪，待要杀坏了。想着元帅自小里父母双亡，俺两口儿抬举的你长立成人，做偌大官位。俺两口儿虽不曾十月怀耽，也曾三年乳哺，也曾煨干就湿，咽苦吐甘，可怎生免他项上一刀；看老身面皮，只用杖子里戒饬㉑他后来，可不好也？（正末云）你那知道那男子汉在外所行的勾当？（唱）

【胡十八】他则待殢酒食，可便恋声妓；他那里肯道把隘口，退强贼；每日则是吹笛擂鼓做筵席。（老旦云）你叔叔老了也。（正末云）你道叔叔老了，他多大年纪也？（老旦云）他六十岁了。（正末唱）他恰才便六十。（云）姜太公八十岁遇文王㉒，戊午日兵临孟水，甲子日血浸朝歌㉓，扶立周朝八百年天下。（唱）他比那伐纣的姜太公，尚兀自还少他二十岁。

（云）婶子请起。这个是军情事，饶不的。（老旦出门科，云）老相公，他断然不肯饶，怎生好那？（老千户云）老夫人，请将茶茶㉔小姐来,着他去劝一劝,可不好?(旦上,云)叔叔婶子,怎生这般烦恼呀?(老旦云)茶茶,为你叔叔带酒,失了夹山口子,元帅待要杀坏了你叔叔。你怎生过去劝一劝儿可也好?(旦云)叔叔婶子,我过去说的呵,你休欢喜;说不的呵,你休烦恼。(旦见正末科)(正末怒云)茶茶!你来这里有什么勾当那?(旦云)这是讼厅上,不是茶茶来处。只想你幼年间,父母双亡,多亏了叔叔婶子,抬举你长成,做着偌大的官位。你待要杀坏了叔叔,你好下的㉕!怎生看着茶茶的面,饶了叔叔,可也好!(正末云)茶茶,这三重门里,是你妇人家管的?谁惯的你这般粗心大胆哩!(唱)

【庆宣和】则这断事处,谁教你可便来这里?这讼厅上,可便使不着你那家有贤妻。(云)着他那属官每便道,叔叔犯下罪过来,可着媳妇儿来说。(唱)你这个关节㉖儿,常好道来的疾。(云)茶茶,你若不回去呵,(唱)可都枉擘破㉗咱这面皮、面皮。

(云)快出去!(旦云)我回去则便了也。(做出门见老千户云)元帅断然不肯饶你。可不道法正天须顺,你甚的官清民自安;我可什么妻贤夫祸少,呸!也做不得子孝父心宽。(下)(老旦云)似这般,如之奈何!(老千户云)经历相公,你众官人每告一告儿可不好?(经历云)且留人者。(众官跪科)(正末云)你这众属官每做甚么?(经历云)相公罚不择骨肉,赏不避仇雠,小官每怎敢唐突;但老完颜倚恃年高,耽酒误事,透漏贼兵,打破夹山口子,其罪非轻。相公幼亡父母,叔父抚育成人,此恩亦重。据小官每愚见,以为老完颜若遂明正典刑,虽足见相公执法无私;然而于国尽忠,于家不能尽孝,贤者或不然矣。(诗云)告相公心中暗约㉘,将法度也须斟酌。小官每岂敢自专,望从容尊鉴不错。(正末唱)

【步步娇】则你这大小属官都在这厅阶下跪,畅好是㉙一个个无廉耻。他是叔父我是侄,道底来火须不热如灰㉚,你是必㉛再休提。(云)他是我的亲人,犯下这般正条款的罪过来,我尚然杀坏了;你每若有些儿差错呵,(唱)你可便先看取他这个傍州例㉜。

(云)你每起去,饶不的!(经历出门科,云)相公不肯饶哩。(老千户云)似这般,怎了也!(经历云)老完颜,你既八月十五日失了夹山口子,怎生不追他去?(老千户云)我十六日上马赶杀了一阵，人口、牛羊马匹，我都夺将回来了。（经历云）既是这等，你何不早说？（见正末科云）相公，老完颜才说，他十六日上马，复杀了一阵，将人口、牛羊马匹都夺将回来了。做的个将功折罪。（正末云）既然他复杀了一阵，夺的人口、牛羊马匹回来了，这等呵，将功折过，饶了他项上一刀，改过状子，杖一百者。（经历云）理会的。（读状云）责状人完颜阿可，见年六十岁，无疾病，系京都路忽里打海世袭民安下女直人氏。见统征南行枢密院事先锋都统领勾当。近蒙差遣，把守夹山口子，自合谨守，整搠军士，却不合八月十五日晚，失于提备，透漏贼兵过界，侵掳人口、牛羊马匹若干。就于本月十六日，阿可亲率军士，挺身赴敌，效力建功，复夺人口、牛羊马匹。于所侵之地，杀退贼兵，得胜回还。本合将功折过，但阿可不合带酒拒院，不依前来。应得罪犯，随状招伏，如蒙准乞执结是实，伏取钧旨。完颜阿可状。（正末云）准状，杖一百者。（经历云）老完颜，元帅将令，免了你死罪，则杖一百。（老千户云）虽免了我死罪，打了一百，我也是个死的。相公且住一住儿，着谁救我这性命也。老夫人，咱家里有个都管，唤做狗儿，如今他在这里，央及他劝一劝儿。（做叫科）（净扮狗儿上，云）自家狗儿的便是。伏侍着这行院相公，好生的爱我，若没我呵，他也不吃茶饭；若见了我呵，他便欢喜了；不问什么勾当，但凭狗儿说的便罢了。正在灶窝里烧火，不知是谁唤我？（老千户云）狗儿，我唤你来。（做跪科，云）我央及你咱。（狗儿云）我道是谁，元来是叔叔。休拜，请起。（做跌倒科，云）直当扑了脸，叔叔，你有什么勾当？（老千户云）狗儿，元帅要打我一百哩。可怜见替我过去说一声儿。（狗儿云）叔叔，你放心，投到你说呵，我昨日晚夕话头儿去了也。（老千户云）如今你过去告一告儿。（狗儿云）叔叔放心，都在我身上。（见正末科）（正末云）你来做什么？（狗儿云）我无事可也不来。想着叔叔他一时带酒，失误了军情，你要打他一百，他不疼便好。可不道大能掩小，海纳百川，看着狗儿面皮休打他。若打了他呵，我就恼也。饶了他罢！（正末唱）

【沽美酒】则见他怆懒懒的做样势，笑吟吟的强支对。他那里口口声声道是饶过，只我这里寻思了一会，这公事岂容易。

【太平令】我将他几番家叱退，他苦央及两次三回。则管里指官画吏,不住的叫天吁地。(带云)狗儿,(唱)你可向这里问,你莫不待替吃?(狗儿云)我替吃,我替吃。(正末云)你替吃;令人,你安排下大棒子者。(唱)我先拷的你、拷的你腰截粉碎。

(云)令人,拿下去打四十!(做打科)(正末云)打了,抢出去。(狗儿跌出科)(老千户云)狗儿,说的如何?(狗儿云)我的话头儿过去了也。(老千户云)你再过去劝一劝。(狗儿云)他叫我明日来。(老千户推科,云)你再过去走一遭。(见科)(正末云)你又来做什么?(狗儿云)我来吃第二顿。相公,叔叔老人家了也,看着你小时节,他怎么抬举你来?叔叔便罢了,那婶子抱着你睡,你从小里快尿,常是浇他一肚子,看着婶子的面皮,饶了他罢。(正末云)你待替吃么?(狗儿云)我替吃,我替吃。(正末云)再打二十。(做打科)(正末云)抢出去。(狗儿跌出科)(老千户云)狗儿,你说的如何?(狗儿捧屁股科,云)我这遭过去不得了也。(老千户再推科)(狗儿云)相公。(正末云)拿下去!(狗儿慌科,云)可怜见我狗儿再吃不得了也!(正末云)将铜铡来,切了你那驴头!(狗儿跌出科)(老千户云)你再过去劝一劝。(狗儿云)老弟子孩儿,你自挣揣去!(下)(正末云)拿过来者,替吃了多少也?(经历云)替吃了六十也。(正末云)打四十者!(做打科,正末唱)

【雁儿落】你畅好是腕头有气力,我身上无些意。可不道厨中有热人,我共他心下无仇气。

【得胜令】打的来一棍子,一刀锥,一下起,一层皮。他去那血泊里难禁忍,则着俺校椅上怎坐实。他失误了军期,难道他没罪谁担罪?(云)打了多少也?(经历云)打了三十也。(正末唱)才打到三十,赤瓦不剌海③,你也忒官不威牙爪威。

(云)再打者!(经历云)断讫也,扶出去。(老千户云)老夫人,打杀我也!谁想他不可怜见我,打了这一顿,我也无那活的人也!(老旦哭云)老相公,我说什么来?我着你少吃一钟儿酒。(老千户云)老夫人,打了我这一顿,我也无那活的人了也。老夫人,有热酒筛一钟儿我吃。(下)(正末云)经历,到来日牵羊担酒,与叔父暧痛去。(唱)

【鸳鸯煞】你则合眼霜卧雪驱兵队,披星戴月排戈戟。你也曾对咱盟咒,再不贪杯。唱道索记前言,休贻后悔。谁着你

旦暮朝夕，尝吃的来醺醺醉，到今日待怨他谁？这都是你那恋酒迷歌上落得的。（众随下）

【注释】

①虎头牌：皇帝赐给近臣、文武官员行使最高权力的虎头金牌。这里作剧名。　②千户：千夫长，金、元、明时期的武官名。　③杂当：杂角，元杂剧中随从仆役一类的角色。　④将：拿，取；披挂，用作名词，指铠甲和武器。　⑤经历：官名。元代于万户府设经历知事或经历，是万户的属官。　⑥透漏贼兵：让贼兵偷偷窜犯过界。　⑦小目罪犯：指无关重要的罪过。⑧某家：自称之词，相当于"我"。　⑨湿肉伴干柴：汗淋淋的身上挨了干刺刺的棍棒，即挨杖，受拷打。　⑩折证：当面对证，即对质。　⑪行动些：快点走。　⑫气丕丕：气急，气喘。　⑬恶噷噷：恶狠狠。　⑭我歹杀者波：我就算坏极了吧！杀，即煞，极。波，吧。　⑮正条划：正式的法律条文。　⑯臁骨：小腿骨。⑰点纸画字：指在供词上按指模和签押。点纸，在纸上按指模；画字，签字，画押。⑱省得：懂得。　⑲索：须。　⑳"情知"二句：即使你便是邗善用兵的谋臣良将，却也毫无用处。情知，明知。姜太公，管仲，范蠡，张良，都是历史上著名的谋臣。　㉑戒饬：告诫。饬，同"敕"，告诫。　㉒姜太公八十岁遇文王：相传周文王得姜子牙时，姜已八十岁了。　㉓"戊午"两句：古人以干支纪时，戊午，甲子都是武王伐纣的征战时间。孟水，今河南孟津，武王伐纣与八百诸侯会盟于此。朝歌：商朝的京楼，故址在今河南淇县北。　㉔茶茶：金元时对少女的美称，常作少女的名字。这里指元叶山寿马的妻子。　㉕下的：忍的。　㉖关节：向官府行贿，说人情叫打通关节。　㉗擘破：抓破。擘，剖，裂。　㉘暗约：思量，忖度。　㉙畅好是：真是，正是。　㉚底来火须不热如灰：当时成语，说到底火难道不比灰热吗？这里用以比喻叔侄关系比一般关系亲近。㉛是必：一定要。　㉜傍州例：榜样。　㉝赤瓦不敕海：女真语，"你这该挨打该杀的"。赤，你。瓦不刺海，敲杀。

【赏析】

《虎头牌》全名《便宜行事虎头牌》，描写女真族边将山寿马掌有虎符金牌，坚持军法，责罚贪酒失地的亲叔父的故事，颂扬了山寿马执法如山，公而忘私的优良品德。全剧共四折。第一折写金牌上千户山寿马因屡建奇功，升任天下兵马大元帅，并"敕赐双虎符金牌"，可以"便宜行事，先斩后闻"。他的亲叔父银住马（完颜阿可）接替他原来的职务，统领兵马，镇守夹山口。第二折写银住马携眷赴任。第三折写银住马贪酒失地，山寿马拒绝了婶母、妻子和众官员的求情，责打违犯军纪的叔父。第四折写山寿马与妻子牵羊担酒，去与叔父"暖痛"，解释必须执罚的道理，叔侄又和好如初。这里选第三折赏析，主要表现和颂扬了女真族兵马大元帅山寿马执法严明、不以私枉公的优良品德。作者把山寿马置于职责与亲情的矛盾冲突之中，表现他作为元帅对待下属和作为侄儿对待叔父的不同态度。他既以国家利益为重，但又不废亲情，具有中华民族传统的正直、深情的性格，是一个内心世界十分丰富的文学形象。

在这折戏中，山寿马清醒理智和沉着冷静的性格，是通过严厉的军法和深厚的私情这种尖锐的矛盾中表现出来的。银住马玩忽职守，贪酒失地；透漏敌兵，延误军机；不听将令，拒捕打人。这样的罪责，按照军法，只要有其中一条，就该处死。然而这个罪该致死的，是抚养他成长的亲人。对山寿马来说，军法与私情，不能两全，于是法与情就产生了不可调和的冲突。再加上婶母、妻子和众官员的求情，以下展开的一系列戏剧情节，都是用私情向山寿马进攻，动摇他职掌的军法。但是在巨大的压力面前，山寿马经住了考验。银住马自恃是元帅的叔父，有恃无恐，态度蛮横，不伏罪，也不下跪，山寿马就用大棒子对付他。当银住马被判处死刑、推出斩首的时候，说情人连续不断地接踵而至，先是对他有三年乳哺恩的亲婶；然后是他的爱妻茶茶小姐；最后是全体大小属官集体跪于阶下，用"于国尽忠，于家不能尽孝，贤者不然"的道理求情。对于这些，山寿马用不同态度和方式，一一驳回，并且根据实情，改判银住马免去死罪，"杖一百"。然而这时，求情的又来了。他还是秉持军法，打了叔父银住马四十大板。这些求情的人，从多层次、多侧面衬托了山寿马那种清醒理智和沉着冷静的性格和严肃严谨的将帅风度。

《虎头牌》情节生动，戏剧性很强，人物个性鲜明，语言幽默风趣，完整细腻，富有生活气息。剧中还描写了一些女真族的风俗习惯，采用了不少女真乐曲，具有浓厚的民族色彩。

《东堂老》第三折

秦简夫

（扬州奴同旦儿携薄篮①上）（扬州奴云）不成器的看样也，自家扬州奴的便是。不信好人言，果有恓惶事。我信着柳隆、胡子传，把那房廊屋舍、家缘过活②都弄得无了，如今可在城南破瓦窑中居住。吃了早起的，无那晚夕的。每日家烧地眠、炙地卧③，怎么过那日月。我苦呵理当，我这浑家他不曾受用一日。罢罢罢，大嫂，我也活不成了，我解下这绳子来搭在这树枝上，你在那边，我在这边，俺两个都吊杀了罢。（旦儿云）扬州奴，当日有钱时都是你受用，我不曾受用了一些。你吊杀便理当，我着甚么来由！（扬州奴云）大嫂，你也说的是，我受用，你不曾受用。你在窑中等着，我如今寻那两个狗材去！你便扫下些干驴粪，烧的罐儿滚滚的，等我寻些米来，和你熬粥汤吃。天也，兀的不穷杀我也！（扬州奴、旦儿下）（卖茶的上，云）小可是个卖茶的。今日早晨起来，我光梳了头，净洗了脸，开了这茶房，看有甚么人来。（柳隆、胡子传上，云）柴又不贵，米又不贵；两个傻厮，正是一对。自家柳隆，兄弟胡子传。俺两个是至交至厚，寸步儿不厮离的兄弟。自从丢了这赵小哥，再没兴头。今日且到茶房里去闲坐一坐，有造化再寻的一个主儿也好。卖茶的，有茶拿来，俺两个吃。（卖茶的云）有茶，请里面坐。（扬州奴上，云）自家扬州奴。我往常但出门，磕头撞脑的都是我那朋友兄弟。今日见我穷了，见了我的都躲去了。我如今茶房里问一声咱。（做见卖茶的科，云）卖茶的，支揖④哩。（卖茶的云）那里来这叫化的！叫化的也来唱喏。（扬州奴云）好了好了，我正寻那两个兄弟，恰好的在这里。这一头赍发可不喜也。（做见二净唱喏科，云）哥，唱喏来。（柳隆卿云）赶出这叫化子去！（扬州奴云）我不是叫化的，我是赵小哥。（胡子传云）谁是赵小哥？（扬州奴云）则我便是。（胡子传云）你是赵小哥！我问你咱，你怎么这般穷了？（扬州奴云）都是你这两个歹弟子孩儿弄穷了我哩！（柳隆卿云）小哥。你肚里饥么？（扬州奴云）可知我肚里饥，有甚么东西与我吃些儿。（柳隆卿云），小哥，你少待片时，我买些来与你吃。好烧鹅，好膀蹄，我便去买将来。（柳隆卿下）（扬州奴云）哥，他那里买东西去了，这早晚还不见来。（胡子传云）小哥，还得我去。（扬州奴云）哥，你不去也罢。（胡子传云）小哥，你等不得他，我先买些肉酒来与你吃。哥少坐，我便来。（胡子传出门科）（卖茶的云）你少我许多钱钞，往那里去？（胡子传云）你不要大呼小叫的，你出来，我和你说。（卖茶的云）你有甚么说？（胡子传云）你认得他么？则他是扬州奴。（卖茶的云）他就是扬州奴？怎么做出这等的模样？（胡子传云）他是有钱的财主，他怕当差，假妆穷哩。我两个少你的钱钞，都对付在他身上。你则问他要，不干我两个事，我家去也。（扬州奴做捉虱子科）（卖茶的云）我算一算账，少下我茶钱五钱，酒钱三两，饭钱一两二钱，打发唱的耿妙莲⑤五两，打双陆⑥输的银八钱，共该十两五钱。（扬州奴云）哥，你算甚么账？（卖茶的云）你推不知道，恰才柳隆卿、胡子传把那远年近日欠下我的银子，都对付在你身上，你还我银子来，账在这里。（扬州奴云）哥阿，我扬州奴有钱呵，肯妆做叫化的？（卖茶的云）你说你穷，他说你怕当差假妆着哩。（扬州奴云）原来他两个把远年近日少欠人家钱钞的账，都对付在我身上，着我赔还。哥阿，且休看我吃的，你则看我穿的，我那得一个钱来！我宁可与你家担水运浆，扫田刮地⑦，做个佣工，准还你罢。（卖茶的云）苦恼苦恼！你当初也是做人的来，你也曾照顾我来。我便下的要你做佣工，还旧账。我如今把那项银子都不问你要,饶了你可何如?(扬州奴云)哥阿,你若饶了我呵,我可做驴做马报答你!(卖茶的云)罢罢罢!我饶了你,你去罢。(扬州奴云)谢了哥哥。我出的这门来,他两个把我稳在这里,推买东西去了。他两个少下的钱钞,都对在我身上,早则这哥哥饶了我,不然,我怎了也!柳隆卿、胡子传,我一世里不曾见你两个歹弟子孩儿!(同下)(旦儿上,云)自家翠哥。扬州奴到街市上投托相识去了,这早晚不见来。我在此且烧汤罐儿等着。(扬州奴上,云)这两个好无礼也,把我稳在茶房里,他两个都走了,干饿了我一日,我且回那破窑中去。(做见科)(旦儿云)扬州奴,你来了也。(扬州奴云)大嫂⑧,你烧得锅儿里水滚了么?(旦儿云)我烧得热热的了,将米来我煮。(扬州奴云)你煮我两只腿!我出门去,不曾撞一个好朋友。罢罢罢!我只是死了罢!(旦儿云)你动不动则要寻死!想你伴着那柳隆卿、胡子传,百般的受用快活。我可着甚么来由。你如今走投无路,我和你去李家叔叔讨口饭儿吃咱。(扬州奴云)大嫂,你说那里话,正是上门儿讨打吃。叔叔见了我,轻呵便是骂,重呵便是打,你要去你自家去,我是不敢去。(旦儿云)扬州奴,不妨事。俺两个到叔叔门首,先打听着,若叔叔在家呵,我便自家过去;若叔叔不在呵,我和你同进去。见了婶子,必然与俺些盘缠也。(扬州奴云)大嫂,你也说得是。到那里,叔叔若在家时,你便自家过去,见叔叔讨碗饭吃。你吃饱了,就把剩下的包些儿出来我吃。若无叔叔在家,我便同你进去。见了婶子,休说那盘缠,便是饱饭也吃他一顿。天也,兀的不穷杀我也!(同旦儿下)(卜儿上,云)老身李氏。今日老的大清早出去,看看日中了,怎么还不回来?下次孩儿每安排下茶饭,这早晚敢待来也。(扬州奴同旦儿上)(扬州奴云)大嫂,到门首了。你先过去,若有叔叔在家,休说我在这里;若无呵,你出来叫我一声。(旦儿云)我知道了,我先过去。(做见卜儿科)(卜儿云)下次小的每,可怎么放进这个叫化子来?(旦儿云)婶子,我不是叫化的,我是翠哥。(卜儿云)呀,你是翠哥儿也!你怎么这等模样?(旦儿云)婶子,我如今和扬州奴在城南破瓦窑中居住。婶子,痛杀我也!(卜儿云)扬州奴在那里?(旦云)扬州奴在门首哩。(卜儿云)着他过来。(旦云)我唤他去。(扬州奴做睡科)(旦儿叫科,云)他睡着了,我唤他咱。扬州奴,扬州奴。(扬州奴做醒科,云）我打你这丑弟子！天那，搅了我一个好梦！正好意思了呢。（旦儿云）你梦见甚么来？（扬州奴云）我梦见月明楼上，和那撇之秀⑨两个唱那《阿孤令》，从头儿唱起。（旦儿云）你还记着这样儿哩！你过去见婶子去。（扬州奴见卜儿哭云）婶子，穷杀我也！叔叔在家么？他来时要打我，婶子劝一劝儿。（卜儿云）孩儿，你敢不曾吃饭哩。（扬州奴云）我那得那饭来吃。（卜儿云）下次小的每，先收拾面来与孩儿吃，孩儿，我着你饱吃一顿。你叔叔不在家，你吃，你吃。（扬州奴吃面科）

（正末上，云）谁家子弟？骏马雕鞍，马上人半醉，坐下马如飞。拂两袖春风，荡满街尘土。你看罗，呸！兀的不睚了老夫的眼也。（唱）

【中吕粉蝶儿】谁家个年小无徒，他生在无忧愁太平时务，空生得貌堂堂一表非俗。出来的拨琵琶、打双陆，把家缘不顾。那里肯寻个大老名儒，去学习些儿圣贤章句。

【醉春风】全不想日月两跳丸⑩，则这乾坤一夜雨。我如今年老也逼桑榆，端的是朽木材何足数，数。则理会的诗书是觉世之师，忠孝是立身之本，这钱财是倘来之物⑪。

（云）早来到家也。（唱）

【叫声】恰才个手扶拄杖走街衢，一步一步，蓦入门木呈去。（做见扬州奴怒科，云）谁吃面哩！（扬州奴惊科，云）我死也！（正末唱）我这里猛抬头，刚窥觑，他可也为甚么立钦钦⑫恁的胆儿虚。

（旦儿云）叔叔，媳妇儿拜哩。（正末云）靠后。（唱）

【剔银灯】我其实可便消不得你这娇儿和幼女，我其实可便顾不得你这穷亲泼故。这厮有那一千桩儿情难容处，这厮若论着五刑发落，可便罪不容诛。（带云）扬州奴，你不说来。（唱）我教你成个人物，做个财主，你却怎生背地里闲言落可便长语。

（云）你不道来我姓李你姓赵，俺两家是甚么亲那。（唱）

【蔓青菜】你今日有甚脸落可便着我的门户，怎不守着那两个泼无徒？（扬州奴怕走科）（正末云）那里走！（唱）唬得他手儿脚儿战笃速，特古里我根前你有甚么怕怖，则俺这小乞儿家羹汤少些姜醋。

（云）还不放下！则吃你那大食里烧羊去。（扬州奴做怕科，将箸敲碗科）（正末打科）（卜儿云）老的也，休打他。

（扬州奴做出门科，云）婶子，打杀我也！如今我要做买卖，无本钱，我各扎邦⑬便觅合子钱。（卜儿云）孩儿也，我与你这一贯钱做本钱。（扬州奴云）婶子，你放心，我便做买卖去也。（虚下，再上云）婶子，我拿这一贯钱去买了包儿炭来。（卜儿云）孩儿，你做甚么买卖哩？（扬州奴云）我卖炭哩。（卜儿云）你卖炭可是何如？（扬州奴云）我一贯本钱，卖了一贯，又赚了一贯，还剩下两包儿炭，送与婶子烘脚做上利哩。（卜儿云）我家有，你自拿回去受用罢。（扬州奴云）婶子，我再别做买卖去也。（虚下再上，叫云）卖菜也，青菜、白菜、赤根菜、芫荽、葫萝卜、葱儿呵。（卜儿云）孩儿也，你又做甚么买卖哩？（扬州奴云）婶子，你和叔叔说一声，道我卖菜哩。（卜儿云）孩儿也，你则在这里，我和叔叔说去。（卜儿做见正末科，云）老的，你欢喜咱，扬州奴做买卖，也赚得钱哩。（正末云）我不信，扬州奴，做甚么买卖来。（扬州奴云）您孩儿头里卖炭，如今卖菜。（正末云）你卖炭呵，人说你甚么来？（扬州奴云）有人说来：扬州奴卖炭苦恼也。他有钱时火焰也似起，如今无钱弄塌了也。（正末云）甚么塌了？（扬州奴云）炭塌了。（正末云）你看这厮！（扬州奴云）扬州奴卖菜，也有人说来：有钱时伴着柳隆卿，今日无钱担着那胡子传。（正末云）你这菜担儿，是人担自担？（扬州奴云）叔叔，你怎么说这等话？有偌大本钱，敢托别人担？倘或他担别处去了，我那里寻他去？（正末云）你往前街去也，往那后巷去？（扬州奴云）我前街后巷都走。（正末云）你担着担，口里可叫么？（扬州奴云）若不叫呵，人家怎么知道有卖菜的。（正末云）可是你叫，是那个叫？（扬州奴云）我自叫。（正末云）下次小的们，都来听扬州奴哥哥怎么叫哩！（扬州奴云）叔叔，你要听呵，我前面走，叔叔后面听，我便叫。叔叔你把下次小的每赶了去，这小厮每都是我手里卖了的。（正末云）你若不叫，我就打死了你个无徒！（扬州奴云）他那里是着我叫，明白是羞我。我不叫，他又打我，不免将就的叫一声：青菜、白菜、赤根菜、葫萝卜、芫荽、葱儿阿！（做打悲科，云）天那，羞杀我也！（正末云）好可怜人也呵！（唱）

【红绣鞋】你往常时在那鸳鸯帐底，那般儿携云握雨。哎，儿也，你往常时在那玳瑁筵前，可便喷玉喷珠，你直吃得满身花影倩人扶⑭。今日呵，便担着荸篮，拽着衣服，不害羞当街里叫将过去。

（扬州奴云）叔叔，您孩儿往常不听叔叔的教训，今日受穷，才知道这钱中使⑮，我省的了也。（正末云）这话是谁说来？（扬州奴云）您孩儿说来。（正末云）哎哟，儿也，兀的不痛杀我也！（唱）

【满庭芳】你醒也波高阳哎酒徒⑯，担着这两篮儿白菜，你可觅了他这几贯的青蚨⑰？（带云）扬州奴，你今日觅了多少钱？（扬州奴云）是一贯本钱，卖了一日，又觅了一贯。（正末唱）你就着这五百钱买些杂面，你便还窑去，那油盐酱旋买也可是零沽？（扬州奴云）甚么肚肠，又敢吃油盐酱哩！（正末唱）哎，儿也，就着这卖不了残剩的菜蔬。（扬州奴云）吃了就伤本钱，着些凉水儿洒洒，还要卖哩。（正末唱）则你那五脏神⑱，也不到今日开屠⑲。（云）扬州奴，你只买些烧羊吃波。（扬州奴云）我不敢吃。（正末云）你买些鱼吃。（扬州奴云）叔叔，有多少本钱，又敢买鱼吃？（正末云）你买些肉吃。（扬州奴云）也都不敢买吃。（正末云）你都不敢买吃，你可吃些甚么？（扬州奴云）叔叔，我买将那仓小米儿来，又不敢舂，恐怕折耗了。只拣那卖不去的菜叶儿，将来煨熟了，又不要蘸盐搠酱，只吃一碗淡粥。（正末云）婆婆，我问扬州奴买些鱼吃，他道我不敢吃。我道你买些肉吃，他道我不敢吃。我道你都不敢吃，你吃些甚么？他道我吃淡粥。我道你吃得淡粥么？他道我吃得。（唱）婆婆呵，这厮便早识的些前路，想着他那破瓦窑中受苦。（带云）正是不受苦中苦，难为人上人。（唱）哎，儿也，这的是你须下死工夫。

（扬州奴云）叔叔，恁孩儿正是执迷人难劝，今日临危可自省也。（正末云）这厮一世儿则说了这一句话。孩儿，你且回去，你若依着我呵，不到三五日，我着你做一个大大的财主。（唱）

【尾煞】这业海⑳是无边无岸的愁。那穷坑是不存不济的苦，这业海打一千个家阿扑㉑逃不去，那穷坑你便旋十万个翻身，急切里也跳不出。（同卜儿下）

（扬州奴云）大嫂，俺回去来。天那，兀的不穷杀我也！（同旦下）（小末上，云）自家李小哥，父亲着我去请赵小哥坐席。可早来到城南破窑，不免叫他一声赵小哥！（扬州奴同旦儿上，见科，云）小大哥，你来怎么？（小末云）小哥，父亲的言语，着我来，明日请坐席哩。（扬州奴云）既然叔叔请吃酒，俺两口儿便来也。（小末云）小哥，是必早些儿来波。（下）（扬州奴云）大嫂，他那里请俺吃酒，明白羞我哩。却是叔叔请，不好不去。到得那里，不要闲了，你便与他扫田刮地，我便担水运浆。天那，兀的不穷杀我也！（同下）

【注释】

①薄篮：一种圆形的扁竹篮，此处指扮乞丐的演员用的讨饭篮道具。　②家缘过活：家产及从事经营活动的财物。　③烧地眠，炙地卧：旧时穷人冬天睡在地上嫌冷，烧地取暖。　④支揖：作揖。　⑤耿妙莲：指唱曲的艺人。　⑥双陆：古代博戏的一种。　⑦扫田刮地：指收割、翻耕土地等农活。　⑧大嫂：古代丈夫对老婆的一种称呼。　⑨撇之秀：歌妓名字。　⑩日月两跳丸：把日月喻为跳动的两个圆球，喻时光流逝。　⑪倘来之物：意为获得之物，身外之物。　⑫立钦钦：古代俗语，形容胆小的样子。　⑬各扎邦：比喻动作干脆、迅速。　⑭满身花影倩人扶：形容一个人醉酒后由女人扶着，眼睛里全是女人的影子晃来晃去。　⑮中使：珍惜着用。　⑯高阳哎酒徒：即高阳酒徒，指西汉时高阳儒生郦食其。　⑰青蚨：原指古代一种虫子，后引申为铜钱。　⑱五脏神：原指内脏，此处引申为食欲。　⑲开犀：开荤。　⑳业海：孽海。　㉑打一千个家阿扑：翻一千个筋斗。

【赏析】

秦简夫的《东堂老》，全名《东堂老劝破家子弟》，是元人杂剧中惟一的一部描写"败子回头"的作品。写的是扬州李茂卿，人称东堂老子，受好友赵国器临终嘱托，照管其子扬州奴。而扬州奴从小娇生惯养，游手好闲，在成人娶妻以后，不务正业，被坏人引诱，嫖妓败家，不到十年时间，把他父亲留下的一份家业倾荡了个精光。而李茂卿在其挥霍家财时，暗中将赵国器生前所寄放的银钱买下扬州奴低价出售的田地房产。扬州奴饱尝了贫困饥馁生活的苦味以后，才幡然悔悟。待其醒悟后，李茂卿将所买产业尽行归还，使之恢复家业，走上了正路。剧本真实生动地刻画了东堂老受人之托，忠人之事的善良诚实品德，对不肖子、帮闲的描绘也较为细腻。剧本排场工致，结构严谨，是元代后期杂剧作品中比较出色的一部。

《东堂老》杂剧第三折，主要表现了扬州奴在艰辛残酷的生活面前受到教育、幡然悔悟的过程。作者十分善于通过故事情节表现人物性格。扬州奴先是以独白的形式，介绍自己已经沦为乞丐，陷入绝望的境地，他连连发出"兀的不穷杀我也"的呼叫。这一情景，与扬州奴昔日有钱时的情况形成了强烈的反差对照，让从小娇生惯养的扬州奴不堪其苦。然而沦落到如此赤贫的境地，扬州奴还是没有幡然悔悟，而是对他旧日的狐朋狗友还抱有一线希望。所以作者又接着写扬州奴在茶馆里遇到柳隆、胡子传的一幕。柳、胡这两个全凭一张油嘴混日子的泼皮无赖之徒，以前在扬州奴家财万贯之时，就对他趋奉逢迎、笑脸相待，在扬州奴荡尽家产、邋遢落魄之时，就翻脸无情、冷若冰霜。二人见到扬州奴已沦为乞丐，先是叫店主把他当"叫化子"赶走；然后又假哄给他买吃食，自己却偷偷溜走，并且把"远年近日"拖欠茶馆的债务都推到了扬州奴身上。这些情节都深刻地揭示了这两个小人世故圆滑的卑鄙和丑恶。而扬州奴也就在这一当头棒喝中清醒、悔悟过来,此后脚踏实地地沿街卖炭、卖菜,开始在生活中磨练自己,开始重新做人。作者非常简洁、巧妙、生动、形象地展现了这一浪子回头的经过,绘声绘色地概括了扬州奴"临危自省"、"绝处逢生"的过程。

在第三折戏中一共只有八支曲子,其余的篇幅全是以对白的形式,几乎占了全折篇幅的三分之二。人物的对白和独白的语言都是家常俗语,通俗凝炼、喻庄于谐,诙谐生动的剧情中蕴含着丰富的哲理。

《燕青博鱼》第一折

李文蔚

(冲末扮燕大、搽旦扮王腊梅、外扮燕二同上)(燕大诗云)耕牛无宿料①,仓鼠有余粮;万事分已定,俘生空自忙。小可汴梁人氏,唤做燕和。嫡亲的三口儿家属:浑家②王腊梅,元不是我自小里的儿女夫妻③,他是我后娶的;兄弟是燕顺,生的须发蓬松,只因性子粗糙,众人起他一个混名,叫做卷毛虎。不知我这兄弟为着那一件来,遍生两个眼里见不的④我那嫂嫂。(燕二云)怎么我见不的那?(搽旦云)燕大,你这兄弟见我便是骂。我便歹杀者波⑤,也是你哥哥的浑家,怎么这等轻薄⑥!(燕二云)哥哥,俺是甚等样人家,着他辱门败户?顶着屎头巾⑦走,你还不知道。(燕大云)兄弟也,我怎生顶着屎头巾走?(搽旦云)你哥哥更是麋糟头⑧。(燕二云)你道我打不的你么?(搽旦云)燕大,你看你兄弟打我哩!(燕大云)兄弟也,你休打你嫂嫂,你打我波。(燕二云)罢罢罢,俺一搭里⑨也难住,则今日辞别了哥哥,我离了家中,冻死饿死,再也不上你门来了。嫂嫂,好生侍奉哥哥,俺哥哥若有些好歹,我不道的轻饶素放⑩了你也。(搽旦云)你要去自去,你哥哥才三岁儿哩!(燕二云)我出的这门来,燕顺也离了家中,可也耳根清净。则今日街市上投托几个相识朋友,走一遭去来。(下)(燕大云)我兄弟搬出去了,大嫂,你心中可快活了也?(搽旦云)燕大,你如今却要怎的?(燕大云)大嫂,明日是三月三清明节令,多将着些钱钞,咱要同乐院吃酒去来。(诗云)春天日正长,烂熳百花香;同乐院里吃酒去也,等人称赞我家里有这好娇娘。(搽旦云)燕大去了也。我虽然嫁了这燕大,私下里和这杨衙内有些不伶俐的勾当。我着人寻他去了，这早晚怎生还不见来？且磕些瓜子儿，等着他者。（净扮杨衙内上，诗云）花花太岁我为最，浪子丧门①世无对；满城百姓尽闻名，唤做有权有势杨衙内。自家杨衙内的便是。我和这燕大的浑家王腊梅，有些不伶俐的勾当，争奈俺两个则是不能勾称心。如今他使人来寻我，不知有甚的说话，须索走一遭去。此间正是，不好便过去，我则在门首幺喝，他里头自有人出来。下次小的每，将那马与我拴的远着。（搽旦见科，云）这是衙内的声气，他来了也，待我唤他。衙内，你进屋里来！（杨衙内云）家里没人么？（搽旦云）没人在家，你进来。（扬衙内入门科，云）姐姐，想杀我也，你唤我来，有甚么勾当？（搽旦云）我虽然嫁了燕大，我真心儿只在你身上。明日是清明三月三，俺两口儿烧香去，在同乐院里吃酒。我在那里等，你疾些儿去，早些儿来。（杨衙内云）你明日和燕大在同乐院吃酒去，你先去便等我，我先去便等你，只不要哄我。（同下）（丑扮店小二上，诗云）百般买卖都会做，及至做酒做了醋；算来福气不如人，只是守着本分做豆腐。自家店小二的便是。俺这店里下着个瞎大汉，欠下房宿饭钱，一些没有，被大主人家怪我。今日唤他出来，我自有个处置。兀那没眼的大汉，店门首有你个乡亲唤你哩。（正末上云）哥哥，你唤我做甚么那？（店小二云）门口有你个亲眷寻哩。（正末云）哥也，我那里得那亲眷来？你休斗⑫我耍。（店小二云）兀的不在店门首？（做推科，云）你出去，我关上这门，冻杀饿杀，不干我事。（下）（正末云）好大雪也！哥哥开门波，再住一夜儿去。真个不开门那？这里也无人。自家燕青的便是。自从坏了我这双眼，下的山来到这店肆里安下，房宿饭钱都少下他的，那小二哥被大主人家埋怨，今日把我赶将出来。便好道：男儿不得便，刺头泥里陷⑬。拚⑭的长街市上盘街儿叫化去咱。（唱）

【大石调六国朝】我揣巴⑮些残汤剩，打叠起浪酒闲茶⑯；我着些气呵暖我这冻拳头，再着些唾揩光我这冷鼻凹。瘦的来我这身子儿没个麻秸大，兀的不消磨了我刺绣的青黛和这朱砂。眼见得穷活路觅不出衣和饭，怕不道酷寒亭把我来冻饿杀。全不见那昏惨惨云遮了银汉，则听的渐零零雪糁琼沙⑰，我我我待踮着个鞋底儿去拣那浅中行，先绰⑱的这棒头来向深处插。

（带云）前街上讨不得一些儿，再往后巷里去。（唱）

【喜秋风】我与你便吁吁叫,我与你便磨磨擦。我为甚将这脚尖儿细细踏?我怕只怕这路儿有些步步滑,(带云)似我这模样,像个甚的!(唱)将那前街后巷我便如盘卦。刚才个渐渐里呵的我这手温和,可又早切切里冻的我这脚麻辣。

【归塞北】天那,您不肯道是相赉发⑲,专与俺这穷汉做冤家。这雪呵,他如柳絮不添我身上絮,似梨花却变做了眼前花,则我这挂杖冻难拿。

(带云)有那等人道:"兀的君子,那东京城里有的是买卖营生,你寻些做可不好那?"我道哥也,你岂知我无眼那!他便道:"寻你那无眼营生做去。"哥也,您那里知道咱!(唱)

【雁过南楼】我是一个混海龙摧鳞去甲,我是一只爬山虎也啰奈削爪敲牙。往常时我习武艺学兵法,到如今半筹也不纳⑳,则我这拿云手㉑怕不待寻觅那等瞎生涯。我能舞剑偏不能疙蹴蹴敲象板,会轮枪偏不会支楞楞拨琵琶,着甚度年华?

(杨衙内轪马㉒领随从上,云)好大雪也!寻那王腊梅大姐去来。(做撞倒正末科)(正末做起、笼住马科,云)爷须瞎,儿须不瞎,(杨衙内云)这厮无礼,他撞着我马头,倒把说话伤着我哩。(正末唱)

【六国朝】我不向梁山泊里东路,我则拖的你去开封府的南衙,你做甚么眼睁睁当㉓翻了人?(带云)儿,我与你去来!(唱)我把手摩挲揪住马。(杨衙内云)放手!这厮好大胆也,敢如此无礼!(正末唱)又不是官街窄,怎故意的把人欺压?你有甚娘㉔忙公事?莫不去云阳㉕将赴法?我一只手把铜环来紧搭,那厮多应是两只脚把宝镫来牢蹅;(杨衙内云)我打这厮。(做打科)(正末唱)哎哟!那厮雨点也似马鞭子丢,不俟偏不的我风团㉖般着这挂杖打?

(杨衙内云)这厮手脚倒也来的㉗。我与他缠什么,我自寻那王腊梅姐姐去。走走走!(下)(燕二冲上云)弟兄每少罪,改日还席也。(正末揪住燕二科云)好呵!清平世界,浪荡乾坤,你怎么当街里打人?(燕二云)呸!你看我那命波!兀那君子,我是个步行的人,打你的是个骑马的。(正末云)哥也,我须无眼那。(燕二云)住住住!君子,你这眼是从小里坏了的,可是半路里坏了的?(正末云)哥也,我这眼是半路里气坏了的。(燕二云)君子也,你倒有缘,我善会神针法灸,我医好你这眼,你意下如何?(正末云)若得如此,我感恩非浅。

（燕二云）你跟的我铺儿里来。（做行科云）这里便是。我开开这门，君子请稳便㉘。等你这血气定了时，我与你下针咱。（正末唱）

【憨货郎】莫不是千化身观音菩萨，救了我这双无目沿街的叫化。他道是妙手通灵，圣心无假，哥也，多谢你个良医肯把金针下，我又没甚的米麦丝麻，哥也，你则可怜见我这穷汉瞎。

（燕二云）待我取出这金针来。君子坐正着，我下针也。我这针上至泥丸宫，下至涌泉穴，太阳穴不敢下针，少阳穴下两针。咳嗽三里下两针。我取出这药来，是圣饼子㉙用菩萨水调的。君子，张开了口吃药。这一会儿针药相投了也，我起针波。吸气、吸气！君子将你那手摩的热着揉你那眼，我着你复旧如初也。（正末唱）

【归塞北】他把我眼角儿才针罢，则我这疮口儿未结痂。早将我两只手揉开了这一对眼，（带云）是好手段也！（唱）则当一枚针挑去了一重沙，恰便似日月退残霞㉚。

（云）是谁医好我这眼来？（燕二云）是我医好了你的。（正末云）哥也，你请坐。你是我重生的父母，再养的爷娘，请受你兄弟八拜咱。（正末做拜科）（燕二做扯科，云）且住！我才医好了的眼，不争㉛你拜下去。这血脉望上行，就也无效了。（正末云）恁的呵，等我跪一跪，权当做八拜。（燕二云）君子，你那里乡贯？姓甚名谁？（正末云）哥，您兄弟不是歹人。（燕二云）谁道你是歹人哩？（正末云）哥也，则我是宋江手下第十五个头领：浪子燕青。哥也，您兄弟不是歹人。（燕二云）你不是歹人，是贼的阿公哩？君子，你多大年纪也？（正末云）您兄弟二十五岁了。（燕二云）我痴长你两岁。我认义你做个兄弟，你意下如何？（正末云）哥哥不弃嫌呵，情愿与哥哥做个兄弟。（燕二云）我听的说，宋江哥哥手下三十六个头领，多有本事，你试说一遍咱。（正末云）我在梁山上，多曾与宋头领出气力来。（唱）

【初问口】俺也曾那草坡前把滥官拿，则俺那梁山泊上宋江，须不比那帮源洞里的方腊㉜。你将我这蝼蚁残生厮救拔㉝，我把哥哥那山海也似恩临㉞厮报答，从今日拜辞了主人家，绰着这过眼齐眉的枣子棍，依旧到杀人放火蓼儿洼，须认的俺狠那吒。

（云）哥也，您兄弟有句话，可是敢问哥哥么？适才那大雪里打我的那厮，是什么人？（燕二云）兄弟，休要大惊小怪的，则他便是杨衙内，是个有权有势的人，打死人如同那房檐上揭一块瓦相似。你和他打了这一操㉟，他如今不来寻你，就是你的造化了。（正末云）哥也，你说那里话！（唱）

【尾声】你道是他打了我呵似房檐上揭瓦，不信道我打了他呵就着我这脖项上披枷。调动我这莽拳头，搊动我这长梢靶，我向那前街后巷便去爪寻㊱他。（带云）若见了他呵，（唱）我一只手揪住那厮黄头发，一只手把腰胯牢揞，我可敢滴溜扑活撺那厮在马直下㊲。（下）

（燕二云）兄弟去了也，我也收拾些盘缠，上梁山见宋江哥哥走一遭去来。（下）

【注释】

①宿料：过夜的牲口草料。　②浑家：即妻子。　③儿女夫妻：谓原配夫妻。　④见不的：嫌弃，讨厌。　⑤歹杀者波：坏到极点。波，助词，无实义。　⑥轻薄：轻视，鄙薄。　⑦屎头巾：即绿头巾。谓妻妾有外遇要戴绿头巾。　⑧麋糟头：指贪酒好色之徒，引申为污秽不洁之人。　⑨一搭里：一块儿，一起。　⑩不道：怎肯，怎么能，不会。素放：轻易放过，白白放过。　⑪丧门：古代星命家虚构的迷信说法，谓十二辰中都有善神和凶神，丧门即凶神恶煞之一，主管死丧哭泣等不吉利的事，也称"丧门神"、"丧门星"。　⑫斗：通"逗"，引逗。　⑬男儿不得便，刺头泥里陷：宋元时熟语，比喻英雄落难。不得便，不得志。　⑭拚：舍弃，不顾惜，这里有豁出去的意思。　⑮揣巴：胡乱地吃。　⑯打叠：收拾，整理。浪酒闲茶：即吃吃喝喝的悠闲生活，这里指残汤剩饭的讨要生活。　⑰糁：散落。琼沙：指细而密的雪屑。　⑱绰：即抄，持，拿。　⑲赍发：资助，打发。　⑳半筹也不纳：毫无办法，无计可施。　㉑拿云手：比喻志向远大，本领高强。　㉒鞁马：元明戏曲术语，指舞台上使用竹马上场，表示骑马的动作。　㉓当：亦作"荡"，冲撞。　㉔娘：犹今"他妈的"，表示辱骂。　㉕云阳：戏曲小说中指代法场或行刑的地方。　㉖不俫：亦作"不剌"，句中衬字，起补足音节和加强语气的作用。偏不的：怪不得。风团：像旋风一般速度快。　㉗来的：犹言能干，可以胜任。　㉘稳便：客气话，请随便，不要拘束。　㉙饼子：即药饼、药丸，加"圣"字表示药效神奇灵验。㉚残霞：这里比喻遮蔽眼睛视力的翳障。　㉛不争：假如，倘使，若是。　㉜帮源洞里的方腊：北宋末年浙江农民起义领袖，遭到宋王朝所派童贯十五万官军镇压。方腊失利，退至帮源洞和梓桐洞，战败被俘。　㉝救拔：拯救，解救。　㉞恩临：恩情。　㉟一操：一顿，一通。　㊱爪寻：找寻。　㊲滴溜扑：形容轻而易举摔翻在地的样子。撺：扔掷。直下：正底下。

【赏析】

《燕青博鱼》，全名《同乐院燕青博鱼》，亦作《报冤台燕青博鱼》，写梁山头领燕青、燕顺救护燕和，杀死与燕和妻王腊梅私通的杨衙内的故事。全剧共四折一楔子。剧情大意是：重阳节燕青下山游赏，过期方归，本当诛，吴用等人为他向宋江求情得免。燕青受到责罚，气愤之下双目失明，宋江令他下山求医，后流落汴梁。汴梁人燕和之妻王腊梅与杨衙内有奸情，其弟燕顺厌恶，向兄劝告无效，愤而离家。三月三日，杨衙内骑马赴王腊梅之约，撞倒失明的燕青，并且无理殴打，恰遇燕顺路过，怜他因盲受辱，下针使他复明。二人互通姓名，结为兄弟。燕青到酒店博鱼，恰好燕和夫妇在店里饮酒。燕和博得燕青的鱼，经燕青恳求又将鱼还给了他。杨衙内也到酒店，见燕青不回避便夺去他的鱼担。燕青识得杨衙内即是去年打自己的那个人，将他痛殴一顿。燕和在一旁见燕青勇义，也与他结为兄弟，并请他住到自己家中。中秋节，王腊梅私会杨衙内于后园作乐，被燕青看见，与燕和捉奸未遂，反被杨衙内诬告二人。后来二人越狱逃走，遇到已入梁山的燕顺前来营救。三人合力擒住了杨衙内和王腊梅，并押这对奸夫淫妇一起回到梁山。

李文蔚的《燕青博鱼》和康进之的《李逵负荆》一样，都是描写梁山好汉的名剧，揭露了权豪势要的罪恶行径，歌颂梁山好汉除暴安良的英雄行为。《燕青博鱼》从社会生活的另一个侧面，即从好汉燕青在双目失明后所受的压迫、屈辱方面，真实地揭露了平民百姓"逼上梁山"，也就是农民起义的历史必然性。为了这一主题思想，第一折的几场戏中，作者着力刻画燕青"英雄途穷"的愤懑，忍而又忍以至忍无可忍而进行反抗。作者用十分同情的笔调，描绘燕青因付不起房宿饭钱，被店小二赶出旅店，流落街头，饥寒交迫的情状，描摹生动，别具特色。一个满身武艺、年轻有为的英雄好汉，竟因双目失明而沦落到走投无路、沿街乞讨的境地，这种凄凉可怜，激起了读者心中压抑的愤懑。接下来，作者叙述燕青被杨衙内马头撞到受辱，与燕顺相遇医好眼睛，与燕顺结为兄弟等情节，进一步刻画了燕青敬重恩义、不畏强暴的英雄本色。

作者利用一个小小的误会和巧合，巧妙地联结了两个比较重大的戏剧矛盾，波澜迭起，引人入胜。曲词语言凝练，通俗中见文采，生活气息比较浓厚。

《风云会》第二折

罗贯中

（苗光裔儒扮上，楚昭辅戎装随上，苗云）某，苗光裔是也。自从前者相得赵大公子有天子之分，不想被朝廷礼聘，见授都点检之职，某一向就在军门听用。近日闻得北汉兵入寇，朝廷命点检出师北伐，某等亦须收拾军装则个①。呀呀，好怪也！你看日下复有一日，黑光相荡，此天命也。咱弟兄每急急回家，准备出征则个。（下）（太后宫妆法服引幼主黄袍及石守信戎装，陶文扮上，云）我乃周家太后是也。自从先帝世宗晏驾，立此幼子宗训为君，四方扰攘不宁。近闻汉、辽兵自土门东下入寇，我朝有殿前都点检赵匡胤文武全才，乃先帝简用之臣，又兼他手下将校精强，可着他去征伐一遭。石守信即便传旨：着赵匡胤挂印总兵官，率领本部人马，北征辽、汉，早建大功者。（石云）领圣旨。（并下）（正末戎装引赵普、曹彬、苗训、楚昭辅、李处耘、郑恩上，云）某，赵匡胤是也。自从元帅石守信举荐，蒙世宗皇帝委任，直做到殿前都点检之职，多亏众兄弟扶持。今日蒙幼主圣旨，着我统兵北伐，我引本部下人马及众将校赵普、曹彬、苗训、李处耘、楚昭辅、郑恩，一同征进。这一去犬羊巢穴②一时平，锦绣江山三箭定。（唱）

【南吕一枝花】漫漫杀气飞，滚滚征尘罩；恹恹红日惨，隐隐阵云高。军布满荒郊，我命将凭三略③，行兵按六韬④。右白虎左按青龙，后玄武前依朱雀。

【梁州第七】护中军七层剑戟，守先锋万队枪刀，五方旗四面相围绕。朱幡皂盖，黄钺白旄；箭攒雕羽，弓挂龙鞘。滴溜溜号带齐飘，威凛凛挂甲披袍；扑咚咚鼓擂春雷，雄纠纠人披绣袄；不剌剌马顿绒绦，咆哮，战讨。马和人飞上红尘道，金镫稳、玉鞭袅，催动龙驹把辔摇，转过山腰。

（云）行不几里，又早天晚也。（唱）

【牧羊关】见几点寒星现，一钩新月皎，看看的兵至陈桥。教前队休行，催后军赶着，屯车仗离官道，就馆驿度今宵。疾忙教各部下关粮米，对名儿支料草。

（正末云）左右，军行到何处了？（众云）前到陈桥驿了。（正末云）接了马者。郑恩那里？（郑云）有。（正末云）传下将令去者：大小三军，诸名将校，各依队伍安歇，勿得喧哗，违令者斩！（唱）

【贺新郎】诸军众将一周遭⑤，小心的下寨安营，在意的提铃喝号。七禁令五十四斩从公道，丁宁休犯法违条。卷旌旗停斧钺，卧鞭链竖枪刀。悄悄的各依队伍休喧闹，解鞍松战马，卸甲脱征袍。

【隔尾】五更筹更听金鸡报，一部从休辞永夜劳。画角齐吹玉梅调。人休贪睡着，马须要喂饱。我且半倚帏屏盼天晓。（众下）

（正末睡科）（郑同李处耘上云）某，都押衙李处耘是也。今同郑将军等跟随赵点检征进，军次陈桥驿。某等想来，主上幼弱，我辈出死力破贼，谁则知之？今太尉掌军政六年，士卒服其恩威，数从征伐，建立大功，人望已归，不如先立点检为天子，然后北征未晚也。（郑云）李将军说的是。（李云）咱与赵书记计议则个。（郑云）赵大人有请。（赵普上云）某，赵普是也。见充点检帐下掌书记官，今日从征，军次陈桥。这早晚只听有人呼唤，未免出见咱。（做见科，李云）诸将无主，愿册太尉为天子。（普云）太尉忠心，必不汝从。（李云）军中偶语则族。今已议定，太尉若不从，则我辈安敢退而受祸！（普叱云）策立大事，固宜审图，尔等何得便肆狂悖！诸将各宜严束部伍听命。（郑云）若依你等议论，何时是了？（扯黄旗盖末身，众呼噪⑥科）（正末惊醒科，唱）

【哭皇天】把好梦来惊觉，听军中不定交⑦。那里也兵严刑法重，则末早人怨语声高。（众军一拥向前，齐呼万岁）（正末唱）险将咱唬倒，庙廊召会，台省所关，君王振怒，太后生嗔，不刺则俺这歹名儿怎地了？惊急列⑧心如刀锯，颤笃速身如火燎。

（苗云）主公上应天心，下合人望，乃真命帝王也。（正末云）喋声！（唱）

【乌夜啼】都是你谎阴阳惹得诸军闹，一个个该剐该敲。（郑云）哥哥，你先身上穿了黄袍，如何倒说俺不是？（正末唱）呀！原来这犯由牌先把我浑身罩。（普云）天命已定，天数难逃。主公亦应天顺人。（正末唱）你道是天数难逃，可甚么情理难饶。不争这杏黄旗权当滚龙袍，可将这出师表扭作交天诏。我想受禅台，争似凌烟阁⑨，汝贪富贵，吾岂英豪！

（正末云）此事决不可行。（众将喧呼科，正末云）汝等自贪富贵，立我为主，能从我命则可，不从我命，决不可行。（众皆跪云）唯命是听。（正末云）太后幼主，我北面事之；公卿大臣，皆我比肩。汝等勿得凌暴及动扰黎民，劫掠府库，违令者满门皆斩！（众云）一听禁令。（太后、幼主、石守信、陶上，云）昨因北汉入寇，遣赵点检出征，今早闻众军士立赵点检为帝。我想来，四方不宁，必得真主抚驭，今赵点检威望素著，人心推戴久矣，何不就同往陈桥，效尧、舜故事，禅位一遭，有何不可？（做行科，到科，云）来到这军门前，石守信入报去。（石云）报总兵得知，太后到来。（末下迎见科，太后云）五代乱离，人民涂炭。将军功盖天下，堪居大宝。老身母子情愿禅位则个。（正末云）臣名微德薄，岂堪居此大位！（太后云）幼子孤弱，不能抚驭四方，将军德过尧禹，正宜受禅。

（正末唱）

【红芍药】娘娘德行胜唐尧，微臣比虞舜难学，不争让位在荒郊，枉惹得百姓每评。（幼主云）将军，听太后旨者，我愿受藩服足矣。（正末唱）臣怎敢等闲将天下交，您君臣再索量度。（郑恩仗剑作怒科）（正末唱）你磨拳擦掌枉心焦，休得要乱下风雹。

【菩萨梁州】你可也畅好是干乔⑩，休施凶暴。休胡为乱作，（郑云）哥哥，我一发都杀了，恰不伶俐！（正末唱）则一句唬得我颤钦钦魄散魂消。不争这老鸦占了凤凰巢，却不道君子不夺人之好，把柴家今日都属赵，惹万代史官笑，笑俺欺负他寡妇孤儿老共小，强要了他周朝。

（石云）今日就此受禅，必须有策诏方可行礼。（陶云）有有。（自袖中出诏科，石云）既有了诏书，众官跪者。（陶念科云）"大周皇帝诏旨：天生蒸民，树之司牧；二帝推公而受禅，三主乘时而革命，其极一也。予末小子，遭家不造，人心已去，天命有归。咨尔归德军节度使、殿前都点检赵匡胤，禀上圣之资，有神武之略，佐我高祖，格于皇天；逮事世宗，功存纳麓。东征西怨，厥功懋焉；天地鬼神，享于有德；讴歌狱讼，归于至仁。应天顺人，法尧舜如释重负，予其作宾。呜乎钦哉！祗畏天命。显德七年正月初五日。"（众将呼万岁起科，正末云）众将校听我戒饬。（唱）

【二煞】尊太后如母呵，您百官顿首听教道，待幼主如弟呵，教经典留心谨向学。朝廷内外旧官僚，勿得欺凌，尽皆荣耀。则今日军马回莫惊扰，把龙袖娇民休唬着，勿犯秋毫。

【尾】（指赵）你坐都堂，朝廷政事休差错，（指石）你掌枢密，天下兵机勿惮劳。（指苗）你掌司天，算星曜；（指李、楚）你做元戎，司斩斫；（指曹、潘）你统雄兵，做招讨；（指郑）你管亲军，守城廓；（指王）你统貔貅，驱将校；（指幼主）兄弟诵诗书，习礼乐；（指太后）娘娘居龙楼，住凤阁；不是我依势夺权，使强欺弱。既然立草为标，必须坐朝问道：赏不间亲疏，罚须分善恶；有罪的加刑，有功的赠爵。不是我挟天子令诸侯、篡宗庙，恐民心变了把山河弃却，因此上权受取这一颗交天传国宝。（众并下）

（吴越王引相国吴程冠服上，诗云）百万精兵听指呼，衣冠四世守全吴；我生直欲全忠节，不愧人间大丈夫。某，姓钱名,字文德,本贯杭州人氏。自祖公公钱在唐昭宗时平黄巢有功,封有吴越,更五朝世守此邦。今闻中原赵点检登基,治同尧舜,声教万里,比五代之君,判然不同。正四方混一之时,倘或出师,自当入贡咱。(吴云)等王师出来,决一死战,纳土未为迟也。(共下)(南唐李主引丞相徐铉上,诗云)雄据江东二百州,六朝基业喜兼收;中原将士休窥伺,百万精兵在石头。某,姓李名煜,字重光,江东人也。自我祖父建国江东,传国三世。近闻中原大宋皇帝即位,操练兵马,有下江南之志。况我贡献不缺,必欲见伐,如何是好也!不免练兵防守则个。(下)(蜀主孟昶引相国王昭远上,诗云)几年辛苦下西川,东视中原各一天;秣马练兵常预备,先人世业肯轻捐?某,蜀王孟昶是也。自先君王于全蜀,某承其基业,众官僚立我为大蜀皇帝。中原连岁多故,不暇外攘,今周朝革命,宋皇践祚,志在吞并,难同五代之君。诚恐兵临剑阁,将如之何?须索守备咱。(下)(南汉主刘铱引相国龚澄枢上,诗云)久镇潮阳众日强,幅员千里尽炎方;外夷多少皆朝贡,南国人称广汉王。某,姓刘名铱,南汉王是也。自先祖领节旄于潮广,奄有南海,后值五代扰乱,遂独霸一方。今中原有宋皇帝登基,四方混一,唐、吴已称朝贡,某偏居琼海,王师一出,将如之何?须扼把险要以御之,斯为得策。(下)

【注释】

①则个:表示动作进行时的语助词,相当于"着","者"。 ②犬羊巢穴:比喻凶险危急的地方。 ③三略:古兵书名。相传为汉初黄石公作,全书分上略、中略、下略。 ④六韬:兵书名。旧题周吕望撰。分文韬、武韬、龙韬、虎韬、豹韬、犬韬六卷。 ⑤一周遭:周围。 ⑥呼喋:欢呼。 ⑦不定交:不安静,不停歇。 ⑧惊急列:形容惊慌。 ⑨凌烟阁:封建王朝为表彰功臣而建筑的绘有功臣图像的高阁。 ⑩干乔:装模作样。

【赏析】

元代后期的剧坛上,出现了很多历史剧,罗贯中的《风云会》是其中较有特色的作品。《风云会》写的是赵匡胤由青年时的漫游、应募,发动陈桥兵变取得政权,到削平后蜀、南汉、南唐、吴越等割据势力,统一中国的历史过程,几乎概括了宋太祖赵匡胤的一生,但重点在建立北宋政权。作者主要截取了当中的几个片断:第一折写石守信引荐赵匡胤任官职,突出赵匡胤的天赋;第二折写陈桥兵变,通称《受禅》,突出赵匡胤的威望和忠信;第三折写赵匡胤雪夜访赵普,召群臣聚议,部署出击后蜀、南汉、南唐、吴越,通称《访普》,突出赵匡胤的勤政和才略;第四折是第三折的结局,赵军战胜诸王,也是侧面表现赵匡胤的威力。作者通过这四个主要片段,集中而概括地展现了赵匡胤从"受禅"

为帝到统一天下的过程。

　　这里选取的第二折，取材于历史上有名的陈桥兵变，即是赵匡胤巧妙地取得政权的规模很大的政变行动。本折有两个套曲，从〔南吕·一枝花〕到〔隔尾〕五支曲子为前套，写赵军出征、行军、宿营的场面和情景；从〔哭皇天〕到〔尾〕六支曲子为后套，写陈桥兵变的情景。一开头，〔南吕·一枝花〕就渲染出赵军出征前的气氛：弥漫的杀气，滚滚的征尘，暗淡的红日，隐约的阵云，都预先为赵军壮大了声势。紧接着，〔梁州第七〕从前曲的虚笔转入了实写，展现出赵军的盛大阵容，场面壮阔。〔牧羊关〕一曲展现了夜行军的情景，真实而有韵致，简洁而又活跃。清新、寂静的夜景反衬出了赵军部伍的遵守军纪。〔贺新郎〕一曲从"静态"中着笔，一一白描了赵军宿营时的纪律。写兵器：卷旌旗，停斧钺，卧鞭链，竖枪刀；写人马：下寨安营，提铃喝号，解鞍松战马，卸甲脱征袍，整个场面安谧、松弛，而又戒备森严。〔隔尾〕一曲写巡营警戒，气氛更加寂静；"画角齐吹玉梅调"，以哀厉之声更加强了警戒的神秘色彩。前套曲文从生活着手，有虚有实，有动有静，从行军到宿营，前后相连，层次井然，构成了一卷完整的行军图，展现了军纪和军威，突出表现了赵匡胤的军事才能和在军中的威望，这就为他陈桥兵变被部从拥戴为皇帝作好了铺垫。后套主要从赵匡胤的人品出发，表现他的忠孝之德、谦恭之品，也为作者表现理想的好皇帝——仁义礼让之君，埋好了伏笔。

　　整折笔力雄健，气势恢宏，表现出了一代君王征戎天下的豪迈与风度。

《薛仁贵》第三折

张国宾

（丑扮禾旦上，唱）

【双调豆叶黄】那里那里，酸枣儿林子儿西里。俺娘着你早来也早来家，恐怕狼虫咬你。摘枣儿，摘枣儿，摘您娘那脑儿；你道不曾摘枣儿，口里胡儿那里来？张罗张罗，见一个狼窝。跳过墙罗，唬您娘呵。

（云）伴哥，咱上坟去来，你也行动些儿波。（正末扮伴哥上，云）你也等我一等儿波。今日正是寒食，好个节令也呵！（唱）

【中吕粉蝶儿】正值着日暖风微，一家家上坟准备，准备些节下①茶食：菜馒头，瓢漏粉，鸡豚狗彘。这的是甚所乔为，直吃的恁般沙势②。

【醉春风】可不的失掉了镮钗锦，歪斜着油鬏髻。上坟的须有许多人，也不似你，你，吃的个行不是行，立不是立，醉了还醉。

（禾旦③云）伴哥，俺看田苗去来，行动些儿。（正末云）你见么？远远的不知甚么人来了。（禾旦慌科云）伴哥，兀的不一簇人来了，唬杀我也！（正末唱）

【十二月】敢则是一簇簇踏青拾翠，一攒攒傍陇寻畦④。俺只见一道儿红尘荡起，（薛仁贵马儿、领卒子上，云）某乃薛仁贵是也。摆开头踏慢慢的行。（正末唱）元来的一骑马闪电奔驰。一从使都是浑身绣织，一将军怎倒着编素裳衣？

【尧民歌】呀！莫不是半空中降下雪神祇？（薛仁贵云）兀那庄家，你住者！（正末唱）他叫一声雄吼若春雷。（薛仁贵云）你休慌，我要问你句话哩。（正末唱）唬的我心儿、胆儿急獐拘猪的自昏迷，手儿、脚儿滴羞笃速的似呆痴。禁也波持，身躯怎动移，我可便不待酒伴装醉。

（薛仁贵云）兀那厮，我问你咱。（正末唱）

【上小楼】蓦听的人言马嘶，威风也那猛势，唬的我战战兢兢，慌慌张张，只待要哭哭啼啼。这一壁⑤那一壁，怎生逃避，好着我磕扑的在马前跪膝。

（薛仁贵云）兀那厮，我问着你。您休推东主西⑥的。（正末云）小人也怎敢。（唱）

【满庭芳】怎敢道是推东主西，我则怕言无关典，话不投机。（薛仁贵云）你可是土居也。可是寄居？当着甚么差徭？（正末唱）孩儿每在龙门镇民户当夫役。（薛仁贵云）您成群打伙，在这里做什么哩？（正末唱）今日正百五寒食，上坟的都是同乡共里，吃酒用瓦钵和这磁杯，怕官人待要来敛科税。我去村头行报知，官人也你但道的我便依随。

（薛仁贵云）我问你，东庄里薛大伯家，有个孩儿是薛驴哥，你认得他么？（正末云）孩儿每认得他，认得他。（唱）

【快活三】俺两个也曾麦场上拾谷穗，也曾树梢上摘青梨，也曾倒骑牛背品腔笛，也曾偷的那生瓜来连皮吃。

（薛仁贵云）既然你和薛驴哥是相识朋友，他从小里习学甚么艺业来？（正末唱）

【迓鼓儿】他他他从小里，他他他不务老实，便把那枪儿、棒儿强温习，偏不肯拽耙扶犁，常只是抛了农器演武艺。就压着那一班一辈，与他副弓箭能射，与他匹劣马能骑，更使着一条方天画戟。

（薛仁贵云）他那一双父母，如今有什么人侍养他？你说一遍，我是听咱。（正末云）他那老两口儿年纪高大，则有的这个孩儿，可又投军去了，十年光景，音信皆无。做父母的在家少米无柴，眼巴巴不见回来，好不苦也！（唱）

【鲍老儿】不甫能⁷待的孩儿成立起，把爹娘不同个天和地。也不知他在楚馆秦楼贪恋着谁，全不想养育的深恩义。可怜见一双父母，年高力弱，无靠无依。那厮也少不的亡身短命，投坑落堑，是个不长进的东西！

（薛仁贵云）兀那厮，你也还认的那薛驴哥么？（正末云）孩儿每怎么不认的他？我若见了他呵，去他那鼻凹里，直打上五十拳。（薛仁贵云）兀那厮，抬起你那头来，睁开你那眼，则我不就是薛驴哥那！（正末云）早是你，孩儿每也不曾说甚么哩。（薛仁贵云）你也骂的我勾了也。您不知我如今做了天下兵马大元帅，奉圣人的命，着我衣锦还乡，家中见父母去也。（正末唱）

【耍孩儿】则你那老爹娘受苦你身荣贵，全改换了个雄躯壮体，比那时将息⁸的可便越丰肥，长出些苦唇的髭髯⁹。我才咒骂了你几句你权⁰休怪，也是我间别⑪来的多年把你不认的。（薛仁贵云）我不怪你，恕下官不下马也。（正末唱）哎！你看他马儿上簪簪⑫的势，早忘和俺掏鹅鸠争攀古树，摸虾蟆⑬混入淤泥。

（薛仁贵云）自我投义军之后，我一双父母怎生般过活，你再说一遍，与我听咱。（正末唱）

【一煞】你娘可也过七旬，你爹整八十，又无个哥哥妹妹和兄弟。你爹也曾苦禁破屋三冬冷，您娘也曾拨尽寒垆一夜灰。饿的他身躯软，肝肠碎，甚的是肥羊也那白面，只捱的个淡饭黄齑。

（薛仁贵云）俺父亲母亲，也曾思想我么？（正末唱）

【煞尾】他从黄昏哭到明，早辰间哭到黑，哭你个离乡背井薛仁贵。（云）则你那一双父母，朝暮倚着柴门，望那驴哥儿，知道几时回来？兀的不艰难杀了也！（唱）可怜见你那年老的爹娘盼望杀你。（禾旦同下）

（薛仁贵云）原来我一双父母，受如此般苦楚，我不敢久停久住，只索赶回家中，见父亲母亲去者。（诗云）辽左回来荷主恩，黄金百两酒千尊；归家手奉双亲寿，可比庄农胜几分。（下）

【注释】

①节下：当时令的。 ②怎般沙势：即这般姿势。 ③禾旦：戏剧中扮演农妇。 ④陇：同"垄"，田埂。畦：古代称田五十亩为一畦。 ⑤一壁：一边，一面。 ⑥推东主西：主，借作"阻"。指多方推托，推阻。 ⑦不甫能：好不容易。不，语气助词，无意义。 ⑧将息：调养，保养。 ⑨苦：长满。髭髯：胡须。 ⑩权：权且，暂且。 ⑪间别：离别。 ⑫簪簪：威严，庄严。常用来形容骑马的姿势。 ⑬虾蟆：又作蛤蟆，蛙和蟾蜍的统称。

【赏析】

《薛仁贵》，全名《薛仁贵荣归故里》，亦作《薛仁贵衣锦还乡》。写的是唐代薛仁贵因功受封为天下兵马大元帅，奉旨娶徐茂功之女为妻，衣锦还乡，和父母及发妻柳氏相会的故事。全剧一共四折一个楔子：楔子写投军，第一折写争功，第二折写思亲，第三折写荣归，第四折写团聚。主要剧情是：薛仁贵自幼不愿随父母务农，偏好习武。一日辞别了父母和妻柳氏，投奔总管张士贵。他跟随张士贵征讨高丽，穿着白袍，三箭定了天山，但张士贵冒领功劳，二人相争不下。军师英国公徐茂功令张士贵和白袍小将薛仁贵在辕门外百步射钱，张士贵不能射中，而薛仁贵则三发三中。于是张士贵被削官贬为庶民，薛仁贵则被封为天下兵马大元帅，且奉旨娶徐茂功之女。薛仁贵于是衣锦还乡，与父母和发妻柳氏相会，一门荣显。本杂剧虽为历史题材，但却在一定程度上反映了元朝统治阶级穷兵黩武给人民带来的灾难。作品结构新颖，人物描写贴切、栩栩如生，语言通俗风趣，富有浓厚的农村生活气息。

第三折着重描写了薛仁贵衣锦还乡、荣归故里的故事。作者没有正面表现薛仁贵奢侈豪华的仪仗，趾高气昂的威势，而是通过薛仁贵儿时好友村民伴哥的视角和口吻，去表现薛仁贵荣归时的显赫、威风和他对农民的态度，揭示了薛仁贵发迹变泰后的矛盾性格，塑造了鲜明的人物形象。在〔十二月〕一曲中，作者通过伴哥的视觉角度，"俺只见一道儿红尘荡起"，薛仁贵跃马扬鞭带领兵卒上场了，表现出薛仁贵荣归时显赫的气派。作者在写薛仁贵的显赫、威风的同时，又写了伴哥的极度恐惧的心理和呆痴、慌张的神态，暗示着薛仁贵与伴哥二人在精神和社会地位上已经存在着不可逾越的鸿沟。〔尧民歌〕一曲继续展示了两人之间地位的悬殊。作者用充满个性化的语言描摹了伴哥这个山民村夫的朴憨之态，十分贴近人物身份，使人物形象栩栩如生。随着剧情的发展，在〔上小楼〕一曲里，"蓦听的人言马嘶"，伴哥被吓得战战兢兢，慌慌张张，甚至要哭出声来，只好跪在马前，小心翼翼，口称"小人"、"孩儿每"。昔日总角相交的玩伴，如今已被社会地位拉向了咫尺天涯。〔满庭芳〕一曲，进一步揭示了薛仁贵与伴哥之间的矛盾。伴哥看到官兵，首先想到的便是科税，这就揭示了统治阶级和劳苦大众不可调和的矛盾。〔耍孩儿〕可以看作是薛仁贵和伴哥之间关系的一个总结。当伴哥得知薛仁贵即儿时伙伴"驴哥儿"时，愤激地告诉他，他的父母正在忍受着贫寒的煎熬，禁不住呵责他忘恩负义，不恤双亲。然而当他意识到眼前的"驴哥儿"已是贵人时，又连忙赔礼道歉，说明两人的友谊已经荡然无存，形象而深刻地揭示了封建时代官民之间的对立关系。

整折戏的曲词也很有特色，作者运用生活化口语化的艺术语言，质朴、形象地描摹出人物的形象、性格、内心活动，真切自然，富有表现力。

《追韩信》第二折

金仁杰

（等霸王上开一折①下）（等驾提一折）（等萧何云了）（正末背剑踏竹马儿②上开）想自家离了淮阴，投于楚国不用。今投沛公③，亦不能用。人闷闷而不已，而成短歌之曰：背楚投汉，气吞山河；知音未遇，弹琴空歌。弃执戟离霸主，谋大将投萧何；治粟以叹何补，乘骏骑而知他。（诗曰）泪洒西风怨恨多，淮阴壮士被穷磨；鲁麟周凤④皆为瑞，时与不时争奈何！

【双调新水令】恨天涯流落客孤寒，叹英雄半世虚幻。坐下马空踏遍山水雄，背上剑枉射得斗牛寒⑤；恨塞于天地之间，云遮断玉砌雕栏，按不住浩然气透霄汉。

【驻马听】回首青山，拍拍离愁满战鞍；举头新雁，呀呀哀怨伴天寒。止望学龙投大海驾天关，划地似军骑羸马连云栈⑥。且相逢觑英雄如匹似闲，堪恨无端四海苍生眼。

【沉醉东风】干功名千难万难，求身仕两次三番。前番离了楚国，今次又别炎汉，不觉的皓首苍颜。就月朗回头把剑看，忽然伤感默上心来，百忙里揾不干我英雄泪眼。

（诗曰）身似青山气似云，也曾富贵也曾贫；时运未来君休笑，太公⑦也作钓鱼人。

【水仙子】想当日子牙守定钓鱼滩，遇文王亲诣磻溪⑧登将台，如今一等盗糠杀狗为官宦，天那！偏我干功名的难上难。想岩前傅说⑨贫寒，平粪土把生涯干，遇高宗一梦间，他须不曾板筑在长安。

（萧何踏竹马儿上了）

【雁儿落】丞相道将咱来不住的赶，韩信则索把程途盼。（萧何云了）为甚却相逢便喋声？非是我不言语相轻慢。

【得胜令】我又怕叉手告人难，因此上懒下宝雕鞍。（萧何云了）说着汉天子由心困，量着楚重瞳⑩怎挂眼？（萧何云了）弃骏马雕鞍，向落日夕阳岸，办蓑笠纶竿，钓西风渭水寒。

（萧何云了）

【夜行船】看承的自家如等闲,我早则没福见刘亭长⑪龙颜。(萧何云了)谁受你那小觑我的官职?(萧何云了)谁吃你那淹留咱的茶饭?(萧何云了)划地说功名半年期限。

【挂玉钩】我怎肯一事无成两鬓斑!(萧何云了)既然你不用我这英雄汉,因此上铁甲将军夜度关。你端的为马来将人盼?既不为马共人,却有甚别公干?我汉室江山,可知可知保奏得我甚挂印登坛?

(萧何云了)(渔公上云了)(萧何并末上船科)丞相道渔公说得是,官人每不在家里快活,也这般戴月披星生受。则么将谓韩信功名如此艰辛,元来这打鱼的觅衣饭吃,更是生受⑫!

【川拨棹】半夜里恰回还,抵多少夕阳归去晚;烟烟湾湾,珂佩珊珊,冷清清夜静水寒,可正是渔人江上晚。

【七弟兄】脚踏着跳板,手执定竹竿,不住的把船攀,兀良!我则见沙鸥惊起芦花岸。忒楞楞⑬飞过蓼花滩,可便似禹门⑭浪急桃花泛。

【梅花酒】虽然是暮景残,恰夜静更阑。对绿水青山,正天淡云闲。明滴溜银蟾⑮似海山,光灿烂玉兔照天关。撑开船挂起帆,俺红尘中受涂炭,恁⑯绿波中觅衣饭;俺乘骏骑惧登山,你驾孤舟怕逢滩;俺锦征袍怯衣单,你绿蓑衣不曾干;俺干熬得鬓斑斑,你枉守定水潺潺,俺不能勾紫罗襕⑰,你空执着钓鱼竿,咱都不到这其间。

【收江南】怎知烟波名利大家难,(做上岸科)(渔父先下)抵多少五更朝外马嘶寒,对一天星斗跨雕鞍。不由我倦悻,也是算来名利不如闲。

【尾】我想这男儿受困遭磨难,恰便似蛟龙未济逢干旱。怎蒙了战策兵书,消磨了顿剑摇环。唱道惆怅功名,因何太晚?似这般涉水登山,休休休,空长叹!(萧何带住)谢丞相执手相看,不由我半挽着丝缰意去的懒。(下)

【注释】

①等霸王上开一折:戏剧文本的简略语,意即先由楚霸王上场表演一番动作。 ②踏竹马儿:即跨竹马儿。竹马,戏曲舞台上以竹竿做的道具,代马。 ③沛公:即汉高祖刘邦,他斩白蛇起义后,称沛公。 ④鲁麟周凤:指古时吉祥物。 ⑤剑枉射得斗牛寒:形容剑锋的锐利,典出《晋书·张华传》。 ⑥划地:反而,倒是。连云栈:从陕西通往蜀中的栈道。 ⑦太公:指姜太公姜子牙。 ⑧蹯溪:在今宝鸡市东南,传说姜子牙在此垂钓遇周文王。 ⑨傅说:殷商时贤相。 ⑩楚重瞳:楚国的重瞳子,指楚霸王项羽。

⑪刘亭长：刘邦，他起义前为泗水亭长。　⑫生受：此处指辛苦。　⑬忒楞楞：形容鸟飞时扑击的声音。　⑭禹门：指黄河龙门，传为大禹治水时所凿。　⑮银蟾、玉兔：均指月光或月亮。　⑯恁：您。　⑰紫罗襴：紫罗袍，元时三品至五品官用金带紫罗袍，一品、二品官用犀带大团花紫罗袍。

【赏析】

《追韩信》全名《萧何月夜追韩信》，一作《萧何月下追韩信》，是一部历史剧，主要写韩信的一些主要经历。韩信学成满腹兵书战策，楚汉战争时，却未被汉王刘邦重用，愤而出走，萧何连夜将他追回，再三推荐，刘邦始拜韩信为大将，垓下之战，韩信率军大败楚兵，项羽在乌江自尽。金仁杰写作的重点是表现韩信，最后一折写项羽乡人吕马童向刘邦叙说项羽兵败后乌江自刎的情形，以渲染韩信投汉在楚汉相争中的决定性作用。综观全剧，韩信失意时的潦倒受辱、重见刘邦时的心灰意懒，及初为元帅痛责樊哙几个情节，颇为感人。

这里选取的第二折，写的是韩信在项羽、刘邦两处得不到重用之后而愤然离开，决定去过渔隐生活。可是萧何独具慧眼，坚信韩信是个大将之才，出于爱才惜才之心，从后星夜追来，决定挽留韩信，并向刘邦保举。这一折的戏剧情节和细节完全出于作者的再创造的，史书中并没有大量记载。作者着意刻画了韩信的统帅之才和大将风度，以及孤傲不群、不屈于人的性格，抒发了韩信抱负难展、壮志未酬的悲愤之情。可以看出，在韩信的身上，寄托着作者自己怀才不遇的无限感慨和对当时黑暗政治的无比愤懑。

这一折中〔双调〕一套十三支曲子最脍炙人口，叙写了韩信在失望中辞别汉营、又被萧何追回过程中的复杂心绪，文辞精美，气韵生动。在〔驻马听〕一曲中，作者将韩信的千愁万绪融在一片萧瑟的秋景中，写得荡气回肠，读来大气磅礴："回首青山，拍拍离愁满战鞍；举头新雁，呀呀哀怨半天寒。指望学龙投大海驾天关，划地似军骑羸马连云栈。且相逢觑英雄如等闲，堪恨无端四海苍生眼。"〔沉醉东风〕一曲，写韩信对月伤怀，"就月朗回头把剑看，忽然伤感，蓦上心来，百忙里揾不干我英雄泪眼。"〔梅花酒〕一曲，写韩信上了夜航船，面对驾船渔父的艰难生活发出了同是天涯沦落人的同情和感伤："俺红尘中受涂炭，恁绿波中觅衣饭；我乘骏骑惧登山，你驾孤舟怕逢滩；俺锦征袍怯衣单，你绿蓑衣不曾干；俺干熬得鬓斑斑，你枉守定水潺潺；俺不能够紫罗襴，你空执着钓鱼竿。"这段曲词是一个不得志而又独具将才的人唱的，是韩信一个人唱的，带有悲壮而豪放的风格，显示出元代文人对低层民众生活的洞察和熟悉，特别表现出一种同病相怜的情愫。

《昊天塔》第四折

朱　凯

（外扮长老上，诗云）积水养鱼终不钓，深山放鹿愿长生。扫地恐伤蝼蚁命，为惜飞蛾纱罩灯。贫僧乃五台山兴国寺长老是也。我这寺里，有五百众上堂僧①，内有一个和尚姓杨，此人十八般武艺无有不拈，无有不会，每日在后山打大虫②耍子。今日无甚事，天色将晚也，且掩上三门者。（杨景上，云）某，杨景，直到幽州，盗了父亲的骨殖，留兄弟孟良在后，当住追兵去了。我一人一骑，往五台山经过。天色已晚，难以前去，只得在寺中觅一宵宿。来到这三门首，我下的马来，推开三门③。兀那和尚，有甚么干净的僧房，收拾一间与我宿一夜，天明要早行也。（长老云）客官，这一间僧房可干净？（杨景云）我放下这骨殖咱。（长老云）敢问客官从那里来？（杨景云）我来处来。（长老云）你如今那里去？（杨景云）我去处去。（长老云）那里是你家乡？（杨景云）我没家乡。（长老云）你姓甚名谁？（杨景云）我没名姓。（长老云）兀那客官，怎这等硬头硬脑的。老僧不打紧，我有一个徒弟，他若来时，怎肯和你干罢也。（杨景云）他来时便敢怎的我！你自回避。父亲也！兀的不痛杀我也。（正末扮杨和尚上，云）洒家醉了也。（唱）

【双调新水令】归来余醉未曾醒，但触着我这秃爷爷没些干净。（做听科，云）哦，恰象似有人哭哩。（唱）那哭的莫不是山中老树怪，潭底毒龙精？敢便待显圣通灵，只俺个道高的鬼神敬。

（杨景作哭科，云）父亲也！兀的不痛杀我也。（正末云）兀的不在那里哭哩。（唱）

【驻马听】那里每喧喧哄哄，搅乱俺这无是无非窗下僧。（杨景云）父亲也！痛杀我也。（正末唱）越哭的孤孤另另④，莫不是着枪着箭的败残兵！我靠三门倚定壁儿听，耸双肩手抵着牙儿定。似这等沸腾腾，可甚么绿阴满地禅房静。

（正末见长老科）（长老云）徒弟，你来了也。适才靠晚间，有个客官，一人一骑，来到俺寺中借宿。我问他，他不肯说实话。他如今在这房里，你去问他咱。（正末云）师父，你回方丈中歇息，我自问他去。（长老云）正是："闭门不管窗前月，一任梅花自主张"。（下）（正末见科，云）客官问讯⑤。（杨景云）好一个莽和尚也！（正末云）客官，恰才烦恼的是你来？（杨景云）是我来。（正末云）你为甚么这等烦恼？（杨景云）和尚，我心中有事。（正末云）我试猜你这烦恼咱。（杨景云）和尚，你是猜我这烦恼咱。（正末唱）

【步步娇】只你个负屈含冤的也合通名姓，莫不是远探你那爹娘的病？（杨景云）不是。（正末唱）莫不是你犯下些违条罪不轻？（杨景云）我有甚么罪犯。（正末唱）莫不是打担推车撞着贼兵？（杨景云）便有贼兵呵，量他到的那里？（正末唱）我连问道你两三声，怎没半句儿将咱来答应？

（云）兀那客官，我问着你，不肯说老实话，俺这里人利害也。（杨景云）你这里人利害便怎么？（正末唱）

【雁儿落】俺这里便骂了人也谁敢应！（杨景云）敢打人么？（正末唱）俺这里便打了人也无争竞！（杨景云）敢劫人么？（正末唱）俺这里便劫了人也没罪名！（杨景云）敢杀人么？（正末唱）俺这里便杀了人也不偿命！

（杨景云）你说便这等说，我是不信。（正末云）你不信时试闻咱。（唱）

【水仙子】现如今火烧人肉喷鼻腥。（杨景云）哎，好和尚，可不道"为惜飞蛾纱罩灯"哩。（正末唱）俺几曾道"为惜飞蛾纱罩灯"？（做合手科，云）阿弥陀佛，世间万物，不死不生。（唱）若不杀生呵，有甚么轮回证⑥？这便是咱念阿弥超度的经。（杨景云）想你也不是个从幼儿出家的。（正末唱）对客官细说分明：我也曾杀的番军怕，几曾有个信士请，直到中年才落发为僧。

（杨景云）兀那和尚，我也不瞒你，我是大宋国的人。（正末云）客官，你既是大宋国人，曾认的那一家人家么？（杨景云）是谁家？（正末云）他家里有个使金刀的。（唱）

【雁儿落】他叫做杨令公，手段能。（杨景惊科，云）他怎么知道俺父亲哩。兀那和尚，那杨令公有几个孩儿？（正末唱）他有那七个孩儿都也心肠硬。（杨景云）他母亲是谁？（正末唱）他母亲是佘太君，敕赐的清风楼无邪佞。

（杨景云），他弟兄每可都有哩？（正末唱）

【得胜令】呀，他兄弟每多死少波生！（杨景云）你敢是他家里人么？（正末唱）只我在这五台呵又为僧。（杨景云）哦，你元来是杨五郎。你兄弟还有那个在么？（正末唱）有杨六使⑦在三关上。（杨景云）你可认的他哩？（正末云）他是我的兄弟，怎不认的。（唱）和俺一爷娘亲弟兄。（杨景云）哥哥，你今日怎就不认得我杨景也。（正末作认科，唱）休惊，这会合真侥幸。（云）兄弟，闻的你镇守瓦桥关上，怎到得这里？（杨景云）哥哥，您兄弟到幽州昊天寺，取俺父亲的骨殖来了也。

（正末作悲科，唱）伤也么情，枉把这幽魂陷虏城。

（净扮韩延寿上，诗云）我做将军快敌斗，不吃干粮则吃肉。你道是敢战官军沙塞子⑧，怎知我是畏刀避箭韩延寿。某韩延寿是也。叵奈⑨杨六儿无礼，将他那令公骨殖偷盗去了。我领着番兵，连夜追赶。原来杨六儿将着骨殖，前面先去，留下孟良，在后当住。我如今别着大兵，与孟良厮杀，自己挑选了这五千精兵，抄上前来。明明望见杨六儿走到五台山下，怎么就不见了？一定躲在这寺里。大小番兵，围了这寺者。兀那寺里和尚，快献出杨六儿来；若不献出来，休想满寺和尚一个得活。（做呐喊打门科）（杨景云）哥哥，兀的不是番兵来了也。（正末云）兄弟不要慌，我出去与他打话。我开了这三门。（做见科）（韩延寿云）兀那和尚，您这寺里有杨六儿么？献将出来便罢，若不献出来呵，将你满寺和尚的头，都似西瓜切将下来，一个也不留还你。（正末云）兀那将军，果然有个杨六儿，被我先拿住了，绑缚在这寺里，俺出家的人，是慈悲为本，方便为门，休把这许多枪刀，吓杀了俺老师父。您去了兵器，下了马，我拿杨六儿与你去请功受赏，好不自在哩。（韩延寿云）我依着你，就去了这刀枪，脱了这铠甲，我下了这马。和尚，杨六儿在那里，快献出来。（正末云）将军，你忙怎的，且跟将我入这三门来。且关上这门。（韩延寿云）你为甚么关上门？（正末云）我是小心的，还怕走了杨六儿。（韩延寿云）杨六儿走不出，我也走不去。关的是，关的是。（正末做打净科，云）量你这厮走到那里去！（韩延寿云）呀！这和尚不老实，你只好关门杀屎棋⑩，怎么也要打我？（正末唱）

【川拨棹】这厮待放蒙挣⑪，早拔起咱无明火不邓邓⑫。损坏众生，扑杀苍蝇，谁待要鹊巢灌顶⑬？来来来！俺与你打几合，斗输赢。

（韩延寿云）这和尚倒来撒的⑭。那三门又关了，我可往那里出去。（正末唱）

【七弟兄】把这厮带鞋⑮，可搭的搭定，先摔你个满天星。休怪俺出家人没的这慈悲性，怒轰轰恶向胆边生，兀良，只要你偿还那令公爹爹命。

（正末做跌打科，云）打死这厮，才雪的我恨也。（唱）

【梅花酒】呀，打的他就地挺。谁着你恼了天丁。也不用天兵，就待劈碎你这天灵，磕擦的怪眼睁，搽⑯双拳打不停，飕飕的雨点倾，直打的应心疼。非是咱不修行，见仇人分外明⑰。若不打死您泼残生，这冤恨几时平！（韩延寿云）好打！好打！你且说个名姓与我知道，敢这等无礼。（正末唱）哎，你个韩延寿早喋声，还问甚姓和名。

（正末做拿韩延寿科）（唱）

【喜江南】呀，则我这杀人和尚灭门僧，便铁金刚也劝不的肯容情。俺兄弟正六郎杨景镇边庭。（带云）韩延寿！（唱）也不则你兵临在颈，再休想五千人放半个得回营。

（云）兄弟，我打死了番将韩延寿也。（杨景云）哥哥，将韩延寿枭下首级，剜出心肝，在父亲骨殖前先祭献了，就在这五台山寺里，做七昼夜好事，超度俺父亲和兄弟，早升天界也。（外扮寇莱公冲上，云）老夫莱国公寇准是也。奉圣人的命，并八大王令旨，直至瓦桥关，迎取已故护国大将军杨继业并杨延嗣的骨殖，归葬祖茔。有孟良杀退番兵，报说杨景还在五台山上兴国寺，做七昼夜的大道场⑱，超度亡魂。老夫就带着孟良，不辞星夜来。可早到五台山也。（做见科，云）兀那杨景，老夫奉圣人的命，特来到此，问你取的杨令公并七郎骨殖安在？（杨景云）大人，我父亲并七郎骨殖都有了，现在此处追荐⑲哩。（寇莱公云）既然有了，杨景同杨郎望阙跪者，听圣人的命。（词云）大宋朝篡承鸿业⑳，选良将镇守边疆，杨令公功劳最大，父与子保驾勤王。潘仁美贼臣奸计，陷忠良不得还乡。李陵碑汝父撞死，连七郎并命身亡。百箭㉑会幽魂托梦，盗骨殖多亏孟良。杨延景全忠全孝，舍性命苦战沙场。遣敕使远来迎接，赐黄金高筑坟堂。还盖庙千秋祭享，保山河万代隆昌。（众谢恩科）

　　题目　瓦桥关令公显神
　　正名　昊天塔孟良盗骨

【注释】

①上堂：佛教的一种仪式。上堂僧：指能参加这种仪式念经的和尚。　②大虫：老虎。　③三门：亦作山门，佛寺的大门。　④孤孤另另：孤孤零零。　⑤问讯：和尚施礼叫问讯。　⑥"若不"两句：杀生也是一件好事，如同佛门念佛超度人一样。这与佛教戒杀的教义相反。　⑦杨六使：杨景的官职。　⑧沙塞子：指生长在塞外沙漠里的胡人。　⑨叵奈：即可恶。　⑩屎棋：棋下得不好，比喻没用的意思。　⑪放蒙挣：装糊涂。　⑫无明火：怒气。不邓邓：也作扑腾腾，形容发怒。　⑬"损坏"三句：杀死人不过如扑杀一只苍蝇，谁真要修行成佛。鹊巢、灌顶：佛教里两个有名的禅师。　⑭来撒的：来

势厉害。撒,通"煞",厉害。 ⑮带鞓:皮带,腰带。 ⑯搭:握,捏。 ⑰见仇人分外明:即仇人相见,分外眼明。 ⑱道场:释道超度死者的一种迷信活动。 ⑲追荐:意为替死者祈求幸福。 ⑳篡承鸿业:继承大业。 ㉑百箭:本剧第一折,写杨令公与契丹交战兵败,撞李陵碑身死。辽兵将其尸首焚化,骨殖吊在幽州昊天塔上,每日派百名士兵射他三箭,叫百箭会。杨令公托梦给杨景,叫他到幽州昊天塔盗走他的骨殖。

【赏析】

从北宋至元初三百年间,各民族政权宋(汉族)、辽(契丹族)、西夏(党项羌族)、金(女真族)、元(蒙古族)长期纷争,民族矛盾非常尖锐。这一时期,许多民族英雄的故事广为流传,在表现这类题材的元杂剧中,写北宋杨家将故事的《昊天塔》就是其中较好的一本。《昊天塔》演绎的是北宋杨家将的故事,全剧一共四折:第一折"托梦",写的是六朗杨景镇守三关,梦见父亲令公来见,诉说和七郎与辽将韩延寿交战,寡不敌众被围,七郎突围求救,被贼臣潘仁美攒箭射死,令公撞死李陵碑下。辽兵将其尸首焚化,骨殖吊在幽州昊天寺塔尖上,每日派一百个小兵各射三箭,名曰百箭会。杨令公托梦给杨六郎,让他赶快亲率孟良盗回他的骨殖,向朝廷诉冤,为父报仇。第二折"激良",写的是杨六郎用计激怒大将孟良,一起暗下三关,潜往幽州。第三折"盗骨",写的是杨六郎和孟良二人到昊天寺,佯言布施、赚开寺门,杀掉看守和尚,盗得令公骨匣而走。辽兵发觉追赶,孟良自请断后抵敌。第四折"会兄",写的是杨六郎背负骨殖逃至五台山兴国寺,在此巧晤出家的杨五郎,兄弟相认。适逢韩延寿追至,五郎将他骗进寺内打死,报了家国之仇。最后寇准来到宣旨,褒祭忠良。全剧热情歌颂了杨家将为国杀敌、前仆后继的英雄气概,谴责了奸臣弄权叛国、残害忠良的罪行,嘲弄了敌将的愚蠢无能,抒发了对外敌侵扰的切齿痛恨,表现了强烈的爱国主义思想。

这里选的是第四折"会兄",是全剧的高潮,也是全剧最有特色的一折,是后来京剧及各地方戏《五台会兄》或《五台救弟》的最早来源。本折最突出的成功之处,就是运用各种艺术手法,多角度地刻画人物,成功塑造了杨五郎的英雄形象,性格丰满,个性鲜明,至今仍活跃在舞台上。按照剧情发展,全折可分为四场:一、六郎投宿;二、弟兄相会;三、五郎杀敌;四、寇准宣敕。第一场,首先通过长老的道白,侧面介绍了杨五郎武艺超群、胆量过人,而且暗示出五郎急躁暴烈的性情,为后面二人的冲突做了铺垫。第二场,五郎出场。作者首先通过五郎的叫板,简练形象地表现了他粗豪爽直的脾气和余醉未醒的神态,给人留下豪迈不羁的印象,可以看作是佛门的叛逆者。接着,作者细致地描写弟兄相认的过程,合乎情理。兄弟二人阔别多年,又是在晚上昏暗的禅房中,由试探、冲突,到以诚相见,兄弟相认,这一具体细致的过程地表现出五郎的急躁爽直、胸无城府和六郎谨慎持重,各具特色。第三场着重表现杨五郎对敌人的刻骨仇恨和战斗的英勇。面对气势汹汹、威胁要屠寺的韩延寿,他从容镇定、机智应对,骗他去了兵器下了马,只身人寺,然后关门打狗,痛殴敌酋,最终置仇敌于死地,使得大仇得报,真是痛快淋漓,大快人心。到此,这一场到达了这一高潮折中的高潮,完成了对杨五郎这一佛门叛逆、爱国英雄的形象的塑造,深入人心。

这一折四场,关目紧凑,情节发展自然,冲突环环相扣,在这最后一折的后部推向了高潮。在主要矛盾冲突解决后,剧情很快结束,避免了结尾拖沓、平板的缺点,使豪迈激越的风格更为鲜明。语言朴实简练、通俗流畅,充分显示了元杂剧本色行当的特征。

《琵琶记》第二十出

糟糠自厌①

高 明

（旦上，唱）

【山坡羊】乱荒荒不丰稔的年岁，远迢迢不回来的夫婿。急煎煎不耐烦的二亲，软怯怯不济事的孤身己②。衣尽典，寸丝不挂体。几番要卖了奴身己，争奈没主公婆教谁看取？③（合）思之，虚飘飘命怎期？难捱，实丕丕灾共危④。

【前腔】滴溜溜难穷尽的珠泪，乱纷纷难宽解的愁绪。骨崖崖难扶持的病体，战钦钦难捱过的时和岁⑤。这糠呵，我待不吃你，教奴怎忍饥？我待吃呵，怎吃得⑥？（介⑦）苦！思量起来不如奴先死，图得不知他亲死时。（合前）

（白）奴家早上安排些饭与公婆，非不欲买些鲑菜⑧，争奈无钱可买。不想婆婆抵死埋冤⑨，只道奴家背地吃了甚么。不知奴家吃的却是细米皮糠，吃时不敢教他知道，只得回避。便埋怨杀了⑩，也不敢分说。苦！真实这糠怎的吃得。（吃介）（唱）

【孝顺歌】呕得我肝肠痛，珠泪垂，喉咙尚兀自牢嗄住⑪。糠！遭砻被舂杵，筛你簸扬你，吃尽控持⑫。悄似奴家身狼狈，千辛万苦皆经历⑬。苦人吃着苦味，两苦相逢，可知道欲吞不去⑭。（吃吐介）（唱）

【前腔】糠和米，本是两倚依，谁人簸扬你作两处飞⑮？一贱与一贵，好似奴家共夫婿，终无见期⑯。丈夫，你便是米么，米在他方没寻处⑰。奴便是糠么，怎的把糠救得人饥馁？好似儿夫出去，怎的叫奴，供给得公婆甘旨⑱？（不吃放碗介）（唱）

【前腔】思量我生无益，死又值甚的！不如忍饥为怨鬼⑲。公婆年纪老，靠着奴家相依倚，只得苟活片时。片时苟活虽容易，到底日久也难相聚。谩把糠米来相比。这糠尚兀自有人吃，奴家骨头，知他埋在何处⑳？

（外净㉑上，探白）媳妇，你在这里说甚么？（旦遮糠介）（净搜出打旦介）（白）公公，你看么？真个背后自逼逻㉒东西吃，这贱人好打！（外白）你把他吃了，看是什么物事？（净荒吃介）（吐介）（外白）媳妇，你逼逻的是甚么东西？（旦介）（唱）

【前腔】这是谷中膜，米上皮，将来逼逻堪疗饥㉓。（外净白）这是糠，你却怎的吃得？（旦唱）尝闻古贤书，狗彘食人食，公公，婆婆，须强如草根树皮㉔。（外净白）这的不噎杀了你？（旦唱）嚼雪餐毡苏卿犹健，餐松食柏到做得神仙侣，纵然吃些何虑？（白）公公，婆婆，别人吃不得，奴家须是吃得㉕。（外净白）胡说！偏你如何吃得？（旦唱）爹妈休疑，奴须是你孩儿的糟糠妻室㉖！

（外、净哭介，白）原来错埋冤了人，兀的不痛杀㉗了我！（倒介）（旦叫介，唱）

【雁过沙】他沉沉向迷途，空教我耳边呼㉘。公公，婆婆，我不能尽心相奉事，番教你为我归黄土㉙。公公，婆婆，人道你死缘何故？公公，婆婆，你怎生割舍抛弃了奴㉚？

（白）公公，婆婆。（外醒介，唱）

【前腔】媳妇，你耽饥事公姑。媳妇，你耽饥怎生度㉛？错埋冤你也不肯辞，我如今始信有糟糠妇㉜。媳妇，我料应不久归阴府。媳妇，你休便为我死的把生的受苦㉝。（旦叫婆婆介，唱）

【前腔】婆婆，你还死教奴家怎支吾，你若死教我怎生度㉞？我千辛万苦回护丈夫，如今到此难回护㉟。我只愁母死难留父，况衣衫尽解，囊箧又无㊱。（外叫净介，唱）

【前腔】婆婆，我当初不寻思，教孩儿往皇都。把媳妇闪得苦又孤，把婆婆送入黄泉路，只怨是我相耽误。我骨头未知埋在何处所？

（旦白）婆婆都不省人事了，且扶入里面去。正是：青龙共白虎同行，吉凶事全然未保㊲。（并下）

（末上，白）福无双至犹难信，祸不单行却是真。自家为甚说这两句？为邻家蔡伯喈妻房，名唤做赵氏五娘子，嫁得伯喈秀才，方才两月，丈夫便出去赴选。自去之后，连年饥荒，家里只有公婆两口，年纪八十之上，甘旨之奉㊳，亏杀㊴这赵五娘子，把些衣服首饰之类尽皆典卖，籴㊵些粮米做饭与公婆吃，她却背地里把些细米皮糠逼逻充饥。唧唧㊶，这般荒年饥岁，少什么有三五个孩儿的人家，供膳不得爹娘㊷。这个小娘子，真个今人中少有，古人中难得。那公婆不知道，颠到把她埋冤；今来听得她公婆知道，却又痛心都害了病。俺如今去她家里探取消息则个㊸。（看介）这个来的却是蔡小娘子，怎生恁地㊹走得慌？（旦慌走上介，白）天有不测风云人有旦夕祸福㊺（见末介）公公，我的婆婆死了。（末介）我却要来。（旦白）公公，我衣衫首饰尽行典卖，今日婆婆又死，教我如何区处？公公可怜见，相济则个。（末白）不妨，婆婆衣衾棺椁㊻之费皆出于我，你但尽心承值㊼公公便了。（旦哭介，唱）

【玉包肚】千般生受，教奴家如何措手？终不然把他骸骨，没棺椁送在荒丘㊽？（合）相看到此，不由人不珠泪流，正是不是冤家不聚头㊾。（末唱）

【前腔】不须多忧，送婆婆是我身上有㊿。你但小心承直公公，莫教又成不救(51)。（合前）（旦白）如此，谢得公公！只为无钱送老娘。（末白）娘子放心，须知此事有商量(52)。（合）正是：归家不敢高声哭，只恐人闻也断肠。（并下）

【注释】

①糟糠自厌：是这出戏的题目，《琵琶记》原本无，这里是根据剧情所加。厌，在此相当于“咽”。 ②“乱荒荒”四句：荒乱而又遭灾的年月，遥远而不回家的丈夫，痛苦而不能忍耐的公婆，衰弱而不顶用的自己的身体。不丰稔：收成不好，指荒年。稔，庄稼成熟。迢迢：遥远。急煎煎：焦急而痛苦的样子。不耐烦：此指不能忍耐。软怯怯：软绵绵，衰弱无力。怯，体质虚弱。不济事：不成事，不顶事。己：自己。 ③“衣尽典”四句：衣服完全典当干净，身上一丝不挂。有几次想把自己卖掉；怎奈公婆没有人照顾。典：典当，抵押。奴：封建时代女子的自称。下面的“奴家”义同。争奈：怎奈，无奈。看取：照顾。 ④“思之”四句：想起来，命运飘摇不定，几时能有希望？这实实在在的灾难和危机叫人难以忍耐。期：期望，希望。实丕丕：实实在在。 ⑤“滴溜溜”四句：滴滴嗒嗒难以流尽的眼泪，乱乱糟糟难以宽解的愁绪，瘦骨嶙峋难以搀扶的病体，战战兢兢难以度过的岁月。骨崖崖：瘦骨嶙峋的样子。扶持：搀扶，服侍。战钦钦：战战兢兢，即提心吊胆的样子。 ⑥“我待”四句：（糠呵，）我打算不吃你，教我怎能忍受饥饿？我要是吃你呵，可怎能吃得下去？待：将，打算。 ⑦介：表示人物的动作、表情与舞台效果。相当于杂剧中的“科”。这里表示做吃糠的动作。 ⑧鲑菜：泛指鱼菜。鲑：鱼类菜肴的总称。 ⑨抵死埋冤：极力埋怨冤枉。抵死，拼死，表示极度。 ⑩埋怨杀了：埋怨到死。 ⑪“呕得我”三句：（吃糠）呕得我肝和肠都感到疼痛，眼泪一滴滴流下来，喉咙还被紧紧地噎住。兀自：还，犹。嗄住：紧紧地卡住，噎住。嗄：当作嘎，即咔，此指喉咙堵塞。 ⑫“遭砻”三句：（糠呵，你）被磨被捣，用筛子筛你，用簸箕簸

你,使你受尽了折磨。舂:磨谷取米。舂杵:捣米。控持:折磨,摧残。 ⑬"悄似"二句:(这糠的处境)简直就像我自身一样,生活得十分窘迫,经历了千辛万苦。悄似:浑似,恰似。狼狈:指生活窘迫,处境艰难。 ⑭"苦人"三句:命运苦的人尝着苦味道,两种苦遇到一起,难怪想吞也吞不下去。可知道:难怪。 ⑮"糠和米"三句:糠和米本来互相依存的,是谁把你(糠)簸扬得往两处飞呢?倚依:相互倚赖和依存。 ⑯"一贱"三句:(糠和米)一个贱的和一个贵的,好像我同丈夫一样,到最后也没有见面的日期。 ⑰"米在"二句:(丈夫),你就是米吗?米在远方无处去寻找,我就是糠吗?怎能用糠解除人的饥饿呢?饥馁:饥饿。 ⑱"好似"二句:丈夫出门在外,好像有糠无米,叫我怎能供养公婆呢?甘旨:美味佳肴。 ⑲"思量"三句:想一想我活着也没有好处,死了又值得什么呢!不如我饿死变成一个怨鬼。甚的:什么。 ⑳"谩把"四句:姑且用糠来和我相比,这糠尚且还有人吃,可我的骨头,谁知道将来会埋在哪里?谩:姑且、随便的意思。 ㉑外净:戏曲二角色名称。外,外旦省称。这里是由外旦和净分别扮演蔡伯喈的父母。探:探听,侦察。 ㉒真个:真是,真的。逼逻:安排,整治。 ㉓"这是"三句:这是谷子里的膜,米上面的皮,拿来食用能够充饥。将来:拿来。疗饥:止住饥饿,即充饥。 ㉔"尝闻"三句:曾经听说过古代的圣贤书上说:"狗彘食人食。"(公公,婆婆)这应该比草根树皮还强。彘:猪。"狗彘食人食"这句话出《孟子·梁惠王》"狗彘食人食而不知检",原意是说国王养猪狗,让它吃人的食物,而不知节俭。原意与这里意思恰恰相反。 ㉕"嚼雪"五句:喝雪水吃毛毡的苏武还能健康地生存下去,吃松柏果实的人,反倒成了神仙的伴侣。即使吃些糠有什么关系呢?苏卿:汉朝苏武,字子卿,省称苏卿。武帝时出使匈奴。匈奴逼他投降,他宁死不屈,被关在大窖中,断绝饮食。苏武嚼雪吞毡,得以不死。后被匈奴放逐到荒原上牧羊,历时十九年,终于全节归国。餐松食柏:传说神仙不食人间烟火,以松柏的果实为粮,因此能够长寿。到,通"倒",反而。 ㉖"爹妈"二句:公婆不要有疑虑,我是你孩儿的糟糠妻室。糟糠妻室:指贫贱时的妻子。《后汉书·宋弘传》记载:汉光武帝刘秀的姐姐湖阳公主新寡,欲嫁朝臣宋弘。刘秀试探宋弘说:"俗语说:'贵易交,富易妻'。合乎人情吗?"宋弘答道:"臣闻贫贱之交不可忘,糟糠之妻不下堂。"意谓贫贱时和我共同吃糠的妻,到我富贵时不能遗弃她。这里作者巧用此典,反说糟糠之妻不能抛弃丈夫。 ㉗兀的:指示词,用在郑重或惊慌的语气中,犹说"这","那"。痛杀:疼死,言痛苦到极点。 ㉘"他沉沉"二句:他们昏昏沉沉地迷糊不省人事,白白地教我在他耳边呼喊。 ㉙"我不能"二句:我不能尽心竭力地伺候你们,反倒让你们为我死去。奉事:侍奉,伺候。番:同"反",即反而,反倒。归黄土:古代人死后埋在地下,故称人死去为"归黄土"。 ㉚"人道"二句:人们要问:你们死去的原因是什么呢?(公公,婆婆)你们为什么舍弃了我?缘:因为。怎生:如何,怎样。 ㉛"你耽饥"二句:你忍饥挨饿伺候公婆,(媳妇)你忍饥挨饿如何度日?耽饥:忍饥。公姑:公婆。度:度日。 ㉜"错埋冤"二句:错埋怨了你,你也不进行辩白,我如今才相信果然有书上说的"糟糠妇"。不肯辞:不肯辩白。 ㉝"我料应"二句:我料想不久就会死去,(媳妇)你不要为我死了的而叫你活着的受苦。归阴府:指死亡。古时迷信传说人死后要进入阴曹地府。 ㉞"你还死"四句:(婆婆)你如果还想死,叫我怎么支持?你假如死去,叫我怎样生活?支吾:对付,支持。 ㉟"我千辛"二句:我千辛万苦替丈夫尽孝,如今到了这步田地也难以做到了。回护:维护,袒护。这里是代丈夫尽孝的意思。 ㊱"我只愁"三句:我只忧愁婆婆死去,公公也难以久留人世，况且衣服已经典卖干净，口袋和箱子都空了。解：典卖。囊箧：口袋和小箱子。㊲“青龙”二句：宋元时俗语。古代星命家把青龙看作吉星，把白虎看作凶星。这里是吉凶未定之意。㊳甘旨之奉：侍候（公婆）所需的美味食品。㊴亏杀：幸亏，亏得。㊵籴：买进粮食。㊶唧唧：即“啧啧”，赞叹声。㊷“少什么”二句：少什么：犹言不少。供膳：供养。膳，饭食。㊸则个：表示动作进行时的语助词，相当于“着”，“者”。㊹恁地：这样，这般。㊺“天有”句：自然界有难以预测的风云变化，人世间有意料不到的灾祸与幸福。旦夕：朝夕。这里指很短的时间。㊻衣衾棺椁：衣被和棺材。衾，被子，这里指殓尸的衣被。椁，棺外的套棺。㊼但：只。承值：侍奉，照看。㊽“千般”四句：多多有劳（你的周济），叫我怎么办？难道没有棺椁就把他的尸骨送到荒野？生受：古时道谢说的话，“难为”、“有劳”的意思。终不然：难道。骸骨：人的骨头，此指尸骨。㊾“相看”三句：看到这里，不由人不伤心流泪，这正是前世没有因缘，不会成为一家人。不是冤家不聚头：元时俗语。照迷信说法，今世夫妻须有前世缘分所以一般指夫妻为冤家聚头。这里泛指一家骨肉。意思是说，今世能成为一家人，无非是前世的因缘造成的。㊿“不须”二句：不需要多忧虑，我身上有钱给你婆婆送葬。(51)“你但”二句：你只要小心侍奉公公，不要也使他变成不可救活的人。承直：同上文“承值”。(52)“须知”句：要知道这件事有了解决的办法。商量：这里指希望，办法。

【赏析】

关于蔡伯喈的故事，在民间流传已久。《琵琶记》在民间传说、宋元南戏基础上增饰改编而成，是一部长达四十二出的悲剧。剧情大致是：陈留郡书生蔡伯喈，因父母年迈，无意功名，但蔡父本着“做人要光前耀后”的道理，强迫伯喈应试。伯喈告别新婚的妻子赵五娘和双亲上京考试，果然得中状元。当朝牛宰相有女儿未嫁，奉旨招伯喈为婿；伯喈辞婚辞官均未获准，最终还是做了官、做了相府女婿，过起了锦衣玉食的贵族生活。而他的家乡陈留，连年饥荒，赵五娘辛苦侍奉公婆，自己以糟糠充饥。后来，蔡的父母相继死去。赵五娘罗裙包土埋葬了二位老人，又乞食赶京寻夫。蔡伯喈在牛府闷闷不乐，经牛小姐再三追问，才说出真情。牛氏甚为通情达理，经牛相同意，派人到陈留去接蔡氏父母和五娘。这时，五娘已找到牛府见到了伯喈。伯喈痛苦万分，带着牛氏和五娘一道回陈留为父母守墓。牛相表奏蔡家事迹，于是蔡家得到“一门旌奖”。

第二十一出“糟糠自厌”是全剧情节结构中的一个关键，是戏剧冲突中的一个大波澜。这出戏，从始至终是在表现赵五娘那种坚韧不拔的生活意志和勇于自我牺牲的高贵品质，在具体内容上，分为前后两场。以赵五娘的上下场为界，第一场戏主要写五娘吃糠引起的风波。在饥荒年头，去侍养公婆甘愿自己受苦的五娘，背着两位老人在厨房里以糟糠充饥，并且面对糟糠诉说自己的悲苦命运。第二个场戏是，蔡母、蔡父发现儿媳果然以糟糠充饥，觉得平日错怪了她，二人顿时昏厥过去。蔡父醒过来，蔡母却死去了。在这巨大的灾难面前，邻居张太公伸出救援之手，帮助五娘安葬蔡母。全出戏都笼罩着悲苦的气氛，赵五娘的形象是全剧的悲剧主人翁，体现了封建社会下层妇女中勤劳、善良、坚韧、勇于献身的精神。

赵五娘的美好品质在“糟糠自厌”中得到了集中表现。首先，戏一开始，在这〔山坡羊〕两支曲子中，使读者看到了赵五娘极为悲苦的处境和她的坚毅、善良和舍己为人的品德。第一支〔山坡羊〕侧重写赵五娘艰难困苦的生活环境。丈夫远去不归，音信全无，又遇上"乱荒荒不丰稔的年岁"，一个弱女子怎能挑起家庭的重担，侍奉"急煎煎不耐烦的二亲"？五娘居然勇敢地承担起来了。她典尽了衣衫首饰，给公婆换来活命的米，而她自己却支撑着"骨崖崖难扶持的病身"，背着公婆咽下糟糠。第二支〔山坡羊〕侧重写赵五娘孤苦无告的心境。五娘这一孝举，却招致婆婆的猜疑和埋怨，以为她"背地自吃了甚么东西"，这无疑进一步加深了五娘内心的苦痛；然而，五娘并不在两位老人面前分辩，和着泪水、糟糠强吞下这痛苦。这种行为深深赢得人们对五娘的同情。这两支〔山坡羊〕曲，使用了大量的叠字来揭示赵五娘的心理，渲染了其悲苦的心境，形象地表现了女主人公孤苦冤屈的心绪。

接下来，作者一连用了三支〔孝顺歌〕曲子，淋漓尽致地描写赵五娘吃糠的情景，生动逼真地表现出了赵五娘的心理活动。第一支〔孝顺歌〕以糠自喻，反复渲染糠的难以吞咽，充分揭示了赵五娘的悲惨遭遇。第二支〔孝顺歌〕以糠和米设喻，表现赵五娘夫贵妻贱、两处分离之苦。第三支〔孝顺歌〕由前面以糠自比，想到了自己的无能为力，表现了赵五娘知其不可而勉力为之的精神。作者采用这种回环反复，起伏跌宕的笔法，把赵五娘刚强的形象鲜明生动地展示在观众和读者面前。后一场戏，着重描写赵五娘设法埋葬婆婆。戏份并不多，只表现了两个内容：一是通过张广才的口，赞扬赵五娘的贤惠；二是表现张广才的急人之难和好善乐施。这一场戏为后面"祝发买葬"的这出戏作了铺垫，从而使剧情步步深入。在这出戏里，蔡婆形象的质朴急躁、蔡公的深沉稳重、张广才的古道侠肠，都刻画得颇为生动，但是这出戏中，呕心沥血、浓墨重彩的人物还是赵五娘。

在"糟糠自厌"这出戏中所塑造的赵五娘的形象是动人的、值得肯定的。通过对赵五娘背地里吃糠时的悲苦心境的刻画以及蔡婆由错怪五娘到悔恨而气绝的戏剧冲突，一方面赞扬了赵五娘的善良、坚韧和舍己为人的品德，同时又对造成这个家庭悲剧的科举制度提出了控诉，深刻暴露出了贵贱不平、苦乐不均的社会现实。

《渔樵记》第二折

无名氏

（外扮刘二公同旦儿扮刘家女上，诗云）段段田苗接远村，太公庄上戏儿孙。庄农只得出刨力，答贺天公雨露恩。老汉姓刘，排行第二，人口顺都唤我做刘二公。嫡亲的三口儿家属，一个婆婆，一个女孩儿。婆婆早年亡逝已过，我这女孩儿生的有几分颜色，人都唤他做玉天仙。昔年与他招了个女婿，是朱买臣。这厮有满腹文章，只恨他偎妻靠妇，不肯进取功名，似这般可怎生是好。（做沉吟科，云）哦，只除非这般。孩儿也，你去问朱买臣讨一纸儿休书来。（旦儿云）这个父亲越老越不晓事了。想着我与他二十年的夫妻，怎生下的问他要索休书。

（刘二公云）孩儿也，你若讨了休书，我拣着那官员士户①财主人家，我别替你招了一个。你若是不讨休书呵，五十黄桑棍，决不饶你。快些去讨来。（下）（旦儿做叹科，云）待讨休书来，我和朱买臣是二十年的夫妻。待不讨来，父亲的言语又不敢不依。罢罢罢，我且关上这门。朱买臣敢待来也。（正末拿钩绳扁担上，云）这风雪越下的大了也。天啊，你也有那住的时节也呵。（唱）

【正宫端正好】我则见舞飘飘的六花飞，更那堪这昏惨惨的兀那彤云霭。恰便似粉妆成殿阁楼台，有如那拷绵扯絮②随风洒。既不沙③却怎生白茫茫的无个边界。

【滚绣球】头直上乱纷纷雪似筛，耳边厢飕剌剌风又摆。（带云）可端的便这场冷也呵。（唱）哎哟，匆匆匆④！畅好是冷的来奇怪。（带云）天那，天那！（唱）也则是单注着这穷汉每月值年灾。（带云）似这雪呵，（唱）则俺那樵夫每怎打柴，便有那渔翁也索罢了钓台。（带云）似这雪呵，（唱）则问那映雪的书生安在，便是冻苏秦也怎生去搠笔巡街。则他这一方市户有那千家闭，抵多少十谒朱门九不开。（带云）似这雪呵，（唱）教我委实难捱。

（云）来到门首也。刘家女，开门来，开门来。（旦儿云）这唤门的正是俺那穷厮。我不听的他唤门，万事罢论；才听的他唤门，我这恼就不知那里来！我开开这门。（做见便打科，云）穷短命，穷弟子孩儿，你去了一日光景，打的柴在那里？（正末云）这妇人好无礼也。我是谁，你敢打我？（唱）

【倘秀才】我才入门来，你也不分一个皂白。（旦儿云）我不敢打你那！（正末唱）你向我这冻脸上，不俫，你怎么左捆来右捆。（旦儿云）我打你这一下，有甚么不紧。（正末唱）哎，你个好歹斗⑤的婆娘！（云）我不敢打你那？（旦儿云）你要打我那，你要打，这边打，那边打，我舒与你个脸，你打你打。我的儿，只怕你有心没胆敢打我也！（正末唱）你个好歹斗的婆娘，可便忒利害！也只为那雪压着我脖项，着这头难举；冰结住我髻，着这口难开。（旦儿云）谁和你料嘴里。（正末唱）刘家女俫，你与我讨一把儿家火来。

（旦儿云）哎呀！连儿，盼儿，憨头，哈叭，刺梅，乌嘴，相公来家也，接待相公。打上炭火，醞上那热酒，着相公荡寒。问我要火，休道无那火，便有那火，我一瓢水泼杀了！便无那水呵，一个屁也迸杀了！可那里有火来，与你这穷弟子孩儿。（正末云）兀那泼妇，你休不知福。（旦儿云）甚么福？是是是，前一幅，后一幅。五军都督府，你老子卖豆腐，你姊姊当轿夫，可是甚么福！（正末唱）

【滚绣球】你每日家横不拈，竖不抬。（旦儿云）你将来波，有甚么大绫大罗、洗白复生、高丽毾丝布、大红通袖膝襕，仙鹤狮子的胸背？你将来，我可不会裁，不会剪，我可是不会做？（正末云）我虽无那大绫大罗与你。我呵！（唱）惯的你千自由百自在。（旦儿云）你这般穷，再不着我自在些儿，我少时跟的人走了也。穷短命，穷弟子孩儿，穷丑生。（正末唱）我虽受穷呵，我又不曾少人甚么钱债。（旦儿云）你穷，再少下人钱债，割了你穷耳朵，剜了你穷眼睛，把你皮也剥了。我儿也，休响嘴，晚些下锅的米也没有哩！（正末云）刘家女俫，咱家里虽无那细米呵，你觑去者波。（唱）我比别人家长趱下些干柴。（旦儿云）你看么，我问他要米，他则把柴来对我。可着我吃那柴，穿那柴，咽那柴？止不过要烧的一把儿柴也那。（正末唱）你是个坏人伦的死像胎⑥。（旦儿云）穷短命，穷剥皮，穷割肉，穷断脊梁筋的！（正末唱）你这般毁夫主畅不该。（旦儿云）我儿也，鼓楼房上琉璃瓦，每日风吹日晒雹子打。见过多少振冬振，倒怕你清风细雨洒。我和你顶砖头⑦对口词，我也不怕你！（正末云）止不过无钱也罗，你理会的好人家好家法，你这等恶人家恶家法。（唱）哎！刘家女俫，你怎生只学的这般恶叉白赖。（旦儿云）穷弟子，穷短命，一世儿不能勾发迹。（正末云）由你骂，由你骂，除了我这个穷字儿。（唱）你可便再有甚么将我来裁排。（旦儿云）可也勾了你的了。（正末云）留着些热气，我且温肚咱。（唱）则不如我侧坐着土坑这般颏揽着膝。（旦儿云）似这般穷活路，几时捱的彻也。（正末云）这个歹婆娘，害杀人也波。天那，天那！（唱）他那里斜倚定门儿手托着腮，则管哩放你那狂乖⑧。

（旦儿云）朱买臣，巧言不如直道：买马也索籴料，耳檐儿当不的胡帽⑨，墙底下不是那避雨处，你也养活不过我来。你与我一纸休书，我拣那高门楼大粪堆，不索买卦有饭吃，一年出一个叫化的。我别嫁人去也。（正末云）刘家女，你这等言语，再也休说。有人算我明年得官也。我若得了官，你便是夫人县君娘子，可不好那！（旦儿云）娘子娘子，倒做着屁眼底下穰子。夫人夫人，在磨眼儿里。你砂子地里放屁⑩，不害你那口碜。动不动便说做官，投到你做官，你做那桑木官、柳木官，这头踹着那头掀；吊在河里水判官，丢在房上晒不干。投到你做官，直等的那日头不红，月明带黑，星宿眨眼，北斗打呵欠；直等的蛇叫三声狗拽车，蚊子穿着兀剌靴，蚁子戴着烟毡帽，王母娘娘卖饼料。投到你做官，直等的炕点头，人摆尾，老鼠跌脚笑，骆驼上架儿，麻雀抱鹅蛋，木伴哥⑪生姓姓。那其间你还不得做官哩。看了你这嘴脸，口角头饿纹⑫，驴也跳不过去，你一世儿不能勾发迹。将休书来，将休书来！（正末云）刘家女那，先贤的女人你也学取一个波。（旦儿云）这厮穷则穷，攀今览古的。你着我学那一个古人，你说，你妳妳试听咱。（正末唱）

【快活三】你怎不学贾氏妻，只为射雉如皋笑靥开。（旦儿云）我有什么欢喜在那里，你着我笑。（正末云）你不笑，敢要哭。我就说一个哭的。（唱）你怎不学孟姜女，把长城哭倒也则一声哀。（旦儿云）朱买臣，穷叫化头。我也没工夫听这闲话，将休书来，休书来。（正末唱）你则管哩便胡言乱语将我厮花白⑬。你那些个将我似举案齐眉待。

（旦儿云）快将休书来。（正末唱）

【朝天子】哎哟，我骂你个叵耐！（旦儿云）你叵耐我甚么？（正末唱）叵耐你个贱才。（旦儿云）将休书来，休书来。（正末云）这个歹婆娘害杀人也波。天那，天那！（唱）可则谁似你那索休离舌头儿快。（旦儿云）四村上下老的每，都说刘家女有三从四德哩。（正末云）谁那般道来？（旦儿云）是我这般道来。（正末唱）你道你便三从四德。（旦儿云）你说去，是我道来，我道来！（正末唱）你敢少他一画。（云）刘家女，你有一件儿好处，四村上下别的妇人都学不的你。（旦儿云）可又来，我也有那一桩儿好处？你说我听。（正末唱）刘家女侠，你比别人家爱富贵，你也敢嫌俺这贫的忒煞。（旦儿云）你这破房子东边刮过风来，西边刮过雪来，恰似漏星堂也似的，亏你怎么住。（正末云）刘家女，这破房子里你便住不的，俺这穷秀才正好住。（唱）岂不闻自古寒儒在这冰雪堂⑭何碍。（旦儿云）你也不怕人嗔怪。（正末云）哎，天那，天那！（唱）我本是个栋梁材，怎怕的人嗔怪。（旦儿云）你是一个男子汉家，顶天立地，带眼安眉，连皮带骨，带骨连筋，你也挣些儿波！

（正末云）我和他唱叫了一日，则这两句话伤着我的心。兀那刘家女，这都是我的时也，运也，命也。岂不闻不知命无以为君子，则这天不随人呵！（唱）你可怎生着我挣闯？（旦儿云）你也布摆⑮些儿波。（正末唱）你怎生着我布摆？（旦儿做拿扁担钩绳放前科，云）则这的便是你营生买卖！（正末云）天那，天那！（唱）我须是不得已仍旧的担柴卖。

（旦儿云）我恰才不说来，你与我一纸休书，我别嫁个人。我可恋你些甚么？我恋你南庄北园，东阁西轩，旱地上田，水路上船，人头上钱？凭着我好描条，好眉面，善裁剪，善针线，我又无儿女厮牵连，那里不嫁个大官员。对着天曾罚愿，做的鬼到黄泉，我和你麻线道⑯儿上不相见。则为你冻妻饿妇二十年，须是你妳妳心坚石也穿。穷弟子孩儿，你听者，我只管恋你那布袄荆钗做甚么！（正末唱）

【脱布衫】哦，既是你不恋我这布袄荆钗。（旦儿云）街坊邻里听着，朱买臣养活不过媳妇儿，来厮打哩！（正末云）你这般叫怎么，我写与你则便了也。（旦儿云）这等，快写快写。（正末唱）又何须去拽巷也波罗街。（旦儿云）你洗手也不曾？（正末唱）我止不过画与你个手摸。（云）兀那刘家女，你要休书，则道我这般写与你便干罢了那。（旦儿云）由你写，或是跳墙蓦圈⑰，剪柳掆包儿⑱，做上马强盗，白昼抢夺；或是认道士，认和尚，养汉子。你则管写不妨事。（正末云）刘家女，我则在这张纸上，将你那一世儿的行止都教废尽了也。（唱）我去那休书上朗然该载。

（云）刘家女，那纸墨笔砚俱无，着我将甚么写？（旦儿云）有有有！我三日前预准备下了落鞋样儿的纸，描花儿的笔，都在此。你快写，你快写。（正末云）刘家女也，须的要个桌儿来。（旦儿云）兀的不是桌儿。（正末云）刘家女，你掇过桌儿来，你便似个古人，我也似个古人。（旦儿云）只管有这许多古人，你也少说些罢。（正末唱）

【醉太平】卓文君你将那书桌儿便快抬。（旦儿云）你可似谁？（正末唱）马相知，我看你怎的把他去支划⑲。（旦儿云）纸笔在此，快写了罢。（正末唱）你你你，把文房四宝快安排。（云）刘家女，我写则写，只是一件，人都算我明年得官。我若得了官呵，把个夫人的名号与了别人，你不干受了二十年的辛苦！（旦儿云）我辛苦也受的勾了，委实的捱不过。是我问你要来，不干你事。（正末云）请波，请波。（唱）你也索回头儿自揣。（旦儿云）我揣个甚么？是我问你要休书来，不干你事。（正末唱）非是我朱买臣不把你糟糠待，赤紧[20]的玉天仙忍下的心肠歹。（带云）罢罢罢。（唱）这梁山伯也不恋你祝英台。（云）任从改嫁，并不争论。左手一个手模将去。（唱）我早则写与你个贱才！

（旦儿云）贱才，贱才，一二日一双绣鞋。我是你家妳妳。将来我看这休书咱。写着道：任从改嫁，并不争论。左手一个手模，正是休书。（正末云）刘家女，休书上的字样，你怎生都认的？（旦儿云）这休书我家里七八板箱哩。（正末云）刘家女，风雪越大了。天色已晚，这些时再无去处，借一领席荐儿来外间里宿，到天明我便去也。（旦儿云）朱买臣，想俺是二十年的儿女夫妻[21]，便怎生下的赶你出去。投到你来呵，我秤下一斤儿肉，装下一壶儿酒，我去取来。（做出门科，云）我出的这门来。且住者，这厮倒乖也。他既与了我休书，还要他在我家宿，则除是恁的。呀！我道是谁，元来是安道伯伯。你家里来，朱买臣在家里。伯伯你到里面坐，我唤朱买臣出来。（再入门科，云）朱买臣，王安道伯伯在门首，你出去请他进来坐。（正末云）哥哥在那里，请家里来。（旦儿推末出门科，云）出去，我关上这门。朱买臣，你在门首听者。你当初不与我休书，我和你是夫妻；你既与了我休书，我和你便是各别世人。你知道么？疾风暴雨，不入寡妇之门。你再若上我门来，我挝了你这厮脸。（正末云）他赚我出门来，关上这门，则是不要我在他家中。刘家女，你既不开门，将我这钩绳扁担来还我去。（旦儿云）我开。咦，这等道儿，沙地里井都是俺淘过的。你赚的我开开门，他是个男子汉家，他便往里挤，我便往外推，他又气力大，便有十八个水牛拽也拽不出去。你要钩绳扁担，你看着，我打这猫道里撺出来。（正末云）兀那妇人，你在门里面听者，你恰才索休的言语，在我这心上，恰便似印板儿一般记着。异日得官时，刘家女，你不要后悔也。（旦儿云）既讨了休书，我悔做甚么！（正末云）刘家女，咱两个唱叫，有个比喻。（旦儿云）喻将何比？（正末唱）

【三煞】你似那碔砆石比玉何惊骇，鱼目如珠不拣择。我是上插翅的金雕，你是个没眼的燕雀，本合两处分飞，焉能勾百岁和谐。你则待折灵芝喂牛草，打麒麟当羊卖，摔瑶琴做烧柴,你把那沉香木来毁坏,偏把那臭榆栽。

【二煞】那知道岁寒然后知松柏,你看我似粪土之墙朽木材。断然是捱不彻饥寒,禁不过气恼㉒,怎知我守定心肠,留下形骸。但有日官居八座,位列三台,日转千阶,头直上打一轮皂盖,那其间谁敢道我负薪来。

【随煞尾】我直到九龙殿里题长策,五凤楼前骋壮怀。我若是不得官和姓改,将我这领白襕衫脱在玉阶,金榜亲将姓氏开。敕赐宫花满头戴,宴罢琼林微醉色,狼虎也似弓兵两下排,水罐银盆㉓一字儿摆。恁时节方知这个朱秀才,不要你插插花花㉔认我来,哭哭啼啼泪满腮,你这般怨怨哀哀磕着头拜。(云)兀那马头前跪着的是刘家女么?祗候人与我打的去。(唱)那其间我在马儿上,醉眼朦胧将你来并不睬。(下)

(旦儿云)朱买臣,你去了罢,你则管在门首唧唧哝哝怎的?(做听科,云)呀,这一会儿不听的言语侬。(做开门科,云)开开这门,朱买臣你回来,我斗你耍。嗨,他真个去了,他这一去心里敢有些怪我哩。我既讨了休书,也不敢久停久住。回俺父亲的话,走一遭去。(下)

【注释】

①士户:官宦之家。 ②扌绵扯絮:撕扯下的棉絮,形容下着大雪。 ③既不沙:不然。沙,语气助词。 ④匆匆匆:风声。 ⑤歹斗:狠毒。 ⑥死像胎:死人样子,骂人的话。 ⑦顶砖头:比喻针锋相对的争辩。 ⑧狂乖:狂妄,乖张。 ⑨耳檐儿当不的胡帽:耳檐,即冷天时所戴的耳套;胡帽,即毡帽。这句是指小东西派不了大用场。 ⑩砂子地里放屁:比喻无声无味。 ⑪木伴哥:木娃娃玩具。 ⑫俄纹:鼻翼两侧的面纹。 ⑬花白:同"抢白"。奚落,讥笑。 ⑭冰雪堂:破漏的房子。 ⑮布摆:调度。 ⑯麻线道:比喻路窄。 ⑰跳墙蓦圈:指偷盗行为。 ⑱搠包儿:即掉包儿,以劣次之物暗中调换,诈取钱财。 ⑲支划:安排,处置。 ⑳赤紧:当真,实在。 ㉑儿女夫妻:指原配夫妻。 ㉒气恼:受气,屈辱。 ㉓水罐银盆:官员出行时,洒扫道路用的仪仗。 ㉔插插花花:花言巧语,言语不实。

【赏析】

《渔樵记》,全名《朱太守风雪渔樵记》,写的是朱买臣发迹变泰的故事,取材于《汉书·朱买臣传》和有关民间传说。主要剧情是:西汉朱买臣满腹才学,年近半百,功名未遂,以打柴为生。岳父刘二公因为女婿"偎妻靠妇,不肯进取功名",于是命女儿玉天仙向丈夫索取休书,以此激发女婿上进,刘二公则在暗地里资助他赴京考试。后来朱买臣果然一举及第,得官荣归。刘二公携女前来认亲,朱买臣在马前泼水,令玉天仙将水收回盆内,以示覆水难收,不肯相认。当弄清事情的原委,得知是岳父激励他上进以后,与妻重归于好，合家团圆。剧作反映了元代广大知识分子沉沦底层、饱受欺凌的悲痛，表达了他们要求有朝一日扬眉吐气的愿望。

这里选取的第二折叙写刘二公用计谋逼招赘的女婿离家赴考一事。刘二公因为女婿"偎妻靠妇，不肯进取功名"，便想出妙计：一方面要女儿向女婿索取休书，同时又暗中以银两衣物资助他，以激励他上京应试。这一折中，索休书与写休书，造成了朱买臣和玉天仙的戏剧冲突。作者生动逼真地刻画了朱买臣和其妻玉天仙两个主要人物，入木三分。元人杂剧以唱为主，白为宾。玉天仙吵嫁，宾白中吸取了大量的市井口语，刻画了这个人物粗鄙泼辣的性格，很有特点。作者大量提炼了民间俗语、成语，充分运用谐音、双关、夸张、排喻等修辞手法，将玉天仙这个伶牙俐齿、尖刻泼辣的底层妇女描绘得惟妙惟肖，读后如见其人，如闻其声。朱买臣是一个"满腹文章"、诚笃方正的读书人，在逆境中刻苦自励、忍辱负屈，对前途充满信心。虽然他"攀今览古"，但是憨直厚道，面对玉天仙的尖嘴利舌、巧言狡辩，他却难以应付，显示出了一股浓郁的书生气。

在这一折中，朱买臣和玉天仙看似是截然对立的人物形象，但是二人追求功名富贵的意识却是相同的。玉天仙在父亲的怂恿下把丈夫逼到绝境，是想激励他发奋上进；而朱买臣在逆境中发愤求官，也是为了出人头地，富贵功名。作者从这两人的不同角度，反映了封建社会下层民众和知识分子渴望发迹变泰的心态。《渔樵记》在明初因避皇室朱姓讳，曾更名《王鼎臣风雪渔樵记》，清人据此改编为传奇《烂柯山》，昆曲至今仍在演出。

《货郎旦》第四折

无名氏

（净扮馆驿子上，诗云）驿宰官衔也自荣，单被承差打灭我威风；如今不贪这等衙门坐，不如依还①着我做差公。自家是个馆驿子，一应官员人等打差的，都到我这驿里安下。我在这馆驿门首等候。看有什么人来？（小末扮春郎冠带引祇从上，云）小官李春郎的便是。自从阿妈亡逝以后，埋殡了也；小官随处催趱窝脱银两，早来到这河南府地面。左右，接了马者。馆驿子，有甚么干净的房子，我歇宿一夜。（驿子云）有、有、有，头一间打扫的洁洁净净，请大人安歇。（小末云）你这里有甚么乐人耍笑的，唤几个来服侍我，我多有赏赐与他。（驿子云）我这里无乐人，只有一个男子，一个女人，他两个会说唱货郎儿，唤将来服侍大人。（小末云）便是唱货郎儿的也罢。与我唤将来。（驿子云）理会②的。我出的这门来，则这里便是。唱货郎儿的在家么？（副旦同李彦和上，云）哥哥，你叫我做甚么？（驿子云）有个大人在馆驿里，唤你去说唱，多有

赏钱与你哩。(李彦和云)三姑,咱和你走一遭去来。(副旦唱)

【南吕一枝花】虽则是打牌儿出野村,不比那吊名儿临拘肆③;与别人无伙伴,单看俺当家儿。哥哥你索④寻思,锦片也排着席次,都只待奏新声舞柘枝⑤。挥霍的是一锭锭响钞精银,摆列的是一行行朱唇俫皓齿。

【梁州第七】正遇着美遨游,融和的天气,更兼着没烦恼,丰稔的年时。有谁人不想快平生志,都只待高张绣幰,都只待烂醉金卮⑥。我本是穷乡寡妇,没甚的艳色娇姿,又不会卖风流,弄粉调脂;又不会按宫商,品竹弹丝;无过是赶几处沸腾腾热闹场儿,摇几下桑琅琅蛇皮鼓儿,唱几句韵悠悠信口腔儿。一诗一词,都是些人间新近希奇事,扭捏⑦来无诠次⑧,倒也会动的人心谐的耳,都一般喜笑孜孜。

(驿子报云)禀大人,说唱的来了也。(小末云)着他过来。(驿子云)快过去。(做见科)(小末云)你两个敢是子妹么?且在门首等着,唤着你便过来。(副旦云)理会的。(出科)(小末云)驿子,有甚么茶饭看些来,我食用咱。(驿子云)有、有、有。(做托肉上科,云)大人,一签烧肉,请大人食用。(小末做割肉科,云)我割着这肉吃,怕不在这里快活受用!想起我那父亲和奶母张三姑来,不由我心中不烦恼,我怎生吃的下?(李彦和做打嚏科,云)那个说我?(小末云)兀那驿子,你唤将那子妹两个来。(唤科)(小末云)兀那两个,将这一签儿肉出去,你两个吃了时,可来服侍我。(副旦接科,云)谢了相公。(李彦和云)妹子也,咱不要吃,包到家里去吃。(小末云)嗨!沾污了我这手也。(做拿纸揩手科,云)兀那说唱的,将这油纸拿出去丢了者。(李彦和做拾纸科,云)理会的。我出的这门来。这张纸上,怎么写的有字?妹子,咱试看咱。(念科,云)长安人氏,省衙西住坐。父亲李彦和,奶母张三姑;孩儿春郎,年方七岁,胸前一点朱砂记。情愿卖与拈各千户为儿,恐后无凭,立此文书为照。立文书人张三姑,写文书人张憋古。妹子也,这文书说着俺一家儿,敢是你卖孩儿的文书么?(副旦云)正是。(李彦和做悲科,云)妹子也,你见这官人么?他那模样动静,好似俺孩儿春郎。争奈俺不敢去认他,可怎了也!(副旦云)哥哥你放心,张憋古那老的,为俺这一家儿这一桩事,编成二十四回说唱。他若果是春郎孩儿呵，他听了必然认我。（李彦和云）这个也好。（小末唤科，云）兀那两个，你来说唱与我听者。（副旦做排场⑨，敲醒睡⑩科，诗云）烈火西烧魏帝时，周郎战斗苦相持；交兵不用挥长剑，一扫英雄百万师。这话单题着诸葛亮长江举火，烧曹军八十三万，片甲不回。我如今的说唱，是单题着河南府一桩奇事。（唱）

【转调货郎儿】也不唱韩元帅偷营劫寨，也不唱汉司马陈言献策，也不唱巫娥云雨楚阳台；也不唱梁山伯，也不唱祝英台。（小末云）你可唱甚么那？（副旦唱）只唱那娶小妇的长安李秀才。

（云）怎见的好长安？（诗云）水秀山明景色幽，地灵人杰出公侯；华夷图上分明看，绝胜寰中四百州。（小末云）这也好，你慢慢的唱来。（副旦唱）

【二转】我只见密臻臻的朱楼高厦，碧笋笋青檐细瓦；四季里常开不断花，铜驼陌⑪纷纷斗奢华。那王孙士女乘车马，一望绣帘高挂，都则是公侯宰相家。

（云）话说长安有一秀才，姓李名英，字彦和。嫡亲的三口儿家属，浑家刘氏，孩儿春郎，奶母张三姑。那李彦和共一娼妓，叫做张玉娥，作伴情熟，次后娶结成亲。（叹科，云）嗨！他怎知才子有心联翡翠，佳人无意结婚姻。（小末云）是唱的好，你慢慢的唱咱。（副旦唱）

【三转】那李秀才不离了花街柳陌，占场儿贪杯好色，看上那柳眉星眼杏花腮。对面儿相挑泛⑫，背地里暗差排⑬，抛着他浑家不睬，只教那媒人往来。闲家擘划⑭，诸般绰开⑮，花红布摆，早将一个泼贱的烟花娶过来。

（云）那婆娘娶到家时，未经三五日，唱叫九千场。（小末云）他娶了这小妇，怎生和他唱叫？你慢慢的唱者，我试听咱。（副旦唱）

【四转】那婆娘舌剌剌挑茶斡刺⑯，百枝枝花儿叶子，望空里揣与他个罪名儿，寻这等闲公事。他正是节外生枝，调三斡四⑰。只教你大浑家吐不的咽不的这一个心头刺，减了神思，瘦了容姿，病恹恹睡损了裙儿袵⑱。难扶策，怎动止，忽的呵冷了四肢，将一个贤慧的浑家生气死。

（云）三寸气在千般用，一旦无常⑲万事休。当日无常，埋葬了毕。果然道福无双至日，祸有并来时。只见这正堂上火起，刮刮唖唖，烧的好怕人也。怎见的好大火？（小末云）他将大浑家气死了，这正堂上的火从何而起？这火可也还救的么？兀那妇人，你慢慢的唱来，我试听咱。（副旦唱）

【五转】火逼的好人家人离物散，更那堪更深夜阑。是谁将火焰山移向到长安，烧地户，燎天关，单则把凌烟阁⑳留他世上看。恰便似九转飞芒，老君炼丹，恰便似介子推㉑在绵山，恰便似子房烧了连云栈㉒，恰便似赤壁下曹兵涂炭，恰便似布牛阵举火田单㉓，恰便似火龙鏖战锦斑斓。将那房檐扯，脊梁扳，急救呵可又早连累了官房五六间。

（云）早是焚烧了家缘家计，都也罢了，怎当的连累官房，可不要去抵罪？正在恰惶之际，那妇人言道：咱与你他府他县，隐姓埋名，逃难去来。四口儿出的城门，望着东南上，慌忙而走。早是意急心慌情冗冗，又值天昏地暗雨涟涟。（少末云）火烧了房廊屋舍，家缘家计，都烧的无有了，这四口儿可往那里去？你再细细的说唱者，我多有赏钱与你。（副旦唱）

【六转】我只见黑黯黯天涯云布，更那堪湿淋淋倾盆骤雨，早是那窄窄狭狭沟沟堑堑路崎岖，知奔向何方所？犹喜的消消洒洒断断续续，出出律律忽忽噜噜阴云开处，我只见霍霍闪闪电光星炷。怎禁那萧萧瑟瑟风，点点滴滴雨，送的来高高下下四四凸凸一搭模糊，早做了扑扑簌簌湿湿渌渌疏林人物。倒与他妆就了一幅昏昏惨惨潇湘水墨图㉔。

（云）须臾之间，云开雨住。只见那晴光万里云西去，洛河一派水东流。行至洛河岸侧，又无摆渡船只；四口儿愁做一团，苦做一块。果然道天无绝人之路，只见那东北上摇下一只船来，岂知这船不是收命的船，倒是纳命的船。原来正是奸夫与他淫妇相约，一壁附耳低言：你若算了我的男儿，我便跟随你去。（小末云）那四口儿来到洛河岸边，既是有了渡船，这命就该活了。怎么又是淫妇奸夫预先约下，要算计这个人来？（副旦唱）

【七转】河岸上和谁讲话，向前去亲身问他；他说道奸夫是船家，猛将咱家长喉咙掐，磕搭地揪住头发，我是个婆娘怎生救拔？也是他合亡化，扑冬的命掩黄泉下。将李春郎的父亲，只向那翻滚滚波心水淹杀。

（云）李彦和河内身亡，张三姑争忍不过，比时向前，将贼汉扯住丝绦，连叫道："地方，有杀人贼！杀人贼！"倒被那奸夫把咱勒死。不想岸上闪过一队人马来，为头的官人怎么打扮？（小末云）那奸夫把李彦和推在河里，那三姑和那小的可怎么了也？（副旦唱）

【八转】据一表仪容非俗，打扮的诸余里俏簇㉕，绣云肩，胸背是雁衔芦。他系一条兔鹘，兔鹘，海斜皮偏宜衬连珠，都是那无瑕的荆山玉。整身躯也么哥，缯髭须也么哥，打着鬓胡，走犬飞鹰驾着鸦鹘。恰围场过去，过去，折跑盘旋骤着龙驹，端的个疾似流星度，那风流也么哥，恰浑如也么哥，恰浑如和番的昭君出塞图。

（云）比时小孩儿高叫道救人咱。那官人是个行军㉖千户，他下马询问所以，我三姑诉说前事，那官人说：既然他父母亡化了，留下这小的，不如卖与我做个义子，恩养的长立成人，与他父母报恨雪冤。他随身有文房四宝，我便写与他年月日时。（小末云）那官人救活了你的性命，你怎么就将孩儿卖与那官人去了？你可慢慢的说者。（副旦唱）

【九转】便写与生时年纪，不曾道差了半米；未落笔花笺上泪珠垂，长吁气呵软了毛锥，洒惶泪滴满了端溪㉗。（小末云）他去了多少时也？（副旦唱）十三年不知个信息。（小末云）那时这小的几岁了？（副旦唱）相别时恰才七岁。（小末云）如今该多少年纪也？（副旦唱）他如今刚二十。（小末云）你可晓的他在那里？（副旦唱）恰便似大海内沉石。（小末云）你记的在那里与他分别来？（副旦唱）俺在那洛河岸上两分离，知他在江南也塞北？（小末云）你那小的有甚么记认处？（副旦唱）俺孩儿福相貌双耳过肩坠。（小末云）更有甚么记认？（副旦云）有，有，有。（唱）胸前一点朱砂记。（小末云）他祖居在何处？（副旦唱）他祖居在长安解库省衙西。（小末云）他小名唤做甚么？（副旦唱）那孩儿小名唤做春郎身姓李。

（小末云）住，住，住，你莫非是奶母张三姑么？（副旦云）则我便是张三姑。官人怎么认的老身？（小末云）你不认的我了？则我便是李春郎。（副旦云）官人莫作笑，休斗老身耍。（小末云）三姑，我非作笑，我乃李彦和之子李春郎是也。（做解胸前与看科）（副旦云）果然是春郎了也。则这个便是你父亲李彦和。（李彦和做打悲认科，云）孩儿，则被你想杀我也！不知你在那里得这发达峥嵘㉘来？（小末云）父亲，孩儿这官就是承袭拈各千户的。谁知有此一端异事，如今拚的弃了官职,普天下寻去,定要拿的那奸夫淫妇,报了冤仇,方称你孩儿心愿。(祗从拿净、外旦上科,云)禀爷,这两个名下,欺侵窝脱银一百多两,带累小的们比较㉙,不知替他打了多少!如今拿他来见爷,依律处治,也与小的们销了一件未完。(小末云)律上:凡欺侵官银五十两以上者,即行处斩,这罪是决不待时㉚的。(李彦和做认科,云)兀的不是洛河边假妆船家,推我在水里的?(副旦云)这不是张玉娥泼妇那?(净做画符科,云)有鬼!有鬼!太上老君,急急如律令,敕!(祗从喝科)(外旦云)敢是拿我们到东岳庙里来?一划㉛是鬼那!(小末云)元来正是那奸夫淫妇,今日都拿着了。左右,快将他绑起来,待我亲自斩他,也与我亡过母亲出这口怨气。(副旦唱)

【煞尾】我只道他州他府潜逃匿,今世今生没见期,又谁知冤家偏撞着冤家对。(净云)元来这就是李春郎,这就是张三姑,当日勒他不死,就该有今日的悔气了。(做叩头科,云)大人可怜见,饶了我老头儿罢,这都是我少年间不晓事,做这等勾当;如今老了,一口长斋,只是念佛;不要说杀人,便是苍蝇也不敢拍杀一个。况是你一家老小现在,我当真谋杀了那一个来?可怜见放赦了老头儿罢!(外旦云)你这叫化头,讨饶怎的?我和你开着眼做,合着眼受,不如早早死了,生则同衾,死则共穴,在黄泉底下,做一对永远夫妻,有甚么不快活?(副旦唱)你也再没的怨谁,我也断没的饶伊。(小末斩净、外旦科,下)(副旦唱),要与那亡过的娘亲现报在我眼儿里。

(李彦和云)今日个天赐俺父子重完,合当杀羊造酒,做个庆喜的筵席。孩儿,你听者:(词云)这都是我少年间误作差为,娶匪妓当局者迷;一碗饭二匙难并,气死我儿女夫妻。泼烟花盗财放火,与奸夫背地偷期;扮船家阴图害命,整十载财散人离。又谁知苍天有眼,偏争㉜他来早来迟;到今日冤冤相报,解愁眉顿作欢眉。喜骨肉团圆聚会,理当做庆贺筵席。

  题目 抛家失业李彦和
  正名 风雨像生货郎旦

【注释】

①依还:依旧,仍然。 ②理会:晓得,明白。 ③拘肆:勾栏。宋元时百戏杂剧的演出场所;元以后亦指妓院。 ④索:须,应,得。 ⑤柘枝:柘枝舞,唐代西北少数民族舞蹈,最初为女子独舞,后来有双人舞,宋代发展为人数众多的队舞。 ⑥金卮:古

酒器。　⑦扭捏：拼凑，编凑。　⑧诠次：选择和编次，次第。　⑨排场：登场演出。　⑩醒睡：即醒木、醒饭。说唱艺人所用的木块、木板。　⑪铜驼陌：铜驼，铜铸的骆驼，古代置于宫门外。陌，道路，街道。古时洛阳有铜驼街。徐陵《洛阳道》诗："东门向金马，南陌直铜驼。"这里借指繁华的街道。　⑫挑泛：挑逗，勾引，调唆。　⑬差排：指使。　⑭擘划：擘，剖，分开。擘划即筹划、安排。　⑮绰开：绰，通"搅"，吹拂、搅乱。　⑯挑茶斡刺：找岔子，挑毛病。　⑰调三斡四：说三道四，搬弄是非。　⑱袿：衣裙上的褶痕。　⑲无常：迷信说法：人死时勾摄亡魂的使者。　⑳凌烟阁：唐太宗贞观十七年（643年），图画开国功臣长孙无忌、杜如晦、魏徵、尉迟敬德等二十四人于凌烟阁，阁在当时长安。　㉑介子推：或作介之推、介推。春秋时晋国贵族，为晋文公（重耳）的功臣。文公赏赐臣属时没有赏到他，遂隐居绵上山中。后文公派人烧山逼他出来做官，他不愿出来而被烧死。　㉒子房烧了连云栈：汉刘邦开国功臣张良字子房。刘邦入蜀时，张良劝他把栈道烧掉，表示不想再回来与项羽争天下。　㉓田单：战国时齐将，曾用火牛阵击败燕军，一举收复七十余城。　㉔水墨图：中国画中纯用水墨而不另设色的一种画法。这里比喻下大雨时一片墨黑昏暗的样子。　㉕俏簇：簇，聚集，簇拥，俏簇即簇俏，极其俊俏，漂亮的意思。　㉖行军：行动场面，阵势。　㉗端溪：广东端溪产名砚，称为"端溪砚"或"端砚"。此处泛指砚池。　㉘发达峥嵘：犹言发迹，出人头地。　㉙比较：案验曰比。较，计较，考校。古时官府向老百姓征收钱粮，遇有拖欠，就立下期限派差役催缴，如到期还没收足一定数目，差役就要受处罚，这就叫"比较"。　㉚决不待时：决，杀死囚犯。古时处决犯人多在秋后，决不待时就是不要等待时间，立即执行的意思。　㉛一划：都，统统。　㉜偏争：只争，只是的意思。

【赏析】

　　《货郎旦》，原名《风雨像生货郎旦》，写的是李彦和因娶妓女为妾，最终被害得家破人亡。主要剧情是：李彦和名英，为长安秀才，原本一家四口：浑家刘氏，孩儿春郎，奶母张三姑。后来，他娶娼妓张玉娥为小妾，而张氏又与魏邦彦勾搭。张、魏二人，贪图李家钱财，气死了刘氏，烧了李家房子，因连烧官房，李彦和便携带家眷，逃难他乡，又逢大雨。走至洛河，又无渡船。恰好奸夫与淫妇相约，从上游摇船而来。于是，二人趁李彦和一家上船，行至河水中流，便推李彦和坠水，并勒死张三姑。正在此时，岸上有一队人马过来，乃是行军千户围场过此，救了张三姑，收李春郎为义子。其后，李彦和因坠水未死，替人放牛；张三姑则以唱货郎儿为生。经过十三年，李、张二人偶然相遇，便一起前往河南，行至馆驿，恰遇李春郎已承袭了千户之职，也来到此住宿。一家三口相识后，那张玉娥、魏邦彦因欺侵窝脱银，撞到千户李春郎手上。李春郎便杀了奸夫淫妇，报仇雪恨。本剧直接取材于元代社会生活，很可能是民间说唱艺人的口头创作经过文人加工或由下层知识分子创作而成的。剧本通过员外李彦和一家人的悲欢离合，反映了当时社会的人情世态。李彦和"抛家失业"的教训，表达了作者规劝世人谨身律己、去恶向善、维护社会风化的用心。

　　这里选取的是第四折，最牵动人心的是张三姑唱给李春郎的〔转调货郎儿〕三转至六转的四段曲词。这四段曲子有声有色地描绘出张玉娥到李彦和家，气死刘氏，以及李家房子被烧，出逃遇雨等片断，极其生动地表现了这一件家庭罪案，在整出戏中非常出彩。〔三转〕以叙事的形式唱出了张三姑对李彦和的批评和对张玉娥的咒骂声口，准确生动，爱憎分明。〔四转〕的唱词，传神地描绘出了张玉娥泼辣娼妇的神情姿态，反衬出了刘氏的善良，活灵活现，是非分明。〔五转〕的唱词叙述了李家被烧的情景。〔六转〕写李彦和一家出逃遇雨，写出了一家人的奔走，层次分明，疏密相间，活画出一幅雨中夜行的水墨图。

《货郎旦》主要的艺术成就，在于成功塑造了一正一反两个妇女的形象。张玉娥是一个淫邪、凶恶的典型，她本心要嫁流氓公差魏邦彦，却又看中了李彦和的家产，于是串通奸夫，谋财害命，使李彦和家破人亡。奶母张三姑忠实善良，她先是极力反对李彦和收纳张玉娥，复于危难中救下李彦和的儿子春郎。颠沛流离中，她一直不忘张憋古的收养之恩，并且凭着自己说唱货郎儿来养活孤独无依的李彦和。她自强自尊，对自己的谋生职业看得一点也不下贱，当李彦和还要摆出昔日的员外架子、认为张三姑唱货郎儿辱没他时，她对李彦和的落魄窘境反唇相讥，表现了一个劳动妇女的正直和自信。张三姑通过说唱货郎儿唱出李家变故因果，在驿站和春郎相认，使李彦和父子得团圆。作品的结局是喜剧性的，这样的结尾表达了下层人们的良好愿望，也是中国古典戏曲结构中常用的套路。作品情节曲折，构思严谨，突出了人物的不同个性，具有完整的艺术性。

《陈州粜米》第三折

无名氏

（小衙内同杨金吾上）（小衙内诗云）日间不做亏心事，半夜敲门不吃惊。自家刘衙内孩儿。俺二人自从到陈州开仓粜米，依着父亲改了价钱，插上糠土，克落了许多钱钞，到家怎用得了？这几日只是吃酒耍子①。听知圣人差包待制来了，兄弟，这老儿不好惹，动不动先斩后闻。这一来，则怕我们露出马脚来了。我们如今去十里长亭接老包走一遭去。（诗云）老包姓儿沙②，荡③他活的少；若是不容咱，我每则一跑。（同下）（张千背剑上）（正末骑马做听科）（张千云）自家张千的便是。我跟着这包待制大人，上五南路采访回来，如今又与了势剑金牌，往陈州粜米去。他在这后面，我可在前面，离的较远。你不知这个大人清廉正直，不爱民财。虽然钱物不要，你可吃些东西也好；他但是到的府州县道，下马升厅，那官人里老④安排的东西，他看也不看。一日三顿，则吃那落解粥⑤。你便老了吃不得，我是个后生家⑥。我两只脚伴着四个马蹄子走，马走五十里，我也跟着走五十里；马走一百里，我也走一百里。我这一顿落解粥，走不到五里地面，早肚里饥了。我如今先在前面,到的那人家里,我则说:"我是跟包待制大人的,如今往陈州粜米去,我背着的是势剑金牌,先斩后闻,你快些安排下马饭我吃。"肥草鸡⑦儿,荼浑酒儿;我吃了那酒,吃了那肉,饱饱儿的了,休说五十里,我咬着牙直走二百里则有多哩。嗨!我也是个傻弟子孩儿!又不曾吃个,怎么两片口里劈溜扑刺⑧的;猛可里⑨包待制大人后面听见,可怎了也!(正末云)张千,你说甚么哩?(张千做怕科,云)孩儿每不曾说甚么。(正末云)是甚么"肥草鸡儿"?(张千云)爷,孩儿每不曾说甚么"肥草鸡儿"。我才则走哩,遇着个人,我问他:"陈州有多少路?"他说道:"还早哩。"几曾说甚么"肥草鸡儿"?(正末云)是甚么"荼浑酒儿?"(张千云)爷,孩儿每不曾说甚么"荼浑酒儿"。我走着哩,见一个人,问他:"陈州那里去?"他说道:"线也似一条直路,你则故⑩走。"孩儿每不曾说甚么"荼浑酒儿"。(正末云)张千,是我老了,都差听⑪了也。我老人家也吃不的茶饭,则吃些稀粥汤儿。如今在前头有的尽你吃,尽你用,我与你那一件厌饫⑫的东西。(张千云)爷,可是甚么厌饫的东西?(正末云)你试猜咱。(张千云)爷说道:"前头有的尽你吃,尽你用。"又与我一件儿厌饫的东西,敢是苦茶儿?(正末云)不是。(张千云)萝卜简子儿?(正末云)不是。(张千云)哦!敢是落解粥儿?(正末云)也不是。(张千云)爷,都不是,可是甚么?(正末云)你脊梁上背着的是甚么?(张千云)背着的是剑。(正末云)我着你吃那一口剑。(张千怕科,云)爷,孩儿则吃些落解粥儿倒好。(正末云)张千,如今那普天下有司⑬官吏,军民百姓,听的老夫私行⑭,也有那欢喜的,也有那烦恼的,(张千云)爷不问,孩儿也不敢说;如今百姓每听的包待制大人到陈州粜米去,那个不顶礼⑮,都说:"俺有做主的来了!这般欢喜可是为何?(正末云)张千也,你那里知道,听我说与你咱。(唱)

【南吕一枝花】如今那当差的民户⑯喜,也有那干请俸的官人⑰每怨。急切里称不了包某的心,百般的纳不下帝王宣⑱;我如今暮景衰年,鞍马上实劳倦。如今那普天下人尽言道"一个包龙图暗暗的私行,唬得些官吏每兢兢打战。"

【梁州第七】请俸禄五六的这万贯⑲,杀人到三二十年,随京随府随州县。自从俺仁君治世,老汉当权,经了这几番刷卷⑳,备细㉑的究出根原。都只是庄农每争竞桑田,弟兄每分另家缘㉒。俺俺俺,宋朝中大小官员;他他他,剩与你财主每追征了些利钱;您您您,怎知道穷百姓苦恹恹叫屈声冤!如今的离陈州不远,便有人将咱相凌贱,你也则诈眼儿不看见;骑着马,揣着牌,自向前,休得要捋袖揎拳㉓。

(云)张千,离陈州近也,你骑着马,揣着牌,先进城去,不要作践人家。(张千云)理会的。爷,我骑着马去也。(正末云)张千,你转来,我再分付你。我在后面,如有人欺负我打我,你也不要来劝,紧记者。(张千云)理会的。(张千做去科)(正末云)张千,你转来。(张千云)爷,有的说,就马上说了罢。(正末云)我吩咐的紧记者。(张千云)爷,我先进城去也。(下)(搽旦㉔王粉莲赶驴上,云)自家王粉莲的便是。在这南关里狗腿湾儿住,不会别的营生买卖,全凭着卖笑求食。俺这此处有上司差两个开仓粜米官人来,一个是杨金吾,一个是刘小衙内。他两个在俺家里使钱,我要一奉十,好生撒镘㉕。他是权豪势要,一应闲杂人等,再也不敢上门来。俺家尽意的奉承他,他的金银钱钞可也都使尽俺家里。数日前,将一个紫金锤当在俺家,若是他没钱取赎,等我打些钗儿戒指儿,可不受用。恰才几个姊妹请我吃了几杯酒,他两个差人牵着个驴子来取我。三不知㉖我骑上那驴子,忽然的叫了一声,丢了个撅子㉗,把我直跌下来,伤了我这杨柳细㉘,好不疼哩。又没个人扶我,自家挣得起来,驴子又走了。我赶不上,怎么得人来替我拿一拿住也好那?(正末云)这个妇人,不象个良人家的妇女;我如今且替他笼住那头口儿㉙,问他个详细,看是怎么?(旦儿做见正末科,云)兀那个老儿,你与我拿住那驴儿者。(正末做拿住驴子科)(旦儿做谢科,云)多生受你㉚老人家也。(正末云)姐姐,你是那里人家?(旦儿云)正是个庄家老儿,他还不认的我哩。我在狗腿湾儿里住。(正末云)你家里做甚么买卖?(旦儿云)老儿,你试猜咱。(正末云)我是猜咱。(旦儿云)你猜。(正末云)莫不是油磨房?(旦儿云)不是。(正末云)解典库㉛?(旦儿云)不是。(正末云)卖布绢段匹?(旦儿云)也不是。(正末云)都不是,可是甚么买卖?(旦儿云)俺家里卖皮鹌鹑儿㉜。老儿,你在那里住?(正末云)姐姐,老汉止有一个婆婆㉝,早已亡过,孩儿又没,随处讨些饭儿吃。(旦儿云)老儿,你跟我去,我也用的你着。你只在我家里,有的好酒好肉,尽你吃哩。(正末云)好波,好波! 我跟将姐姐去,那里使唤老汉?(旦儿云)好老儿,你跟我家去,我打扮你起来:与你做一领硬挣挣的上盖㉞,再与你做一顶新帽儿,一条茶褐绦儿㉟,一对干净凉皮靴儿。一张凳儿,你坐着在门首,与我家照管门户,好不自在哩。(正末云)姐姐,如今你根前可有什么人走动?姐姐,你是说与老汉听咱。(旦儿云)老儿,别的郎君子弟,经商客旅,都不打紧。我有两个人,都是仓官,又有权势,又有钱钞,他老子在京师现做着大大的官。他在这里粜米,是十两一石的好价钱,斗又是八升的小斗,秤是加三大秤,尽有东西,我并不曾要他的。(正末云)姐姐不曾要他钱,也曾要他些东西么?(旦儿云)老儿,他不曾与我甚么钱,他则与了我个紫金锤,你若见了就唬杀你。(正末云)老汉活偌大年纪,几曾看见什么紫金锤。姐姐,若与我见一见儿,消灾灭罪,可也好么?(旦儿云)老儿,你若见了,好消灾灭罪,你跟我家去来,我与你看。(正末云)我跟姐姐去。(旦儿云)老儿,你吃饭也不曾?(正末云)我不曾吃饭哩。(旦儿云)老儿,你跟将我去来,只在那前面,他两个安排酒席等我哩。到的那里,酒肉尽你吃。扶我上驴儿去。(正末做扶旦儿上驴子科)(正末背云)普天下谁不知个包待制正授南衙开封府尹之职;今日到这陈州,倒与这妇人笼驴,也可笑哩。(唱)

【牧羊关】当日离豹尾班㊱多时分;今日在狗腿湾行近远,避甚的马后驴前?我则怕按察司迎着㊲,御史台撞见。本是个显要龙图职,怎伴着烟月鬼狐㊳缠;可不先犯了个风流罪,落的价葫芦提罢俸钱㊴。

(旦儿云)老儿,你跟将我去来,我把那紫金锤与你看者。(正末云)好好,我跟将姐姐去,则与老汉紫金锤看一看,消灾灭罪咱。(唱)

【隔尾】听说罢,气的我心头颤,好着我半晌家气堵住口内言。直将那仓库里皇粮痛作践,他便也不怜,我须为百姓每可怜。似肥汉相博㊵,我着他只落的一声儿喘。(同旦儿下)

(小衙内、杨金吾领斗子上)(小衙内诗云)两眼梭梭跳,必定悔气到;若有清官来,一准屋梁吊。俺两个在此接待老包,不知怎么,则是眼跳。才则喝了几碗投脑酒㊶,压一压胆,慢慢的等他。(正末同旦儿上,正末云)姐姐,兀的不是接官厅?我这里等着姐姐。(旦儿云)来到这接官厅,老儿,你扶下我这驴儿来。你则在这里等着我,我如今到了里面,我将些酒肉来与你吃;你则与我带着这驴儿者。(做见小衙内、杨金吾科)(小衙内笑科,云)姐姐,你来了也。(杨金吾云)我的乖,你偌远的到这里来。(旦儿云)该杀的短命!你怎么不来接我?一路上把我掉下驴来,险不跌杀了我。那驴子又走了,早是㊷撞见个老儿,与我笼着驴子。嗨!我争些儿㊸可忘了那老儿;他还不曾吃饭,先与他些酒肉吃咱。(杨金吾云)兀那斗子,与我拿些酒肉与那牵驴的老儿吃。(大斗子做拿酒肉与正末科,云)兀那牵驴的老儿,你来,与你些酒肉吃。(正末云)说与你那仓官去,这酒肉我不吃,都与这驴子吃了。(大斗子做怒科,云)!这个村㊹老子好无礼!(做见小衙内科,云)官人,恰才拿将酒肉,赏那牵驴的老儿,那老儿一些不吃,都请了这驴儿也。(小衙内云)斗子,你与我将那老儿吊在那槐树上,等我接了老包,慢慢的打他。(大斗子云)理会的。(做吊起正末科)(正末唱)

【哭皇天】那刘衙内把孩儿荐,范学士怎也就将救命宣?只今个贼仓官享富贵,全不管穷百姓受熬煎,一划的在青楼缠恋㊺。那厮每不依钦定,私自加添,盗粜了仓米,干没了㊻官钱,都送与泼烟花㊼、泼烟花王粉莲。早被俺亲身儿撞见,可便肯将他来轻轻的放免。

【乌夜啼】为头儿先吃俺开荒剑㊽,则他那性命不在皇天。刘衙内也,可怎生着我行方便?这公事体察完全,不是流传;那怕你天章学士有夤缘㊾,就待乞天恩走上金銮殿;只我个包龙图元铁面,也少不得着您名登紫禁㊿,身丧黄泉。

(张千云)受人之托,必当终人之事。大人的吩咐,着我先进城去,寻那杨金吾刘衙内。直到仓里寻他,寻不着一个。如今大人也不知在那里?我且到这接官厅试看咱。(做看见小衙内、杨金吾科,云)我正要寻他两个,原来都在这里吃酒。我过去唬他一唬,吃他几钟酒,讨些草鞋钱儿。(见科,云)好也!你还在这里吃酒哩!如今包待制爷要来拿你两个,有的话都在我肚里。(小衙内云)哥,你怎生方便,救我一救,我打酒请你。(张千云)你两个真傻厮,岂不晓得求灶头不如求灶尾㉛?(小衙内云)哥说的是。(张千云)你家的事,我满耳朵儿都打听着,你则放心,我与你周旋便了。包待制是坐的包待制,我是立的包待制;都在我身上。(正末云)你好个"立

的包待制",张千也!(唱)

【牧羊关】这厮马头前无多说,今日在驿亭中夸文言。信人生不可无权!哎!则你个祗候王乔诈仙也那得仙㊿?(张千奠酒科,云)我若不救你两个呵,这酒就是我的命。(做见正末怕科,云)兀的不唬杀我也!(正末唱)唬的来面色如金纸,手脚似风颠。老鼠终无胆,猕猴怎坐禅㊾。

(张千云)您两个傻厮,到陈州来籴米,本是钦定的五两官价,怎么改做十两?那张憨古道了几句,怎么就将他打死了?又要买酒请张千吃,又擅吊了牵驴子的老儿。如今包待制私行,从东门进城也,你还不去迎接哩。(小衙内云)怎了,怎了!既是包待制进了城,咱两个便迎接去来。(同杨金吾、斗子下)(张千做解正末科)(旦儿云)他两个都走了也,我也家去。兀那老儿,你将我那驴儿来。(张千骂旦儿科,云)贼弟子,你死也!还要老爷替你牵驴儿哩。(正末云)休言语。姐姐,我扶上你驴儿去。(正末做扶旦儿上驴科)(旦儿云)老儿,生受你。你若忙便罢,你若得那闲时,到我家来看紫金锤咱。(下)(正末云)这害民贼好大胆也呵。(唱)

【黄钟煞尾】不忧君怨和民怨,只爱花钱共酒钱。今日个家破人亡立时见,我将你这害民的贼鹰鹯㊾,一个个拿到前,势剑上性命捐。莫怪咱不矜怜㊾,你只问王家的那泼贼㊾,也不该着我笼驴儿步行了偌地远㊾。(同张千下)

【注释】

①耍子:玩耍。 ②姓儿沙:姓,当为"性";沙,指性惜固执,不好惹。 ③荡:冲撞、冒犯。 ④里老:乡里中有地位的人,指豪绅地主。 ⑤落解粥:稀薄的粥。 ⑥后生家:青年人。 ⑦草鸡:母鸡。 ⑧劈溜扑剌:形容话多,说得快而响。 ⑨猛可里:突然间。 ⑩则故:只顾。 ⑪差听:听错。 ⑫厌饫:吃饱、吃腻。厌,通"餍"。 ⑬有司:当官的。 ⑭私行:指官员化装到民间行走,了解民情政事。 ⑮顶礼:原是佛教徒拜佛的一种最高礼节,即头、手、足五体皆俯伏叩拜。这里是敬礼、致敬。 ⑯当差的民户:指负担徭役的老百姓。 ⑰干请俸的官人:白领俸禄的官员。 ⑱纳不下帝王宣:意思是交不了皇帝所派的差事。纳,交付。宣,指宣布的命令。 ⑲请俸禄五六的这万贯:意思是,领受的薪俸达到五六万贯之多。请,领取。"的这",因唱腔需要而加进的字,无义。贯,旧时把钱穿在绳子上,每一千个为一贯。 ⑳刷卷:古代法律用语,指官吏查看所属官署的案卷和复审案件。 ㉑备细:仔细。 ㉒分另家缘:分家。家缘,家产。 ㉓捋袖揎拳:捋起袖子,伸出拳头。 ㉔搽旦:杂剧角色名,通常扮演行为不正派的女子。 ㉕好生撒镘:好生,好、很。镘,古代铜钱的背面叫镘。这里指代钱。撒傻,指大量用钱,挥霍无度。 ㉖三不知:原指对一伺:事情的开头、中间、结

尾都不知道。这里是“没想到”的意思。 ㉗丢了个撅子：撅，同蹶，指骡马跳起后腿向后踢，把人从背上摔下来。 ㉘杨柳细：即“杨柳细腰”的意思，形容女子腰肢很细。 ㉙笼住那头口儿：笼住、捉住，牵住。那头口儿，指驴子。 ㉚生受你：麻烦你，让你受劳累了。 ㉛解典库：当铺。 ㉜卖皮鹌鹑儿：卖淫的隐语。 ㉝婆婆：这里指妻子。 ㉞上盖：上身的外衣。 ㉟绦儿：用丝编成的带子。 ㊱豹尾班：皇帝出巡时的仪仗车队，最后一辆车，上面有武士举着缀有豹尾的红滕竿子，称豹尾车。豹尾班，指职位很高、可以跟随着皇帝的官员们。 ㊲按察司迎着：按察司和下旬的御史台，都是封建社会考察官员的机构。迎着，碰上。 ㊳烟月鬼狐：指妓女。 ㊴葫芦提罢俸钱：不明不白地被罢官。葫芦提，糊里糊涂。罢俸钱，取消俸禄，指罢官。 ㊵相博：即相扑、摔跤。博，当为“搏”。 ㊶投脑酒：古人的一种食品，用肉、豆和甜酒制成。 ㊷早是：幸亏。 ㊸争些儿：差点儿。 ㊹村：骂人的话，愚蠢、粗野的意思。 ㊺一划的在青楼缠恋：一划的，一味地，专门地。青楼，指妓院。 ㊻干没了：白白地糟蹋。 ㊼泼烟花：烟花，妓女。泼，骂人的同语，泼烟花，即贱娼妇。 ㊽开荒剑：指第一次杀人的剑。 ㊾夤缘：原指藤本植物缠绕着树干向上生长，这里比喻依附权贵。 ㊿紫禁：即紫禁宫，这里泛指皇宫。 (51)求灶头不如求灶尾：当时俗语，比喻向官员本人求情，不如向他手下的人求情。 (52)衹候王乔诈仙也那得仙：王乔，古代传说中的仙人。诈仙，伪装成神仙。全句的意思是说，你这个当随从的，想冒充仙人王乔，怎么能真正成仙呢？这是针对张千标榜自己是“立的包待制”说的。 (53)猕猴怎坐禅：坐禅：佛教徒闭目端坐，排除杂念，使心绪安定而集中，叫坐禅，这里用好动的猕猴不能坐禅，来比喻随从冒充不了官员。 (54)鹰鹯：一种青黄色的凶猛的鸟。 (55)矜怜：同情、可怜。 (56)王家的那泼贱：指妓女王粉莲。 (57)偌地远：这么远。

【赏析】

《陈州粜米》全名《包待制陈州粜米》，是一本著名的公案戏。写的是宋代陈州大旱三年，六料不收，饥荒严重，几乎到了黎民相食的地步。朝廷决定派员前往该地开仓粜米。刘衙内为了谋取私利，乘机举荐自己的儿子小衙内刘得中和女婿杨金吾担任这项差使。刘得中和杨金吾带着敕赐的紫金锤来到陈州，趁开仓粜米的机会，大肆搜刮，把朝廷所定五两银子一石细米的价格，改为十两一石，并在米中渗进泥沙，又用小斗量米给百姓，用大秤向他们秤进银子。当地的贫苦百姓张憋古在籴米时揭露了他们的克扣行为，小衙内使用紫金锤将他打死，张憋古的儿子小憋古按照父亲的遗嘱，到开封府向包待制告状。包待制带着随从到陈州私访，探明真相，先将杨金吾斩首，然后叫小憋古用紫金锤打死刘得中，为张憋古报了仇。最后，包待制又用智谋对付了刘衙内，顺利地结束了公案。

第三折写包拯微服私访的经过，一扫前一折戏的悲剧气氛，充满强烈的喜剧感，剧情生动曲折。戏一开始，作者首先为包拯的随从张千安排了一段有趣的独白。张千整日跟着包拯东奔西走，不仅没有得到什么好处，还一直陪伴着这位年迈的大官过着清贫的生活，他虽然佩服包拯，但也不免有些牢骚。在去陈州的路上，张千走在包拯的前面，自言自语道：“你不知道这个大人清廉正直，不爱民财。虽然钱物不要，你可吃些东西也好；他但是到的府州县道，下马升厅，那官人里老安排的东西，他看也不看一日三顿，则吃那落解粥。你便老了吃不得，我是个后生家。我两只脚伴着四个马蹄子走，马走五十里，我也跟着走五十里，马走一百里，我也走一百里。我这一顿落解粥，走不到五里地面，早肚里饥了。我如今先在前面，到的那人家里，我则说：'我是跟包待制大人的，如今往陈州粜米去，我背着的是势剑金牌，先斩后闻，你快些安排下马饭我吃。'肥草坞儿，荼浑酒儿，我吃了那酒，吃了那肉，饱饱儿的了，休说五十里，我咬着牙直走二百里则有多哩。"作者通过张千这段妙趣横生的独白，从侧面表现了包拯勤政爱民、不贪钱财、清廉奉公的高尚品格。接着，作者又给包拯和张千安排了一段充满戏剧性的对话。张千想借包待制大人随从的名义，倚势敲人一下竹杠，弄些"翻肥草坞儿，荼浑酒儿"饱吃一顿。包拯发现之后并没有呵斥张千，而是幽默地对他说："如今在前头有的尽你吃，尽你用"，并且还答应要给他"一件厌饫的东西"。张千听了高兴极了，忙问"是甚么厌饫的东西"，包拯要张千猜，张千怎么也猜不着，包拯才说："我着你吃那一口剑。"张千一听吓了一大跳，恍然大悟，明白包待制是在警告自己，于是连忙说："孩儿则吃些落解粥倒好。"这段戏，不仅戏剧性很强，而且生活气息十分浓厚，具体表现出了包拯对部下的严格管束，同时又生动地反映了他们主仆之间自然亲和的关系，揭示了包拯严厉中带着风趣的性格，因而使这位清官大人的形象更加鲜活丰满。

　　包公来到陈州，没有摆出钦差大臣的架势，鸣锣开道，威风凛凛地入城，而是打发惟一的随从张千骑着自己的马，带着势剑金牌先进城，并且嘱咐张千不要轻易暴露自己的身份。他自己呢，却像个不起眼的土老头儿，缓步入城。为了表现包拯的足智多谋，作品还安排了他为妓女王粉莲笼驴和在接官亭戏弄刘得中及杨金吾的一段戏。包拯打发张千进城之后，独自行动，快到接官亭时，只见一个女人从驴上摔下来，"不像个良人家的妇女"，有意"问她个详细"，便装成一个没有见识的乡下老头，主动地替她笼住驴子，连扶上扶下也在所不辞，从而巧妙地从她口中了解到刘衙内和杨金吾荒淫无耻、同妓女鬼混的情况，摸清他们贪赃枉法，以及擅自将皇帝所赐的紫金锤当给妓女的罪行，充分地掌握了人证物证。

　　在一种浓厚的喜剧气氛中，包大人轻松愉快地通过"知情人"的口掌握了赃官的罪证。一个堂堂正正、贪官污吏闻之丧胆的包待制，竟被"烟月鬼"当作"催家老儿"，在"马后驴前"待候着妓女，这种滑稽的事，连老包自己也觉得"可笑哩"。包拯想进一步了解刘得中和杨金吾作恶的实情，跟着王粉莲来到接官亭。因为有意地把刘、杨给他的酒肉让驴子吃，而激怒了他们，被吊在树上，为了不致打草惊蛇，包拯不动声色，任其摆布，直至张千赶来，才把他救下。包拯正是通过这一系列的活动，才弄清整个案情的始末，为后来智杀刘得中和杨金吾，作好充分准备。这些出人意料的喜剧处理，既符合戏中包公的性格特点，也符合情节发展的逻辑，于是充分具有了妙趣横生的幽默感和自然流畅的舞台喜剧感。